短歌俳句

自然表現辞典

歳時記版

大岡 信 監修

遊子館

短歌 俳句 自然表現辞典

監修のことば

本シリーズは、大岡信監修『日本うたことば表現辞典』全九巻「植物編（上・下）」「動物編」「叙景編」「恋愛編」「生活編（上・下）」「狂歌川柳編（上・下）」（B5判）を再編集し、新書名をほどこしたものである。読者の「よりハンディーに」「より実作に便利なものに」との要望にこたえ、造本は携帯しやすいコンパクトなB6判・合成樹脂表紙となり、内容編成についても、「植物編」「動物編」「叙景編」「生活編」は総五十音順構成から歳時記構成（春、夏、秋、冬、新年、四季）へと大巾な再編集がほどこされている。「恋愛編」については「男歌」「女歌」の分類が、「狂歌川柳編」については、歳時記編のみを採択し、作品の追補がほどこされている。

新書名はそれぞれ『短歌俳句　植物表現辞典』『短歌俳句　動物表現辞典』『短歌俳句　自然表現辞典』『短歌俳句　生活表現辞典』『短歌俳句　愛情表現辞典』『狂歌川柳表現辞典』とした。

この書名には、日本独自の短詩型文学である「短歌」「俳句」「狂歌」「川柳」を、それぞれ独立した文学表現として捉えると共に、それぞれが連続し、または共鳴する文学表現である関係がしめされている。すなわち本シリーズでは、短歌・俳句を同一見出しに収録し、それぞれ万葉から現代にいたる作品が成立順に配列されている。これにより読者は、短歌と俳句の表現手法の変遷を見とることができ、歌語から俳語（季語）への捨象と結実、さらには、日本人の美意識の大河のごとき流れもうかがうことができる。

また、本シリーズには、俳句における季語がほぼ網羅されており、その意味でテーマ別の短歌俳句歳時記辞典となっている。さらに、「四季」の分類で、季語以外の見出しが豊富に収録されており、作品を通して、季語の成立とその概念を考える上でも十分参考になる。

第一巻の『植物表現辞典』には四季折々の植物の形・色・香りに寄せた多彩な作品が収録され、図版も豊富で、植物画辞典と見間違えるほどの紙面は、読者の眼を大いに楽しませるであろう。第二巻の『動物表現辞典』には、日本人の「鳥獣虫魚」に対する写実と共棲の眼差しが随所にうかがわれる。第三巻の『自然表現辞典』には、「叙景」を通した「叙情歌」のすぐれた作品群を見ることができる。第四巻の『生活表現辞典』には、一〜三巻には収録されていない人事・宗教など生活万般の季語と作品が収録されている。さらに第五巻『愛情表現辞典』は、日本の詩歌作品の中心ともいうべき「叙情」、その核をなす「愛の歌」「恋愛の歌」に標準をあてており、読者は収録された作品を通して、万葉人の昔から現代に至るまで変わらない人間感情の大動脈を読みとることができよう。

最終巻の『狂歌川柳表現辞典』においても同様の編集がなされ、短歌・俳句の志向する「雅」に対し、笑いと機知、諧謔と風刺を主題とする「俗」の一大沃野を読みとることができる。読者は、「雅」に対する「俗」の中にも、人間性の全面的な開花があり、雅俗相俟って初めて、私たちの文学が全円的なものになるということを理解できるであろう。

以上のことから、本シリーズは、狂歌・川柳までをも包括した日本の短詩型文学を季語の分類に照応させ、さらに重要なテーマを追補した総合表現辞典として、また引例作品の博捜ぶりと配列の巧みさにおいて、それぞれの分野の研究者ならびに実作者にとって、有用かつ刺戟的な座右の書となるものと確信し、江湖に推奨したい。

二〇〇二年三月

監修者　大岡　信

目 次

春の季語　立春（二月四日頃）から立夏前日（五月五日頃）……… 1
夏の季語　立夏（五月六日頃）から立秋前日（八月七日頃）……… 87
秋の季語　立秋（八月八日頃）から立冬前日（十一月六日頃）……… 173
冬の季語　立冬（十一月七日頃）から立春前日（二月三日頃）……… 279
新　年　新年に関するもの ……… 365
四　季　四季を通して ……… 389
総五〇音順索引 ……… 巻末

凡　例

一、本辞典は、本編「春」「夏」「秋」「冬」「新年」「四季」の六章、ならびに「総五〇音順索引」よりなる。

二、本辞典では、自然に関する多彩な表現を明らかにするため、自然表現語彙を見出し語として立項し、その語を詠み込んだ秀歌・秀句の用例を収録した。見出し語は山や川、海や空、太陽や星などの天然の景観のみならず、「薪能（春）」「鯉幟（夏）」「案山子（秋）」「網代（冬）」「若菜摘（新年）」「棚橋（四季）」などの人為的な景観をも取り上げ、また「暖か（春）」「暑し（夏）」「涼し（夏）」「冷たし（冬）」など、四季折々の感覚や、「立春」「立夏」「立秋」「立冬」「元旦」などの暦に関する名称等々、生活と自然との幅広い関係に考慮した。

三、見出し語の分類は、俳句において季語のものはそれぞれの季節に、季節を限定しない見出し語については「四季」の部に収録した。季語はおおむね以下の原則によって分類した。

春…立春（二月四日）から立夏の前日（五月五日）まで
夏…立夏（五月六日）から立秋の前日（八月八日）まで
秋…立秋（八月八日）から立冬の前日（十一月六日）まで
冬…立冬（十一月七日）から立春の前日（二月三日）まで

なお、新年行事に関する季語については、旧暦と新暦のずれを考慮し、「新年」の部として独立させた。

四、各章での見出し語の配列は、仮名表記の五〇音順とし、【　】内に一般に通用する漢字表記を記載した。

五、外来語名が一般的な項目については、カタカナで見出し語を表記し、【　】内にその原語表記を記載した。

六、解説文中、以下の略号を用いた。

＊［語源］…見出し語の語源を表した。
＊［同義］…同内容の表現形式を表した。
＊⬇…参照すべき見出し語と読み仮名を示し、その語が収録されている章を［新年］［春］［夏］［秋］［冬］［四季］で表した。

七、本辞典には、万葉から現代にいたる和歌、短歌、俳句を収録した。和歌・俳句の作品は「作品」「作者」「出典」の順に表記した。

八、掲載図版は図版名を記し、［　］内に出典を記載した。

九、和歌凡例

＊作品の用例・出典名は原則として『新編国歌大観』（角川書店）に拠り、本書表記凡例に従い適宜改めた。

＊勅撰集・私撰集からの和歌には、部立・巻数・作者名を適宜記載した。

＊私家集からの和歌には、出典を記載し、編・作者名を付記した。

＊百首歌、歌合からの和歌には、出典を記し、作者名の判明しているものは作者名を記載した。

＊物語中の和歌には、作品名と巻数を記載した。

＊贈答歌、長歌、旋頭歌などは、その旨を記載した。

＊江戸時代以降の和歌、近・現代短歌は、作者名・出典名を記載した。

＊和歌・短歌に含まれた自然表現語彙に基づき、それぞれの見出し語に用例として収録したが、季題としての表現ではないため、必ずしもその季節の歌と特定できないものもある。

＊短歌作品は、おおむね歌集の成立年順・江戸時代以降の歌人は生年順に掲出した。

一〇、俳句凡例

＊作者名の表記は、江戸期以前は俳号（雅号）または通行名とし、明治期以降は俳号に姓を付すか、または作家名・本名を記載した。俳号は『俳文学大辞典』（角川書店）、『俳諧大辞典』（明治書院）によった。

＊作者に複数の俳号がある場合は、一般的に著名な俳号で掲出した。

＊出典の表記は、原則として句集名、収録書名を記載したが、略称表記をしたものもある。

＊俳句作品は、生没年の不明な俳人も多いため、おおむね俳人の時代順に掲出した。俳人の生没年は『俳文学大辞典』（角川書店）、『俳諧大辞典』（明治書院）によった。

一一、表記について

＊解説文の漢字表記は、常用漢字、正字体を使用し、異体字はほぼ現行の字体とした。ただし、収録歌・収録句の作品性などを考慮して、字体を残す必要のあると思われるものは、常用漢字があるものでも正字体を使用した。

＊用例作品は原則として出典どおりに収録したため、旧仮名遣いと現代仮名遣いを併用した。また異本などとの関係で、仮名・漢字の表記が常に同一とは限らない。

＊反復記号は出典に準拠し、（ゝ、ゞ、ゞ、々〳〵）を使用した。

＊理解上、難読と思われる漢字、誤字などについては、適宜、ふりがなを補足した。

一二、本編「春」「夏」「秋」「冬」「新年」「四季」の全見出し項目の検索のために、巻末に「総五〇音順索引」を付した。

春の季語

立春（二月四日頃）から立夏前日（五月五日頃）

「あ」

あかしお【赤潮】

春、寒流が暖流に入り込み養分の多い下層の海水が上層になり、珪藻類のプランクトンが異常繁殖して海水が赤褐色になる現象をいう。赤潮になると海藻に被害が及び、魚類も逃げていくが、やがて動物性プランクトンが繁殖し、魚の餌となる。内湾に発生する赤潮は淡水の流入によって起こることが多く、東京湾や三重県沿岸に五～六月頃にしばしば発生している。べん毛虫類のプランクトンが異常繁殖した赤潮は魚介類に大きな被害をもたらす。[同義] 潮腐れ（しおくされ）、腐れ潮（くされしお）、たかな潮（たかなしお）、厄水（やくみず〈三陸〉）、春湛り（はるとわり〈相模湾〉）。⬇苦潮（にがしお）[夏]

あさがすみ【朝霞】

朝に立つ霞。⬇霞（かすみ）[春]

§

朝霞《あさがすみ》かびやが下《した》に鳴《な》くかはづ声《こゑ》だに聞《き》かばわれ恋《こ》ひめやも　作者不詳・万葉集一〇

吉野山峰の白雪いつ消《き》えて今朝《けさ》は霞の立《(たち)》かはるらん　源重之・拾遺和歌集一（春）

あさ霞《がすみ》ふかく見ゆるやけぶりたつ室《むろ》の八島《やしま》のわたりなるらん　藤原清輔・新古今和歌集一（春上）

春《はる》さればすみれ咲《さ》く野《の》の朝《あさ》がすみ空《そら》に雲雀《ひばり》の声《こゑ》ばかりして　加藤枝直・東歌

山高みいづる日影をまちとりて四方《よも》にゝほへる朝がすみかな　賀茂真淵・賀茂翁家集

月もまた《(だ)》しらみ残れる山まつの　うへにかゝれる朝霞かな　樋口一葉・詠草

けふといへば凍れる土もゆるむらし天《あま》ぎり立てる朝霞かな　太田水穂・冬菜

立ちそめて空の光りとなるほどの朝がすみなりをちこちの鐘　太田水穂・冬菜

うつくしの海のぐるりや朝霞《あさがすみ》　尚白・忘梅

よこ雲や山引《ひき》残す朝がすみ　桃妖・枕かけ

あたたか【暖か】

日和が良く、快い春の暖かさをいう。『年浪草』に「暖かとは、温暖にして日和よく、遅日の晴朗なる時を云ふ。ぬくい。ぬくとい同じ、暖かなるを云ふ」とある。[同義] あたたけし、ぬくし、春暖（しゅんだん）。⬇暑し（あつし）[夏]、涼し（すずし）[夏]、寒し（さむし）[冬]、冬暖か（ふゆあたたか）[冬]

§

神さびし老樹の梅の這枝《ハヒエダ》の下枝《シヅエ》動す風暖かに　伊藤左千夫・伊藤左千夫全短歌

江の南春あたゝかに梅早しかしこに繋げまれ人の船　佐佐木信綱・思草
あたゝかき風さへそひて降雨に庭の梢は茂り合にけり　樋口一葉・詠草
暖くなりたる今日を庭に出で心落ち居て芥《ごみ》掃きにけり　窪田空穂・土を眺めて
近き波霞の中《なか》の日を受けて動くけしきのあたたかきかな　与謝野晶子・冬柏亭集
あたたかきわが掌にふれえたるものの感じの春となりけり　武山英子・武山英子傑作歌選第二輯
暖《あたたか》に花のふすまや芳野山　許六・正風彦根体
けふといふけふこの花のあたゝかさ　惟然・惟然坊句集
暖かや君子の徳は風なれば　内藤鳴雪・鳴雪句集
石暖く犬ころ草の枯れてあり　村上鬼城・鬼城句集
夫子暖かに無用の肱を曲げてねる　夏目漱石・漱石全集
あたゝかに白壁ならぶ入江哉　正岡子規・子規句集
暖き乗合舟や菅《すげ》の笠　河東碧梧桐・碧梧桐句集
その蔭のほのとあたたか枯づつみ　高浜虚子・六百句
維好日日あたゝかに風さむし　高浜虚子・六百句
白木蓮の梢雲なしあたたかき　大谷句仏・縣葵
石蹴りの筋引いてやる暖かき　臼田亜浪・定本亜浪句集
暖かく掃きし墓前を去りがたし　飯田蛇笏・雲母
暖き夕の別れの俥の揺るゝ　中塚一碧楼・一碧楼一千句
あたたかや水輪ひまなき廂うら　杉田久女・杉田久女句集
暖かや蕊《しべ》に蝋《らふ》塗る造り花　芥川龍之介・発句
暖かや飴の中から桃太郎　川端茅舎・川端茅舎句集

あぶらまじ【油南風】
伊豆や鳥羽などの船詞で、旧暦三月の土用前から吹く南寄りの風をいう。温暖で湿気を含んだ穏やかな風で、晴天の日によく吹く。[同義] 油風（あぶらかぜ）、油増風（あぶらまし〈東海道〉）、油交（あぶらまぜ〈畿内・中国〉）。⬇春風（はるかぜ）[春]、南風（みなみ）[夏]、風（かぜ）[四季]

あわゆき【淡雪】
春の季節に降る溶けやすい大片の雪。春に降る雪は冬の雪に比べて湿気があり、結晶が互いに溶けあって大きな雪片になっているため、積らずにすぐ溶ける。俳句では春の季語となる。本来は「泡のように柔らかい雪」の意であったが、平安時代に「あはゆき」と表記され、春のすぐ溶ける淡い雪、また深く積もらない薄く降った雪、霙などの意として「消」にかかる枕詞となった。『栞草』に「文考の著はす貞享式に云、淡雪、この名は大昔は春といひ、中昔は冬といへり。今按ずるに、淡雪は冬に用ふべき所以なし。雪の斑らなる形容は、初雪ともいひ、薄雪ともいはん、春の雪の平白ならんも日影にちりて淡雪ならむも、寒気のあはやかなる故なれば、淡雪は決して春とさだむべし」「あは雪を中古には皆淡雪とかけり。淡はあはの仮名也。沫はあわ也。古事記・万葉みな阿和由伎とあれば、淡雪とかくべからず。沫雪と書きて、仮名もあわゆきと書くべし」とある。[同義] 牡丹雪、綿雪（わたゆき）、かたびら雪（かたびらゆき）、たびら雪（たびらゆき）、だんびら雪（だんびらゆき）、沫雪（あわゆき）、泡雪（あわゆき）。

❶春の雪（はるのゆき）［春］、牡丹雪（ぼたんゆき）［春］、雪（ゆき）［冬］　§

梅《むめ》の花香《はなか》にだにゝほへ春《はる》たちて降《ふ》る淡雪《あはゆき》に色《いろ》まがふめり
伊勢集（伊勢の私家集）

あひ思《おも》はぬ人の心を淡雪《あはゆき》のとけてしのぶる我《われ》やなになり
実方朝臣集（藤原実方の私家集）

若菜《わかな》つむ袖《そで》にかゝれる沫雪《あわゆき》のふるくさそひし人ぞ恋《こひ》しき
四条宮下野集（四条宮下野の私家集）

帰《かへ》るさの道《みち》やはかはるかはらねどとくるにまどふけさの淡雪《あはゆき》
藤原道信・後拾遺和歌集一二（恋二）

春きては花とも見よと片岡《かたをか》の松のうは葉にあは雪ぞふる
藤原仲実・新古今和歌集一（春上）

巻向《まきもく》の檜原《ひばら》のいまだくもらねば小松《こまつ》が原《はら》にあは雪ぞふる
大伴家持・新古今和歌集一（春上）

消《（きえ）》なくに又やみ山をうづむらん若菜《わかな》つむ野《の》も淡雪ぞ降《（ふる）》
藤原定家・定家卿百番自歌合

たちそむる春の霞《かすみ》の薄衣《うすごろも》なを《（ほ）》袖さへ《（え）》て淡《あは》雪ぞ降《ふ》る
宗尊親王・文応三百首

雲こほる空にはしばし消《き》えやらで風のうへなる春のあは雪《ゆき》
慶運・慶運百首

み吉野《よしの》の山したかぜは猶《（なほ）》さえて霞《かすみ》がくれに淡《あは》雪ぞふる
頓阿・頓阿法師詠

九重の春なつかしと出て見れば嵐のひまにあわ雪そふる
上田秋成・秋成詠艸

あわゆきのなかにたてたるみちおほちまたそのなかにあわゆきぞふる
大愚良寛・はちすの露

簪《かざし》もてふかさはかりし少女子のたもとにつきぬ春のあわ雪
落合直文・明星

あたたけき一日《ひとひ》くもりてゆふべには小雨《こさめ》夜半《よは》には沫雪《あわゆき》ふりぬ
森鷗外・うた日記

あたたかき君が玉手に掬ばれてあとなくとくる春のあわ雪
服部躬治・迦具土

目の前に淡雪ちりぬ何ごとも云はで死ぬると云ふ形して
与謝野晶子・太陽と薔薇

風流男《みやびを》は今《いま》も昔《むかし》も泡雪《あわゆき》の玉手《たまで》さし捲《ま》く夜《よ》にし老《お》ゆらし
石川啄木・秋風のこころよさに

大川の夜の水見むと窓押せば淡雪ふれり灯影おどろに
古泉千樫・青牛集

しんかんとぼしき仕事抱へつつ窓に飛びかふ淡雪を見る
松倉米吉・松倉米吉歌集

黄の色に静まる芝に三月の空より乱れ淡雪《あはゆき》流る
宮柊二・藤棚の下の小室

淡雪のとゞきかねけり砂の上　正秀・乍居行脚

淡ゆきや幾筋きゝてもとの道　千代女・千代尼発句集

淡雪に月も二日のあはれなり　内藤鳴雪・鳴雪句集

淡雪や蚕神祭《さんしんさい》の幟《のぼり》立つ　河東碧梧桐・碧梧桐句集

淡雪や氷あとなき湖の上　河東碧梧桐・新傾向句集

木木がまばらな淡雪をふみわたり　中塚一碧楼・一碧楼一千句

あは雪や七夜《ななよ》に一夜《ひとよ》逢ふ宵の　日野草城・旦暮
淡雪や昼を灯して鏡店　日野草城・花氷

「い～う」

いてどけ【凍解】

冬、こおりついていた大地が春に解けはじめること。[同義] 凍解くる（いてとくる）、凍ゆるむ（いてゆるむ）。⬇春泥（しゅんでい）[春]、凍てる（いてる）[冬]

§

凍とけて筆に汲《くみ》干《ほ》す清水哉　芭蕉・小文庫
凍とけやたえて久しき引板の音　里川・野梅
凍解や市日に橋のよごれたる　也有・蘿の落葉
凍とけや梅にわかれて回り道　也有・蘿葉集
凍とけや野づらに高き鶴の脛　青蘿・青蘿句集
凝とけて馬場さき柳青みけり　素外・句鑑
凍解《いてどけ》や戸口にしけるさん俵　正岡子規・子規句集

いとゆう【糸遊】

陽炎のこと。あるように見えて実体のないことのたとえとしても詠まれる。⬇陽炎（かげろう）[春]

§

夢の如霞む春日に桃少女菜の花少女糸遊に見ゆ　伊藤左千夫・伊藤左千夫全短歌
糸遊に結びつくべき煙なし風流風雅なし雑木の芽立ち　土屋文明・続々青南集
糸遊《いとゆふ》に結《むすび》つきたる煙哉　芭蕉・曾良書留
入《いり》かゝる日も糸ゆふの名残かな　芭蕉・初茄子
糸遊によろづ解行都哉　闌更・半化坊発句集
糸遊にほどける艸の葉先かな　白雄・白雄句集
糸遊に皃の瞬きやさしさよ　白雄・白雄句集
いとゆふにいとしづか也松の風　几董・井華集
糸游や野崎参りの棲からげ　松瀬青々・筑摩文学全集

うおひにのぼる【魚氷に上る】

七十二候の一。立春の節の第三候（二月一四～一八日）。春になり、池沼の氷が割れ、魚が躍りでる頃をいう。⬇立春（りっしゅん）[春]

§

魚の氷に上るや天下春の風　菅原師竹・続春夏秋冬

うすい【雨水】

二十四節気の一。旧暦正月の中で、立春の後の一五日目。新暦の二月一九日頃。『年浪草』に「月令広義に曰、立春後十五日、斗、寅に指すを雨水と為す也。正月の中雨水中、気雪散じて水と為る也」とある。⬇立春（りっしゅん）[春]、春（はる）[春]

うすごおり【薄氷】

俳句では一般に早春に薄く張る氷をいう。「うすらい」「う

すい」ともいう。⬇薄氷（うすらい）［春］、春の氷（はるのこおり）［春］、厚氷（あつごおり）［冬］、氷（こおり）［冬］

§

浮《うく》鳥ののどかにすむをよそにみてあやうき淵《ふ》のうす氷《こほり》かな　正徹・永享五年正徹詠草

湖のへに朝《あした》ありける薄氷《うすごほり》風ふきいでて砕けけるかな　島木赤彦・太虚集

薄《うす》氷折目《をりめ》のまゝの茶巾《ちやきん》哉　介我・雑談集

曙《あけぼの》やひがしも桶《をけ》もうす氷《ごほり》　万子・卯辰集

かたまらぬ風に足あり薄氷《うすごほり》　百里・本朝八僊集

つきはりてまつ葉《ば》かきけり薄氷《うすごほり》　除風・あら野

うすらい【薄氷】

薄く張る氷。「うすい」「うすごおり」ともいう。俳句では春の季語として詠まれる。［同義］春の氷（はるのこおり）。⬇薄氷（うすごおり）［春］、氷（こおり）［冬］

§

佐保川に凍《こほ》り渡れる薄氷《うすらび》の薄き心をわが思はなくに　大原桜井・万葉集二〇

髪ときてしばしおきつる櫛《くし》の歯のすきますきまに薄氷《うすらひ》むすぶ　森鷗外・うた日記

ものあさるふりとも見えず薄氷《うすらひ》のとざせる小田に立てる白鷺　若山牧水・くろ土

うすら氷や鎧長なる橋ばしら　其角・五元集

うすら氷や格子の透の器　召波・春泥発句集

薄氷の草を離るる汀かな　高浜虚子・春夏秋冬

薄氷《うすらひ》や白さきびしき寡婦の足袋　日野草城・旦暮

うめみ【梅見】

鮮やかに咲く梅の花を見て春の訪れをたのしむこと。［同義］観梅（かんばい）。⬇花見（はなみ）［春］

§

いつしかもこの夜《よ》の明《あ》けむ鶯《うぐひす》の木伝《こづた》ひ散《ち》らす梅《うめ》の花見《はなみ》む　作者不詳・万葉集一〇

春早き多摩のわたりに舟待てば梅見の人の梅折りて来し　正岡子規・子規歌集

御秘蔵に墨を摺らせて梅見哉　其角・五元集

梅屋敷［江戸名所図会］

下駄かりてうら山道を梅見哉　蕪村・蕪村会草稿
むくつけき僕倶したる梅見哉　蕪村・書翰
さらさらと衣を鳴らして梅見哉　夏目漱石・漱石全集

うららか【麗か】

明るく晴れて万象がなごやかに美しく見えわたる春の様子をいう。『年浪草』に「麗は、杜詩に、遅日江山麗、春風花草香と作る。美麗・華麗・妍麗・艶麗・妖麗・婉麗・繁麗等と続く。皆春色の百花咲乱れ、鳥獣山川までもいろめきて、春をかざる意也」とあり、『滑稽雑談』に「拾穂抄に云、愚按ずるに、うらうらは遅々と書き、日のながき心也」とある。[同義]うらら、うららに、うらうらに、日うらうら（ひうらら）、麗日（れいじつ）。➡春の日（はるのひ）[春]、秋麗（あきうらら）[秋]

§

うららかにぬくき日和《ひより》ぞ野に出でて桃咲くを見ん車やとひ来《こ》　正岡子規・子規歌集
雨ふれば麗らなる日ぞおもほゆれ麗らなる日も寂しきものを　北原白秋・白秋全集
うらゝなる物こそ見ゆれ海の底《そこ》　涼菟・元禄百人一句
うららさや野馬《のうま》ふりむく朝日影　兀峰・一字幽蘭集
うらゝさや川より海に離《はな》れ際《ぎは》　百里・俳諧勧進牒
うららかや前の舟またあとの舟　森鷗外・うた日記
うらゝかや女つれだつ嵯峨御室《さがおむろ》　正岡子規・子規句集
うらゝかや右京わたりの草の原　松瀬青々・妻木
雲うらゝ敷浪を又砂子かな　河東碧梧桐・碧梧桐句集
麗《うらら》かにふるさと人と打ちまじり　高浜虚子・六百句
まじめに犬のからだを見てうららかな　中塚一碧楼・一碧楼一千句
うらゝかや斎《いつ》き祀れる瓊《たま》の帯　杉田久女・杉田久女句集
麗かや松を離るゝ鳶の笛　川端茅舎・川端茅舎句集
うららかやうすよごれして足の裏　日野草城・花氷
三椏《みつまた》のはなやぎ咲けるうらゝかな　芝不器男・不器男句集

「お」

おそきひ【遅き日】

冬に比べて日の暮れるのが遅くなる春の日をいう。[同義]遅日、暮遅し（くれおそし）、暮かねる（くれかねる）、春日遅々（しゅんじつちち）。➡遅日（ちじつ）[春]、永き日（ながきひ）[春]、春の日（はるのひ）[春]

§

日ざしさへまはるが遅し瀬田の橋　宗因・梅翁宗因発句集
暮遅し敦賀の津まで比良の雪　素堂・俳諧五子稿
遅日の光のせたり沖の浪　太祇・太祇句選
遅キ日や雉子《きじ》の下りゐる橋の上　蕪村・天明二年几董初懐紙
遅き日のつもりて遠きむかしかな　蕪村・蕪村句集

遅き日や谺《こだま》聞ゆる京の隅　蕪村・天明三年巳牛歳旦帖
遅日を追分ゆくや馬と駕　召波・春泥発句集
泥水もはなをうかめて暮かねし　成美・成美家集
遅き日の暮るゝに居りて灯も置かず　村上鬼城・鬼城句集
仏前に遅き日ざしや草の宿　松瀬青々・妻木
藤の茶屋茶を煮て遅き日なりけり　河東碧梧桐・春夏秋冬
遅き日や日輪ひそむ竹の奥　西山泊雲・ホトトギス

おぼろ【朧】

春、霞やたちのぼる水蒸気で万物が薄絹をかぶせたように朦朧として見える風情をいう。物の見える状態ばかりでなく、鐘の音や渓谷の水の流れる音がぼんやりと聞こえてくることの形容などさまざまに表現される。➡朧夜（おぼろよ）［春］、朧月（おぼろづき）［春］、朧月夜（おぼろづきよ）［春］、霞（かすみ）［春］、朝朗（あさぼらけ）［四季］

§

誰となくを《（お）》ぼろに見えし月影にわける心を思《（おもひ）》知《（し）》ら南《（なん）》　藤原清正・後撰和歌集一一（恋三）
浅《あさ》みどり花《はな》も一《ひと》つに霞《かす》みつつおぼろに見《み》ゆる春《はる》の夜《よ》の月《つき》　菅原孝標女・新古今和歌集一（春上）
帰《かへ》る雁鳴《かりな》きゆく末《すゑ》も見《み》るべきに有明《ありあけ》の月《つき》のおぼろなるかな　木下幸文・亮々遺稿
おぼつかなおぼろおぼろと吾妹子《わぎもこ》は墻根《かきね》も見《み》えぬ春《はる》の夜《よ》の月《つき》　香川景樹・桂園一枝
垣の外に猫の妻《め》を呼ぶ夜は更《ふ》けて上野の森に月朧《おぼろ》なり　正岡子規・子規歌集

硝子戸に雨流るれば庭の青のおぼろに透きて真昼なりけり　島木赤彦・切火
妹がすむ堀川あたり梅さきて吾が行くよるを月おぼろなり　太田水穂・つゆ艸
立ちつくす吾《われ》のめぐりに降るあめにおぼろになりぬあめの香具山《かぐやま》　斎藤茂吉・寒雲
このひと室《ま》葉莨の香のむらさきのおぼろおぼろの夜の春を愛づ　土岐善麿・はつ恋
山がはの音は夜《よ》ふけて眼《まな》かひはおぼろになりし裏山ひとつ　中村憲吉・しがらみ
犬鳴くと遠くに聞きしころほひゆ朧《おぼろ》となりて眠りたるらし　宮柊二・藤棚の下の小室
辛崎《からさき》の松は花より朧《おぼろ》にて　芭蕉・甲子吟行
鉢たゝきこぬよとなれば朧なり　去来・猿蓑
のり物《もの》に簾《すだれ》透顔《すくかほ》おぼろなる　重五・冬の日
行《ゆく》春を閏《うるふ》の花のおぼろかな　野紅・続有磯海
朧《おぼろ》とは松のくろさに月夜かな　其角・猿蓑
懶《ものうき》はおぼろ烏のね覚《ざめ》哉《かな》　鬼貫・俳諧大悟物狂
十界《じっかい》の綱《つな》もゆるまる朧《おぼろ》かな　露川・枕かけ
あれ是《これ》をあつめて春は朧也《おぼろなり》　支考・支考句集
夕されば朧作るぞ小藪から　一茶・七番日記
すみだ川くれぬうちより朧也　一茶・墨田川集
菜の花に朧一里や嵯峨の寺　内藤鳴雪・鳴雪句集
其夜又朧なりけり須磨の巻　夏目漱石・漱石全集

日の入りて夜にひまある朧かな　松瀬青々・鳥の巣
五十町上れば灯す朧《おぼろ》かな　河東碧梧桐・碧梧桐句集
伏して思ふ朧々《おぼろおぼろ》の昔かな　高浜虚子・五百五十句
ぬかるみに夜風ひろごる朧かな　渡辺水巴・白日
みそか男のうちころされしおぼろかな　飯田蛇笏・山廬集
水朧《おぼろ》ながら落花を浮べけり　芥川龍之介・我鬼窟句抄
子守沙弥心経うたふおぼろかな　川端茅舎・川端茅舎句集
朧にて落つるハンマー音おくれ　加藤楸邨・山脈

おぼろづき【朧月】

春の霞や水蒸気で柔らかく包まれ、朦朧と見える月。『滑稽雑談』に「白楽天の詩に云、不明不暗朧朧月」とある。『年浪草』に「源氏花宴巻、朧月夜の内侍のおぼろ月夜にしくものぞなきとながめしほどに、源氏いとおもしろくおぼして」とある。［同義］月朧（つきおぼろ）、淡月（たんげつ）。⬇朧（おぼろ）［春］、朧月夜（おぼづきよ）［春］、朧夜（おぼろよ）［春］、春の月（はるのつき）［春］、月（つき）［秋］

§

波先や勢田《せた》の水行朧月《ゆくおぼろづき》　猿雖・有磯海
花の顔に晴《はれ》うてしてや朧月　芭蕉・続山の井

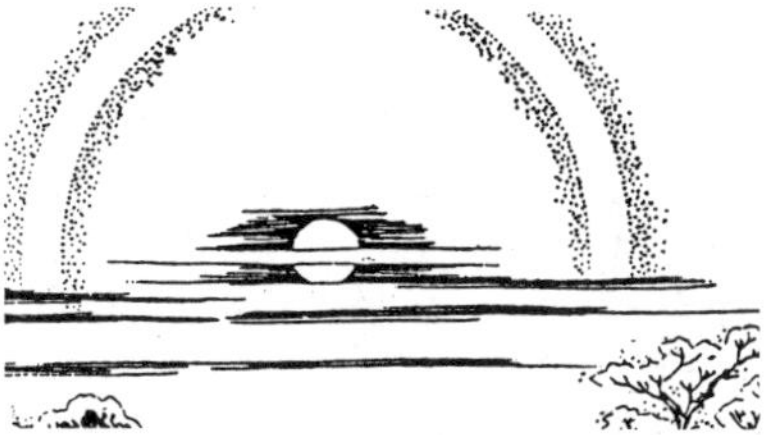

朧月（暈のかさ）［頭書増補訓蒙図彙大成］

麦畑《むぎばた》に鴛《をし》の啼音《なくね》や朧月　曾良・続雪まろげ
ゆふぐれは狐の眠《ねむ》る朧月《おぼろづき》　言水・新撰都曲
朧月一足《おぼろづきひとあし》づゝもわかれかな　去来・炭俵
君見ずや奥の吉野の朧月《おぼろづき》　千那・孤松
梟《ふくろふ》の声とがりけりおぼろ月　野紅・荒小田
大はらや蝶の出てまふ朧月　丈草・炭俵
おぼろ月雨になるやら猿の声　桃妖・喪の名残
うすぎぬに君が朧《おぼろ》や我眉《がび》の月　蕪村・明和八年歳旦帖
壬生寺の猿うらみ啼《な》けおぼろ月　蕪村・夜半叟句集
朧月大河《たいが》をのぼる御舟《みふね》哉　蕪村・明和九年句稿
白浜や鶴たつあとのおぼろ月　梅室・梅室家集
浅茅生の宿と答へて朧月　内藤鳴雪・鳴雪句集
奈良の町の昔くさしや朧月　正岡子規・子規句集
だんだらのかつぎに逢《あ》ひぬ朧月《おぼろづき》　正岡子規・子規句集
恐ろしや経を血でかく朧月　夏目漱石・漱石全集
片寄する琴に落ちけり朧月　夏目漱石・漱石全集
古市の町の古さよおぼろ月　水落露石・新俳句
海に入りて生まれかはらう朧月　高浜虚子・五百句
くもりたる古鏡の如し朧月《おぼろづき》　高浜虚子・五百五十句
朧三日月吾子の夜髪ぞ潤へる　中村草田男・火の島

おぼろづきよ【朧月夜】

霞や水蒸気で月が柔らかく包まれている春の夜をいう。［同義］朧夜。⬇朧月（おぼろづき）［春］、朧夜（おぼろよ）［春］、春の夜（はるのよ）［春］、月夜（つきよ）［秋］

§

てりもせずくもりもはてぬ春《はる》の夜《よ》のおぼろ月夜《よ》にしく物ぞなき
大江千里・新古今和歌集一（春上）

難波潟《なにはがた》かすまぬ浪《なみ》も霞《かす》みけりうつるもくもるおぼろ月夜《よ》に
源具親・新古今和歌集一（春上）

しく色やいまもなからん雨そゝぐ卯花山（うのはなやま）のおぼろ月夜（づくよ）に
心敬・寛正百首

はるの夜のおぼろづきよのひとときをたがさかしらにあたひつけけむ
大愚良寛・はちすの露

おほゐ河ちるはなまでは見せぬこそ朧月夜のなさけなりけれ
香川景樹・桂園一枝

ゆきゆけば朧月夜となりにけり城のひむがし菜の花の村
佐佐木信綱・思草

おもしろき朧月よに成にけり　ひとり残りし花の下かけ（げ）
樋口一葉・詠草

みやこおちゆかしや鳴らす琵琶のぬし花もちりゆく朧月夜に
青山霞村・池塘集

いでや君おぼろ月よになりにけり品川あたりそぞろありかん
太田水穂・つゆ艸

人黒し朧月夜の花あかり　正岡子規・俳句三代集

おぼろよ【朧夜】
朧月の夜のこと。➡朧月（おぼろづき）［春］、朧月夜（おぼろづきよ）［春］

§

大井川月《おほゐがはつき》と花《はな》とのおぼろ夜《よ》にひとりかすまぬ浪《なみ》の音《おと》かな
小沢蘆庵・六帖詠草

かどをいで、月のありかをしらぬまもまづ朧《おぼろ》夜のおもしろき哉
大隈言道・草径集

おぼろ夜の月もふけぬとわが友のかへりしあとに笛落ちてあり
落合直文・国文学

朧夜のかげに消えゆく君のかげ我身このま、きえよとぞ思ふ
佐佐木信綱・思草

ひく汐に、さくらちり浮く、おぼろ夜は、龍のみやこも、春やしるらむ。
与謝野寛・東西南北

おぼろ夜と春になるらし山かげの川瀬に音のすくなき聞けば
中村憲吉・しがらみ

おぼろ夜に梅が香おくる風ほそし　杉風・杉風句集
朧夜《おぼろよ》を白酒売《しろざけうり》の名残《なごり》かな　支考・続猿蓑
朧夜や雲の流る、糸ざくら　桃妖・雪の尾花
朧夜やひとりを三つの影法師　也有・蘿葉集
おぼろ夜や淡路の灯岸の松　闌更・半化坊発句集
おぼろ夜や南下リにひがし山　几董・井華集
朧夜やおぼつかなくもほと、ぎす　士朗・枇杷園句集
朧夜《おぼろよ》や吉次を泊し椀のおと　成美・成美家集
朧夜《おぼろよ》や精衛《せいゑい》の石ざんぶりと　森鷗外・うた日記
朧夜《おぼろよ》や天地砕くる通りもの　村上鬼城・鬼城句集
朧夜の銭湯匂ふ小村哉　正岡子規・子規句集

朧夜《おぼろよ》や悪い宿屋を立ち出づる　正岡子規・子規句集
おぼろ夜や女盗まん計りごと　正岡子規・新俳句
詩神とは朧夜に出る化ものか　夏目漱石・漱石全集
朧夜の伊達にともしぬ小提灯　高浜虚子・虚子全集
風出でて物狂はしき朧の夜　高浜虚子・句日記
朧夜や本所の火事も噂ぎり　飯田蛇笏・山廬集
朧夜の塔のほとりに影法師　川端茅舍・川端茅舍句集

「か」

かいやぐら
蜃気楼のこと。⬇蜃気楼（しんきろう）［春］
§
ひとりゆく越の旅路のさびしきに蜃気楼《かひやぐら》おけ夕晴の海　太田水穂・冬菜

かいよせ【貝寄風】
貝を浜辺に吹き寄せる風の意。陰暦二月二〇日頃に吹く西風をいう。大坂四天王寺では精霊会に供える造花を、この風で吹き寄せられた桜貝で作るという。［同義］貝寄せの風（かいよせのかぜ）。
§
貝寄や磯屋しづかに飯煙　松瀬青々・妻木
貝寄せや我もうれしき難波人　松瀬青々・筑摩文学全集
貝寄や南紀の旅の笠一つ　飯田蛇笏・国民俳句
貝寄や遠きにおはす杣の神　飯田蛇笏・山廬集
貝寄や鷗群れ居る流れ船　高田蝶衣・新春夏秋冬
貝寄風《かひよせ》に乗りて帰郷の船迅し　中村草田男・長子

かげろう【陽炎】
降雨の後などに、強い陽射しで地表の水分が水蒸気となって大気中にただよい、それによってものが浮動して見える現象をいう。春のうららかな日などによく現れる。万葉集のころは「かぎろひ」といい、ちらちらと光り輝くものをさしたことばであり、曙光や火炎・蜻蛉、蜉蝣など薄翅の輝く昆虫をも言った。「かぎろひの」「かげろふの」は、枕詞として「春」「燃ゆ」「ほのめく」「ほのかに」「夕さりくれば」「あるかなきか」などにかかる。『滑稽雑談』に「かげろふと名付くる物は、陽炎・蜻蛉・蜉蝣、以上三種と知るべし。陽炎は春たること明かなり。（中略）連・俳ともに、いとゆふ又は遊ぶいとなどといへり。是前に註する陽炎の事也」とある。［同義］糸遊（いとゆう・ゆうし）、陽焔（ようえん）、かげろい。⬇糸遊（いとゆう）［春］
§
東《ひむかし》の野に炎《かぎろひ》の立つ見えてかへり見すれば月傾《かたぶ》きぬ　柿本人麻呂・万葉集一
陽炎《かげろふ》のそれかあらぬか春雨《はるさめ》のふる日となれば袖ぞぬれぬる　よみ人しらず・古今和歌集一四（恋四）

いまさらに雪《ゆき》ふらめやもかげろふのもゆる春日《はるひ》となりにしものを
よみ人しらず・新古今和歌集一（春上）

かげろふの日影は小野の空に消《（きえ）》て草葉もえ出《（いづ）》る春雨ぞふる
三条西実隆・内裏着到百首

有《ある》ものとみれば消《きえ》ぬるかげろふにやがてわがみの行《ゆく》へをぞ思ふ
小沢蘆庵・六帖詠草

かけろふのもゆる春日の小まつ原鶯あそふ枝つたひして
上田秋成・餘斎翁四時雑歌巻

わが身世におもかげばかり陽炎《かげろふ》のあるかなきかに消え残りつつ
与謝野礼厳・礼厳法師歌集

さしかくる日傘《ひがさ》いなみぬ太宰府《だざいふ》や遊絲《かげろふ》もゆる 礎《いしずゑ》のわたり
森鷗外・うた日記

ひんかしに陽炎立ちて楽しみのけふの八日ぞはや明けにける
伊藤左千夫・伊藤左千夫全短歌

焼跡の土よりのぼる陽炎のよろぼひにつつみな仏なり
太田水穂・冬菜

物書くと紙をのぶれば陽炎《かげろふ》のほのかなるかげゆれて映《うつ》りし
宇都野研・木群

陽炎《かぎろひ》のほのかには云へ思ふ事尽して語る人なりしかも
窪田空穂・土を眺めて

吹雪《ふぶき》ともまたこと無くて陽炎《かげろふ》の富士の肩より立てりとも見ゆ
与謝野晶子・山のしづく

大地《おほつち》に陽炎粘《かげろふねば》し春の日のわがみち行きのほとほと倦《う》める
木下利玄・紅玉

枯芝《かれしば》やゝかげろふの一二寸　芭蕉・笈の小文
丈六《ぢやうろく》にかげろふ高し石の上　芭蕉・笈の小文
かげろふの我《わが》肩にたつ紙衣《かみこ》哉　芭蕉・伊達衣
かげろふや柴胡《さいこ》の糸の薄曇《うすぐもり》　芭蕉・猿蓑
陽炎《かげろふ》や取《とり》つきかぬる雪の上　荷兮・猿蓑
陽炎《カゲロウ》のもえのこりたる夫婦《めをと》にて　越人・春の日
かげろふや弓張月《ゆみはりづき》のくもる程《ほど》　楚常・卯辰集
陽炎《かげろふ》や名もしらぬ虫の白き飛《とぶ》　蕪村・蕪村句集
かげろふや簀《あじか》に土をめづる人　蕪村・蕪村句集
陽炎やそば屋が前の 箸《（はし）》の山　一茶・文政句帖
陽炎や手に下駄はいて善光寺　一茶・八番日記
陽炎や石の八陣潮落ちて　内藤鳴雪・鳴雪句集
陽炎《かげろふ》や草なき岡の小き廟《べう》　森鷗外・うた日記
陽炎や塀一丈に練り上げぬ　菅原師竹・日本俳句鈔
陽炎や鵜を休めたる籠の上　村上鬼城・鬼城句集
陽炎《かげろう》や日本の土に 殯《かりもがり》　正岡子規・子規句集
陽炎に蟹の泡ふく干潟かな　夏目漱石・漱石全集
陽炎《かげろう》の中に二間《ま》の我が庵《いおり》　高浜虚子・六百五十句
ゆくほどにかげろふ深き山路かな　飯田蛇笏・雲母
かげろふや棟《むね》も沈める茅《かや》の屋根　芥川龍之介・発句
陽炎に掘り出されし壺ぞかし　水原秋桜子・葛飾
こん〳〵と陽炎高し国府台　川端茅舎・俳句研究
高き地や陽炎それとなき小風　中村草田男・来し方行方
ペン先に小さき陽炎生みつつ書く　加藤楸邨・山脈

かざぐるま【風車】
色紙やセルロイドを曲げて羽をつくり、風を受けて回転させる玩具。

§

いもが背にねぶるわらはのうつゝなき手にさへめぐる風車かな
大隈言道・草径集

かすみ【霞】
気象学上の霧のこと。地表近くの空気が冷却され、その水蒸気が小さな水滴となって浮遊しているものをいう。春と秋の朝夕に多く見られる現象。『滑稽雑談』に「貞徳が式に云、霞は聳物にて、万葉集には秋に読みたれど、当代は霧を結びても春也」とあるが、後世では秋の現象を「霧」といい、春の場合を「霞」という。一般的には、「霧」は周囲に深く立ち込めているものを表し、「霞」は遠くに仄見えるものをいう。古都のあった大和や山城は、周囲を山に囲まれており、霞む山々の風景が古歌に多く詠まれた。和歌では「霞立つ」は「春」にかかる枕詞となっている。その他「霞しく」「着る霞」などとして詠まれることが多く、また「霞の海」「霞の波」「霞の沖」「霞の網」「霞の衣」「霞の帯」「霞の袖」「霞の袂」など比喩的な表現でもさまざまに詠まれている。また、春の夜に霞のある状態は「朧（おぼろ）」と表現することが多い。［同義］春のほだし（はるのほだし）。⬇朝霞（あさがすみ）［春］、朧（おぼろ）［春］、夏霞（なつがすみ）［夏］、霧（きり）［秋］、鐘霞む（かねかすむ）［春］、春霞（はるがすみ）［春］、八重霞（やえがすみ）［春］、夕霞（ゆうがすみ）［春］、秋霞（あきがすみ）［秋］、冬霞（ふゆがすみ）［冬］、初霞（はつがすみ）［新年］、靄（もや）［四季］

§

冬過ぎて春来《きた》るらし朝日さす春日の山に霞たなびく
作者不詳・万葉集一〇

春日山霞棚《たな》びき情《こころ》ぐく照れる月夜《つくよ》に独りかも寝む
大伴坂上大嬢・万葉集四

霞立つ長き春日を挿頭《かざ》せれどいや懐《なつか》しき梅の花かも
小野淡理・万葉集五

霞立つ春のはじめを今日のごと見むと思へば楽《たの》しとそ思《も》ふ
大伴池主・万葉集二〇

春のきる霞の衣ぬきを薄《うす》み山風にこそみだるべらなれ
在原行平・古今和歌集一（春上）

霞［北斎漫画］

霞立《(たつ)》春の山辺はとを《(ほ)》けれど吹《(ふき)》くる風は花の香《か》ぞする
在原元方・古今和歌集二（春下）

山高《やまたか》み都の春を見わたせばたゞひとむらの霞《かすみ》なりけり
能因集（能因の私家集）

たちかはる春《はる》を知《し》れともみせがほに年《とし》をへだつる霞《かすみ》なりけり
山家心中集（西行の私家集）

わぎもこが袖振《そでふる》山も春きてぞかすみのころもたちわたりける
大江匡房・千載和歌集一（春上）

風まぜに雪はふりつゝしかすがに霞たなびき春はきにけり
よみ人しらず・新古今和歌集一（春上）

時《とき》はいまは春になりぬとみ雪《ゆき》ふるとを《(ほ)》き山べに霞《かすみ》たなびく
よみ人しらず・新古今和歌集一（春上）

あま衣《(ころも)》春くる空の朝《あさ》なぎに袖《(そで)》師《し》の浦《うら》は霞《かすみ》こめつゝ
慶運・慶運百首

わたの原《はら》かぎりもいとゞしらなみのあとなき方《かた》に立《た》つ霞《かすみ》かな
頓阿・頓阿法師詠

雪のこる山も朝けや猶《(なほ)》さむき霞《かすみ》たちきる春のさごろも
正徹・永享五年正徹詠草

朝菜《あさな》つむ野辺《のべ》のをとめに家《いへ》とへばぬしだにしらずあとの霞《かすみ》に
下河辺長流・晩花集

雲雀あがる春の朝けに見わたせばをちの国原《くにはら》霞棚引《たなびく》
賀茂真淵・賀茂翁家集

明《あけ》けそむるみねのかすみの一なびき春のけしきは花ばかりかは
小沢蘆庵・六帖詠草

春日さすいこま高ねの雲はれて竹のは山に霞かゝれる
上田秋成・藻屑

大比叡やをひえのおくのさゝなみの比良の高根ぞ霞そめたる
香川景樹・桂園一枝

けさみればなびくかすみのおのれからかゝげて見するたか宮のさと
大隈言道・草径集

打靡く春さり来れは嵐山霞いろつく花は咲かねど
天田愚庵・愚庵和歌

西山に日のかきろべは霞立ち烟たゞよひ岡も消にけり
伊藤左千夫・伊藤左千夫全短歌

かすみ立つ長き春日を妹まつと見さけたちけん岡のはりはら
太田水穂・つゆ艸

マラツカの山本《やまもと》に霞《かすみ》たなびけりあたたかき国の霞かなしも
斎藤茂吉・つゆじも

比叡が嶺も今朝はかすみて見えずとよこの日寂しきみなもとやこれ
吉井勇・天彦

その若き身すら思ほゆ。かすみたつ　春日　すべなく　あそ
ぶ　と　言ふなり
釈迢空・春のことぶれ

春さればとほき海より吹き来《く》とふ潮風ぐもり山はかすみたり
中村憲吉・しがらみ

大比叡《おほひえ》やしの字を引《ひい》て一霞《ひとかすみ》
芭蕉・江戸広小路

春なれや名もなき山の薄霞
芭蕉・甲子吟行

馬糞掻《ばふんカク》あふぎに風《かぜ》の打《うち》かすみ
荷兮・冬の日

むさし野は霞にせばきむかふなる
鬼貫・俳諧大悟物狂

雲霞《くもかすみ》どこまで行《ゆく》もおなじ事　野坡・炭俵
大仏を包む霞のふくろかな　団水・蓮実
高麗舟《こまぶね》のよらで過《すぎ》ゆく霞かな　蕪村・蕪村句集
草霞み水に声なき日ぐれ哉　蕪村・蕪村句集
白壁《しらかべ》の 誹《そしら》れながらかすみけり　一茶・おらが春
笠《かさ》でするさらばさらばや薄がすみ　一茶・七番日記
古郷やいびつな家も一かすみ　一茶・七番日記
御仏の手桶の月もかすむなり　一茶・七番日記
妻なしやありやかすんで居る小家　一茶・七番日記
友舟の一つかすみ二つかすみけり　森鷗外・うた日記
榛名山大霞して真昼かな　村上鬼城・鬼城句集
髭《ひげ》剃るや上野の鐘の霞《かす》む日に　正岡子規・子規句集
行く人の霞になつてしまひけり　正岡子規・寒山落木
御堂まで一里あまりの霞かな　夏目漱石・漱石全集
霞む夜や藍屋《あゐや》の匂ひ野べにある　松瀬青々・妻木
風立てば霞の奥も波白し　河東碧梧桐・碧梧桐句集
河北潟《かほくがた》見ゆる限りの霞《かすみ》かな　高浜虚子・六百五十句
この庭のいづこに立つも霞かな　高浜虚子・句日記
風鐸のかすむとみゆる塔庇　飯田蛇笏・雲母
古き代の漁樵をおもふ霞かな　飯田蛇笏・山廬集
紅霞たつ彼方山背に桃やある　高田蝶衣・青垣山
おら鴎餌処移りす昼かすみ　高田蝶衣・俳句三代集
町なかの銀杏《いてふ》は乳も霞《かすみ》けり　芥川龍之介・発句
群山に霞める眉は大菩薩　水原秋桜子・馬酔木

時計塔霞みつゝ針濃ゆく指す　山口青邨・雪国
白浪を一度かゝげぬ海霞　芝不器男・不器男句集

かぜひかる【風光る】

春のうららかな日射しの中で吹く風、またその景観をいう。『滑稽雑談』に「爾雅に云、春晴日出、而して風を光風と曰ふ」とある。⬇春風（はるかぜ）［春］、春光（しゅんこう）［春］

§

日の春のちまたは風の光り哉　暁台・暁台句集
麦見れば夕日に風のひかりけり　桃雪・田毎の日
新らしき笠のあるじに風光れ　村上鬼城・鬼城句集
火の国も海の前後や風光る　河東碧梧桐・新傾向句集
装束をつけて端居や風光る　高浜虚子・虚子全集
覇王樹の影我が影や風光る　飯田蛇笏・国民俳句
文鳥や籠白金に光る風　寺田寅彦・俳句三代集

かねかすむ【鐘霞む】

春の野山や町にたなびく霞の中では鐘の音さえも霞んで聞こえてくる。そんな長閑かな春の風情をいう。⬇霞（かすみ）［春］

§

破れ鐘も霞む類ひか鳰の海　言水・俳諧五子稿
遠霞知恩院の鐘かすむらし　白雄・白雄句集
藪原や処もしらず鐘霞む　松瀬青々・妻木

かわうそうをまつる【獺魚を祭る】

七十二候の一。雨水の節の第一候で二月一九～二三日まで。「孟春の月、獺魚を祭る」（『礼記』）に由来する。獺は捕らえた魚を四方におき、先祖を祀ってから食べるといわれたことから来ている、俳句の空想的な季語。［同義］獺の祭（おそのまつり）、獺祭（だっさい）。

§

獺の祭見て来よ瀬田のおく　芭蕉・花摘

獺の祭に恥ぢよ魚の店　蝶夢・古選

茶器どもを獺《かわうそ》の祭りの並べ方　正岡子規・子規句集

かんあけ【寒明】

二十四節気の小寒・大寒の三〇日が明け、立春の日（二月四日頃）になること。「かんあき」ともいう。［同義］寒の明け（かんのあけ）、寒あく（かんあく）。⬇寒の入（かんのいり）［冬］、立春（りっしゅん）［春］

§

寒《かん》あけの雨後《あめあと》おもきくもり空《ぞら》大地の凍《い》てはあまねくとけつ　木下利玄・一路

寒明けて郊外の家の生垣にうすき下肥《しもごえ》を施すらしき　古泉千樫・青牛集

寒明けや野山の色の自ラ　青木月斗・俳句三代集

川波の手がひらひらと寒明くる　飯田蛇笏・雲母

かんちょう【観潮】

渦巻く潮を眺め見ること。阿波の鳴門の渦潮が有名である。鳴門海峡では、北の播磨灘と南の紀伊水道の海水が流れ込み、潮流が干満の時差で大きな渦巻をつくる。春の彼岸の大潮の頃には大渦ができ、観光の名所となる。⬇春潮（しゅんちょう）［春］、渦潮（うずしお）［四季］

「き」

きさらぎ【如月・二月】

旧暦二月の別名。［語源］賀茂真淵は「木久佐波利都伎也」と説き、草木の芽の張り出る意よりとする。また「気更ぎ（気更に来る）」の意など。『滑稽雑談』に「奥儀抄に曰、きさらぎとは、正月のどかなりしを、此月さえかへりて更にきぬをきれば、きぬさらぎといふをあやまれるなり。按ずるに、もとはきぬさらぎ也」とある。［同義］衣更着（きさらぎ）、雪解月（ゆきげつき）、梅見月（うめみづき）、梅つさ月（うめつさつき）、初花月（はつはなづき）、小草生月（おぐさおいづき）、仲陽（ちゅうよう）、令月（れいげつ）。⬇二月（にがつ）［春］、仲春（ちゅうしゅん）［春］

§

ねがはくは花の下《した》にて春死《し》なんそのきさらぎの望月《もち》のころ　山家心中集（西行の私家集）

二月《きさらぎ》やまだ雪さゆるいこま山花の林はそらめのみして　賀茂真淵・加茂翁家集

ゐにしあればまたこのたちにつどひけりはなのひもとくきさらぎのよひ　大愚良寛・良寛自筆歌集

きさらきの春のつまやに花紅葉色もかをりもゆかしかるらし　伊藤左千夫・伊藤左千夫全短歌

早鞆《はやとも》の瀬戸《せと》の早潮《はやしほ》緑《みどり》潮朝日《しほあさひ》にかをるきさらぎ廿日《はつか》　佐佐木信綱・新月

藁靴《わらぐつ》と草紙《さうし》とならぶ二月《きさらぎ》の日なたの椽《えん》の紅梅の花　山川登美子・山川登美子歌集

日にむかひすぐに立つなる如月の木立のもとに物おもひする　前田夕暮・収穫

きさらぎや海にうかびてけむりふく寂しき島のうす霞みせり　若山牧水・独り歌へる

きさらぎの夜天に旅を思ふこころ老子荘子にしたしむこころ　吉井勇・人間経

如月《きさらぎ》を奈良いにしへの御《み》ほとけに浄《きよ》き閼迦井《あかゐ》を汲む夜にぞあふ　中村憲吉・軽雷集

相ともに死なむと云《い》ひて抱《いだ》きける如月《きさらぎ》の夜の雪あかりかな　中村三郎・中村三郎歌集

職を持たぬこの身さびしくきさらぎの裸木ならぶ街を来にけり　松倉米吉・松倉米吉歌集

きさらぎの夕雲朱《あか》きときにして人は五常のみちおもへるや　前川佐美雄・天平雲

二月《きさらぎ》に入りて二度目の雪降りぬ雪降るなかの白梅紅梅《はくばいこうばい》　宮柊二・純黄

二月や蝮《はみ》の鼾《いびき》に風鳴て　信徳・小松原

はだかにはまだ衣更着《きさらぎ》のあらし哉　芭蕉・笈の小文

きさらぎや廿四日《にじふよつか》の月《つき》の梅《うめ》　荷兮・あら野

二月《きさらぎ》やまだ柿の木は其《その》通り　越人・元禄百人一句

死はいやぞ其《その》きさらぎの二日灸《ふつかきゆう》　正岡子規・子規句集

雑魚散つて如月田圃澄めるかな　篠原温亭・俳句三代集

如月の烈風釘を打つ音す　臼田亜浪・定本亜浪句集

きさらぎの溲瓶《しゆびん》つめたく病みにけり　日野草城・旦暮

きながし【木流し】

冬に伐採しておいた材木を、春の雪解水で増水した谷川に流して運ぶこと。「鉄砲堰（てっぽうぜき）」といい、谷川を塞き止めて一気に流すこともある。春の谷川の豪壮な風景である。

§

笠一つ荷が一つ木を流しくる　山口青邨・露団々

きのめおこし【木の芽起し】

早春に降る木の芽を芽吹かせる暖かい雨。徳島では「木の芽もやし」ともよんでいる。［同義］木の芽春雨（きのめはるさめ）。⬇春の雨（はるのあめ）［春］

きゅうしょうがつ【旧正月】

旧暦の正月をいう。現在でも、濃漁村地域では旧暦や月遅れで正月を祝うところがある。横浜の中華街では旧正月の祝いが盛大に行われる。⬇正月（しょうがつ）［新年］

きょうかう【杏花雨】

二十四節気の一の清明（四月五日頃）に降る雨をいい、植物を育てる春の雨である。⬇春の雨（はるのあめ）［春］、清明（せいめい）［春］

「く～こ」

くれのはる【暮の春】

春の終りの頃の時候をいう。日の暮れるように春が終わらんとする意。［同義］暮春（ぼしゅん）、春暮るる（はるくるる）、春の暮れゆく（はるのくれゆく）、春尽くる（はるつくる）、春行く（はるゆく）、春の果（はるのはて）、春の末（はるのすえ）、春の限り（はるのかぎり）。⬇暮の秋（くれのあき）［秋］、春の暮（はるのくれ）［春］、行く春（ゆくはる）［春］、夏近し（なつちかし）［春］、春深し（はるふかし）［春］、晩春（ばんしゅん）［春］、暮春（ぼしゅん）［春］、春の夕（はるのゆうべ）［春］

§

いとはるゝ身を恨寐《うらみね》やくれの春　蕪村・蕪村遺稿
何燃して天を焦すぞ暮の春　村上鬼城・鬼城句集
穴のある銭が袂に暮の春　夏目漱石・漱石全集
いつか溜る文殻結ふや暮の春　夏目漱石・国民俳句
さまざまの情のもつれ暮の春　高浜虚子・虚子全集
徳本に問ふ草のある暮の春　河東碧梧桐・碧梧桐句集

くろぎた【黒北風】

三月頃に日本海を渡り吹いてくるシベリアからの北西の季節風。丹後の漁師たちはこの寒風を恐れ、「くろげた」とよんでいる。⬇北風（きたかぜ）［冬］

けいちつ【啓蟄】

二十四節気の一。旧暦二月の節、新暦の三月六日前後。冬眠状態にあった蛇、蜥蜴、蟻などが、春暖の季節になり、はじめて地中からでてくること。俳句では「地虫穴を出づ」としても春の季語となる。［同義］驚蟄（けいちつ）。⬇春（はる）［春］、立春（りっしゅん）［春］、初雷（はつらい）［春］

§

啓蟄《けいちつ》や日はふりそゝぐ矢の如く　高浜虚子・五百五十句
別荘に来て啓蟄の虫を友　高浜虚子・虚子全集
奥嶽も啓蟄となる宙の澄み　飯田蛇笏・雲母
啓蟄の虫におどろく縁の上　臼田亜浪・定本亜浪句集
啓蟄の運動場と焦土のみ　中村草田男・長子
啓蟄や雲を指すなる仏の手　加藤楸邨・雪後の天

こおりとく【氷解く】

春になって湖沼や池、川などに張りつめていた氷が解けること。凍った川では、解氷近くになると音を立てて亀裂が入り、大潮の落潮時に流氷がはじまる。［同義］解氷（かいひょう）。⬇流氷（りゅうひょう）［春］、氷（こおり）［冬］

§

さらぬだに岩間《いはま》の水は漏《も》るものを氷解《こほりと》けなば名《な》こそ流《なが》れめ　四条宮下野集（四条宮下野の私家集）
下氷《したごほり》とくる待《ま》つ間《ま》の恋《こひ》しきに今日《けふ》まで雪のふるそらぞなき　四条宮下野集（四条宮下野の私家集）

いかなればこほりはとくる春風《かぜ》にむすぼゝるらむ青柳《あをやぎ》の糸《いと》
源季遠・詞花和歌集一（春）

岩間《いはま》とぢし氷《こほり》もけさはとけそめて苔《こけ》のしたみづ道《みち》もとむらん
西行・新古今和歌集一（春上）

春風のふくにもまさる涙《なみだ》かなわが水上《みなかみ》も氷とくらし
藤原伊尹・新古今和歌集一一（恋）

朝日さす小池の氷半《なか》ば解けて尾をふる鯉《こひ》のうれしくもあるか
正岡子規・子規歌集

吹風も今朝やはらき《（ぎ）》て我門の小川の氷りとけ初にけり
樋口一葉・詠草

砂はらの道わたりゆくところどころ凍《こほり》とけにしなごり踏みつも
佐藤佐太郎・歩道

こくう【穀雨】

二十四節気の一。旧暦三月の中で、清明の後の一五日目。新暦の四月二〇日頃。この頃は雨が多く、百穀が潤うの意である。⬇春（はる）［春］、立春（りっしゅん）［春］、清明（せいめい）［春］

§

掘り返す塊光る穀雨かな　西山泊雲・ホトトギス

こち【東風】

初春に東の方角から吹いてくる柔らかい風。春になると冬の西高東低の気圧配置がくずれ、太平洋側から大陸に向かって弱い東または北東の風が吹く。この春の訪れを告げる風を「東風」という。氷を解かす風とされた。古来、雅語として用いられ、万葉集には「朝東風」が「春日野《かすがの》の萩し散りなば朝東風《こち》の風に副《たぐ》ひて此処《ここ》に散り来《こ》ね」（作者不詳・万葉集一〇）と詠まれている。菅原道真の「東風吹かばにほひをこせよ梅花主なしとて春を忘るな」（拾遺和歌集一六・雑春）によってうたことばとして定着したとされる。［同義］こち風（こちかぜ）、あゆの風（あゆのかぜ）、雲雀東風（ひばりごち）、へばるごち〈瀬戸内海〉、あめごち〈九州小倉〉、いなだごち〈三重県志摩〉、鰆ごち（さわらごち〈岡山県〉）、梅ごち（うめごち〈岡山県〉）、桜ごち（さくらごち〈岡山県〉）。⬇春風（はるかぜ）［春］、初東風（はつごち）［新年］、土用東風（どようごち）［夏］、盆東風（ぼんごち）［秋］、節東風（せつごち）［冬］

§

東風《こち》吹《ふ》かばにほひ《（お）》をこせよ梅花《むめのはな》主《あるじ》なしとて春を忘《わす》るな
菅原道真・拾遺和歌集一六（雑春）

こち風のけぬるき空に雲あひて木のめはるさめ今そ降くる
上田秋成・餘斎翁四時雑歌巻

うつせみの世ははかなしや風すらも西は東風《こち》にぞ吹きかはりぬる
与謝野礼厳・礼厳法師歌集

多摩川《たまがは》の水《みづ》あたたかき朝東風《あさごち》に若《わか》きうぐひす岩《いは》づたひすも
佐佐木信綱・新月

名細《なぐは》しき初風東風《はつかぜこちかぜ》の向ふところ雲も開きて晴れゆきにけむ
島木赤彦・柿蔭集

島一つ沖は曇りて朝東風《あさこち》のそよそよ吹けば春めきにけり　太田水穂・冬菜
こち風《かぜ》の又西《またにし》に成北《なりきた》になり　惟然・続猿蓑
東風吹くと語りもぞ行く主と従者　太祇・新五子稿
のうれんに東風《こち》吹《ふく》いせの出店《でみせ》哉　蕪村・蕪村句集
河内路《かはちぢ》や東風吹《ふき》送る巫女《みこ》が袖　蕪村・蕪村句集
東風吹くや雨のにほひの夕曇　鶴英・五車反古
門を出づれば東風吹き送る山遠し　村上鬼城・鬼城句集
東風吹くや山一ぱいの雲の影　夏目漱石・漱石全集
荷かさむ問屋主《あるじ》や東風心《こちごころ》　河東碧梧桐・碧梧桐句集
東風《こち》の空雲一筋に南《みんなみ》へ　高浜虚子・七百五十句
背割鮒東風吹くほどの乾きかな　宇佐美不喚楼・俳句三代集
東風の陽の吹かれゆがみて見ゆるかな　飯田蛇笏・雲母東
風鳴るや松子拾ひはいつ去りし　高田蝶衣・青垣山
東風吹くや八重垣なせる旧家の門《と》　杉田久女・杉田久女句集
夕東風や海の船ゐる隅田川　水原秋桜子・葛飾
ももいろの壁に窓なし東風の街　山口青邨・夏草
路あまたあり陋巷に東風《こち》低く　中村草田男・万緑
東風の湖荒海の波が来て奔る　加藤楸邨・寒雷
東風の濤谷なすときぞ隠岐見え来　加藤楸邨・雪後の天

このめどき【木の芽時】

木の芽が吹きだす春の季節。「きのめどき」ともいう。⬇山笑う（やまわらう）［春］

「さ」

さえかえる【冴返る】

春の暖かい陽気から、一転して寒気がぶりかえすこと。『滑稽雑談』に「一旦陽気いたれども、春寒にさそはれてまた寒く成るをいふ」とある。［同義］沍返る（いてかえる・さえかえる）、しみ返る（しみかえる）、寒返る（かんかえる）、寒もどり（かんもどり）。⬇春寒し（はるさむし）［春］、冴ゆる（さゆる）［冬］

§

或《あ》る日《ひ》わが庭《には》のくるみに囀《さへづ》りし小雀来《こがらきた》らず冴《さ》えかへりつつ　島木赤彦・柿蔭集
神鳴や一むら雨のさへかへり　去来・去来発句集
五六丈瀧冴返る月夜かな　蓼太・蓼太句集
三日月はそるぞ寒はさえかへる　一茶・一茶発句集
冴返る川上に水なかりけり　村上鬼城・鬼城句集
野辺送《のべおく》りきのふもけふも冴《さ》え返《かへ》る　正岡子規・子規句集
居風呂に風ひく夜や冴返る　夏目漱石・漱石全集
真蒼な木賊の色や冴返る　夏目漱石・漱石全集
人に死し鶴に生れて冴返る　夏目漱石・漱石全集
瀬戸潮の渦に吸はれて冴返る　河東碧梧桐・新傾向句集

流水のいつ戻りけん冴返る　河東碧梧桐・碧梧桐句集
春めきし人の起居《たちゐ》に冴《さ》え返る　高浜虚子・六百五十句
冴え返り〳〵つゝ春半ば　西山泊雲・続春夏秋冬
山がひの杉冴返る谺かな　芥川龍之介・澄江堂句集
友ら逝きわが生きのびて冴え返る　日野草城・日暮
冴え返る面魂は誰にありや　中村草田男・万緑
冴えかへるもののひとつに夜の鼻　加藤楸邨・火の記憶

さおひめ【佐保姫】

奈良の都の東、大和国佐保の里にいるという春の自然の造化をつかさどる女神。方角を四季にたとえると東が春にあたるところから春の女神とされた。大和国の龍田にまつわる秋の女神の龍田姫（立田姫）に対応する。古来より春の草花や霞などをもたらす女神として多く詠まれている。「さほひめ」ともいう。古歌では「佐保姫の霞の衣」などと、服飾に形容して春の景物が詠まれている。『御傘』に「佐保姫・立田姫と申すは、唐には造化の神と名づけて、春秋の花紅葉を作り出す神也。しかるを日本には、春の造化の神をばさほひめといひ、秋のをば立田姫となづくる也」とある。『滑稽雑談』に「もし南の京の時よりいひ習はして、佐保山は東、立田山は西なれば、さほ山の春の景気、立田山の秋の色を翫びて、山姫の名を、春はさほ姫、秋は立田姫といひはじめたるか」とある。⇩龍田姫（たつたひめ）［秋］

§

佐保姫《さほひめ》の糸《いと》そめかくる青柳《あをやぎ》をふきなみだりそ春のやまかぜ　平兼盛・詞花和歌集一（春）
佐保姫《さほひめ》の春の衣の関《せき》もゐずたつや霞に帰《かへ》るかりがね　宗尊親王・文応三百首
佐保姫《さほひめ》の名におふ山も春くればかけて霞の衣ほすらし　藤原為家・中院詠草
佐保姫《さほひめ》の霞のころもうちなびき袖にすがとる青柳の糸《いと》　慶運・慶運百首
佐保姫《さほひめ》の霞のころもひろはたに織《を》るや真《ま》袖も世におほふらん　正徹・永享九年正徹詠草
さほひめの霞の袖に髪《かみ》すぢをみだすばかりの春雨《はるさめ》のそら　心敬・寛正百首
さほ姫のかすみのきぬにつゝまれてまだねぶりをり妹山背山　落合直文・国文学
左保ひめの大御かざしと白露の八千の真玉をふふむか桜　伊藤左千夫・伊藤左千夫全短歌
佐穂姫の裾長衣つちにすりて歩ますなべに春たつらしも　太田水穂・つゆ艸
佐保姫の十二ひとへか雲霞　立圃・空礫
年徳《としとく》やさほ姫君《ひめぎみ》のうぶの神　貞室・花見車
佐保姫のたぶさの風か少しづゝ　乙二・斧の柄草稿
佐保姫の額に見ゆれ礒の浪　巣兆・曾波可理
佐保姫に駒もよまるゝ鼻毛かな　巣兆・曾波可理
佐保姫の裾にかくるゝ雉子哉　松瀬青々・妻木

さくらまじ【桜南風】

桜の咲く頃に吹く暖かい春の風をいう。広島では「三月桜まじ（さんがつさくらまじ）」とよんでいる。［同義］油まじ。

⬇春風（はるかぜ）［春］、まじ［夏］、油まじ（あぶらまじ）［春］

さんがつ【三月】

一年一二か月の第三の月。旧暦では「弥生」といい、晩春の時候である。新暦では仲春となり、北国ではまだ積雪が残っており、木の芽がようやくふくらむ頃であるが、南国では菜の花が咲き、蝶の舞う季節である。⬇弥生（やよい）［春］、晩春（ばんしゅん）［春］、仲春（ちゅうしゅん）［春］、三月尽（さんがつじん）［春］

§

三月は柳いとよし舞姫の玉のすがたをかくすといへど　与謝野晶子・夢之華

草も木もすべて怪しき鬘《かづら》して狂へる日なり三月にして　与謝野晶子・瑠璃光

日をつぎて空晴れわたる三月《さんぐわつ》の大切《たいせつ》なる時に風を引きたり　斎藤茂吉・小園

富士に添《ソフ》て三月七日八日かな　信徳・新撰都曲

三月や清水寺の滝まふで　信徳・詞林良材

三月や冬の景色の桑一木　丈草・丈草発句集

分て此三月しれり石の銘　沾徳・俳諧五子稿

三月の海に萠《もえ》立《た》ツとさかかな　沾圃・翁草

たれこめて已《すで》に三月二十日《はつか》かな　正岡子規・子規句集

三月の鳩や栗羽を先づ翔ばす・　石田波郷・鶴

三月の産屋障子を継貼りす　石田波郷・雨覆

三月風胸の火吹かれ打臥すも　石田波郷・馬酔木

さんがつじん【三月尽】

新暦の三月末日をいう。近年の季語である。⬇弥生尽（やよいじん）［春］

§

いやさらに老いしがごとく出でくれば三月尽《さんぐわつじん》の道氷りけり　斎藤茂吉・つきかげ

行燈に三月尽の油かな　河東碧梧桐・新俳句

あり暮らす三月尽の草戸哉　松瀬青々・妻木

ざんせつ【残雪】

冬に積もった雪が春になっても溶けずにあるもの。［同義］陰雪（かげゆき）。⬇残る雪（のこるゆき）［春］、雪残る（ゆきのこる）［春］

§

残雪やごう〳〵と吹く松の風　村上鬼城・定本鬼城句集

谷底に雪一塊の白さかな　村上鬼城・鬼城句集

熊笹の中に雪ある山路かな　村上鬼城・鬼城句集

残雪の這《は》ひをる畑《はた》のしりへかな　高浜虚子・六百五十句

低い戸口をくぐつて出る残雪が堅い　尾崎放哉・須磨寺にて

山かげ残雪の家鶏もゐる　尾崎放哉・須磨寺にて

残雪や墓をめぐつて竜の髯《ひげ》　芥川龍之介・我鬼窟句抄

残雪を掴み羽搏つは鷹ならむ　水原秋桜子・晩華

滝みだれ大残雪にひゞき落つ　水原秋桜子・馬酔木

残雪や雲に消えゆく伊賀の道　加藤楸邨・雪後の天

「し」

しおひ【潮干・汐干】

潮が引くことであるが、春の彼岸の頃に行われる潮干狩の意で用いられる。彼岸の頃は気候も良く、大潮で干満の差も大きく、潮干狩に適切な季節である。浅蜊・蛤などを採る人々で干潟が賑わう光景は春の風物詩となっている。⬇春潮（しゅんちょう）［春］、干潟（ひがた）［春］、満潮（みちしお）［四季］

§

汐干つゞけけふ品川を越る人　素堂・俳諧五子稿
青柳の泥にしだる丶塩干かな　芭蕉・炭俵
けふばかり桜植《うゑ》たき潮干《しほひ》かな　木因・移徙抄
上り帆の淡路はなれぬ汐干哉　去来・去来発句集
脇指《わきざし》は落して求食《あさ》る汐干《しほひ》哉　半残・渡鳥集
三月の四日五日も汐干《しほひ》かな　許六・正風彦根体
浜と成る汐干《しほひ》や田鶴《たづ》の影法師　土芳・蓑虫庵集
松風の砂をく丶みて汐干《しほひ》哉　りん女・若艸
帆ばしらにあたら風ふく潮干かな　也有・蘿葉集
二里程は鳶も出て舞ふ汐干哉　太祇・太祇句選
ふり返る女ご丶ろの汐干かな　蓼太・蓼太句集

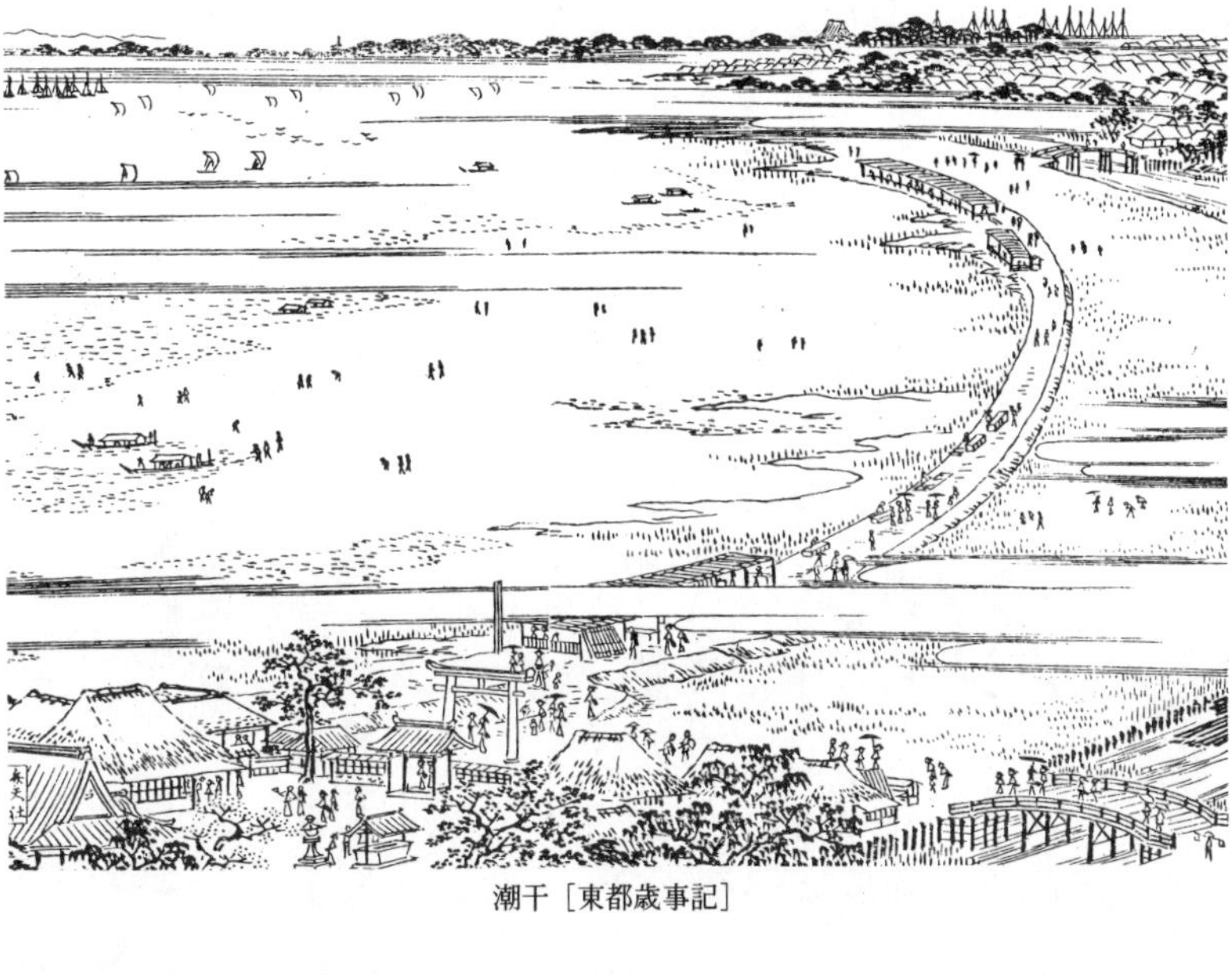

潮干［東都歳事記］

汐干潟雨しと〱と暮かゝる　一茶・旅日記
青空のとつばづれ也汐干潟　一茶・句帖
神風といふかぜの吹汐干かな　梅室・梅室家集
旅人の汐干見て行く馬上かな　内藤鳴雪・鳴雪句集
汐干より今帰りたる隣かな　正岡子規・春夏秋冬
汐干潟隣の国へつづきけり　正岡子規・新俳句
汐干狩二三人残りて汐の満ちんとす　数藤五城・春夏秋冬
いつものこと汐干雨空灰の降る　河東碧梧桐・日本俳句鈔
汐干るや温泉女雲《うんぜんめぐも》阿蘇男雲《をぐも》　河東碧梧桐・新傾向句集
汐干潟洲は柔かに現はれて　高浜虚子・虚子全集
四五本の棒杭《ぼうくひ》残る汐干《しほひ》かな　河東碧梧桐・碧梧桐句集
誰でもい、君の汐干連れの一人の俺か　中塚一碧楼・一碧楼一千句

しがつ【四月】

一年一二か月の第四の月。旧暦では「卯月」という。旧暦の四月は初夏だが、新暦では晩春となる。➡卯月（うづき）[夏]、晩春（ばんしゅん）[春]、初夏（しょか）[夏]

§

木《き》に花咲《はなさ》き君《きみ》わが妻《つま》とならむ日《ひ》の四月《しがつ》なかなか遠《とほ》くもあるかな　前田夕暮・収穫
思ひ出す木曾や四月の桜狩　芭蕉・皺筥物語
納豆をまだ食ふ宿の四月かな　村上鬼城・鬼城句集
琵琶の帆に煙霞も末の四月かな　飯田蛇笏・山廬
山葵田の水音しげき四月かな　渡辺水巴・水巴句集
妹の嫁ぎて四月永かりき　中村草田男・長子

しがつじん【四月尽】

四月末日。

§

四月尽犬にも暮雲傾きて　加藤楸邨・穂高
虎杖をむかし手折りぬ四月尽　石田波郷・鶴の

しゅんいん【春陰】

春の曇りがちな天候をいう。「花曇」と同じ意であるが、花に限定されない分、広範囲な意味合いをもつ。➡花曇（はなぐもり）[春]

§

春陰や大濤の表裏となる　山口青邨・夏草
春陰の国旗の中を妻帰る　中村草田男・火の島

しゅんえん【春園】

春の草花が咲いている庭園または公園。[同義] 春の園（はるのその）、春の庭（はるのにわ）、春苑（しゅんえん）。

しゅんぎょう【春暁】

春の夜明け。『枕草子』に「春は曙」とあるように、春の夜が明けて、明けの空がほのぼのと明るくなっていく風情である。「はるあかつき」ともいう。「春の朝」というよりは時間的に早く、うす暗い頃になる。[同義] 春の暁（はるのあかつき）、春の夜明（はるのよあけ）、春の朝明（はるのあさけ）、春曙（しゅんしょ）。➡春の曙（はるのあけぼの）[春]、春の朝（はるのあさ）[春]

§

浅間ゆ富士へ春暁の流れ雲　臼田亜浪・定本亜浪句集

春暁や水車の落す夜の水　飯田蛇笏・国民俳句
兄はこの春暁をはや書読《ふみ》めり　山口青邨・雪国
春暁や先づ釈迦牟尼に茶湯して　川端茅舎・川端茅舎句集
春暁や音もたてずに牡丹雪　川端茅舎・川端茅舎句集
春暁の壁の鏡にベッドの燈　石田波郷・鶴の眼
夜の大雨やがて春暁の雨となる　水原秋桜子・馬酔木
春暁や水ほとばしり瓦斯燃ゆる　中村汀女・ホトトギス
春暁や人こそ知らね木々の雨　日野草城・花氷
ふるさとの春暁にある厠かな　中村草田男・長子
春暁の門辺どちなる女中達　中村草田男・火の島
ながきながき春暁の貨車なつかしき　加藤楸邨・穂高
大阪城ベッドの脚にある春暁　石田波郷・鶴の眼

しゅんこう【春光】

春の風光、春の陽光、陽春の風情をいう。［同義］春の光（はるのひかり）、春の匂（はるのにおい）、春の色（はるのいろ）、春色（しゅんしょく）、春景色（はるげしき）、春景（しゅんけい）、春容（しゅんよう）、春望（しゅんぼう）。➡春の日（はるのひ）［春］、風光る（かぜひかる）［春］、春の曙（はるのあけぼの）［春］

§

鳥の羽に見初る春の光かな　樗良・樗良発句集
あめつちや実もはへある春の色　樗良・樗良発句集
門を出る人春光の包み去る　高浜虚子・七百五十句

しゅんしょう【春宵】

➡春の宵（はるのよい）［春］

§

燈《ひ》のもとに白銀《しろがね》の銭《ぜに》をころばせてたのしからざる春宵《しゅんせう》と思へ　前川佐美雄・天平雲
春宵《しゅんしょう》や柱のかげの少《しょう》納《な》言《ごん》　高浜虚子・五百句
春宵《しゅんしょう》の此一刻を惜むべし　高浜虚子・五百五十句
春宵や水辺の石の置行燈　田中王城・ホトトギス
春宵の矢車の花赤藍白　山口青邨・雪国

しゅんじん【春塵】

春、雪解も終り地表が乾燥した頃、季節の変わり目の強風で起きる風塵をいう。［同義］春埃（はるぼこり）、黄塵（こうじん）、馬糞埃（ばふんぼこり）。➡春嵐（はるあらし）［春］、春疾風（はるはやて）［春］、塵（ちり）［四季］

§

長谷寺
御胸に春の塵とや申すべき　高浜虚子・六百句
春塵の没日音なし卓を拭き　加藤楸邨・穂高

しゅんすい【春水】

春になり、氷が解けて流れる水のこと。➡春の水（はるのみず）［春］

§

春水や草をひたして一二寸　夏目漱石・漱石全集
春水や一つ浮きたる水馬　高浜虚子・句日記
春水の底の活溌々地かな　川端茅舎・俳句研究
坊毎に春水はしる筧かな　杉田久女・杉田久女句集
春水の油も塵も河の幅　中村汀女・都鳥

しゅんせつ【春雪】

⬇春の雪（はるのゆき）［春］

§

春雪《しゅんせつ》のほどろに凍《こご》る道の朝流離のうれひしづかにぞ湧く　木俣修・みちのく

春雪《しゅんせつ》の繽紛《ひんぷん》として舞ふを見よ　高浜虚子・五百五十句

手鏡に春雪とわがひげづらと　日野草城・旦暮

春雪や学期も末の苜蓿　芝不器男・芝不器男句集

しゅんちょう【春潮】

春の海の潮。春の海は冬の季節風が止んで穏やかになり、潮の色も淡い藍色に変化し、海水は透明度を増してくる。潮の干満の差も著しくなり、干潮時には広々とした干潟のできる海も多い。⬇春の波（はるのなみ）［春］、春の海（はるのうみ）［春］、観潮（かんちょう）［春］、潮干（しおひ）［春］、初潮（はつしお）［秋］

§

章魚眠る春潮落ちて岩の間　夏目漱石・漱石全集

我心春潮にありいざ行かむ　高浜虚子・五百五十句

春潮《しゅんちょう》にたとひ艪櫂《ろかい》は重くとも　高浜虚子・六百句

春潮といへば必ず門司を思ふ　高浜虚子・五百句

縁の下に春の潮さす生簀かな　竹村秋竹・春夏秋冬

親鳥まどろみ春の潮鳴りたうたうたう　中塚一碧楼・一碧楼一千句

佇めば春の潮鳴る舳先かな　杉田久女・杉田久女句集

春潮に浮びて険し城が島　水原秋桜子・葛飾

盃をふくみ春潮をのむごとし　山口青邨・雪国

青インコ飼へり春潮真下にし　山口青邨・夏草

しゅんでい【春泥】

春の雨や凍解け、雪解けなどで道や田の畦などの土がぬかるみになることをいう。冬から春への季節の移り変わりを表現した情緒のあることばである。［同義］春の泥。⬇凍解（いてどけ）［春］、春の泥（はるのどろ）［春］、春の土（はるのつち）［春］

§

きさらぎのちまたの泥《どろ》におもおもと石灰《いしばひ》ぐるま行《ゆ》くさへさびし　斎藤茂吉・あらたま

きさらぎのちまたの泥《どろ》に佇立《たたず》める馬《うま》の両眼《りやうがん》はまたたきにけり　斎藤茂吉・あらたま

春《しゅん》泥《でい》に映りすぎたる小《こ》提灯《ぢょうちん》　高浜虚子・六百句

春《しゅん》泥《でい》の鏡の如く光りをり　高浜虚子・七百五十句

春泥を心覚えや闇を行く　西山泊雲・ホトトギス

春泥をゆく声のして茜さす　臼田亜浪・定本亜浪句集

春泥や屏風かついで高足駄　飯田蛇笏・山廬集

春泥に舟にかも似し木履かな　楠目橙黄子・ホトトギス

春聯のうつれば赤き春の泥　山口青邨・雪国

春泥に子等のちんぼこならびけり　川端茅舎・川端茅舎句集

しゅんとう【春灯・春燈】

春の燈火をいう。「はるともし」ともいう。春夜、朧に見える燈火の風情である。［同義］春の灯。⬇春の灯（はるのひ）

［春］、寒燈（かんとう）［冬］

§

春深く蔀に透るともし哉　召波・春泥発句集
茶房暗し春灯は皆隠しあり　高浜虚子・五百五十句
春灯の下に我あり汝あり　高浜虚子・虚子全集
春燈やはなのごとくに嬰のなみだ　飯田蛇笏・雲母
鯉跳ねて弁才天の春灯　山口青邨・雪国
紀三井寺漁火の上なる春灯　川端茅舎・華厳
春燈を消すに遅速の三世帯　日野草城・旦暮
次の間に夕餉たのしげ春灯漏れ　日野草城・旦暮
母の命下に春灯点ぜし頃恋し　中村草田男・母郷行
本売りて一盞さむし春燈下　加藤楸邨・穂高

しゅんぶん【春分】

二十四節気の一。旧暦二月の中、啓蟄より一五日目、春の彼岸の中日で春分点の当日。新暦の三月二一日ごろ。秋分と同様に昼と夜の長さが等しくなる日。『滑稽雑談』に「月令広義に曰、春分は二月の中、啓蟄の後十五日、斗、卯を指して春分と為す。二月の中、分は半なり、九十日の半に當る也。故に之を分と為す」とある。［同義］中日（ちゅうにち）。⬇春（はる）［春］、立春（りっしゅん）［春］、秋分（しゅうぶん）［秋］、彼岸（ひがん）［春］

§

一年《ひととせ》に春分秋分の日をたてて人の心をゆたかならしむ　半田良平・幸木
春分を迎ふ花園の終夜燈　飯田蛇笏・椿花集

しゅんらい【春雷】

春に鳴る雷。寒冷前線に伴う界雷。界雷は寒冷前線が急激な上昇気流を伴うときに起る雷。［同義］春の雷（はるのかみなり）。⬇初雷（はつらい）［春］、雷（かみなり）［夏］、春時雨（はるしぐれ）［春］、春の雷（はるのらい）［春］、稲妻（いなづま）［秋］

§

おぼろかに月さす空に鳴りわたる春のいかづち雹《へう》飛ばしくる　宇都野研・木群
雲ごもり雷《らい》とどろきてこの夕べすももの花に雹《ひょう》を降らせり　前川佐美雄・天平雲
春雷にお能始まる御殿かな　村上鬼城・鬼城句集
春雷の鳴り過ぐるなり湾の上　高浜虚子・虚子全集
春雷や俄に変る洋の色　杉田久女・杉田久女句集
春雷や暗き厨の桜鯛　水原秋桜子・葛飾
春雷や牡丹の蕾まつ蒼に　川端茅舎・川端茅舎句集
春雷や三代にして芸は成る　中村草田男・来し方行方
春雷の熄みし口洞閉づるかな　石田波郷・惜命

しゅんりん【春霖】

春の長雨をいう。三〜四月頃、日本南岸沿に停滞した梅雨に似た前線が長雨をもたらす。⬇春雨（はるさめ）［春］、春の雨（はるのあめ）［春］

しょしゅん【初春】

三春（初春・仲春・晩春）の一。新暦の二月（旧暦の一月）で、立春（二月四日）から啓蟄の前日（三月五日）までをいう。旧暦または月遅れの正月を迎える地域では、新年と初春が同時期になる。俳句では「初春（はつはる）」と読むと新年の季語になる。［同義］孟春（もうしゅん）、上春（じょうしゅん）。⬇初春（はつはる）［新年］、早春（そうしゅん）［春］、春（はる）［春］

しんきろう【蜃気楼】

海上や砂漠などで、大気が局部的または層状に温度差をもつときに、光線の屈折により、地上の風景が浮かんで見えたり、逆さに見えたり、遠方の風景が近くに見えたりする現象をいう。日本では四～五月頃に富山湾や伊勢湾などに見られる。これは雪解けの水が湾に流れ、その温度差で生じるものとされる。最初は雲や幕のように不分明であるが、やがて城閣やビルなどの形に変化していく。往時では蜃気楼を海底の蜃（大蛤）が気を吐いて現れるものと考えていた。［同義］蜃楼（しんろう）、海市（かいし）、山市（さんし）、喜見城（きけんじょう）、かいやぐら、きつねだな〈津軽〉、狐の森（きつねのもり〈越後〉）、なごのわたり〈四日市〉、蓬莱島（ほうらいじま〈島根〉）。⬇かいやぐら［春］、逃水（にげみず）［春］、不知火（しらぬい）［秋］

§

湯のけぶり潮のけぶりの中にして歌へるところ蜃気楼《しんきろう》めく　与謝野晶子・草の夢

珊瑚つむ船の行方や蜃気楼　松瀬青々・妻木

「す～そ」

すみれの【菫野】

春、菫や蒲公英（たんぽぽ）が一面に咲きでた野原をいう。

§

春《はる》さればすみれ咲《さ》く野《の》の朝《あさ》がすみ空《そら》に雲雀《ひばり》の声《こゑ》ばかりして　加藤枝直・東歌

菫野やいざ胡坐して笛籟ん　闌更・半化坊発句集

菫野や今見し昔なつかしき　几董・井華集

せいめい【清明】

二十四節気の一。旧暦三月の節で、春分の後の一五日目。新暦の四月五日頃。草木万象がいよいよ清鮮な季節であるところから清明とした。中国では墓を清掃して祭る日である。⬇春（はる）［春］、立春（りっしゅん）［春］、春分（しゅんぶん）［春］

せきしゅん【惜春】

行く春を惜しむこと。⬇春惜しむ（はるおしむ）［春］、余春（よしゅん）［夏］

§

君とわれ惜春の情なしとせず　高浜虚子・六百句

惜春の心もありて人を訪《と》ふ　高浜虚子・七百五十句

惜春の情《こゝろ》芭蕉の像の下　　山口青邨・雪国

そうしゅん【早春】
春になってまだ間のない時候をいう。一般に立春（二月四日頃）後から二月半ばくらいの時期。寒さがまださらないが、それでも日差しや自然のそこそこに春の確かな兆しを感じることを表現したことばである。［同義］春さき（はるさき）。⬇春浅し（はるあさし）［春］、初春（しょしゅん）［春］

§

春に入つて近頃青し鉄行燈　　夏目漱石・漱石全集
早春の流水早し猫柳　　西山泊雲・ホトトギス
早春の日のとろとろと水瀬かな　　飯田蛇笏・山廬集
早春や枯木常盤木たばこ店　　渡辺水巴・水巴句集
早春の入日林中の笹を染む　　水原秋桜子・馬酔木
夜の都春先きの横長いひゞき　　中村草田男・火の島
早春やラヂオドラマに友のこゑ　　石田波郷・鶴
早春や胸高に出づ予後の月　　石田波郷・惜命

「た〜と」

たかかしてはととなる【鷹化して鳩と為る】
七十二候の一。仲春の月、啓蟄の節の第三候（三月一六〜二〇日）。中国の俗信が暦に取り入れられ、俳句の季語となったもの。

§

鷹化して雀の代なり鳩の声　　其友・類題発句集
新鳩よ鷹気を出して憎まれな　　一茶・句帖

たきぎのう【薪能】
旧暦二月に興福寺の修二会に行われた神事能。南大門の芝の上で四座の大夫によって行われた能楽。現在では簡略化して五月一一・一二日に行われている。また近年、諸社寺などで夜間に行われる野外能も薪能と呼ばれている。

§

熊坂に春の夜しらむ薪哉　　几董・井華集
薪燃えて静の顔を照しけり　　正岡子規・春夏秋冬
薪能もつとも老いし脇師かな　　高浜虚子・虚子全集
笛方のかくれ貌なり薪能　　河東碧梧桐・春夏秋冬
薪能小面映る片明り　　河東碧梧桐・春夏秋冬
歩を移す梅のうしろや薪能　　松瀬青々・妻木

たろうづき【太郎月】
旧暦一月の異称。⬇睦月（むつき）［春］

§

罷出たものは物ぐさ太郎月　　蕪村・ふたりづれ

ちくしゅう【竹秋】
旧暦三月の別名。多くの草木は秋に紅葉となるが、竹は三〜四月頃に葉が黄ばんでくるため、春を「竹の秋」とよんでいる。［同義］竹の秋（たけのあき）。⬇竹の春（たけのはる）

［秋］

ちじつ【遅日】

日が暮れるのが遅くなった春の日をいう。➡遅き日（おそきひ）［春］

§

旅籠屋《はたごや》に夕餉《ゆうげ》待つ間の暮遅し　正岡子規・子規句集
蜜とれば鶏も戻りて遅日《ちじつ》かな　河東碧梧桐・碧梧桐句集
海に浸る檜《ひのき》の匂ふ遅日かな　河東碧梧桐・碧梧桐句集
肥後橋に筑前橋に遅日哉　松瀬青々・筑摩文学全集
新樽に酒のしみ減る遅日かな　高田蝶衣・青垣山
厠出て葉蘭を濡らす遅日かな　日野草城・青芝

ちゅうしゅん【仲春】

三春（初春・仲春・晩春）の一。旧暦の二月（新暦の三月）で、啓蟄（新暦三月六日）から清明の前日（新暦四月四日）までをいう。［同義］仲の春（なかのはる）、春なかば（はるなかば）。➡如月（きさらぎ）［春］、二月（にがつ）［春］、三月（さんがつ）［春］、春（はる）［春］

§

冴え返り冴え返りつゝ春なかば　西山泊雲・ホトトギス

つちふる【霾】

「土降る」の意。中国北部や蒙古で、毎年三〜五月頃に黄砂塵を含んだ季節風が吹く。この砂塵を「黄沙（こうさ）」といい、日本にも飛来し、空を黄色に染めることがある。「ばい」ともいう。［同義］霾風（つちふる・ばいふう）、霾天（つちふる・ばいてん）、蒙古風（もうこかぜ）、霾晦（よなぐもり）、つちかぜ、よなぼこり、胡沙来る（こさきたる）。

でんそかしてうずらとなる【田鼠化して鴽と為る】

七十二候の一。晩春の月、清明の節の第二候（四月一〇日〜一四日）。三月に田鼠（土龍＝もぐら）が鴽（鶉＝うずら）となり、八月にはその逆となるという古代中国の俗信がある。

§

鶉かと鼠の味を問てまし　其角・五元集
田鼠の手づま只今うづら哉　未石・綾錦
嘴にまだ毛の見ゆる鶉哉　入楚・類題発句集
飛鶉鼠のむかし忘るゝな　一茶・一茶句帖
田鼠や春にうづらの衣がえ　梅室・梅室家集

とりぐもり【鳥曇】

春、鶴や雁、鴨などの渡鳥が帰る頃の曇り空をいう。➡鳥雲（とりぐも）［秋］

§

桜ちる空や越後の鳥曇《とりぐもり》　許六・摩詰庵入日記
行春に佐渡や越後の鳥曇り　許六・五老井発句集

「な」

ながきひ【永き日・長き日】

春分以後、次第に日中が長くなっていく春の日をいう。気象上では夏至がもっとも日が長いが、冬から春への日足の長さの変化が一番切実に感じられることから、春の季語とする。『滑稽雑談』に「初夏の日影は春日より長しといへども、少し陽気勝ち過ぎたり。春日の舒々として長きは、猶賞する所多し」とある。［同義］日永（ひなが）、日永し（ひながし）、永日（えいじつ）、春永し（はるながし）。⬇長閑（のどか）［春］、遅き日（おそきひ）［春］、春の日（はるのひ）［春］、日永（ひなが）［春］

§

梅の花咲き散る春の永き日を見れども飽かぬ磯にもあるかも　甘南備伊香・万葉集二〇

若芽ふく春の永日を現とも夢ともわかすあるがともしも　伊藤左千夫・伊藤左千夫全短歌

永き日をなびく柳の風たえて夕暮近くなりにけるかな　正岡子規・子規歌集

永き日をつみてすてたる花束に二つ舞ひよる蝶うるはしき　与謝野寛・紫

鳥籠《とりかご》をしづ枝にかけて永《なが》き日を桃《もも》の花かずかぞへてぞ見る　山川登美子・山川登美子歌集

せまり来《き》て心はさびしすがのねの永《なが》き春日《はるび》とひとはいへども　斎藤茂吉・たかはら

永き日の昼の思のはてどころ鉄砲百合もかたむきにけり　北原白秋・桐の花

永き日を囀りたらぬひばり哉　芭蕉・続虚栗

永き日や味《あぢ》にやつれし旅の形《なり》　木因・白眼

永《なが》き日や田に山陰《やまかげ》のひとつづゝ　杉風・俳僊遺墨

永《なが》き日《ひ》や今朝《けさ》を昨日《きのふ》に忘《わす》るらん　荷兮・春の日

ながき日や雀《すずめ》の親のあがくこと　尚白・忘梅

永《なが》き日《ひ》や油《あぶら》しめ木《ぎ》のよはる音《おと》　野水・あら野

永《なが》き日や大仏殿の普請声《ふしんごゑ》　李由・韻塞

いたづらに富士見て永き日をたてな　北枝・卯辰集

永の日を喰ふやくはずや池の亀　一茶・七番日記

永き日や鈍太郎殿の手車　内藤鳴雪・鳴雪句集

永き日や花の初瀬の堂めぐり　内藤鳴雪・俳句三代集

永き日の暮れんとすなり二月堂　正岡子規・新俳句

　松山客中虚子に別れて

永き日や欠伸うつして別れ行く　夏目漱石・俳句三代集

永き日を順礼渡る瀬田の橋　夏目漱石・漱石全集

永き日や羽惜む鷹の嘴《はし》使ひ　河東碧梧桐・碧梧桐句集

ながき日や洛《みやこ》を中の社寺詣　飯田蛇笏・山廬集

永き日を妻と暮らしつ子は措きて　日野草城・旦暮

永き日や何の奇もなき妻の顔　日野草城・花氷

永き日の餓ゑさへも生《せい》いくさすな　中村草田男・銀河依然

永き日のにはとり柵を越えにけり　芝不器男・不器男句集

なたねづゆ【菜種梅雨】

菜の花の咲く四月頃に降る長雨をいう。花を潤す雨である。［同義］菜種入梅（なたねにゅうばい）。⬇春の雨（はるのあめ）［春］、筍梅雨（たけのこづゆ）［夏］

なだれ【雪崩】

積雪が斜面から崩れ落ちる現象をいう。雪崩には風雪崩・

底雪崩・氷雪崩の三種類がある。風雪崩は冬の季節に起きる雪崩で、凍った根雪の上に降り積もった粉雪が強風で山腹を滑り落ちるものをいう。底雪崩は春の暖気で地表が暖まり積雪の底の部分が融けだして起きるものである。裏日本ではしばしば起きることがあり樹木を折り石を転がし、人家を埋めるなどの大きな被害をもたらすことがある。「地こすり」ともいう。氷雪崩は氷河が溶けて起きるもので日本には見られない。俳句では一般に、春の暖気で起きる雪崩をいう。『栞草』に「春暖により、山より雪のとけ落つるを云ふよし、北越雪譜にみえたり」とある。［同義］雪傾れ、雪くずれ（ゆきくずれ）、なだれ雪（なだれゆき）。⇩雪傾れ（ゆきなだれ）［春］、雪解（ゆきどけ）［春］、残る雪（のこるゆき）［春］、雪（ゆき）［冬］、氷河（ひょうが）［四季］

§

まむかうの山間《さんかん》に冷肉《ひやにく》のごとき色の山のなだれはしばらく見えつ　斎藤茂吉・たかはら

大杉の雪のなだれのしげくして根がたの竹は伏しみだれたり　若山牧水・なだれ

谿の音雪崩なりける機始　水原秋桜子・葛飾

黒部川葛に雪崩の圧しかかり　加藤楸邨・穂高

炉火守の遠き雪崩に目覚めをり　石橋辰之助・筑摩文学全集

なつちかし【夏近し】

春も更け、風物のすべてが夏に入ろうとする頃をいう。［同義］夏隣（なつどなり）、夏隣る（なつとなる）。⇩暮の春（くれのはる）［春］

§

夏ちかし石槌山の山びらき明日明後日《あすあさて》にかなりやしぬらむ　吉井勇・天彦

夏ちかの誰も柱によりやすし　成美・成美家集

川上に鶯啼きて夏近し　内藤鳴雪・鳴雪句集

夏近き風のそよぎや風孕む　伊藤左千夫・伊藤左千夫全短歌所収「俳句」

夏近き近江の空や麻の雨　村上鬼城・鬼城句集

夏近き犬の病もおそろしき　河東碧梧桐・碧梧桐句集

煮るものに大湖の蝦や夏近し　飯田蛇笏・国民俳句

活けて咲く赤城躑躅や夏隣　菅原師竹・日本俳句鈔

芭蕉像笠はましろく夏近し　山口青邨・雪国

なわしろ【苗代】

田植に使用する稲苗をまとめて育てる田をいう。雪解と共に田打が行われ、種浸しの頃に短冊形に区割りされた苗代田が作られる。この種籾を播くために田を整備することを苗代じめという。十分に鋤かれ、肥料を施されたのち、八十八夜頃に稲種が播かれる。無事に苗代への播種が終わると苗代粥をつくり、田の神を祭る地域もある。春の日をあびて四〜五日で緑色の幼芽が顔をだし、苗代田は短冊形がはっきりとしてくる。播種後三〇日ほどで青々とした早苗に成長する。この頃には田植をする田の準備はすっかり整っている。『滑稽雑談』に「新古今抄に云、種井より取出して、田に蒔きてはやすを、苗代と云ふ也。代とは苗を生する故也。今時も鷹場に鶴の居る所を鶴の代と云ふ心也」とある。『栞草』に「苗代と云ふ名は、もと種をおろす所の田をさして云ふ也。代とは七十二歩を十代といふと有りて、田畝の数也。五百代・千代など云ふ代に同じ。さて転りて、春田に水を引き種蒔くことの名目となれる也」とある。［同義］苗代田（なわしろだ）、苗田（なえだ）、代田（しろた）、短冊苗代（たんざくなわしろ）、親田（おやだ）、苗間（なえま）、のしろ。➡苗代時（なわしろどき）［春］、田植（たうえ）［夏］

§

苗代《なはしろ》の子水葱《こなぎ》が花《はな》を衣《きぬ》に摺《す》り馴《な》るるまにまにあぜか愛《かな》しけ　作者不詳・万葉集一四

なはしろに老のちからや尻たすき　嵐雪・玄峰集
苗代に仁王のやうな足の跡　野坡・類題発句集
苗代や鞍馬の桜ちりにけり　蕪村・明烏
桜ちる苗代水や星月夜　蕪村・蕪村遺稿
松遠し苗代水に日の当る　召波・春泥発句集
我こねたのも苗代と成にけり　一茶・七番日記
苗代の雨みどりなり三坪程　正岡子規・新俳句
苗代や水を離るる針の尖　正岡子規・春夏秋冬
苗代床浮くばかり降るさ中かな　大須賀乙字・炬火
霽れ際の明るき雨や苗代田　日野草城・花氷
苗代に夕風渡る緑かな　内藤鳴雪・鳴雪句集
苗代を作りて伐るや楢林　村上鬼城・鬼城句集

なわしろどき【苗代時】
春、水田に植える稲苗を育てる頃。➡苗代（なわしろ）［春］

「に〜の」

にがつ【二月】
一年十二か月の第二の月。旧暦では「如月」といい、仲春となる。新暦では月の初めに立春（二月四日頃）があり、浅い春、また早春の季節である。➡如月（きさらぎ）［春］、初春（しょしゅん）［春］、早春（そうしゅん）［春］、仲春（ちゅうしゅん）［春］

§

野の梅のちりしほ寒き二月哉《にぐわつかな》　尚白・猿蓑
水仙のなまあたゝかな二月かな　土芳・蓑虫庵集
はなのさく木はいそがしき二月哉　支考・支考句集
梅散りて鶴の子寒き二月かな　内藤鳴雪・鳴雪句集
黒うなつて茨の実落つる二月かな　村上鬼城・鬼城句集
旃檀《せんだん》のほろほろ落る二月哉　正岡子規・子規句集
法堂や二月厳しき松の幹　渡辺水巴・白日
渓橋に見いでし杣も二月かな　飯田蛇笏・山廬集
奥津城に犬を葬る二月かな　芝不器男・不器男句集

にがつじん【二月尽】
新暦の二月末日をいう。近年の俳句の季語。➡二月（にがつ）［春］

にげみず【逃水】
蜃気楼の現象の一種で、遠くに水があるように見え、近づくとさらに遠くに逃げたように見える現象をいう。晴天の春から夏に見られ、武蔵野の名物として古歌に多く詠まれている。『東都歳時記』に「むさしの、景物なり。古歌に多くよめり。春より夏へかけて、草々の風にそよぐさまをいふとぞ。秋冬はなし。わけて長閑なる春の日、地気立ちて、こなたより見れば草の葉末を水の流るゝ如く見ゆるなり。其の所にいたりて見ればなくて、又向ふの方に流る、がごとし。よりて逃水との名ありと」とある。➡蜃気楼（しんきろう）［春］

§

むさし野に立出てみれは逃水のゆくへも春はいとあそふなり
上田秋成・寛政九年詠歌集等

むさしのをわが分《わけ》くれば逃水の行《ゆく》へまどはすむしのこゑごゑ
香川景樹・桂園一枝拾遺

にしんぐもり【鰊曇】
北海道で、春に雲が垂れ込めて重苦しい曇天になる頃、鰊の漁期となることから、この空模様の名がある。［同義］鰊空（にしんぞら）。

ねはんにし【涅槃西風】
旧暦の二月一五日、釈尊入滅の涅槃会の頃の七日間に吹く西風をいう。西方は浄土であり、釈尊入滅の日、浄土から現世への訪れとして吹く風である。伊豆・鳥羽あたりの船詞として知られる。［同義］涅槃吹（ねはんぶき〈愛知県〉）、彼岸西風（ひがんにし〈愛知県〉）。➡春風（はるかぜ）［春］

§

涅槃西風吹くわたましの甕を負ふ
清原枴童・ホトトギス

塵の世の松を鳴らして涅槃西風
清原枴童・第二同人句集

のこるこおり【残る氷】
春の季節になって、湖・沼・池・川などに解けずに残っている氷をいう。［同義］浮氷（うきごおり）。➡春の氷（はるのこおり）［春］、氷（こおり）［冬］

のこるさむさ【残る寒さ】
➡余寒（よかん）［春］

§

襟巻《えりまき》の浅黄《あさぎ》にのこる寒さかな
蕪村・夜半叟句集

木の七五三のひら〳〵残る寒かな
一茶・九番日記

のこるゆき【残る雪】
春になってもまだ消えずに残っている雪。遠峰にいただく残雪など、残雪のもつ風情は雪国特有のものであるが、積雪の少ない地域でも木陰や山陰などに雪が消え残っている場合がある。［同義］残雪、雪残る、去年の雪（こぞのゆき）、陰雪（かげゆき）。➡雪残る（ゆきのこる）［春］、雪解（ゆきどけ）［春］、雪間（ゆきま）［春］、残雪（ざんせつ）［春］、雪崩（なだれ）［春］

§

残る雪はなと木の芽の色になる浅間のけむり西へなびいて
青山霞村・池塘集

春の雨ひねもす降《ふ》れば石《いし》かげにかすかになりて残《のこ》る雪あり
斎藤茂吉・石泉

残る雪青白みつゝ浮べるを日くれわびしくうちまもるかな　木下利玄・銀

廊さむし消残《けのこ》りの雪まだらなる東司《とうす》の裏の苔ふかき庭　吉井勇・人間経

木枕の垢や伊吹に残る雪　丈草・丈草発句集

囀《さへづ》りに鳥は出《で》はてゝ残る雪　北枝・しるしの竿

消のこる雪にもあそぶ子供哉　士朗・枇杷園句集

残る雪鶴郊外に下りて居り　河東碧梧桐・碧梧桐句集

炉滓《ろし》捨てし裏も見るなり残る雪　河東碧梧桐・碧梧桐句集

椿落ちて義経寺や残る雪　河東碧梧桐・新傾向句集

炉滓捨てし裏も見るなり残る雪　河東碧梧桐・日本俳句鈔

美しく残れる雪を踏むまじく　高浜虚子・六百句

田一枚一枚づゝに残る雪　高浜虚子・六百五十句

乾きたる土の上なり残る雪　高浜虚子・虚子全集

一枚の餅の如くに雪残る　川端茅舎・続ホトトギス

残る雪ふたとこみとこ踏みて訪ふ　山口青邨・雪国

のどか【長閑】

おだやかでのんびりしたさま。古歌では、長閑（のどか）と長閑し（のどけし）のことばで詠まれることが多い。『枕草子』に「三月三日は、うらうらとのどかに照りたる」とある。『栞草』に「春の日、ゆつたりと長く、閑かなるを云ふ」とある。俳句では、麗らかに晴れてゆったりとした長い春の日をいう。［同義］長閑し（のどけし）、のどけさ、のどやか、のどろか、駘蕩（たいとう）。➡永き日（ながきひ）［春］

§

うちはへて春《はる》はさばかりのどけきを花《はな》の心《こころ》やなに急《いそ》ぐらむ　清原深養父・後撰和歌集三（春下）

常《つね》よりものどけかりつる春《はる》なれど今日《けふ》の暮《く》るゝは飽《あ》かずぞありける　凡河内躬恒・拾遺和歌集一（春）

のどかなるかげを契《ちぎ》りて春《はる》の日《ひ》のおつれば落《お》つる夕雲雀《ゆふひばり》かな　幽斎・衆妙集

うらうらとのどけき春《はる》の心《こころ》よりにほひいでたる山《やま》ざくら花《ばな》　賀茂真淵・賀茂翁家集

春日かげ長閑に霞む山寺に苔路きよめて花を見るかな　与謝野礼厳・礼厳法師歌集

何事を営むとしもなけれども閑《のど》かにくらす日こそすくなき　大愚良寛・良寛自筆歌集

うづみ火のにほふあたりは長閑《のどか》にて昔がたりも春めきにけり　香川景樹・桂園一枝

のどかなる日にこぼれてやうかぶらむまさごながるゝ春の川岸　大隈言道・草径集

のどかなる雨のおとづれ聞《きき》めでゝ出《いで》ぬことにはなしつ柴戸《しばのと》　橘曙覧・君来艸

わか居間を我れと清めて朝心長閑に静に文机による　伊藤左千夫・伊藤左千夫全短歌

のと《(ど)》かなるこゝろをやか《(が)》て春なれや　わか《(が)》山桜かへりさきせ《(ぜ)》り　樋口一葉・詠草

春日のどか十三詣の歩遅い嵯峨の一重に御室の八重に　青山霞村・池塘集

吾《わ》が前をつらなり移る緬羊の閑《のどか》なる足音《あおと》聞えくるかも　宇都野研・木群

姫桃の一とむらつゞく踏切を汽車は上りの午長閑なり　北原白秋・白秋全集

のどけしや港の昼の生肴　荷兮・あらの

のどけしや筑紫《つくし》の袂伊勢《たもといせ》の帯《おび》　越人・春の日

人の世やのどかなる日の寺林　其角・五元集

朔日《ついたち》は十二あれども長閑《のどか》なり　鬼貫・俳諧大悟物狂

長閑《のどか》さや寒《かん》の残りも三ケ一《さんがいち》　利牛・炭俵

のどかさに又かりそむる酒債《さかて》哉　牧童・卯辰集

長閑《のどか》さやしら、難波《なには》の貝《かひ》づくし　北枝・卯辰集

長閑成御代《のどかなるみよ》の姿やかなめ石　桃隣・陸奥衛

長閑しや麦の原なるたぐり舟　白雄・白雄句集

のどかさや大河を渡る蝶一つ　蒼狐・古今句鑑

のどかさは障子のそなたこなたかな　月居・続明烏

茅屋根に鵜の長閑也嶋の雨　巣兆・曾波可理

長閑さや垣間を覗く山の僧　一茶・発句集

長閑さや浅間けぶりの昼の月　一茶・発句集

呼あふて長閑に暮らす野馬哉　一茶・嘉永板発句集

長閑なる水暮れて湖中灯ともれる　河東碧梧桐・新傾向句集

長閑さや伏籠につかへ軍鶏の長ケ　飯田蛇笏・国民俳句

ひとり歩く木曾の荷牛の長閑かな　村上鬼城・鬼城句集

のどかさや内海《うちうみ》川の如くなり　正岡子規・子規句集

人形も馬もうごかぬ長閑さよ　夏目漱石・漱石全集

山寺の古文書《こもんじよ》も無く長閑《のどか》なり　高浜虚子・五百句

長閑さや暮れて枯草ふくらめる　渡辺水巴・白日

のび【野火】

早春に野山の枯れ草を焼く火。野焼の火。➡野焼く（のやく）［春］

§

梓弓《あづさゆみ》　手に取り持ちて　大夫《ますらを》の　得物矢《さつや》手ばさみ　立ち向ふ　高円山《たかまとやま》に　春野焼く　野火《のび》と見るまで　もゆる火を　いかにと問へ　作者不詳・万葉集二

冴えかへり寒けき今日のうらら日に野火の煙の青みたなびく　若山牧水・山桜の歌

いづかたぞゆふべの国にあかあかと野火こそ見ゆれ山を越ゆれば　石井直三郎・青樹

のやく【野焼く】

春の菜類や草花の成長を早めるため、二月頃に野山の枯草を焼くこと。［同義］野山焼く（のやまやく）。➡焼野（やけの）［春］、山焼（やまやき）［春］、野火（のび）［春］

§

大原の野を焼く男野を焼くと雉《きぎす》な焼きそ野を焼く男　正岡子規・子規歌集

野とゝもに焼る地蔵のしきみ哉　蕪村・蕪村句集

山焼やほのかにたてる一ツ鹿　白雄・白雄句集

山焼の明りに下る夜舟哉　一茶・七番日記

野を焼くや風曇りする榛名山　村上鬼城・鬼城句集
出て見れば南の山を焼きにけり　正岡子規・子規句集
野辺焼くも見えて淋しや城の跡　正岡子規・子規句集

「は」

はだれ【斑雪】
斑模様に降り積もった雪。近年、春の季語として詠まれているが、往時から使われていたことばである。［同義］はだら、はだら雪（はだらゆき）。⇩春の雪（はるのゆき）［春］、春雪（しゅんせつ）［春］

§

御食向《みけむか》ふ南淵山《みなぶちやま》の巌《いはほ》には落《ふ》りしはだれか消え残りたる　万葉集八（柿本人麻呂歌集）
わが園の李《すもも》の花か庭に降るはだれのいまだ残りたるかも　大伴家持・万葉集一九
たには道に打こえくれは野も山も照日なからにはたれ雪ふる　上田秋成・寛政九年詠歌集等
菜の花をそびらに立てる低山《ひくやま》は櫟《くぬぎ》がしたに雪はだらなり　長塚節・鍼の如く
海を吹く風をいたみとさかさまに杉の葉ちりぬ春の斑雪《はだれ》に　斎藤茂吉・石泉
うら寒き春の日ざしははだら雪消《け》のこる杉にさしこもりたり　若山牧水・くろ土
山のかげむらさきとなる夕まぐれ動くは煙《けむり》しづまる斑雪《はだれ》　土屋文明・山の間の霧
この里の麦畑ぞひの横山をはだらにしたるけさの薄雪　太田水穂・冬菜
はだれ雪ひらりとしてはみそさゞい　祐甫・有磯海

はちじゅうはちや【八十八夜】
立春から八八日目にあたる日をいい、新暦の五月二〜三日にあたる。「八十八夜の別れ霜」といい、この時期を境に霜が降りなくなる。茶摘みや種蒔きに適した時期であり、養蚕では初眠の頃で、農家は多忙となる。⇩忘霜（わすれじも）［春］

§

しら藤の見ゆる八十八夜かな　松瀬青々・鳥の巣

はつついたち【初朔日】
旧暦で一月一五日を小正月とした名残で、一年の最初の一日である二月一日を初朔日とよんだもの。越後では米粉でつくった小犬を戸の桟に飾る風習がある。［同義］太郎の朔日（たろうのついたち）、次郎の朔日（じろうのついたち）、一日正月（ひとひしょうがつ）、一夜正月（いちやしょうがつ）、犬の子正月（いぬのこしょうがつ〈越後〉）。⇩初三十日（はつみそか）［新年］

はつにじ【初虹】
春になって初めての虹をいう。俳句では「虹」は夏の季語

のため、「初虹」「春の虹（はるのにじ）」として春の季語とする。⬇虹（にじ）［夏］

§

初虹や東近江の田中道　松瀬青々・妻木
天橋の松のくろさや春の虹　西山泊雲・ホトトギ

はつらい【初雷】

春になって初めて鳴る雷をいう。啓蟄（三月四日）の頃によく鳴るので「虫出しの雷」ともいう。『年浪草』に「月令に曰、仲春の月、雷乃ち声を発す。（中略）紀事に曰、凡そ一春の中、雷始めて声を発す、是を初雷と謂ふ。京の俗、節分の夜家内に撒く所の熬豆を貯へ置く、初雷を聞くの時、則ち三粒之を食ふ。（中略）月令に曰、仲春雷乃ち声を発し始めて電す。啓蟄咸動く云々。此に本づいて、和俗、之を虫出しの雷と謂ふ」とある。［同義］虫出しの雷（むしだしのかみなり）、虫出し（むしだし）、初神鳴（はつかみなり）。⬇春雷（しゅんらい）［春］、雷（かみなり）［夏］、啓蟄（けいちつ）［春］

§

初雷や乳母がもてる年の豆　一友・珠洲の海
あしがらはまで出ぬ神のとゞろ哉　巣兆・曾波可理
初雷や物に驚く病み上り　正岡子規・春夏秋冬
裏山に初雷の雲かゝりけり　河東碧梧桐・碧梧桐句集
初雷やふるふが如き雛《ひな》の壇　河東碧梧桐・碧梧桐句集
吾旅も南さす日や初雷す　河東碧梧桐・碧梧桐句集
初雷や尋常なるが二つきり　西山泊雲・ホトトギス
初雷や人は疲れて頬杖を　加藤楸邨・穂高

はなかがり【花篝】

花の下で焚く篝火。夜桜は提灯や雪洞（ぼんぼり）、また今日では照明でライトアップされるが、桜のもつ華やかさと散り急ぐ風情は、やはりゆらめく篝火に照らされる姿がふさわしい。［同義］花雪洞（はなぼんぼり）。⬇篝火（かがりび）［四季］

§

まだ焚かぬ花の篝や夕間暮　高浜虚子・虚子全集
燃え出づるあちらこちらの花篝　日野草城・青芝

はなぐもり【花曇】

春は冬と夏の季節の変り目で、日本列島には局所的に低気圧が生じて曇天となり春雨をもたらす。春は花の季節であるため、このような曇天を「花曇」という。『年浪草』に「陸放翁が天彭の牡丹の記に曰、半晴半陰之を花曇と謂ふ。養花天、之に同じ」とある。［同義］養花天（ようかてん）。⬇春陰（しゅんいん）［春］、春雨（はるさめ）［春］

§

朝晴の惜やうつらふ花曇《はなくもり》くもるは常の事にしあるとも　伊藤左千夫・伊藤左千夫全短歌
古里の御寺見めぐる永き日の菜《な》の花曇《はなぐもり》雨となりけり　正岡子規・子規歌集
花曇晴れるもよしや降るもよし外では花見うちでは花賦す　青山霞村・池塘集
花ぐもりこゝろのくまをとりけらし　杉風・杉風句集
伊勢参り都見かへせ花曇　言水・俳諧五子稿

頬杖や低き廂の花曇　岡野知十・俳句三代集
花曇野を南に大寺あり　石橋忍月・あざみ会選集
花曇り尾上の鐘の響かな　夏目漱石・漱石全集
花ぐもりピアノのおけいこがはじまりました
種田山頭火・草木塔
嵐山の枯木もすでに花曇　杉田久女・杉田久女句集
研ぎ上げし剃刀にほふ花曇　日野草城・花氷
山守のいこふ御墓や花ぐもり　芝不器男・芝不器男句集

はなどき【花時】

一般に、春を盛りに咲く花の時節をいい、特に桜の爛漫と咲く季節をいう。［同義］花の頃（はなのころ）。⇩花見（はなみ）［春］

§

雁啼てものに味なや花の頃　来山・続いま宮草
死に来て其如月の花の時　支考・蓮二吟集

はなびえ【花冷】

桜の咲く頃に訪れる寒気で、開きかけた桜の蕾も閉じてしまいそうな春の薄寒の風情である。⇩春寒し（さむし）［春］

§

花冷に欅はけぶる月夜かな　渡辺水巴・水巴句集
花冷や眼薬をさす夕ごころ　横光利一・横光利一全集
花冷の簷を雲ゆく別れかな　石田波郷・鶴

はなみ【花見】

花（おもに桜の花）を見て楽しむこと。桜の花を観賞すること。［同義］観桜（かんおう）、花巡り（はなめぐり）、花の旅（はなのたび）、花逍遥（はなしょうよう）。⇩月見（つきみ）［秋］、雪見（ゆきみ）［冬］、梅見（うめみ）［春］、花時（はなどき）［春］

§

わがやどの花見がてらに来《く》る人はちりなむのちぞ恋《こひ》しかるべき
凡河内躬恒・古今和歌集一（春上）
花見には群《む》れて行《ゆ》けども青柳の糸のもとにはくる人もなし
よみ人しらず・拾遺和歌集一（春）
花見《はなみ》にと人は山辺《べ》に入《い》りはてて春《はる》は都《みやこ》ぞさびしかりける
道命・後拾遺和歌集一（春上）
いにしへの花見《はなみ》し人はたづねしを老《お》いは春にも知《し》られざりけり
藤原斉信・後拾遺和歌集一（春上）
花見にといでたちもせず八重葎《やへむぐら》心にしげき春雨の空
細川幽斎・玄旨百首
さくら花花見《ばなはなみ》がてらに弓《ゆみ》いればとものひびきに花《はな》ぞちりける
賀茂真淵・賀茂翁家集
京は九万九千くんじゅの花見哉　芭蕉・詞林金玉集
菜畠に花見顔なる雀哉　芭蕉・泊船集
花見にとさす船おそし柳原　芭蕉・蕉翁句集
くさまくらまことの華見しても来よ　芭蕉・茶のさうし
知る人にあはじあはじと花見哉　去来・去来発句集
酒を妻妻を妾の花見かな　其角・五元集
骸骨のうへを粧て花見かな　鬼貫・鬼貫句選
落こむや花見の中のとまり鳥　丈草・丈草発句集
順礼も花見の数に紀三井寺　野坡・蝶すがた

麓から花見土産や坊が母　支考・蓮二吟集
道くさに蝶も寝させぬ花見かな　千代女・千代尼発句集
半ば来て雨にぬれいる花見哉　太祇・太祇句選
傾城は後の世かけて花見哉　蕪村・蕪村句集
定りの花見の日あり家の風　召波・春泥発句集
筏士の嵯峨に花見る命かな　几董・井華集
重箱に鯛おしまげてはな見哉　成美・成美家集
江戸声や花見の果の喧嘩買ひ　一茶・九番日記
まぼろしを誘ふてけふの花見かな　梅室・梅室家集
たらちねの花見の留守や時計見る　正岡子規・俳句稿
仰向て深編笠の花見哉　夏目漱石・漱石全集
宴未だはじまらずして花疲れ　高浜虚子・虚子全集
お茶古びし花見の縁も代替り　杉田久女・杉田久女句集
けふもまた花見るあはれ重ねつつ　山口青邨・庭にて

はる【春】

一般に立春（二月四日頃）から、立夏（五月六日頃）の前日までを春という。気象学上では三〜五月をいい、天文学上では春分（三月二一日頃）から夏至（六月二二日頃）までとなる。春季の九旬（九〇日間）を「九春」と称する。二十四節気では春を「初春」「仲春」「晩春」の三つに等分し、「三春」と称する。初春は旧暦一月（新暦二月）をいい、仲春は旧暦二月（新暦三月）、晩春は旧暦三月（旧暦四月）をいう。三春はさらに六つの節に分かれる。初春は「立春」と「雨水」に、仲春は「啓蟄」と「春分」、晩春は「清明」と「穀雨」に区切られる。それぞれの日取・気節は「立春（二月四日・正月節）」、「雨水（二月一九日・正月中）」、「啓蟄（三月六日・二月節）」、「春分（三月二一日・二月中）」、「清明（四月五日・三月節）」、「穀雨（四月二〇日・三月中）」となっている。旧暦では、春は新年と同義であり、「御代の春（みよのはる）」「国の春（くにのはる）」「庵の春（いおのはる）」「老の春（おいのはる）」などのことばで新年を表現した。『滑稽雑談』に「前漢書律暦志に曰、春は陽と為す。万物始て生る也。又曰、少陽は東方、東は動也。陽気物動く時に春と為す」「公羊伝に曰、春とは何ぞ。年の始也。註に、春は天地開闢の端、養生の首也」「和訓義解に云、春をはると訓ずるは、晴るゝという義也。冬は陰気あつく、雪降り雨しげく、晴るゝ事稀也。陽和至りて空うらゝかに、日もいろ暉きて晴るゝ也」とある。また『年浪草』に「日本釈名に云、一説、はるはある也。冬はよろづなくなりて、春に至りて万物発生して有となる」とある。［同義］陽春（ようしゅん）、青春（せいしゅん）、芳春（ほうしゅん）、青陽（せいよう）、三春（さんしゅん）、九春（きゅうしゅん）、蒼帝（そうてい）、献節（けんせつ）。⬇初春（しょしゅん）［春］、佐保姫（さおひめ）［春］、仲春（ちゅうしゅん）［春］、晩春（ばんしゅん）［春］、立春（りっしゅん）［春］、雨水（うすい）［春］、啓蟄（けいちつ）［春］、春分（しゅんぶん）［春］、清明（せいめい）［春］、穀雨（こくう）［春］、初春（はつはる）［新年］、節分（せつぶん）［冬］

§

石《いは》ばしる垂水《たるみ》の上のさ蕨《わらび》の萌《も》え出づる春になりにけるかも　志貴皇子・万葉集七

春されば水草《みくさ》の上に置く霜の消《け》つつもわれは恋ひ渡るかも　作者不詳・万葉集一〇
うちなびく春さり来ればしかすがに天雲霧《あまくもき》らふ雪は降りつつ　作者不詳・万葉集一〇
春といへばかすみにけりなきのふまで浪間《なみま》に見えし淡路島《あはぢしま》山　俊恵・新古今和歌集一（春上）
花の香《か》も風こそよもにさそふらめこゝろもしらぬ故郷の春　藤原定家・定家卿百番自歌合
年月のくれぬとなにかをしみけん春にしなれば春ぞたのしき　賀茂真淵・賀茂翁家集
野も山もかすみこめたる大空にあらはれわたるはるの色哉《かな》　香川景樹・桂園一枝拾遺
春ここに生るる朝の日をうけて山河草木《さんかそうもく》みな光あり　佐佐木信綱・山と水と
この春はさても過さむ来む春もまたこむ春もかくや過さむ　服部躬治・迦具土
蟹《かに》ひとつ形《かたち》のままに死にたるも沈みて春の泉は増しつ　土屋文明・山の間の霧
底ごもるかなしみのなか来《こ》む春はまた教壇にかへりてゆかむ　木俣修・歯車
春も早山吹白く苣苦し　素堂・五子稿
おもしろやことしのはるも旅の空　芭蕉・去来文
酒盛《さかもり》の跡も春なる夕《ゆふべ》にて　来山・俳諧大悟物狂
幾春《いくはる》も竹其儘《たけそのまま》に見《み》ゆる哉《かな》　重五・あら野

片道《かたみち》は春の小坂《こざか》のかたまりて　野坡・炭俵
ちり〴〵に春やぼたんの花の上　支考・蓮二吟集
其《その》春の石ともならず木曾《きそ》の馬　乙州・猿蓑
四日には寐《ね》てもや春の花心《はなごころ》　北枝・卯辰集
折釘に烏帽子かけたり春の宿　蕪村・蕪村句集
春の泊鯛呼声や浜のかた　几董・井華集
先ゆくも帰も我もはるの人　白雄・白雄句集
日くれたり三井寺下る春の人　暁台・暁台句集
目出度《（めでた）》さもちう位也《（くらゐなり）》おらが春　一茶・おらが春
弁天の巳年美し町の春　内藤鳴雪・鳴雪句集
淋《さび》しさの尊とさまさる神の春　正岡子規・子規句集
腸に春滴るや粥の味　夏目漱石・漱石全集
窓外の風塵《ふうじん》春の行かんとす　高浜虚子・六百句
唄ひつゝ笑まひつゝ行く春の人　高浜虚子・六百句
百船に灯る春の港かな　高浜虚子・虚子全集
窓あけて窓いつぱいの春　種田山頭火・草木塔
火なき炉の大きさ淋し春の宿　飯田蛇笏・国民俳句
子をつれてうるほふこころ春の旅　飯田蛇笏・雲母
アルプスの牧の鈴など買ひて春　山口青邨・雪国
雲白く照りハイドンの春の曲　日野草城・日野草城句集
朝日全形《ぎやう》春定まらんとするなり　中村草田男・火の島
四十の春かたくて新しき枕　中村草田男・万緑
襤褸市や羽影すぎゆく春の鳶　石田波郷・鶴
バスを待ち大路の春をうたがはず　石田波郷・鶴の眼

はるあさし【春浅し】

春になってまだ日の浅い時候をいう。暦の上では春が来た（立春は二月四日頃）が、まだ寒さが去らず、目に見える形で春の息吹を感じられない頃をいう。［同義］浅き春（あさきはる）、浅春（せんしゅん）。⇩早春（そうしゅん）［春］

§

春浅《はるあさ》み背戸《せと》の水田《みづた》のさみどりの根芹《ねぜり》は馬《うま》にたべられにけり　北原白秋・雀の卵

春浅き大川ばたに宿直して一人寝るさへなつかしきかも　古泉千樫・青牛集

春あさき背戸の木原の木をならし吹きやまぬ風の音はさむしも　石井直三郎・青樹

病牀の匂袋《においぶくろ》や浅き春　正岡子規・子規句集

何も書かぬ赤短冊《あかたんざく》や春浅し　正岡子規・子規句集

塩辛を壺に探るや春浅し　夏目漱石・漱石全集

三味線に冴えたる撥の春浅し　夏目漱石・漱石全集

春浅き水を渉《わた》るや鷺一つ　河東碧梧桐・碧梧桐句集

西門の浅き春なり天王寺　河東碧梧桐・碧梧桐句集

春浅し若殿原《わかとのばら》の馬逸《はや》り　高浜虚子・六百五十句

木より木に通へる風の春浅き　臼田亜浪・定本亜浪句集

春浅き牡丹活ける妻よ茶焙は　渡辺水巴・白日

春浅し洟紙すてる深山草　飯田蛇笏・山廬集

春浅き月像《つきがた》乗せて金三日月　中村草田男・万緑

春浅し小白き灰に燠つくり　芝不器男・不器男句集

浅春の園舁かれゆく一薄屍　石田波郷・惜命

はるあつし【春暑し】

春でありながら、暖かさを過ぎて暑さを感じる気候をいう。⇩暑し（あつし）［夏］

§

遺作展春の暑さに耐へざりき　石田波郷・春嵐

はるあらし【春嵐】

⇩春荒（はるあれ）［春］

§

春の嵐吹きて小暗《をぐら》し庭のうへの胡桃の幹は揺すれつつあり　島木赤彦・氷魚

春あらし吹くべくなりぬわが通《とほ》るこの小路《こうぢ》にも砂ふきあげて　斎藤茂吉・白桃

春のあらし吹きてあたたかし昼飯の菜《さい》にうれしき分葱《わけぎ》の膾《なます》　古泉千樫・青牛集

春嵐《はるあらし》吹きしくときに丘越えて波だつ白き湖《うみ》見むとする　前川佐美雄・天平雲

春嵐《はるあらし》とりとめもなく街川は満潮《みちしほ》どきの水ながれたり　佐藤佐太郎・歩道

鎌倉の草庵春の嵐かな　高浜虚子・七百五十句

文机にねむきうたたね春嵐　飯田蛇笏・椿花集

春嵐奈翁は華奢な手なりしとか　中村草田男・火の島

春疾風乙女の訪ふ声吹きさらはれ　中村草田男・銀河依然

春あらし牧の木むれをわたりゆく　石橋辰之助・筑摩文学全集

春嵐鳴りとよもすも病家族　石田波郷・馬酔木

春嵐鉄路に墓を吹き寄せぬ　石田波郷・春嵐

はるあれ【春荒】

季節風の変わり目で、春の風雨をともなう荒れた天候である。[同義] 春嵐（はるあらし）、春疾風（はるはやて）、春はやち（はるはやち）。⬇春嵐（はるあらし）[春]

はるいちばん【春一番】

春になって最初に吹く強い南風。春の到来を告げる風で九州壱岐の島のことばが普及したもの。フェーン現象をともなう風で、湿気をもった南風が山頂をのぼりながら雨を降らし、山頂から反対側に吹き下ろすときは乾燥した高い温度の風となり、しばしば農作物に被害をもたらし、春の雪崩などを起こす。⬇春風（はるかぜ）[春]

§

春一番が吹くこども家の内に吹かれたり　中塚一碧楼・一碧楼一千句

はるおしむ【春惜む】

行く春を惜しむ心をいう。生命力溢れる華やかな春の風情を惜しむ情感の込められた気持である。[同義] 惜春、春を送る（はるをおくる）。⬇惜春（せきしゅん）[春]、春の名残（はるのなごり）[春]、行く春（ゆくはる）[春]

§

花しあらば何かは春の《る》惜《お》しからん暮《く》るとも今日《けふ》は嘆《なげ》かざらまし
　よみ人しらず・後撰和歌集三（春下）

又も来《こ》む時ぞと思《おも》へどたのまれぬわが身にしあれば惜《お》しき春《はる》哉《(かな)》
　紀貫之・後撰和歌集三（春下）

老《お》いてこそ春のお《(を)》しさはまさりけれいまいくたびも逢《あ》はじと思《おも》へば
　橘俊成・詞花和歌集一（春）

お《(を)》しむとてこよひかきを《(お)》く言《こと》の葉《は》やあやなく春のかたみなるべき
　崇徳院・詞花和歌集一（春）

のこりなく暮れゆく春《はる》をお《(を)》しむとて心《こゝろ》をさへもつくしつるかな
　源雅定・金葉和歌集一（春）

をしめどもかひもなぎさに春暮《く》れて波《なみ》とともにぞたちわかれぬる
　覚忠・千載和歌集二（春下）

つねよりもけふの暮《く》るゝををしむ哉《(かな)》いまいくたびの春と知《し》らねば
　大江匡房・千載和歌集二（春下）

暮れて行く春を惜しむと外に立ちて風の行方をながめやるかな
　太田水穂・つゆ艸

はるをしく近江《あふみ》の人とあるいたぞ　土芳・蓑虫庵集

それをだにそなたも春ををしまずや　鬼貫・七車

鶏のとまり時なり春をしき　浪化・浪化上人発句集

春をしむ座主《ざす》の聯句《れんく》に召《めさ》れけり　蕪村・蕪村句集

春惜しむ宿やあふみの置火燵《おきごたつ》　蕪村・蕪村句集

春をしむ人や落花を行戻り　召波・春泥発句集

春をしと見やれば落る木の葉有　暁台・暁台句集

春惜む同じ心の二法師　村上鬼城・鬼城句集

春惜む一日画をかき詩を作る　正岡子規・子規句集

春惜む茶に正客の和尚哉　夏目漱石・漱石全集

垢つきし赤き手絡や春惜む　夏目漱石・漱石全集

老僧と一期一会《いちごいちえ》や春惜しゝ　高浜虚子・六百五十句

若死の六十二とや春惜む　高浜虚子・七百五十句

窓あけて見ゆる限りの春惜む　高田蝶衣・青垣山

修学院離宮
雲の中に立ち濡れつ、ぞ春惜む　水原秋桜子・馬酔木
人も旅人われも旅人春惜しむ　山口青邨・雪国
うまや路の春惜しみぬる門辺かな　芝不器男・不器男句集

はるおそし【春遅し】

暦の上で春となっても、春らしい温暖な気候にならないこと。⬇春を待つ（はるをまつ）[冬]

はるがすみ【春霞】

春に立つ霞のこと。⬇霞（かすみ）[春]、朝霞（あさがすみ）[春]

§

情《こころ》ぐく思ほゆるかも春霞棚《たな》びく時に言《こと》の通へば　大伴家持・万葉集四

春霞たなびく山の隔《へな》れれば妹《いも》に逢はずて月そ経にける　大伴家持・万葉集八

巻向《まきむく》の檜原《ひはら》に立てる春霞おぼにし思はばなづみ来《こ》めやも　万葉集一〇（柿本人麻呂歌集）

春霞立つ春日野を行き帰りわれは相見むいや毎年《としのは》に　作者不詳・万葉集一〇

はるがすみたつを見すてゝゆくかりは花なき里《さと》に住《す》みやならへる　伊勢・古今和歌集一（春上）

春霞たなびく山の桜花うつろはむとや色かはり行《（ゆく）》　よみ人しらず・古今和歌集二（春下）

春霞色のちぐさに見えつるはたなびく山の花のかげかも　藤原興風・古今和歌集二（春下）

お《（を）》しめどもとゞまらなくに春霞帰《（かへる）》道にしたちぬとおもへば　在原元方・古今和歌集二（春下）

かへる山ありとはきけど春がすみたちわかれなば恋《こひ》しかるべし　紀利貞・古今和歌集八（離別）

消《き》えし身《み》にまたも消《け》ぬべし春がすみかすめるかたを都《みやこ》とおもへば　伊勢集（伊勢の私家集）

春霞たなびきにけり久方の月の桂も花やさくらん　紀貫之・後撰和歌集一（春上）

春霞《（はるがすみ）》いづくばかりにかへるらんたちとゞまれといひややらまし　安法法師集（安法の私家集）

朽《く》ちにける長柄《ながら》の橋の水際《みぎは》には春霞《（はるがすみ）》こそたち渡りけれ　能因集（能因の私家集）

もろともに立《た》ちも出《い》でねば春霞《かすみ》花《はな》の上《うへ》こそ聞《き》かまほしけれ　四条宮下野集（四条宮下野の私家集）

春霞《はるがすみ》立《た》つやおそきと山川《がは》の岩間《いはま》をくゞる音《おと》きこゆなり　和泉式部・後拾遺和歌集一（春上）

年《とし》ごとにかはらぬものは春霞《がすみ》たつたの山のけしきなりけり　藤原顕輔・金葉和歌集一（春）

散《ち》り散《ち》らずおぼつかなきは春霞《がすみ》たなびく山の桜なりけり　祝部成仲・新古今和歌集二（春下）

春霞かすみし空《そら》のなごりさへけふをかぎりの別《わか》れなりけり　藤原良経・新古今和歌集八（哀傷）

見わたせば天の香具山うねび山あらそひたてる春霞かな　賀茂真淵・賀茂翁家集

春霞かをれる野辺にをとめらしさわらびをると群《むれ》つゝ行《ゆく》も
田安宗武・悠然院様御詠草

年のうちの日かずをこめてあら玉の春の霞はたな引《びき》にけり
小沢蘆庵・六帖詠草

我こそはおもかはりすれ春かすみいつも伊駒の山にたちけり
上田秋成・餘斎翁四時雑歌巻

はるがすみながるゝまゝにをちかたのあらゝ松原もとばかりして
大隈言道・草径集

さ蕨の睦岡野べの春かすみ八十重百重にほきて祝はな
伊藤左千夫・伊藤左千夫全短歌

なほ高き塔《たふ》にのぼりて春霞《はるがすみ》いまだ淡《あは》しとおもふ楽《たの》しさ
斎藤茂吉・のぼり路

片方はわが眼《まなこ》なり春霞　桃隣・葛の松原

春がすみ鍬《（くは）》とらぬ身のもつたいな　一茶・文化句帖

茶鳴子《（なるこ）》のやたらに鳴るや春がすみ　一茶・句稿消息

春霞《はるがすみ》永久《とわ》に羽衣物語　高浜虚子・七百五十句

争へる牛車も人も春霞　杉田久女・杉田久女句集

はるかぜ【春風】

春の風。俳句では一般に暖かく穏やかな春風をいう。「しゅんぷう」ともいう。『滑稽雑談』に「白居易の詩に曰、今日不知誰計会、春風春水一時来」とある。［同義］春の風（はるのかぜ）。⬇東風（こち）［春］、油南風（あぶらまじ）［春］、春北風（はるならい）［春］、春一番（はるいちばん）［春］、涅槃西風（ねはんにし）［春］、桜南風（さくらまじ）［春］、風光る（かぜひかる）［春］、雪解風（ゆきげかぜ）［春］、風（かぜ）［四季］

§

春風の声《おと》にし出《で》なばありさりて今ならずとも君がまにまに
大伴家持・万葉集四

春風は花のあたりをよきてふけ心づからやうつろふとみむ
藤原好風・古今和歌集二（春下）

水の面《おも》にあや吹《（ふき）》みだる春風や池の氷を今日《けふ》はとく覧《（らん）》
紀友則・後撰和歌集一（春上）

はる風《かぜ》の吹《ふ》くにもまさる涙《なみだ》かなわがみなかみも氷《こほり》とくらし
一条摂政御集（藤原伊尹の私家集）

春風《はるかぜ》に夜《よ》のふけゆけば桜花《さくらばな》散《ち》りもやするとうしろめたさに
実方朝臣集（藤原実方の私家集）

春風はのどけかるべし八重《やへ》よりも重《かさ》ねてにほへ山吹の花
菅原輔昭・拾遺和歌集一六（雑春）

氷《こほり》とも人の心をおもはばや今朝《（けさ）》たつ春の風に解《と》くべく
能因集（能因の私家集）

うらやましいかに吹《ふ》けばか春風《かぜ》の花《はな》を心にまかせそめけん
藤原伊通・金葉和歌集一（春）

こほりゐし志賀《しが》の唐崎《からさき》うちとけてさゞ波《なみ》よする春風《かぜ》ぞふく
大江匡房・詞花和歌集一（春）

木《こ》のもとにたびねをすれば吉野《よしの》やまはなのふすまをきする春かぜ
山家心中集（西行の私家集）

三島江《みしまえ》や霜《しも》もまだひぬ蘆《あし》の葉につのぐむほどの春風ぞ吹《（ふく）》
源通光・新古今和歌集一（春上）

散《ち》りぬればにほひばかりを梅《むめ》の花ありとや袖に春風のふく　藤原有家・新古今和歌集一（春上）

白雲《しらくも》の絶《た》えまになびく青柳《あをやぎ》の葛城山《かづらき》に春風ぞふく　藤原雅経・新古今和歌集一（春上）

飛鳥河《（あすかがは）》遠き梅が枝にほふ夜《よ》はいたづらにやは春風の吹《（ふく）》　藤原定家・定家卿百番自歌合

志賀《が》の浦のしらゆふ花の浪の上に霞を分《（わけ）》て春風ぞ吹《ふ》く　藤原家隆・家隆卿百番自歌合

根芹《ねぜり》つむ野沢の水の薄《うす》氷まだうちとけぬ春風ぞ吹《ふ》く　後鳥羽院・遠島御百首

ハルカゼニコ《（ホ）》ヲリトケユク谷《タニ》ガハヲカスミゾケサハタチワタリケル　明恵・明恵上人歌集

初瀬女の峰の桜の花かづら空さへかけてにほふ春風　藤原為家・中院詠草

ありはてぬ花もあだなるならはしに憂《う》きことしげく春風《はるかぜ》ぞ吹《ふ》く　二条良基・後普光園院殿御百首

つくば山しづくのつら、今日とけて枯生《かれふ》のすゝき春風ぞふく　賀茂真淵・賀茂翁家集

久方の天つ春風ゆるやかに吾乗る舟は花の山の上　伊藤左千夫・伊藤左千夫全短歌

から山に春風吹けば日のもとの冬の半《なかば》に似たる頃かな　正岡子規・子規歌集

願はくはわれ春風に身をなして憂ある人の門をとはゞや　佐佐木信綱・思草

春風の堤にたちて柳折るうしろ姿よ君かあらぬか　服部躬治・迦具土

見送ると汽車の外に立つ我が妹の鬢の毛をふく市の春風　太田水穂・つゆ艸

春風をわれのみ載せて立つごとく竹艶《たを》やかにむらなせるかな　与謝野晶子・草の夢

神経のこはばりしわが顔を吹く春の風吹くなまあたたかく　前田夕暮・陰影

おくれては母のあと追ふをさな児のおさげの髪に春の風吹く　木下利玄・銀

春の風やや気色《けしき》ばみ出でてゆく人の後姿《うしろで》ゆるやかに吹く　岡本かの子・愛のなやみ

氷《こほり》ゐし添水《そふづ》またなる春《はる》の風《かぜ》　野水・あら野

春風や三穂《みほ》の松原清見寺《まつばらせいけんじ》　鬼貫・俳諧大悟物狂

春風のつまかへしたり春曙抄《しゅんしよせう》　蕪村・夜半叟句集

片町にさらさ染《そむ》るや春の風　蕪村・蕪村句集

春風や牛に引かれて善光寺　一茶・七番日記

ぼた餅や藪の仏も春の風　一茶・おらが春

曳き連るゝ恩賜の駒や春の風　内藤鳴雪・鳴雪句集

春風や種蒔《たねま》く器叩《うつはたゝ》く人　森鷗外・うた日記

春風にこぼれて赤し歯磨粉《はみがきこ》　正岡子規・子規句集

欄間《らんま》には二十五菩薩《ぼさつ》春の風　正岡子規・子規句集

乱山の尽きて原なり春の風　夏目漱石・漱石全集

春風や桜もちらぬ能登の海　松瀬青々・妻木

汐汲《しほく》みに恋語るらん春の風　河東碧梧桐・碧梧桐句集

春風や離れの縁の小座蒲団《こざぶとん》　高浜虚子・六百句
闘志尚《なお》存して春の風を見る　高浜虚子・六百五十句
春風や仏を刻む鉋屑　大谷句仏・懸葵
手のひらの子雀飛ばす春の風　石井露月・筑摩文学全集
夕暮の水のとろりと春の風　臼田亜浪・定本亜浪句集
どこでも死ぬるからだで春風　種田山頭火・草木塔
春風の鉢の子一つ　種田山頭火・草木塔
領土出れば身に王位なし春の風　渡辺水巴・ホトトキス
春風や江沙へ道の自から　楠目橙黄子・ホトトギス
帰らなんいざ草の庵《いほり》は春の風　芥川龍之介・我鬼窟句抄
春風をあふぎ駘蕩象の耳　山口青邨・露団々
船室のカレンダー土曜春の風　中村汀女・汀女句集
舌と歯に春風あたる眼をつむり　中村草田男・火の島

はるくる【春来る】

春の訪れを表現することば。➡春（はる）［春］、立春（りっしゅん）［春］

§

うちなびく春来《きた》るらし山の際《ま》の遠き木末《こぬれ》の咲き行く見れば　尾張連・万葉集八
古《いにしへ》の人の植ゑけむ杉が枝《え》に霞たなびく春は来《き》ぬらし　万葉集一〇（柿本人麻呂歌集）
はるきぬと人はいへどもうぐひすのなかぬかぎりはあらじとぞ思《おもふ》　壬生忠岑・古今和歌集一（春上）
降る雪のみのしろ衣うちきつゝ春きにけりとおどろかれぬる　藤原敏行・後撰和歌集一（春上）
いつぞもや霜《しも》がれしかどわがやどの梅《むめ》をわすれぬ春《はる》はきにけり　一条摂政御集（藤原伊尹の私家集）
石間《いしま》なる泉《いづみ》ぬるげになりぬれば水際《みぎは》の草に春は来《き》にけり　安法法師集（安法の私家集）
雪《ゆき》ふると衣かさねしほどもなく花のひもとく春は来にけり　安法法師集（安法の私家集）
うちなびき春はきにけり山河《やまがは》の岩間《いはま》の氷《こほり》けふやとくらむ　藤原顕季・金葉和歌集一（春）
春のくる朝《あした》の原《はら》を見わたせば霞《かすみ》もけふぞ立《た》ちはじめける　源俊頼・千載和歌集一（春上）
山ふかみあやしくかすむ梢哉《かな》わがかよひぢに春やきぬらむ　慈円・南海漁父北山樵客百番歌合
み吉野《よしの》は山もかすみて白雪《しらゆき》のふりにし里《さと》に春はきにけり　藤原良経・新古今和歌集一（春上）
かきくらしなを《ほ》ふる里《さと》の雪《ゆき》のうちに跡《あと》こそ見えね春はきにけり　宮内卿・新古今和歌集一（春上）
あさみどり霞の衣いつのまに春《はる》きにけりと今朝《けさ》は立《たつ》らむ　藤原為家・中院詠草
けふしこそ嵐《あらし》にさやぐ篠《さゝ》の葉の深山《みやま》も霞《かす》む春は来にけれ　慶運・慶運百首
あまつ雲めぐみあまねき法《のり》の雨み代にうるほふ春《はる》はきにけり　正徹・永享五年正徹詠草
はアるがきイたはアるがきイたとて歌ふ子は噴水の側《そば》に群れ

てうたへり　若山牧水・くろ土

はるさむし【春寒し】

春の季節になってからの寒さ。[同義]春寒(しゅんかん)、春さむ(はるさむ)。⬇余寒(よかん)[春]、冴返る(さえかえる)[春]、花冷(はなびえ)[春]、寒し(さむし)[冬]

§

春さむきみやまの桜《さくら》咲きやらで今だにつらき風《かぜ》の音《をと》かな　頓阿・頓阿法師詠

春寒き松がうら島かすませて心あるあまや煙立《たつ》らん　小沢蘆庵・六帖詠草

春寒く花後れしを世の人は今はわすれし其梅の花　伊藤左千夫・伊藤左千夫全短歌

高楼《たかどの》の御簾《みす》たれこめて春寒み飛び来る蝶《てふ》を打つ人もなし　正岡子規・子規歌集

いとし児に乳は足らへりや春寒《はるさむ》のながき年なりきぬまゐらする　与謝野寛・紫

春寒を上の醍醐の御湯の日と谷をでゝきてうぐひす鳴くか　青山霞村・池塘集

春さむき一日《ひとひ》の業《なり》は果《は》てねども紙帳《しちやう》のなかに吾は入りけり　斎藤茂吉・白桃

春さむき人の噂も聞くものか世と離《さか》り住む京のわび居に　吉井勇・天彦

うちつづく春さむくして信濃《しなの》なる友のやまひのため無きこころ　中村憲吉・軽雷集

うぐひすの肝つぶしたる寒さ哉　支考・蓮二吟集

春寒し泊瀬の廊下の足のうら　太祇・太祇句選

池田より炭くれし春の寒さ哉　蕪村・夜半叟句集

柑子むく妹が爪先春寒し　内藤鳴雪・鳴雪句集

山寺に蒟蒻《こんにやく》売りや春寒し　村上鬼城・鬼城句集

春寒き寒暖計や水仙花　正岡子規・子規句集

春寒や日闌けて美女の嗽く　尾崎紅葉・俳句三代集

旅に寒し春を時雨れの京にして　夏目漱石・漱石全集

汐落ちて貝掘りそむる春寒き　河東碧梧桐・碧梧桐句集

かりそめの情は仇《あだ》よ春寒し　高浜虚子・五百五十句

春寒のをなごやのをなごが一銭持つて出てくれた　種田山頭火・草木塔

投入に葱こそよけれ春寒き　渡辺水巴・白日

春寒く咳入る人形遣かな　渡辺水巴・水巴句集

葱掘つて土ぼそぼそと春寒き　臼田亜浪・定本亜浪句集

春さむく路に漁樵の語りあふ　飯田蛇笏・椿花集

春寒や郊行返す亭を得たり　楠目橙黄子・同人句集

春寒や刻み鋭き小菊の芽　杉田久女・杉田久女句集

麦の芽に日こぼす雲や春寒し　杉田久女・杉田久女句集

文旦の皮もこもこと春寒き　日野草城・旦暮

春寒や松ばかりなる砂の庭　日野草城・青芝

春寒やお蝋流るゝ苔の上　川端茅舎・川端茅舎句集

春寒や碇泊船のうす煙　中村汀女・汀女句集

人の背に向きて春寒飯了る　加藤楸邨・穂高

野の起伏ただ春寒き四十代　加藤楸邨・起伏

はるさめ【春雨】

春に降る雨の意だが、とくに冬から春への季節風の変わり目に生じる小低気圧がもたらす霖雨をいう。局所的な低気圧によるものが多く豪雨にはならないが、曇天が続き長雨となる場合が多い。三〜四月に多く、草木を芽ぶかせ、花の蕾をほころばせる恵みの雨である。また、春霞の中に降るさまはしっとりと艶やかな情緒を感じさせる。『山之井』に「うそさびしく音もせでふりくるを、さし足かとも疑ひ、藁葺ならぬ家根もなしともいへり。永々と降りつゞくまゝ、桜の花も象とひとしくうなだれ、柳の眼も、蛇の目ほど、いからかすやうの心ばへをもいひなせり」とある。俳句では一般に、「春雨」は春の下半期の季語とし、「春の雨」は三春にわたる季語としている。➡春の雨（はるのあめ）[春]、春霖（しゅんりん）[春]、花曇（はなぐもり）[春]

§

春雨を待つとにしあらしわが屋戸《やど》の若木の梅もいまだ含《ふふ》めり
藤原久須麿・万葉集四

家人《いへびと》の使なるらし春雨の避《よ》くれどわれを濡らさく思へば
作者不詳・万葉集九

春雨は甚《いた》くな降りそ桜花いまだ見なくに散らまく惜しも
作者不詳・万葉集一〇

春雨に衣《ころも》はいたく通らめや七日し降らば七日来《こ》じとや
作者不詳・万葉集一〇

梓弓《（あづさゆみ）》を《（お）》して春雨《さめ》けふ降りぬあすさへ降《ふ》らば若菜つみてん
よみ人しらず・古今和歌集一（春上）

わがせこが衣春雨ふるごとに野辺のみどりぞ色まさりける
紀貫之・古今和歌集一（春上）

春さめのふるは涙か桜花ちるをお《（を）》しまぬ人しなければ
大伴黒主・古今和歌集二（春下）

春雨ににほへる色もあかなくに香《か》さへなつかし山ぶきのはな
よみ人しらず・古今和歌集二（春下）

かきくらしことは降《ふ》らなむ春雨に濡衣《ぬれぎぬ》きせて君をとゞめむ
よみ人しらず・古今和歌集八（離別）

青柳《あをやぎ》の枝《えだ》にかゝれる春雨《さめ》を糸《いと》もてぬける玉《たま》かとぞ見る
伊勢集（伊勢の私家集）

白雲の上知《うへし》る今日《けふ》ぞ春雨のふるにかひある身とは知《し》りぬる
よみ人しらず・後撰和歌集一（春上）

ふりぬとていたくなわびそ春雨《はるさめ》のたゞに止《や》むべき物ならなくに
紀貫之・後撰和歌集二（春中）

春雨《さめ》の花の枝より流《（ながれ）》来《こ》ば猶《（なほ）》こそ濡《ぬ》れめ香《か》もやうつると
藤原敏行・後撰和歌集三（春下）

春雨のふりそめしより片岡《かたをか》のすその原《はら》ぞあさみどりなる
藤原基俊・千載和歌集一（春上）

ぬるゝさへうれしかりけり春雨《はるさめ》にいろます藤《ふぢ》のしづくとおもへば
藤原顕仲・金葉和歌集一（春）

水の面《おも》にあやを《（お）》りみだる春雨や山のみどりをなべて染《そ》むらん
伊勢・新古今和歌集一（春上）

春雨《さめ》のふりそめしより青柳《あをやぎ》の糸《いと》のみどりぞ色まさりける
凡河内躬恒・新古今和歌集一（春上）

春雨《はるさめ》のそほふる空《そら》のをやみせず落《お》つる涙に花ぞちりける
源重之・新古今和歌集二（春下）

花は散《ち》りその色となくながむればむなしき空《そら》に春雨ぞふる
式子内親王・新古今和歌集二（春下）

春雨に山田のくろを行《ゆ》く賤《しづ》のみの吹（ふき）乱《みだ》る暮《くれ》ぞ寂《さび》しき
後鳥羽院・遠島御百首

袖ぬらす富士《ふじ》のすそ野《の》の春雨やよそにみえつる雪消《げ》なるらん
慶運・慶運百首

青柳《あをやぎ》の糸《いと》の緑《みどり》を染（そめ）かけていまひとしほと春雨ぞ降《ふ》る
二条良基・後普光園院殿御百首

おふる苔まじる草葉もみだれてもたねやはしらん軒の春《はる》雨
正徹・永享五年正徹詠草

春雨は花のさくまで降らくよし咲きたる後は只降らぬよし
天田愚庵・愚庵和歌

春雨の眺めをよみと庭の面の石の燈籠に火をともし見つ
伊藤左千夫・伊藤左千夫全短歌

くれなゐの二尺伸びたる薔薇《ばら》の芽の針やはらかに春雨のふる
正岡子規・子規歌集

ひき舟の簑笠すがたとほく消えて春雨けぶるなか川の水
佐佐木信綱・思草

春雨ははれて暮たる河そ（ぞ）ひの　やなきか（ぎが）くれにかすむ月かな
樋口一葉・詠草

高殿は、柳の末に、ほの見えて、けぶりに似たる、春雨のふる。
与謝野寛・東西南北

春雨に空は曇れり野に近くその屋根ぬれて小家並べる
窪田空穂・土を眺めて

春雨《はるさめ》やわがおち髪を巣に編みてそだちし雛《ひな》の鶯《うぐひす》の鳴く
与謝野晶子・舞姫

春雨に梅が散りしく朝庭に別れむものかこの夜過ぎなば
長塚節・妹嫁ぐ

二人には春雨小傘ちひさくてたもとぬれけり菜《な》の花のみち
木下利玄・銀

春雨はふりやまなくに浜芝《はましば》に雫《しづく》ぞ見ゆるねてはをれども
芥川龍之介・芥川龍之介全集

春雨の降る夜《よは》にしてなげきぞす人たるもののみな臥《ふ》して寝《ね》る
前川佐美雄・天平雲

春雨《はるさめ》や山より出《いづ》る雲の門《もん》
猿雖・猿蓑

春雨《はるさめ》のこしたにつたふ清水哉
芭蕉・笈の小文

春雨や蓬《よもぎ》をのばす艸《くさ》の道
芭蕉・艸之道

春雨や蜂の巣つたふ屋ねの漏《もり》
芭蕉・炭俵

春雨《はるさめ》やあらしも果《はて》ず戸のひづみ
嵐蘭・猿蓑

春雨《はるさめ》のくらがり峠《たうげ》こえすまし
野水・あら野

春雨《はるさめ》や枕《まくら》くづるゝうたひ本《ぼん》
支考・続猿蓑

はるさめのけふ計迚降《ばかりとてふり》にけり
鬼貫・俳諧大悟物狂

春雨やゆるい下駄借す奈良の宿
蕪村・はるのあけぼの

春雨や小礒《こいそ》の小貝ぬるゝほど
蕪村・蕪村句集

春雨にぬれつゝ屋根の手毬《てまり》哉
蕪村・新五子稿

春雨や家鴨（あひる）よちよち門（かど）歩き
一茶・文化句帖

春雨や窓も一人に一ツづつ
一茶・文化句帖

春雨［絵本江戸爵］

春雨に杉苗そだつ小山かな　内藤鳴雪・鳴雪句集
春雨や音させてゐる舟大工　村上鬼城・鬼城句集
春雨や裏戸明け来る傘は誰　正岡子規・子規句集
春雨や身をすり寄せて一つ傘　夏目漱石・漱石全集
春雨や京菜の尻の濡る丶程　夏目漱石・漱石全集
春雨の午のをやみや蜆橋　松瀬青々・妻木
春雨の衣桁に重し恋衣　高浜虚子・五百句
春雨の相合傘の柄漏りかな　高浜虚子・六百五十句
春雨の音に目ざめし旅がへり　高浜虚子・七百五十句
春雨や土押し上げて枇杷二葉　杉田久女・杉田久女句集
春雨や檜《ひのき》は霜に焦《こ》げながら　芥川龍之介・発句
春雨は街のともしびに情あり　山口青邨・雪国
濡縄に牽かれ春雨日本犬　中村草田男・銀河依然

はるざれ【春ざれ】

元来は「春になれば」の意で、春のうららかな景色になることをいう。『滑稽雑談』に「仙覚抄に云、春ざれとは、春になればと云ふ心也。春之在者と書きたるは、或は春のあればと読めるを、故実にて春なればと点ず」とある。『御傘』に「春ざれ・秌ざれ・冬ざれ・夕ざれ、是ばかりにて、夏ざれ・朝ざれと云ふ事は歌にもあるべからず。是は口伝の詞にて、書きあらはす事ならず。只、春なれば・秋なればと云ふ詞と心得よと」とある。⬇春めく（はるめく）［春］、冬ざれ（ふゆざれ）［冬］

はるしぐれ【春時雨】

春の季節に降る時雨。俳句では、「時雨」は冬の季語であるが、「春時雨」として春の季語となる。春の時雨は春雷を伴うことが多い。［同義］春の村雨（はるのむらさめ）。➡時雨（しぐれ）［冬］、春の雨（はるのあめ）［春］、秋時雨（あきしぐれ）［秋］、春雷（しゅんらい）［春］

§

縦横に舗道退けどき春時雨　　中村汀女・紅白梅

はるた【春田】

田植前の春の田の風情を表す。田植の準備で荒く鋤き起された田、緑肥としての紫雲英（げんげ）の花が一面に咲いている紫雲英田、すでに水を張ってある田など、さまざまな春の田である。［同義］春の田（はるのた）。➡田植（たうえ）［夏］

§

春《はる》の田《た》をうち出《い》でてみれば秋とひしかりのはいまだ散《ち》りてありけり　　檜垣嫗集

春の田を人にまかせて我はたゞ花に心をつくる頃《ころ》哉《かな》　　斎宮内侍・拾遺和歌集一（春）

春の田をなぞ打返し悲しきはたのみすくなき我身成けり　　公任集（藤原公任の私家集）

打かへす土黒みふく春田哉　　闌更・新五子

春の田へすゝむで行や山の水　　梅室・梅室家集

鶺鴒《せきれい》の春田のくろを光りけり　　村上鬼城・定本鬼城句集

子牛蹤きゆく春田の牛の鞭うたれ　　加藤楸邨・山脈

はるたつ【春立つ】

立春の日を迎えるということ。➡立春（りっしゅん）［春］、春（はる）［春］

§

ひさかたの天《あま》の香具山《かぐやま》このゆふべ霞《かすみ》たなびく春立つらしも　　万葉集一〇（柿本人麻呂歌集）

袖ひちてむすびし水のこほれるを春立《たつ》けふの風やとくらむ　　紀貫之・古今和歌集一（春上）

春たてば花とや見らむ白雪《しらゆき》のかゝれる枝に鶯のなく　　素性・古今和歌集一（春上）

春立《たつ》と聞《き》きつるからに春日山《かすがやま》消《きえ》あへぬ雪の花と見ゆらん　　凡河内躬恒・後撰和歌集一（春上）

春立《はるた》つといふ許《ばかり》にや三吉《み》野の山もかすみて今朝《けさ》は見ゆらん　　壬生忠岑・拾遺和歌集一（春）

いつしかとあけゆく空《そら》の霞《かす》めるは天《あま》の戸《と》よりや春は立《た》つらん　　藤原顕仲・金葉和歌集一（春）

三室《みむろ》山谷《たに》にや春のたちぬらん雪《ゆき》のした水岩《いは》たゝくなり　　源国信・千載和歌集一（春上）

四方《よも》の海かぜものどかに成《なり》ぬなり浪のいくへに春のたつらむ　　藤原良経・南海漁父北山樵客百番歌合

東路《あづまぢ》に春立《たち》にけりからふねのつしまの波ものどけかるらし　　賀茂真淵・賀茂翁家集

ひさかたのはてなき空にあさ霞たなひきわたり春立らしも　　上田秋成・餘斎翁四時雑歌巻

春立つと吾立ちみればひむかしの和田の原より夜はあけにけり　　伊藤左千夫・伊藤左千夫全短歌

うば玉の黒き小瓶《をがめ》に梅いけて病《やまひ》の牀《とこ》に春立ちにけり
正岡子規・子規歌集
春立つと天の日渡るみんなみの国はろかなる空ゆ来《く》らしも
長塚節・早春の歌
春立てまだ九日の野山かな　芭蕉・笈の小文
春立《はるたつ》や歯朶《しだ》にとゞまる神矢《かみや》の根《ね》　許六・韻塞
春立や誰も人よりさきへ起き　鬼貫・俳諧七車
春立つやさすが聞きよき海の音　牧童・卯辰集
春たつや捨《すて》しはすてし世に出たり　野坡・野坡吟草
春立《はるたつ》や山家に入《いり》て袖《そで》の数《かず》　楚常・卯辰集
何事もなくて春たつあした哉　士朗・枇杷園句集
門々の下駄の泥より春立ちぬ　一茶・七番日記
我王の二月に春の立ちにけり　正岡子規・子規句集
春立つや昼の灯くらき山社　正岡子規・俳句三代集
春立つや六枚屏風六歌仙　高浜虚子・虚子全集
春立つや峯に対して牧の埒　飯田蛇笏・国民俳句
春立つ拭ふ地球儀みづいろに　山口青邨・雪国
ぽんかんのまあまあと春立ちにけり　日野草城・日暮
天深く春立つものの芽を見たり　加藤楸邨・寒雷

はるでみず【春出水】
雪国に多く、春雨や雪解水などが集中して出水となったもの。［同義］雪しろ出水（ゆきしろでみず）。➡雪しろ（ゆきしろ）［春］、出水（でみず）［秋］
§
春雨の出水の川に小網張り今も里人蟹とるらむか
伊藤左千夫・伊藤左千夫全短歌

はるならい【春北風】
春の半ばまで吹く冬の季節風。東日本の太平洋側でよばれる風名。➡ならい［冬］、春風（はるかぜ）［春］、風（かぜ）［四季］

はるのあけぼの【春の曙】
春の日の夜明けの空。夜がほのぼのとの明けはじめる頃の風情をいう。➡春暁（しゅんぎょう）［春］、春の朝（はるのあさ）［春］
§
風わたる軒端《のきば》の梅にうぐひすのなきてこづたふ春のあけぼの
藤原実家・千載和歌集一（春上）
花の色をそれかとぞ思ふ乙女子《（をとめご）》が袖振山《ふるやま》の春の曙
藤原定家・定家卿百番自歌合
玉島《しま》やいく瀬《せ》の淀《よど》に霞《かす》むらむかはかみ遠《とを》し春《はる》のあけぼの
頓阿・頓阿法師詠
花鳥の色にも音《（ね）》にもとばかりに世はうちかすむ春のあけぼの
心敬・寛正百首
しるやいかにいつも別《（わかれ）》は憂《う》き中に雲居《ゐ》の雁も春の曙
三条西実隆・内裏着到百首
露のみを常にもがなと思ふまで心ぞとまる春の明《あけ》ぼの
小沢蘆庵・六帖詠草
みなと出て我こくかたに朝影の波にゝほへる春の曙
上田秋成・寛政九年詠歌集等

おのづから夜《よ》の間《ま》の花《はな》の露《つゆ》おちて芝生《しばふ》にかをる春《はる》のあけぼの
加藤千蔭・うけらが花

山の端《は》の紫の雲に雲雀鳴く春の曙《あけぼの》旅ならましを
正岡子規・子規歌集

百《もも》のつかさ 率《あともひ》まして国見《くにみ》せす青香具山《あをかぐやま》の春《はる》のあけぼの
佐佐木信綱・新月

わがむすめ、ひとり寝台《ねだい》に目《め》さめたる、小《ち》さきあくびの、春《はる》のあけぼの。
土岐善麿・黄昏に

狙撃兵守備兵なべて老人とやさしくなりぬ春はあけぼの
宮柊二・緑金の森

春の曙その七もとや秘蔵鷹《ひさうたか》　支考・蓮二吟集

はるのあさ【春の朝】

春の季節の朝。⬇春暁（しゅんぎょう）[春]、春の曙（はるのあけぼの）[春]

§

はるの朝蜆は黒きものぞかし　乙二・斧の柄草稿

はるのあめ【春の雨】

俳句では、春雨と限らず、春に降る雨の全般をいう。⬇雨（あめ）[四季]、春雨（はるさめ）[春]、木の芽起し（きのめおこし）[春]、杏花雨（きょうかう）[春]、春霖（しゅんりん）[春]、春雨（はるさめ）[春]、菜種梅雨（なたねづゆ）[春]、春時雨（はるしぐれ）[春]

§

春の雨のあまねき御代《みよ》をたのむかな霜に枯《か》れゆく草葉もらすな
藤原有家・新古今和歌集一六（雑上）

ぬれながら椽にのぼれる庭鳥に音なき春の雨をしるかな
落合直文・明星

霜おほひの藁《わら》とりすつる芍薬《しやくやく》の芽の 紅《くれなゐ》に春の雨ふる
正岡子規・子規歌集

古寺のかべに染めたる紅筆のこひうたうすし春の雨ふる
太田水穂・つゆ艸

春の雨高野《かうや》の山におん児《ちご》の得度《とくど》の日かや鐘おほくなる
与謝野晶子・舞姫

春の雨おもひまけては力なく涙ぐみつつうたたねもしぬ
前田夕暮・収穫

美しき亡命客のさみえるに薄茶たてつつ外は春の雨
岡本かの子・浴身

大壺に豊かに挿せる花桐の枝にひびきて春の雨音
宮柊二・藤棚の下の小室

笠寺《かさでら》やもらぬ崖《いはや》も春の雨　芭蕉・千鳥掛
不性《ぶしやう》さやかき起《おこ》されし春の雨　芭蕉・猿蓑
石塔《せきたう》もはや苔《こけ》づくや春の雨　去来・後の旅
目ふさいで釈迦《しやか》と語《かた》らん春の雨　千那・孤松
生壁《なまかべ》のにほひや残る春の雨　許六・射水川
松の葉やあらそひかねてはるの雨　野紅・心ひとつ
広庭や木葉《このは》しづまる春の雨　支考・伊達衣
かりそめに木立《こだち》わけたり春の雨　梢風・木葉集

野も山も化粧《けはひ》ご丶ろやはるの雨　梢風・木葉集
白藤や手先とゞかぬ春の雨　りん女・木曾の谷
穴蔵の中で物いふ春の雨　一茶・七番日記
緑青の裸仏や春の雨　伊藤左千夫・伊藤左千夫全短歌所収「俳句」
つくばひや灯の数盡す春の雨　石橋忍月・俳句三代集
慈恩寺の鐘とこそ聴け春の雨　村上鬼城・鬼城句集
顔を出す長屋の窓や春の雨　正岡子規・子規句集
据風呂に傘さしかけて春の雨　夏目漱石・漱石全集
人妻の傘ふかし春の雨　松瀬青々・妻木
濡《ぬ》れてゆく女や僧や春の雨　高浜虚子・六百句
恋めきて男女はだしや春の雨　高浜虚子・六百五十句
種馬につけにやりけり春の雨　河東碧梧桐・碧梧桐句集
爪を剪る膝暇あり春の雨　中塚一碧楼・国民俳句
浪華津のきたなき堀や春の雨　日野草城・青芝
春の雨ひびけりいつの寝覚にも　日野草城・旦暮

はるのあられ【春の霰】

春の季節に降る霰をいう。霰には雪霰と氷霰がある。春の霰は氷霰であり、栽培植物の若葉や野菜の苗に被害をもたらすことがある。俳句では「霰」は冬の季語のため、「春」をつけて春の季語とする。[同義] 春霰（しゅんさん）。➡霰（あられ）[冬]、雹（ひょう）[夏]

はるのいけ【春の池】

春の雨と雪解で、なみなみと水を湛えた春の池をいう。水辺の草も萌え、魚も動きだし、万物が生気をもつ春の風情である。➡春の湖（はるのみずうみ）[春]

§

春の池の玉藻《も》に遊《あそぶ》鳰鳥《にほどり》の脚のいとなき恋《こひ》もする哉《かな》　宮道高風・後撰和歌集二（春中）

はるのうみ【春の海】

春の季節の海。春の海は穏やかに凪ぐことが多く、暖かい微風が吹き、長閑な風情がある。海の生物たちも活発に活動しはじめる季節である。➡春潮（しゅんちょう）[春]、春の波（はるのなみ）[春]、春の湖（はるのみずうみ）[春]

§

雁鳴《かりな》きて菊《きく》の花咲《はなさ》く秋《あき》はあれど春《はる》の海辺《うみべ》に住吉《すみよし》の浜《はま》　伊勢物語六八
春の海の西日にきらふ遥かにし虎見か崎は雲となびけり　伊藤左千夫・伊藤左千夫全短歌
春の海いま遠《をち》かたの波かげにむつがたりする鰐鮫《わにざめ》おもふ　与謝野晶子・舞姫
いつとなうわが肩の上《へ》にひとの手のかかれるがあり春の海見ゆ　若山牧水・海の声
磯やまの小松がなかに佇みてひとり聞くものか春の海のこゑ　土岐善麿・はつ恋
春のうみに淡路島かげ大きなり山には垂《た》りてにごる綿雲　中村憲吉・軽雷集
などきせぬ岩に烏帽子を春の海　言水・俳諧五子稿
帆の影にいとふ夕日や春の海　桃隣・古太白堂句選
春の海終日《ひねもす》のたりのたり哉　蕪村・蕪村句集

春の海やおもちゃのやうな遠き舟　森鷗外・うた日記

真青い沖高凪や春の海　村上鬼城・定本鬼城句集

春の海に橋をかけたり五大堂　夏目漱石・新俳句

青楼や欄のひまより春の海　夏目漱石・漱石全集

家持《やかもち》の妻恋舟《つまごいぶね》か春の海　高浜虚子・六百五十句

春の海のどこからともなく漕いでくる　種田山頭火・草木塔

長崎の燈に暮れにけり春の海　渡辺水巴・白日

窓前の松一曲す春の海　水原秋桜子・馬酔木

春の海むかしのごとく天守より　山口青邨・冬青空

はるのかわ【春の川】

雪解や雨で水量が豊かに流れる春の川。『栞草』に「花散りてうかめる体、雪きえて水まさりし体などとよむべし」とある。［同義］春川（はるかわ）、春江（しゅんこう）。⬇春の水（はるのみず）［春］

§

梅《うめ》が香《か》をさほぢはるかに送《おく》りすてて柳《やなぎ》にかへる春《はる》の河《かは》かぜ　下河辺長流・晩花集

春の川音をひそめてながれゆくこのたそがれのなつかしきかな　田波御白・御白遺稿

春の河うす黄に濁り音もなう潮満つる海の朝凪に入る　若山牧水・海の声

ゆく水に赤き日のさし水ぐるま春の川瀬《かはせ》にやまずめぐるも　北原白秋・桐の花

ちる花の外は流ずはるの川　桃隣・古太白堂句選

春の川手紙まろめて流しけり　内藤鳴雪・鳴雪句集

小金井橋春景［江戸名所図会］

春川や橋くゞらする帆掛舟　村上鬼城・鬼城句集
一桶の藍流しけり春の川　正岡子規・新俳句
春の川故ある人を背負ひけり　夏目漱石・漱石全集
木戸出るや草山裾の春の川　飯田蛇笏・山廬集
空を率て末ひろがりに春の川　飯田蛇笏・雲母

はるのくも【春の雲】

空一面に薄くただよう雲や、綿のような積雲など、春の雲の風情をいう。⬇雲（くも）［四季］、春の空（はるのそら）［春］

§

目の限り春の雲湧《わ》く殿《との》の灯《ひ》におよそ百人牡丹《ぼたん》に似たり　与謝野晶子・小扇
春の雲かたよりゆきし昼《ひる》つかたとほき真菰《まこも》に雁《がん》しづまりぬ　斎藤茂吉・白桃
西空に夜《よる》に入りてもたなびける春の白雲電車より見ゆ　半田良平・幸木
春の雲いたづらにしてかがやけど夢々惨々《ぼうぼうさんさん》として未来あり　宮柊二・日本挽歌
今植し桜や世々の春の雲　也有・うづら衣
鳥声を呑て地に有春の雲　暁台・暁台句集
濃かに弥生の雲の流れけり　夏目漱石・俳句三代集
雨晴れて南山春の雲を吐く　夏目漱石・漱石全集
春の雲白うして梅の花黒し　高浜虚子・句日記
春の雲溶けて流れて結ぼれて　高浜虚子・句日記
何もなく過ぎしがごとし春の雲　横光利一・横光利一全集
土手の木の根元に遠き春の雲　中村草田男・長子
春の雲あふれまた抱く黒鞄　加藤楸邨・穂高

はるのくれ【春の暮】

春の季節の夕暮。今日では春の夕暮れの意に用いることが多いが、往時は暮春の意に多く用いられた。［同義］春の夕。⬇春の夜（はるのよ）［春］、暮春（ぼしゅん）［春］、春の夕（はるのゆうべ）［春］、暮の春（くれのはる）［春］、秋の暮（あきのくれ）［秋］

§

をしめどもかひもなぎさに春暮《く》れて波《なみ》とゝもにぞたちわかれぬる　覚忠・千載和歌集二（春下）
いその神布留《ふる》のわさ田《だ》をうちかへし恨《うら》みかねたる春の暮《くれ》かな　藤原俊成女・新古今和歌集二（春下）
故郷《ふるさと》は春のくれこそあはれなれ妹《いも》にゝるてふ山ぶきのはな　賀茂真淵・賀茂翁家集
ウイスキーの強くかなしき口あたりそれにも優《ま》して春の暮れゆく　北原白秋・桐の花
なやましく春は暮れゆく踊り子の金紗《きんしゃ》の裾に春は暮れゆく　芥川龍之介・紫天鵞絨
入逢《いりあひ》の鐘もきこえず春の暮　芭蕉・曾良書留
鐘つかぬ里は何《なに》をか春の暮　芭蕉・曾良書留
天仙蓼《またたび》に冷飯《ひえめし》あまし春《はる》の暮《くれ》　荷兮・あら野
旅人《たびびと》の虱《しらみ》かき行《ゆく》春暮《くれ》て　曲翠・ひさご
はるのくれよめりぎつねのくさのあめ　暁台・暁台句集
にほひある衣《きぬ》も畳《たた》まず春の暮　蕪村・蕪村句集

誰《たが》ためのひくき枕ぞはるのくれ　蕪村・蕪村句集
居《すわ》りたる舟あがりけり春の暮　蕪村・落日庵句集
大門のおもき扉《とびら》や春の暮　蕪村・夜半叟句集
花にこそ命惜けれ春の暮　樗良・樗良発句集
羅漢寺のものとなりけり春の暮　乙二・斧の柄草稿
下京の窓かぞへけり春の暮　一茶・旅日記
石手寺へまはれば春の日暮れたり　正岡子規・寒山落木
ごんと鳴る鐘をつきけり春の暮　夏目漱石・漱石全集
傾城のうすき眉毛や春の暮　松瀬青々・妻木
天地に妻が薪割る春の暮　石田波郷・馬酔木

はるのこおり【春の氷】

春寒によって張る氷。『山之井』に「春の氷は、日足にけやぶられ、風の手につきながさるゝ心ばへ」とある。⬇残る氷（のこるこおり）［春］、薄氷（うすごおり）［春］、氷（こおり）［冬］

はるのしも【春の霜】

春の季節におりる霜。しばしば農作物に被害をもたらす。［同義］春霜（しゅんそう）。⬇忘れ霜（わすれじも）［春］、霜（しも）［冬］

§

あけぼのや麦の葉末《はずゑ》の春の霜　鬼貫・俳諧大悟物狂
初草に心づよさよ春のしも　几董・井華集
ぎし〳〵と裏紫や春の霜　村上鬼城・定本鬼城句集
春霜や接台植うる蜜柑山　河東碧梧桐・碧梧桐句集
春霜や鍬音たかき籬外　西山泊雲・同人句集

はるのそら【春の空】

春の季節の空。春の空は晴天でも靄がかかって薄白く見えるときが多い。［同義］春空（はるぞら）、春天（しゅんてん）。⬇春の雲（はるのくも）［春］

§

ふるさとの花《はな》のさかりはすぎぬれど面影《おもかげ》さらぬ春の空《そら》かな
源経信・新古今和歌集二（春下）
春の空ひくく下《お》りたる島のうち田畑《たはた》ひろくて国しづかなる
中村憲吉・軽雷集
春空は心も広し鴻の羽　智月・花の市
盗みする鳶も舞けり春の空　闌更・三傑
松島の鶴になりたやはるの空　乙二・斧の柄草稿
枯枝のむすぼれほぐれ春の空　高浜虚子・句日記
瑠璃たたみ珊瑚鏤め春の空　高浜虚子・虚子全集
春空の下に我れあり仏あり　高浜虚子・七百五十句
春天に鳩をあげたる伽藍かな　川端茅舎・川端茅舎句集
春空に身一つ容るゝだけの塔　中村草田男・火の島

はるのつき【春の月】

春の季節の月。春の月は朧月が名高いが、それに限定したものではなく、春全般に見る月である。［同義］春月（しゅんげつ）。⬇朧月（おぼろづき）［春］、月（つき）［秋］

§

春霞たなびく今日の夕月夜《ゆふづくよ》清く照るらむ高松の野に
作者不詳・万葉集一〇

春されば樹《き》の木《こ》の暗《くれ》の夕月夜《ゆふづくよ》おぼつかなしも山陰《やまかげ》にして
作者不詳・万葉集一〇

月かげを色《いろ》にて咲《さ》ける桜《さくら》花雲《くも》かくるれば散《ち》りぬとやいはむ
檜垣嫗集

梅《むめ》が香に昔《むかし》をとへば春の月こたへぬかげぞ袖にうつれる
藤原家隆・新古今和歌集一（春上）

空《そら》はなを(ほ)かすみもやらず風さえて雪げにくもる春の夜《よ》の月
藤原良経・新古今和歌集一（春上）

おほぞらは梅《むめ》のにほひに霞《かす》みつゝくもりもはてぬ春の夜《よ》の月
藤原定家・新古今和歌集一（春上）

山の端はそことも見えぬ夕暮《ぐれ》に霞を出《い》づる春の夜の月
宗尊親王・文応三百首

思《おも》ひなき袖にはいかで霞《かす》むらん時《とき》にあふみの春の夜《よ》の月
二条良基・後普光園院殿御百首

明《あ》けやすきよはともみえず春の月霞《かすみ》をわたるかげぞのどけき
頓阿・頓阿法師詠

難波かた玉江の水もにこるなり霞みてうつるはるの夜の月
上田秋成・献神和歌帖

車《くるま》過ぎて伽羅《きやら》の匂ぞ残りける都大路《みやこおほぢ》の春の夜の月
正岡子規・子規歌集

梅が香の吹くはどこからみちばたに牛草を食む春の夜の月
青山霞村・池塘集

知人《シリビト》に傘はあづけて帰るさを野路にとりけり春の夜の月
服部躬治・迦具土

衰へを身に感じつつ春の夜の月に明るき空を見あぐる
窪田空穂・土を眺めて

春の月その眉刷毛《はけ》に額をばはかせましとて家出でてきぬ
与謝野晶子・流星の道

蹌踉と街をあゆめば大ぞらの闇のそこひに春の月出づ
若山牧水・路上

春の夜の月のあはきに厨《くりや》の戸誰《た》が開けすてし灯《ひ》のながれたる
若山牧水・海の声

ああ笛鳴る思ひいづるはパノラマの巴里《パリス》の空の春の夜の月
北原白秋・桐の花

春の月小さき時計の蝋面に光る夜なりきかぢめ焼きゐし
北原白秋・桐の花

春の夜の月はすがしく照りにけり木の芽ひらきてやや影に立つ
土田耕平・青杉

花をまつ心の果《はて》や春の月
許六・白馬蹄

搗立《つきたて》に白粉《おしろい》かけてや春の月
露川・北国曲

春月や印金堂《いんきんだう》の木のまより
蕪村・蕪村句集

すつぽんも時や作らん春の月
一茶・おらが春

片側は雪積む屋根や春の月
内藤鳴雪・鳴雪句集

誰れ待ちて容す春の月
村上鬼城・鬼城句集

春の月簾《すだれ》の外にかゝりけり
正岡子規・子規句集

配所には干網多し春の月
夏目漱石・漱石全集

春月や上加茂川の橋一つ
河東碧梧桐・碧梧桐句集

春の月けふも枯木のうしろより
渡辺水巴・水巴句集

大いなる春の月あり山の肩
杉田久女・杉田久女句集

春の月常磐木《ときはぎ》に水際仄《ほのか》なる　芥川龍之介・我鬼窟句抄
とくいで、春月高し湖の上　水原秋桜子・葛飾
外にも出よ触るるばかりに春の月　中村汀女・花影
びびびと氷張り居り月は春　川端茅舎・華厳
春の月ふけしともなくかゞやけり　日野草城・花氷
春の月城の北には北斗星　中村草田男・長子
ふるさとや石垣歯朶に春の月　芝不器男・不器男句集

はるのつち【春の土】

凍土もゆるみ、草木が萌えだす頃の暖かみを感じる春の土。とりわけ雪に閉ざされた北国では、雪解けで春の大地が現れる光景は格別の感慨がある。[同義] 土恋し（つちこいし）、土現る（つちあらわる）、土匂う（つちにおう）。⬇春泥（しゅんでい）[春]

§

上草履《うはざうり》。午後《ごご》の休《やす》みに出《い》でて踏《ふ》む、銀座通《ぎんざどほ》りの、春《はる》の土《つち》かな。　土岐善麿・黄昏に
園丁の指に従ふ春の土　高浜虚子・五百句
鉛筆を落せば立ちぬ春の土　高浜虚子・虚子全集

はるのつつみ【春の堤】

空には雲雀が鳴き飛び、春の摘草をする人々も見える、そのような春の暖かい陽光のみなぎる川の土手の風情をいう。

§

麦畑の人見る春の塘哉　杜国・あら野

はるのつゆ【春の露】

春の夜明けに草花などに降りる露をいう。俳句では「露」は秋の季語であるが、「春の露」として春の季語とする。⬇露（つゆ）[秋]

§

さそな袖草には置ぬ春の露　也有・蘿葉集
隠岐へ
あけぼのや欅を春の露はしり　加藤楸邨・雪後の天

はるのどろ【春の泥】

⬇春泥（しゅんでい）[春]

§

鴨の嘴《はし》よりたら〱と春の泥　高浜虚子・虚子全集
寺子屋に傘多し春の泥　松瀬青々・妻木
ゆく先に日輪うつり春の泥　西山泊雲・同人句集
北の町の果てなく長し春の泥　中村汀女・汀女句集

はるのなごり【春の名残】

終わろうとしている春を惜しんでいる表現。⬇春惜しむ（はるおしむ）[春]、行く春（ゆくはる）[春]

§

脱捨《ぬぎすて》る春の名残《なごり》や角頭巾《つのづきん》　遅望・幻の庵
我《わが》顔へ春のなごりや鳥の糞《ふん》　吾仲・三河小町
掃溜に桜見る春の名残かな　也有・蘿葉集
着よごれの羽織を春の名残かな　梅室・梅室家集
浅間山春の名残の雲かゝる　村上鬼城・鬼城句集

はるのなみ【春の波】

春の海のおだやかな波浪。[同義] 春濤（しゅんとう）。⬇春潮（しゅんちょう）[春]、春の海（はるのうみ）[春]

厳島《いつくしま》よごれぬ足を春の浪　§　四睡・卯辰集

春の波小さき石に一寸躍《ちよとおど》り　高浜虚子・五百五十句

はるのの【春の野】

草が萌え出し、花が咲く、のどやかな春の季節の野。➡枯野（かれの）［冬］

§

春の野に霧立ち渡り降る雪と人の見るまで梅の花散る　田氏真上・万葉集五

春の野に心伸《の》べむと思ふどち来《こ》し今日の日は暮れずもあらぬか　作者不詳・万葉集一〇

きみがため春の野にいでてわかなつむわが衣手《ころもで》に雪は降《ふ》りつつ　光孝天皇・古今和歌集一（春上）

春の野に若菜《わかな》つまむと来《こ》し物をちりかふ花に道はまどひぬ　紀貫之・古今和歌集二（春下）

ゆきて見ぬ人もしのべと春《はる》の野のかたみにつめる若菜《わかな》なりけり　紀貫之・新古今和歌集一（春上）

花鳥の春野のゆふべたづさはりいゆく二人や神の如けむ　伊藤左千夫・伊藤左千夫全短歌

ふりあぐる鍬の光や春ののら　杉風・雪丸げ

寒しやと帰《かへ》る春野の風《かざ》ぐもり　秋の坊・卯辰集

起ふしに眺る春の野山かな　闌更・半化坊発句集

鞘赤き長刀行や春の野辺　闌更・半化坊発句集

三味線をかけたる春の野茶屋かな　正岡子規・春夏秋冬

春の野や何に人行き人帰る　正岡子規・新俳句

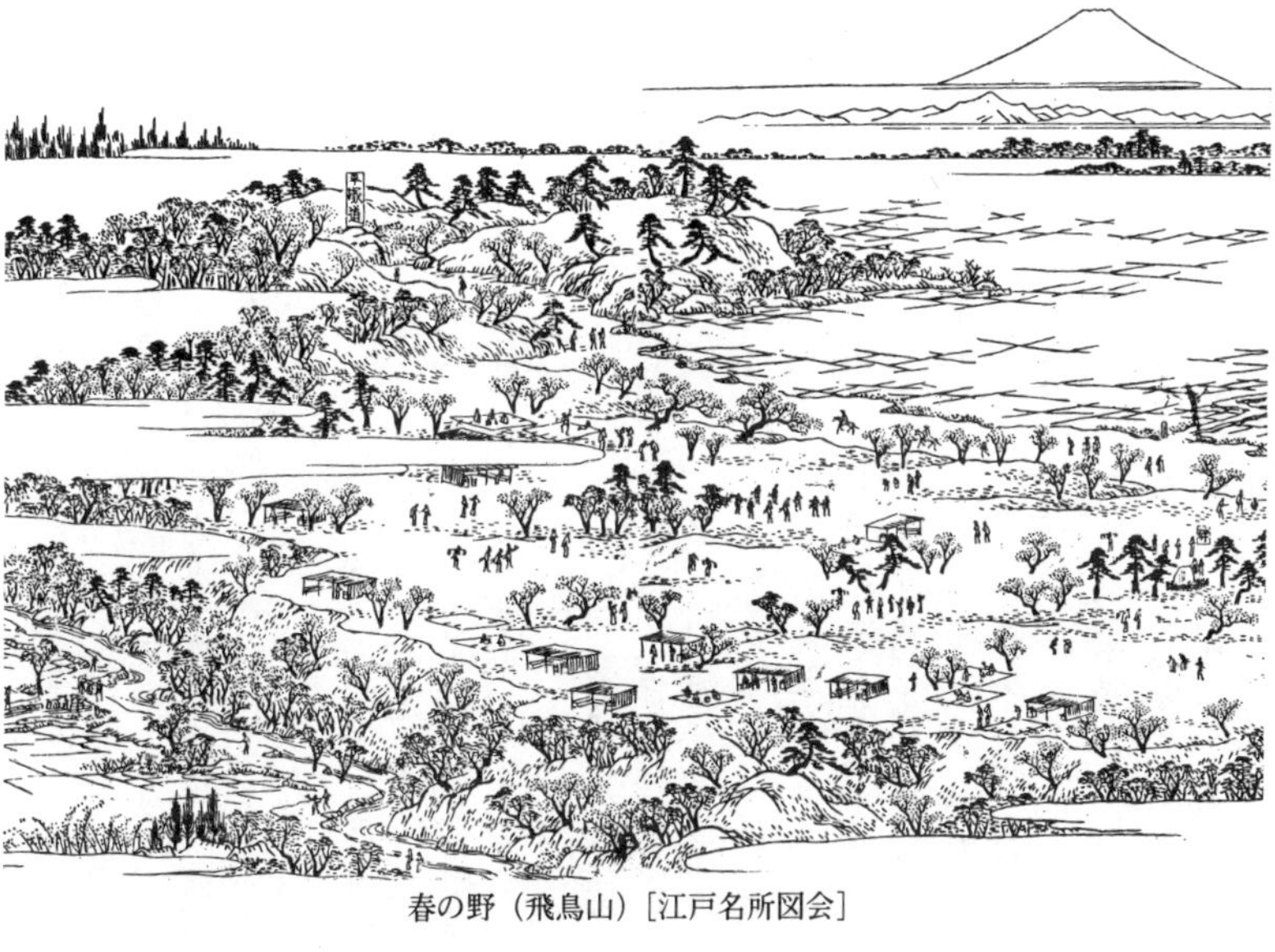

春の野（飛鳥山）［江戸名所図会］

背の子の起きて軽さや春野行く　田中王城・ホトトギス
我を越えてはるか春野を指し居る人　中村草田男・万緑

はるのひ【春の日】

春の太陽。また、春の一日をいう。「春日の（はるひの）」は「春日（かすが）」「霞」にかかる枕詞となる。［同義］春日（はるび・しゅんじつ）、春陽（しゅんよう）、春日和（はるびより）。➡永き日（ながきひ）［春］、遅き日（おそきひ）［春］、麗か（うららか）［春］、春光（しゅんこう）［春］

§

春さればまづ咲く宿の梅の花独り見つつや春日暮《くら》さむ　山上憶良・万葉集五
春の日のうらがなしきにおくれ居て君に恋ひつつ現《うつ》しけめやも　狭野弟上娘子・万葉集一五
越《こし》の海の信濃《しなの》の浜を行き暮し長き春日も忘れて思へや　大伴家持・万葉集一七
春の日に張《は》れる柳を取り持ちて見れば都の大路《おほち》思ほゆ　大伴家持・万葉集一九
うらうらに照れる春日《はるび》に雲雀《ひばり》あがり情悲《こころかな》しも独りしおもへば　大伴家持・万葉集一九
春の日の光《ひかり》にあたる我なれど頭《かしら》の雪となるぞわびしき　文屋康秀・古今和歌集一（春上）
久方のひかりのどけき春の日にしづ心なく花のちるらむ　紀友則・古今和歌集二（春下）
逢《あ》はずして今宵《こよひ》あけなば春の日のながくや人をつらしと思《おも》はむ　源宗于・古今和歌集一三（恋三）
雲《くも》の上《うへ》もくらしかねける春《はる》の日《ひ》を所《ところ》がらともながめつるかな　清少納言・枕草子
散《ち》りぬべき花見る時は菅《すが》の根《ね》の長《なが》き春日《はる》も短《みじか》かりけり　藤原清正・拾遺和歌集一（春）
やかずとも草《くさ》はもえなん春日《かすが》野をたゞ春の日にまかせたらなん　壬生忠見・新古今和歌集一（春上）
春の日の光もながし玉かづらかけてほすてふ青柳の糸　藤原為家・中院詠草
かすみたつながきはるひにこどもらとてまりつきつゝこのひくらしつ　大愚良寛・布留散東
はしゐして身を任《まかせ》たるゐねぶりをこゝろえがほに照す春の日　大隈言道・草径集
菅《すが》の根の長き春日《はるひ》を端居《はしゐ》して花無き庭をながめくらしつ　正岡子規・子規歌集
うららかにガラスを照す春の日にはかに曇り雹《ひよう》降り来る　正岡子規・子規歌集
春の日の光の前にわがあればわがいのちこそ尊とばれけれ　佐佐木信綱・常盤木
路の辺《べ》の高木の樫に春の日の入りつつ日赤くさして乱るる　窪田空穂・土を眺めて
ひむがしの空《そら》よりつたふ春《はる》の日《ひ》の白《しろ》き光《ひかり》にも馴《な》れし寂《さび》しさ　斎藤茂吉・あらたま

こころみに眼とぢみたまへ春の日は四方に落つる心地せられむ　前田夕暮・収穫
ひややかに清《きよ》き大理石《なめいし》に　春《はる》の日《ひ》の静《しづ》かに照《て》るは　かかる思《おも》ひならむ　石川啄木・忘れがたき人人
今年こそ心の塵を払はめと蓬生《よもぎふ》にゐて春日をろがむ　吉井勇・人間経
一心に喇叭吹きゐる兵隊は春日のもとに物思《ものおも》はざらむ　半田良平・野づかさ
阿波の門《と》をわたりてくれば四国なる山へ落ちゆく春日《はるび》の大きさ　中村憲吉・軽雷集
春日《はるひ》てる荒野《あらの》の道をのぼり来て猪名《ゐな》の　湖《みづうみ》　しづもりにけり　土屋文明・ゆづる葉の下
まるまるとかけのめんどり巣籠《すごも》りの久しきかもよこの春の日に　中村三郎・中村三郎歌集
やはらかき土のしめりに草花の種したしめり春の日は照り　松倉米吉・松倉米吉歌集
渚原かぎろひ高し見はるかす海のおもての春日かがよふ　土田耕平・青杉
春の日をいかるが寺にわれは来て飛鳥仏《あすかぶつ》に懐中電燈照らす　前川佐美雄・天平雲
春《はる》の日《ひ》や茶《ちや》の木《き》の中《なか》の小室節《こむろぶし》　正秀・続猿蓑
如意輪《によいりん》や鼾《いびき》もかゝず春日影《はるひかげ》　其角・五元集
春の日や庭に雀の砂あびて　鬼貫・俳諧大悟物狂
たふとさの飛《とぶ》や鏡《かがみ》の春日影《かげ》　露川・二人行脚

春の日や八十八の虱とり　百里・銭龍賦
春の日や雪隠《（せっちん）》草履の新しき　一茶・文化句帖
垂れこめて古人を思ふ春日哉　正岡子規・子規句集
春の日や高くとまれる尾長鶏　村上鬼城・鬼城句集
茶の木二三本閑庭にちよと春日哉　夏目漱石・漱石全集
藪《やぶ》の穂に春日遅々とわたりをり　高浜虚子・七百五十句
深川めしを食ふ春日のわが肋覚ゆる　中塚一碧楼・一碧楼一千句
菓子屑に似て女工等や春日照る　中塚一碧楼・はかぐら
九十九谷春行く径消えにけり　渡辺水巴・水巴句集
檜林春日あるかぎり踏まんかな　渡辺水巴・水巴句集
日も春の浅間根つづる桃桜　臼田亜浪・定本亜浪句集
殉教図春日燦と射せば見えず　山口青邨・庭にて
草の家の柱半ばに春日かな　芥川龍之介・発句
春の日のやうやう暮るるあはれさよ　日野草城・旦暮
春の日はササの葉なりに藪に降る　中村草田男・長子
泣き寄る子喉の奥まで春日さす　加藤楸邨・山脈
巣がらすや春日に出ては翔ちもどり　芝不器男・芝不器男句集
春日染まり自動車あふれゆき昏れぬ　石田波郷・鶴の眼

はるのひ【春の灯・春の燈】

➡春灯（しゅんとう）［春］

§

山《やま》の端《は》の月《つき》まつ空《そら》のにほふより花《はな》にそむくる春《はる》のともしび　藤原定家・玉葉和歌集二（春下）
春《はる》の燈《ひ》はまとゐが中《なか》の一人《いちにん》の我《わ》が思《も》ふ君《きみ》のおもわ照《て》らしぬ　佐佐木信綱・新月

つややかに春の灯《ひ》ならぶ円山へ法《のり》の灯ともる音羽《おとは》の山へ
与謝野晶子・常夏

かなしかる初代《しよだい》ぽんたも古妻《ふりづま》の舞《ま》ふ行《ゆ》く春《はる》のよるのともしび
斎藤茂吉・あらたま

人に似しおもとと見ればつと過ぎぬ春の灯にゆく紅梅被衣《かつぎ》
北原白秋・白秋全集

春の燈油盛りたる宵の儘　召波・春泥発句集

春の灯や掻きたつれどもまた暗し　村上鬼城・鬼城句集

鯛を料る春の燈や台所　水落露石・春夏秋冬

熱の潮さし来と春の灯にそむく　日野草城・旦暮

春の灯や女は持たぬのどぼとけ　日野草城・花氷

はるのひる【春の昼】

春の昼間の明るくのんびりとして長閑なさま。［同義］春昼（しゅんちゅう）。

§

春の昼遠松風のきこえけり　日野草城・花氷

妻抱かな春昼砂利踏みて帰る　中村草田男・火の島

春昼の母子爪剪る向きあひて　加藤楸邨・穂高

春昼やひとり咳き臥す書架のかげ　石田波郷・馬酔木

はるのほし【春の星】

春の朦朧とした空に美しく輝く星々をいう。［同義］春星（しゅんせい）、星朧（ほしおぼろ）。

§

春の星を落して夜半のかざしかな　夏目漱石・漱石全集

牧の牛濡れて春星《しゆんせい》満つるかな　加藤楸邨・雪後の天

はるのみず【春の水】

春は雨量も多く雪解けの水もある。冬涸れの河川に流れ、また湖沼に満々と湛える豊かな春の水をいう。［同義］春水、水の春（みずのはる）。⬇水温む（みずぬるむ）［春］、春水（しゅんすい）［春］、春の川（はるのかわ）［春］

§

ちる花のゆくへいづことたづぬればたゞ春の風たゞ春の水
落合直文・明星

天津橋上《てんしんけうじやう》繁華の子等の影見えて天津橋下《てんしんけうか》春の水青し
正岡子規・子規歌集

遠く遠く流れて去にし春の水、水のゆくへや恋のゆくへか。
大塚楠緒子・暮春

春の水君に馴《な》れたるこころともわが思ひとも見ゆる夕ぐれ
与謝野晶子・火の鳥

春の水に京紅ときて流しけり汲まれんものか人が手桶に
北原白秋・白秋全集

物かげに怖《お》ぢし目高《めだか》のにげさまにさゝ濁りする春の水哉
木下利玄・銀

新《にひ》はりの道に並びて落ち来《きた》る春の水あらし鳴りつつぞ来《く》る
土屋文明・ゆづる葉の下

紅《くれなゐ》のチンタ流るゝ春の水　西鶴・蓮実

種《たね》ものや池にひたりて春の水　楚常・卯辰集

春の水山なき国を流れけり　蕪村・果報冠者

春水《しゆんすゐ》や四条五條の橋の下　蕪村・蕪村句集
春の水すみれつばなをぬらしゆく　蕪村・夜半叟句集
大釜に春水落す筧かな　村上鬼城・鬼城句集
下総《しもうさ》の国の低さよ春の水　正岡子規・子規句集
しめ縄や春の水湧く水前寺　夏目漱石・漱石全集
流れ来てげんげの中に春の水　松瀬青々・妻木
垣内田やかへるの背こす春の水　松瀬青々・妻木
灌頂や瑠璃瓶中の春の水　松瀬青々・筑摩文学全集
遡《さかのぼ》りて君を迎へぬ春の水　河東碧梧桐・碧梧桐句集
蛇穴を出でて石垣の春の水　河東碧梧桐・春夏秋冬
一つ根に離れ浮く葉や春の水　高浜虚子・五百句
春の水滄浪秋の水滄浪　高浜虚子・六百五十句
名にし負ふ木曾の 春水《しゆんすい》堰《せ》き止めて　高浜虚子・七百五十句
たたへて春の水としあふれる　種田山頭火・草木塔
一桶の春水流す魚の棚　渡辺水巴・白日
薪水のいとまの釣や春の水　飯田蛇笏・山廬集
里見えて幾つ渡りぬ春の水　長谷川零餘子・国民俳句
岸の家の厨見ゆるや春の水　高田蝶衣・新春夏秋冬
春水や毛氈かへて詣で舟　水原秋桜子・葛飾
春の水弁才天の島ひたす　山口青邨・雪国
いつまでも仮橋にして春の水　中村汀女・ホトトギス
春水やよき妻獲たる古男　日野草城・旦暮

はるのみずうみ【春の湖】

湖水の量も増え、周辺の緑も萌えだし、日に日に春の風情

河口湖［甲斐叢記］

が増してくる湖をいう。「はるのうみ」ともよむ。⬇春の海（はるのうみ）［春］、春の池（はるのいけ）［春］

§

近江路や菜の花晴の朝さやにみどりた、へし春の湖

伊藤左千夫・伊藤左千夫全短歌

花流る春の湖緑うち舟がおもしろ波がおもしろ

伊藤左千夫・伊藤左千夫全短歌

はるのみぞれ【春の霙】

春の季節に降る霙。春に降る雪は途中で融けて霙となることが多い。俳句では「霙」は冬の季語のため、「春」をつけて春の季語とする。⬇霙（みぞれ）［冬］

はるのやま【春の山】

冬枯から草木が萌えはじめ、生気溢れる風情になった春の山をいう。［同義］春山（はるやま）、春嶺（しゅんれい）、弥生山（やよいやま）。⬇山笑う（やまわらう）［春］

§

春山の霧に惑《まと》へる鶯もわれにまさりて物思はめや

万葉集一〇（柿本人麻呂歌集）

春山の馬酔木《あしび》の花の憎《にく》からぬ君にはしゑや寄さゆともよし

作者不詳・万葉集一〇

くもゐにもなりにけるかな春山《はるやま》のかすみたちいでてほどやへぬらん

一条摂政御集（藤原伊尹の私家集）

遠き人をふたりしのびしおばしまのその春の山また夢に入る

与謝野寛・紫

あはただしく故郷を去る旅人のうしろにかすむ春の山山

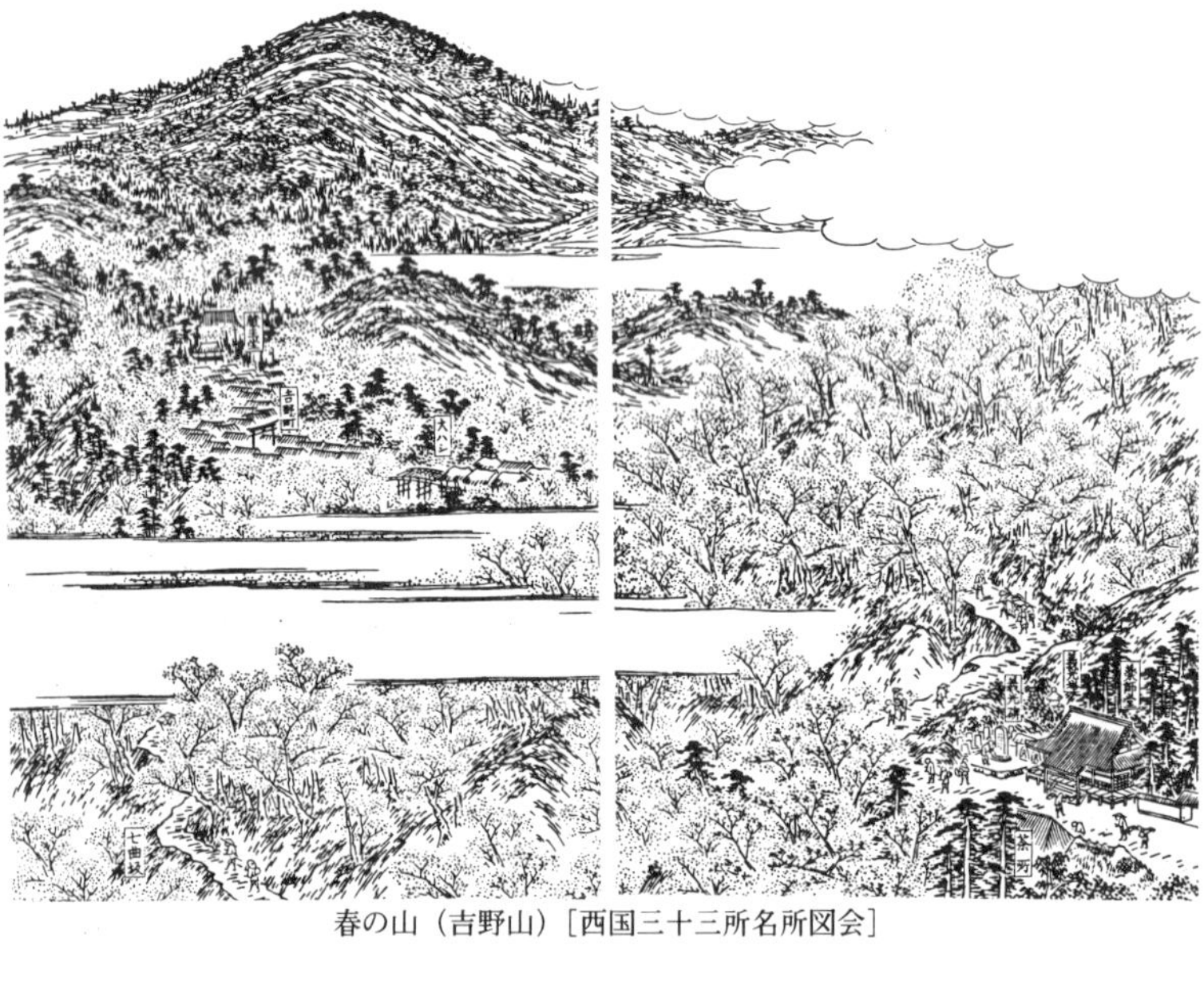

春の山（吉野山）［西国三十三所名所図会］

春山《はるやま》を汗ばみ上《のぼ》れり里《さと》わには青麦畑《ばた》に風ひかる見ゆ　前田夕暮・陰影
木下利玄・一路
ひとり程遊び残さん春の山　土芳・蓑虫庵集
そのまことあらはす色や春の山　涼菟・笈の若葉
はるの山に取まかれてぞ住れける　乙二・斧の柄草稿
寝仲間に我をも入よ春の山　一茶・旅日記
寝ころぶや手まり程でも春の山　一茶・九番日記
春山や松に隠れて田一枚　村上鬼城・鬼城句集
春の山畠《はたけ》となつてしまひけり　正岡子規・子規句集
模糊として竹動きけり春の山　夏目漱石・漱石全集
大仏を写真に取るや春の山　河東碧梧桐・碧梧桐句集
春の山屍《かばね》をうめて空《むな》しかり　高浜虚子・七百五十句
長谷寺の現れ来り春の山　高浜虚子・虚子全集
春の山からころころ石ころ　種田山頭火・草木塔
春の山のうしろから煙が出だした　尾崎放哉・小豆島にて
夕ばえてかさなりあへり春の山　飯田蛇笏・山廬集
雁ゆきてべつとりあをき春の嶺　飯田蛇笏・雲母
春の山暮れて温泉の灯またたけり　杉田久女・杉田久女句集
春山に木樵の居りて小石落つ　中村草田男・長子
春山にかの鬟は斯くありしかな　中村草田男・長子

はるのやみ【春の闇】

月の見えない春の夜の幽かな情感のある闇をいう。［同義］朧闇（おぼろやみ）。

§

はや二日昔の雨や春の闇　来山・続いま宮草
一筋の水走りたり春の闇　山口青邨・雪国
春の闇幼きおそれふと復《かへ》る　中村草田男・長子
病院のユーカリにほふ春の闇　中村草田男・長子

はるのゆうぐれ【春の夕暮】

⬇春の夕（はるのゆうべ）［春］

§

山里《ざと》を春の夕暮きてみれば入相《いりあひ》の鐘に花ぞちりける　能因集（能因の私家集）
緑なる牧場をこえて森かげの友の家とふ春のゆふぐれ　佐佐木信綱・思草
ねにかへる鳥のつは（ば）さもおもけ（げ）なり雨もよひなる春の夕暮　樋口一葉・詠草
来島《くるしま》の瀬戸もにはかに掻き曇り遠いかづちす春のゆふぐれ　吉井勇・天彦

はるのゆうべ【春の夕】

春の季節の夕暮。「はるのゆう」ともいう。［同義］春夕（はるゆうべ・しゅんせき）。⬇春の夕暮（はるのゆうぐれ）［春］、春の夜（はるのよ）［春］、春の暮（はるのくれ）［春］、秋の夕（あきのゆうべ）［秋］

§

おくつきの石を撫でつ、ひとりごといひてかへりぬ春の夕ぐれ　落合直文・明星
ほの赤く岐阜《ぎふ》提灯《ぢやうちん》もともりけり「二つ巴」の春の夕ぐれ　芥川龍之介・紫天鵞絨

橋守の銭かぞへけり春夕　召波・春泥発句集
等閑《なほざり》に香たく春の夕《ゆふべ》かな　蕪村・安永四年春慶引
燭《しょく》の火を燭にうつすや春の夕《ゆふ》　蕪村・新五子稿
瑞籬や狐子を生む春の夕　内藤鳴雪・鳴雪句集
うた、寐に風引く春の夕哉　正岡子規・子規句集
鳩の糞春の夕の絵馬白し　夏目漱石・漱石全集
地震知らぬ春の夕の仮寝《かりね》かな　河東碧梧桐・碧梧桐句集
茶を焙ず誰れも来ぬ春の夕ぐれに　渡辺水巴・白日
病顔を春の夕日に照らさるる　日野草城・旦暮

はるのゆき【春の雪】

春の季節に降る雪をいう。冬の雪に比べて湿気があり溶けやすく大片の淡雪である。俳句では「雪」は冬の季語のため、「春」をつけて春の季語とする。［同義］春雪。⬇春雪（しゅんせつ）［春］、牡丹雪（ぼたんゆき）［春］、雪の果（ゆきのはて）［春］、淡雪（あわゆき）［春］、斑雪（はだれ）［春］、雪（ゆき）［冬］

§

梅の花咲き散り過ぎぬしかすがに白雪庭に降り重《しき》りつつ　作者不詳・万葉集一〇
霞たち木《こ》の芽《め》も春の雪ふれば花なき里《さと》も花ぞちりける　紀貫之・古今和歌集一（春上）
春の雪あかきにくたき信濃なる菅のあら野の駒いさむ也　上田秋成・餘斎翁四時雑歌巻
師の君の御袖によりて笑《ゑ》むは誰《た》ぞ興津《おきつ》の春の雪うつくしき　与謝野寛・紫
猪うちてかへれるせこの笠を簑をうくるわが手に春の雪ちる　服部躬治・迦具土
春の雪おほくたまれり旅立たむ心しづまり爐にあたり居り　島木赤彦・氷魚
なまめきて散るかと思ふ春の雪われのやうなるたなごころより　与謝野晶子・火の鳥
枝もたわわにつもりて春の雪晴れぬ一夜《ひとよ》やどりし宿の裏の松に　若山牧水・死か芸術か
被衣して妻戸いづれば薄月に梅も霞みて春の雪ふる　北原白秋・白秋全集
春《はる》の雪《ゆき》みだれて降《ふ》るを　熱《ねつ》のある目《め》に　かなしくも眺《なが》め入《い》りたる。　石川啄木・悲しき玩具
春の雪をんなの人の八つ口の傘をこぼれて匂ふみちわる　木下利玄・銀
春の雪あはれ美しはらはらと降りつつ降りつつすこしもつもらず　三ケ島葭子・三ケ島葭子歌集
この山を耳我《みみが》とはいまだ知らぬ前にて春の雪飛ぶ日に越えたりき　土屋文明・続青南集
痩《やせ》梅に猶重荷也《なほおもになり》春の雪　杉風・百曲
子の多き家に宿かる春の雪　曾良・続雪まろげ
月夜よし朧《おぼろ》は降《ふり》て春の雪　路通・一の木戸
買《かひ》たての足駄《あしだ》のたけや春の雪　許六・正風彦根体
下萠《したもえ》の気色《けしき》を消《け》すや春の雪　李由・韻塞
鶯の雫《しづく》となるや春の雪　浪化・東西夜話

横に降《ふる》こゝろ直《なほ》るや春の雪　林紅・三日月日記
竹にふる音か一しほ春の雪　舎羅・淡路島
春の雪麦畑の主とく起きぬ　村上鬼城・鬼城句集
下町は雨になりけり春の雪　正岡子規・子規句集
春の雪朱盆に載せて惜まる、　夏目漱石・漱石全集
春の雪ちりこむ伊予の湯桁哉　松瀬青々・妻木
母衣《ほろ》を引く馬の稽古や春の雪　河東碧梧桐・碧梧桐句集
松よりも椿に残る春の雪　高浜虚子・句日記
この道しかない春の雪ふる　種田山頭火・草木塔
どつさり春の終りの雪ふり　尾崎放哉・小豆島にて
石榴一本の背戸春の雪積もりたり　中塚一碧楼・一碧楼一千句
くぐり見る松が根高し春の雪　杉田久女・杉田久女句集
尖塔やねぢれてつもる春の雪　山口青邨・花宰相
地階の灯春の雪ふる樹のもとに　中村汀女・同人句集

はるのよ【春の夜】

春の季節の夜。時間的には「春の夕」から「春の宵」となり「春の夜」になる。さらに更けた感じを「夜半の春（よわのはる）」という。［同義］春夜（しゅんや）。➡春の暮（はるのくれ）［春］、春の夕（はるのゆうべ）［春］、春の宵（はるのよい）［春］、朧月夜（おぼろづきよ）［春］

§

春の夜の闇《やみ》はあやなし梅花色こそ見えね香《か》やはかくる、　凡河内躬恒・古今和歌集一（春上）
春《はる》の夜《よ》の夢《ゆめ》に逢《あ》ふとし見《み》えつるは思《おも》ひ絶《た》えにし人を待《ま》つかな　伊勢集（伊勢の私家集）
春の夜は吹《ふ》きまふ風のうつり香《か》を木《き》ごとに梅《むめ》と思ひけるかな　崇徳院・千載和歌集一（春上）
風かよふねざめの袖の花の香《か》にかほ《（を）》る枕《まくら》の春の夜《よ》の夢　藤原俊成女・新古今和歌集二（春下）
けさはしも嘆《なげ》きもすらんいたづらに春の夜《よ》ひとよ夢をだに見《み》で　和泉式部・新古今和歌集一三（恋）
春の夜《よ》ののどかに明《（あく）》る花の色になぎたる朝《あさ》と山風ぞ吹《（ふく）》　藤原為家・中院詠草
春の夜の夢《ゆめ》のたゞぢの山桜《ざくら》いざ見にゆかむおもひ寝《ね》にして　正徹・永享九年正徹詠草
はるの夜のほの明かたの薄霞やかてこさめの雲にたくへる　上田秋成・寛政九年詠歌集等
言にいへば常にしあれど情深《コヽロフカ》き此春の夜をいつか忘れむ　伊藤左千夫・伊藤左千夫全短歌
春の夜の衾《ふすま》しかんと紅梅のさかりの鉢を片よせおきぬ　正岡子規・子規歌集
嵐山はなもさかりの春のよに　いり江おく《（ぐ）》らく霞む月哉　樋口一葉・詠草
春の夜の暗き野みちに行きなやみたたずみをれば蟇《ひき》なくきこゆ　窪田空穂・土を眺めて
春《はる》の夜《よ》の午前三時に眼《め》をあきてわれの体《からだ》の和《なご》むことあり　斎藤茂吉・寒雲
春の夜のびいどろ吹きの吹きなやむ紅《あか》き花瓶《くわびん》もおもしろきかな　北原白秋・桐の花

めづらしき春《はる》の夜《よ》のこころ、なつかしく、おくつきの土《つち》に、
沁《し》みも行《ゆ》くかな。　土岐善麿・黄昏に
霊《たま》あらば生きかへり来《こ》と言はなくに春の夜《よ》ふけて虫一つ殺す　前川佐美雄・天平雲
春の夜や籠《こも》り人《ど》ゆかし堂の隅　芭蕉・笈の小文
春の夜は桜に明《あけ》て仕廻《しまひ》けり　芭蕉・韻塞
春の夜はたれか初瀬《はつせ》の堂《だう》籠《ごもり》　曾良・猿蓑
春の夜や草津の鞭《むち》のゆめばかり　其角・五元集
春の夜や宵あけぼのゝ其中に　蕪村・蕪村句集
春の夜や足洗はする奈良泊　召波・春泥発句集
春の夜の鳩のうめきや絵天井　内藤鳴雪・鳴雪句集
春の夜や上堂したる大和尚　村上鬼城・鬼城句集
春の夜や奈良の町家の懸行燈《かけあんどん》　正岡子規・子規句集
春の夜のしば笛を吹く書生哉　夏目漱石・漱石全集
春の夜やおほよそ人の裾に寝る　松瀬青々・妻木
春の夜《よ》や互に通ふ文使《ふみづかい》　高浜虚子・六百五十句
春の夜や机の上の肱まくら　高浜虚子・春夏秋冬
石に水を、春の夜にする　種田山頭火・草木塔
春の夜や面かゝやく貝合せ　渡辺水巴・続新春夏秋冬
春の夜やたゝまで嵩む仕立物　山崎楽堂・新春夏秋冬
春の夜や仏事したたむ小商人　飯田蛇笏・山廬集
春の夜や衣桁の裾にひそむ鬼　高田蝶衣・新春夏秋冬
潮寄する春の夜畳にすわり　中塚一碧楼・一碧楼一千句
春の夜や寝れば恋しき観世音　川端茅舎・川端茅舎句集
春の夜の了事なし了事なし　川端茅舎・俳句研究
春の夜の秋より長し草の庵　川端茅舎・川端茅舎句集
春の夜の卵や貴《あて》にしろたへに　日野草城・旦暮
春の夜やレモンに触るる鼻のさき　日野草城・花氷

はるのよい【春の宵】

春の日が暮れて間もない頃、「春の夕」と「春の夜」の中間の時間帯をいう。冬から春となり、暖かく若々しい風情を感じさせる宵である。蘇東坡の詩に「春宵一刻値千金、花有清香月有陰、歌管楼台声細々、鞦韆院落夜沈々」とある。[同義]春宵、宵の春、千金の夜（せんきんのよ）。⬇春宵（しゅんしょう）[春]、宵の春（よいのはる）[春]、春の夜（はるのよ）[春]、春の夕（はるのゆうべ）[春]

§

雨やみて戸におとづるゝ風のむだ寒さはゆりぬ此の春の宵　伊藤左千夫・伊藤左千夫全短歌
うしろよりきぬきせまつる春の宵そぞろや髪の乱れて落ちぬ　与謝野寛・紫
春《はる》の宵《よひ》をちひさく撞《つ》きて鐘《かね》を下《お》りぬ二十七段堂《にじふしちだんだう》のきざはし　与謝野晶子・みだれ髪
草臥《くたびれ》を母とかたれば肩に乗る子猫もおもき春の宵かも　長塚節・鍼の如く
人すてし後の思ひをいとせちに知らまほしさや行く春の宵　前田夕暮・収穫
漏る雨をひとゝかたるや春の宵　太祇・太祇句選

怪談に女まじりて春の宵《よい》　正岡子規・子規句集
古寺に鰯焼くなり春の宵　夏目漱石・漱石全集
眼をつむれば若き我あり春の宵　高浜虚子・五百句
ふと春の宵なりけりと思ふ時　高浜虚子・七百五十句
御簾越に短檠ともり春の宵　大谷句仏・縣葵
春の宵やわびしきものに人体図　中塚一碧楼・筑摩文学全集
伽羅たいてをれば友来る春の宵　田中王城・同人句集

はるのらい【春の雷】

➡春雷（しゅんらい）[春]

§

五女の家に次女と駆け込む春の雷　高浜虚子・六百句
山の背をころげ廻りぬ春の雷　高浜虚子・句日記
暫し朝の莨にすがる春の雷　加藤楸邨・穂高
地下電車路面に躍り春の雷　加藤楸邨・穂高
春の雷鯉は苔被て老いにけり　芝不器男・芝不器男句集
あえかなる薔薇撰りをれば春の雷　石田波郷・鶴の眼

はるはやて【春疾風】

春に吹く激しい風。➡春嵐（はるあらし）[春]

§

春疾風乙女の訪ふ声吹きさらはれ　中村草田男・銀河依然

はるふかし【春深し】

樹木の新葉も青々と成長し、春の盛りも少し過ぎた頃をいう。[同義] 春深む（はるふかむ）、春闌（はるたけなわ）、春更く（はるふく）、春闌く（はるたく）。➡晩春（ばんしゅん）[春]、暮の春（くれのはる）[春]、行く春（ゆくはる）[春]

§

春ふかく尋《たづ》ねいるさの山のはにほの見し雲の色ぞのこれる　藤原公経・新古今和歌集二（春下）
春ふかき老《おい》そのもりの鶯は人もすさめぬ音《ね》をや鳴《なく》らん　賀茂真淵・賀茂翁家集
廣き囲爐裏《ゐろり》女の眼には春ふかき萌黄の雨のしみて来るなり　島木赤彦・馬鈴薯の花
公家町や春物深き金屏風　召波・春泥発句集
春ふかし伊勢を戻りし一在所　太祇・太祇句選
葉桜に山こゝもとのはる深し　白雄・白雄句集
山姫の動かす松に春深し　巣兆・曾波可理
春深き里にて隣り梭の音　夏目漱石・漱石全集
春蘭暑しといふは勿体なし　高浜虚子・五百五十句
春深く稿を起さん心あり　高浜虚子・句日記
春深きしづけさ透きつ楢林　渡辺水巴・水巴句集
春ふかきぬばたまの夜の枕もと　飯田蛇笏・山廬集
春深し女の筆をとりて書く　山口青邨・雪国
旦《あした》よりしづかに眠り春深し　日野草城・旦暮
春深し紫髯の胡人あそぶ壺　水原秋桜子・馬酔木
板橋や春もふけゆく水あかり　芝不器男・芝不器男句集

はるまけて【春まけて】

春に向かって、春のさまがととのっていくこと。『年浪草』に「春に向きての意也。春かたまけてともよめり。春かたまけては、春方向て也。春まけては方を略せるなり。まけは儲、又は設の字をも書くなり。おなじ意也。此詞、夏・秋・冬と

もあり」とある。⇩春めく（はるめく）［春］

はるめく【春めく】

立春すぎて万象に春らしい気配が感じられてくることをいう。［同義］春動く（はるうごく）、春きざす（はるきざす）。⇩春ざれ（はるざれ）［春］、春まけて（はるまけて）［春］

§

早蕨《さわらび》や下《した》にもゆらん霜枯《しもが》れの野原《はら》の煙春めきにけり
藤原通頼・拾遺和歌集一七（雑秋）

三島江《みしまえ》につのぐみわたる蘆《あし》の根《ね》のひとよのほどに春《はる》めきにけり
曾祢好忠・後拾遺和歌集一（春上）

きのふかもあられふりしは信楽《しがらき》の外山《とやま》のかすみ春めきにけり
藤原惟成・詞花和歌集一（春）

ふるさとは春めきにけりみ吉野《よしの》の御垣《みかき》が原《はら》をかすみこめたり
平兼盛・詞花和歌集一（春）

花はまだし心は空にあさみどり春めくころの白川のさと
慈円・南海漁父北山樵客百番歌合

み吉野《よしの》の大河《おほかは》のへの古柳《ふるやなぎ》かげこそ見えね春めきにけり
輔仁親王・新古今和歌集一（春上）

春めきし此の一夜さに梅もやと心動けば書読みかたし
伊藤左千夫・伊藤左千夫全短歌

この岡の細木の枝をつたふ日の光り寒けれど春めきにけり
太田水穂・冬菜

乳菓《にゅうくわ》つくるにほひは甘し。ほのぼのと　春めきし野べを流れたりけり。
石原純・靉日

向か山《やま》の夕かげの雪に靄《もや》だちて降りゐる雨の春めきて見ゆ
中村憲吉・しがらみ

春《はる》めくや人《ひと》さまざまの伊勢《いせ》まいり　荷兮・春の日

照降《てりふり》もしどろもどろに春めきて　牧童・卯辰集

春めける山河消え去る夕かげり　高浜虚子・句集虚子

春めくと思ひつつ執る事務多忙　高浜虚子・六百句

空も星もさみどり月夜春めきぬ　渡辺水巴・水巴句集

雲遠き塔に上りて春めきぬ　飯田蛇笏・雲母

春めきて眼に直なるは麦の畝　飯田蛇笏・雲母

春めきてものの果なる空の色　飯田蛇笏・雲母

舟に乗りて眺むる橋も春めけり　杉田久女・杉田久女句集

春めく灯あすの人参けふ洗はれ　中村草田男・来し方行方

春きざす月に瓦斯洩れゐたるかな　加藤楸邨・火の記憶

ばんしゅん【晩春】

三春（初春・仲春・晩春）の一。新暦の四月（旧暦の三月）で、清明（四月五日）から立夏の前日（五月五日）までをいう。春たけなわの行楽シーズンである。［同義］末の春（すえのはる）、おそ春（おそはる）、季春（きしゅん）。⇩弥生（やよい）［春］、四月（しがつ）［春］、暮の春（くれのはる）［春］、三月（さんがつ）［春］、春（はる）［春］、春深し（はるふかし）［春］

§

浅草の晩春《ばんしゅん》となり人力車《じんりきしゃ》ひとつ北方へむかひて走る
斎藤茂吉・つきかげ

晩春の何かしづけくもの悲しき昼ありしかな記憶に生きて
宮柊二・晩夏
晩春《おそはる》をま白き阪が向丘《むかをか》にいつもいつも見えてたそがれにけり
宮柊二・群鶏

「ひ～ほ」

ひがた【干潟】

遠浅で潮が引くとあらわれるところ。「ひかた」ともいう。春、潮干狩をする人々で賑わう。⬇潮干（しおひ）［春］

§

みるがうちに満《み》ちくるならし夕塩の干潟の松も霞あひつ、
後柏原天皇・内裏着到百首
あらつのみ汐引《ひき》ぬらしわがさとのそらも干潟と見ゆる白雲
大隈言道・草径集
干潟には千万人の海べには百舟むれて汐曇りすも
伊藤左千夫・伊藤左千夫全短歌
うちわたす干潟のくまの岩のうへに真鶴《まなづる》たてり波あがる岩に
若山牧水・黒松
我とわが子と二人のみ干潟鳶舞ふ日
種田山頭火・層雲

ひがん【彼岸】

春分と秋分とを「中日（ちゅうにち）」として、その前後の三日、計七日間をいう。彼岸は梵語の波羅密多の波羅の訳語。この時期は「暑さ寒さも彼岸まで」というように過ごしやすい季節であり、日本では、「彼岸会」「彼岸参り」と称し、寺院への参詣や墓参りなど仏教行事を行う時として定着した。彼岸の入りの日を「彼岸太郎（ひがんたろう）」「入り彼岸」「さき彼岸」「初手彼岸（そてひがん）」などといい、この日に雨が降ると、その年が豊作であるとされた。彼岸の終りの日を「終い彼岸（しまいひがん）」「彼岸ばらい」などという。俳句では単に「彼岸」という場合は春の季語となり、秋の場合は「秋彼岸」「後の彼岸」という。［同義］お彼岸（おひがん）。⬇春分（しゅんぶん）［春］、秋彼岸（あきひがん）［秋］

§

すこやかに家をいで来《き》て見てゐたり春の彼岸《ひがん》の最上川《もがみがは》のあめ
斎藤茂吉・白き山
あたたかに今日は彼岸の入りの日に人なきみ堂めぐり拝《をろ》がむ
土屋文明・青南集
虫共《ども》のちから付《つき》たる彼岸《ひがん》哉
杉風・玉まつり
彼岸《ひがん》まへさむさも一夜二夜《ひとよふたよ》哉
路通・猿蓑
百姓《ひやくしやう》の娘《むすめ》の出《で》たつひがんかな
許六・韻塞
わたし船武士は只《ただ》のる彼岸《ひがん》かな
其角・五元集
蝶々《てふてふ》も袖《そで》ぬぎかけて彼岸《ひがん》哉
支考・支考句集
二日目に仮橋《かりはし》落る彼岸《ひがん》哉
浪化・雪薺集
乞食《こつじき》にほめられて出すひがん哉
北枝・喪の名残
乞食の子も孫もある彼岸かな
内藤鳴雪・鳴雪句集
虎渓山の僧まゐりたる彼岸かな
村上鬼城・鬼城句集

珠数《じゅず》ひろふ人や彼岸の天王寺　正岡子規・子規句集
門前を彼岸参りや雪駄ばき　夏目漱石・漱石全集
長谷寺《はせでら》に法鼓《ほうこ》轟《とどろ》く彼岸かな　高浜虚子・六百句
竹の芽も茜《あかね》さしたる彼岸《ひがん》かな　芥川龍之介・蕩々帖
浮葉みえてさゞ波ひろき彼岸かな　渡辺水巴・白日
尼の数珠を犬もくはへし彼岸かな　飯田蛇笏・山廬集
雲海の彼岸の富士や今日あけつゝ　中村草田男・万緑

ひなが【日永】

春、昼間の長さを実感していることば。⬇永き日（ながきひ）[春]、短夜（みじかよ）[夏]、短日（たんじつ）[冬]、日脚伸ぶ（ひあしのぶ）[冬]

§

花曇り春の日永をひえ鳥の声聞く時は寐むけくもあらす　天田愚庵・愚庵和歌
舌《した》出して犬は樹蔭《こかげ》に転《ころ》び居《を》り人を待てれば日の永《なが》きかも　岩谷莫哀・春の反逆
絹糸《きぬいと》の一筋《すぢ》づゝや日のながさ　朱拙・後ばせ集
此儘《このまま》に罪《つみ》つくる身の日は永《なが》し　乙州・卯辰集
母恋し日永きころのさしもぐさ　白雄・白雄句集
闇がりの牛曳き出す日永かな　一茶・嘉永板発句集
うら門のひとりでにあく日永かな　一茶・旅日記
伐り出だす木曾の檜の日永かな　内藤鳴雪・鳴雪句集
霞《かす》んだり曇つたり日の長さ哉　正岡子規・子規句集
群れ上る人や日永の二月堂　正岡子規・子規句集
線香のこぼれて白き日永哉　夏目漱石・漱石全集
天領の銃音慣れて日永《ひなが》かな　河東碧梧桐・碧梧桐句集
鼓打て未だ打たざる日永かな　高浜虚子・句日記
温泉《ゆ》に入りて唯何《ただ》となく日永《ひなが》かな　高浜虚子・七百五十句
老ゆる亦たのしからずや日の永き　日野草城・旦暮

ぼしゅん【暮春】

春の終わる頃をいう。⬇暮の春（くれのはる）[春]、春の暮（はるのくれ）[春]

§

玻璃戸漏り暮《ぼ》春《しゅん》の月の黄に匂ふ室に疲れてかへり来しかな　若山牧水・独り歌へる
やはらなる暮《ぼ》春《しゅん》の夜《よる》の闇に佇つわがうつそ身は影のごとしも　木俣修・みちのく
此春は金州城に暮れてけり　正岡子規・子規句集
旅をへてまた雲に棲む暮春かな　飯田蛇笏・雲母
山脈に富士のかくるる暮春かな　飯田蛇笏・椿花集
人入つて門のこりたる暮春かな　芝不器男・不器男句集

ぼたんゆき【牡丹雪】

雪片が大きく、牡丹の花びらのように降る雪のこと。⬇春の雪（はるのゆき）[春]、雪（ゆき）[冬]

§

牡丹雪《ぼたんゆき》しばし明るく降りしきり小学校の鬨《とき》の声きこゆ　中村三郎・中村三郎歌集
おのづからひらく瞼や牡丹雪　加藤楸邨・起伏

「み〜む」

みずぬるむ【水温む】

　春になり、湖沼の氷もとけて河川の水も豊かに流れ、暖かい日差しで水がなんとなく温まってきた感じをいう。水草も芽をだし、魚介類の動きも活発になり、水の中にも春が確実に訪れてきている風情である。⬇春の水（はるのみず）［春］、田水湧く（たみずわく）［夏］

§

紅絹裏のうつればぬるむ水田哉　蓼太・蓼太句集
低鹿の小唄も出るや水ぬるみ　里賤・類題発句集
流れ合うてひとつぬるみや淵も瀬も　千代女・千代尼発句集
桶に浮く丸き氷や水ぬるむ　内藤鳴雪・鳴雪句集
籠の鳥に餌をやる頃や水温む　夏目漱石・漱石全集
釣半日流るゝ煤《すゝ》や温《ぬる》む水　河東碧梧桐・碧梧桐句集
臺の立つ菜を洗ひけり温む水　正岡子規・春夏秋冬
これよりは恋や事業や水ぬるむ　高浜虚子・五百句
人影の映り去りたる水温《ぬる》む　高浜虚子・六百句
犬の舌赤く伸びたり水温む　高浜虚子・句日記
水温む沼に繆《まと》うて径《こみち》かな　日野草城・青芝
水温むとも動くものなかるべし　加藤楸邨・雪後の天
黒くしづかに墓洗ふ水温みたり　石田波郷・鶴

むつき【睦月】

　旧暦一月の別名。［同義］年端月（としはづき）、初春月（はつはるづき）、太郎月、子日月（ねのひづき）、祝月（いわいづき）。⬇正月（しょうがつ）［新年］、太郎月（たろうづき）［春］、一月（いちがつ）［冬］

§

正月《むつき》立ち春の来《きた》らば斯《か》くしこそ梅を招《を》きつつ楽《たの》しき終《を》へめ　紀卿・万葉集五
正月《むつき》たつ春のはじめにかくしつつ相《あひ》し笑《ゑ》みてば時じけめやも　大伴家持・万葉集一八
山帰来の朱実を多《さは》にいけたれば睦月のはなやぎ部屋に早や来ぬ　宮柊二・純黄
またの年の睦月《むつき》もいはへ千代の江戸　季吟・元禄百人一句
四阿《アツマヤ》も睦月《むつき》は馬の爪打《つめうち》て　言水・新撰都曲
草の芽《め》に土のはらつく睦月《むつき》哉　怒風・艸之道
拓村のなりはひむつむ睦月かな　飯田蛇笏・椿花集

「や」

やえがすみ【八重霞】

　何重にも重ねたように濃く立ちこめた霞のことをいう。⬇

霞（かすみ）［春］

§

天人はまたもくめやも八重かすみいたづらにたつ三保の松原　伊藤左千夫・伊藤左千夫全短歌

八重《へ》がすみ奥迄《まで》見たる龍田《たつた》哉　杜国・阿羅野

やけの【焼野】

野焼きをした後の田畑や野原。⇩野焼く（のやく）［春］

§

かけまはる夢は焼野の風の音　鬼貫・鬼貫句選

しの、めに小雨降出す焼野哉　蕪村・蕪村句集

暁《あかつき》の雨やすぐろの薄《すすき》はら　蕪村・蕪村句集

うしろより雨の追ひくる焼野哉　大魯・五車反古

風あれて兎寒がる焼野哉　成美・杉柱

野は焼けて妻と籠らん蔭もなし　内藤鳴雪・鳴雪句集

焼けながら黒き実残る野の葎　正岡子規・新俳句

篠竹の垣を隔て、焼野哉　夏目漱石・漱石全集

赤き雲焼野のはてにあらはれぬ　坂本四方太・新俳句

道芝のくすぶつて居る焼野かな　河東碧梧桐・碧梧桐句集

野は焼けて冴えかへりたる一日かな　高浜虚子・春夏秋冬

焼原や真昼なる影法師　飯田蛇笏・雲母

やまやき【山焼】

春、草刈山や焼畑・切替畑をつくるため、山野を焼くこと。野原を焼くことを「野焼（のやき）」という。［同義］山焼く（やまやく）、丘焼く（おかやく）、焼山（やきやま）。⇩野焼く（のやく）［春］、焼野（やけの）［春］

§

伊豆人《いづびと》はけふぞ山焼く十六夜《いざよひ》の月夜の風にその火靡けり　若山牧水・朝の歌

宵々の窓ほのあかし山焼く火　夏目漱石・漱石全集

山焼きに出て夜雉《やち》を逐《お》ふくらさかな　河東碧梧桐・碧梧桐句集

山焼けば狐のすなる飛火かな　河東碧梧桐・碧梧桐句集

やまわらう【山笑う】

草木が芽吹きだした春の山の風情をいう。『臥遊録』に「春山淡冶にして笑うが如く」とある。⇩春の山（はるのやま）［春］、山眠る（やまねむる）［春］

§

筆取てむかへば山の笑ひけり　蓼太・蓼太句集

夕嵐山は笑はずなりにけり　内藤鳴雪・鳴雪句集

笑ふ山笠の如くに平らなり　菅原師竹・続春夏秋冬

稚子達に山笑ふ窓を開きけり　村上鬼城・鬼城句集

故郷《ふるさと》やどちらを見ても山笑ふ　正岡子規・子規句集

山笑ひ人群衆する御寺かな　高浜虚子・虚子全集

やよい【弥生】

旧暦の三月の別名。新暦では四月頃に時候にあたる。元来、「いやおい」の意で、すべての草木の萌え出る春たけなわの時候をいう。『年浪草』に「此月をやよひといふ事は、春至りて萌出たる草の、此月いよいよ生ふるれば、いやおひ月といふ事を、やよひとはいふなり」とある。［同義］花見月（はなみづき）、花咲月（はなさきづき）、花津月（はなつづき）、春惜月（はるおしみづき）、早花咲月（さばなづき）、夢見月（ゆ

めみづき)、桜月(さくらづき)、季春(きしゅん)、竹秋(ちくしゅう)、嘉月(かげつ)、姑洗(こせん)。⬇三月(さんがつ)[春]、春(はる)[春]、晩春(ばんしゅん)[春]

§

うち黙《もだ》し涙ぐみたる山ありぬ弥生《やよひ》の春の落つる日のもと
与謝野晶子・太陽と薔薇

終日の雨めづらしき弥生かな　信徳・童子教

京女郎《ぢよらう》に花の取つく弥生《やよひ》哉　知足・寂照庵初懐紙

弥生《やよひ》から跨《またが》る藤の波路《なみぢ》かな　吾仲・藤の首途

紫匂ふ山は島なる弥生かな　石橋忍月・俳句三代集

濃かに弥生の雲の流れけり　夏目漱石・漱石全集

ふりつづく弥生半となりにけり　高浜虚子・新俳句

寒桜花しまひたる弥生かな　高浜虚子・句日記

臼音も大嶺こたふ弥生かな　飯田蛇笏・山廬集

蘆花旧居を訪ひ、終生其愛読者
たりし我が父を思ひ出でつ、

南より日は近かよりて墓も弥生　中村草田男・来し方行方

やよいじん【弥生尽】

三月晦日をいう。旧暦では春の尽きる日であり、弥生尽は格別の情感をもったことばであった。[同義] 翌なき春(あすなきはる)。⬇春惜む(はるおしむ)[春]、行く春(ゆくはる)[春]、三月尽(さんがつじん)[春]

§

みるわれも静心ない弥生尽壁画の「春」は剥げるくづれる
青山霞村・池塘集

三月《ヤヨヒ》尽て鐘楼に僧の影薄し　信徳・五の戯言

三月三十日《やよひのみそか》衣ほす妹が垣根哉　信徳・孤松

鳥の巣に三月尽の嵐かな　秋の坊・類題発句集

色も香もうしろ姿や弥生尽《やよひじん》　蕪村・蕪村遺稿

明日よりは身を夏旅の今宵哉　白雄・白雄句集

行燈に三月尽の油かな　河東碧梧桐・新俳句

弥生尽山坂の靄あるごとし　飯田蛇笏・雲母

弥生尽日芥子こまごまと芽生えけり　杉田久女・杉田久女句集

臈たけて紅の菓子あり弥生尽　水原秋桜子・馬酔木

さゝがにの壁に凝る夜や弥生尽　芝不器男・不器男句集

三月尽校塔松と空ざまに　石田波郷・鶴の眼

「ゆ」

ゆうがすみ【夕霞】

夕方にたちこめる霞。⬇霞(かすみ)[春]

§

山《やま》の端《は》も消《き》えていくへの夕霞《ゆふがすみ》かすめるはては雨《あめ》になりぬる
伏見天皇・玉葉和歌集一(春上)

静浦の千重の松原ゆふかすみあやに霞めり神ますらしも
伊藤左千夫・伊藤左千夫全短歌

貝拾ふ子等も帰りぬ夕霞《ゆふがすみ》鶴飛びわたる住吉《すみよし》の方《かた》に
正岡子規・子規歌集

汐《しほ》みちぬ、遠《とほ》まはりして磯村《いそむら》を君《きみ》とし帰る夕霞《ゆふがすみ》かな
佐佐木信綱・新月

吹く笛の、音のみきこえて、牛の背の、わらべは見えぬ、夕がすみかな。
与謝野寛・東西南北

みかへれば白壁《しらかべ》いやし夕《ゆふ》がすみ　越人・春の日

橋桁《はしげた》や日はさしながら夕霞《ゆふがすみ》　北枝・卯辰集

横乗の馬のつゞくや夕がすみ　一茶・句帖

上市《かみいち》は灯をともしけり夕霞《ゆふがすみ》　正岡子規・子規句集

餓鬼となるわが末おもふ夕霞　日野草城・日暮

風早の檜原となりぬ夕霞　芝不器男・不器男句集

ゆきげ【雪解】

雪が春の暖気で解けること。⇩雪解（ゆきどけ）［春］

§

筑羽嶺《つくはね》を外《よそ》のみ見つつありかねて雪消《げ》の道をなづみ来《け》るかも
丹比国人・万葉集三

しめはふるを田の苗代奥山の雪げの水にみづ増《まさ》りけり
田安宗武・悠然院様御詠草

ひさかたのゆきげのみづにぬれにつゝはるのものとてつみてきにけり
大愚良寛・良寛自筆歌集

ぬば玉の黒毛《くろげ》の駒《こま》の太腹《ふとはら》に雪解《ゆきげ》の波のさかまき来《きた》る
正岡子規・子規歌集

今日よりの春とおもへは（ば）吹まよふ雪け（げ）のかせ（ぜ）ものとけ（ど）かりけり
樋口一葉・詠草

芹なづなまかきや橋や溶々とゆきげの水が春浸しゆく
青山霞村・池塘集

ところどころ野のくぼたみにたたへたる雪解《ゆきげ》のにごり静かなるかも
島木赤彦・馬鈴薯の花

河はまだ雪解《ゆきげ》の水のなみなみと寒きいろなる野の土の肌
太田水穂・冬菜

いく筋の黄の帯のごと日の射《さ》しぬ雪解《ゆきげ》の音の今立ちぬべし
与謝野晶子・舞ごろも

断《た》えまなき雪解《ゆきげ》のくもの立ちのぼる地平《ちへい》の上をわれ歩《あゆ》みけり
斎藤茂吉・白き山

万葉の古《いにし》へをただに恋ひもとめ雪解《ゆきげ》の山をなづみつつ越ゆ
土屋文明・山の間の霧

磯山の日うらゝかな雪解《ゆきげ》かな　河東碧梧桐・碧梧桐句集

一ときに十六谷の雪解かな　高浜虚子・虚子全集

飛騨ふかき雪解の山も雲置かず　水原秋桜子・晩華

研ぎあげて干す鉞や雪解宿　芝不器男・不器男句集

教へ子等雪解たのしき昼餉どき　加藤楸邨・寒雷

ゆきげかぜ【雪解風】

雪が解ける頃のあたたかい風。⇩雪解（ゆきどけ）［春］、春風（はるかぜ）［春］

§

一番の渡り漁師や雪解風　河東碧梧桐・碧梧桐句集

雪解風《ゆきげかぜ》といふ風吹きし小諸《こもろ》はも　高浜虚子・七百五十句

楫取のつぶらなる眼や雪解風　渡辺水巴・白日
雪解風牧場の国旗吹かれけり　渡辺水巴・水巴句集
山肌の代馬足掻く雪解風　水原秋桜子・晩華

ゆきげしずく【雪解雫】
雪解の滴りをいう。春の朝日に宝石のように輝く雪の雫、その雫の落ちる音などの風情をいう。［同義］雪雫（ゆきしずく）。⬇雪解（ゆきどけ）［春］、雪解水（ゆきげみず）［春］

§

山彦もぬれん木の間ぞ雪雫　乙二・斧の柄草稿
首縮め雪解《ゆきげ》雫《しずく》を仰ぎつつ　高浜虚子・六百五十句
赤門の雪解雫の中にあり　山口青邨・冬青空

ゆきげみず【雪解水】
雪が解けた水。⬇雪解（ゆきどけ）［春］、雪しろ（ゆきしろ）［春］、雪解雫（ゆきげしずく）［春］

§

雪解水《ゆきげみず》林へだてて二流れ　高浜虚子・六百句
立山の其《そ》の連峰の雪解水《ゆきげみず》　高浜虚子・七百五十句

ゆきしろ【雪しろ】
冬の間に積もった雪が春暖で解けて、一斉に流れる雪解水。雪解水が溢れるばかりに河川に流れ込み、そのために濁ることを「雪濁（ゆきにごり）」という。［語源］「雪汁（ユキシル）」より。［同義］雪しろ水（ゆきしろみず）、雪汁（ゆきしる）。⬇雪解（ゆきどけ）［春］、春出水（はるでみず）［春］、雪解水（ゆきげみず）［春］

§

かうかうと雪代が目に眠られず　加藤楸邨・山脈

ゆきどけ【雪解】
冬の積雪が春の暖気で解けて流れること。「ゆきげ」ともいう。谷川で雪解の雫が春の陽光に輝きながら落ちたり、雪解水の水煙が立つさまなど格別に風情のあるものである。『栞草』に「冬の内にても雪の消えぬにはあらねど、大かた春気に催されて、冬の気の去りゆく天地の理りより云々とにて、又打ちまかせて雪消・雪解など云ふ時は春とし、其の取りなしによりては冬と定むべし。既に古式には、解くるも消ゆるも春になしたり。もと同じことなれば、解くる・消ゆるの詞を以て分つべきことにあらず」とある。［同義］雪解くる（ゆきとくる）。⬇雪解（ゆきげ）［春］、雪（ゆき）［冬］、残る雪（のこるゆき）［春］、雪間（ゆきま）［春］、雪崩（なだれ）［春］、雪しろ（ゆきしろ）［春］、雪解風（ゆきげかぜ）［春］、雪解水（ゆきげみず）［春］、雪解雫（ゆきげしずく）［春］、雪ねぶり（ゆきねぶり）［春］、富士の雪解（ふじのゆきげ）［夏］

§

ふりつみし高嶺《たかね》のみ雪《ゆき》とけにけり清滝《きよたき》河の水の白浪《しらなみ》　西行・新古今和歌集一（春上）
春雨に雪とけ流れ山川の溢れみなぎる思す吾は　伊藤左千夫・伊藤左千夫全短歌
この宿の軒の断崖《きりぎし》に雪解《ゆきどけ》の水をはしらす青竹の樋《とゆ》　太田水穂・冬菜
日をうけて雪解けかかる金目《かなめ》の木秀《ほ》つ枝にぬれて艶《にほ》ふ葉のあり　宇都野研・木群

しみじみと地《つち》にしたたる雪どけのあまねき響四方《よも》に起れり　若山牧水・くろ土
雪どけの水すひ飽《あ》ける黒土《くろつち》の湯気《ゆげ》まもり居り昼餉《ひるげ》に坐《すわ》り　木下利玄・一路
道の雪解けてぬかるむを妻のいふ親しき人ら一日来らず　大熊長次郎・真木
雪どけの坂をくだりてどろどろのわが家《や》のさきにはかなくなるも　前川佐美雄・天平雲
雪どけにうるほひぬれば土黒しいささかの風木立《こだち》を吹きて　佐藤佐太郎・歩道
雪解《とく》る仙家《せんか》のさまや梨花《りくわ》の雨　野坡・野坡吟草
雪解《ゆきどけ》や妹《いも》が巨燵《こたつ》に足袋《たび》かたし　蕪村・蕪村遺稿
雪解や深山曇を鳴烏　暁台・三傑
雪解や雨を催す昼下り　百明・文車
雪とけて村一ぱいの子ども哉　一茶・七番日記
雪とけてくりくりしたる月夜《よ》哉　一茶・七番日記
町住や雪とかすにも銭がいる　一茶・七番日記
雪解や竹はね返る日の表　正岡子規・春夏秋冬
雪解の山べの濁り井に来る　松瀬青々・妻木
雪解《ゆきどけ》の俄《にわか》に人のゆき、かな　高浜虚子・六百五十句
谷木々に雪解俄かの砂走り　大須賀乙字・炬火
雪解の一軒の家のまはり　尾崎放哉・須磨寺にて
切株や雪解けしたる猿茸　飯田蛇笏・山廬集
雪どけの中にしだるる柳かな　芥川龍之介・発句
癒えしかなと雪解の中に我を置く　加藤楸邨・山脈

牧牛に雪解のながれいくすぢも　石橋辰之助・筑摩文学全集
ばたばたと雪消え朝日いよよ大　石橋辰之助・筑摩文学全集

ゆきなだれ【雪傾れ・雪雪崩】
⬇雪崩（なだれ）［春］
§
雪《ゆき》なだれ氷《こほ》れる道《みち》を一人《ひとり》ゆく、胸《むね》ひややかに心《こころ》よろぼひ　佐佐木信綱・新月
はつ雪や奥の洞屋《ほらや》の雪なだれ　李由・有磯海
雪なだれ黒髪山の腰は何　桃隣・陸奥鵆

ゆきねぶり【雪ねぶり】
新潟・長野のことばで、雪解の頃に立つ靄をいう。⬇靄（もや）［四季］、雪解（ゆきどけ）［春］

ゆきのこる【雪残る】
⬇残る雪（のこるゆき）［春］
§
雪のこる山も朝やけ猶《なほ》さむき霞《かすみ》たちきる春のさごろも　正徹・永享五年正徹詠草
雪国の雪もちよぼ〳〵残りけり　一茶・七番日記
雪残る頂《いただき》一つ国境　正岡子規・子規句集
網やぶれ讃岐の山の雪残り　中塚一碧楼・一碧楼一千句
一枚の餅のごとくに雪残る　川端茅舎・雑詠選集

ゆきのはて【雪の果】
春の終りの雪をいう。地域によって終雪日は異なり、九州や紀伊南部では冬の二月に降り止むが、その他の地域では三～四月の春の季節となる。涅槃会の頃に降る雪のため「涅槃

会雪（ねはんゆき）」ともいう。［同義］涅槃会雪（ねはんゆき）、雪涅槃（ゆきねはん）、名残の雪（なごりのゆき）、雪の名残（ゆきのなごり）、雪の終（ゆきのおわり）、雪の別れ（ゆきのわかれ）、忘れ雪（わすれゆき）、終雪（しゅうせつ）。❶春の雪（はるのゆき）［春］、雪（ゆき）［冬］

ゆきま【雪間】

冬の間に積もった雪が春の暖気で解け、ところどころ地肌が見え始めた箇所をいう。解け残った雪の間から、すでに芽ぶいている草木や岩肌が見え、春を感じさせる風情である。雪の間から見える草を「雪間草（ゆきまぐさ）」という。［同義］雪のひま（ゆきのひま）、雪の絶間（ゆきのたえま）。❶雪解（ゆきどけ）［春］、残る雪（のこるゆき）［春］

§

東路《あづまぢ》の野地《ち》の雪間《ま》を分《わ》けて来《き》てあはれ 宮《みや》この花を見る 哉《かな》
藤原長能・拾遺和歌集一六（雑春）

したきゆる雪間《ゆきま》の草《くさ》のめづらしくわが思《おも》ふ人に逢《あ》ひ見《み》てしがな
和泉式部・後拾遺和歌集一一（恋二）

春日野《かすがの》の雪《ゆき》まを分けておひ出《で》くる草《くさ》のはつかに見《み》えし君《きみ》はも
壬生忠岑・古今和歌集一一（恋二）

片岡《かたをか》の雪間《ゆきま》にねざす若草《わかくさ》のほのかに見《み》てし人《ひと》ぞこひしき
曾祢好忠・新古今和歌集一一（恋一）

杉起て畠を見する雪間かな　其角・五元集拾遺

山鳥の樵を化す雪間かな　支考・蓮二吟集

富士を見ぬとしを我目の雪間かな　也有・蘿葉集

馬の尾をむすび揚たる雪間哉　暁台・暁台句集

辻待の車置いたる雪間かな　尾崎紅葉・俳諧新潮

鴨提げて雪間出で来し丹波人　松瀬青々・松苗

紫と雪間の土を見ることも　高浜虚子・六百五十句

ゆくはる【行く春】

まさに終わらんとする春を惜しむ風情をいう。古歌では「春の湊」「春の泊」とも表現している。『滑稽雑談』に「兼載師の云、春の湊と申すは、河の海に入るさかひを云ふ也。水のみなとになると云ふ心也と申す、それを春の皆になると云ふ心也」「新古今抄に云、春の湊とは、とまりの事也。春のあつまる所なるべし。湊とは物のあつまる所を云ふ也。湊といふ字はあつまるともよむ也」とある。［同義］春行く（はるゆく）、春尽くる（はるつくる）、春尽（しゅんじん）、春ぞ隔たる（はるぞへだたる）、暮の春、春の名残、春のかたみ（はるのかたみ）、春の別れ（はるのわかれ）、春の限り（はるのかぎり）、春の果（はるのはて）、春の港・春の湊（はるのみなと）、春の泊（はるのとまり）。❶暮の春（くれのはる）［春］、春深し（はるふかし）［春］、春の名残（はるのなごり）［春］、春惜む（はるおしむ）［春］、弥生尽（やよいじん）［春］

§

行春を一声なきてうぐひすは夜のま涙《なみだ》をたむるなりけり
伊勢集（伊勢の私家集）

行《ゆ》く先《さき》になりもやするとたのみしを春の 限《かぎり》は今日《けふ》にぞ 有《あり》ける
紀貫之・後撰和歌集三（春下）

花もみな散《ち》りぬる宿《やど》は 行《ゆく》春のふる里《さと》とこそなりぬべらなれ
紀貫之・拾遺和歌集一（春）

風吹《ふ》けば方も定《さだ》めず散《ち》る花をいづ方へ行《ゆ》く春《はる》とかは見む
紀貫之・拾遺和歌集一（春）

ほとゝぎす鳴《な》かずは鳴《な》かずいかにして暮《く》れゆく春をまたもくはへん
大中臣能宣・後拾遺和歌集二（春下）

思《おも》ひ出《い》づることのみしげき野辺《のべ》に来《き》てまた春《はる》にさへ別《わか》れぬるかな
永胤・後拾遺和歌集二（春下）

春《はる》のゆく道《みち》に来《き》むかへ時鳥《ほとゝぎす》かたらふ声《こゑ》にたちやとまると
証観・金葉和歌集一（春）

思《おも》ひやれめぐりあふべき春《はる》だにも立《た》ちわかるゝは悲《かな》しかりけり
藤原顕輔・金葉和歌集一（春）

いくかへりけふにはわが身あひぬらむをしきは春のすぐるのみかは
藤原定成・千載和歌集二（春下）

身のうさも花見しほどはわすられき春《はる》のわかれをなげくのみかは
源仲綱・千載和歌集二（春下）

いづかたと春のゆくえ《(へ)》はしらねどもをしむ心のさきにたつかな
藤原経家・千載和歌集二（春下）

もろともにおなじ都《みやこ》はいでしかどつい《(ひ)》にも春《はる》はわかれぬるかな
琳賢・千載和歌集二（春下）

花はみなよその嵐にさそはれてひとりや春《はる》のけふはゆくらむ
静賢・千載和歌集二（春下）

網代《あじろ》木に桜《さくら》こきまぜ行《(ゆく)》春のいさよふ浪をえやはとゞむる
藤原定家・定家卿百番自歌合

行《(ゆく)》春をいかに恨《うら》みん真葛《まくず》はふ野辺《のべ》の藤波花もしほれて
後柏原天皇・内裏着到百首

あなうれしまだありけるを老ぬればくれ行春のひがかぞへして
大隈言道・草径集

ここにもほそく萌《も》えにし羊歯《しだ》の芽《め》の渦葉《うづは》ひらきて行春《ゆくはる》のあめ
斎藤茂吉・ともしび

ゆく春の草はらに来てうれひつつ露ともならぬわがいのちかな
若山牧水・路上

ゆく春の喇叭の囃子《はやし》身にぞ染む造花《つくりばな》ちる雨の日の暮
北原白秋・桐の花

ゆく春のひと夜と思へ闇《やみ》さらに暗《くら》くし見ゆるくぼたみに立つ
前川佐美雄・天平雲

行春《ゆくはる》をかなしみあへず若きらは黒き帽子を空に投げあぐ
木俣修・みちのく

望みこし生活は常にとほくして逝《ゆ》く春《はる》の庭この日しづけし
宮柊二・晩夏

行春《ゆくはる》にわかの浦にて追付《おひつい》たり　芭蕉・笈の小文

行《ゆく》はるや鳥啼《とりなき》うをの目は泪《なみだ》　芭蕉・鳥の道

行春《ゆくはる》を近江の人とおしみける　芭蕉・猿蓑

行《ゆく》春や鐘《かね》つきしまふ杉の中　荷兮・曠野後集

行春《ゆくはる》や塩きり船の仕舞口《しまひぐち》　朱拙・後ばせ集

ゆく春に佐渡や越後《えちご》の鳥曇《とりくもり》　許六・韻塞

行《ゆく》春や一日《いちにち》富士は雨に降《ふる》　土芳・蓑虫庵集

行春《ゆくはる》もこゝろへがほの野寺《のでら》かな　野水・あら野

行春や榎木見《えのきみ》上る川の端《はし》　野坡・野坡吟草

ゆくはるや砂はらかける裸馬《はだかうま》　怒風・水僊伝

行《ゆく》春に赤き物あり藪椿《やぶつばき》　支考・当座払
行《ゆく》春を惜《をし》まん蕎麦《そば》に華鰹《はなかつを》　露川・西国曲
行《ゆく》春や杉原《すいはら》作る長門《ながと》船　浪化・浪化上人観桜行
ゆく春やおもたき琵琶の抱ごゝろ　蕪村・五車反古
ゆく春や逡巡《しゆんじゆん》として遅ざくら　蕪村・蕪村句集
行春やむらさきさむる筑羽山《つくばやま》　蕪村・蕪村句集
行春の鴉啼くなり女人堂　内藤鳴雪・鳴雪句集
ゆく春や楡《にれ》の莢《さやう》浮くにはたづみ　森鷗外・うた日記
春行くと娘に髪を結はせけり　村上鬼城・鬼城句集
行く春のもたれ心や床柱《とこばしら》　正岡子規・子規句集
行く春を鉄牛ひとり堅いぞや　夏目漱石・漱石全集
行春《ゆくはる》やウシをはごくむ蟻の業　河東碧梧桐・碧梧桐句集
春行くや樋の水走る窓の岩　渡辺水巴・白日
行春や地に寝て犬の耳やすし　渡辺水巴・水巴句集
行春の日向埃に商へり　臼田亜浪・定本亜浪句集
ゆく春の人に巨帆や瀬多の橋　飯田蛇笏・山廬集
ゆく春の笛に妻恋ふ盲あり　飯田蛇笏・山廬集
干蕨山家の春は尽きにけり　楠目橙黄子・同人句集
行春やたゞ照り給ふ厨子の中　水原秋桜子・葛飾
ゆく春や一寺のうしろ又一寺　山口青邨・雪国
行春や茶屋になりたる女人堂　川端茅舎・川端茅舎句集
行春や今日青麦の吹きなびき　中村汀女・花影
ゆく春や朝空照りてシユーベルト　日野草城・旦暮
行春や宿場はづれの松の月　芝不器男・不器男句集

「よ」

よいのはる【宵の春】

➡春の宵（はるのよい）［春］

§

筋違にふとん敷たり宵の春　蕪村・蕪村句集
肘白き僧のかり寝や宵の春　蕪村・落日庵句集
公達に狐化たり宵の春　蕪村・蕪村句集
臥し慣れて左枕や宵の春　内藤鳴雪・鳴雪句集
美しき娘《こ》の手習や宵の春　村上鬼城・鬼城句集
養生の酒色に出づ宵の春　河東碧梧桐・続春夏秋冬
けふ買ひし金魚眠りぬ宵の春　渡辺水巴・白日

ようずかぜ【ようず風】

春の雨模様を呈する南寄りの風。近畿・中国・四国の風名。「ようず」ともいう。［同義］南気（みなみけ）。

よかん【余寒】

寒（小寒・大寒の三〇日）が明けてからもまだ残る寒さをいう。俳句では「春寒し」とほぼ同じ意味の季語があるが、「余寒」は冬の寒さをひきずる感じをいい、「春寒し」は季節は春になったのに寒いという感じをいい、微妙なニュアンスの違いがあろう。『滑稽雑談』に「杜甫の詩に云、凋道余寒歴冰雪。（中略）余寒とは、春のいたりて寒気残れるをいへり。和歌題にも多くよめり」とある。［同義］残る寒さ。⬇春寒し（はるさむし）［春］、残る寒さ（のこるさむさ）［春］

§

廊《らう》下《か》行《ゆく》に笠《かさ》にぬぎ持《もつ》余寒《よかん》哉　土芳・蓑虫庵集
関守《せきもり》の火鉢小さき余寒《よかん》哉　蕪村・夜半叟句集
情なふ蛤乾く余寒かな　太祇・太祇句選
底叩く音や余寒の炭俵　召波・五車反古
水に落し椿の氷る余寒哉　几董・井華集
世を恋うて人を恐るる余寒かな　村上鬼城・俳句三代集
大寺に沙弥の炉を守る余寒かな　村上鬼城・鬼城句集
漂母《ひょうぼ》我をあはれむ旅の余寒哉　正岡子規・子規句集
疝は御大事余寒烈しく候へば　夏目漱石・漱石全集
木原見れば雲の動かぬ余寒かな　吉田冬葉・炬火
余寒惜む独りかも風の萱に来たり　渡辺水巴・白日
踏わたる余寒の苔の深みどり　日野草城・花氷
やまぐにの古城にあそび余寒かな　飯田蛇笏・山廬集

「り」

りっしゅん【立春】

二十四節気の一。旧暦の正月節。大寒（一二月中、新暦の一月二一日頃）の後の一五日目、節分（せつぶん）の翌日、新暦の二月四日頃をいい、この日より春の始まりとする。二十四節気の春季は、「立春（二月四日・正月節）」、「雨水（二月一九日・正月中）」、「啓蟄（三月六日・二月節）」、「春分（三月二一日・二月中）」、「清明（四月五日・三月節）」、「穀雨（四月二〇日・三月中）」となっている。立春の節の第一候は「東風凍を解く（こちいてをとく）」、第二候は「蟄虫始めて振く（ちっちゅうはじめてうごく）」、第三候は「魚氷に上る（うおひにのぼる）」となっており、それぞれ春の到来が表現されている。新暦では地域で立春の気候には差があるが、春を迎える風情は共通している。春の季節が到来することを古語では「春さる」「春されば」という。旧暦の立春は正月節であり、「今朝の春（けさのはる）」「今日の春（きょうのはる）」などと表現され、俳句では新年の季語となっている。立春の当日、曹洞宗などの禅家では「立春大吉」と書いた符を門戸に貼る風習がある。『山之井』に「是はもはら春たつ日なれば、谷うち出づる鶯の笛も、ひいや日かげに声をかしく、軒のつらゝもとくとくと、琴瑟にまがふ音しるく、柳にやつたる梢は、けさ吹く風にしなひをまし、すね木の梅も、さすがににつとゑがほして、よろづのびらかに、ゆたかなる心をしたつ。元日もひとしけれど、いまだ春たゝぬほどなどもあれば、その年によりて少しは心も替るべし」とある。［同義］春立つ（はるたつ）、春来る（はるくる）、春さる（はるさる）。⬇春（はる）［春］、春来る（はるくる）［春］、春立つ（はるたつ）［春］、初春（しょしゅん）［春］、寒明（かんあけ）［春］、魚氷に上る（うおひにのぼる）［春］、啓蟄（けいちつ）［春］、雨水（うすい）［春］、穀雨（こくう）［春］、春分（しゅんぶん）［春］、節分（せつぶん）［冬］、清明（せいめい）［春］、年内立春（ねんないりっしゅん）［冬］、元日立春（がんじつりっしゅん）［新年］

§

春の来《こ》しその日《ひ》つらゝは解《と》けにしをまた何事《なにごと》にとゞこほるらん
　慶範・金葉和歌集九（雑上）

立春の日も寂しけれ遠近《をちこち》の木《こ》の下《もと》の雪蝋のいろして
　与謝野晶子・草の夢

鳩鳴いて烟の如き春に入る　夏目漱石・漱石全集

さゞ波は立春の譜をひろげたり　渡辺水巴・白日

立春の障子へ寄せし机かな　田中王城・同人句集

立春や梵鐘へ貼る札の数　飯田蛇笏・山廬集

立春や厚朴にそそぎて大雨やむ　飯田蛇笏・山廬集

立春の雪白無垢の藁屋かな　川端茅舎・華厳

立春の輝く潮に船行けり　杉田久女・杉田久女句集

りゅうひょう【流氷】

海や河川に流れる氷をいう。日本では北海道以北に見られ、春になると流氷が沿岸に流れつき、海上一面が氷結しているように見えることがある。流氷にオットセイがのんびりと乗っている場合もあるが、ひとたび強風で潮が荒れると流氷どうしが激突し凄まじい光景となる。［同義］氷流るる（こおりながるる）、浮氷（ふひょう）。⬇氷解く（こおりとく）［春］、凍港（とうこう）［冬］

§

強行渡河《きやうかうとか》の夜は上弦《じやうげん》の月照りて流氷《りうひよう》白く渦《うづ》巻きて居りき
　渡辺直己・渡辺直己歌集

流氷の間を縫ひて死を決せし鉄舟黒く渡り行くかな
　渡辺直己・渡辺直己歌集

「わ」

わすれじも【忘れ霜】

春になって最後におりる霜をいう。地域によって異なるが、温暖な地域では二月、おおむね四～五月ごろが終霜（しゅうそう）となる。春の季節、寒気を含んだ移動性高気圧により急激に気温が下がり、霜がおりる。この霜は桑・茶・野菜などの農作物に被害（霜害〈そうがい〉）をもたらすため、農家では霜覆いをして防ぐ。往時より「八十八夜の別れ霜」ということばがある。［同義］名残の霜（なごりのしも）、別れ霜（わかれじも）、霜の別れ（しものわかれ）、霜の果（しものはて）。⬇春の霜（はるのしも）［春］、霜（しも）［冬］、八十八夜（はちじゅうはちや）［春］、初霜（はつしも）［冬］

§

くま笹のへり取御座や別れ霜　沾徳・俳諧五子稿

雁小屋のあらはになりぬ別れ霜　白雄・白雄句集

花過てよし野出る日やわすれ霜　几董・井華集
三本葱の坊主や別霜　高浜虚子・春夏秋冬
草の戸やうつすらおきし別れ霜　高浜虚子・句日記
別れ霜ありしと聞くや牡丹の芽　高浜虚子・虚子全集
妻ごめに五十日《いそか》を経たり別れ霜　中村草田男・火の島

夏の季語

立夏（五月六日頃）から立秋前日（八月七日頃）

「あ」

あいのかぜ【あいの風】

山陰・北陸・東北で、夏に海岸線と直角に吹く北風または北東の風。浜辺に多くの漂流物をもたらす風で、万葉では「東風（あゆのかぜ）」とよばれた。四～八月に吹き、往時ではこの風に乗って多くの船が上方に行った。［同義］あい、あゆの風（あゆのかぜ）、あえの風（あえのかぜ）。⇩夏の風（なつのかぜ）［夏］、土用あい（どようあい）［夏］

§

東風《あゆのかぜ》いたく吹くらし奈呉《なご》の海人《あま》の釣する小舟《をぶね》漕ぎ隠る　大伴家持・万葉集一七

英遠《あを》の浦に寄する白波いや増しに立ち重《し》き寄せ来東風《くあゆ》をいたみかも　大伴家持・万葉集一八

東風《あゆ》を疾《いた》み奈呉《なご》の浦廻《うらみ》に寄する波いや千重しきに恋ひ渡るかも　大伴家持・万葉集一九

あおあらし【青嵐】

青葉の季節に山から吹きおろすやや強い風。また、夏木立の枝を揺さぶり、青葉に吹きわたる清爽な風をいう。「せいらん」ともいう。⇩薫風（くんぷう）［夏］、夏の風（なつのかぜ）［夏］

§

青嵐都を立ちてみ仏のめぐみよろこび帰らく吾は　伊藤左千夫・伊藤左千夫全短歌

青あらし楓はゆらぐしかすがに常盤木椎は猶眉芽《まよめ》なり　伊藤左千夫・伊藤左千夫全短歌

あけ放つ五層の楼の大広間つばめ舞ひ入りぬ青あらしの風　太田水穂・つゆ艸

夕立のつゆにぬれたる松の葉をふきなびけたる青あらしかな　太田水穂・つゆ艸

海に添ふて続く並木の松が枝に沖よりい吹く青あらしかな　太田水穂・つゆ艸

びようびようと海にむかひてうねりゆく麦の光りの青あらしかも　太田水穂・冬菜

とほ空に浮き出づる雲のとりどりに光りなびきて青あらし吹く　若山牧水・くろ土

新らしき希望いだいてゆるされて走すらむ君が野の青嵐　北原白秋・白秋全集

長雨の雲吹き出だせ青嵐　素堂・類題発句集

花で先《まづ》一晴《はれ》してやあを嵐《あらし》　木因・芭蕉盥

色としもなかりける哉青嵐《あをあらし》　嵐雪・杜撰集

霍乱《くわくらん》を吹《ふき》だまされし青嵐《あをあらし》　才磨・椎の葉

箱崎《はこざき》や松のふかみも青あらし　涼菟・紫のほまれ

洒明《されあけ》る音やはじめて青あらし　露川・二人行脚

箱松や塵掻《ちりかく》ほどの青あらし　野坡・折つ、じ

誰家《たが》の伊吹《いぶき》ぞ軒《のき》の青あらし　支考・笈日記

北国や雪の中なる青あらし　樗良・樗良発句集
芥子つゝじ散り交りけり青嵐　成美・いかにいかに
山駕の浅香も過つ青嵐　乙二・斧の柄
青嵐云ふ師は薬を採り去ると　内藤鳴雪・鳴雪句集
馬に乗つて千里の情や青嵐　村上鬼城・鬼城句集
岡の上に馬ひかえたり青嵐　正岡子規・子規句集
大手より源氏寄せたり青嵐　夏目漱石・漱石全集
よくぞ来し今青嵐《せいらん》につゝまれて　高浜虚子・六百五十句
青嵐人は山下にありて行く　大谷句仏・我は我
高芦に打ち込む波や青嵐　臼田亜浪・定本亜浪句集
青嵐魚突く舟の傾けり　高田蝶衣・青垣山
満目の流材のうごき青嵐　楠目橙黄子・雑詠選集
一間より僧の鼾や青嵐　杉田久女・杉田久女句集
青嵐鷺《さぎ》吹き落す水田かな　芥川龍之介・我鬼窟句抄
来て見れば軒はふ薔薇《ばら》に青嵐　芥川龍之介・蕩々帖
浴泉や青嵐して箒川　水原秋桜子・葛飾
青あらし濠わたる蛇を吹き戻す　水原秋桜子・晩華
青嵐住みなすといふ日数かな　中村汀女・紅白梅
青あらし甍のひまに湧きあふる　加藤楸邨・寒雷
青嵐屋上人の顔はしる　加藤楸邨・穂高
教へ子の一人目をあげ青嵐　加藤楸邨・穂高
青嵐吹きぬけ思くつがへる　加藤楸邨・穂高

あおごち【青東風】

夏の土用の頃の、一点の曇りもない青空のもとに吹く東風をいう。「あおこち」ともいう。⇩土用東風（どようごち）［夏］

釣りつ来しが青東風に馴らす馬見をり　種田山頭火・層雲

§

あおしぐれ【青時雨】

夏、木々の青葉に降り溜まった雨が、時雨のように降り落ちることをいう。［同義］青葉時雨（あおばしぐれ）。⇩時雨（しぐれ）［冬］

あおた【青田】

田植を終えた植田の稲苗が成長し、見渡すかぎり茫々と青一色になった田をいう。その頃を「青田時」といい、その田面を吹く風を「青田風」という。［同義］青田面（あおたづら）。⇩植田（うえた）［夏］、田植（たうえ）［夏］

§

涼風や青田の上に雲の影　許六・韻塞
松風を中に青田の戦ぎかな　丈草・丈草発句集
梟鳴く跡も更なる青田哉　桃隣・古太白堂句選
延るほど鷺はみじかき青田哉　也有・蘿葉集
青田さへよし染寺の右ひだり　蓼太・蓼太句集
むら雨の離宮を過る青田哉　召波・春泥発句集
這わたる雲もあるべき青田哉　暁台・したり萩
傘さしてふかれに出し青田かな　白雄・白雄句集
喜雨亭に夕風わたる青田哉　几董・井華集
雨雲の垣鼻ゆけば青田かな　士朗・枇杷園句集
青田より少し高きや小笹垣　乙二・斧の柄
けいこ笛田はことごとく青みけり　一茶・七番日記

堰き入る、青田の水に目高かな　内藤鳴雪・鳴雪句集
流れ矢の弱りて落ちし青田哉　正岡子規・子規句集
大慈寺の山門長き青田かな　夏目漱石・漱石全集
佐渡の青田安房の青田や瑞穂の国　高浜虚子・句日記
青田貫く一本の道月照らす　臼田亜浪・定本亜浪句集
ふと汽笛白煙《しらけむ》青田に駅ありし　中村草田男・銀河依然

あおばじお【青葉潮】
新緑が美しい五月の頃に北上する暖流の黒潮をいう。この頃には澄んだ暖流と濁色の寒流の潮目がはっきりと現れる。この黒潮が北上すると鰹の漁獲期となり、「鰹潮（かつおじお）」とよばれる。[同義] 青山潮（あおやまじお）。⇩渦潮（うずしお）[四季]

あおばやま【青葉山】
青々とした草木の葉が繁る夏の山。⇩夏の山（なつのやま）[夏]、禿山（はげやま）[四季]、端山茂山（はやましげやま）[四季]

§

白妙の麻の衣にもみうらの匂へる妹を青葉しみ山　伊藤左千夫・伊藤左千夫全短歌
吾思ひ息に出づらむ息写す紙もあらなむ青葉しみ山　伊藤左千夫・伊藤左千夫全短歌
君が手を吾にとりけむ吾手をば君がとりけむ其青葉山　伊藤左千夫・伊藤左千夫全短歌
ともなはむ物さへも無き吾《わ》がそばの石あたたまる青葉しみ山　斎藤茂吉・寒雲
いやましに水かさましつつ川上にたたなはり見ゆる青葉むら山　小泉千樫・青牛集

あかふじ【赤富士】
晩夏から初秋にかけての暁時に、山梨県（甲斐）側から見られる朝日に映えた富士山をいう。裏富士に見られる風景である。⇩富士（ふじ）[四季]

あかゆき【赤雪】
高山の残雪に氷雪藻のクラミドモナスなどの微生物が繁殖して赤く染まった雪をいう。日本では、北アルプスや尾瀬、八甲田山などで見られる。

あきかぜちかし【秋風近し】
⇩秋近し（あきちかし）[夏]、秋風（あきかぜ）[秋]

§

合点か秋風近し森の草　宗因・梅翁宗因発句集
何となく秋風近き柳哉　蓼太・蓼太句集

あきちかし【秋近し】
夏の季節の終り、秋の気配が近づき迫る時期をいう。[同義] 秋風近し、秋隣、秋隣る（あきとなる）、秋の隣（あきのとなり）、秋迫る（あきせまる）、翌来る秋（あすくるあき）、来ぬ秋。⇩秋隣（あきどなり）[夏]、来ぬ秋（こぬあき）[夏]、秋風近し（あきかぜちかし）[夏]、秋を待つ（あきをまつ）[夏]、水無月尽（みなづきじん）[夏]、夏の果（なつのはて）[夏]、夜の秋（よるのあき）[夏]、水無月尽（みなづきじん）[夏]

§

秋近《あきちか》う野《の》はなりにけりしらつゆのを《（お）》ける草葉《くさば》も色《いろ》かはり行《（ゆく）》
紀友則・古今和歌集一〇（物名）
秋ちかきけしきの森《もり》になく蟬《せみ》の涙の露《つゆ》や下葉《（したば）》そむらん
藤原良経・新古今和歌集三（夏）
秋近《あきちか》し！　電灯《でんとう》の球《たま》のぬくもりの　さはれば指《ゆび》の皮膚《ひふ》に親《した》しき。
石川啄木・悲しき玩具
秋ちかき心の寄《よる》や四畳半　芭蕉・鳥の道
変化《（ヘンゲ）》めく雲や一夜の秋ちかし　浪化・白扇集
　はん女の住けるあと、て人
　のをしへけるに
秋も来ぬ其人の閨の草まくら　鬼貫・七車
又越さん菊の長坂秋近し　支考・二吟集
秋ちかく松茸ゆかし千載山　桃隣・陸奥衛
昼がほの赤みに人も秋近し　成美・成美家集
秋近し土間の日ひさること二寸　村上鬼城・鬼城句集
秋近しとんばう蛻けて橋柱　村上鬼城・鬼城句集
秋近し七夕恋ふる小傾城《こけいせい》　正岡子規・子規句集
夜咄《よばなし》や浦の苫屋《とまや》の秋近き　正岡子規・子規句集
端居して秋近き夜や空を見る　夏目漱石・漱石全集
売り値待つ繭《まゆ》の主《あるじ》や秋近き　河東碧梧桐・碧梧桐句集
秋近き雲の流れを簾越しかな　臼田亜浪・定本亜浪句集

あきどなり【秋隣】
「あきとなり」ともいう。➡秋近し（あきちかし）［夏］
§
老を呼鳩《よぶはと》も吹《ふか》れな秋隣《あきどなり》　正秀・百曲
秋もはや小倉色紙の隣まで　鬼貫・七車
松が根に小草花さく秋隣　正岡子規・子規句集
山里や秋を隣に麦をこぐ　正岡子規・子規句集
大雨にひたと涼しの秋隣　青木月斗・改造社俳諧歳時記
草庵の壁に利鎌や秋隣　飯田蛇笏・山廬集
松風や紅提灯《べにぢやうちん》も秋隣　芥川龍之介・我鬼窟句抄
苔づける百日紅や秋どなり　芥川龍之介・澄江堂句集

あきをまつ【秋を待つ】
暑い夏も終わりに近づき、まさに来らんとする秋を待つ思いをいう。➡秋近し（あきちかし）［夏］
§
穂に出て秋まつむろの早稲田哉　宗牧・大発句帳
はなれうき宿や秋まつ葡萄棚　北枝・北枝発句集
秋待たぬ人のもぬけを泣日哉　蓼太・蓼太句集

あけいそぐ【明急ぐ】
➡短夜（みじかよ）［夏］、明易し（あけやすし）［夏］
§
明いそぐ夜のうつくし竹の月　几董・井華集

あけやすし【明易し】
夏の短い夜をいう。春分の日から夜は昼よりも短くなり、夏至にいたって最も短くなる。［同義］明易き宵（あけやすきよい）、明易き闇（あけやすきやみ）、明易き夜（あけやすきよ）、短夜、夜短し（よみじかし）、明急ぐ、明早し（あけは

やし）。⬇短夜（みじかよ）［夏］、明急ぐ（あけいそぐ）［夏］

§

明やすき宵のつるべの雫哉　　蘆本・類題発句集
明《あけ》やすき夜《よ》をかくしてや東山《ひがしやま》　　蕪村・蕪村句集
カンテラや明易き夜の道普請　　内藤鳴雪・鳴雪句集
家鳩や二三羽降りて明易《やす》き　　村上鬼城・鬼城句集
明け易き頃を鼾《いびき》のいそがしき　　正岡子規・子規句集
書置《かきおき》の心いそぎに明け易《やす》き　　正岡子規・子規句集
引窓をからりと空の明け易き　　夏目漱石・漱石全集
明易《あけやす》き火焚きをり葉枯れ木の下に　　河東碧梧桐・碧梧桐句集
明易《あけやす》き第一峰《だいいっぽう》のお寺かな　　高浜虚子・五百句
明易《あけやす》やわれ流浪する夢を見し　　高浜虚子・七百五十句
明易き腕ふと潮匂ひある　　中塚一碧楼・一碧楼一千句
五色沼その瑠璃沼の明け易き　　山口青邨・夏草
明易き欅にしるす生死かな　　加藤楸邨・火の記憶

あさぐもり【朝曇】

晩夏の朝の靄がかかり、曇り空のような天候をいう。「旱の朝曇（ひでりのあさぐもり）」のことばもあり、この靄は昼前に晴れて、炎暑が厳しくなることが多い。⬇靄（もや）［四季］

§

杜若さくや日照の朝曇　　浪化・そこの花
山が根に沈める靄や朝曇　　西山泊雲・ホトトギス
葭切のをちの鋭声や朝ぐもり　　水原秋桜子・葛飾

あさすず【朝涼】

夏の朝の涼しさ、涼しい朝の時間をいう。⬇涼し（すずし）［夏］、朝寒（あさざむ）［秋］

§

結髪や鏡になれて朝すゞみ　　鬼貫・七車
わかれ場や川の処で朝すゞみ　　浪化・浪化上人発句集

あさなぎ【朝凪】

夏の朝、海岸地帯では、夜間の陸風から昼間の海風に移り変わる中間で、海上と陸上がほぼ等温となり、一時的に無風状態になることがある。この状態を朝凪という。⬇夕凪（ゆうなぎ）［夏］、風死す（かぜしす）［夏］、凪（なぎ）［四季］

§

朝凪《あさなぎ》に楫《かぢ》の音《と》聞ゆ御食《みけ》つ国野島《のしま》の海人《あま》の船にしあるらし　　山部赤人・万葉集六
之《し》乎《を》路《ぢ》から直《ただ》越え来《く》れば羽咋《はくひ》の海朝凪《な》ぎしたり船楫《ふねかぢ》もがも　　大伴家持・万葉集一七
朝なぎの蒼き潮は涯《はて》もなし水平線のたかきことかも　　木下利玄・紅玉
釜焚木《かまたきぎ》ひる餉《げ》をたくと舟に積みこぎ出てうれし朝凪《あさなぎ》の海　　中村憲吉・軽雷集

あさやけ【朝焼】

日の出の前に東の空が紅黄色に染まる現象をいう。朝焼は四季に見られるが、俳句では、夏の朝焼の壮快さをもって夏の季語としている。⬇夕焼（ゆうやけ）［夏］

§

朝焼の雲海尾根を溢れ落つ　　石橋辰之助・山行

あつきひ【暑き日】

晩夏の暑い日夜をいう。⬇暑し（あつし）［夏］、暑き夜（あつきよ）［夏］、炎天（えんてん）［夏］

§

暑き日は入りがたみせし屋根裏の書斎の窓硝子《まどがらす》研《みが》き清むる　宇都野研・宇都野研全集

暑き日や煉瓦の塀の古りたるに忍草《しのぶ》しげれる庭の北側　与謝野晶子・瑠璃光

暑き日は氷を口にふくみつつ桔梗《ききやう》は活けてみるべかるらし　長塚節・鍼の如く

あつき日は心とどのふる術《すべ》もなし心のまにまみだれつつ居り　斎藤茂吉・白桃

あつき日を幾日も吸ひてつゆ甘く葡萄《ぶだう》の熟す深き夏かな　木下利玄・銀

暑き日を一日《ひとひ》向きあひ勉《つと》むれば吾《われ》より若き君つかるべし　土屋文明・放水路

あつき日の終りのひかり部屋にさし輝くときの片側の壁《かべ》　佐藤佐太郎・歩道

暑き日を海にいれたり最上川《もがみがは》　芭蕉・おくのほそ道

あつき日やおもげに落《おつ》る滝《たき》の水　自笑・卯辰集

暑《あつ》き日《ひ》や腹《はら》かけばかり引結《ひきむす》び　荷兮・あら野

あつき日の木陰《こかげ》も見えず浜屋形《はまやかた》　北枝・鶴来酒

暑き日や馬屋のなかの糠俵《ぬかだはら》　怒風・有磯海

暑き日や神農《しんのう》慕《した》ふ道の艸《くさ》　桃隣・陸奥鵆

あつき日や指もさゝれぬ紅畠　千代女・千代尼発句集

暑き日や枕一つを持ありき　蝶夢・類題発句集

暑き日や子に踏せたる足のうら　一茶・七番日記

暑き日や家根の草とる本願寺　村上鬼城・鬼城句集

暑き日は暑きに住す庵かな　高浜虚子・六百五十句

暑き日のあれやこの浦の帰り舟　中塚一碧楼・一碧楼一千句

暑き日の仔犬の舌の薄きこと　中村草田男・長子

あつきよ【暑き夜】

夏の暑い夜のこと。⬇暑き日（あつきひ）［夏］

§

肝《きも》すゑていまはいふべしと暑き夜ふけ汗にまみれつつ文字つづりゆく　木俣修・呼べば欲

交りの絶えし過程に暑き夜の論争のことありし思ほゆ　木俣修・去年今年

暑き夜やいづくを足の置処　尚白・古選

暑き夜のわが呻《うめ》き声わが聴ける　日野草城・旦暮

あつし【暑し】

夏の季節の暑気をいう。［同義］暑さ（あつさ）、熱さ（あつさ）、熱し（あつし）、暑苦し（あつくるし）、暑気、暑熱（しょねつ）。⬇薄暑（はくしょ）［夏］、暑き日（あつきひ）［夏］、極暑（ごくしょ）［夏］、残暑（ざんしょ）［秋］、涼し（すずし）［夏］、暖か（あたたか）［春］、寒し（さむし）［冬］、春暑し（はるあつし）［春］、新暖（しんだん）［夏］、炎暑（えんしょ）［夏］、辱暑（じょくしょ）［夏］、暑（しょ）［夏］、暑気（しょき）［夏］、避暑（ひしょ）［夏］、秋暑し（あきあつし）［秋］

夏の日の昼の日中を相見むと尋ねてそ来しあつき日中を　天田愚庵・愚庵和歌
§
上衣《うはぎ》ぬぎ椅子《いす》にかけつつなほ暑しつかれ過ぎたり我れのからだは　中村憲吉・軽雷集
窓したの青き芝生《しばふ》は砂利《ざり》しける道につづきて暑きひととき　佐藤佐太郎・歩道
書庫にゆくこともものうき暑きひる小《ち》さき辞書にてことを果しぬ　木俣修・去年今年
はげ山の力及《およ》ばぬあつさかな　猿雖・炭俵
みな月はふくべうやみの暑《あつさ》かな　芭蕉・葛の松原
日の岡やこがれて暑き牛の舌　正秀・猿蓑
二三番鶏《トリ》は鳴《なけ》どもあつさ哉《かな》　魯町・炭俵
積《つみ》あげて暑《あつ》さいやます畳《たたみ》かな　卓袋・続猿蓑
麓《ふもと》から峠《たうげ》を見やる暑さかな　野紅・喪の名残
帷子《かたびら》も肩にかゝらぬ暑さにて　野坡・炭俵
煤《すす》さがる日盛《ひざかり》あつし台所《だいどころ》　怒風・続猿蓑
立寄《たちよ》ればむつとかぢやの暑《あつさ》かな　沾圃・続猿蓑
取葺《とりぶき》の内《うち》のあつさや棒《ばう》つかひ　乙州・続猿蓑
改《あらため》て酒に名のつくあつさ哉《かな》　利牛・炭俵
日帰《ひがへ》りの兀山《はげやま》越《こゆ》るあつさ哉　蕪村・蕪村句集
新田《しんでん》に家ひとつ建《たつ》暑さ哉　蕪村・落日庵句集
しなの路の山が荷になる暑さ哉　一茶・一茶発句集（文政版）
なを《(ほ)》暑し今来た山を寝て見れば　一茶・おらが春
午睡さめて尻に夕日の暑さかな　内藤鳴雪・鳴雪句集
銭湯に客のいさかふ暑かな　夏目漱石・漱石全集
赤き日の海に落込む暑かな　夏目漱石・漱石全集
あら壁に西日のほてるあつさかな　正岡子規・子規句集
朝顔の一輪咲きし熱さかな　正岡子規・子規句集
暑き日は暑きに住す庵《いおり》かな　高浜虚子・六百五十句
乙鳥の朝から翔る暑さかな　渡辺水巴・白日
川のべよ暑きこの川の上はいづこべ　中塚一碧楼・一碧楼一千句
木の枝の瓦にさはる暑さかな　芥川龍之介・発句
蝶の舌ゼンマイに似る暑さかな　芥川龍之介・澄江堂句集
時計の燐燃えて眼ざむる真夜暑く　山口青邨・雪国

あぶらでり【油照・脂照】
夏の、風がなく蒸し暑い日で、太陽が薄曇りの空から照りつけ、脂汗が滲みでるような日和をいう。➡炎天（えんてん）
[夏]
§
堤行歩行荷の息や油照り　沾涼・綾錦
ながながと骨が臥てゐる油照　日野草城・旦暮

「い」

いかづち
雷のこと。「厳つ霊（いかつち）」の意。➡雷（かみなり）

［夏］、遠雷（とおいかづち）［夏］

§

大君《おほきみ》は神《かみ》にしませば天雲《あまくも》のいかづちの上《うへ》に庵《いほり》するかも
柿本人麻呂・万葉集三

いかづちがわが住む家を一めぐりすれば心のいそぐ消息
与謝野晶子・流星の道

いかづちが虫の音とこそなりにけれ夢のあとより清《すが》やかにして
与謝野晶子・心の遠景

雷《いかづち》がとほくの方《かた》になりしころ第九区のひくき石道《いしみち》を来る
斎藤茂吉・遠遊

君とあればいと微かなる夏の夜の遠いかづちもなまめきにけり
吉井勇・昨日まで

梅雨明《つゆあ》けの雨あらく落ち雲にもつ雷《いかづち》のおとは大きくなれり
中村憲吉・しがらみ

雷《いかづち》のつかみさがしや田草取《たくさとり》　桃妖・務津之波那

白日のいかづち近くなりにけり　川端茅舎・川端茅舎句集

いずみ【泉】

地中より湧き出る水または温水をいうが、俳句では涼味のある清水の湧く泉をもって夏の季語となる。『年浪草』に「爾雅に曰、水の本を源と曰ひ、源を泉と曰ふ。正く出るを濫泉と曰ひ、側出を汎泉と曰ひ、湧出を噴泉と曰ふ」とある。⬇清水（しみず）［夏］、岩清水（いわしみず）［夏］

§

さ夜ふかき泉《いづみ》の水の音《おと》きけばむすばぬ袖《そで》も涼《すず》しかりけり
源師賢・後拾遺和歌集三（夏）

風をなみ照《てり》はたゝける夏の日も泉のみこそ涼しかりけれ
田安宗武・悠然院様御詠草

おのづから牛馬《うしうま》の飲む泉《いづみ》ありて彼等《かれら》みづからこもごもに飲む
斎藤茂吉・遠遊

結ぶより早《はや》歯にひゞく泉かな　芭蕉・都曲

静かさは砂吹きあぐる泉哉　正岡子規・子規句集

青松葉見えつゝ沈む泉かな　正岡子規・寒山落木

駒《こま》の鼻ふくれて動く泉かな　高浜虚子・五百句

薙ぎ草のおちてつらぬく泉かな　飯田蛇笏・山廬集

ハンケチを濡らし泉を去りゆけり　山口青邨・花宰相

諸手さし入れ泉にうなづき水握る　中村草田男・母郷行

妻と来て泉つめたし土の岸　中村草田男・火の島

苔厚き長枝の下の泉湧く　中村草田男・火の島

泉への道後れゆく安けさよ　石田波郷・春嵐

いちげ【一夏】

旧暦の四月一六日から七月一五日までの九〇日間をいう。この期間、僧侶は籠って修業をする。

§

一夏《いちげ》入る山さばかりや旅ねずき　魯町・猿蓑

いなさ【東南風】

一般に梅雨前後の頃に海の方から吹いてくる暖かい東南の強風をいう。そのため、東南の方角そのものをさすこともある。［同義］辰巳風（たつみかぜ）。⬇夏の風（なつのかぜ）［夏］

いみずます【井水増す】

梅雨の頃に、長雨で井戸の水が増水し、濁りをおびてくる。

［同義］濁り井（にごりい）。

井水増す［以呂波引月耕漫画］

いわしみず【岩清水】

岩の間から湧きでる清水をいう。古歌では山城国の歌枕である岩清水八幡宮の意に用いられることもある。⬇清水（しみず）［夏］

§

君《きみ》が世に相坂《あふさか》山の岩清《いはし》水木隠《こがく》れたりと思《おもひ》ける哉《かな》

壬生忠岑・古今和歌集十九（雑体）

石清水《いはしみづ》いはぬ物から木隠《こがく》れてたぎつ心《こころ》を人《ひと》はしらなむ

伊勢集（伊勢の私家集）

夏の夜の月まつほどの手《て》すさみに岩《いは》もる清水《しみづ》いくむすびしつ

藤原基俊・金葉和歌集二（夏）

岩清水たちより見ればその底に痩せしわが影老いし松影

落合直文・明星

「う」

うえた【植田】

田植を終えて間もない苗の新緑がみずみずしい田をいう。やがて緑豊かな青田になる。［同義］五月田（さつきだ）。⬇田植（たうえ）［夏］、青田（あおた）［夏］

§

時鳥《ほととぎす》鳴《な》くさみだれに植《う》ゑし田《た》をかりがね寒《さむ》み秋《あき》ぞくれぬる

善滋為政・新古今和歌集五（秋下）

胴亀や昨日植ゑたる田の濁　許六・韻塞

我ものに植田の蛙啼つのる　暁台・暁台句集

文机に坐れば植田淡く見ゆ　山口青邨・露団々

うかい【鵜飼】

鵜飼船に篝火を焚き、飼い慣らした鵜を使って鮎などの魚をとる伝統的な漁法。また鵜匠のこと。鵜飼船に烏帽子・腰蓑の伝統的な装いの鵜匠が乗り、舳先で、鵜を繋いだ手綱を巧みにあやつって鵜を引き寄せ、呑み込んだ魚を吐かせる。鵜飼船を「鵜舟（うぶね）」、その上で焚く篝火を「鵜篝（うかがり）」という。鵜船には通常、鵜匠一人、中鵜使一人、船夫二人が乗る。岐阜県長良川の鵜飼が有名。中国でも行われる。［同義］鵜川（うがわ）。⬇篝舟（かがりぶね）［四季］

鵜飼［紀伊国名所図会］

§

むば玉のやみのうつゝの鵜かひ舟のさかりや夢もみゆべき
藤原家隆・家隆卿百番自歌合

早瀬川《はやせがわ》みをさかのぼる鵜飼舟《うかひぶね》まづこの世《よ》にもいかゞくるしき
崇徳院・千載和歌集三（夏）

鵜飼舟《うかひぶね》あはれとぞ思《おも》ふもの丶ふの八十宇治河《やそうぢがは》の夕《ゆふ》やみの空《そら》
慈円・新古今和歌集三（夏）

鵜飼《うかひ》舟高瀬《たかせ》さしこすほどなれや結《むす》ぼほれゆくかゞり火《び》のかげ
寂蓮・新古今和歌集三（夏）

ひさかたの中なる河の鵜飼《うかひ》舟いかにちぎりて闇《やみ》を待つらん
藤原定家・新古今和歌集三（夏）

鵜《う》飼《か》ひ舟河瀬《せ》の月にかはりてやのぼればくだる篝火《かがりび》の影
幽斎・玄旨百首

月よみのいまだ入らねば鵜飼らも舟出さぬらしさ夜ふけぬれど
伊藤左千夫・伊藤左千夫全短歌

うかひまつ舟の少女等灯をとりて暗き河瀬を何渡るらん
伊藤左千夫・伊藤左千夫全短歌

鵜飼まつ小舟諸舟徒らにくらき夜川をゆきかへりすも
伊藤左千夫・伊藤左千夫全短歌

月二十七日初めより静かなる鵜飼《うかひ》の火さびしき終り目《ま》のあたりみつ
土屋文明・続青南集

おもしろうてやがてかなしき鵜舟哉　芭蕉・曠野

声あらば鮎《あゆ》も鳴《なく》らん鵜飼舟《うかひぶね》　越人・阿羅野

一文の酢の銭落す鵜川かな　才麿・金毘羅会

煤けたる鵜匠か顔や朝朗　桃隣・陸奥衛

鵜飼火に燃てはたらく白髪かな　北枝・東西夜話
暁の鵜舟に残るけぶりかな　士朗・枇杷園句集
鵜の面に川波かかる火影哉　闌更・半化坊発句集
一村や鵜にかせがせて夕枕　一茶・七番日記
疲れ鵜の叱られて又入にけり　一茶・句帖
賑しく鐘の鳴込む鵜舟哉　一茶・題叢
鵜飼の火川底見えて淋しけれ　村上鬼城・鬼城句集
暁や鵜籠に眠る鵜のつかれ　正岡子規・新俳句
風吹て篝のくらき鵜川かな　正岡子規・寒山落木
闇中に山ぞ峙つ鵜川かな　河東碧梧桐・春夏秋冬
鵜飼《うかい》見《み》の船よそほひや夕かげり　高浜虚子・五百句
月光のしたゝりかゝる鵜籠かな　飯田蛇笏・雲母
鵜かゞりのおとろへてひくけむりかな　飯田蛇笏・雲母

うづき【卯月・四月】

旧暦四月の別名。初夏にあたる。［語源］「清輔奥義抄に云ふ、此月卯の花さかりに開くゆゑに卯の花月といふを略せり」—『滑稽雑談』と。また「稲種を植える月」で「植月（うづき）」の意との説もある。［同義］卯の花月（うのはなづき）、花残月（はなのこりづき）、得鳥羽月（とことばのつき・えとりはのつき）、この羽とり月（このはとりづき）、夏初月（なつはづき）、余月（よげつ）、乾月（けんげつ）、巳月（しげつ）、正陽月（せいようげつ）、乏月（ぼうげつ）、陰月（いんげつ）、首夏（しゅか）、初夏（しょか）、孟夏（もうか）、始夏（しか）。

➡初夏（しょか）［夏］、四月（しがつ）［春］

§

榊《さかき》とる卯月《うづき》になれば神山の楢《なら》の葉柏《はがしは》もとつ葉《は》もなし　曾祢好忠・後拾遺和歌集三（夏）
思ひ出す木曾や四月の桜狩　芭蕉・皺箱物語
此ころの肌着身につく卯月哉　尚白・嵯峨日記
卯月《うづき》より匂《にほ》ひをもらす生絹《スヾシ》着て　言水・新撰都曲
死《し》も生《せい》も空みなかはる卯月《うづき》哉　土芳・蓑虫庵集
玉川を雪かと見れバ四月《うづき》哉　鬼貫・七車
老竹の見る影もなき卯月哉　桃隣・俳遷遺墨
はやり来《く》る羽織《はおり》みじかき卯月《うづき》哉　北枝・男風流
膳《ぜん》まはり青みの見ゆる卯月《うづき》哉　浪化・白扇集
巫女町《みこまち》によきゝぬすます卯月哉　蕪村・新花摘
水底の草も花さく卯月かな　梅室・梅室家集
寐ころんで酔のさめたる卯月哉　正岡子規・子規句集
溜池に蛙闘ふ卯月かな　夏目漱石・漱石全集
大仏に傘重なりて卯月雨　高浜虚子・句日記
師をしたふこころに生くる卯月かな　飯田蛇笏・山廬集

うづきぐもり【卯月曇】

旧暦四月（卯月）の卯の花の咲く頃の曇りがちな天候をいう。［同義］卯花曇（うのはなぐもり）。➡卯の花降し（うのはなくたし）［夏］

いつも聞卯の花曇茶つみ声　土芳・簑虫庵集

§

うづきの【卯月野】

旧暦四月（卯月）の新緑の、清新溌剌たる気に満ちた野原

をいう。⬇夏野（なつの）［夏］

うなみ【卯波・卯浪】

旧暦四月（卯月）の頃の海にたつ波濤をいう。「卯月波（うづきなみ）」の略称。また「卯波さ波」といい、旧暦四～五月の海や川にたつ細波をもいい、卯の花の風にそよぐさまを形容していうこともある。⬇五月波（さつきなみ）［夏］、波（なみ）［四季］

§

四五月のう波さ波や時鳥　許六・宇陀法師

楫音や夘波も寒き鳴門沖　梅室・梅室家集

うのはなくたし【卯の花降し・卯の花腐し】

旧暦の四月（卯月）の頃に降り続く霖雨をいう。「くたし」は「腐し（くたし）」「朽す（くたす）」の意で、この時期に咲く卯の花を腐らせる雨ということ。⬇夏の雨（なつのあめ）［夏］

§

ともしびにみゆるうのはなくだしかな　日野草城・青芝

坐りふさげ居りし卯の花腐しかな　石田波郷・馬酔木

うんかい【雲海】

夏、高山に登り、見下ろしたときなどに見える一面の雲を海にたとえた表現。［同義］雲の海（くものうみ）。⬇登山（とざん）［夏］

§

山の上にわが子と居りて雲の海の遠《とほ》べゆのぼる日を拝みたり　島木赤彦・太虚集

雲の海のもなかにありて足につく土の埃をはらひけるかも　島木赤彦・太虚集

雲海やゆるがぬ巌の穂高岳　水原秋桜子・蓬壺

雲海や偃松鳴らす風吹き上げ　水原秋桜子・蓬壺

雲海やまだ夜の如き茛の火　中村草田男・万緑

雲海や金色《こんじき》に鳴る虻の目ざめ　中村草田男・万緑

雲海や太き幹ほど濡れて立つ　加藤楸邨・山脈

短夜の扉は雲海にひらかれぬ　石橋辰之助・山行

「え」

えんしょ【炎暑】

夏の日の燃えるような暑さをいう。⬇暑し（あつし）［夏］、炎天（えんてん）［夏］、炎ゆる（もゆる）［夏］

§

炎熱や勝利の如き地の明るさ　中村草田男・来し方行方

えんちゅう【炎昼】

夏の灼けつくような暑さの午後をいう。⬇炎天（えんてん）［夏］

えんてん【炎天】

夏の日が照り続け、燃えるような酷暑の空。⬇炎暑（えんしょ）［夏］、夏の空（なつのそら）［夏］、炎昼（えんちゅう）

[夏]、暑き日（あつきひ）[夏]、油照（あぶらでり）[夏]、炎ゆる（もゆる）[夏]

§

炎天《えんてん》に凋《しを》れたる葉をひしぎゆく重《おも》き輪に似て心はさみし　北原白秋・白秋全集

炎天の街にしなえし繁り葉の桐の広葉の下蔭とぼし　松倉米吉・松倉米吉歌集

炎天にひとり立ちをり湧きいづる激《はげ》しさは石をおこす如しも　前川佐美雄・天平雲

炎天におのれ鋭《するど》き眼《め》をあきて身がまふるがに生きぬくとする　前川佐美雄・天平雲

炎天に汗をながして立てらくはおのづからなる独《ひとり》ごと言へ　前川佐美雄・天平雲

炎天に歩行神つくうねり笠　丈草・丈草発句集

炎天や鳥も障らぬ石仏　嘯山・葎亭句集

炎天のくるしき数を便りせむ　闌更・半化坊発句集

炎天や天火取りたる陰陽師　村上鬼城・鬼城句集

炎天や母の笠着て子順礼　内藤鳴雪・改造文学全集

炎天の色やあく迄《まで》深緑　正岡子規・子規句集

炎天や蟻《あり》這ひ上る人の足　正岡子規・子規句集

炎天や家に冷たき薬壺　松瀬青々・妻木

炎天の空美しや高野山《こうやさん》　高浜虚子・五百句

老眼に炎天濁りあるごとし　高浜虚子・六百五十句

炎天をいただいて乞ひ歩く　種田山頭火・草木塔

蛇が殺されて居る炎天をまたいで通る　尾崎放哉・須磨寺にて

炎天の地に救ひなき死馬の体　飯田蛇笏・椿花集

炎天を槍のごとくに涼気すぐ　飯田蛇笏・雲母

炎天のねむげな墓地を去らんとす　飯田蛇笏・雲母

夫人よ炎天の坂下でどぎまぎしてよろしい　中塚一碧楼・一碧楼一千句

炎天にあがりて消えぬ箕のほこり　芥川龍之介・澄江堂句集

炎天にはたと打つたる根《ネ》つ木《キ》かな　芥川龍之介・我鬼窟句抄

炎天の薬舗薄荷《はつか》を匂はする　山口青邨・露団々

炎天下大木の挽き切られたる　日野草城・旦暮

炎天をすすみがたなの昼の月　中村草田男・銀河依然

炎天や金《きん》潤ひて銀乾く　中村草田男・来し方行方

炎天の城や四壁の窓深し　中村草田男・長子

炎天の起重機をめき下り来たる　加藤楸邨・寒雷

炎天の一隅松となりて立つ　加藤楸邨・穂高

炎天や友亡きのちも憂苦満つ　石田波郷・惜命

えんらい【遠雷】

遠くで鳴っている雷のこと。「とおかみなり」「とおいかづち」ともいう。⬇雷（かみなり）[夏]、遠雷（とおいかづち）[夏]

§

白珠の大き冠のくだけては落つると鳴りぬ遠き雷《いかづち》　窪田空穂・まひる野

北山の遠雷や湯あみ時　村上鬼城・鬼城句集

遠雷や発止と入れし張扇　水原秋桜子・晩華

遠雷や睡ればいまだいとけなく　中村汀女・汀女句集

「お」

おくりづゆ【送り梅雨】
　陰暦五月に降る梅雨が明けるときの雨。豪雨で雷をともなうことが多い。漢書に『江南三月為迎梅雨、五月為送梅雨』とある。また、梅雨明けの後に、梅雨模様の雨が降ることを「返り梅雨（かえりづゆ）」という。［同義］送梅雨（そうばいう）。⬇梅雨（つゆ）［夏］、梅雨明（つゆあけ）［夏］
§
戻り梅雨寝てゐて肩を凝らしけり　臼田亜浪・定本亜浪句集

おはなばたけ【お花畠・お花畑】
　夏に、雪解けを待って高山植物が一斉一面にうつくしい花を開くさまをいう。俳句では、高山の崇高さ、清浄さをもって花畠に「お＝御」がつけられる。日本では標高二五〇〇メートル以上の高山に多く見られる。北アルプスの白馬岳、槍ケ岳、五色ケ原、御岳などのお花畠が有名。⬇花野（はなの）［秋］、夏畑（なつばたけ）［夏］、花畑（はなばたけ）［秋］
§
雲うすく夏翳にじむお花畑　飯田蛇笏・雲母

おんぷう【温風】
　季夏に吹くあたたかい風。七十二候の一、陰暦六月節第一候に「温風至る」とある。陽暦では七月七日頃。⬇熱風（ねっぷう）［夏］

「か」

かぜかおる【風薫る】
⬇薫風（くんぷう）［夏］、夏の風（なつのかぜ）［夏］
§
風かほる羽織は襟もつくろはず　芭蕉・小文庫
さゞ波や風の薫《かをり》の相拍子《あひびやうし》　芭蕉・笈日記
松杉《まつすぎ》をほめてや風の薫る音　芭蕉・蕉翁句集
薫るとやとかく奇麗な風の色　才麿・難波の枝折
風薫《かを》る甍《いらか》の間《あひ》の木《こ》だちより　露川・西国曲
ゆふめしにかますご喰《く》へば風薫《かをる》　凡兆・猿蓑
風薫《かほ》る人の古びや椎《しゐ》ばしら　野坡・野坡吟草
風薫る汐の鞁や追手川　野坡・野坡吟艸
高紐にかくる兜やかぜ薫る　蕪村・新五子稿
風薫る奥の木立は何々ぞ　闌更・半化坊発句集
杉くらし五月雨山に風薫る　暁台・佐渡日記
風薫る暮や鞠場の茶の給仕　乙二・松窓乙二発句集
風薫る袖や社参の那須七騎　内藤鳴雪・鳴雪句集
風薫る甘木《あまぎ》市人《いちびと》集《つど》ひ来て　高浜虚子・七百五十句

かぜしす【風死す】
夏、海岸地帯では朝凪、夕凪で風が突然とまり、暑さが迫ってくる。このような風が死んだように突然とまる現象をいう。⬇朝凪（あさなぎ）［夏］、夕凪（ゆうなぎ）［夏］、土用凪（どようなぎ）［夏］

かたかげ【片陰】
夏の炎暑の中での日陰。［同義］日陰（ひかげ）、夏陰、片かげり（かたかげり）。⬇夏陰（なつかげ）［夏］

§

片陰ゆくつひに追ひくる市電なし　中村草田男・万緑
片陰や夜が主題なる曲勁《つよ》し　中村草田男・来し方行方
片蔭や人身ごもりて市の裡　石田波郷・馬酔木

かどすずみ【門涼み】
門前に出て涼むことをいう。⬇涼み（すずみ）［夏］

§

門涼《かどすず》み店《みせ》の暖簾《のれん》のあひだよりふと見《み》えてふと消《き》えし顔《かほ》かな　佐佐木信綱・新月
小間物《こまもの》をおろす石あり門《かど》すゞみ　許六・夜話狂
魚どもや桶《をけ》ともしらで門《かど》涼み　一茶・おらが春
病身をもてあつかひつ門涼《かどすず》み　高浜虚子・五百句

かみなり【雷】
雲中に蓄積された電気が雲と雲、雲と地面の間で放電するときに生ずる電光と激しい音響を発する現象を雷という。「らい」ともいう。春から夏にかけての時期、日射が強く、上昇気流の盛んな時に多く起きる。放電の時に生ずる火花は二〜四キロの長さになる。雷電の通った部分の空気は非常に稀薄となり、そこに急激に空気がもどるため、空気中に波動が生じ、雷音が発生する。放電の光と雷の音の時差から、雷の発生した雲までの距離が概算できる。とくに激しい雷を「迅雷（じんらい）」「疾雷（しつらい）」という。落雷によって起こる火災を「雷火」という。古来、雷は雷神が起こすとの俗信があり、雷神がもっている太鼓「雷鼓（らいこ）」を打ち鳴らす音が雷鳴とされた。「日雷（ひがみなり）」は晴天に起き、雨をともなわない雷をいう。［同義］神鳴（かみなり）、はた神、鳴神。⬇いかづち［夏］、稲妻（いなずま）［夏］、梅雨雷（つゆかみなり）［夏］、雷雲（らいうん）［夏］、雷雨（らいう）［夏］、雷（らい）［夏］、遠雷（えんらい）［夏］、遠雷（とおいかづち）［夏］、迅雷（じんらい）［夏］、鳴神（なるかみ）［夏］、はたた神（はたたがみ）［夏］、初雷（はつらい）［春］、春雷（しゅんらい）［春］、寒雷（かんらい）［冬］、秋の雷（あきのらい）［秋］

§

伊香保嶺《ね》に雷《かみ》な鳴りそねわが上《へ》には故《ゆゑ》は無《な》けども児《こ》らによりてそ　作者不詳・万葉集一四
神鳴の遠音《とほね》かしこみ戸を閉ぢて蟻《あり》の都は雨《あめ》づつみせり　正岡子規・子規歌集
雷落ちて片焼けしたる大樫の洞《ウツロ》に咲けり撫子の花　服部躬治・迦具土
涼しさやふじの麓《ふもと》の小神鳴《こかみなり》　尚白・東山墨なをし
池に落ちて水雷の咽びかな　内藤鳴雪・鳴雪句集

雷の落ちて火になる途上かな　村上鬼城・鬼城句集
停車場に雷を怖る、夜の人　河東碧梧桐・碧梧桐句集
浅間嶺《あさまね》の一つ雷訃《ふ》を報ず　高浜虚子・六百句
山の湖の風雨雷霆常ならず　高浜虚子・六百五十句
落雷の光海に牧場一目かな　大須賀乙字・炬火
雷とどろくやふくいくとして花のましろく　種田山頭火・草木塔
雷のあと日影忘れて花葵　飯田蛇笏・山廬集
庭の松小さし雷呼ぶこともあらじ　山口青邨・雪国
左右《さう》の嶺《ね》のわが真上鳴る峡の雷　中村草田男・万緑
真夜の雷傲然とわれ書を去らず　加藤楸邨・寒雷
雷の下キャベツ抱いて走り出す　石田波郷・雨覆
雷去りぬ胸をしづかに濡らし拭く　石田波郷・惜命

雷神［以呂波引月耕漫画］

かやりび【蚊遣火】

蚊遣とは、蚊を追い払うため、草木や線香などを焼き燻べて、煙をだすことをいう。蚊遣火は蚊遣のために焚く火をいう。古歌では、蚊遣の「燻ゆる」に「悔ゆ」を掛け、本心を表さずに胸に秘める意に詠まれることが多い。［同義］蚊火（かび）。

§

夏なれば宿《やど》にふすぶる蚊遣火《かやり》のいつまでわが身したもえをせむ　よみ人しらず・古今和歌集一一（恋一）
曇《くも》るべきほどにあらねど蚊遣火《かやり》も月見るときにたてじとぞ思ふ　能因集（能因の私歌集）
夕煙われもそへてやへだてなき心しらせん宿の蚊遣火《かやり》　三条西実隆・内裏着到百首
をちこちの村《むら》の蚊遣火打けぶり水鶏《くひな》なく也森の木がくれ　正徹・永享五年正徹詠草
飛火《とぶひ》もり見かもとがめむ蚊遣火のけむり立《たち》たつ遠《をち》かたのさと　田安宗武・悠然院様御詠草
降《ふる》雨にかやりの煙うちしめりいぶせくみゆるやぶなみの里　小沢蘆庵・六帖詠草
打けぶり軒端も見えぬ蚊遣火の中にこもれるわらひ声かな　佐佐木信綱・思草
蚊やり火のけぶりにくもる行燈の火影に白しふみを読む人　武山英子・武山英子拾遺
蚊《か》やり火や袋より出《で》る薬屑《くすりくづ》　正秀・星会集
蚊遣火《かやりび》に蚊屋《かや》つる方ぞ老独《おいひとり》　其角・五元集

蚊遣火［絵本世都濃登起］

からつゆ【空梅雨】

天候の不順で、雨のほとんど降らない、また雨量が少ない梅雨をいう。空梅雨だと田植を遅らせなければならず、農家にとっては困難な天候である。［同義］涸梅雨（からつゆ）、旱梅雨（ひでりつゆ）。⇩梅雨（つゆ）［夏］

§

から梅雨《つゆ》の風吹きわたり大河《おほかは》の波の騒立《さわだ》ち閃《ひらめ》けるかも　新井洸・微明

かわがり【川狩】

夏、川で魚を漁獲すること。「川干し」「瀬干し」は川の二筋の流れの一方を塞き止める漁法。榼や山椒の皮から製した毒を川に流して漁獲する「毒流し」という方法もある。⇩夜振（よぶり）［夏］

§

月に対す君に唐網の水煙　蕪村・蕪村句集
川狩《がり》や鍋《なべ》かりにやる岡の里　牧童・続別座敷
川狩や鮎の腮さす雨の篠　白雄・白雄句集
川狩や君と葡萄岩の上　闌更・半化坊発句集
川がりや地蔵のひざの小脇差　一茶・七番日記
川狩のうしろ明りやむら木立　一茶・題叢
川狩や脇指《わきざし》さして水の中　正岡子規・子規句集
川狩の鉄輪《かなわ》を見たる咄《はなし》かな　正岡子規・子規句集

かわどめ【川止】

往時、梅雨時などに川が増水したときに川渡りや渡船を禁止したことをいう。江戸時代には、大井川・安倍川・天竜川などには幕府の治世上で橋などの設営が禁止されたため、梅雨時にはたびたび川止が行われた。［同義］川づかえ（かわづかえ）。⇩五月川（さつきがわ）［夏］

かわびらき【川開】

川の納涼が始まるのを祝って水難防止を願うための行事。東京の隅田川両国橋の上下流域では、毎年七月下旬～八月始めに花火を打上げる。江戸享保期にはじめられたもので、当時は旧暦の五月二八日から八月二八日までを夕涼期間とし、その初日に玉屋や鍵屋によって花火の打上げが行われた。川開の行事は、農村部などの他の地域では「川入」「川祭」などともよばれ、悪霊や稲の害虫を打ち払うための水神をまつる行事として行われた。［同義］両国の花火（りょうごくのはな

び）。⬇河原の納涼（かわらのすずみ）［夏］、涼み（すずみ）［夏］、花火（はなび）［夏］

かわらのすずみ【河原の納涼】

京都の加茂川、四条ほとりで旧暦の六月七日夜から一八日夜まで、一四日の祇園会をはさんで行われた納涼をいう。江戸両国の川開と共に、有名な夏の川の風俗である。京都の木屋町や先斗町の茶屋では、座敷から河原に「川床（かわゆか）」とよばれる浅敷がつきだされ、人々が納涼を楽しむ。「床涼み」「床（ゆか）」ともよばれる。［同義］四条河原の納涼（しじょうがわらのすずみ）。⬇川開（かわびらき）［夏］、涼み（すずみ）［夏］、床涼み（ゆかすずみ）［夏］、門涼み（かどすずみ）［夏］、河原（かわら）［四季］

「き〜け」

きう【喜雨】

夏の土用の旱つづきのころ、農作物に生気をもたらす恵みの大雨をいう。農家では家業を休み、酒肴でこの雨を喜ぶ。これを「雨喜び（あめよろこび）」という。⬇夏の雨（なつのあめ）［夏］

§

稍《や》やおくれたりといへども喜雨到《いた》る　高浜虚子・六百句

父老健に喜雨又到る安んぜよ　高浜虚子・五百五十句

慈雨到る絶えて久しき戸樋奏で　高浜虚子・六百五十句

きのめながし【木の芽ながし】

鹿児島県の屋久島では、一月に発芽した木の芽は三〜四月まで成長して止まり、六〜七月の大雨でまた発芽する。この大雨を「木の芽ながし」という。⬇夏の雨（なつのあめ）［夏］

くすりふる【薬降る】

旧暦五月五日は薬日といわれ、この日の牛の刻（正午）に降る雨は五穀豊穣のしるしとされた。また、この雨の日に伐りとった竹の節には水があり、神水として尊ばれ、医薬を製するのに用いたとの言い伝えがある。⬇夏の雨（なつのあめ）［夏］

§

我眼にはくすり降日も雨の露　乙二・斧の柄草稿

薬降日に朝顔の二葉哉　笙雨・筑波紀行

薬降る空よとてもに金ならば　一茶・九番日記

くだり

北陸以北の日本海で夏に吹く南よりの季節風の名。都より北にくだる風の意といわれる。逆の方向に吹く風は「のぼり」とよばれる。⬇夏の風（なつのかぜ）［夏］

くものみね【雲の峰】

夏の空に現れる積乱雲をいう。積乱雲は強い日射のよる激しい上昇気流によって生じ、白雲が峰のように盛り上がる。その形が大きな入道のように見えるところから俗に「入道雲」

ともよばれる。また、積乱雲は日射の強い盆地の上に多く見られ、しかも一定の場所に現れるため、各地ではそれぞれ固有な名称がついている。［同義］積乱雲（せきらんうん）、入道雲（にゅうどうぐも）、雷雲（らいうん）、岸雲（きしぐも）、鉄鉆雲（てっこうん・かなとこぐも）、夕立雲（ゆうだちぐも）、いたち雲（いたちぐも）、黒雲（くろぐも）、坂東太郎（ばんどうたろう〈武蔵〉）、信濃太郎（しなのたろう〈近江・信濃〉）、丹波太郎（たんばたろう〈大阪〉）、比古太郎（ひこたろう〈九州〉）。⬇夏の雲（なつのくも）［夏］

雲の峰［尾張名所図会］

§

遠つ野に雲の峯立ち猪の子かふ家のひまはり夕日照るかも。
伊藤左千夫・伊藤左千夫全短歌

海原に立つ雲の峰風をなみ群《む》るる白帆の上をはなれず
正岡子規・子規歌集

この日ごろ澄みまさりゆく空のはてに雲の峰低く夕照りにけり
島木赤彦・太虚集

この家や二方《ふたかた》に湧く雲の峯《ね》を真向ひにして野の広らなる
太田水穂・冬菜

ふつつかに雲の峰ほど大きなる渓の岩より雫《しづく》降るかな
与謝野晶子・山のしづく

水無月《みなつき》やけふ朔日《ついたち》のあさ晴れてむら山のおくに雲の峰見ゆ
若山牧水・くろ土

雲の峯いくつ崩《クヅ》れて月の山　芭蕉・花摘
湖《みづうみ》やあつさをおしむ雲のみね　芭蕉・笈日記
夕暮やはげならびたる雲の岑《みね》　去来・卯辰集
ながれより上にくだけて雲の峯　才麿・まひのは集
雲《くも》の峰腰《みねこし》かけ所《どころ》たくむなり　野水・あら野
嵐にも崩れぬものよ雲の峯　鬼貫・名の兎
夕立やふりそこなひて雲のみね　野坡・蝶すがた
嵯峨かけて三条通雲のみね　太祇・夏より
楊州《やうしう》の津《つ》も見えそめて雲の峯　蕪村・蕪村句集
雲のみね四沢《したく》の水の涸《かれ》てより　蕪村・蕪村句集
しづかさや湖水の底の雲のみね　一茶・寛政句帖
風あるをもつて尊《（た）》ふとし雲の峰　一茶・おらが春
雲の峰裏は明るき入日かな　内藤鳴雪・鳴雪句集
海の上にくつがへりけり雲の峰　村上鬼城・鬼城句集
雲の峰ならんで低し海のはて　正岡子規・子規句集
水涸れて城将降る雲の峯　夏目漱石・漱石全集
峯将に崩れんとして雲奇なり　水落露石・新俳句
雲の峰葱《ねぎ》の坊主の兀《こつ》と立つ　河東碧梧桐・碧梧桐句集
空《くう》をはさむ蟹死にをるや雲の峰　河東碧梧桐・碧梧桐・碧梧桐句集
雲の峰風見鴉の風も無し　佐藤紅緑・春夏秋冬

雲のみねわきてそだたず山のはし　高浜虚子・七百五十句
植ゑかへてダリヤ垂れをり雲の峰　水原秋桜子・葛飾
火口一つ四方《よも》の洋より雲の峯　中村草田男・火の島
厚餡割ればシクと音して雲の峰　中村草田男・銀河依然

くれのなつ【暮の夏】

夏の終わりのこと。⇩夏の果（なつのはて）［夏］

§

江村の遊びさかりや暮の夏　松瀬青々・新題句集

くろはえ【黒南風】

梅雨に入る頃の南風をいう。この風が吹いてから本格的な梅雨が始まる。『物類称呼』には鳥羽・伊豆などでの船詞（ふなことば）として、その他「荒南風（あらはえ）」「白南風（しらはえ）」がでてくる。「荒南風」は梅雨の半ばに吹く強い南風をいい、「白南風」は梅雨の明ける頃の風をいう。この風についている「黒・白」は雲の色をいう。また、一説に「はえ」は「映え」の意で、いまにも雨が降りそうなどんよりとした空模様が晴れ模様になることをいう。⇩白南風（しらはえ）［夏］、夏の風（なつのかぜ）［夏］、はえ［夏］

§

黒南風や栗の花紐垂りしづる　臼田亜浪・定本亜浪句集
黒南風《くろばえ》の海揺りすわる夜明けかな　芥川龍之介・蕩々帖

くんぷう【薫風】

夏の東南より吹く風。水辺や草木の緑間をぬいわたり、匂うような爽やかさを運んでくる風をいう。同じく夏の季語である「青嵐」よりやや弱い風である。［同義］風薫る、薫る風、風の香（かぜのか）。⇩青嵐（あおあらし）［夏］、夏の風（なつのかぜ）［夏］、風薫る（かぜかおる）［夏］

§

帆をかふる鯛のさはきや薫る風　其角・五元集拾遺
薫風《くんぷう》やともしたてかねついつくしま　蕪村・蕪村句集
薫風や千山の緑寺一つ　正岡子規・子規句集
薫風や銀杏三抱あまりなり　夏目漱石・漱石全集
雪を渡りて又薫風の草花踏む　河東碧梧桐・碧梧桐句集
理学部は薫風楡の大樹蔭　高浜虚子・六百五十句
湯の島の薫風に舟近づきぬ　高浜虚子・六百五十句
薫風や蚕は吐く糸にまみれつゝ　渡辺水巴・水巴句集
薫風や釣舟絶えず並びかへ　杉田久女・杉田久女句集
薫風の来て海豹に波まろぶ　水原秋桜子・晩華

げし【夏至】

二四節気の一。旧暦五月半ば、芒種の後の一五日後で、新暦では六月二一〜二二日頃。太陽の黄経が九〇度になった時で、北半球では一年で一番日照時間が長く、夜が最も短い日。たとえば東京では昼が一四時間三五分、夜が九時間二五分となる。これより地表が暖められて夏の暑さは七月末頃に盛りとなる。⇩夏（なつ）［夏］、芒種（ぼうしゅ）［夏］、冬至（とうじ）［冬］

§

日枝を出て愛宕に夏至の入日哉　嘯山・葎亭句集
心澄めば怒濤ぞきこゆ夏至の雨　臼田亜浪・定本亜浪句集
白衣きて禰宜にもなるや夏至の杣　飯田蛇笏・山廬集

「こ」

こいのぼり【鯉幟】

端午の節句にたてる鯉の形につくった幟。通常、赤い緋鯉と黒い真鯉があり、五月晴れの空に五色の吹流しをつけた鯉幟が泳ぐさまは初夏の代表的な風景である。⇩幟（のぼり）［夏］、端午（たんご）［夏］

§

旅の身は電柱に倚り鯉幟　中村草田男・銀河依然
雀らも海かけて飛べ吹流し　石田波郷・風切

鯉幟［以呂波引月耕漫画］

こうじゃくふう【黄雀風】

旧暦の五月に吹く東南の風。［語源］黄雀は雀の別名。この東南の風が吹くころに海の魚が変じて雀になるという故事より。⇩夏の風（なつのかぜ）［夏］

§

鶴去つて黄雀風《くわうじやくふう》の吹く日かな　河東碧梧桐・碧梧桐句集

ごがつ【五月】

一年一二か月の第五の月。旧暦では皐月という。夏の初めの月であり、カトリックでは「マリアの月」「聖母月」「聖五月」という。⇩皐月（さつき）［夏］、初夏（しょか）［夏］

§

すこやかに、赤《あか》くふとれる手《て》ざはりを、わが頰《ほ》に感《かん》ず、哀《かな》しき五月《ごぐわつ》。　土岐善麿・黄昏に
古家《ふるいへ》に手も付《つけ》ずゆく五月かな　許六・淡路島
うす〳〵と窓に日のさす五月かな　正岡子規・寒山落木
門川に流れ藻絶えぬ五月かな　河東碧梧桐・筑摩文学全集
五月晦六月朔のことなりし　高浜虚子・六百五十句
浅間嶺《あさまね》の麓《ふもと》まで下り五月《ごがつ》雲　高浜虚子・六百五十句
樹海空機影五月の雲をいづ　飯田蛇笏・椿花集
藍々と五月の穂高雲をいづ　飯田蛇笏・雲母
われ生れ母みまかれる五月かな　山口青邨・冬青空
五月野の露は一樹の下にあり　中村草田男・長子
坂の上たそがれ長き五月憂し　石田波郷・鶴の眼

ごがつじん【五月尽】

五月の末日。旧暦では梅雨から盛夏に入る節目である。

§

高層の窓に百合挿せり五月尽　石田波郷・鶴の眼

ごくしょ【極暑】

夏の日の厳しい暑さの極み。[同義] 酷暑（こくしょ）、煩暑（はんしょ）。⬇暑し（あつし）[夏]、溽暑（じょくしょ）[夏]、薄暑（はくしょ）[夏]、大暑（たいしょ）[夏]

§

安心は病が上の極暑《ごくしょ》哉　白雪・雪なし月

月青くかかる極暑の夜の町　高浜虚子・五百五十句

こけしみず【苔清水】

⬇清水（しみず）[夏]

§

古を偲ふ岩間の苔清水絶えぬ流れを汲む人のなき　天田愚庵・愚庵和歌

故郷も軒の松かせ《（ぜ）》こけ清水　さすか《（が）》に友は有よ也けり　樋口一葉・詠草

苔清水湧きつつ溜る細井戸の水濁らせじこの朝静に　若山牧水・朝の歌

山寺や緑の下なる苔清水　几董・井華集

ごさい【御祭風】

鳥羽・伊豆の船詞で、夏の土用半ばに吹く東北の風。伊勢神宮の祭礼（旧六月一六～一七日）の頃に吹く風のため、この名がある。⬇夏の風（なつのかぜ）[夏]

このしたやみ【木下闇】

夏の鬱蒼と繁茂した木々の下の、昼でも暗い状態をいう。[同義] 下闇、木下闇（こしたやみ）、青葉闇（あおばやみ）、木の晩（このくれ）、木の暗茂（このくれしげ）、木暮（きぐれ）、木暮る（こぐる）、木暗し（こぐらし）。⬇下闇（したやみ）[夏]、夏木立（なつこだち）[夏]、緑陰（りょくいん）[夏]、闇（やみ）[四季]、木漏れ日（こもれび）[四季]

§

卯のはなのちらぬ限りは山ざとの木の下闇もあらじとぞ思ふ　公任集（藤原公任の私家集）

さまよひて黎明《しのゝめ》行けば木下闇なほわが路のあるにも似たる　窪田空穂・まひる野

谷ぞこはひえびえとして木下《こした》やみわが口笛《くちぶえ》のこだまするなり　斎藤茂吉・つゆじも

須磨寺やふかぬ笛きく木下やみ　芭蕉・笈の小文

霧雨《きりさめ》に木の下闇《したやみ》の紙帳《しちやう》かな　嵐雪・小弓誹諧集

竹かさや瘦子かくるゝ木下闇　野坡・寒菊随筆

牛の目の光る山路や木下闇　白尼・類題発句集

下闇に乾かぬ閼伽のしづくかな　蓼太・蓼太句集

門脇や麦つくだけの木下闇　一茶・七番日記

禅寺

隅々も掃除届くや木下闇　一茶・発句集

送られて別れてひとり木下闇　正岡子規・寒山落木

猫の塚お伝の塚や木下闇　正岡子規・寒山落木

木下闇ところどころの地蔵かな　正岡子規・子規句集

石路の葉の燈籠を埋む木下闇　河東碧梧桐・新傾向（夏）

日の暈も木の下闇の瀧見るや　河東碧梧桐・新傾向（夏）

滝の音四方にこたへて木下闇　高田蝶衣・続春夏秋冬

一塊の石を墓とす木下闇　田中王城・雑詠選集

こぬあき【来ぬ秋】
夏の季節の終り、もうすぐそこに近づき迫っている秋をいう。［同義］秋近し、秋隣（あきどなり）。⬇秋近し（あきちかし）［夏］、夏の果（なつのはて）［夏］

§

秋も来ぬ其人の閨の草枕　　鬼貫・七車

ごらいごう【御来迎】
高山に登り、日没や日の出の時に太陽の光を背にして立つとき、前面に霧や雲があると自分の姿が大きく投影されて、その頭辺あたりに後光がさしたような鮮やかな紅色の環ができる現象をいう。それが仏像の光背のように見えるため、阿弥陀仏の来迎に見立てた。ブロッケン現象という。高山からみる朝日も「御来迎」または「御来光（ごらいこう）」という。⬇登山（とざん）［夏］

§

横雲の煌々遠し御来光　　水原秋桜子・蓬壺
雲海の波の穂はしる御来光　　水原秋桜子・蓬壺

「さ」

さつき【皐月・五月】
旧暦五月の別名。三夏の初夏・仲夏・晩夏の仲夏にあたる。［同義］早苗月、雨五月（あめさつき）、五月雨月（さみだれづき）、橘月（たちばなづき）、月見ぬ月（つきみぬつき）、早月（さつき）、狭寒月（さくもつき）、多草月（たくさづき）、祝月（いわいづき）、吹喜月（ふぶきづき）、賤染月（しづまづき）、鶉月（じゅんげつ・うずらづき）、仲夏、茂林（もりん）、暑月（しょげつ）、日長至（にっちょうし）、日短至（にったんし）。⬇早苗月（さなえづき）［夏］、五月（ごがつ）［夏］、仲夏（ちゅうか）［夏］

§

五月こば鳴《な》きも古《ふ》り南《（なむ）》郭公まだしき程のこゑをきかばや
　　伊勢・古今和歌集三（夏）
さつきまつ花たちばなの香《か》をかげば昔の人の袖の香《か》ぞする
　　よみ人しらず・古今和歌集三（夏）
いつのまにさ月来《き》ぬ覧《（らむ）》あしひきの山郭公今ぞなくなる
　　よみ人しらず・古今和歌集三（夏）
さ月きて花《はな》たちばなの散《ち》るなへに山ほと、ぎすなかぬ日はなし
　　兼好法師集（吉田兼好の私家集）
皐月《さつき》来ればひと年《とせ》人と刈りにける菖蒲かをりて手にありと惑ふ
　　窪田空穂・まひる野
かにかくに皐月《さつき》は悲しもの思ふ家の小暗《をぐら》さ外の明るさ
　　与謝野晶子・舞ごろも
皐月来ぬわかき心は物の香に青波さわぐ海をこそおもへ
　　前田夕暮・収穫
しみじみと青き汗染《し》む新しきホワイトシヤツに五月きたりぬ
　　北原白秋・桐の花

この胸のいたみ心にかかれども五月《さつき》の空は青く晴れたり
三ケ島葭子・三ケ島葭子歌集

下総の国原ひろき麦ばたけ五月まひるの風わたるなり
古泉千樫・青牛集

リラの花卓《つくゑ》のうへに匂ふさへ五月《さつき》はかなし汝《なれ》に会はずして
木俣修・みちのく

なにゆゑかいろむらさきの桐の花咲かむ五月を心して待つ
宮柊二・純黄

降ふらずながめくらせるさつき哉　宗因・三籟
海ははれてひえふりのこす五月《さつき》哉　芭蕉・真蹟写
笠嶋はいづこさ月《つき》のぬかり道　芭蕉・おくのほそ道
草寒し五月じめりの竹敷居　才麿・寄生
雨の日の木枕寒き五月哉　尚白・孤松
五月鳶啼や端山の友くもり　野坡・水僊伝
おろ〳〵し闇の皐月の初まる夜　乙二・斧の柄草稿
大沼や蘆を離るゝ五月雲　内藤鳴雪・鳴雪句集
一笠の首途は安き五月かな　内藤鳴雪・鳴雪句集
晴れんとす皐月《さつき》の端山《はやま》塔一つ　正岡子規・子規句集
門川に流れ藻絶えぬ五月かな　河東碧梧桐・碧梧桐句集
庭土に皐月《さつき》の蠅の親しさよ　芥川龍之介・発句
人もなつかし草もなつかし五月なる　山口青邨・雪国
美しき五月微熱を憂しとせぬ　日野草城・旦暮

さつきあめ【五月雨】
⬇五月雨（さみだれ）［夏］ §

五月雨《さつきあめ》春が堕《お》ちたる幽暗《いうあん》の世界のさまに降りつづきけり
与謝野晶子・舞姫

髪はえて容顔《ようがん》蒼《アヲ》し五月雨《さつきあめ》　芭蕉・続虚栗
日の道や葵《あふひ》傾くさ月あめ　芭蕉・猿蓑
空も地もひとつになりぬ五月雨《さつきあめ》　杉風・杉風句集
湖《みづうみ》の水《みづ》まさりけり五月雨《さつきあめ》　去来・あら野
つゞくりもはてなし坂や五月雨《さつきあめ》　去来・猿蓑
行灯《あんどん》で来る夜送ル夜五月雨《さつきあめ》　嵐雪・杜撰集
水汲《くみ》に傘《からかさ》侘《わび》し五月雨《さつきあめ》　土芳・蓑虫庵集
六尺《ろくしやく》も力おとしや五月《さつき》あめ　其角・猿蓑
笹《ささ》の葉に風もをさまり五月雨《さつきあめ》　露川・二人行脚
立《たち》のぼる霧《きり》の日数《ひかず》や五月雨《さつきあめ》　卯七・草苅笛
わづかなる青雲ゆかし五月雨《さつきあめ》　怒風・笈日記
一葉づゝはなれ渡すやさつき雨　りん女・田植諷
床低《ゆかひく》き旅のやどりや五月雨《さつきあめ》　蕪村・新花摘
ちか道や水ふみ渡る皐雨《さつきあめ》　蕪村・新花摘
湯のたきも同じ音也（なり）五月雨（さつきあめ）　一茶・八番日記
五月雨（さつきあめ）雨とて空をかざす哉　一茶・父の終焉日記
かち渡る人流れんとす五月雨　正岡子規・子規句集
温泉《ゆ》烟《けむり》の田にも見ゆるや五月雨　河東碧梧桐・碧梧桐句集
溝川《みぞがわ》に何とる人や五月雨　高浜虚子・六百五十句
生垣にさす灯ばかりや五月雨　渡辺水巴・白日
渓橋に傘して佇つや五月雨　飯田蛇笏・椿花集

さつきがわ【五月川】
梅雨期の頃の水量の増した濁水が滔々と流れる河川をいう。

川止で渡船が途絶し、出水の被害が生じることが多い。「皐月川」とも書く。➡川止（かわどめ）［夏］

§

杖をはし雲に行へやさつき川　淡々・淡々発句集

さつきぐも【五月雲】

梅雨の頃（旧暦五月）のどんよりとした陰鬱な雲をいう。「皐月雲」とも書く。［同義］梅雨雲。➡五月空（さつきぞら）［夏］、夏の雲（なつのくも）［夏］、梅雨雲（つゆぐも）［夏］

§

町中の山や五月の上り雲　丈草・丈草発句集

や、有て又のぼりけり五月雲　闌更・半化坊発句集

浅間嶺の麓まで下り五月雲　高浜虚子・六百五十句

さつきぞら【五月空】

五月の空。➡五月雲（さつきぐも）［夏］、五月晴（さつきばれ）［夏］

§

皐月空《さつきぞら》あかるき国《くに》にありかねて吾《あれ》はも去《い》なめ君《きみ》のかなしも　古泉千樫・郷を出づる歌

木の下や闇をふたへの皐月空　也有・蘿葉集

さつきなみ【五月波・五月浪】

旧暦五月頃に海にたつ波濤をいう。梅雨期の荒南風で波うねりは高いのを常とする。「皐月波」「皐月浪」とも書く。［同義］さ波・さ浪（さなみ）。➡卯波（うなみ）［夏］

さつきばれ【五月晴】

①梅雨の間（旧暦五月）の晴れ間。②五月の晴れわたる天候。➡梅雨晴（つゆばれ）［夏］、五月空（さつきぞら）［夏］

§

市に見る茄子の苗も五月晴　也有・蘿の落葉

大船の白帆干したり五月雨　内藤鳴雪・鳴雪句集

うれしさや小草影もつ五月晴　正岡子規・寒山落木

薔薇を剪《き》る鋏刀《はさみ》の音や五月晴《さつきばれ》　正岡子規・子規句集

後山に葛引きあそぶ五月晴　飯田蛇笏・椿花集

美しき五月の晴の日も病みて　日野草城・旦暮

さつきふじ【五月富士】

旧暦五月頃の富士。まだ雪の消え残りのある新緑の美しい季節の富士。「皐月富士」とも書く。➡富士（ふじ）［四季］、夏富士（なつふじ）［夏］、赤富士（あかふじ）［夏］、富士の雪解（ふじのゆきげ）［夏］

§

箱根の関越て

目にかゝる時やことさら五月富士　芭蕉・芭蕉翁行状記

目にかゝる時ぞとおもへ五月富士《さつきふじ》　土芳・蓑虫庵集

さつきやま【五月山】

旧暦五月頃の新緑が滴るような山々をいう。「皐月山」とも書く。大阪池田市辺りをさす歌枕という説もある。古歌では「郭公」「鹿」「ともし」などのことばが詠み込まれることが多い。［同義］山滴る（やましたたる）、滴る山（したたるやま）、茂る山（しげるやま）。➡夏の山（なつのやま）［夏］、山（やま）［四季］

§

五月山《さつきやま》卯《う》の花月夜《つくよ》霍公鳥聞けども飽かずまた鳴かぬかも
作者不詳・万葉集一〇

五月山《さつきやま》花橘に霍公鳥隠《かく》らふ時に逢へる君かも
作者不詳・万葉集一〇

五月《さ》山こずゑを高《たか》みほとゝぎす鳴《な》くねそらなる恋《こひ》もする哉
紀貫之・古今和歌集一二（恋二）

五月《さ》山木《こ》の下闇《したやみ》にともす火は鹿《しか》の立《た》ちどのしるべなりけり
紀貫之・拾遺和歌集二（夏）

ふる雨にしぬゝにぬれてほとゝぎす五月《さつき》の山を啼《なき》ぞとよます
田安宗武・悠然院様御詠草

五月山《さつきやま》若葉のうへの夕空のみどりに生《あ》れて匂ひたる星
太田水穂・冬菜

さつきやみ【五月闇】

五月雨が降る頃の曇りがちで昼間も暗い天候をいう。「皐月闇」とも書く。古歌では「闇＝暗」の意から「鞍馬山」「くらはし山」に掛り、「おぼつかなし」と詠まれることが多い。

［同義］梅雨闇（つゆやみ）。⬇五月雨（さみだれ）［夏］、梅雨（つゆ）［夏］、闇（やみ）［四季］

§

さつきやみ倉橋山《くらはしやま》のほとゝぎすおぼつかなくもなきわたるかな
実方朝臣集（藤原実方の私家集）

五月《さ》やみ花《はな》たちばなにふく風《かぜ》はたが里《さと》までかにほひゆくらん
良暹・詞花和歌集二（夏）

五月《さ》やみ狭山《さやま》の峰《みね》にともす火《ひ》は雲のたえまの星《ほし》かとぞ見《み》る
藤原顕季・千載和歌集三（夏）

五月やみしげき端山《はやま》にたつ鹿《しか》はともしにのみぞ人に知《し》らるゝ
藤原顕綱・千載和歌集三（夏）

を《（お）》のが妻《つま》こひつゝなくや五月《さ》やみ神南備《なび》山のやま郭公
よみ人しらず・新古今和歌集三（夏）

五月《さ》闇《やみ》みじかきよはのうたゝねにはなたち花の袖にすゞしき
慈円・新古今和歌集三（夏）

五月《さ》闇嶺《やみみね》のともしぞ影みゆる野にふす鹿もゆめなさましそ
正徹・永享九年正徹詠草

嬉しさのないでもないわ五月闇きみと二人のない名と思へば
青山霞村・池塘集

蛙鳴く五月闇《さつきやみ》あり橄欖の木の側《わき》すぎてその闇に行く
宮柊二・多く夜の歌

五月闇《さつきやみ》星を見つけて拝《をが》み鳧《けり》
路通・芭蕉門古人真蹟

五月闇《さつきやみ》蓑《みの》に火のつく鵜《う》舟かな
許六・正風彦根体

何を音《ね》にすぽん鳴《なく》らん五月雨闇《さつきやみ》
其角・五元集拾遺

竹の屁《へ》を折《をり》ふし聞《きく》や五月闇《さつきやみ》
其角・五元集

仏《ほとけ》だに姨捨《をばすて》山や五月《さつき》やみ
支考・夏衣

子馬付駄賃《つけだちん》かはゆし五月闇《さつきやみ》
百里・みづひらめ

二三日蚊屋《かや》のにほひや五月闇《さつきやみ》
浪化・住吉物語

しら紙にしむ心地せり五月やみ
暁台・暁台句集

提灯に風吹き入りぬ五月闇
村上鬼城・鬼城句集

五月闇《さつきやみ》あやめもふかぬ軒端《のきば》哉
正岡子規・子規句集

さなえづき【早苗月】

旧暦五月の別名。⬇皐月（さつき）［夏］

§

水上のすぐなるを見よさ苗月　宗因・三籟

さみだれ【五月雨】

旧暦五月に降る雨。梅の実の熟す頃に降る霖雨のため「梅霖（ばいりん）」ともいう。梅雨に同義であるが、梅雨が時候を主としたことばであるのに対して、五月雨は雨そのものをいう。「さみだるる」と動詞形で詠まれることも多い。[同義] 五月雨・皐雨（さつきあめ）、梅霖。⬇五月雨（さつきあめ）[夏]、梅雨（つゆ）[夏]、雨（あめ）[四季]、五月闇（さつきやみ）[夏]、五月雨髪（さみだれがみ）[夏]、夏の雨（なつのあめ）[夏]

§

五月雨の空《そら》もとゞろに郭公なにを憂《う》しとか夜《よ》たゞなく覧
紀貫之・古今和歌集三（夏）

五月雨に物思《おもひ》をれば郭公夜ふかくなきていづち行《ゆ》くらむ
紀友則・古今和歌集三（夏）

さみだれの続《つ》ける年《とし》のながめにも物おもひあへる我ぞわびしき
伊勢集（伊勢の私家集）

田長《たをさ》して酔《ゑ》ひにけらしな五月雨に立居《たちゐ》みだれてなくほと、ぎす
安法法師集（安法の私家集）

五月雨《さみだれ》になりにけらしなふみしだくたごのもすそをほすほどもなし
能因集（能因の私家集）

さみだれに日《ひ》も暮《く》れぬめり道《みち》とほみ山田《だ》の早苗《さなへ》とりも果《は》てぬに
藤原隆資・後拾遺和歌集三（夏）

さみだれは見《み》えし小笹《おざゝ》の原《はら》もなし安積《あさか》の沼《ぬま》の心地のみして
藤原範永・後拾遺和歌集三（夏）

さみだれは日かずへにけり東屋《あづまや》のかやが軒端《のきば》のした朽《く》つるまで
藤原定通・金葉和歌集二（夏）

さみだれに浅沢沼《あさゞはぬま》の花かつみかつみるまゝにかくれゆくかな
藤原顕仲・千載和歌集三（夏）

五月雨に室《むろ》の八島《やしま》を見《み》わたせばけぶりは波《なみ》のうゑ《へ》よりぞたつ
源行頼・千載和歌集三（夏）

いかばかり田子《たご》の裳裾《もすそ》もそほつらん雲《くも》まも見えぬころの五月雨《さみだれ》
伊勢大輔・新古今和歌集三（夏）

五月雨《さみだれ》はおふの河原《かはら》のまこも草《ぐさ》からでや浪《なみ》のしたにくちなん
藤原兼実・新古今和歌集三（夏）

五月雨《さみだれ》の雲の絶《た》えまをながめつゝ窓《まど》より西《にし》に月をまつかな
荒木田氏良・新古今和歌集三（夏）

五月雨の雲まの月の晴《は》れゆくをしばしまちける郭公《ほとゝぎす》かな
讃岐・新古今和歌集三（夏）

いたづらに雲ゐる山の松の葉の時ぞともなき五月雨の空
藤原定家・定家卿百番自歌合

五月雨《さみだれ》に池の汀《みぎは》やまさるらん蓮《はす》の浮葉《うきは》を越《こゆ》る白《しら》波
後鳥羽院・遠島御百首

浦《うら》人の取《と》るや早苗《さなへ》もたゆむらんひぢきの灘《なだ》の五月雨のころ
宗尊親王・文応三百首

五月雨はゆくさきふかしいはた河渡る瀬《せ》ごとに水まさりつゝ
藤原為家・中院詠草

音羽山雲《くも》の波《なみ》さへわきかへる滝《たき》のしらあは《わ》の五月雨のころ
慶運・慶運百首

五月雨《さみだれ》は日なみにつぎて雨《あま》雲のとだえもさらに見《み》えぬ空《そら》かな
一条良基・後普光園院殿御百首

ぬれつヽやそがの川原《かはら》の五月雨に水のみかさのますげかるらむ
頓阿・頓阿法師詠

いたづらに月のさかりのすぐるまで一夜もはれぬ五月雨《さみだれ》の空《そら》
頓阿・頓阿法師詠

五月雨《さみだれ》のころは科戸《しなと》の風とても吹《（ふき）》やははらふ天《あめ》の八重雲
幽斎・玄旨百首

五月雨《さみだれ》のはれ間もしらにしらまゆみひだの細工も海をなすかも
田安宗武・悠然院様御詠草

さみだれはをやみもあへず軒に落る玉はいとにもまたなりにけり
大隈言道・草径集

我庵は奇しき庵かも五月雨の梅雨につくれと雨にさやらす
天田愚庵・愚庵和歌

わが宿をとふ人たえてしをり戸のかけがねさびぬ五月雨の頃
落合直文・国文学

五月雨の頃にやならむ神路山朝熊の山の繁りはや見む
伊藤左千夫・伊藤左千夫全短歌

隣にも豆腐の煮ゆる音すなり根岸の里の五月雨《さみだれ》の頃
正岡子規・子規歌集

五月雨にからかさ借りて本町の朝の市見る旅のうた人
佐佐木信綱・思草

五月雨の青葉の家に安らかにしづかに汝れをおく時過ぎぬ
島木赤彦・馬鈴薯の花

五月雨は今ふりやみて青草の遠の大野を雲歩みゆく
太田水穂・つゆ艸

五月雨《さみだれ》の音の寂しく遠《とほ》の山夜目には近くいや高く見ゆ
窪田空穂・土を眺めて

うら寂しところどころの剥《は》がれたる築土《ついぢ》の如き五月雨の空
与謝野晶子・草の夢

さみだれのしぶき降るときわが庭の山羊歯《やましだ》の葉はひと日ゆらげり
斎藤茂吉・白桃

五月雨よふれふれふりて樹樹の葉のみどりをくろく朽ちはてしめよ
田波御白・御白遺稿

五月雨《さみだれ》はまた暗くならし店の間《ま》の天井に来て舞ひとどまる燕《つばめ》
中村憲吉・しがらみ

五月雨《さみだれ》の降りけぶるときを暮れゆきて庭苔あをし石はひびかず
前川佐美雄・天平雲

五月雨《さみだれ》は傘《かさ》に音《ね》なきを雨間哉《あままかな》
亀洞・あら野

五月雨に鶴の足みじかくなれり
芭蕉・東日記

五月雨に鳰《にほ》の浮巣《うきす》を見に行《ゆか》む
芭蕉・笈日記

五月雨にかくれぬものや瀬田の橋
芭蕉・曠野

五月雨は滝降《ふり》うづむみかさ哉
芭蕉・葱摺

五月雨のふり残してや光堂《ひかりだう》
芭蕉・鳥の道

五月雨《さみだれ》をあつめて早し最上川《もがみがは》
芭蕉・おくのほそ道

五月雨や色帋《しきし》へぎたる壁の跡
芭蕉・嵯峨日記

さみだれや蚕《かひこ》煩《わづら》ふ桑の畑《はた》
芭蕉・続猿蓑

さみだれの空吹《ふき》おとせ大井川
芭蕉・芭蕉翁真跡集

さみだれや夕食《ゆふめし》くふて立出《たちいづ》る　荷兮・卯辰集
五月雨《さみだれ》や傘に付《つけ》たる小人形《こにんぎやう》　其角・炭俵
五月雨《さみだれ》は只《ただ》降ル物と覚《おぼえ》けり　鬼貫・俳諧大悟物狂
さみだれにさながら渡る二王哉　鬼貫・俳諧大悟物狂
さみだれに小鮒《こぶな》をにぎる子共哉《こどもかな》　野坡・炭俵
五月雨《さみだれ》や踵《かかと》よごれぬ礒《いそ》づたひ　沾圃・続猿蓑
五月雨《さみだれ》に心おもたし百合の花　破笠・続の原
さみだれや大河《たいが》を前に家二軒《いへにけん》　蕪村・蕪村句集
五月雨《(さみだれ)》も中《(なか)》休みかよ今日は　一茶・おらが春
五月雨の狐火うつる小窓かな　内藤鳴雪・鳴雪句集
さみだれの畳くほむや肱枕　森鷗外・鷗外全集
五月雨のふり潰したる藁家かな　村上鬼城・鬼城句集
五月雨の隅田《すみだ》見に出る戸口哉　正岡子規・子規句集
五月雨《さみだれ》の雲許《ばか》りなり箱根山　正岡子規・子規句集
海嘯去つて後すさましや五月雨　夏目漱石・漱石全集
急ぎ来る五月雨傘《さみだれがさ》の前かしぎ　高浜虚子・六百五十句
五月雨の相合傘は書生《しよせい》なり　高浜虚子・六百五十句
五月雨や十里の杉の梢より　大谷句仏・我は我
五月雨や襦袢をしぼる岩魚捕り　渡辺水巴・水巴句集
五月雨や蕗浸しある山の湖　渡辺水巴・白日
五月雨や水にうつれる草の裏　原石鼎・花影
さみだれや青柴《あをしば》積める軒の下　芥川龍之介・発句
さみだれや平泉村真の闇　山口青邨・夏草
さみだれや診察券を大切に　中村汀女・同人句集

さみだれがみ【五月雨髪】

旧暦五月は五月雨が降る季節であり、女性の髪も湿気を含んで重苦しい感じになるため、「五月雨髪」と表現した。古代宮中の女性の髪はとりわけ長く、このことばが実感できたと思われる。

さんぷく【三伏】

夏の最も暑い頃をいう。夏至の後の第三の庚（かのえ）の日を「初伏」、第四の庚を「中伏」、立秋の後の第一の庚を「末伏」といい、これを「三伏」という。また、小暑後の第一、二、三の庚の日をもいう。夏は火気であり、庚は「金（かね）に兄（え）」の意で金気であり、「金」は「火」を恐れるので、金（＝庚）が伏し隠れるとし、転じて、酷暑の候の意に用いられた。［同義］三庚（さんこう）、伏日（ふくじつ）。

§

三伏の日に酒のみの額かな　淡々・淡々句集
九夏さんふく風きかぬ暑さ哉　正成・崑山集
三伏の月の穢に鳴くあら鵜かな　飯田蛇笏・雲母

「し」

しげり【茂り・繁り】

樹木の枝葉が鬱蒼と生い茂ったさま。俳句では夏の季語となる。［同義］茂み・繁み（しげみ）、茂る・繁る（しげる）、茂し・繁し（しげし）、茂けし・繁けし（しげけし）。

§

雲を根に富士は杉なりの茂《しげり》かな　芭蕉・続連珠

嵐山藪の茂りや風の筋《すぢ》　芭蕉・嵯峨日記

篠《ささ》の露袴《はかま》にかけししげり哉　芭蕉・後の旅

煙たへて久しき宮の茂り哉　闌更・半化坊発句集

たうたふと滝の落ちこむ茂り哉　士朗・枇杷園発句集

伊香保根や茂りを下る温泉の煙り　一茶・句帖

しげり葉や庇の上の湯治道　一茶・九番日記

古池の小隅あかるき茂かな　角田竹冷・俳諧新潮

石段の一筋長き茂りかな　夏目漱石・漱石全集

庭もせや椿圧して唯茂る　高浜虚子・六百五十句

住む人の一容相の茂りかな　高浜虚子・句日記

したすずみ【下涼み】

木陰で涼をとること。➡涼み（すずみ）［夏］

§

すぎふかきかた山陰の下すゞみよそにぞすぐるゆふだちの空
藤原良経・南海漁父北山樵客百番歌合

命なりわづかの笠の下《した》涼ミ　芭蕉・江戸広小路

百里来たりほどは雲井の下涼　芭蕉・芭蕉翁全伝

是《これ》や皆雨を聞《きく》人下《した》すゞみ　其角・五元集

高砂《たかさご》のゆかりや松の下すゞみ　支考・支考句集

したたり【滴り】

山の岸壁や崖に生息する苔蘚類などから滴り落ちる清冽なしずくをいう。「夏山は滴るごとし」の比喩的な表現があり、俳句では夏の季語となる。ただし、雨後の木や軒端などの滴りは季語とはならない。［同義］滴る（したたる）。➡清水（しみず）［夏］、夏の水（なつのみず）［夏］、泉（いずみ）［夏］、雫（しずく）［四季］

§

山寒しふけて軒端にぽつぽつと青葉をしぼる雨のしたゝり　太田水穂・冬菜

滴《したた》りの岩屋の仏花奉る　高浜虚子・五百五十句

滴りのはげしく幽きところかな　日野草城・昨日の花

したやみ【下闇】

➡木下闇（このしたやみ）［夏］

§

柿《かき》の葉《は》の下闇《したやみ》くらしほとほと、暮《く》れても人《ひと》の麦《むぎ》を搗《つ》きをり　太田水穂・故郷

下闇《したやみ》や船を誘《さそは》ば鈴の綱《つな》　百里・銭龍賦

しちがつ【七月】

新暦では、夏を三夏にわけた初夏・仲夏・晩夏の晩夏にあたる季節。暑さの盛りである。旧暦では初秋にあたり、文月という。➡文月（ふみづき）［秋］

§

七月《しちぐわつ》のひと日くもりて暮るるころ庭におりたちて笹《ささ》を移しぬ　斎藤茂吉・白桃

駒込《こまごめ》の停車場に来ればあはれにも萩のにほへる七月の末　木下利玄・銀

七月の童糞せり道の上　石田波郷・雨覆

しみず【清水】

天然に湧き出る清冽な冷水をいう。湧き出る場所や状態によってさまざまに名づけられる。俳句では、涼味のある清水をもって夏の季語となる。⇩泉（いずみ）［夏］、岩清水（いわしみず）［夏］、山清水（やましみず）［夏］、苔清水（こけしみず）［夏］、滴り（したたり）［夏］

§

むかしみし野中《なか》の清水《し》かはらねば我（わが）かげをもやおもひいづらん
山家心中集（西行の私家集）

岩間《いはま》もる清水《し》をやどにせきとめてほかより夏をすぐしつる哉（かな）
俊恵・千載和歌集三（夏）

さらぬだにひかり涼《すゞ》しき夏の夜の月を清水《し》にやどしてぞ見《み》る
顕昭・千載和歌集三（夏）

道《みち》のべに清水《しみづ》ながるゝ、柳《やなぎ》かげしばしとてこそ立《た》ちとまりつれ
西行・新古今和歌集三（夏）

なつくればよのなかせばくなりはてゝ、清水《しみづ》の外《ほか》にすみ所なし
香川景樹・桂園一枝

しづみたる銭の数さへ見えにけり地蔵たゝせる岩の真清水
落合直文・明星

婆娑として天をおほへる椰子の木の木かげ涼しき真清水の音
佐佐木信綱・思草

いくたびかかけては袖のぬれにけむおぼろの清水ひとわすれ水
与謝野寛・紫

山深く住みてもあるかも切り立てる崖《がけ》の清水を厨におとして
島木赤彦・氷魚

甲州の裏街道のあぢきなし路ともあらず清水つたへば
与謝野晶子・心の遠景

岩が根の清水《しみづ》のみ足《た》らひ羊歯《しだ》の葉にしぶきをかけて猶《なほ》しいこふも
木下利玄・一路

青萱を胸にわけつつくだり来てこの真清水に口つくるなり
古泉千樫・青牛集

めぐりたる岩の片かげ暗くして湧き清水ひとつ日暮れのごとし
宮柊二・小紺珠

さゞれ蟹《がに》足はひのぼる清水《しみづ》哉　芭蕉・続虚栗

城あとや古井《ふるゐ》の清水先問《まづとは》む　芭蕉・笈日記

湯をむすぶ誓《ちかひ》も同じ石清水《いはしみづ》　芭蕉・雪満呂気

おもふ事《こと》ながれて通《とほ》るしみづ哉《かな》　荷兮・あら野

かたびらは浅黄着《あさぎき》て行清水哉《ゆくしみづかな》　尚白・あら野

行《ゆく》さきにいくらもむすぶ清水かな　才麿・椎の葉

石工《せきこう》の鑿冷《のみひや》したる清水《しみず》かな　蕪村・蕪村句集

二人してむすべば濁《にご》る清水哉　蕪村・蕪村句集

山番の爺（ちぢ）が祈りし清水（しみづ）かな　一茶・おらが春

母馬が番して呑（のま）す清水哉　一茶・おらが春

櫛水に髪撫上る清水哉　一茶・句帳

山僧の大太刀洗ふ清水かな　内藤鳴雪・鳴雪句集

かりそめの清水なりしが祀らる、　石橋忍月・あざみ会選集

絶壁の巌《いわお》をしぼる清水哉　正岡子規・子規句集
したゝりは歯朶に飛び散る清水かな　夏目漱石・漱石全集
こま〴〵と砂吹きあぐる清水哉　藤井紫影・改造文学全集
清水ある坊の一つや中尊寺　河東碧梧桐・碧梧桐句集
藪中や竹の根あらはに清水湧く　佐藤紅緑・新俳句
静かさは筧《かけひ》の清水《しみず》音たてゝ　高浜虚子・六百五十句
両手に清水をさげてくらい路を通る　尾崎放哉・須磨寺にて
岩藤の影は届かぬ清水かな　長谷川零余子・国民俳句
客親しひとり清水に嗽ぐ　飯田蛇笏・雲母
驚きの過ぎしに汲むや家清水　中塚一碧楼・一碧楼一千句
遺書抱へ来てこの旅の清水かな　中塚一碧楼・一碧楼一千句
松の根の苔なめらかに清水吸ふ　杉田久女・杉田久女句集
きこゆるやこころの清水湧くひびき　日野草城・旦暮
島の娘《こ》佇てり石井戸《いはゐど》清水ともに汲み　中村草田男・火の島

しょ【暑】
夏の暑さのこと。⬇暑し（あつし）［夏］
§
汝《な》はいかにわれは静《しずか》に暑に堪へん　高浜虚子・七百五十句

しょうしょ【小暑】
二十四節気の一。旧暦の六月、夏至の一五日後。新暦では七月七～八日頃で、この頃から暑中に入り、夏の暑熱期となる。⬇夏（なつ）［夏］、夏至（げし）［夏］、立夏（りっか）［夏］、大暑（たいしょ）［夏］

しょうまん【小満】
二十四節気の一。旧暦四月の中、立夏の後の一五日目、新暦の五月二一～二三日ごろをいう。陽気が盛んになり万物が次第に満ちるの意。⬇立夏（りっか）［夏］、夏（なつ）［夏］

しょか【初夏】
夏のはじめ。三夏を初夏・仲夏・晩夏とわけた初夏をいう。［同義］夏の始（なつのはじめ）、初夏（はつなつ）、孟夏（もうか）、首夏（しゅか）。⬇夏（なつ）［夏］、立夏（りっか）［夏］、五月（ごがつ）［夏］、卯月（うづき）［夏］、夏浅し（なつあさし）［夏］、四月（しがつ）［春］
§
くろ髪のあえかに長きすきかげや産屋《うぶや》にわたれ初夏の風　山川登美子・山川登美子歌集
初夏の木々あをみゆく東京を見にのぼり来よ海も凪ぎつらむ　若山牧水・路上
きさくなる蜜蜂《みつばち》飼《か》養《ひ》者が赤帯の露西亜の地主《ぢぬし》に似たる初夏　北原白秋・桐の花
藤つゝじ思へば夏のはじめ哉　定雅・幣袋
梨棚や初夏の繭雲うかびたる　水原秋桜子・葛飾

しょき【暑気】
夏の暑さのこと。⬇暑し（あつし）［夏］
§
山がかる人の住家に暑気透る　飯田蛇笏・椿花集

じょくしょ【溽暑】
夏の日の湿気を含んだ蒸すような暑さ。『滑稽雑談』に「溽は湿也。土の気潤ふが故に蒸鬱して湿暑となる」とある。［同義］湿暑（しっしょ）、蒸暑し（むしあつし）。⬇極暑（ごく

しょ）［夏］、暑し（あつし）［夏］

しらはえ【白南風】

梅雨の明ける頃の南風をいう。「しろはえ」ともいう。梅雨に入る頃の南風は「黒南風（くろはえ）」といい、梅雨の半ばに吹く強い南風は「荒南風（あらはえ）」という。また、一説には「はえ」は「映え」の意で、梅雨の中で折々晴れ間のある状態を白南風としている。⇩黒南風（くろはえ）［夏］、はえ［夏］

§

白南風《しらはえ》の光葉《てりは》の野薔薇《のばら》過《す》ぎにけりかはづのこゑも田《た》にしめりつつ　北原白秋・白南風

白南風《しらばえ》の夕浪《ゆふなみ》高うなりにけり　芥川龍之介・発句

白南風《しらはえ》や立ち去る妻の足の裏　日野草城・旦暮

白南風や化粧に洩れし耳の蔭　日野草城・花氷

じり【海霧】

夏、暖かい湿気を含んだ風が寒流上に流れ込んで発生する濃霧。「うみぎり」「かいむ」ともいう。オホーツク海に面して北海道の海岸域に多く発生し、航海する船は霧笛（むてき）を鳴らしながら進む。⇩霧（きり）［秋］、山霧（やまぎり）［夏］、夏の霧（なつのきり）［夏］

しんじゅ【新樹】

初夏の頃のみずみずしい若葉をもつ樹々。⇩新緑（しんりょく）［夏］

§

伊勢船を招く新樹の透間哉　素堂・知足斎日々記

煮鰹をほして新樹の畑かな　嵐雪・玄峰集

白雲を吹つくしたる新樹哉　才麿・真木柱

人媚て朝宴す新樹陰　暁台・暁台句集

楡新樹諸君は学徒我は老い　高浜虚子・六百五十句

夜の雲に噴煙うつる新樹かな　水原秋桜子・葛飾

大風にはげしくにほふ新樹かな　日野草城・花氷

星屑や鬱然として夜の新樹　日野草城・花氷

新樹雨降る夜間中学生が持つ望　加藤楸邨・穂高

しんだん【新暖】

初夏の暑さをいう。⇩薄暑（はくしょ）［夏］、暑し（あつし）［夏］、余春（よしゅん）［夏］

じんらい【迅雷】

激しい雷。［同義］疾雷（しつらい）。⇩雷（かみなり）［夏］

§

迅雷や炎ひるまぬ椿炭　水原秋桜子・晩華

しんりょく【新緑】

初夏の若葉の清新な緑。⇩新樹（しんじゅ）［夏］、万緑（ばんりょく）［夏］

§

満目の緑に坐る主かな　高浜虚子・六百句

顔セを緑に染めて人来る　高浜虚子・六百句

新緑やたましひぬれて魚あさる　渡辺水巴・水巴句集

新緑の山となり山の道となり　尾崎放哉・小浜にて

新緑や日光あぶら濃くなりて　日野草城・銀

「す」

すずかぜ【涼風】

晩夏に吹く熱気のない涼しい風をいう。「涼風（りょうふう）が立つ」とも表現する。⬇涼し（すずし）［夏］、夏の風（なつのかぜ）［夏］

§

涼風や夏を遊びにあそびぬいた童子燈移すこよひ机へ　青山霞村・池塘集

天王寺田舎の人の一つ撞《つ》く鐘の下より涼《すず》かぜの吹く　与謝野晶子・青海波

こころよく汗の肌《はだへ》にすず吹けば蚊帳釣草の髭そよぎけり　長塚節・鍼の如く

涼風《すずかぜ》や峠《たうげ》に足をふみかける　許六・韻塞

涼風《すずかぜ》や青田のうへの雲の影《かげ》　許六・韻塞

涼風《すずかぜ》や鶏《にはとり》の尾を吹通《ふきとほ》り　白雪・はしらごよみ

すゞ風をのがす日はなし二方窓《にはうまど》　露川・百曲

涼風や力一ぱいきりぎりす　一茶・七番日記

涼風の曲りくねつて来たりけり　一茶・七番日記

涼風や愚庵の門は破れたり　正岡子規・子規句集

涼風の星よりぞ吹くビールかな　水原秋桜子・葛飾

しようしようと真夜の涼風《すずかぜ》星より来　日野草城・旦暮

涼風は四通八達孤独の眼　中村草田男・万緑

すずし【涼し】

夏の暑さの中で、朝夕の涼気や樹葉をそよがす風など、五感に感じるさまざまな涼しさをいう。俳句では以下の語例にあるように、名詞と連接して用いられることが多い。夏の暑さを忘れることを「夏のほか」「夏のよそ」という。［同義］涼しさ（すずしさ）。［語例］朝涼（あさすず）、夕涼（ゆうすず）、宵涼し（よいすずし）、月涼し（つきすずし）、水涼し（みずすずし）、露涼し（つゆすずし）、灯涼し（ひすずし）、庭涼し（にわすずし）、影涼し（かげすずし）、鐘涼し（かねすずし）、涼風（すずかぜ・りょうふう）、晩涼（ばんりょう）、夜涼（やりょう）、涼夜（りょうや）、微涼（びりょう）、涼味（りょうみ）、涼雨（りょうう）。⬇涼風（すずかぜ）［夏］、暑し（あつし）［夏］、寒し（さむし）［冬］、朝涼（あさすず）［夏］、涼み（すずみ）［夏］、月涼し（つきすずし）［夏］、晩涼（ばんりょう）［夏］、夕涼（ゆうすず）［夏］、涼（りょう）［夏］、秋涼し（あきすずし）［秋］、新涼（しんりょう）［秋］

§

山川のもとよりおつるたきつせも岩間の風はかくぞ涼しき　能因集（能因の私家集）

夏の夜も涼《すゞ》しかりけり月影《かげ》は庭《には》しろたへの霜《しも》と見《み》えつゝ　藤原長家・後拾遺和歌集三（夏）

夏山《やま》の夕《ゆふ》下かぜの涼《すゞ》しさに楢《なら》の木《こ》かげのたゝまうきかな　山家心中集（西行の私家集）

あたりさへ涼《すゞ》しかりけり氷室《ひむろ》山まかせし水のこほるのみかは
藤原公能・千載和歌集三（夏）

すゞしさは秋やかへりて初瀬河《はつせがは》ふる河《かは》のへの杉《すぎ》のしたかげ
藤原有家・新古今和歌集三（夏）

すゞしさはいきの松原《ばら》まさるともそふる扇《あふぎ》の風なわすれそ
枇杷皇太后宮・新古今和歌集九（離別）

みるからにかたへ涼《すゞ》しき夏衣日も夕暮《ぐれ》のやまとなでしこ
後鳥羽院・遠島御百首

しづかなる心だにこそすゞしきにわが住《す》む里《さと》は山風ぞ吹（ふく）
頓阿・頓阿法師詠

立《たち》よれば山陰《やまかげ》すゞし夏み川夏てふことやなみのぬれぎぬ
賀茂真淵・賀茂翁家集

ゆふだちのよその空行雲の跡に洗はれて照る日かげすゞしも
上田秋成・秋の雲

ゆふだちのはれてのゝちはあだし《他》日のこゝちになりて宿ぞすゞしき
大隈言道・草径集

刺竹の君を思ひ出夕影の涼しき風を待ちかねて来つ
天田愚庵・愚庵和歌

吾庵は蓮田を前によひよひの露の玉散る風のすずしも
伊藤左千夫・伊藤左千夫全短歌

見渡せばはるかの沖のもろ舟の帆にふく風ぞ涼しかりける
正岡子規・子規歌集

われと見る皐月《さつき》すゞしき夜の風のわが面影を吹きては消すと
窪田空穂・まひる野

朝まだきすずしくわたる橋の上に霧島ひくく沈みたり見ゆ
長塚節・鍼の如く

石だたみ涼しきうへに上沓をぬぎて顧み別れぬるかな
土岐善麿・はつ恋

涼しさをみよとやはしる帆掛船　知足・千鳥掛

南《な》もほとけ艸《くさ》のうてなも涼しかれ　芭蕉・続深川集

此《この》あたり目に見ゆるものは皆涼し　芭蕉・笈日記

涼しさを我宿《わがやど》にしてねまる也　芭蕉・おくのほそ道

涼しさやほの三か月《づき》の羽黒山　芭蕉・おくのほそ道

汐越《しほごし》や鶴はぎぬれて海涼し　芭蕉・おくのほそ道

涼しさや海にいれたる最上川　芭蕉・継尾集

小鯛《こだひ》さす柳涼しや海士《あま》がつま　芭蕉・曾良書留

涼しさを飛騨《ひだ》の工《たくみ》がさしづかな　芭蕉・杉風宛書簡

涼しさや直《すぐ》に野松《のまつ》の枝の形《なり》　芭蕉・笈日記

すゞしさを絵にうつしけり嵯峨の竹　芭蕉・住吉物語

簾《すだれ》して涼《すず》しや宿《やど》のはいりくち　荷兮・あら野

涼しさや此庵《このいほ》をさへ住捨《すみすて》し　曾良・猿蓑

昼《ひる》は寝て夜念仏《よねぶつ》涼し草の庵《いほ》　尚白・新撰都曲

涼《すず》しくも野山《のやま》にみつる念仏《ねぶつ》哉《かな》　去来・続猿蓑

涼《すず》しさや竹握《たけにぎ》り行藪《ゆくやぶ》づたひ　半残・続猿蓑

涼《すず》しさや駕籠《かご》を出《いで》ての縄手《なはて》みち　望翠・続猿蓑

涼《すず》しやと莚《むしろ》もてくる川《かは》の端《はた》　野水・あら野

すゞしさをしれと杓《ヒサク》の雫《しづく》かな　兀峰・炭俵

手《て》まはしに朝《あさ》の間涼《ますず》し夏念仏《なつねぶつ》　野坡・続猿蓑

涼しさよ塀《へい》にまたがる竹の枝　卯七・炭俵

涼《すず》しさや縁《えん》より足《あし》をぶらさげる　支考・続猿蓑
すゞしさや都《みやこ》を竪《たて》にながれ川　蕪村・蕪村句集
涼しさや見世《みせ》より裏を東山《ひがしやま》　蕪村・夜半叟句集
涼しさや魚とる蝦夷がうつろ舟　内藤鳴雪・鳴雪句集
涼しとて屋根の上にぞ寝たりける　森鷗外・うた日記
涼しさや小便桶の並ぶところ　村上鬼城・鬼城句集
涼しさや平家亡びし波の音　正岡子規・子規句集
涼しさの闇を来るなり須磨の浦　夏目漱石・漱石全集
膝と膝に月がさしたる涼しさよ　河東碧梧桐・碧梧桐句集
何事も神にまかせて只涼し　高浜虚子・虚子百句
犬吠《いぬぼう》の涼しき月や君は亡《な》し　高浜虚子・七百五十句
闇涼し草の根を行く水の音　石井露月・筑摩文学全集
風涼し船波かゝる黍畑　大谷句仏・炬火
島ゆ島へ渡る夜涼の恋もあらむ　臼田亜浪・定本亜浪句集
村雨に漁火消ゆるあら涼し　大須賀乙字・新俳句
涼しさや過去帳閉ぢて夜の雨　渡辺水巴・白日
清滝や流れくるものみな涼し　田中王城・同人句集
暮涼し碧瑠璃ながす釧路川　水原秋桜子・晩華
橋の下涼しき水よ砧うつ　山口青邨・雪国
仁丹の銀こぼれつぐ涼しさよ　山口青邨・花宰相
月涼し僧も四条へ小買物　川端茅舎・川端茅舎句集
金銀の光涼しき薬かな　川端茅舎・川端茅舎句集
風鈴のもつるるほどに涼しけれ　中村汀女・汀女句集
風涼し雀にまがふ一市民　中村草田男・来し方行方
洗礼涼し母が腕《かひな》を欄とし佇つ　中村草田男・火の島
花もてば雑草《あらくさ》なれど涼しけれ　加藤楸邨・穂高
寝し町の涼しさ尽きず月光り　石田波郷・鶴の眼

すずみ【涼み・納涼】

夏の暑さをしのぐため、河畔や磯辺、夕暮の涼み台など、さまざまな涼しい場所で涼をとること。往時は旧暦の六月七日の夜より一八日までを「大涼み」といい、その前を「前涼み」といった。［同義］涼む（すずむ）。⬇涼し（すずし）［夏］、河原の納涼（かわらのすずみ）［夏］、川開（かわびらき）［夏］、下涼み（したすずみ）［夏］、門涼み（かどすずみ）［夏］、涼み舟（すずみぶね）［夏］、橋涼み（はしすずみ）［夏］、夕涼み（ゆうすずみ）［夏］

§

夏衣《なつごろも》たつた川原《かはら》の柳《やなぎ》かげ涼《すゞ》みにきつゝならすころかな　曾祢好忠・後拾遺和歌集三（夏）
遠近《をちこち》に門《かど》さしこむる音《おと》すなり涼《すず》みする夜《よ》は更《ふ》けやしぬらむ　木下幸文・亮々遺稿
三《み》か月《づき》の隠《いん》にてすゞむ哀《あはれ》かな　素堂・炭俵
ゆふばれや桜に涼む波の花　芭蕉・継尾集
面白《おもしろ》や傾城連《けいせいつれ》て涼むころ　言水・新撰都曲
立《たち》ありく人《ひと》にまぎれてすゞみかな　去来・続猿蓑
唇に墨《すみ》つく児《ちご》のすゞみかな　千那・猿蓑
黙礼《もくれい》にこまる涼《すず》みや石《いし》の上《うへ》　正秀・続猿蓑
涼《すず》めとて切《きり》ぬきにけり北《きた》のまど　野水・あら野

舟よせてさしに碁《ご》を打《うつ》涼哉《かな》　不角・続の原
川ばたにあたま剃《そり》あふ涼ミかな　楚常・卯辰集
生酔《なまゑひ》をねぢすくめたる涼《すずみ》かな　雪芝・続猿蓑
網打《あみうち》の見えずなり行《ゆく》涼かな　蕪村・蕪村句集
海中の岩飛びわたる納涼かな　内藤鳴雪・鳴雪句集
涼みけり実《み》のまだ青き梨《なし》のもと　森鷗外・うた日記
御仏《みほとけ》も扉をあけて涼みかな　正岡子規・子規句集
痩骨《やせぼね》の風に吹かるゝ涼みかな　正岡子規・子規句集
藪陰に涼んで蚊にぞ喰はれける　夏目漱石・漱石全集
明日渡る湖の眺めや端納涼　河東碧梧桐・碧梧桐句集
燈火《ともしび》を暑しと消して涼みけり　高浜虚子・七百五十句
蓑虫は水に下りつ朝納涼　渡辺水巴・白日

すずみぶね【涼み舟・納涼舟】

涼みのための舟をいう。⇩涼み（すずみ）［夏］、船遊（ふなあそび）［夏］

§

涼み舟すゝむなくさに紅の牡丹燈籠をなかして遊ぶ　伊藤左千夫・伊藤左千夫全短歌
すゞみ舟泥《どろ》ぬり合《あひ》し游《あそび》かな　其角・みづひらめ
つゝ立て帆になる袖や涼みぶね　丈草・丈草発句集
水亭の柱に繋ぐ涼み船　伊藤左千夫・伊藤左千夫全短歌所収「俳句」
橋裏を皆打仰ぐ涼舟《すずみぶね》　高浜虚子・五百句
涼み舟門司の灯ゆるくあとしざり　杉田久女・杉田久女句集
涼み舟行手さぐりに蘆の闇　水原秋桜子・葛飾

涼み［絵本常盤草］

「せ」

せいか【盛夏】
夏の盛り。［同義］真夏。⬇夏（なつ）［夏］、真夏（まなつ）［夏］、大暑（たいしょ）［夏］

せいわ【清和】
中国では旧暦四月一日を清和節といい、四月を清和月といった。四～五月頃の、のどかで澄みきった清らかな空を清和天または和清天という。『白氏文集』に「四月の天気、和且清し」「孟夏清和の月」とある。

せっけい【雪渓】
日本アルプスの高山などにある、夏でも雪が解けずに一面に残っている渓谷をいう。夏の登山者がその冷気に壮快さを感じる所である。⬇登山（とざん）［夏］

§

雪渓の下にたぎれる黒部川　高浜虚子・五百五十句
日も月も大雪渓の真夏空　飯田蛇笏・雲母
疲れたれば眠りぬ氷河見たるあと　山口青邨・雪国
雪渓や信濃の山河夜に沈み　水原秋桜子・蓬壺
雪渓の雲くづれ落つ黒部溪　水原秋桜子・晩華
雪渓の日にけにあれぬ山桜　石橋辰之助・山行

せつのにしかぜ【節の西風】
田植の時期に吹く西風をいう。一般に田に雨をもたらす風として喜ばれ、三重県では「節の西風雨でそろ」と言われている。⬇夏の風（なつのかぜ）［夏］

せみしぐれ【蝉時雨】
多くの蝉が鳴きしきる声を時雨の音にたとえた表現。⬇時雨（しぐれ）［冬］

§

蝉《せみ》の声《こゑ》さながらまがふ時雨《しぐれ》かな　立《たち》よる袖に杜《もり》の夕露　幽斎・玄旨百首
晴れんとて木間明《このまあか》れる夕立に降りつぐ蝉のむら時雨かな　与謝野礼厳・礼厳法師歌集
歩みつつ無一物《むいちぶつ》ぞと思ひけり静かなるかなや夕蝉しぐれ　前川佐美雄・天平雲
桟や荒瀬をこむる蝉しぐれ　飯田蛇笏・山廬集
蝉時雨日斑《まだら》あびて掃き移る　杉田久女・杉田久女句集
滝音の息づきのひまや蝉時雨　芝不器男・不器男句集

「た」

たいしょ【大暑】
二十四節気の一。旧暦の六月半ば、新暦では七月二三～二四日頃の夏の暑さの盛りの季節をいう。⬇立夏（りっか）［夏］、小暑（しょうしょ）［夏］、極暑（ごくしょ）［夏］、盛夏（せいか）［夏］、夏（なつ）［夏］

§

麦飯のいつまでも熱き大暑哉　村上鬼城・ホトトギス
念力のゆるめば死ぬる大暑かな　村上鬼城・鬼城句集
兎も片耳垂るる大暑かな　芥川龍之介・澄江堂句集
仏間より香のきこゆる大暑かな　日野草城・旦暮
じだらくに勤めてゐたる大暑かな　石田波郷・風切

たうえ【田植】

梅雨の時期、五月から七月に、苗代で育てた稲の苗を田に移し植えること。⬇苗代（なわしろ）［春］、青田（あおた）［夏］、植田（うえた）［夏］、春の田（はるのた）［春］、畦道（あぜみち）［四季］、棚田（たなだ）［四季］

§

雨いよよふれば田植うる人々の寄りきていこふわが門の木に　若山牧水・山桜の歌
田一枚植て立去る柳かな　芭蕉・おくのほそ道
やまぶきも巴《ともゑ》も出《いづ》る田植かな　許六・炭俵
産月の腹をかゝへて田うゑかな　許六・五老井発句集
けふばかり男をつかふ田植かな　千代女・千代尼発句集
鱠得てもどる田植の男かな　蕪村・新花摘
離別《さら》れたる身を踏込《ふんごん》で田植哉　蕪村・蕪村句集
湖の水かたぶけて田植かな　几董・井華集
乳をかくす泥手わりなき田植哉　梅室・梅室家集

田植［絵本世都濃登起］

襟迄《まで》も白粉ぬりて田植哉　一茶・七番日記
入海や磯田の植女舟で来る　内藤鳴雪・鳴雪句集
陣笠を着た人もある田植哉　正岡子規・子規句集
田植留守庭の真中に鍬置いて　高浜虚子・六百五十句
一の田の水引き入る二の田かな　佐藤紅緑・春夏秋冬
木の間より湖の風ふく田植哉　石井露月・筑摩文学全集
信濃路や田植盛りを雲さわぎ　臼田亜浪・定本亜浪句集
渓流の音に雨添ふ田植かな　渡辺水巴・水巴句集
父を悼む
頬冠が淋しかりし人田植にも　島田青峰・角川文学全集
田を植ゑて沼は沼としなりにけり　水原秋桜子・葛飾

露座仏の御膝田植の泥かわく　山口青邨・露団々
田を植ゑるしづかな音へ出でにけり　中村草田男・長子
籬根をくゞりそめたり田植水　芝不器男・芝不器男句集

たうえどき【田植時】

稲苗を苗代より本田に移し植えるのに適当な頃。地域により、また寒暖の状態によって田植の時期は異なるが、一般に六月上旬から中旬が多い。農家の最も多忙な時期である。この田植時には、陰雨が降り続き、寒冷な気候になることがある。「田植布子に麦蒔はだか」という諺があり、秋の麦蒔の頃は小春日で上半身裸でも寒くはないが、梅雨寒の田植時は、夏にもかかわらず布子を着るという逆転した気候を表現している。➡梅雨寒（つゆざむ）［夏］

§

生て居て何せん浦の田植時　支考・類題発句集

たき【滝・瀧】

山などの高い岸壁より落ちる水。俳句では、その清涼さをもって夏の季語とする。［同義］瀑（たき）、瀑布（ばくふ）。➡滝の糸（たきのいと）［四季］、滝壺（たきつぼ）［夏］、滝しぶき（たきしぶき）［夏］、滝の音（たきのおと）［夏］、垂水（たるみ）［四季］

§

古《いにしへ》ゆ人の言ひける老人《おいひと》の変若《を》つとふ水そ名に負《お》ふ瀧《たぎ》の瀬　大伴東人・万葉集六
馬並《な》めてみ吉野川を見まく欲《ほ》りうち越え来てそ瀧に遊びつる　作者不詳・万葉集七

信濃小野の滝［北斎漫画］

みなかみとむべもいひけり雲ゐよりおちくるごとも見《み》ゆる滝《たき》かな　伊勢集（伊勢の私家集）
水上《みなかみ》の空《そら》にみゆるは白雲のたつにまがへる布引《ぬのびき》の滝　藤原師通・新古今和歌集一七（雑中）
涼《すゞ》しさはいづれともなし松風の声《こゑ》のうちなる山の滝つ瀬《せ》　二条良基・後普光園院殿御百首
山たかみ雲よりおつる滝《たき》つ瀬《せ》のあたりの雨ははるゝ日《ひ》もなし　頓阿・頓阿法師詠
あめなるやおとたなばたのおるはたの手玉《ただま》みだるゝ山の瀧つ瀬　賀茂真淵・賀茂翁家集
さくらばなちりしなごりのみゆづりにはてなく落る瀧をみる哉　大隈言道・草径集

仏ます岩屋の奥の瀧の水源もなし行末もなし
天田愚庵・愚庵和歌

つがの木のしみたつ岩をいめぐりて二尾におつる瀧つ白波
伊藤左千夫・伊藤左千夫全短歌

きり削《そ》ぎの一枚岩を落としくる滝のひゞきはみな烟なり
太田水穂・冬菜

人間の世に重なれる国ありて落ち来る如し大きなる滝
与謝野晶子・冬柏亭集

滝をせぎる岩のこなたの断面《だんめん》は寂然《じゃくねん》として耳なき如《ごと》し
新井洸・微明

雲のゆきすみやかなれば驚きて雲を見てゐつ瀧のうへの雲を
若山牧水・くろ土

みちのべの崖の細滝《ほそたき》おちきたる力《ちから》に打たす我が掌《てのひら》を
木下利玄・一路

あまそそる巌《いつ》の黒岩のいただきゆほそく光りて滝落ちにけり
古泉千樫・青牛集

泡《あわ》だてる水のところに下《お》りゆきて仰ぐ滝《たぎ》つ瀬《せ》かくすものもなし
土屋文明・ゆづる葉の下

暑雲の外瀑に奪る、人の色　嵐雪・玄峰集

照《てり》つけてまた、きもなし滝《たき》の夢　百里・其浜ゆふ

ことによし裏見てくゞる夏の瀧　闌更・闌更全集

ころも夏瀧へ飛込む心かな　桃隣・古太白堂句選

山鳥の尾上に瀧の女夫かな　几董・井華集

滝殿に人あるさまや灯一つ　内藤鳴雪・春夏秋冬

どう〱と滝の鳴りこむ闇夜かな　村上鬼城・定本鬼城句集

水烟る瀑の底より嵐かな　夏目漱石・漱石全集

神にませばまこと美はし那智の滝　高浜虚子・五百句

顛落《てんらく》す水のかたまり滝の中　高浜虚子・六百五十句

山ホテル滝に向つて応接間　高浜虚子・六百五十句

天ゆ落つ華厳日輪かざしけり　臼田亜浪・定本亜浪句集

滝殿や運び来る灯に風見えて　田中王城・雑詠選集

那智山
滝落ちて群青世界とゞろけり　水原秋桜子・帰心

かの瀑布みどりの草の山に落つ　山口青邨・雪国

金輪際此合掌を滝打てり　川端茅舎・雑詠選集

たきしぶき【滝しぶき】

落ちる滝があげる飛沫。⇩滝（たき）［夏］

§

亀《かめ》のお（を）の山の岩根《いはね》を尋《と》めて落《お》つる滝の白玉千世の数《かず》かも
紀惟岳・古今和歌集七（賀）

こき散《ち》らす滝《たき》の白玉ひろひを（お）きて世のうき時の涙にぞかる
在原行平・古今和歌集一七（雑上）

たきつぼ【滝壺】

滝が落ちる淵のこと。⇩滝（たき）［夏］

§

瀧壺にわが投げ入れし歌の反古浮きて沈みて又浮かずなりぬ
落合直文・明星

色深み青ぎる瀧つぼつくづくと立ちて吾が見る波のゆらぎを
伊藤左千夫・伊藤左千夫全短歌

滝壺の岩に裂かる、水けむり杉の青葉に這ひあがりたり
太田水穂・冬菜

たきのおと【滝の音】
⬇滝（たき）［夏］
§

那智山瀑布［西国三十三所名所図会］

吉野河水の心ははやくとも滝のを《(お)》とには立《た》てじとぞ思《(おもふ)》
よみ人しらず・古今和歌集一三（恋三）
清水《きよみづ》の騒《さわ》ぐに影《かげ》は見《み》えねどもむかしに似たる滝《たき》の音《をと》かな
四条宮下野集（四条宮下野の私家集）
さみたれに山田のぐろを水こえて落あひの滝のおとまさるなり
上田秋成・手ならひ
壁《かべ》たてるいはほとほりて天地《あめつち》にとどろきわたる滝《たき》の音《おと》かな
加納諸平・柿園詠草

たくしう【濯枝雨】
中国で、旧暦の六月に降る大雨をいう。漢書に「六月有大雨、名濯枝雨」とある。

たけのこづゆ【筍梅雨】
初夏、筍が生えるころに微雨を伴った東南の強い風が吹いて来る気象をいう。「筍流し（たけのこながし）」ともいう。⬇ながし［夏］、梅雨（つゆ）［夏］、菜種梅雨（なたねづゆ）［春］

だし
夏の季節風が山脈を越えて日本海側に吹き下ろしてくるフェーン現象を伴った風。山脈を越えるまでは雨を降らしながら気温を下げ、吹き下ろすときには乾燥した風となり気温を上げていく。こうして、本州の日本海側の地域に湿度が低い高温の風をもたらすことになる。この現象が続くことを「七日だし」とよぶ。作物が枯れたり、大火事や虫害が起きることもある。この風が山頂を越えるときにできる乱雲を「だし雲」という。⬇熱風（ねっぷう）［夏］

たみずわく【田水湧く】
夏の強い陽射しで、田の水が湯のように熱くなることをいう。雑草をとるために夏の稲田に足を踏み入れる、農家の人ならではの実感である。⬇日焼田（ひやけだ）［夏］、熱風（ねっぷう）［夏］、水温む（みずぬるむ）［春］

たんご【端午・端五】
五節句の一つで、旧暦五月五日の節句をいう。古来、三月三日を女子の節句とし、五月五日を男子の節句とした。この日には「菖蒲葺く（しょうぶふく・あやめふく）」といって、邪気払いに菖蒲や蓬が家の軒に挿し添えられた。そして粽や柏餅を食べ、「菖蒲酒（しょうぶざけ・あやめざけ）」を飲み、菖蒲を浮かべた風呂「菖蒲湯（しょうぶゆ・あやめゆ）」に入り、子供達は「菖蒲たたき（しょうぶたたき）」や「菖蒲刀（しょうぶがたな・あやめがたな）」をつくって戦あそびをした。近世以降には武者人形や甲冑が飾られ、鯉や武者絵などの幟をたてるようになった。現在、端午の節句は、東京では新暦の五月五日、関西などでは六月五日に行われている。［語源］「端」は「初め」の意で、「午・五」は五日の「ご」の音にあてたもの。五を重ねる日として「重五」ともいう。また、菖蒲を節物として祝うため、「菖蒲の節句」「菖蒲の日」ともいう。［同義］端午の節句（たんごのせっく）、重五（じゅうご）、端陽（たんよう）、菖蒲の節句（しょうぶのせっく・あやめのせっく）、菖蒲の節会（しょうぶのせつえ・あやめのせつえ）、菖蒲の日（しょうぶのひ・あやめのひ）。⬇幟（のぼり）［夏］、鯉幟（こいのぼり）［夏］

「ち〜つ」

ちゅうか【仲夏】
三夏（初夏・仲夏・晩夏）の一。旧暦の五月（新暦の六月）で、芒種（新暦六月六日）から小暑の前日（新暦七月六日）までをいう。［同義］仲の夏（なかのなつ）、夏なかば（なつなかば）。⬇皐月（さつき）［夏］、六月（ろくがつ）［夏］、夏（なつ）［夏］

§

山の雨里も降りぬく仲夏かな　　上川井梨葉・梨葉句集

ついりあな【梅雨穴】
「つゆあな」ともいう。霖雨が続く梅雨期に、地盤の弱い湿潤の地におきる陥没の現象をいう。湧き水が生じて穴に水が溜まることがある。［同義］黴雨穴（つゆあな）、梅雨入穴（ついりあな）、隧栗花穴（ついりあな）、梅雨の井（つゆのい）、つい穴（ついあな）。⬇梅雨（つゆ）［夏］、入梅（にゅうばい）［夏］

つきすずし【月涼し】
夏の夜の月。俳句では「月」は秋の季語であるが、「夏の月」また「月涼し」として夏の季語とする。⬇夏の月（なつのつき）［夏］、涼し（すずし）［夏］、月（つき）［秋］

月涼し蚊やりぞ夢のしるしかな　　也有・蘿の落葉

§

つばなながし【茅花流し】

旧暦四～五月の、茅花が穂をだし、白い絮をつける頃に吹く南風。「流し」は南風をいう。⬇夏の風（なつのかぜ）［夏］、ながし［夏］

つゆ【梅雨】

暦上では六月一一日頃の入梅から始まる三〇日間の雨季、またはその間に降る雨をいう。「ばいう」ともいう。実際には、六月上旬から七月中旬まで続く。降ったり止んだりしながら降り続く雨である。日本の南方沖にできる定常的な梅雨前線によってもたらされる本州以南に特有の霖雨であり、北海道ではあまりみられない。梅の実が黄熟する頃に降るため「梅の雨」「梅雨」という。また、この頃は黴が発生しやすいことから「黴雨」とも書く。［同義］入梅（つゆ・ついり）、梅の雨（うめのあめ）、梅霖（ばいりん）、五月雨（さみだれ）、黴雨（つゆ・ばいう）、黄梅雨（つゆ）。⬇入梅（にゅうばい）［夏］、五月雨（さみだれ）［夏］、五月闇（さつきやみ）［夏］、梅雨雷（つゆかみなり）［夏］、梅雨晴（つゆばれ）［夏］、梅雨空（つゆぞら）［夏］、梅雨雲（つゆぐも）［夏］、梅雨明（つゆあけ）［夏］、梅雨出水（つゆでみず）［夏］、送梅雨（おくりづゆ）［夏］、空梅雨（からつゆ）［夏］、筍梅雨（たけのこづゆ）［夏］、梅雨穴（ついりあな）［夏］、梅雨曇（つゆぐもり）［夏］、梅雨寒（つゆざむ）［夏］、夏の雨（なつのあめ）［夏］、走梅雨（はしりづゆ）［夏］

梅雨の今宵の雨に棹さして渡り来まさむ君をしぞ思ふ　佐佐木信綱・思草

§

梅雨《つゆ》ふかき下宿となりぬわが顔を鏡の中に見つつわが居り　島木赤彦・切火

梅雨の日はそらに翳《かげ》あり。相ならび汽車にすわりゐて　曇りをおそる。　石原純・靉日

年老《としお》いて吾来《われき》たりけりふかぶかと八郎潟《はちろうがた》に梅雨《つゆ》の降るころ　斎藤茂吉・白き山

検温器《けんおんき》かけてさみしく涙ぐむ薄き肌あり梅雨《つゆ》尽きずふる　北原白秋・桐の花

梅雨時《つゆどき》の執念《しふね》き湿《しめ》りしづみ居る厨の隅の生姜《しやうが》のにほひ　木下利玄・銀

梅雨《つゆ》の日は部屋のくらきぞ寂しけれ書きたる文《ふみ》を巻きてわが居り　中村憲吉・しがらみ

花もつはなべてかなしと梅雨あがる雑草《あらくさ》むらをゆふべもとほる　木俣修・去年今年

天龍の黴雨や白髪の渡し守　許六・五老井発句集

夕立のかしら入たる梅雨かな　丈草・丈草発句集

うくひすの声を帆にせよ梅の雨　野坡・田植諷

筍の合羽著て出る入梅かな　文考・西華

焚火してもてなされたる入梅哉　白雄・白雄句集

梅雨眠し安らかな死を思ひつゝ　高浜虚子・六百五十句

梅雨やむも降るも面白《おもしろ》けふの事　高浜虚子・七百五十句

梅雨の戸に来し物売りと語りけり　嶋田青峰・角川文学全集
梅雨の亀溝を伝うて来りけり　皿井旭川・雑詠選集
うち越してながむる川の梅雨かな　飯田蛇笏・山廬集
梅雨ながら青渦つゞる湯檜曾川　水原秋桜子・晩華
梅雨めきて夕映ながし松江城　水原秋桜子・晩華
梅雨の庭ともしび二つともりけり　山口青邨・雪国
梅雨さやぐ灯の床吾子と転げ遊ぶ　中村草田男・火の島
洋傘に顎のせて梅雨行くところなし　加藤楸邨・颱風眼
測量図見むと面よせぬ梅雨暗し　加藤楸邨・寒雷
筏師一人梅雨の筏をふみくぼめ　石田波郷・馬酔木
灯るごと梅雨の郭公鳴き出だす　石田波郷・鶴
梅雨の樹々かのもこのもに風は居り　石田波郷・惜命

つゆあけ【梅雨明】

梅雨期が終ること。暦の上では、夏至の後の庚（かのえ）の日を梅雨の明とする。一般に雷を伴う雨が降り、日増しに暑くなって梅雨が明ける。[同義] 梅雨あがり（つゆあがり）、梅雨の後（つゆののち）、出梅（しゅつばい）。⬇梅雨（つゆ）[夏]、送り梅雨（おくりづゆ）[夏]、入梅（にゅうばい）[夏]、梅雨雷（つゆかみなり）[夏]

§

梅雨あけて真日照りひろき柔葉《やはらば》はみなぐつたりとわがごとくあり　前川佐美雄・天平雲

つゆかみなり【梅雨雷】

梅雨期の終わりに鳴る雷。この雷鳴をもって梅雨明のしるしとされる。[同義] 梅雨の雷（つゆのらい）。⬇梅雨（つゆ）[夏]、梅雨明（つゆあけ）[夏]、雷（かみなり）[夏]

§

入梅の明遠かみなりを暦哉　白雄・白雄句集
梅雨の雷何か忘れゐし胸さわぐ　加藤楸邨・寒雷
梅雨の雷黴くさき廊うちひびき　加藤楸邨・寒雷

つゆぐも【梅雨雲】

梅雨空にかかる雲。⬇梅雨（つゆ）[夏]、梅雨空（つゆぞら）[夏]、五月雲（さつきぐも）[夏]

§

希《ねが》ひなきわが明暮《あけくれ》やおほひたる梅雨雲《つゆぐも》夜半《よは》にあかるく　佐藤佐太郎・歩道
めづらしや梅雨の中の峰の雲　晩山・古今句鑑
青し国原梅雨雲のひらかむとして　臼田亜浪・定本亜浪句集

つゆぐもり【梅雨曇】

梅雨期の曇りがちな天候をいう。[同義] 入梅曇（つゆぐもり）、五月曇（さつきぐもり）、ついり曇（ついりくもり）。⬇梅雨（つゆ）[夏]

§

梅雨《つゆ》ぐもりふかく続けり山かひに昨日《きのふ》も今日もひとつ河音《かはおと》　中村憲吉・しがらみ

つゆざむ【梅雨寒】

梅雨期の連日降り続く陰雨で気温が下がり、寒冷になること。ちょうどこの頃は田植の時期であり、農家では「田植布子に麦蒔はだか」といい、秋の麦蒔の頃は小春日で、上半身裸でも寒くはないが、梅雨寒の田植時は、夏にもかかわらず布子を着るという逆転した気候を表現している。[同義] 梅雨寒し（つゆさむし）、梅雨冷（つゆびえ）。⬇梅雨（つゆ）[夏]、田植時（たうえどき）[夏]、苗代寒（なわしろざむ）[夏]

§

梅雨寒《つゆざむ》の亡骸《なきがら》の部屋ガラス戸に音なく映り桃の葉騒ぐ　宮柊二・忘瓦亭の歌

今日もまた白き蝶来て梅雨寒し　武田鶯塘・改造文学全集

つゆすずし【露涼し】

夏の季節の露。夏の朝、草葉に置いた露の涼しさを表現している。俳句では「露」は秋の季語なので、「露涼し」として夏の季語とする。⬇夏の露（なつのつゆ）[夏]、露（つゆ）[秋]

§

露涼し行燈ひかる膳の上　士芳・簑虫庵集

露涼し形あるもの皆生ける　村上鬼城・鬼城句集

つゆぞら【梅雨空】

梅雨期の曇り空。[同義] 五月空（さつきぞら）、皐月空（さつきぞら）。⬇梅雨（つゆ）[夏]、梅雨雲（つゆぐも）[夏]、梅天（ばいてん）[夏]

つゆでみず【梅雨出水】

梅雨期の降り続く霖雨で川の水量が増加し、河川が氾濫して出水となること。[同義] 夏出水（なつでみず）。⬇梅雨（つゆ）[夏]、出水（でみず）[秋]

つゆのつき【梅雨の月】

梅雨の季節のひとときの晴れ間に見える月の風情。⬇夏の月（なつのつき）[夏]、夏の星（なつのほし）[夏]、梅雨晴（つゆばれ）[夏]、月（つき）[秋]

§

わが庭に椎の闇あり梅雨の月　山口青邨・雑草園

つゆのやま【梅雨の山】

梅雨期の霖雨に濡れそぼり、霞む山々をいう。⬇夏の山（なつのやま）[夏]

つゆばれ【梅雨晴】

梅雨の間の晴れ間。または、梅雨が終わり、爽やかに晴れ上がった天気。[同義] 入梅晴（つゆばれ）、五月晴、ついり晴（ついりばれ）、梅雨晴間（つゆはれま）。⬇五月晴（さつきばれ）[夏]、梅雨（つゆ）[夏]

§

梅雨晴や大竹藪のしげみからひとつ真白な蝶が出てきた　青山霞村・池塘集

梅雨晴《つゆばれ》の日はわか枝《え》こえきらきらとおん髪にこそ青う照りたれ　与謝野晶子・舞姫

梅雨《つゆ》晴《ば》れの一日《ひとひ》照りたる日のくれを青物車ひきかへる人よ　三ケ島葭子・三ケ島葭子歌集

梅雨ばれのあかとき靄の立ちうごく峠の駅に顔あらふかも　古泉千樫・青牛集

天雲はいまだも深し梅雨晴れの光ひととき海を照らせり　土田耕平・青杉

入梅晴やさゝめき立てる峰の松　蓼太・蓼太句集

咲きのぼる梅雨の晴間の葵哉　成美・杉柱

梅雨晴や蜩《ひぐらし》鳴くと書く日記　正岡子規・子規句集
梅雨晴《つゆばれ》の夕茜《ゆうあかね》してすぐ消えし　高浜虚子・六百五十句
梅雨晴の戸を干す琵琶に蝶々哉　西村雪人・国民俳句
梅雨晴や濁浪にある橋の影　西山泊雲・同人句集
山から山がのぞいて梅雨晴れ　種田山頭火・草木塔
梅雨晴や小村ありける峠口　水原秋桜子・葛飾

「と」

とおいかづち【遠雷】

遠くに鳴り光る雷。「えんらい」ともいう。➡雷（かみなり）［夏］、いかづち［夏］、遠雷（えんらい）［夏］

§

虻《あぶ》は飛《と》ぶ、遠《とほ》いかづちの音《おと》ひびく真昼《まひる》の窓《まど》の凌霄花《のうぜんかづら》　佐佐木信綱・新月
ひるすぎのおもき空気にふるひ来《く》る遠雷《とほいかづち》は川のみなかみ　斎藤茂吉・遍歴
空間を遠雷のころびをる　高浜虚子・句日記

とざん【登山】

山に登ること。山上の社寺に参詣に行くこと。往時、登山とは信仰の対象である霊山への参詣であった。これらの登山では、白脚半や白衣の登山衣を着て、登山笠をかぶり、金剛杖を持ち、六根清浄を唱えながら山頂の社寺をめざした。現在も続けられている参詣登山の風俗である。一方今日では、学術研究や探検、スポーツ、娯楽などさまざまな登山が行われている。俳句で夏の季語となる「登山」とは、夏の山開きを待って行う登山を指す。［同義］山登り（やまのぼり）。➡夏の山（なつのやま）［夏］、御来迎（ごらいごう）［夏］、雲海（うんかい）［夏］、雪渓（せっけい）［夏］、山（やま）［四季］

どよう【土用】

暦の節の名称で、土用は一年に四期あり、一期は一八日間。春は清明後一三日より立夏まで、夏は小暑後一三日より立秋まで、秋は寒露後一三日より立冬まで、冬は小寒後一三日より立春までをいう。俳句では夏の土用をさし、立秋の前の一八日間をいう。その第一日を「土用入」「土用太郎」といい、二日めを「土用二郎」という。三日めは「土用三郎」といい、往時より、農家ではこの日の気候によって、作物の豊凶を占う厄日とした。一八日めを「土用明」という。➡土用入（どよういり）［夏］、土用明（どようあけ）［夏］、土用あい（どようあい）［夏］、土用東風（どようこち）［夏］、土用凪（どようなぎ）［夏］、土用波（どようなみ）［夏］、寒土用（かんどよう）［冬］

§

わが庭《には》の柿《かき》の葉《は》硬《かた》くなりにけり土用《どよう》の風《かぜ》の吹《ふ》く音《おと》きけば　島木赤彦・氷魚

おぼつかな土用の入の人心　杉風・韻塞
寒さらし土用の中をさかり哉　許六・五老井発句集
ほしハせで筐の袖や土用ぬれ　鬼貫・庵桜
土用にも住よしならばまつの風　野坡・筑紫貝
白菊のつんと立たる土用哉　一茶・九番日記
二ツなき笠盗れし土用哉　一茶・新集
で、虫の草に籠りて土用かな　村上鬼城・鬼城句集
土用の日浅間ケ嶽に落こんだり　村上鬼城・定本鬼城句集
ほろ〳〵と朝雨こぼす土用かな　正岡子規・寒山落木
土用にして灸を据べく頭痛あり　夏目漱石・漱石全集
土用芽の茶の木に蜘蛛《くも》の太鼓かな　河東碧梧桐・碧梧桐句集
稲妻をさして水ゆく土用かな　渡辺水巴・白日
伽羅蕗をからく〳〵と土用かな　上川井梨葉・梨葉句集
わぎもこのはだのつめたき土用かな　日野草城・青芝
わが背《せな》に艾《よもぎ》の燃ゆる土用かな　日野草城・日暮

どようあい【土用あい】
夏の土用に吹く涼しい北風。山陰・北陸・東北では、海岸線と直角に吹く北風または東北風を「あいの風」という。⬇土用（どよう）[夏]、あいの風（あいのかぜ）[夏]、夏の風（なつのかぜ）[夏]、土用東風（どようごち）[夏]

どようあけ【土用明】
土用とは暦の節の名称で、一年に四期あり、一期は一八日間。俳句では夏の土用をさし、立秋の前の一八日間をいう。その一八日めを「土用明」という。⬇土用（どよう）[夏]、土用入（どよういり）[夏]

どよういり【土用入】
土用とは暦の節の名称で、一年に四期あり、一期は一八日間。俳句では夏の土用をさし、立秋の前の一八日間をいう。その第一日を「土用入」「土用太郎（どようたろう）」という。⬇土用（どよう）[夏]、土用明（どようあけ）[夏]

どようごち【土用東風】
夏の土用に吹く東風をいう。「どようこち」ともいう。⬇土用（どよう）[夏]、夏の風（なつのかぜ）[夏]、東風（こち）[春]、土用あい（どようあい）[夏]、青東風（あおごち）[夏]

§

道々の涼しさ告よ土用東風　来山・五子稿
土用東風天の川より吹やどり　乙二・斧の柄草稿

どようなぎ【土用凪】
夏の土用の頃、風が止まり、暑さがひとしお感じられる日をいう。⬇風死す（かぜしす）[夏]、土用（どよう）[夏]、凪（なぎ）[四季]

どようなみ【土用波・土用浪】
夏の土用の頃に太平洋側の海岸に寄せる荒い高波をいう。風のない天気の良い日に波だけが高くうねり、寄せて来る。南方の台風などの低気圧による高波である。日本海側の海岸には土用波はない。[同義] 土用の波・土用の浪（どようのなみ）。⬇土用（どよう）[夏]、波（なみ）[四季]、荒波（あらなみ）[四季]

§

渡り鳥海に浮くよりあはれなり土用波を制する男童《をわらべ》の頭《づ》は
宇都野研・宇都野研全集
雲のみねうねり上《のぼ》せよ土用波《どようなみ》　百里・其袋
土用波天《そら》うつ舟にわが乗りし　山口青邨・雪国
岩窟《いはむろ》の岩門《いはと》のしきゐ土用波　中村草田男・火の島
土用波暮るる寂しさときに澄み　加藤楸邨・穂高
土用浪の裏は日あたりつつ奔る　加藤楸邨・山脈

とらがあめ【虎が雨】

曾我十郎祐成・五郎時致の兄弟が討たれた陰暦五月二八日に降る雨をいい、祐成と契った大磯の遊女の虎御前の涙雨とされる。虎御前は祐成の冥福を祈るため尼となり、大磯の高麗寺に住んだと伝えられる。また、東北の南部地方では、この日の雨を「曾我の雨（そがのあめ）」とよび、時致が苗代を踏み荒らすと言い伝えられ、それを防ぐために苗じるしを立てる風習がある。［同義］虎が涙（とらがなみだ）、虎が涙雨（とらがなみだあめ）。➡夏の雨（なつのあめ）［夏］

§

しんみりと虎《とら》が雨夜《あまよ》の咄《はなし》かな　路通・秋しぐれ
八兵衛や泣《なか》ざなるまい虎《とら》が雨　其角・五元集拾遺
田植をばはづれてふるや虎《とら》が雨　白雪・誹諧曾我
年ふれば虎もなみだや忘れ草　鬼貫・七車
五月雨にひと日わりなし虎の雨　蓼太・蓼太句集
妹殊に哀がりけり虎が雨　嘯山・律亭句集
夜の音は恨に似たり虎が雨　成美・一陽
とらが雨など軽んじてぬれにけり　一茶・おらが春
かりそめに京にある日や虎が雨　村上鬼城・鬼城句集
寝白粉香にたちにけり虎が雨　日野草城・青芝

「な」

ながし

一般的には夏の土用に吹く南風をいう。「ながせ」ともいう。「ながし南（ながしはえ）」は梅雨期の南風をいう。九州では梅雨、またはその頃に吹く西南風をいう。伊豆御蔵島では梅雨前・梅雨明けに吹く風をいう。➡茅花流し（つばなながし）［夏］、夏の風（なつのかぜ）［夏］、筍梅雨（たけのこづゆ）［夏］

なつ【夏】

一般に立夏（五月六日頃）から、立秋（八月八日頃）の前日までを夏という。気象学上では六～八月をいい、天文学上では春分（三月二一日頃）から夏至（六月二二日頃）までとなる。夏期の九旬（九〇日間）を「九夏」と称する。二十四節気では夏を「初夏」「仲夏」「晩夏」の三つに等分し、「三夏」と称する。初夏は旧暦四月（新暦五月）をいい、仲夏は旧暦五月（新暦六月）、晩夏は旧暦六月（新暦七月）をいう。三夏はさらに六つの節に分かれる。初夏は「立夏」と「小満」に、仲夏は「芒種」と「夏至」、晩夏は「小暑」と「大暑」に区切られる。それぞれ日取・気節は「立夏（五月六日・四月節）」「小満（五月二一日・四月中）」「芒種（六月六日・五月節）」「夏至（六月二一日・五月中）」「小暑（七月八日・六月節）」「大暑（七月二四日・六月中）」となっている。また、夏を司る神の名を「炎帝（えんてい）」「祝融（しゅくゆう）」という。

［同義］昊天（こうてん）、朱明（しゅめい）、朱夏（しゅか）、朱炎（しゅえん）、朱律（しゅりつ）、蒸炒（じょうそう）、三夏（さんか）、九夏（きゅうか）、升明（しょうめい）、長嬴（ちょうえい）、農節（のうせつ）、瓜時（かじ）、炎陽（えんよう）。⬇夏至（げし）［夏］、小暑（しょうしょ）［夏］、小満（しょうまん）［夏］、初夏（しょか）［夏］、盛夏（せいか）［夏］、真夏（まなつ）［夏］、大暑（たいしょ）［夏］、仲夏（ちゅうか）［夏］、晩夏（ばんか）［夏］、芒種（ぼうしゅ）［夏］、立夏（りっか）［夏］

§

大荒木《おほあらき》の森《もり》の下《した》草しげりあひて深くも夏のなりにけるかな　壬生忠岑・拾遺和歌集二（夏）

春すぎて夏《なつ》きにけらししろたへの衣《ころも》ほすてふ天《あま》の香具《かぐ》山　持統天皇・新古今和歌集三（夏）

わが宿《やど》のそともにたてる楢《なら》の葉のしげみにすゞむ夏はきにけり　恵慶・新古今和歌集三（夏）

石垣《いしがき》の歯朶《しだ》の若葉《わかば》に朝日《あさひ》さし坂路《さかぢ》のぼるが心地《こゝち》よき夏《なつ》　佐佐木信綱・新月

ひらひらと闇のかたへに稲妻のおとろへそめし夏を見にけり　太田水穂・冬菜

かはたれのロウデンバッハ芥子の花ほのかに過ぎし夏はなつかし　北原白秋・桐の花

夏よ夏よ鳳仙花ちらし走りゆく人力車夫にしばしかがやけ　北原白秋・桐の花

踏切をよぎれば汽車の遠ひびきレールにきこゆ夏のさみしさ　木下利玄・銀

これやこの常世の島根夏もなし　宗因・三籟

大津にて

世の夏や湖水にうかむ浪の上　芭蕉・前後園

町幅のいんきなりけり京の夏　孤屋・有磯海

肩衣《かたぎぬ》は戻子《もぢ》にてゆるせ老《おい》の夏《なつ》　杉風・あら野

すびつさへすごきに夏《なつ》の炭俵《すみだはら》　其角・あら野

夏来ては葉さまにくさる赤椿《あかつばき》　牧童・卯辰集

夏は猶もゆるか雲の浅間山　闌更・半化坊発句集

川中島

川嶋や夏かれ草に鳥の糞　闌更・半化坊発句集

冷水に煎餅二枚樗良が夏　樗良・樗良句集

旅了る身に夏深む山河かな　飯田蛇笏・椿花集

やゝに夏聡明はかたくなゝまでに　中村草田男・火の島

描きて赤き夏の巴里をかなしめる　石田波郷・鶴の眼

なつあさし【夏浅し】

夏に入ってまだ日の浅い日をいう。⬇初夏（しょか）［夏］、夏深し（なつふかし）［夏］

なつあらし【夏嵐】

⬇夏の風（なつのかぜ）［夏］

§

かしは山夏の嵐をうち見たり　白雄・白雄句集

夏嵐机上の白紙飛び尽す　正岡子規・子規句集

星崎や俄しらみの夏嵐　松瀬青々・妻木

なつかげ【夏陰】

夏の炎暑の中の日陰のこと。［同義］日陰（ひかげ）、片陰、片かげり（かたかげり）。⇩片陰（かたかげ）［夏］

§

夏影《なつかげ》のつまやの下に衣裁《きぬた》つ吾妹《わぎも》　うら設《ま》けて吾《わ》がため裁《た》たば
やや大《おほ》に裁《た》て　作者不詳・万葉集七

暁の夏陰茶屋の遅きかな　昌圭・春の日

夏陰や肩に髭ぬく駕の者　不碩・伊達衣

大木の幹に纏ひて夏の影　高浜虚子・五百五十句

なつがすみ【夏霞】

春の霞より淡い夏の霞。俳句では「霞」は春の季語のため、「夏霞」として夏の季語とする。⇩霞（かすみ）［春］

§

虚国《むなぐに》の尻無川や夏霞　芝不器男・不器男句集

なつかわら【夏河原】

連日の晴天や旱などで川の水量も少なくなり、浅瀬も多く、ときには瀬がわりの見られる夏の広々とした河原をいう。⇩夏の川（なつのかわ）［夏］

§

梵天もなぐさみらしや夏河原　馬光・馬光発句集

なつぐれ【夏ぐれ】

琉球、南西諸島の五月頃にはじまる雨季をいう。⇩夏の雨（なつのあめ）［夏］

なつきたる【夏来る】

⇩立夏（りっか）［夏］

§

立《たち》かふる衣《ころも》ならねどこのねぬるあさの袂《たもと》に夏は来にけり　慶運・慶運百首

夏来《なつき》てはいとゞ深草《ふかくさ》しげりつゝ荒《あ》れぬる里《さと》となりまさるらむ　二条良基・後普光園院殿御百首

宮のうちは男をみなもしろたへの衣ゆゝしき夏は来にけり　上田秋成・餘斎翁四時雑歌巻

天井《てんじやう》に手洗水のてりかへしゆらめく見れば夏は来にけり　三ケ島葭子・三ケ島葭子歌集

さらし干す夏きにけらし不尽の雪　宗因・梅翁宗因発句集

淀舟や夏の今来る山かづら　鬼貫・鬼貫句選

夏来ぬと人に驚く袷かな　蓼太・蓼太句集

夏来ぬと又長鋏を弾ずらく　夏目漱石・漱石全集

渓の樹の膚ながむれば夏来る　飯田蛇笏・雲母

なつごおり【夏氷】

夏の氷果。かきごおり。

§

頬杖のゐくぼ忘れむ夏氷　加藤楸邨・穂高

なつこだち【夏木立】

夏の樹々が生い茂る木立をいう。［同義］欝林（うつりん）、

茂林（もりん）。⬇冬木立（ふゆこだち）［冬］、木下闇（このしたやみ）［夏］

§

木啄《きつつき》もいほはやぶらず夏木立　芭蕉・鳥の道
先《まづ》たのむ椎の木も有《あり》夏木立　芭蕉・猿蓑
蜘《くも》の巣はあつきものなり夏木立《なつこだち》　鬼貫・元禄百人一句

夏木立［以呂波引月耕漫画］

ゆく水や裏屋《うらや》芹咲《せりさく》夏こだち　楚常・卯辰集
山寺に斧の谺や夏木立　也有・蘿の落葉
いづこより礫《つぶて》うちけむ夏木立　蕪村・蕪村句集
長旅の杖あたらしや夏しけみ　舎羅・荒小田
夏木だち黒塚遠く雲渡る　嘯山・律亭句集
夜駄賃の越後肴や夏木立　一茶・句帖
堂守が茶菓子うる也夏木立　一茶・九番日記
与謝の海や藍より出で丶夏木立　内藤鳴雪・鳴雪句集
夏木立故郷《ふるさと》近くなりにけり　正岡子規・子規句集
夏木立幻住庵はなかりけり　正岡子規・春夏秋冬
棟梁の材ばかりなり夏木立　高浜虚子・六百句
雨浸みて巖の如き大夏木　高浜虚子・六百五十句
惨として日をとどめたる大夏木　高浜虚子・六百五十句

なつたつ【夏立つ】

⬇立夏（りっか）［夏］

§

けさかふる蟬《せみ》の羽《は》ごろもきてみればたもとに夏はたつにぞありける　藤原基俊・千載和歌集三（夏）
夏立つや衣桁にかはる風の色　也有・蘿葉集
夏立つや未明にのぼる魚見台　高田蝶衣・青垣山
夏立ちぬいつもそよげる樹の若葉　日野草城・旦暮

なつの【夏野】

　さまざまな夏草が繁茂し、草いきれのする夏の野原をいう。新緑の頃の野原を「卯月野（うづきの）」といい、梅雨の頃の野原を「五月野（さつきの）」という。［同義］夏の野（なつのの）、夏野原（なつのはら）、夏の原（なつのはら）、夏野路（なつのじ）、青野（あおの）。⬇卯月野（うづきの）［夏］、枯野（かれの）［冬］

§

夏野《なつの》行《ゆ》く牡鹿《をじか》の角《つの》の束《つか》の間《ま》も妹《いも》が心《こころ》を忘《わす》れて念《おも》へや
柿本人麻呂・万葉集四

秣《まぐさ》負《お》ふ人を枝折《しをり》の夏野哉　芭蕉・笈日記
もろき人にたとへむ花も夏野哉　芭蕉・陸奥衛
水ふんで草で足ふく夏野かな　来山・いまみや草
青天にもの見の松に夏野かな　許六・五老井発句集
うつくしく牛の痩たる夏野哉　凡兆・柞原
鮒鮓《ふなずし》の便《たより》も遠き夏野哉　蕪村・落日庵句集
討はたす梵論つれ立て夏野かな　蕪村・新花摘
行々てこゝに行々夏野かな　蕪村・蕪村句集
夏野ゆく村商人やひとへもの　召波・春泥発句集
麦かれて夏野おとろふけしき哉　暁台・暁台句集
角あげて牛人を見る夏野かな　青蘿・青蘿発句集
身のむかし恋せし人か夏野ゆく　成美・成美家集
ぐわう〱と夏野くつがへる大雨かな　村上鬼城・定本鬼城句集
かたまりて黄なる花さく夏野哉　正岡子規・子規句集
絶えず人いこふ夏野の石一つ　正岡子規・寒山落木

なつのあかつき【夏の暁】

夏の夜の明けるころ、夜明、朝明をいう。夏は夜が明けるのが早い。［同義］夏の夜明、夏の朝明（なつのあさあけ）、夏暁（かぎょう）。⬇夏の夜明（なつのよあけ）［夏］、夏の朝（なつのあさ）［夏］

§

夏酔や暁ごとの柄杓水　其角・五元集拾遺

なつのあさ【夏の朝】

夏の日のまだ涼しさを感じる朝。⬇夏の暁（なつのあかつき）［夏］、朝焼（あさやけ）［夏］、夏の夜明（なつのよあけ）［夏］

§

夏酔や暁ごとの柄杓水　其角・五元集拾遺
人音のやむ時夏の夜明哉　蓼太・蓼太句集
男子生れて青山青し夏の朝　村上鬼城・鬼城句集

なつのあめ【夏の雨】

夏に降る雨。五月雨や夕立などの特徴的な雨というよりは、夏に降る通常の雨の趣をいう。⬇梅雨（つゆ）［夏］、五月雨（さみだれ）［夏］、虎が雨（とらがあめ）［夏］、夕立（ゆうだち）［夏］、喜雨（きう）［夏］、濯枝雨（たくしう）［夏］、雷雨（らいう）［夏］、青時雨（あおしぐれ）［夏］、卯の花降し（うのはなくたし）［夏］、木の芽ながし（きのめながし）［夏］、送り梅雨（おくりづゆ）［夏］、氷雨（ひさめ）［夏］、筍梅雨（たけのこづゆ）［夏］、夏ぐれ（なつぐれ）［夏］、薬降る（くすりふる）［夏］、雨（あめ）［四季］

§

夜もすがら降りみだれたる夏の雨湖《うみ》のなぎさをおほどかにせり
斎藤茂吉・石泉

今朝の朝髭をそりたるあとかゆし夏の雨さむき街をあゆめる
古泉千樫・青牛集

都さへ山水高し夏の雨　紹巴・大発句帳
心すむ水ある上に夏の雨　闌更・半化坊発句集
温室はメロンを作る夏の雨　山口青邨・冬青空
夏の雨きらりきらりと降りはじむ　日野草城・青芝

なつのいろ【夏の色】

夏らしい気配や景色を表現することば。特に夏らしさを呈し始めた初夏の趣をもいう。[同義] 夏気色（なつげしき）。⇩夏めく（なつめく）[夏]

§

石摺に長崎の絵や夏気色　露川・西国曲
夏気色返すぐ\もなるみ潟　乙州・千鳥掛
杜若水はさながら夏げしき　定雅・椿花

なつのうみ【夏の海】

夏の季節の海、その眺めをいう。[同義] 夏海（なつうみ）、夏潮（なつじお）。⇩夏の湖（なつのうみ）[夏]、海（うみ）[四季]

§

山のはも空も限りや夏の海　紹巴・大発句帳
くまの路や分つゝ入《いれ》ば夏の海　曾良・元禄四稿
東雲や西は月入夏の海　来山・俳諧五子稿
壱岐低く対馬は高し夏の海　高浜虚子・六百句
百尺の裸岩より夏の海　高浜虚子・六百五十句
青きところ白きところや夏の海　高浜虚子・七百五十句
船に打つ五尺の釘や夏の海　渡辺水巴・白日
夏潮を出てべんべんと蜑の腹　飯田蛇笏・雲母
夏の海島かと現れて艦遠く　杉田久女・杉田久女句集

なつのうみ【夏の湖】

夏の季節の湖沼、その眺めをいう。「なつのみずうみ」ともいう。[同義] 夏の池（なつのいけ）。⇩夏の海（なつのうみ）[四季]

§

高根より礫打見む夏の湖　言水・俳諧五子稿
鵜にあらず烏かも飛ぶ夏の湖　山口青邨・夏草

なつのかぜ【夏の風】

夏の風、夏の嵐をいう。太平洋の高気圧の領域から吹いてくる東・南・南東の高温多湿の季節風。海岸地帯では、夏の晴日に昼間は海風、夜間は陸風が吹き、昼から夜の間に夕凪、夜から昼の間に朝凪の無風状態がある。[同義] 夏風（なつかぜ）、夏の嵐（なつのあらし）、夏嵐。⇩あいの風（あいのかぜ）[夏]、青嵐（あおあらし）[夏]、薫風（くんぷう）[夏]、東南風（いなさ）[夏]、風薫る（かぜかおる）[夏]、南風（みなみ）[夏]、風（かぜ）[四季]、風死す（かぜしす）[夏]、くだり[夏]、黒南風（くろはえ）[夏]、白南風（しらはえ）[夏]、黄雀風（こうじゃくふう）[夏]、御祭風（ごさい）[夏]、涼風（りょうふう）[夏]、節の西風（せつのにしかぜ）[夏]、だし[夏]、茅花流し（つばなながし）[夏]、土用あい（どようあい）[夏]、土用東風（どようごち）[夏]、ながし[夏]、夏嵐（なつあらし）[夏]、はえ[夏]、ひかた[夏]、まじ

[夏]、やませ [夏]、夕立風（ゆうだちかぜ）[夏]、熱風（ねっぷう）[夏]、温風（おんぷう）[夏]、麦の秋風（むぎのあきかぜ）[夏]、麦の風（むぎのかぜ）[夏]

§

夏のかぜ山よりきたり三百の牧《まき》のわか馬耳吹かれけり
与謝野晶子・舞姫

夏の風沙《すな》もてきたり我れを打つありのすさびに君を恨めば
与謝野晶子・火の鳥

草の径《みち》のしげり夏ぐさふく風にこころ清清《すがすが》し朝露をふむ
橋田東声・地懐

夏風や粉糠だらけな馬のかほ　来山・続いま宮草

なつのかわ【夏の川・夏の河】

夏の季節の川。梅雨期は雨量も多く川の水量も多いが、夏の川は一般に水量も少なく、河原が広々としている。[同義] 夏川・夏河（なつかわ）。⬇夏河原（なつかわら）[夏]

§

人ひとり山より下りて夏川をわたりて見えずなりてひさしき
石井直三郎・青樹

夏川《なつかは》の音《おと》に宿《やど》かる木曾路《きそぢ》哉《かな》　重五・春の日

夏川やつたいありきつ里の背戸《せど》　北枝・柞原

夏河《なつかは》を越すうれしさよ手に草履《ざうり》　蕪村・蕪村句集

馬に乗つて河童遊ぶや夏の川　村上鬼城・鬼城句集

夏川や水の中なる立咄《たちばな》し　正岡子規・子規句集

夏川や随身《ずいじん》さきへ牛車　正岡子規・子規句集

夏川や人愚にして亀を得たり　河東碧梧桐・新俳句

夏川の水美しく物捨つる　高浜虚子・六百五十句

なつのきり【夏の霧】

俳句では「霧」は秋の季語のため、「夏」をつけて夏の季語とする。[同義] 夏霧（なつぎり）。⬇霧（きり）[秋]、海霧（じり）[夏]、山霧（やまぎり）[夏]、霧の海（きりのうみ）[秋]

§

夏霧にぬれてつめたし白き花　乙二・斧の柄草稿

なつのくも【夏の雲】

夏の空に現れる「積雲」や「積乱雲」などの雲をいう。積雲はその形から「綿帽子雲（わたぼうしぐも）」ともよばれる。積乱雲は白雲が峰のように盛り上がり、また大きな入道のようであるところから「雲の峰」「入道雲（にゅうどうぐも）」ともよばれる。俳句では、「雲の峰」や「五月雲」など特徴のある雲はそれぞれ夏の独立した季語となる。[同義] 夏雲（なつぐも）。⬇雲の峰（くものみね）[夏]、五月雲（さつきぐも）[夏]、夏の空（なつのそら）[夏]、雲（くも）[四季]、夕立雲（ゆうだちぐも）[夏]、雷雲（らいうん）[夏]

§

ここすぎてゆふだち走る川むかひ柳千株《せんしゅ》に夏雲のぼる
与謝野晶子・恋ごろも

むくむくと湧く夏雲もいさぎよき大多良獄の山びらきかも
吉井勇・天彦

故郷も職場も違ふ人ら住む多摩ニュータウン夏の雲輝《て》る
宮柊二・忘瓦亭の歌

帷子《かたびら》に似《に》せて染《そむ》るや夏の雲　許六・正風彦根体
夏の雲徐々に動くや大《おお》玻璃《はり》戸《ど》　高浜虚子・六百五十句
連峰の高嶺々々に夏の雲　高浜虚子・六百五十句
夏雲群る、この峡中に死ぬるかな　飯田蛇笏・雲母
誰も来て仰ぐポプラぞ夏の雲　水原秋桜子・晩華
夏雲の湧きてさだまる心あり　中村汀女・都鳥
夏の雲実験室は水止めず　中村汀女・第二同人集
夏雲観るすべての家を背になして　中村草田男・万緑
坂の上《へ》ゆ夏雲もなき一つ松　中村草田男・火の島

なつのしも【夏の霜】
夏の夜の月光に照らされ、白々と霜を置いたようにみえる様を形容したことば。➡霜（しも）［冬］

§

足跡のなきを首途に夏の霜　鬼貫・七車
降るにあらず消ゆるにあらず夏の霜　闌更・半化坊発句集
寐覚して団扇すてたり夏の霜　松瀬青々・宝船

なつのそら【夏の空】
夏の大空をいう。［同義］夏空（なつぞら）、夏の天（なつのてん）➡夏の雲（なつのくも）［夏］、炎天（えんてん）［夏］

§

住待まで払ひ果けり夏の空　嵐雪・玄峰集
山一つ山二つ三つ夏空　中塚一碧楼・一碧楼一千句

なつのつき【夏の月】
夏の夜の月。俳句では「月」は秋の季語であるが、「夏の月」または「月涼し」として夏の季語とする。➡月涼し（つきすずし）［夏］、月（つき）［秋］、朧月（おぼろづき）［春］

§

光《ひかり》をばさしかはしてや鏡山峰《かがみやまみね》より夏《なつ》の月《つき》はいづらむ　散木奇歌集（源俊頼の私家集）
夏の夜の月をすずしみひとり居る裸に露の置く思ひあり　正岡子規・子規歌集
夏の夜の紫玉《しぎょく》の中にやすらへり白鷺《しらさぎ》のごと美くしき月　与謝野晶子・瑠璃光
ソファのふちに頸をおけば、東の窓、——四角な空に、夏の月いづ。　土岐善麿・不平なく
夏の月ごゆより出《いで》て赤坂や　芭蕉・向之岡
蛸壺《たこつぼ》やはかなき夢を夏の月　芭蕉・猿蓑
月はあれど留主《るす》のやう也須广の夏　芭蕉・笈の小文
月見ても物たらはずや須广の夏　芭蕉・笈の小文
手をうてば木魂《こだま》に明《あく》る夏の月　芭蕉・嵯峨日記
清瀧や浪に塵なき夏の月　芭蕉・其便
夏の月白波《しらなみ》さけぶ由井《ゆゐ》が浜《はま》　千那・宰陀稿本
一つ家鼾《いびき》冷《すさま》じ夏の月　万子・孤松
猪《ゐのしし》ののたうつ音や夏の月　舎羅・初蝉
浮雲《うきぐも》にまぎれても行《ゆく》夏の月　乙州・卯辰集
姨捨《をばすて》の筋《すぢ》とや爰《ここ》も夏の月　蘆本・三河小町
廿日《はつか》とてやさしや遅《おそ》き夏の月　楚常・卯辰集
市中《まちなか》は物のにほひや夏の月　凡兆・猿蓑

遠浅《とほあさ》に兵舟《つはものぶね》や夏の月　蕪村・落日庵句集
夜水《よみづ》とる里人《りじん》の声や夏の月　蕪村・蕪村句集
石陣《せきぢん》の辺《ほと》り過《すぐ》るや夏の月　蕪村・落日庵句集
長々と蜘蛛さがりけり夏の月　村上鬼城・鬼城句集
妻去りし隣淋しや夏の月　正岡子規・子規句集
夏の月眉を照して道遠し　夏目漱石・漱石全集
今頃を代馬《しろうま》戻る夏の月　河東碧梧桐・碧梧桐句集
夏のつきか丶りて色もねずが関　高浜虚子・五百五十句
夏の月町のはづれに宿取りぬ　佐藤肋骨・新俳句
砂丘吹く風の砂立たず夏の月　大須賀乙字・炬火
夏の月蚕は繭にかくれけり　渡辺水巴・水巴句集

なつのつゆ【夏の露】

夏の朝の草葉に置く涼しげな露をいう。俳句では「露」は秋の季語のため、「夏の露」として、また「露涼し」として夏の季語とする。⬇露涼し（つゆすずし）［夏］、露（つゆ）［秋］

§

東雲や西は月夜に夏の露　来山・続いま宮草
石も木も自然とふるし夏の露《つゆ》　舎羅・荒小田
宮城野や色なき風に夏の露　暁台・しをり萩
人かげにうりばえさとく夏の露　飯田蛇笏・雲母

なつのにわ【夏の庭】

夏の季節の涼しげな庭園。［同義］夏の園（なつのその）。

§

たえやらぬ水なるかなや夏の庭　紹巴・大発句帳
岩木にも心やつくる夏の庭　宗因・三籟

なつのはて【夏の果】

夏の終りをいう。［同義］夏の限り（なつのかぎり）、夏の別れ（なつのわかれ）、夏の名残（なつのなごり）、夏過ぐ（なつすぐ）、夏ぞ隔つる（なつぞへだつる）、夏尽る（なつつきる）、夏果つ（なつはつ）、夏を追う（なつをおう）、夏惜む（なつおしむ）、夏に後る（なつにおくる）、夏行く（なつゆく）、行く夏、暮の夏。⬇水無月尽（みなづきじん）［夏］、行く夏（ゆくなつ）［夏］、秋近し（あきちかし）［夏］、暮の夏（くれのなつ）［夏］、来ぬ秋（こぬあき）［夏］、夏の別れ（なつのわかれ）［夏］

§

夏《なつ》はつる扇《あふぎ》と秋のしら露《つゆ》といづれかまづはを《（お）》かんとすらん　壬生忠峯・新古今和歌集三（夏）

なつのひ【夏の日】

夏の一日。または夏の太陽、夏の日差しをいう。［同義］夏日（なつび・かじつ）、日の夏（ひのなつ）。⬇夏日影（なつひかげ）［夏］、日盛（ひざかり）［夏］

§

あふと見し夢にならひて夏の日の暮《く》れがたきをも嘆《（なげき）》つる哉《（かな）》　藤原安国・後撰和歌集四（夏）
うちなびく草葉《くさば》涼《すず》しく夏《なつ》の日《ひ》のかげろふままの風立《かぜた》ちぬなり　兼好法師集（吉田兼好の私家集）
そらをこそむかひかねしか水よりもおもはゆきまでてらす夏日　大隈言道・草径集

真《ま》夏《なつ》日《ひ》のひかり澄《す》み果《は》てし浅茅原《あさぢはら》にそよぎの音《おと》のきこえけるかも　斎藤茂吉・あらたま
ふる国《ぐに》の磯《いそ》のいで湯にたづさはり夏の日の海《うみ》に落ちゆくを見つ　斎藤茂吉・白桃
夏の日の激しき麦の香を思ふ皮膚のすべては耳なりしかな　北原白秋・桐の花
大勝《だいかつ》の女《をんな》あるじがふとりたるからだのごとく暑き夏の日　吉井勇・祇園歌集
穴の辺《へ》に追ひこむ命《いのち》はかなしかもすでに旺《さかん》なる夏の日照れば　前川佐美雄・天平雲
魚干て病家にゆるす夏日和　杉風・杉風句集
夏《なつ》の日《ひ》や見《み》る間《ま》に泥《どろ》の照付《てりつけ》て　荷兮・あら野
夏の日や咄《はなし》に念のいらでよし　路通・西の雲
夏の日に懶き飴のもやし哉　嵐雪・其袋
夏の日を事とも瀬田の水の色　鬼貫・鬼貫句選
ユーカリを仰げば夏の日幽《かす》か　高浜虚子・五百五十句
夏朝日来ぬ間も水を打ちにけり　上川井梨葉・梨葉句集
夏の日や薄苔つける木木の枝　芥川龍之介・澄江堂句集
海豹の礁や夏日に渦ながれ　水原秋桜子・晩華
独臥して夏日寂寞たり放屁　日野草城・旦暮
噴煙の古綿為すに夏日透く　中村草田男・火の島

なつのほし【夏の星】

夏の夜空の星々。俳句では、その輝きの涼しげなさまを「星涼し」として表現することもある。➡星（ほし）［四季］、七夕（たなばた）［秋］、旱星（ひでりぼし）［夏］

§

夏の星の顔なつかしも暮かゝる　鬼貫・鬼貫句選
灯を消せば涼しき星や窓に入る　夏目漱石・漱石全集

なつのみず【夏の水】

夏期の水。［同義］夏水（なつみず）。➡泉（いずみ）［夏］、清水（しみず）［夏］、滴り（したたり）［夏］、噴水（ふんすい）［夏］、噴井（ふけい）［夏］

§

百年を夏一ツはいの水の味　諷竹・旅袋
御裳濯の月より清し夏の水　宗春・三籟

なつのやま【夏の山】

新緑青葉の滴る三夏の季節の山々の姿をいう。［同義］夏山、夏嶺（なつね）。➡夏山（なつやま）［夏］、五月山（さつきやま）［夏］、梅雨の山（つゆのやま）［夏］、登山（とざん）［夏］、青葉山（あおばやま）［夏］

§

くつさめの跡《あと》しづか也《なり》なつの山　野水・猿蓑
山門の雲の出行《でゆき》や夏の山　露川・砂川
大木を見てもどりけり夏の山　闌更・張瓢
石段に根笹はえけり夏の山　村上鬼城・鬼城句集
夏官遊に一泊の寺や夏の山　楠目橙黄子・同人句集

なつのゆうべ【夏の夕】

夏の日の夕暮。［同義］夏の暮（なつのくれ）、夏の夕（なつのゆう）。➡夏の宵（なつのよい）［夏］、夏の夜（なつの

よ）［夏］

§

白やかにはなればなれに降る雨は男のごとし夏の夕に
与謝野晶子・朱葉集

雲白き夏のゆふべのあかるさに我のみ見たる君がゐまひか
新井洸・微明

汗あゆる夏の夕べはすがすがし葦の葉巻きて吹くべかりけり
北原白秋・桐の花

夏の夕吹倒さるゝ風もがな
闌更・半化坊発句集

夏夕蝮を売つて通りけり
村上鬼城・鬼城句集

雨後の傘四五人行くや夏夕
松瀬青々・妻木

なつのよ【夏の夜】

夏の日の夜。夏の夜は短く、昼間の暑さも冷めやらず遅くまで涼を求める人がいる。古歌の時代より明けやすい夜として多く詠まれている。［同義］夜半の夏（よわのなつ）。⬇夏の夕（なつのゆうべ）［夏］、夏の宵（なつのよい）［夏］、短夜（みじかよ）［夏］、明易し（あけやすし）［夏］

§

夏の夜は道たづたづし船に乗り川の瀬ごとに棹さし上《のぼ》れ
田辺福麿・万葉集一八

暮《く》るゝかと見ればあけぬる夏の夜をあかずとやなく山郭公
壬生忠岑・古今和歌集三（夏）

夏の夜はあふ名のみして敷妙《(しきたへ)》の塵《ちり》はらふ間《ま》に明《あ》けぞしにける
藤原高経・後撰和歌集四（夏）

夏の夜はゆめぢぞたえてなかりける山ほとゝぎす待《ま》つと寝《ね》ぬまに
能因集（能因の私家集）

夏《なつ》の夜《よ》はさてもや寝《ね》ぬとほとゝぎすふた声《こゑ》聞《き》ける人に問《と》はばや
藤原兼房・後拾遺和歌集三（夏）

窓《まど》ちかきいさゝむら竹《たけ》風ふけば秋におどろく夏の夜《よ》の夢
藤原公継・新古今和歌集三（夏）

夏の夜やゆくかた近《ちか》き武蔵野《むさしの》の草のは山にかゝる月かげ
心敬・寛正百首

月よいかに慕《した》ふもはかな夏の夜を思へばそれも稲妻の影
冷泉政為・内裏着到百首

吹かせ《(ぜ)》の有もそ《(ぞ)》すると夏のよは　ふけても窓のさゝれさ《(ざ)》りけり
樋口一葉・詠草

東京は地獄の火など思はるる明るき夏の夜となりしかな
与謝野晶子・朱葉集

夏の夜は明れどあかぬまぶた哉
守武・誹諧初学抄

夏の夜や木魂《こだま》に明《あく》る下駄の音
芭蕉・嵯峨日記

夏の夜や崩《くずれ》て明《あけ》しひやし物
芭蕉・笈日記

夏の夜は山鳥の首に明にけり
言水・俳諧五子稿

なつの夜は足から睡《ねぶ》り仕廻《しまひ》けり
朱拙・続山彦

夏の夜も酒気《さかけ》の果《はて》を寐覚哉《ねざめかな》
来山・蓮実

夏のよの曙《あけぼの》みせる香半《かうなかば》
土芳・蓑虫庵集

夏のよの闇《やみ》も納《をさま》るほしの数
野坡・艸之道

夏の夜を物喰ひ過ぎて寝苦しき
内藤鳴雪・鳴雪句集

夏の夜や灯影忍べる厠裏
日野草城・花氷

夏夜飛びだし藪の総穂《ふさほ》に腹すりつゝ、
中村草田男・銀河依然

なつのよあけ【夏の夜明】

夏の夜のあけるころ、夜明、朝明をいう。［同義］夏の暁、夏の朝明（なつのあさあけ）、夏暁（かぎょう）。⬇夏の暁（なつのあかつき）［夏］

§

みづうみにむかへる窓の薄あかりしらじらと夏の夜はあけにけり　佐佐木信綱・常盤木

麦めしのへらぬに夏の夜明かな　許六・五老井発句集

人音のやむ時夏の夜明哉　蓼太・蓼太句集

横雲に夏の夜あける入江哉　正岡子規・子規句集

なつのよい【夏の宵】

夏の夜に入り、まだ間もない頃。［同義］宵の夏（よいのなつ）。⬇夏の夕（なつのゆうべ）［夏］、夏の夜（なつのよ）［夏］

§

菊もありて人なし夏の宵月夜　支考・蓮二吟集

なつのわかれ【夏の別れ】

⬇夏の果（なつのはて）［夏］

§

寒き程案じぬ夏の別哉　野坡・別座敷

なつばたけ【夏畑】

夏の畑。［同義］夏の畑（なつのはたけ）、旱畑（ひでりばた）。⬇日焼田（ひやけだ）［夏］

§

夏畑に折々うごく岡穂哉　嵐雪・玄峰集

なつひかげ【夏日影】

夏の日差しの諸相をいう。略して「夏の日」ともいう。［同義］夏の日影（なつのひかげ）、夏の日の出（なつのひので）、夏の朝日（なつのあさひ）、夏の夕日（なつのゆうひ）、夏の入日（なつのいりひ）。⬇夏の日（なつのひ）［夏］、日盛（ひざかり）［夏］

§

白雲のてりそふ夏の日影哉　宗祇・大発句帳

朝顔の夏日影まつ間の豆腐哉　杉風・常盤屋之句合

なつふかし【夏深し】

夏の盛りの土用の時期。［同義］夏深む（なつふかむ）、夏闌（なつたけなわ）、夏さぶ（なつさぶ）。⬇晩夏（ばんか）［夏］、夏浅し（なつあさし）［夏］

§

夏《なつ》ふかみ玉江《たまえ》にしげる葦《あし》の葉《は》のそよぐや船《ふね》の通《かよ》ふなるらむ　藤原忠通・千載和歌集三（夏）

夏深《なつふか》くなりぞしにける大荒木《おほあらき》の森《もり》の下草《したくさ》なべて人刈《か》る　平兼盛・後拾遺和歌集三（夏）

夏ふかみみねの松《まつ》がえ風こえて月影すゞしあり明の山　慈円・南海漁父北山樵客百番歌合

夏深《ふか》き沢《さは》の蛍も乱《みだ》れ葦《あし》の一夜《よ》ふた夜に秋や来《き》ぬらん　宗尊親王・文応三百首夏

夏深み草の名わかぬしげみ哉　心敬・心敬発句帳

夏深く風樹と寝覚をともにせり　斎藤空華・空華句集

なつふじ【夏富士】
緑の山々の中に一段と高く聳える夏の富士山。⬇五月富士（さつきふじ）［夏］、赤富士（あかふじ）［夏］、富士（ふじ）［四季］

なつめく【夏めく】
春から夏の季節になり、自然や人々の衣食住や生活など目で見る風物のすべてが夏らしくなってくることをいう。［同義］夏きざす（なつきざす）、夏の色、夏の匂い（なつのにおい）、夏景色（なつげしき）。⬇夏の色（なつのいろ）［夏］

§

夏めきて人顔見ゆるゆふべかな　成美・成美家集
夏めくや花鬼灯に朝の雨　中村楽天・改造文学全集
ウインドを並び展けゐて夏めきぬ　石田波郷・鶴の眼
夜風入る灯を高く吊れば夏めきぬ　石田波郷・鶴の眼

なつやま【夏山】
⬇夏の山（なつのやま）［夏］

§

夏山に鳴《(なく)》郭公心あらば物思《(おもふ)》我にこゑな聞《き》かせそ　よみ人しらず・古今和歌集三（夏）
夏山に恋《こひ》しき人や入《い》りにけむ声《こゑ》ふりたてなくほとゝぎす　紀秋岑・古今和歌集三（夏）
行末《ゆくすゑ》はまだ遠《とを》けれど夏山の木《こ》の下陰《したかげ》ぞ立《た》ちうかりける　凡河内躬恒・拾遺和歌集二（夏）
夏山の青《あを》葉まじりの遅《をそ》桜はつはなよりもめづらしきかな　藤原盛房・金葉和歌集二（夏）
夏山の風《かぜ》こそにほへ蝉《せみ》の羽のうすはな桜《ざくら》けふや咲《(さく)》らん　慶運・慶運百首
夏山は木《こ》のまもみえずむら雲のとだえをのみや月はもるらん　頓阿・頓阿法師詠
夏山の青葉の住居思ひ居れば山川鳴るが聞えくるかも　伊藤左千夫・伊藤左千夫全短歌
鳥じものここだく啼けどひるも夜もものしづけき大き夏山　中村憲吉・軽雷集
夏山に足駄《あしだ》を拝む首途《かどで》哉　芭蕉・おくのほそ道
夏山に我は翠簾《みす》とる女かな　其角・五元集
花をしむけふ夏山の柴車　鬼貫・俳諧七車
夏山や雲井をほそる鷹の影　支考・市の庵
夏山の矢橋《やばせ》すゝむる畳《たたみ》かな　琴風・宰陀稿本
夏山や菴を見かけて二曲り　曲翠・花摘
夏山《なつやま》や京尽《きやうつく》し飛鷺《とぶさぎ》ひとつ　蕪村・新花摘
夏山や通ひなれたる若狭人《わかさびと》　蕪村・蕪村句集
夏山や袂によする伊豆の海　成美・成美家集
夏山や一足づゝに海見ゆる　一茶・句帖
夏山の大木倒す谺かな　内藤鳴雪・鳴雪句集
夏山や鍋釜つけて湯治馬　村上鬼城・鬼城句集
夏山や万象《ばんしやう》青く橋赤し　正岡子規・子規句集
夏山を上り下りの七湯かな　正岡子規・子規全集
夏山の姿正しき俳句かな　高浜虚子・句日記
夏山の水際立ちし姿かな　高浜虚子・六百五十句

夏山の東山あり京に来し　高浜虚子・七百五十句
夏山や風雨に越える身の一つ　飯田蛇笏・山廬集
夏山や又大川にめぐりあふ　飯田蛇笏・雲母
日りんの午に入るあそび五月山　飯田蛇笏・雲母
夏山や山も空なる夕明り　芥川龍之介・澄江堂句集
妙義嶺《ね》は肌も示さずいま夏山　中村草田男・火の島
夏山を統べて槍ヶ岳真青なり　水原秋桜子・秋苑
雲去るや夏青山《なつあをやま》の摩周岳　水原秋桜子・晩華
夏山の重畳たるに溶鉱炉　山口青邨・雑草園
夏山の地図古り母お老いたまふ　石橋辰之助・山行

なるかみ【鳴神】

雷をいう。稲妻が雷の光をいうのに対して、雷鳴をいう。古歌では雷鳴そのもののほか、「鳴神の」で「音」にかかる枕詞としても詠まれている。⇩雷（かみなり）［夏］、いかづち［夏］

§

鳴る神の音のみ聞きし巻向《まきむく》の檜原《ひはら》の山を今日見つるかも　万葉集七（柿本人麻呂歌集）
天雲《あまくも》に近く光りて鳴る神の見れば恐《かしこ》し見ねば悲しも　作者不詳・万葉集七
雷神《なるかみ》の少し動《とよ》みてさし曇り雨も降らぬか君を留《とど》めむ　万葉集一一（柿本人麻呂歌集）
あまのはら踏《ふ》みとゞろかし鳴《な》る神もおもふ仲《なか》をば裂《さ》くるものかは　よみ人しらず・古今和歌集一四（恋四）
鳴神《なるかみ》の夕立《ゆふだち》にこそ雨《あめ》は降《ふ》れみたらし川の水まさるらし　能因集（能因の私家集）
鳴《な》る神はたゞ此《この》里のうへながら雲居《ゐ》はるかの夕立の空　三条西実隆・内裏着到百首
漕入し湊のよそになる神のおとをへたつる澳つしら浪　上田秋成・藻屑
鳴神の音にのみきゝし君が庵を夢にも我はとひ見つるかも　天田愚庵・愚庵和歌
鳴神《なるかみ》の鳴らす八鼓《やつづみ》ことごとく敲《たた》きやぶりて雨晴れにけり　正岡子規・子規歌集
雷鳴《なるかみ》のおとの光の闇の中雨雲の中しろき百合さく　土岐善麿・はつ恋
こほこほと鳴神遠し蝉の声　几董・続あけがらす

なわしろさむ【苗代寒】

五月の田植前の苗代時の寒さをいう。この時期はまた麦刈の時期なので「麦寒（むぎざむ）」ともいう。⇩梅雨（つゆ）［夏］、梅雨寒（つゆざむ）［夏］

「に〜の」

にがしお【苦潮】

塩分の濃い海水の上に、陸からの川水を多量に含んだ塩分の薄い海水が層をなした潮の状態をいう。塩分が少なく、辛くないため苦潮とよぶ。この上層の潮では夜光虫などの原生動物や珪藻などが異常繁殖し、沿岸の魚介類に大きな被害をもたらすことが多い。赤潮と同じ現象である。夜行虫が波に打たれ、船にあたって青白い燐光を放つさまは幻想的である。夏、沿岸水域で見られることが多い。また、この海域に船を乗り入れると、二つの潮層の境界で内波が生じて船が進まなくなることがある。これを「しき幽霊」「底幽霊」「しき仏」などとよぶ。「しき」とは船が難破するときにでてくる海の妖怪である。⇩赤潮（あかしお）［春］

にじ【虹】

夏の驟雨の後などに多く見られる現象で、太陽を背にして立つと、前面の空に現れる半円形の七色の帯をいう。大気中に浮遊する水滴によって生じる日光のスペクトルである。通常の虹の色配列は内側から菫・藍・青・緑・黄・橙・赤色であるが、時には、その外側に同心円状に弱い光の二次虹（副虹）＝二重虹（ふたえにじ）が現れることがある。この虹の光の色の配列は逆になる。朝は西に、夕は東と、太陽の反対方向に現れ、俗に「朝虹」が立てば雨、「夕虹」が立てば晴れといわれる。⇩初虹（はつにじ）［春］、冬の虹（ふゆのにじ）［冬］

虹［以呂波引月耕漫画］

§

伊香保ろの八尺《やさか》の堰塞《ゐで》に立つ虹《のじ》の顕《あらは》ろまでもさ寝《ね》をさ寝てば
　作者不詳・万葉集一四

はれのこるたゞ一むらのくもにのみわづかにのこる夏の夕にじ
　大隈言道・草径集

鵜川兒が手握り振ふ玉筆の穂先ゆ立たむ虹をはや見む
　伊藤左千夫・伊藤左千夫全短歌

みづうみを越《こ》えて匂《にほ》へる虹《にじ》の輪《わ》の中《なか》を舟《ふね》ゆく、君《きみ》が舟《ふね》ゆく
　佐佐木信綱・新月

我《わ》が立《た》つや此湖《このうみ》そひゆ君《きみ》が里《さと》に虹《にじ》はかかりぬよき夕《ゆふ》べかな
　佐佐木信綱・新月

地の神に勝ちえてかへる天の神の舞楽のあやか七色の虹
　太田水穂・つゆ艸

歓楽のうたげしづまる朝明けの空のなごみに虹《にじ》あらはるる
　太田水穂・つゆ艸

たでの花簾《すだれ》にさすと寐ておもふ日のくれ方の夏の虹かな
　与謝野晶子・春泥集

最上川の上空《じやうくう》にして残れるはいまだうつくしき虹《にじ》の断片《だんぺん》
　斎藤茂吉・白き山

此儘《このまゝ》に空《そら》に消《き》えむの我世《わがよ》ともかくてあれなの虹美《にじうるは》しき
　北原白秋・白秋全集

人のみちの何をなげくや幾すぢの彩《あや》なる虹はかへり見られつ　前川佐美雄・天平雲

雨やみし大川にはやち吹きながら向ひの岸に虹たちにけり　佐藤佐太郎・歩道

虹吹《にじふき》てぬけたか涼し龍《りゅう》の牙《きば》　桃隣・陸奥衡

虹たるゝもとや樗の木の間より　召波・春泥発句集

虹立や釣してあそふ鼻の先　史邦・菊の道

愛子の虹消えて十年虹立ちぬ　高浜虚子・句日記

虹の輪の中に走りぬ牧の柵《さく》　高浜虚子・六百五十句

山景色荒涼として虹の下　飯田蛇笏・椿花集

十勝野は落葉松つゞき虹低し　水原秋桜子・晩華

火の山ゆ荒磯松原かけて虹　中村草田男・火の島

虹明り杖で刈りたる花二三　中村草田男・銀河依然

目をあげゆきさびしくなりて虹をくだる　加藤楸邨・山脈

虹のもと童ゆき逢へりその真顔　加藤楸邨・寒雷

にしび【西日】

西の空に傾いた太陽。夕方になっても暑さの残る夏の季節、西日の暑苦しさは格別である。よって、俳句では夏の季語とされる。［同義］夕陽・夕日（ゆうひ）。⇩西明り（にしあかり）［四季］、夕焼（ゆうやけ）［夏］

§

山寺は縁の下まで西日かな　高浜虚子・句日記

西日の馬をしやくるな馬の首千切れる　中村草田男・銀河依然

西日中電車のどこか掴みて居り　石田波郷・雨覆

銀座西日頸たてて軍鶏はしるなり　加藤楸邨・山脈

奪衣婆にぎらりと海の西日かな　加藤楸邨・雪後の天

にゅうばい【入梅】

梅雨の季節に入ること。暦上では、立春より一三五日目（六月一一日頃）をいう。往時、芒種の後の壬（みずのえ）の日を入梅とした。「ついり」ともいうが、このことばは一般には梅雨そのものをさす。［同義］梅雨入（つゆいり）、梅雨に入る（つゆにいる）、ついり。⇩梅雨（つゆ）［夏］、梅雨明（つゆあけ）［夏］、芒種（ぼうしゅ）［夏］

§

川へりに狐火立やついりばれ　史邦・芭蕉庵小文庫

蕗の葉に鳴出る蚊や黴雨晴《ツイリハレ》　珍夕・己の光

鳥かけやひらりと見えて入梅の晴　虚舟・射水川

入梅晴や二軒並んで煤払ひ　一茶・おらが春

ねっさ【熱砂】

夏の太陽で焼かれた熱い砂。⇩砂浜（すなはま）［四季］

§

熱砂駱駝の自棄めく声に谺せず　中村草田男・火の島

熱砂裡をめをとともどちまたは親子　中村草田男・火の島

熱砂遠く薙がれ余りて岩頭《がしら》　中村草田男・火の島

ねっぷう【熱風】

真夏の頃に吹く高温の乾いた風。裏日本に吹く「だし」はこの風をいう。［同義］乾風（かんぷう）、炎風（えんぷう）。⇩温風（おんぷう）［夏］、だし［夏］、夏の風（なつのかぜ）［夏］

熱風の街を人ゆかず嬰児泣き　加藤楸邨・寒雷
サイレンをきき熱風に憩ひける　加藤楸邨・寒雷
戦車ゆき熱風に面は向けがたし　加藤楸邨・寒雷

§

のぼり【幟】

五月五日の端午の節句に立てる幟をいう。往時では、武士の出陣を模して定紋をつけた幟を立て、これに馬印、槍、長刀などを添えた。現在では一般に、真鯉や緋鯉が描かれた布製の「五月鯉（さつきごい）」の幟が立てられ、五色の吹流しをつけて初夏の空にかかげられる。「幟竿（のぼりざお）」の上には「矢車（やぐるま）」とよばれる矢羽根がつけられ、風を受けると音をたてて回る。戸外に立てたものを「外幟（そとのぼり）」といい、室内に立て飾ったものを「内幟（うちのぼり）」「座敷幟（ざしきのぼり）」といった。武者絵を刷った「紙幟（かみのぼり）」もあった。紙幟はその後布製に変わっていった。男子が生まれて初めての節句に立てる幟を「初幟（はつのぼり）」という。[同義] 皐月幟・五月幟（さつきのぼり）。⬇端午（たんご）[夏]、鯉幟（こいのぼり）[夏]

§

この村の五月幟に昼あらしふき晴れて山の遠く見ゆる日　太田水穂・冬菜
雛に別れ五月幟に別れ来しうからさびしやちりぢりとなる　前田夕暮・陰影
甍《いらか》のうへ幟《のぼり》の風は火の音《おと》の喇叭吹きつつ皐月ぞきたる　北原白秋・白秋全集

茶むしろの中に立《たち》たる幟《のぼり》かな　蘆本・浮世の北
さゞ波の大津は町の幟《のぼり》かな　百里・えの木
木《こ》がくれて名誉《めいよ》の家の幟《のぼり》哉　蕪村・新花摘
江戸住《ずみ》や二階の窓の初のぼり　一茶・八番日記
矢車に朝風強き幟かな　内藤鳴雪・鳴雪句集
大風の俄《にわ》かに起る幟《のぼり》かな　正岡子規・子規句集
大幟百万石の城下かな　正岡子規・子規句集
幟暮れて五日の月の静かなり　正岡子規・寒山落木
幟たてゝ嵐のほしき日なりけり　正岡子規・寒山落木
青葉勝に見ゆる小村の幟かな　夏目漱石・漱石全集
我高く立てんとすなる幟《のぼり》かな　河東碧梧桐・碧梧桐句集
江山《こうざん》の晴れわたりたる幟《のぼり》かな　高浜虚子・六百句
雨に濡れ日に乾きたる幟かな　高浜虚子・五百句

「は」

ばいてん【梅天】

梅雨期の空をいう。梅雨空。[同義] 熟梅天（じゅくばいてん）、黄梅空（こうばいてん）。⬇梅雨空（つゆぞら）[夏]

はえ

中国・四国・九州地方での南風の名称。地域によっては南西風、南東風ともなる。春から秋にかけての高温多湿な季節風である。一般に西国では順風であるが、東国ではやや荒い風となる。［同義］はえの風（はえのかぜ）、はいの風（はいのかぜ）、正南風（まはえ）、南東風（はえごち）、南西風（はえにし）。⇩南風（みなみ）［夏］、黒南風（くろはえ）［夏］、白南風（しらはえ）［夏］、まじ［夏］

はくしょ【薄暑】

初夏のやや暑さを感じる気候をいう。⇩新暖（しんだん）［夏］、暑し（あつし）［夏］、極暑（ごくしょ）［夏］

§

みちのくの旅に覚えし薄暑かな　高浜虚子・五百五十句
鍬《くわ》置いて薄暑の畦《あぜ》に膝《ひざ》を抱き　高浜虚子・五百五十句
羽蟻地にむれて影曳く薄暑かな　飯田蛇笏・椿花集
個展いで薄暑たのしき街ゆくも　水原秋桜子・古鏡
人々に四つ角ひろき薄暑かな　中村草田男・長子
揚泥の乾く匂も薄暑かな　日野草城・花氷

はくや【白夜】

「びゃくや」ともいう。北極や南極に近い地域で、夏、太陽が水平線より大きく離れないで運行するため、散乱する太陽光で日没から日の出の間が闇夜とならずに、薄明りとなる現象をいう。

§

ワゴンリ白夜の森を今過ぐる　山口青邨・雪国

はしすずみ【橋涼み】

橋の上で涼をとること。⇩涼み（すずみ）［夏］

§

誰が子かわれにをしへし橋納涼《はしすずみ》十九の夏の浪華《なには》風流《ふうりう》　与謝野晶子・恋ごろも
橋涼み笛ふく人をとりまきぬ　高浜虚子・五百句
橋涼み温泉宿の客の皆出で丶　高浜虚子・六百五十句

はしりづゆ【走梅雨】

五月末頃の梅雨の前ぶれともいうべき天候をいう。これは三陸沖にオホーツク海の高気圧が停滞し、東日本に冷たい気流が流れて梅雨模様の天候をもたらすためである。［同義］迎え梅雨（むかえづゆ）、前梅雨（まえづゆ）。⇩梅雨（つゆ）［夏］

はたたがみ【はたた神】

激しい雷のこと。⇩雷（かみなり）［夏］

§

はたた神ゆふだつ沖の汐ざゐに鯨うち上げて荒浪さわぐ　与謝野礼厳・礼厳法師歌集
百たらず八十のとぐるま雲にすゑて天路をかるか火のはたた神　太田水穂・つゆ艸
はたた神いきどほろしく鳴り出でぬいまこそ酌まめ酒麻呂《さけまろ》の酒　吉井勇・人間経
晴天の芭蕉裂けたりはたゝ神　大須賀乙字・続春夏秋冬
はたゝかみ下り来て屋根の草さわぐ　山口青邨・雪国

はなび【花火・煙火】

黒色火薬にさまざまな発色剤を詰めて筒や玉にしたもので、点火して空に打ち上げ、色・形・爆音を楽しむもの。地

上に櫓を組んで形をみせる仕掛花火もある。⬇川開（かわびらき）［夏］、花火舟（はなびぶね）［夏］

§

かきろひの夕げの間をも童等は心落居ず花火鳴るから。
伊藤左千夫・伊藤左千夫全短歌

昔せし童遊びをなつかしみこより花火に余念なしわれは
正岡子規・子規歌集

町の裏川蒸汽船《かはじようき》より降り立てば花火をあげて子供あそべり
若山牧水・路上

青玉のしだれ花火のちりかかり消ゆる路上を君よいそがむ
北原白秋・桐の花

とほくにて揚《あ》ぐる花火のほのあかりたまゆら山の上にして消《け》ぬ
石井直三郎・青樹以後

砲《はう》の音と錯覚したり七月《ふづき》某日海側《うなづら》のかたに遠花火あがる
宮柊二・晩夏

人声を風の吹とる花火かな　涼菟・皮籠摺
もの焚《たい》て花火に遠きかゝり舟　蕪村・蕪村句集
花火せよ淀《よど》の御茶屋《おちやや》の夕月夜《ゆふづくよ》　蕪村・蕪村句集
花火見えて湊《みなと》がましき家百戸《いへひやくこ》　蕪村・蕪村遺稿
縁ばなや二文花火も夜の躰《てい》　一茶・一茶発句集（文政版）
ふりかゝる花火の花や城の松　内藤鳴雪・鳴雪句集
水の上火龍の走る花火かな　村上鬼城・鬼城句集
人かへる花火のあとの暗さ哉　正岡子規・子規句集
音もなし松の梢《こずえ》の遠花火　正岡子規・子規句集
化学とは花火を造る術ならん　夏目漱石・漱石全集
海の月花火彩《いろ》どる美しき　河東碧梧桐・碧梧桐句集
鎌倉の山に響きて花火かな　高浜虚子・六百五十句
あまり強き黍の風やな遠花火　飯田蛇笏・山廬集
花火あがる夜のよろこばしくへさきのほそし　中塚一碧楼・一碧楼一千句
秋山に映りて消えし花火かな　杉田久女・杉田久女句集
うちあげし花火くづるゝ軒端かな　山口青邨・雪国
くづれたる花火が垂る、軒端かな　山口青邨・雪国
遠空を染むる花火や盆芝居　水原秋桜子・晩華
手花火の声ききわけつ旅をはる　加藤楸邨・雪後の天
手花火を命継ぐ如燃やすなり　石田波郷・春嵐

はなびぶね【花火舟】
花火を打ち上げたり、見物したりするために出す舟。⬇花火（はなび）［夏］、川開（かわびらき）［夏］

§

ぼんぼりの相図を待つや花火舟　支考・蓮二吟集
花火舟遊人去つて秋の水　召波・春泥発句集

ばんか【晩夏】
三夏（初夏・仲夏・晩夏）の一。新暦の七月（旧暦の六月）で、小暑（七月七日）から立秋の前日（八月七日）までをいう。暑さの盛りである。また、夏が終わる頃をも晩夏という。［同義］末の夏（すえのなつ）、季夏（きなつ）。⬇水無月（みなづき）［夏］、夏深し（なつふかし）［夏］、夏（なつ）［夏］

§

清須花火［尾張名所図会］

晩夏《ばんか》のひかりしみとほる見附《みつけ》したむきむきに電車停電《でんしやていでん》し居《を》り
斎藤茂吉・あらたま

別れ来て晩夏《おそなつ》の野に草を籍《し》き小女《をとめ》のごとくひとりかなしむ
前田夕暮・収穫

白き猫あまたゐねむりわがやどの晩夏《ばんか》の正午《まひる》近まりにけり
北原白秋・桐の花

ふるさとは影置く紫蘇も桑の木も一様《いちやう》に寂し晩夏のひかり
宮柊二・多く夜の歌

晩夏光バットの函に詩を誌す　中村草田男・火の島

はんげしょう【半夏生】
雑節で七十二候の一。夏至より十一日目の日。新暦の七月二日頃。「半夏（はんげ）」（＝烏柄杓）という毒性のある植物が生ずる時の意。梅雨はこの頃に明け、一般に農家では半夏生をもって田植の終りとする。また「半夏半作」「半夏半毛」「中（ちゅう。夏至のこと）はずらせ、半夏は待つな」などの諺があり、この時期をずらすと作物は熟しがたいといわれている。『滑稽雑談』に「半夏生、五月の中より十一日。之を注すべし、此日不浄を行はず、淫欲を犯さず、五辛酒肉を食はざる日也」とある。「五辛」とは、葱、蒜、韮、蓼、蒿、芥をいう。秩父地方では「はんげ坊主」のことばがあり、これは半夏生の日に咲く竹の花をいい、これを見ると死ぬので竹林に足を踏みいれてはいけないという物忌がある。また、この日を田植後の休みとし、麦の収穫を祝う日とする地域もある。出雲では旧暦の六月四日を「はんぎさん」といって、田の神

「さんばいさん」を祭る日としている。古来、半夏生の日の天候によって、その年の吉凶を占う風習があり、この日の雨を「半夏雨（はんげあめ）」といい、農家では大雨で不作になる予兆として忌み嫌った。［同義］半夏（はんげ）。

§

半夏水や野菜のきれる竹生島　許六・韻塞
くまぬ井を娘のぞくな半夏生　言水・浦島集
　淡路一の宮半夏詣
降りもせで傘が荷になる半夏詣　高田蝶衣・筑摩文学全集

ばんりょう【晩涼】

夕方の涼しさ。⇩涼し（すずし）［夏］、夕涼（ゆうすず）［夏］

§

晩涼やうぶ毛はえたる長瓢　杉田久女・雑詠選集
晩涼や湖舟がよぎる山の影　水原秋桜子・葛飾
晩涼の子や太き犬いつくしみ　中村汀女・汀女句集
晩涼や奏楽を待つ人樹下に　日野草城・花氷

ばんりょく【万緑】

夏の大地にみなぎる草木の緑をいう。王安石の詩に「万緑叢中紅一点」とある。以下に挙げる中村草田男の句によって夏の季語として一般化された。⇩新緑（しんりょく）［夏］、新樹（しんじゅ）［夏］

§

万緑の万物の中大仏　高浜虚子・六百五十句
万緑になじむ風鈴昼も夜も　飯田蛇笏・椿花集
万緑の中さやさやと楓あり　山口青邨・花宰相
万緑の中や吾子の歯生え初むる　中村草田男・火の島
万緑を顧るべし山毛欅峠　石田波郷・風切

「ひ」

ひかげ【日陰】

夏の炎暑の日陰。夏の灼け付くような日差しをさえぎる樹陰や家陰などの涼しい日陰をいう。［同義］夏陰、片陰（かたかげ）、片かげり（かたかげり）。⇩緑陰（りょくいん）［夏］、夏陰（なつかげ）［夏］

ひかた

山陰、瀬戸内海、博多湾、青森などに分布する夏の風の名称。「しかた」ともいう。山陰では夜間に吹く南よりの穏やかな陸風をいう。風向は山陰では南風または南東風、博多湾では東風。能登以北では強い南西風をいう。⇩夏の風（なつのかぜ）［夏］

§

天霧《あまぎ》らひ日方《ひかた》吹くらし水茎《みづくき》の岡の水門《みなと》に波立ちわたる
作者不詳・万葉集七
沖辺より西南風《ひかた》ふくらし南の海日にけに川の水の涸れゆく
与謝野礼厳・礼厳法師歌集

シカタ荒れし風も名残や時鳥　河東碧梧桐・碧梧桐句集

ひざかり【日盛】

夏の日中の暑い盛りをいう。一般に夏の日の最も暑い正午から二〜三時頃をいう。［同義］日の盛（ひのさかり）。⇩夏の日（なつのひ）［夏］

§

日盛や半ば曲りて種胡瓜　闌更・半化坊発句集
よき友のくすし見えけり日の盛　大魯・明烏
日盛や合歓の花ちる渡舟　村上鬼城・鬼城句集
日ざかりや海人《あま》が門辺《かどべ》の大碇《おおいかり》　正岡子規・子規句集
日盛や雨を思はぬ稗畑《ひえばたけ》　河東碧梧桐・碧梧桐句集
日盛りは今ぞと思ふ書に対す　高浜虚子・六百句
栗蟲の糸吐く空や日の盛り　大須賀乙字・続春夏秋冬
しづかさや日盛りの的射ぬくおと　飯田蛇笏・山廬集
古蔵の香を忘れ去る日の盛り　飯田蛇笏・雲母
日ざかりや青杉こぞる山の峡《かひ》　芥川龍之介・発句
日盛りや仔馬が影をおとしゆく　山口青邨・花宰相
日盛や綿をかむりて奪衣婆　川端茅舎・川端茅舎句集
日盛りの中空《なかぞら》が濃し空の胸　中村草田男・母郷行
日盛のシヤワー痩軀を荘厳す　石田波郷・惜命

ひさめ【氷雨】

雹のこと。⇩氷雨（ひさめ）［冬］、雹（ひょう）［夏］

ひしょ【避暑】

一時的に転地して夏の暑さを避けること。⇩暑し（あつし）［夏］

§

避暑の宿寂莫《せきばく》として寝まるなり　高浜虚子・七百五十句
山寺に避暑の命を托しけり　高浜虚子・七百五十句
夜の富士心にねむる避暑の荘　高浜虚子・七百五十句
鎌倉は海湾入《わんにゅう》し避暑の町　高浜虚子・七百五十句
浅間の火避暑の人らの夜あるきに　石橋辰之助・山行
ひとゝゐて落暉栄あり避暑期去る　石田波郷・鶴の眼
少年に蛾のつきまとひ避暑の家　石田波郷・馬酔木

ひでり【旱】

夏の日に、長期間にわたり雨が降らず、太陽が照り続き、田や池の水が乾上がり、草木が凋死するような気候をいう。［同義］旱魃（かんばつ）。⇩日焼田（ひやけだ）［夏］、秋旱（あきひでり）［秋］

§

七月の旱《ひでり》天久しみ埃ふかき街なかの木に杏熟れたり　島木赤彦・氷魚
旱《ひでり》つづく朝の曇《くもり》よ病《や》める児《こ》を伴《ともな》ひていづ鶏卵《たまご》もとめに　土屋文明・放水路
五月雨《さみだれ》の名をけがしたる日照《ひでり》哉　正秀・小柑子
子と肩とみつはくむなり夏旱　其角・五元集
山畑に巾着茄子の旱かな　村上鬼城・鬼城句集
萍《うきくさ》の渋色旱《ひで》る日頃かな　河東碧梧桐・碧梧桐句集
虹のごと山夜明りす旱年　河東碧梧桐・碧梧桐句集
大海のうしほはあれど旱《ひでり》かな　高浜虚子・五百句
大旱の月も湖水を吸ふと見ゆ　高田蝶衣・青垣山

妻の瘦眼に立ちそめぬ大《おほ》旱《ひでり》　日野草城・旦暮

ひでりぼし【旱星】

夏の夜、さそり座の中心に輝いている星。その星の色が赤いほど、その年は豊年とされた。また、炎天の続く夜に見える星空、旱を思わせるような赤色の星をもいう。⬇夏の星（なつのほし）[夏]

§

夜毎たく山火もむなしひでり星　杉田久女・杉田久女句集

ひやけだ【日焼田】

夏の旱で水が涸れて、傷んでしまった田をいう。[同義] 旱田（ひでりだ）、涸田（かれた）。⬇田水湧く（たみずわく）[夏]、夏畑（なつばたけ）[夏]、旱（ひでり）[夏]

§

日焼田や時々つらくなく蛙　乙州・猿蓑

ひょう【雹】

主として雷雨、夕立にともなって降る氷塊をいう。地上から昇騰した水蒸気が氷結し、落下しながら氷塊となったもので、大きさは豆大から卵大で、人畜や農作物に甚大な被害を与えることがある。[同義] 氷雨。⬇氷雨（ひさめ）[夏]、霰（あられ）[冬]、春の霰（はるのあられ）[春]、氷雨（ひさめ）[冬]

§

月光が天城おろしに雹《ひよう》となりやがてつもりぬ谷津の渓間に　与謝野晶子・流星の道

黒雲はおつかぶされり片空の日光《ひかり》に射られ雹《ひよう》落ち来る　木下利玄・紅玉

雹晴れて豁然とある山河かな　村上鬼城・鬼城句集

雹降るや雲の中ゆく七日月　村上鬼城・定本鬼城句集

雹晴の千木《ちぎ》にやすらふ鷹見たり　高田蝶衣・筑摩文学全集

雹いたみして蕗原のつゞきけり　山口青邨・雪国

常住の世の昏みけり雹が降る　中村草田男・長子

「ふ〜ほ」

ふけい【噴井】

山の地下水脈に近い井戸や堀抜井戸などに見られるもので、水が噴出している井戸をいう。涼しげな趣をもって夏の季語とする。⬇夏の水（なつのみず）[夏]

§

森の中噴井は夜もかくあらむ　山口青邨・花宰相

ふじのゆきげ【富士の雪解】

「ふじのゆきどけ」ともいう。初夏の頃に富士の雪解けが始まる。田子の浦より富士を望むと、残雪が人の形に見えることがあり、これを「富士の農男（ふじののうおとこ）」といって、五穀豊饒の徴しとした。また、富士を北側から望むとき、残雪が鳥の形に見えるため「富士の農鳥（ふじののうとり・のうちょう）」「富士の野鳥（ふじののがらす）」という。この頃を田植えの好時期とした。[同義] 雪解富士（ゆきげふじ）。⇩富士の初雪（ふじのはつゆき）[秋]、五月富士（さつきふじ）[夏]、富士（ふじ）[四季]、雪解（ゆきどけ）[春]

§

雪解富士幽かに凍みる月夜かな　渡辺水巴・水巴句集

ふなあそび【船遊】

河川や湖、海などに船を乗り回して遊ぶこと。江戸時代の隅田川の船遊は有名。俳句では夏の納涼のための船遊をいう。花見船・汐干船は春の船遊で、月見船は秋、雪見船は冬の船遊である。[同義] 船逍遥（ふねしょうよう）、船遊山（ふなゆさん）、船遊船（ふなゆぶね）、游船（ゆうせん）。⇩舟（ふね）[四季]、涼み舟（すずみぶね）[夏]、ヨット[夏]、舟（ふね）[四季]

両国橋納涼［江戸名所花暦］

§

羅や江の露寒き舟遊び　松瀬青々・妻木

遊船の女に少し波荒し　高浜虚子・六百五十句

蘆を打つ潮のまに〳〵舟遊び　大須賀乙字・続春夏秋冬

貸船や築地へもどす潮の闇　上川井梨葉・梨葉句集

貸船や船頭つけし女客　上川井梨葉・梨葉句集

ふんすい【噴水】

公園や庭園などに設置され、さまざまな趣向で水を高く噴出させる装置。涼しさをもたらすところから、俳句では夏の季語となる。[同義] 吹上げ（ふきあげ）、吹き水（ふきみず）。⇩夏の水（なつのみず）[夏]

§

夏すでに思みだれてはてもなし噴水《ふきあげ》の水の蒸すがごとくに　北原白秋・桐の花

在るまじき命を愛《を》しくうちまもる噴水《ふきあげ》の水は照り崩《くづ》れつつ　明石海人・白描

噴水や折れ畳落つ音涼し　青木月斗・改造社俳諧歳時記

噴水を受けてあふらす二段の皿　山口青邨・夏草

噴水や労働祭の風晴れたり　水原秋桜子・葛飾

噴水の玉とびちがふ五月かな　中村汀女・汀女句集

古城址の噴水立ちよる我が丈ほど　中村草田男・火の島

噴水の耳打つ手術前夜寝ず　石田波郷・惜命

噴水や顎も二重の看護婦等　　石田波郷・惜命

ぼうしゅ【芒種】

二十四節気の一。小満の後の一五日目、旧暦の五月節。新暦では六月六～七日頃。「芒（のぎ）のある穀は播種すべき時」の意。麦を収穫し、稲を植え付ける時期である。⬇夏（なつ）［夏］、立夏（りっか）［夏］、小満（しょうまん）［夏］

ほたるがり【蛍狩】

夕暮れより蛍を捕らえて遊ぶこと。「ほう、ほう、ほうたるこい」などとよびながら、蛍狩をする情景は夏の風物詩の一つである。［同義］蛍見（ほたるみ）。

§

ほたる狩《がり》　川《かは》にゆかむといふ我《われ》を　山路《やまぢ》にさそふ人《ひと》にてありき
石川啄木・一握の砂

勢田の蛍見
ほたる見や船頭酔ておぼつかな　　芭蕉・猿蓑
宇治にて
ほたる見や風は茶嗅き懸作り　　野坡・野坡吟艸
勢田の蛍見
闇の夜や小共泣出す蛍ふね　　凡兆・猿蓑
夜あけて骨折見えず蛍狩がり　　也有・蘿葉集
うき舟や痞おさへてほたる狩　　几董・井華集
蛍狩われを小川に落しけり　　夏目漱石・漱石全集
木の形変りし闇《やみ》や蛍狩《ほたるがり》　　高浜虚子・六百句
走り出て闇やはらかや蛍狩　　中村汀女・紅白梅

「ま～み」

まじ

「まぜ」ともいう。伊豆から日向までの太平洋側に分布する風名。一般に夏に吹く南または南西の穏やかで湿潤なよい風をいう。ただし土佐・紀州・日向などでは、風速も強く雨をともなうことが多いため、逆風とされている。⬇はえ［夏］、南風（みなみ）［夏］、夏の風（なつのかぜ）［夏］

§

日の御崎《みさき》を船すぎゆけばいささかの真風《まじ》もあらぶる紀伊の海ばら
中村憲吉・軽雷集

まなつ【真夏】

夏の真盛りをいう。⬇夏（なつ）［夏］、盛夏（せいか）［夏］

§

兀《こつ》として海と蜜柑と真夏哉　　百里・其浜ゆふ
鯵の塩直ぐ解けそむる真夏かな　　小泉迂外・改造文学全集
一冊の日本歴史よ樹の下の真夏よ　　中塚一碧楼・一碧楼一千句

みじかよ【短夜】

夏の短い夜をいう。春分の日を過ぎると夜の長さは昼よりも短くなり、夏至にいたって最も短くなる。俳句では、「日永」

は春の、「夜長」は秋の、「短日」は冬の季語となる。これは実際の時間の長さというだけでなく、それぞれの季節にそれぞれの長短をより実感するためである。［同義］夜短し（よみじかし）、夜のつまる、明易き夜（あけやすきよ）、明易き宵（あけやすきよい）、明易き闇（あけやすきやみ）、明易し、明急ぐ、明早し（あけはやし）。⬇夜のつまる（よのつまる）［夏］、明易し（あけやすし）［夏］、明急ぐ（あけいそぐ）［夏］、短日（たんじつ）［冬］、夏の夜（なつのよ）［夏］、日永（ひなが）［春］、夜長（よなが）［秋］

§

短《みじ》か夜のふけゆくまゝに高砂の峰の松風吹《ふ》くかとぞ聞《き》く　藤原兼輔・後撰和歌集四（夏）

郭公《（ほととぎす）》鳴《な》くや五月《さ》の短夜《みじかよ》もひとりし寝《ぬ》れば明《あ》かしかねつも　よみ人しらず・拾遺和歌集二（夏）

みじか夜《よ》の残《こ》りすくなくふけゆけばかねて物うきあかつきの空　藤原清正・新古今和歌集一三（恋）

みじか夜のまだふしなれぬ蘆の屋《や》やつまもあらはに明《（あく）》るしのゝめ　藤原家隆・家隆卿百番自歌合

あけぬとも猶《（なほ）》影残《かげのこ》せ白妙の卯《う》の花山のみじか夜の月　宗尊親王・文応三百首

待出《い》でて見《み》るも程やは在明の月に残《のこ》らぬ短夜《（みじかよ）》の空　三条西実隆・再昌草

ものもへばねざめながらもめを閉てあけしもしらぬ夏のみじか夜　大隈言道・草径集

短夜《みじかよ》の浅きがほどになく蛙ちからなくしてやみにけらしも　長塚節・鍼の如く

みじか夜のいつしか更けて此処ひとつあけたる窓に風の寄るなり　若山牧水・くろ土

みじか夜も母をわすれぬ旅寝《たびね》哉　知足・いらこの雪

みじか夜も短きまゝに闇しばし　土芳・蓑虫庵集

みじか夜《よ》を吉次《きちじ》が冠者《くわじや》に名残哉《なごりかな》　其角・猿蓑

短夜《みじかよ》を明《あか》しに出るや芥子畠《けしばたけ》　舎羅・西華集

みじか夜の闇《やみ》より出《いで》て大井川《おほゐがは》　蕪村・蕪村遺稿

みじか夜や葛城山《かつらぎやま》の朝曇《あさぐも》り　蕪村・新花摘

短夜《（みじかよ）》に竹の風癖《（かざくせ）》直りけり　一茶・文化句帖

短夜や百万遍に朝日さす　内藤鳴雪・鳴雪句集

短夜《みじかよ》や汲み過ぎし井の澄みやらぬ　森鷗外・うた日記

短夜や簗に落ちたる大鯰　村上鬼城・鬼城句集

短夜《みじかよ》のともし火残る御堂《みどう》哉　正岡子規・子規句集

余命いくばくかある夜短し　正岡子規・子規句集

短夜や祭戻りの腰に笛　松瀬青々・妻木

行燈や短かゝりし夜の影ならず　夏目漱石・漱石全集

短夜の大仏を鋳るたくみかな　河東碧梧桐・碧梧桐句集

短夜《みじかよ》や露領《ろりよう》に近き旅の宿　高浜虚子・五百句

短夜《みじかよ》や夢も現《うつつ》も同じこと　高浜虚子・七百五十句

短夜や引汐早き草の月　渡辺水巴・白日

短夜や蘭の花へだつ戸一枚　飯田蛇笏・山廬集

短夜の念々昆布に執着す　水原秋桜子・晩華

短夜のほそめほそめし灯のもとに　中村汀女・汀女句集

短夜の日本の幅を日本海へ　中村草田男・銀河依然

みなづき【水無月・六月】

旧暦六月の別名。［語源］「此の月や暑熱烈しく水泉滴り尽く、故に水無月と曰ふ」―『年浪草』。「五月に植し早苗皆つきたる心」―『奥儀抄』など諸説あり。［同義］常夏月（とこなつづき）、風待月（かぜまちづき）、鳴神月（なるかみづき）、弥涼暮月（いすずくれつき）、涼暮月（すずくれつき）、松風月（まつかぜづき）、風待月（かぜまつづき）、季夏（きか）、瓜期（かき）、且月（しょげつ）、陽氷（ようひょう）、遯月（とんげつ）。⬇六月（ろくがつ）［夏］、晩夏（ばんか）［夏］、水無月尽（みなづきじん）［夏］

§

不尽《ふじ》の嶺《ね》に降り置く雪は六月《みなづき》の十五日《もち》に消《け》ぬればその夜《よ》降りけり　作者不詳・万葉集三

六月《みなづき》の地《つち》さへ割《さ》けて照る日《ひ》にもわが袖乾めや君に逢はずして　作者不詳・万葉集一〇

荒金の土裂けて照る水無月も雨をし待たて大君を待つ　天田愚庵・愚庵和歌

うらかなし大川端《おほかはばた》に濁りたる水重く鳴る水無月の暮　前田夕暮・陰影

水無月の山越え来ればをちこちの木の間に白く栗の咲く見ゆ　若山牧水・独り歌へる

水無月の風なまぬるく吹くときに群《むら》がる石を見むとわがせり　前川佐美雄・天平雲

水無月《みなづき》や日ざかりにみる不二《ふじ》の山　信徳・新撰都曲

水無月《みなづき》や鯛はあれども塩くじら　芭蕉・葛の松原

水無月《みなづき》や木末《こずゑ》斗《ばかり》の風ゆるぎ　杉風・別座鋪

水無月《みなづき》の桐《きり》の一葉と思ふべし　野水・阿羅野

水無月《みなづき》や伏見の川の水の面《おも》　鬼貫・俳諧大悟物狂

水無月《みなづき》も鼻つきあはす数寄屋《すきや》哉《かな》　凡兆・猿蓑

温泉はあれど六月寒き深山哉　闌更・半化坊発句集

今江村へ行日雨乞発句

天六月民の涙に曇るべし　樗良・稿本樗良発句集

都に庵をもとめて

水無月の蕣涼し朝の月　樗良・稿本樗良発句集

六月の埋火ひとつ静なり　暁台・暁台句集

戸口から青水無月の月夜哉　一茶・句帖

水無月《みなづき》の須磨の緑を御《ご》らんぜよ　正岡子規・子規句集

水無月《みなづき》の山吹の花にたとふべし　正岡子規・子規句集

水無月の木陰によれば落葉かな　渡辺水巴・白日

火の山の水無月のけぶり雲に立つ　水原秋桜子・晩華

みなづきじん【水無月尽・六月尽】

旧暦六月の晦日をいい、この日をもって夏の終りとし、翌日より秋とする。正岡子規が立てた俳句分類上のことば。［同義］翌は秋（あすはあき）、翌来る秋（あすくるあき）、水無月の限り・六月の限り（みなづきのかぎり）。⬇秋近し（あきちかし）［夏］、夏の果（なつのはて）［夏］

§

夏と秋と今宵や雲の詰ひらき　支考・蓮二吟集
みな月の限りを風の吹夜哉　闌更・半化坊発句集

みなみ【南風】

夏の南風をいう。「みなみかぜ」「なんぷう」ともいう。その南風の強いものを大南風という。[同義] 大南風（おおみなみ）、南吹く（みなみふく）、正南風（まみなみ）、まはえ。⬇まじ[夏]、油南風（あぶらまじ）[夏]、はえ[夏]、夏の風（なつのかぜ）[夏]

§

南風なにくるひて文机《ふづくゑ》の紙吹き飛ばしものも書かせぬ　森鷗外・うた日記
南風薔薇《さうび》ゆすれりあるかなく斑猫《はんめやう》飛びて死ぬる夕ぐれ　北原白秋・桐の花
土墻《かき》のうち黄旗高からず南風《みなみ》吹く　山口青邨・雪国

「む～も」

むぎのあき【麦の秋】

麦が黄熟する初夏の頃。黄熟した麦、麦の収穫をもいう。「秋」は収穫の候の意。「麦秋（ばくしゅう）」といって旧暦五月の別名でもある。麦は五月頃から熟し始める。一般に立春より一二〇日前後の麦刈の時期である。小麦は大麦の一〇日後頃に収穫する。[同義] 麦秋（むぎあき）。⬇麦の秋風（むぎのあきかぜ）[夏]

§

おくるてふ蝉の初声聞くよりも今はと麦の秋を知りぬる　よみ人しらず・夫木和歌抄八
冬をへてともしに生ふる麦の秋は夜寒なりけり蝉の羽衣　賀茂保憲女集（賀茂保憲の女の私家集）
川口の小島に黄ばむ麦の秋葦剖《よしきり》などのなきしきるこゑ　岡稻里・早春
宿々は皆新茶なり麦の秋　許六・五老井発句集
猶語れいねとは言はず麦の秋　也有・蘿葉集
穂にむせぶ咳もさわがし麦の秋　太祇・太祇句選
麦秋や馬に出て行く馬鹿息子　太祇・太祇句選
辻堂に死せる人あり麦の秋　蕪村・新花摘
旅寝してしるや麦にも秋の暮　蓼太・蓼太句集
覆面の内儀しのばし麦の秋　召波・春泥発句集
宵闇ぞ最中なりけり麦の秋　暁台・暁台句集
麦秋や土台の石も汗をかく　一茶・文政句帖
野の道や童《わらべ》蛇打つ麦の秋　正岡子規・子規句集
鞭鳴す馬車の埃や麦の秋　夏目漱石・漱石全集
海近き砂地つゞきや麦の秋　河東碧梧桐・新傾向（夏）
麦秋を年毎に来て温泉《ゆ》馴れけり　大谷句仏・我は我
麦秋の蝶吹かれ居る唐箕光　飯田蛇笏・雲母
週末の牧師旅にあり麦秋　山口青邨・雪国
麦の秋一と度妻を経てきし金　中村草田男・万緑

むぎのあきかぜ【麦の秋風】
麦が黄色に熟す頃に吹く風をいう。多くの穀物は秋に熟すが、麦は早いものでは五月頃より熟すため、この時期に吹く風を「麦の秋風」という。［同義］麦の風（むぎのかぜ）、麦嵐（むぎあらし）。❶麦の秋（むぎのあき）［夏］、初夏（しょか）［夏］

§

御園生に麦の秋風そよめきて山ほととぎすしのび鳴くなり
散木奇歌集（源俊頼の私家集）
はたけふに麦の秋風吹き立ちぬはやうちとけぬ山ほととぎす
林葉和歌集（俊恵の私家集）
在郷法師麦の秋風と読れけり
言水・俳諧五子稿

むぎのかぜ【麦の風】
❶麦の秋風（むぎのあきかぜ）［夏］

§

麦枯る、風が吹く也須磨の山　槫堂・萍窓集
麦の風粉糠だらけや馬の顔　来山・婦多津物
麦の風鄙の車に乗りにけり　河東碧梧桐・春夏秋冬

もかりぶね【藻刈舟】
舟足をよくするため、または肥料とするために、夏、湖沼や池などに繁茂した藻を刈りとる。そのために出す舟を藻刈舟という。❶舟（ふね）［四季］

§

藻刈舟《もかりぶね》今ぞ渚《なぎさ》に来《き》よすなる汀《みぎは》の鶴《たづ》の声《こゑ》さは(わ)ぐなり
よみ人しらず・拾遺和歌集八（雑上）

もゆる【炎ゆる】
夏の日の炎天下の燃えるような熱気をいう。❶炎天（えんてん）［夏］、炎暑（えんしょ）［夏］

「や」

やくる【灼くる】
真夏の直射日光の灼けつくような熱さをいう。❶炎ゆる（もゆる）［夏］

§

灼け灼けし日の果電車の灯もかゞやか　中村草田男・来し方行方
岩灼くるにほひに耐へて登山綱《ザイル》負ふ　石橋辰之助・山行
雲灼けて伸びあがるかなストの街　加藤楸邨・山脈

やまぎり【山霧】
山にたつ霧。「さんむ」ともいう。上昇気流により発生する。霧は凝結した無数の水蒸気が水滴となって浮遊するもので、山にかかる雲はその中に入ると霧であり、登山家はたんにガスとよぶ。❶夏の霧（なつのきり）［夏］、海霧（うみぎり）［夏］、霧（きり）［秋］

§

ふさ手折《たを》り多武《たむ》の山霧しげみかも細川の瀬に波の騒ける
作者不詳・万葉集九

雨にとく成《なり》ぬるものをすゞか山霧のふるのとおもひけるかな
香川景樹・桂園一枝
さみだれの山霧ふかく田にくだり蛙《かはづ》も鳴かぬ夕べとなれり
中村憲吉・しがらみ
山霧《やまぎり》や駕篭《かご》にうき寐の腹いたし　凡兆・荒小田
朝寐する障子の隙も霧の山　北枝・草庵集
山霧の梢に透る朝日かな　召波・春泥発句集

やましみず【山清水】
山に湧き出る清水。⬇清水（しみず）[夏]

§

おのづから出《い》でて流《なが》るる山清水《やましみづ》水澄《す》みも濁《にご》りもなき世《よ》なりけり
安藤野雁・野雁集
山清水とがしたなさを命かな　落梧・笈日記
老《おい》の手の籠《かご》にお《(を)》どるや山清水《やましみづ》　凡兆・百曲
茶にやつすたもとも浅し山清水　支考・支考句集
蕗《ふき》の葉のあればこそあれ山清水　桃妖・白馬

やませ【山瀬】
五～六月頃、オホーツク海の高気圧が三陸沖に南下して、東北一帯で東北風・東風となり、太平洋側から山を越えて日本海側に寒冷な風を送る。この風を「やませ」という。この風が続くと気温がさがり、農作物に冷害をもたらし、漁獲も減少する。俗に「七日やませ」といって嫌われる。⬇夏の風（なつのかぜ）[夏]

「ゆ」

ゆうすず【夕涼】
夕方の涼しさのこと。または夕涼みのこと。⬇涼し（すずし）[夏]、晩涼（ばんりょう）[夏]、夕涼み（ゆうすずみ）[夏]

§

夕涼や汁の実を釣る背戸の海　一茶・七番日記

ゆうすずみ【夕涼み】
⬇涼み（すずみ）[夏]、夕涼み（ゆうすず）[夏]

§

つまぎこるしづはたを《(お)》びの夕涼《すゞ》みかた吹かふる谷《たに》の下風《かぜ》
宗尊親王・文応三百首
風かよふ松の木陰《かげ》の夕涼《すゞ》みたゞこのまゝに立《た》ち待《ま》ちの月
正徹・永享九年正徹詠草
夕涼み独《ひと》声して行《ゆく》水もいはまほしきや今を秋ぞと
後柏原天皇・内裏着到百首
松陰のちり打《うち》はらへけふの日も夕風たちぬゆふすゞみせん
小沢蘆庵・六帖詠草
かとのへの槐のもとに麻織の玉床しきて夕すゞみすも
伊藤左千夫・伊藤左千夫全短歌

夕納涼舞妓とふたり水を渉り阿半と呼んだ長右衛門老いた　青山霞村・池塘集
瓜作る君かあれなと夕すゞみ　芭蕉・あつめ句
あつみ山や吹浦《ふくうら》かけて夕すゞみ　芭蕉・おくのほそ道
川かぜや薄がききたる夕すゞみ　芭蕉・をのが光
破《は》風口《ふぐち》に日影やよはる夕涼み　芭蕉・芭蕉庵三日月日記
飯《めし》あふぐかゝが馳走や夕涼　芭蕉・笈日記
水無月《みなづき》や朝めしくはぬ夕すゞみ　嵐蘭・猿蓑
温泉《デユ》に気はやはらげ出《いで》て夕涼　言水・新撰都曲
町筋《まちすぢ》は祭に似《に》たり夕涼《ゆふすず》み　去来・初蝉
膳所《ぜぜ》米《こめ》や早苗《さなへ》のたけに夕涼《ゆふすずみ》　半残・猿蓑
山伏《やまぶし》の髪《かみ》すきたてゝ夕《ゆふ》すゞみ　許六・韻塞
月待《まつ》や海を尻目《しりめ》に夕すゞみ　正秀・猿蓑
職人《しよくにん》の帷子《かたびら》きたる夕《ゆふ》すゞみ　土芳・続猿蓑
さし当る用も先《まづ》なし夕すゞみ　涼菟・皮籠摺
此舟《このふね》に老《おい》たるはなし夕涼《すずみ》　其角・五元集拾遺
夕すゞみあぶなき石にのぼりけり　野坡・炭俵
虚無僧《こむそう》の笠《かさ》を脱《ぬぎ》けり夕涼ミ　百里・松かさ
さがなしや榎《えのき》にすがるゆふ涼《すず》み　琴風・続の原
川むかひもらひわらひや夕涼《ゆふすずみ》　梢風・木葉集
子は寐たり飯はくふたり夕涼　正岡子規・子規句集

ゆうだち【夕立・白雨】

「ゆだち」「よだち」ともいう。雷を伴い、短時間に豪雨を降らす村雨性の雨。夏期の午後に多いため、夕立とよばれる。太陽の強い日射で地上が熱せられ、強い上昇気流により積乱雲が発生して小低気圧となり、上昇して冷却した水滴が帯電して放電し、雷をともなった豪雨となる。盆地地帯では四辺の山の反射熱でより強く熱せられるため、多く発生する。東京では、甲府盆地、日光、上州方面でこの低気圧が発生し、午後四時から六時頃の夕方に襲来する。［同義］白雨（ゆうだち）。⇩夏の雨（なつのあめ）［夏］、雷（かみなり）［夏］、夕立風（ゆうだちかぜ）［夏］、夕立雲（ゆうだちぐも）［夏］、夕立晴（ゆうだちばれ）［夏］、夕雨（ゆうさめ）［四季］

§

夕立の雨うち降れば春日野の草花《をばな》が末《うれ》の白露思ほゆ　小鯛王・万葉集一六
夕立《ゆふだち》のまだはれやらぬ雲まよりおなじ空とも見《み》えぬ月かな　俊恵・千載和歌集三（夏）
よられつる野《の》もせの草のかげろひてすゞしくくもる夕立の空　西行・新古今和歌集三（夏）
露《つゆ》すがる庭の玉笹《たまざゝ》うちなびきひとむらすぎぬ夕立《ゆふだち》の空　藤原公経・新古今和歌集三（夏）
いづくにか宿をも借《か》らん有間山猪名野《いなの》の原《はら》の夕立《ゆふだち》の空《そら》　宗尊親王・文応三百首
吹《（ふき）》おろす風ぞすゞしき山の端《は》にかゝれる雲や夕立《ゆふだち》の空《そら》　頓阿・頓阿法師詠
をちかたの雲に一声《こゑ》なるかみにやがて降《ふ》りきぬ夕立《ゆふだち》の雨　心敬・寛正百首
風《かぜ》の音村雲ながらきおひ《（ほ）》きて野分《（のわき）》に似たる夕立の空　幽斎・玄旨百首

夕立［北斎漫画］

にひた山うき雲さわぐ夕だちにとねの川水うはにごりせり
賀茂真淵・賀茂翁家集

おほびえやをびえの雲のめぐり来て夕立すなり粟津のゝ原
賀茂真淵・賀茂翁家集

かき濁し岩こす波もやかてすむ清たき川のゆふたちの雨
上田秋成・寛政九年詠歌集等

夕だちの雨のやへ雲たちまちにふるしばらくは夏なかりけり
香川景樹・桂園一枝拾遺

ゆふだちにさしてゆきかふ市人のかさはひがさになりにける哉
大隈言道・草径集

荒磯の浪に馴れたる離れ鵜も風ながれするゆふだちの雨
与謝野礼厳・礼厳法師歌集

一しきりふりて過たる夕立に　わきてこよひは涼しかりけり
樋口一葉・詠草

夕立や椽に干したる経巻をぬらして過ぎた杉ふかいやま
青山霞村・池塘集

夕立のつゆこき垂れてこの庭の一木の松の目にきよきかな
太田水穂・つゆ艸

夕立にてまりの花の濡るる見て湯浴《ゆあ》ままほしくなりにけるかな
与謝野晶子・瑠璃光

夕立にぬれわたりたる道の上に青桐の花散りこぼれつつ
古泉千樫・青牛集

朽《く》ちし樋《とひ》の幾《いく》ところより夕立の雨むきむきにほとばしるなり
三ケ島葭子・三ケ島葭子歌集

加茂川に夕立すなり寝て聴けば雨も鼓を打つかとぞ思ふ　吉井勇・祇園歌集
夕立の雨に濡れ立つ大杉のあなすがすがし水ながしたり　前川佐美雄・天平雲
白雨《ゆふだち》や蓮一枚の捨《すて》あたま　嵐蘭・猿蓑
撫子《なでしこ》をうつ夕立やさもあらき　杉風・杉風句集
白雨《ゆふだち》や木の下露《つゆ》の片思ひ　路通・一の木戸
涼《すず》しさよ白雨《ゆふだち》ながら入日影《いりひかげ》　去来・あら野
夕立《ゆふだち》にふみなかへしそ渡舟《わたしぶね》　千那・いつを昔
夕立《ゆふだち》の初手《しよて》はさながら礫《つぶて》かな　朱拙・後ばせ集
白雨《ゆふだち》やその黒かりし駒《こま》のつや　介我・雑談集
白雨《ゆふだち》や障子懸《かけ》たる片びさし　嵐雪・蘆分船
夕だちや裟婆《しやば》の袖《そで》ゆく三瀬河《みつせがは》　越人・猫の耳
白雨《ゆふだち》に河追《おひ》あぐる裸馬《はだかうま》　正秀・西の雲
夕立《ゆふだち》の山や目覚《めざめ》た枕もと　土芳・蓑虫庵集
夕立《ゆふだち》や風をゆり込軒《こむのき》の芦《あし》　曲翠・藤の実
ゆふだちや田も三巡《みめぐ》りの神ならば　其角・其角十七回
夕だちや船の足とり手取川《てどりがは》　露川・北国曲
ゆふだちに呼《よび》いださる、柏《かしは》哉　園女・其袋
馬塚や夕立過《ゆふだちすぎ》る草いきり　桃妖・草庵集
夕だちや草葉《くさば》をつかむむら雀　蕪村・蕪村句集
夕立のとりおとしたる出村《（でむら）》哉　一茶・文政句帖
日は峰に夕立つ杉の木の間かな　内藤鳴雪・鳴雪句集
夕立や仮の哨舎《せうしや》の亜鉛葺《とたんぶき》　森鷗外・うた日記
夕立や池に龍住む水柱　村上鬼城・鬼城句集

海原《うなばら》や夕立さわぐ蜑小舟《あまおぶね》　正岡子規・子規句集
夕立や蟹はひ上る簀子椽　夏目漱石・漱石全集
森林帯沮洳《そじよ》に咲く花夕立ちて　河東碧梧桐・碧梧桐句集
山寺の一現象の夕立《ゆだち》かな　高浜虚子・七百五十句
ほんによかつた夕立の水音がそここ　種田山頭火・草木塔
小照の父咳もなき夕立かな　渡辺水巴・白日
夕立からりと晴れて大きな鯖《さば》をもらつた　尾崎放哉・小豆島にて
屋の間奥山見えて夕立かな　飯田蛇笏・椿花集
教会の鐘が鳴りつ、夕立す　山口青邨・雪国
夕立のあとの虚《むな》しさ灯影の樹　日野草城・旦暮
此谷を夕立出で行く吾入り行く　中村草田男・万緑
蓬生に土けぶり立つ夕立かな　芝不器男・不器男句集

ゆうだちかぜ【夕立風】
夕立の時に吹く風。➡夕立（ゆうだち）［夏］
§
今切や夕立風の潮ざかひ　許六・五老井発句集
柳みむ余所に夕立つあまり風　太祇・太祇句選

ゆうだちぐも【夕立雲】
夕立を降らせる雲のこと。➡夕立（ゆうだち）［夏］
§
照まけて夕立雲の崩《くづ》れけり　猿雖・韻塞
灸《きう》すへて夕立雲《ゆふだちぐも》のあゆみ哉　其角・五元集拾遺
まだ今も夕だち雲の大江山　露川・北国曲

ゆうだちばれ【夕立晴】
たいてい、夕立は一時間ほどでやみ、からりと晴れあがる。

⇩夕立（ゆうだち）［夏］、夕晴（ゆうばれ）［四季］

風そひて夕立晴る野中哉　白雄・白雄句集

§

ゆうなぎ【夕凪】

海岸地帯では昼間の海風から夜間の陸風へと移り変わる時、海上と陸上がほぼ等温となり、一時的に無風状態になることがある。この状態を夕凪という。夏日の気温の高い日に多く、この夕凪時は暑熱がより厳しくなる。瀬戸内海や長崎の夕凪は有名。⇩朝凪（あさなぎ）［夏］、風死す（かぜしす）［夏］

§

夕凪《ゆふなぎ》に漁《あさり》する鶴《たづ》潮満てば沖波高み己《おの》が妻呼ぶ　作者不詳・万葉集七

月《つく》よみの光を清み夕凪《ゆふなぎ》に水手《かこ》の声呼び浦廻《うらみ》漕ぐかも　作者不詳・万葉集一五

夕凪ぎて一平らなる海の上に帰り帆のかげつぎつぎと見ゆ　土田耕平・青杉

夕凪や浜蜻蛉につつまれて　臼田亜浪・定本亜浪句集

ゆうやけ【夕焼】

太陽が地平線に近づいたころから日没後しばらくの間、西の空が橙・赤色に見える薄明現象。「ゆやけ」ともいう。これは太陽の光が空気層を昼間よりも長い距離通過するため、波長が短い青色や紫色の光は散乱してとどかないが、波長の長い赤・橙・黄色の光は散乱せずに地上に達するからである。夕焼は一年中見られるが、俳句では夏の灼けつくような景色の印象から夏の季語となる。⇩朝焼（あさやけ）［夏］、秋の入日（あきのいりひ）［秋］、西日（にしび）［夏］、夕日（ゆうひ）［四季］、夕映（ゆうばえ）［四季］

§

夕焼くる雲もあらねば高天《たかあめ》の奥所《おくが》明るく黄に澄めるかも　島木赤彦・切火

夕焼空《ゆふやけぞら》焦《こ》げきはまれる下《した》にして凍《こほ》らむとする湖《うみ》の静《しづ》けさ　島木赤彦・切火

鶏の子の　ひろき屋庭に出でゐるが、夕焼けどきを過ぎてさびしも　釈沼空・海やまのあひだ

鎌をとぐ夕焼おだやかな　種田山頭火・草木塔

民の間に絶えし金色《こんじき》夕焼に　中村草田男・来し方行方

塁々たる石の頭を夕焼過ぐ　加藤楸邨・山脈

満天の夕焼雲が移動せり　加藤楸邨・砂漠の鶴

ゆかすずみ【床涼み】

⇩河原の納涼（かわらのすずみ）［夏］

§

床《ゆか》すゞみ七夕《たなばた》どのやはしの上　野坡・野坡吟草

ゆくなつ【行く夏】

夏の終り、去りゆく季節を表現することば。⇩夏の果（なつのはて）［夏］

§

一夏の行か小鳥も山ごもり　徳元・毛吹草

井に落す硯もやがて夏の行く　乙二・斧の柄草稿

「よ」

よしゅん【余春】

夏の季節になっても、咲き残る春の花や山野の霞など、なお春の趣が残るさまをいう。⇩惜春（せきしゅん）［春］

よたき【夜焚】

夏の夜、特に月のない夜に、海の夜焚船で魚をとるために灯や篝火を焚くこと。その火に集まってくる鯖・海老・烏賊などの魚をとる。⇩篝舟（かがりぶね）［四季］

ヨット【yacht】

競争や娯楽などに用いる洋式の小型帆船。⇩舟（ふね）［四季］、船遊（ふなあそび）［夏］

§

遠き海の沖辺《おきべ》の白帆《しらほ》ふと今の恥に黒める心に浮かぶ　岡本かの子・わが最終歌集

波の果てより雲湧いて白帆一つ生まれぬ　種田山頭火・層雲

よづり【夜釣】

夜の釣。俳句では夏の季語となる。夏には海や川などで涼みながら釣を楽しむことが多い。⇩夜振（よぶり）［夏］

§

夜釣の灯なつかしく水の闇を過ぐ　富田木歩・定本木歩句集

よのつまる【夜のつまる】

夏の短い夜をいう。春分の日より夜は短くなり、夏至にいたって最も短くなる。［同義］短夜、夜短し（よみじかし）、明易き夜（あけやすきよ）、明易き宵（あけやすきよい）、明易き闇（あけやすきやみ）、明易し（あけやすし）、明急ぐ（あけいそぐ）、明早し（あけはやし）。⇩短夜（みじかよ）［夏］

よぶり【夜振】

夏の夜、川や池で松明などを灯して集まってくる魚を漁獲すること。［同義］夜振火（よぶりび）、川照射（かわともし）。⇩川狩（かわがり）［夏］、夜焚（よたき）［夏］、夜釣（よづり）［夏］

§

河鴉鳴や夜狩の水離れ　一介・其便

雨後の月誰ゾや夜ぶりの脛白き　蕪村・蕪村句集

盃を挙ぐ楼のましたに夜振の火　山口青邨・冬青空

よるのあき【夜の秋】

夏の土用に入り、夏の終りの季節になると、夜には涼しさが増し、虫の音も聞こえはじめる。このような秋の到来を予感させる夏の夜をいう。「土用半ばにはや秋の風」ということばがあり、おもに明治期以降に定着された俳句の季語。⇩秋近し（あきちかし）［夏］、秋の夜（あきのよ）［秋］

§

玉虫の活きるかひなき夜の秋　暁台・暁台遺稿

月の後霜にしづけし夜の秋　定雅・椿花文集

涼しさの肌に手を置き夜の秋　高浜虚子・六百五十句
市街の灯見るは雲の闇夜の秋　飯田蛇笏・雲母
うつつ寝の妻をあはれむ夜の秋　臼田亜浪・定本亜浪句集

「ら〜ろ」

らい【雷】

⬇雷（かみなり）［夏］

§

わたつみの空《そら》はとほけどかたまれる雲《くも》の中《なか》より雷《らい》鳴りきこゆ　斎藤茂吉・つゆじも
ぬばたまの夜《よる》にならむとするときに向ひの丘《をか》に雷《らい》ちかづきぬ　斎藤茂吉・ともしび
よひ闇《やみ》のはかなかりける遠くより雷《らい》とどろきて海に降《ふ》る雨　斎藤茂吉・石泉
ひとつ谷に円《まど》かなる月かがやきて雷《らい》の音《おと》する雲ちかづくも　斎藤茂吉・寒雲

らいう【雷雨】

雷を伴う雨。⬇雷（かみなり）［夏］、夏の雨（なつのあめ）［夏］

§

いくうねの沢の立木は矮《ひく》しひくし頻《しき》りひらめく雷雨《らいう》の光　古泉千樫・青牛集
雷雨来て降りこめられし堂の縁沙羅の散り花ここだ吹かれ来《く》　吉井勇・遠天
吹落す樫の古葉の雷雨かな　村上鬼城・鬼城句集
雷雨待つ船みな錨投げにけり　水原秋桜子・葛飾
花菖蒲紫消《け》ぬる雷雨かな　山口青邨・雪国
蝶の羽のどつと流るゝ雷雨かな　川端茅舎・川端茅舎句集
雷雨下の乳房は濡れて滴れり　加藤楸邨・山脈

らいうん【雷雲】

雷を起こす雲。積乱雲であることが多い。⬇雷（かみなり）［夏］、夏の雲（なつのくも）［夏］

§

雷雲の間に残光の空しばし　中村草田男・万緑

りっか【立夏】

二十四節気の一。旧暦の四月節。新暦の五月六日頃をいい、この日より夏の始まりとする。二十四節気の夏季は、「立夏（五月六日・四月節）」「小満（五月二一日・四月中）」「芒種（六月六日・五月節）」「夏至（六月二一日・五月中）」「小暑（七月八日・六月節）」「大暑（七月二四日・六月中）」となっている。［同義］夏立つ、夏に入る（なつにいる）、夏来る、夏かけて（なつかけて）、今朝の夏（けさのなつ）。⬇夏（なつ）［夏］、夏来る（なつきたる）［夏］、夏立つ（なつたつ）［夏］、小暑（しょうしょ）［夏］、小満（しょうまん）［夏］、初夏（しょか）［夏］、大暑（たいしょ）［夏］、芒種（ぼうしゅ）［夏］

りよう【涼】
⇩涼し（すずし）［夏］

§

君と共に再び須磨の涼にあらん　高浜虚子・七百五十句
湯を出《い》で、満山の涼我に在り　高浜虚子・七百五十句

りよくいん【緑陰】
初夏のさわやかで明るい日差しの中で、青葉若葉の下にできる青色の陰をいう。［同義］翠陰（すいいん）。⇩木下闇（このしたやみ）［夏］、日陰（ひかげ）［夏］

§

緑蔭《りよくいん》にありて一歩も出でずをり　高浜虚子・七百五十句
緑蔭《りよくいん》を出て来る君も君もかな　高浜虚子・七百五十句
子を守《も》りて大緑蔭を領したる　高浜虚子・七百五十句
父が呼ぶ緑蔭に入り眉ひらく　中村草田男・来し方行方

れいか【冷夏】
例年より気温が異常に低い夏。梅雨明けの遅い時、またオホーツク海の高気圧が長期間はりだしている時などに生じる。冷夏には北海道や東北で農作物が冷害をうけることが多い。
［同義］夏寒し（なつさむし）。

ろくがつ【六月】
夏半ばの梅雨期に入った季節。旧暦では水無月という。⇩水無月（みなづき）［夏］、仲夏（ちゅうか）［夏］

§

むさし野の野方の路に雨降りぬ六月いまだ涼しき夕　与謝野晶子・瑠璃光

六《ロク》月や峯に雲置クあらし山　芭蕉・杉風宛書簡
六月《ろくぐわつ》の汗《あせ》ぬぐひ居《ゐ》る台《うてな》かな　越人・春の日
六月の峯《みね》に雪見る枕かな　支考・支考句集
六月は空鮭《からざけ》おがめ《（を）》鯛《たひ》よりも　支考・夏衣
六月は綿《わた》の二葉に麦刈《かり》て　素牛・深川
六月や氷つきわる山近し　北枝・布ゆかた
六月の蟻のおびたゞし石の陰　正岡子規・新俳句
六月の氷菓一盞の別れかな　中村草田男・長子
六月馬は白菱形を額《ぬか》に帯び　中村草田男・万緑
六月の女坐れる荒筵　石田波郷・雨覆

秋の季語

立秋（八月八日頃）から立冬前日（十一月六日頃）

「あ」

あき【秋】

一般に立秋（八月八日頃）から、立冬（一一月七日頃）までを秋という。気象学上では九～一一月をいい、天文学上では夏至（六月二二日頃）から秋分（九月二三日頃）までとなる。秋季の九旬（九〇日間）を「九秋」と称する。二十四節気では、秋を「初秋」「仲秋」「晩秋」の三つに等分し、「三秋」と称する。初秋は旧暦七月（新暦八月）をいい、仲秋は旧暦八月（新暦九月）、晩秋は旧暦九月（新暦一〇月）をいう。三秋はさらに六つの節に分かれる。初秋は「立秋」と「処暑」に、仲秋は「白露」と「秋分」に、晩秋は「寒露」と「霜降」に区切られる。それぞれの日取・気節は「立秋（八月八日・七月節）」「処暑（八月二四日・七月中）」「白露（九月八日・八月節）」「秋分（九月二三日・八月中）」「寒露（一〇月八日・九月節）」「霜降（一〇月二三日・九月中）」となっている。『滑稽雑談』に「梁の元帝纂要に曰、秋は三秋、素秋、高秋、商秋、九秋と曰ふ」とある。農村では秋は収穫の季節であり、「でき秋」「米秋」などともよばれる。同様に古代では、稲の刈上げの前夜までを秋とし、刈上げの夜から冬とされた。古歌では「秋」と「飽」を掛け、過ぎてゆく秋と去っていく愛を惜しむ歌が多い。また一般に王朝和歌では「うつろう秋」を惜しむものが多く、中世和歌では「ふけゆく秋」「ふかき秋」を詠む歌が多い。［語源］アキは開明の意で、秋の空は清明であるところから「明＝アキ＝秋」と。また、アキは「飽」の意で、百穀成熟し、食物が飽満する豊饒な季節であるところから。アキは「緋＝アケ」の意で、草木が紅（アカ）く紅葉することから、など諸説ある。［同義］三秋（さんしゅう）、九秋（きゅうしゅう）、素秋（そしゅう）、高秋（こうしゅう）、商秋（しょうしゅう）、金秋（きんしゅう）、白蔵（はくぞう）、明景（めいけい）、朗景（ろうけい）、爽節（そうせつ）、爽籟（そうらい）、白帝（はくてい）、素商（そしょう）。⬇立秋（りっしゅう）［秋］、秋来る（あきくる）［秋］、秋立つ（あきたつ）［秋］、麦の秋（むぎのあき）［夏］、秋の色（あきのいろ）［秋］、初秋（しょしゅう）［秋］、秋深し（あきふかし）［秋］、処暑（しょしょ）［秋］、寒露（かんろ）［秋］、秋分（しゅうぶん）［秋］、仲秋（ちゅうしゅう）［秋］、白露（はくろ）［秋］、霜降（そうこう）［秋］、晩秋（ばんしゅう）［秋］、行く秋（ゆくあき）［秋］、千五百秋（ちいほあき）［四季］

§

物ごとに秋ぞかなしきもみぢつゝうつろひゆくを限《かぎ》りとおもへば

よみ人しらず・古今和歌集四（秋上）

奥山に紅葉ふみわけ鳴《(なく)》鹿のこゑきく時ぞ秋はかなしき

よみ人しらず・古今和歌集四（秋上）

おなじ枝《え》を分《わ》きて木《こ》の葉《は》のうつろふは西こそ秋のはじめなりけれ

藤原勝臣・古今和歌集五（秋下）

白露のおきてかゝれる百敷《もゝしき》のうつろふ秋《あき》のことぞかなしき
伊勢集（伊勢の私家集）

春はたゞ花のひとへに咲《さ》く許《(ばかり)》物のあはれは秋ぞまされる
よみ人しらず・拾遺和歌集九（雑下）

老らくは月の影さへやよければともにふけぬる秋ぞかなしき
藤原為家・中院詠草

ゆふ日さすあさぢが原に乱れけりうすくれなゐの秋のかげろふ
香川景樹・桂園一枝

六月のてる日のうちにたつ秋は風の音にもしられざりけり
香川景樹・桂園一枝拾遺

相やとる人のことこと此秋の豊のみのりをほぎかたるかも
伊藤左千夫・伊藤左千夫全短歌

山崎のはざま涼しいあさの雲あきは秋らし薄虹が立つ
青山霞村・池塘集

人ひとり旅にこやりてかへり来《こ》ぬ今年の秋は心寂しき
島木赤彦・太虚集

さらでだにさびしき秋のこの頃をなれに別れていかにすぐさん
太田水穂・つゆ艸

烏瓜《たまづさ》の夕《ゆふ》さく花は明け来れば秋をすくなみ萎《しぼ》みけるかも
長塚節・初秋の歌

秋はもののひとりひとりぞをかしけれ空ゆく風もまたひとりなり
若山牧水・独り歌へる

眼のふかく昼も臆する男あり光れる秋をぢつと凝視《みつ》むる
北原白秋・桐の花

大仏へ近みちをするたそがれの、案内者の靴の　大きなる、秋。
土岐善麿・不平なく

父《ちち》のごと秋《あき》はいかめし　母《はは》のごと秋《あき》はなつかし　家持《いへも》たぬ児《こ》に
石川啄木・秋風のこころよさに

人恋し灯もなつかしと夜戸出する寂しきころを秋と云ふらむ
吉井勇・河原蓬

あめつちの四季の秋には寂《さび》あれどこころの秋はただに冷たき
吉井勇・人間経

落葉みちを二尊院へとのぼり来て秋の深さにおどろきにけり
吉井勇・天彦

君が帯秋のひびきを立てにけり涙ながらに結びたまへば
吉井勇・昨日まで

雹《ひよう》ふりて　秋　たのみなし。村のうちに、旅をどり子も入れじ　といふなり
釈迢空・春のことぶれ

大きなる声ひとつだに挙げずして心さみしき秋は過ぎにき
中村憲吉・しがらみ

あまた度《たび》君とは行きき山の辺の中の道の一日秋のひかりに
土屋文明・青南後集

殺生石《せつしやうせき》は草木《くさき》たえたる石《いし》はらに秋ひる過ぎの陽炎《かげろふ》は立つ
土屋文明・放水路

房枕《ふさまくら》秋の寐覚《ねざめ》の物狂《ものぐる》ひ
西鶴・蓮実

雨の日や世間の秋を堺町《さかひちやう》
芭蕉・江戸広小路

秋十《あきと》とせ却《かへつ》て江戸を指古郷《さすこきやう》
芭蕉・甲子吟行

此枩《このまつ》の実ばへせし代《よ》や神の秋
芭蕉・鹿島詣

かりかけし田づらのつるや里の秋　芭蕉・鹿島詣
おくられつおくりつはては木曾の秋　芭蕉・曠野
寂《さび》しさや須磨にかちたる浜の秋　芭蕉・おくのほそ道
此秋《このあき》は何《なん》で年よる雲に鳥　芭蕉・笈日記
秋深き隣は何をする人ぞ　芭蕉・笈日記
秋《あき》ひとり琴柱《ことぢ》はづれて寐《ね》ぬ夜《よ》かな　荷兮・春の日
改まる秋も目出度し巻暦　荷兮・はしらごよみ
幾秋か甲《かぶと》にきへ《（え）》ぬ鬢《びん》の霜《しも》　曾良・卯辰集
蜘《くも》の巣《す》の是《これ》も散行秋《ちりゆくあき》のいほ　路通・あら野
腰居《こしすゑ》し岩に麓《ふもと》の秋をみて　言水・新撰都曲
町内《ちやうない》の秋も更行明《ふけゆくあき》やしき　去来・猿蓑
相撲取《すまふとり》ならぶや秋のからにしき　嵐雪・炭俵
上行《うへゆく》と下《した》くる雲や秋《あき》の天《そら》　凡兆・猿蓑
市中《いちなか》は別《わかれ》てさびし秋一つ　土芳・蓑虫庵集
宗因は春死なれしが秋の塚　鬼貫・俳諧大悟物狂
手前者《てまへしや》の一人《ひとり》もみえぬ浦の秋　野坡・炭俵
淋《さび》しさをたゞ見あげてや峰《みね》の秋　蘆本・玉まつり
めづらしや山を離《はな》れて里の秋　百里・雑談集
木曾路《きそぢ》行《ゆき》ていざとしよらん秋ひとり　蕪村・蕪村句集
身《み》の秋や今宵《こよひ》をしのぶ翌《あす》もあり　蕪村・蕪村句集
憂きめみし酒の病や須磨の秋　内藤鳴雪・鳴雪句集
いのちありて今年の秋も涙かな　正岡子規・子規句集
蔵沢の竹も久しや庵の秋　正岡子規・子規句集
見つゝ往け旅に病むとも秋の富士　夏目漱石・漱石全集
吾心点じ了りぬ正に秋　夏目漱石・漱石全集
古畳つめたき秋の昼寝かな　阪本四方太・春夏秋冬
山々の男振り見よ甲斐《かい》の秋　高浜虚子・五百五十句
千年の秋の山裾《やますそ》善光寺　高浜虚子・六百五十句
日かげれば忽ち雨や能登の秋　田中王城・雑詠選集
今朝秋や笏をいだけば袖ながし　飯田蛇笏・山廬集
母よ巌を打つ浪のしぶきの秋　中塚一碧楼・一碧楼一千句
秋も松青し子規虚子ここに生れ　山口青邨・俳句研究
相思樹の梢ゆれをり秋といふ　山口青邨・雪国
秋の航一大紺円盤の中　中村草田男・長子
槙の空秋押移りゐたりけり　石田波郷・風切

あきあさし【秋浅し】
　秋の初めをいう。⇩初秋（しょうしゅう）［秋］、秋深し（あきふかし）［秋］

§

秋浅き楼に一人や小雨がち　夏目漱石・漱石全集

あきあつし【秋暑し】
　俳句では「暑し」は夏の季語のため、「秋」をつけて秋の季語とする。⇩暑し（あつし）［夏］、残暑（ざんしょ）［秋］、秋の暑さ（あきのあつさ）［秋］

§

朝も秋夕も秋の暑さかな　鬼貫・鬼貫句選
梢まで来て居る秋の暑さ哉　支考・篇突
秋暑しいづれ芦野《あしの》、《（の）》柳陰《かげ》　桃隣・陸奥鵆
秋風の立そゝくれし暑さかな　嘯山・葎亭句集
秋暑き中たち切て水寒し　梅室・梅室家集

秋暑し芋の広葉に馬糞飛ぶ　村上鬼城・鬼城句集
秋暑く水こし桶のかな気かな　村上鬼城・鬼城句集
秋暑し癒なんとして胃の病　夏目漱石・漱石全集
秋暑し主《あるじ》まうけの拭《ふ》き掃除　高浜虚子・六百五十句
秋暑したててしづくす藻刈鎌　飯田蛇笏・山廬集
ゆかた着のたもとつれなき秋暑かな　飯田蛇笏・雲母

あきうらら【秋麗】

秋の日の晴れて麗らかな風情。単に「麗か」という場合は春の季語となる。［同義］秋麗か（あきうららか）。⬇麗か（うららか）［春］、秋高し（あきたかし）［秋］、秋澄む（あきすむ）［秋］、秋晴（あきばれ）［秋］

§

天上の声の聞かるゝ秋うらゝ　野田別天楼・倦鳥

あきおしむ【秋惜む】

秋の暮れ行く風情を惜しむ心。⬇暮の秋（くれのあき）［秋］、行く秋（ゆくあき）［秋］

§

明日《あす》よりはいとゞ時雨《しぐれ》や降《ふ》りそはん暮《く》れゆく秋《あき》を惜しむ袂《たもと》に
藤原範永・後拾遺和歌集五（秋下）
秋惜む鬼灯草や女子の嶋　言水・江戸弁慶
戸を叩《たゝ》く狸と秋を惜みけり　蕪村・蕪村遺稿
錦着て夜行く秋を惜みけり　蓼太・蓼太句集
秋惜しと一声虫の鳴音哉　大魯・明烏

あきがすみ【秋霞】

俳句では「霞」は春の季語のため、「秋」をつけて秋の季語とする。⬇霞（かすみ）［春］、霧（きり）［秋］

§

秋霞芋に耕す山畑　村上鬼城・鬼城句集

あきかぜ【秋風】

秋の季節に吹く風。「しゅうふう」ともいう。一般に「秋の初風」の意や、晩秋のものさびしい風の意で詠まれることが多い。五行に配して「金風」ともいう。『月令博物筌』に「秋の風ははげしくあらきものなり。又身にしみてあはれをそふるやうにもよめり」とある。［同義］秋の風、金風（きんぷう）、爽籟（そうらい）、風の爽か（かぜのさわやか）［秋］。⬇秋の初風（あきのはつかぜ）［秋］、初嵐（はつあらし）［秋］、野分（のわき）［秋］、台風（たいふう）［秋］、盆東風（ぼんごち）［秋］、鮭颪（さけおろし）［秋］、高西風（たかにし）［秋］、雁わたし（かりわたし）［秋］、送南風（おくりまぜ）［秋］、色無風（いろなきかぜ）［秋］、秋風近し（あきかぜちかし）［夏］、秋の声（あきのこえ）［秋］、爽籟（そうらい）［秋］、秋の風（あきのかぜ）［秋］、秋の嵐（あきのあらし）［秋］、大西風（おおにし）［秋］、身に入む（みにしむ）［秋］

§

秋風の寒き朝明《あさけ》を佐農《さぬ》の岡《をか》越ゆらむ君に衣貸《きぬか》さましを
山部赤人・万葉集三
うつせみの世は常なしと知るものを秋風寒み偲《しの》ひつるかも
大伴家持・万葉集三
今朝の朝明《あさけ》秋風寒し遠つ人雁《かり》が来鳴かむ時近みかも
大伴家持・万葉集一七

少女等《をとめら》が玉裳裾びく此の庭に秋風吹きて花は散りつつ
安宿王・万葉集二〇

昨日こそ早苗《さなへ》とりしかいつのまに稲葉《いなば》そよぎて秋風のふく
よみ人しらず・古今和歌集四（秋上）

秋風の吹《（ふき）》にし日よりを《（お）》とは山みねの梢《こずゑ》も色づきにけり
紀貫之・古今和歌集五（秋下）

秋風にあへずちりぬるもみぢばの行ゑ《ゆく（へ）》さだめぬ我ぞかなしき
よみ人しらず・古今和歌集五（秋下）

秋風の吹《ふ》きと吹《ふ》きぬる武蔵野《むさしの》はなべて草葉《くさば》の色かはりけり
よみ人しらず・古今和歌集一五（恋五）

秋風にあふたのみこそ悲《かな》しけれわが身むなしくなりぬとおもへば
小野小町・古今和歌集一五（恋五）

秋風の音羽《おとは》の山《やま》の谷水《たにみづ》の渡《わた》らぬ袖《そで》も色濃《いろこ》きやなぞ
伊勢集（伊勢の私家集）

露わけし袂《たもと》ほす間《ま》もなき物をなど秋風のまだき吹《ふ》くらん
大江千里・後撰和歌集五（秋上）

穂《ほ》にはいでぬいかにかせまし花薄《すゝき》身を秋風に棄《す》てや果《は》ててん
小野道風・後撰和歌集五（秋上）

秋風の吹《ふ》くに散《ち》りかふもみぢばを花《はな》とやおもふ桜井《さくらゐ》の里《さと》
実方朝臣集（藤原実方の私家集）

あきかぜの心やつらき花すゝき吹《ふ》きくるかたをまづそむくらむ
檜垣嫗集

我《わ》が背子《せこ》が来《き》まさぬ宵《よゐ》の秋風は来《こ》ぬ人よりもうらめしき哉《（かな）》
曾祢好忠・拾遺和歌集一三（恋三）

山城《やましろ》の鳥羽田《とばた》の面《おも》をみわたせばほのかにけさぞ秋風《かぜ》はふく
曾祢好忠・詞花和歌集三（秋）

秋《あき》ふくはいかなる色《いろ》の風《かぜ》なれば身にしむばかりあはれなるらん
和泉式部・詞花和歌集三（秋）

伏見《ふしみ》山松のかげより見わたせばあくる田のもに秋風ぞふく
藤原俊成・新古今和歌集四（秋上）

あはれいかに草葉のつゆのこぼるらん秋風たちぬ宮城野《みやぎの》の原《はら》
西行・新古今和歌集四（秋上）

夕《ゆふ》されば玉ちる野辺《のべ》のをみなへし枕《まくら》さだめぬ秋風ぞふく
藤原良平・新古今和歌集四（秋上）

秋風のいたりいたらぬ袖はあらじたゞわれからの露《つゆ》の夕暮《ゆふぐれ》
鴨長明・新古今和歌集四（秋上）

さらでだにもの思《おも》ふことの限《かぎ》りなる夕《ゆふべ》を時《とき》と秋風ぞ吹《ふ》く
一条良基・後普光園院殿御百首

うちなびくしげみが下のさゆり葉《ば》のしられぬほどにかよふ秋風《かぜ》
藤原定家・定家卿百番自歌合

うかりける身《み》を秋風《あきかぜ》にさそはれて思《おも》はぬ山《やま》のもみぢをぞ見《み》る
後醍醐天皇・増鏡

あづま路《ぢ》のうつの山べの時雨《しぐれ》づく秋風寒し蔦《つた》の細道
賀茂真淵・賀茂翁家集拾遺

さびしさにくさのいほりをでゝみればいなばおしなみあきかぜぞふく
大愚良寛・布留散東

あきかぜよいたくなふきそあしひきのみやまもいまだもみぢ

せなくに
大愚良寛・良寛自筆歌集

たか庵心ほそくもともし火にあき風見ゆる森のゆふ暮
上田秋成・寛政九年詠歌集等

ふるさとのなつめがもとの萩《はぎ》が花《はな》こぼれにけらし秋風《あきかぜ》の吹《ふ》く
加納諸平・柿園詠草

秋風の寒くし吹けば梅そのは其葉散りつ、蕾持てる見ゆ
伊藤左千夫・伊藤左千夫全短歌

武蔵野に秋風吹けば故郷の新居《にゐ》の郡《こほり》の芋をしぞ思ふ
正岡子規・子規歌集

あき風の焦土《せうど》が原に立ちておもふ敗《やぶ》れし国はかなしかりけり
佐佐木信綱・山と水と

秋かぜに、我は病めりと、天つ雁、とほきやまとの、人にかたるな。
与謝野寛・東西南北

久方の天路しらする威の神の征矢のひびきに立てる秋風
太田水穂・つゆ艸

秋風や路に立ちてはふりかへる老女の顔を白くも吹くかな
窪田空穂・まひる野

秋風のはつかに吹けばいちはやく梅の落葉はあさにけに散る
長塚節・まつかさ集

秋風の遠《とほ》のひびきの聞こゆべき夜ごろとなれど早く寐《いね》にき
斎藤茂吉・小園

心うみぬこのさびしさをわかつべき人なきゆふべ秋風の吹く
前田夕暮・収穫

秋風や松の林の出はづれに青アカシヤの実が吹かれ居る
若山牧水・路上

ちりからと硝子問屋の燈籠の塵埃《ほこり》うごかし秋風の吹く
北原白秋・桐の花

だぶだぶの古《ふる》きヅボンのポケットに、両手《りやうて》つき入《い》れて、あき風《かぜ》を聴《き》く。
土岐善麿・黄昏に

かなしきは　秋風《あきかぜ》ぞかし　稀《まれ》にのみ湧《わ》きし涙《なみだ》の繁《しじ》に流《なが》るる
石川啄木・秋風のこころよさに

富士見野にひとりの旅を下《お》りてあそび秋風の吹くをいたくおぼゆる
中村憲吉・軽雷集

叱りつつ出《いだ》しやりたる子の姿ちひさく見ゆる秋風の門《かど》
岡本かの子・浴身

うづくまり麺麭を食み居り夕闇の川いつぱいに秋風吹くも
松倉米吉・松倉米吉歌集

秋風になびかふ白きひと茎の草穂にもあらば潔《きよ》からむかも
前川佐美雄・天平雲

秋風や藪《やぶ》も畠《はたけ》も不破《ふは》の関　芭蕉・甲子吟行
秋風のふけども青し栗のいが　芭蕉・こがらし
秋風や桐に動《うごき》てつたの霜　芭蕉・三冊子
秋風に折《をれ》て悲しき桑の杖　芭蕉・笈日記
終夜《よもすがら》秋風きくや裏の山　曾良・猿蓑
秋風《あきかぜ》や田上山《たなかみやま》のくぼみより　尚白・猿蓑
秋風《あきかぜ》やしらきの弓《ゆみ》に弦《つる》はらん　去来・あら野
秋風の心動きぬ縄《なは》すだれ　嵐雪・続の原

秋風に浴《ゆあみ》の背中ながし合《あひ》　才麿・椎の葉
あき風《かぜ》に申《まうし》かねたるわかれ哉《かな》　野水・あら野
秋といふ風は身にしむ薬哉　其角・五元集拾遺
秋風の吹《ふき》わたりけり人の顔　鬼貫・あめ子
秋かぜや息災《そくさい》過《すぎ》て野人也《やじんなり》　北枝・卯辰集
秋風に羽織はまくれ小脇指　北枝・あめ子
秋風《あきかぜ》もまだそよめかすばかりなり　支考・喪の名残
秋風《あきかぜ》や酒肆《しゆし》に詩《し》うたふ漁者樵者《ぎよしやせうしや》　蕪村・蕪村句集
秋風《あきかぜ》や干魚《ひうを》かけたる浜庇《はまびさし》　蕪村・蕪村句集
秋風やむしりたがりし赤い花　一茶・おらが春
秋風や黄楊の小櫛の歯をあらみ　内藤鳴雪・鳴雪句集
秋風や子をもちて住む牛殺し　村上鬼城・定本鬼城句集
秋風や妙義《みようぎ》の岩に雲はしる　正岡子規・子規句集
庭十歩秋風吹かぬ隈《くま》もなし　正岡子規・子規句集
秋風の袂を捜る酒銭哉　尾崎紅葉・俳諧新潮
曼珠沙花門前の秋風紅一点　夏目漱石・漱石全集
秋風やひゞの入りたる胃の袋　夏目漱石・漱石全集
秋風の温泉宿のさびれ懐《なつ》かしき　河東碧梧桐・碧梧桐句集
秋風の急に寒しや分《わけ》の茶屋　高浜虚子・五百句
秋風や何の煙か藪《やぶ》にしむ　高浜虚子・五百句
秋風や心の中の幾山河　高浜虚子・五百五十句
秋風、行きたい方へ行けるところまで　種田山頭火・草木塔
秋風に咲く山吹や鏡立　渡辺水巴・白日
秋風のお堂で顔が一つ　尾崎放哉・須磨寺にて
秋風や野に一塊の妙義山　飯田蛇笏・山廬集
秋風や紅に染めたる蟹の甲　高田蝶衣・新春夏秋冬
秋風や眼に巨魚浮ぶ漁休み　中塚一碧楼・一碧楼一千句
秋風や人なき道の草の丈　芥川龍之介・蕩々帖
江色や秋風吹けるきのふけふ　水原秋桜子・葛飾
秋風や座右の銘に我師古人　山口青邨・雪国
秋風や袂の玉はナフタリン　川端茅舎・川端茅舎句集
秋風や船の炊《かし》ぎも陸《おか》の火も　中村汀女・都鳥
秋風や雲の影徂く東山　日野草城・花氷
軍隊の近づく音や秋風裡　中村草田男・長子
颱風の秋風となりゐし目覚　加藤楸邨・寒雷
秋風に食へよ食器に音をさせ　石橋辰之助・山岳画
吹き起る秋風鶴をあゆましむ　石田波郷・鶴の眼

あきかわき【秋乾き】
秋の季節に物の乾きがちなことをいう。蘭の栽培の四戒に「春不出、夏不白、秋不乾、冬不湿」とある。⬇秋旱（あきひでり）[秋]、秋湿（あきじめり）[秋]

§

甃砌の鉢木中々秋乾き　安井小洒・倦鳥

あきぐもり【秋曇】
秋の曇模様の天候。[同義] 秋陰り（あきかげり）、秋陰（しゅういん）。⬇秋晴（あきばれ）[秋]

§

蝿たゞに死ぬ日を見たり秋曇　暁台・暁台句集
秋曇もよし百人と吟行す　高浜虚子・定本虚子全集

あきくる【秋来る】
⬇立秋（りっしゅう）［秋］、秋（あき）［秋］
§
秋《あき》きぬと目《め》にはさやかに見えねども風のを《（お）》とにぞおどろかれぬる
藤原敏行・古今和歌集四（秋上）
八重葎茂《やへむぐらしげ》れる宿《やど》のさびしきに人こそ見えね秋は来《き》にけり
恵慶・拾遺和歌集三（秋）
うちつけに袂涼《たもとすゞ》しくおぼゆるは衣《ころも》に秋はきたるなりけり
よみ人しらず・後拾遺和歌集四（秋上）
山深《ふか》みとふ人もなき宿《やど》なれどそともの小田《をだ》に秋はきにけり
藤原行盛・金葉和歌集三（秋）
神南備《なび》の御室《みむろ》の山のくずかづらうら吹《ふ》きかへす秋はきにけり
大伴家持・新古今和歌集四（秋上）
このねぬる夜《よ》のまに秋はきにけらし朝《あさ》けの風の昨日《きのふ》にもにぬ
藤原季通・新古今和歌集四（秋上）
深草《ふかくさ》の露《つゆ》のよすがを契《（ちぎり）》にて里《さと》をばかれず秋はきにけり
藤原良経・新古今和歌集四（秋上）
吹《ふ》きむすぶ嵐《あらし》も露《つゆ》もあはれてふことをあまたに秋は来《き》にけり
頓阿・頓阿法師詠
松脂のにほひのごとく新らしくなげく心に秋はきたりぬ
北原白秋・桐の花
秋来《あきく》れば　恋《こ》ふる心《こころ》のいとまなさよ　夜《よ》もい寝《ね》がてに雁多《かりおほ》く聴《き》く
石川啄木・秋風のこころよさに
から草はくろくちひさき実をつけて　風にふかれて秋は来にけり
宮沢賢治・校本宮沢賢治全集
来る秋や住吉浦の足の跡　来山・いまみや草
なんで秋の来たとも見えず心から　鬼貫・鬼貫句選
秋来ぬと老に鳴子や枠の音　也有・蘿葉集
秋来《き》ぬと合点《がてん》させたる嚔《くさめ》かな　蕪村・蕪村句集
蜩の今朝しも鳴きぬ秋は来ぬ　暁台・暁台句集
来る秋や親しき隣持つ心　蒼虬・蒼虬翁発句集
夕顔やかい曲るほど秋は来る　野坡・杉丸太
秋来ぬと十六さゝげ動きけり　長谷川零余子・国民俳句

あきくるる【秋暮るる】
秋の終わりに近づくこと。⬇秋の暮（あきのくれ）［秋］、暮の秋（くれのあき）［秋］
§
都出て何に来つらん山里の紅葉ば見れば秋暮にけり
公任集（藤原公任の私家集）
この秋や暮れゆく秋の寂しさの身にしみじみとしみとほるかも
佐佐木信綱・山と水と
暮れて行く秋や三つ葉の萩の色　凡兆・三河小町
此秋は晦日さへなくて暮にけり　成美・成美家集
ぐるりから秋は暮けり三上山　蒼虬・蒼虬翁発句集
鞴《ふいご》踏む賑ひ過ぎて秋暮れぬ　河東碧梧桐・碧梧桐句集

あきさむ【秋寒】
冬の季節を前にして感じる秋の小寒。「あきざむ」ともいう。
［同義］秋寒し（あきさむし）、秋小寒（あきこさむ）。⬇そぞ

ろ寒（そぞろさむ）［秋］、うそ寒（うそさむ）［秋］、漸寒（ややさむ）［秋］、肌寒（はだざむ）［秋］、寒し（さむし）［冬］、朝寒（あさざむ）［秋］、夜寒（よさむ）［冬］

秋《あき》さむき唐招提寺《たうせうだいじ》鴟尾《しび》の上《うへ》に夕日《ゆふひ》は照《て》りぬ山鳩《やまばと》の鳴《な》く　佐佐木信綱・新月

§

秋寒し岩の上から橋はしら　涼菟・山中集
瀬田の秋横頬《ツラ》寒し鏡山　鬼貫・鬼貫句選
日の匂ひ頂だく秋の寒さかな　惟然・菊の香
脇息に木兎一羽秋寒し　支考・梟日記
秋寒し日蔭のかづら袖につく　暁台・暁台句集
秋寒し片空かけて山の形《ナリ》　乙二・松窓乙二発句集
秋寒や行先〳〵は人の家　一茶・享和句帖
渋柿は渋にとられて秋寒し　正岡子規・春夏秋冬
秋寒し此頃あるゝ海の色　夏目漱石・漱石全集

あきさめ【秋雨】

秋に降る雨。特に九～一〇月の長雨のこと。⬇秋の雨（あきのあめ）［秋］、秋湿（あきじめり）［秋］

§

秋雨にうちしをれては君が屋のあたりの空をながめやるかな　橘曙覧・襁褓艸
秋雨の此いやふりに君もこず蔦の紅葉のちらまくをしも　伊藤左千夫・伊藤左千夫全短歌
秋雨の薄雲低く迫り来る木群《こむら》がなかや中の大兄《おほえ》すめら　長塚節・羇旅雑咏
めさむれば秋雨のふる朝なりきうすあたたかき悲しみのこころ　前田夕暮・収穫
夜《よ》の祈祷《いのり》をはりし後《あと》に二人みてさびしくゐみぬ秋雨のふる　前田夕暮・収穫
水潦《みづたまり》　暮《く》れゆく空《そら》とくれなゐの紐《ひも》を浮《うか》べぬ　秋雨《あきさめ》の後《のち》　石川啄木・秋風のこころよさに
秋雨《あきさめ》に濡《ぬ》れつつ君が越えゆきし山に灯《ひ》一つともる夕ぐれ　三ケ島葭子・三ケ島葭子歌集
家のうち鍋《なべ》などさげてゆきかへるゆふぐれにきく秋雨の音　三ケ島葭子・三ケ島葭子歌集
秋さめのかなしき夜に灯《ひ》を振りてこの世には帰らぬ弟《おとと》をうづむ　中村憲吉・しがらみ
さむざむと暮れて来にけりわが宿の垣根にそそぐ秋雨の音　土田耕平・青杉
秋雨《あきさめ》や塀濡渡《へいぬれわた》す杉の杢《もく》　野坡・雪薺集
秋雨や水底の草を蹈わたる　蕪村・落日庵句集
秋雨に焚くや仏の削り屑　闌更・半化坊発句集
秋雨や四方椽にも濡るゝ方　召波・春泥発句集
秋　雨《（あきさめ）》や乳放《（ちばな）》れ馬の旅に立つ　一茶・七番日記
秋雨やともしびうつる膝頭　一茶・享和句帖
秋雨や手燭ふり照らす不入の間　内藤鳴雪・鳴雪句集
秋雨《あきさめ》に聖賢障子灯りけり　村上鬼城・鬼城句集
秋雨《あきさめ》や身をちぢめたる傘《かさ》の下　高浜虚子・五百句
秋雨《あきさめ》や刻々暮るゝ琵琶《びわ》の湖《うみ》　高浜虚子・五百五十句
秋雨や庭の 帚目《ほうきめ》尚《なお》存す　高浜虚子・六百五十句

秋雨や藻刈すみたる水の上　渡辺水巴・白日
秋雨や漆黒の斑が動く虎　渡辺水巴・白日
秋雨や田上ミのすすき二穂三穂　飯田蛇笏・山廬集
秋雨に髪巻く窓を明けにけり　杉田久女・杉田久女句集
秋雨の瓦斯が飛びつく燐寸かな　中村汀女・現代俳句全集
秋雨や線路の多き駅につく　中村草田男・長子

あきしぐれ【秋時雨】

晩秋に降る時雨。山間部では、晴天でも上空に昇った季節風が冷却されて雨雲となり、時雨を降らすことが多い。万葉集などでは時雨は秋・冬の両方に詠まれている。俳句では「初時雨」「時雨」は冬の季語となる。➡秋の雨（あきのあめ）[秋]、初時雨（はつしぐれ）[冬]、長月（ながつき）[秋]、時雨（しぐれ）[冬]、春時雨（はつしぐれ）[春]

§

大君《おほきみ》の三笠の山の黄葉《もみちば》は今日の時雨《しぐれ》に散りか過ぎなむ　大伴家持・万葉集八
時雨の雨間《ま》無くな降りそ紅《くれなゐ》ににほえる山の散らまく惜しも　作者不詳・万葉集八
時雨《しぐれ》の雨間無くし降れば真木《まき》の葉もあらそひかねて色づきにけり　作者不詳・万葉集一〇
この時雨《しぐれ》いたくな降りそ吾妹子《わぎもこ》に見せむがために黄葉《もみち》取りてむ　久米広縄・万葉集一九
たつた河もみぢ葉《ば》ながる神なびの三室《みむろ》の山に時雨ふるらし　よみ人しらず・古今和歌集五（秋下）
おし《（を）》むらん人の心を知《し》らぬまに秋のしぐれと身ぞふりにける　兼覧王・古今和歌集八（離別）
鈴鹿《すゞか》河ふかき木《（こ）》の葉に日かずへて山田の原《はら》の時雨をぞきく　後鳥羽院・新古今和歌集五（秋下）
心とやもみぢはすらん立田《たつた》山松はしぐれにぬれぬものかは　藤原俊成・新古今和歌集五（秋下）
時雨《しぐれ》とやあすはなりなむ行《ゆ》く秋《あき》の夕日《ゆふひ》をさふる山《やま》のはの雲《くも》　本居春庭・後鈴屋集
新藁《しんわら》の出初《そめ》て早きしぐれ哉　芭蕉・芭蕉翁全伝
竹売《うつ》て酒手《さかて》にわびむ秋時雨《しぐれ》　北枝・東西夜話
秋しぐれ今や田を守《もる》小屋がくれ　才麿・椎の葉
茶筌にてちよつちよと是は秋時雨　支考・国の華
秋もはやあたま入れたる時雨哉　浪化・風雅戊寅集
きらず汁秋も時雨となりにけり　五明・浅草ほうこ
秋もはや日和しぐるゝ飯時分《めしじぶん》　正岡子規・子規句集
白菊の少しあからむ時雨《しぐれ》哉　正岡子規・子規句集
晴を鳴く鷽《うそ》や足尾の秋時雨　河東碧梧桐・碧梧桐句集
秋時雨《あきしぐれ》かくて寒さのまさり行く　高浜虚子・六百五十句
松に菊蕎麦屋の庭の時雨かな　渡辺水巴・白日
竜胆に秋山しぐれ去来かな　上川井梨葉・梨葉句集
秋時雨女の傘をとりあへず　山口青邨・庭にて
怒濤よりほかに音なし秋時雨　中村汀女・紅白梅

あきじめり【秋湿】

秋の長雨のこと。また、秋雨が降り続いて湿度の高い気候

をいう。⬇秋の雨（あきのあめ）［秋］、秋雨（あきさめ）［秋］、秋乾（あきかわき）［秋］

あきすずし【秋涼し】

俳句では「涼し」は夏の季語のため、「秋」をつけて秋の季語とする。⬇涼し（すずし）［夏］、新涼（しんりょう）［夏］

§

秋涼しかけ橋程の道のほど　士芳・蓑虫庵集
秋涼し山をゆりたてゆりおろし　露川・西国曲
秋涼し蘭《らん》のもつれの解《とく》るほど　野坡・野坡吟草
涼しさや秋の日南の人通り　大魯・蘆陰句選
秋涼し月見を契る松がもと　白雄・白雄句集

あきすむ【秋澄む】

秋の澄みきった大気をいう。［同義］秋気澄む（しゅうきすむ）、清秋（せいしゅう）、空澄む（そらすむ）。⬇秋高し（あきたかし）［秋］、秋の空（あきのそら）［秋］、秋晴（あきばれ）［秋］、水澄む（みずすむ）、秋気（しゅうき）［秋］、爽やか（さわやか）［秋］

§

月と日の間に澄めり富士の山　士朗・枇杷園句集
炭そゝぐ水も秋澄む苔の上　道彦・蔦本集
母を呼ぶ娘や高原の秋澄みて　高浜虚子・定本虚子全集

あきたかし【秋高し】

秋の澄んだ空が高く見えることをいう。［同義］天高し（てんたかし）、空高し（そらたかし）。⬇秋澄む（あきすむ）［秋］、秋麗（あきうらら）［秋］、秋晴（あきばれ）［秋］、秋の空（あきのそら）［秋］

§

瘦馬のあはれ機嫌や秋高し　村上鬼城・定本鬼城句集
爪立てをして手を上げて秋高し　高浜虚子・五百五十句
一塊の雲ありいよゝ天高し　高浜虚子・六百五十句
秋高し空より青き南部富士　山口青邨・雪国

あきたつ【秋立つ】

秋になるということ。⬇立秋（りっしゅう）［秋］、秋（あき）［秋］

§

時の花いやめづらしもかくしこそ見《め》し明《あきら》めめ秋立つごとに　大伴家持・万葉集二〇
河風のすゞしくもあるかうち寄《よ》する浪とともにや秋はたつらむ　紀貫之・古今和歌集四（秋上）
にはかにも風のすゞしくなりぬるか秋立日《(あきたつひ)》とはむべもいひけり　よみ人しらず・後撰和歌集五（秋上）
とことはに吹《ふ》く夕暮《ゆふぐれ》の風《かぜ》なれど秋立《あきた》つ日こそ涼《すゞ》しかりけれ　藤原公実・金葉和歌集三（秋）
秋立《たち》てもずなく野べのしづけさに萩のさかりはいつかとぞおもふ　大隈言道・草径集
草枕《くさまくら》旅路《たびぢ》かさねてもがみ河行くへもしらず秋立ちにけり　正岡子規・子規歌集
傾ける茅が軒端の釣りしのぶつられながらに秋たちにけり　服部躬治・迦具土

見じ聞かじさてはたのまじあこがれじ秋ふく風に秋たつ虹に　山川登美子・山川登美子歌集
秋立ちぬわれを泣かせて泣き死なす石とつれなき人恋しけれ　若山牧水・海の声
鳳仙花うまれて啼ける犬ころの薄き皮膚より秋立ちにけり　北原白秋・桐の花
揉《も》む瓜《うり》のにほひうすらに厨辺《くりやべ》は秋立つ今日を片かげり来ぬ　明石海人・白描
戦《たたかひ》の終りし戦線に秋立ちて輜重隊《しちようたい》が行けり遥《はる》かなる道を　渡辺直己・渡辺直己歌集
秋立つと夕暮月やつひ三日　来山・続いま宮草
上弦《ユミハリ》のちらりと見えて秋立ぬ　許六・正風彦根体
秋立つや富士を後ろに旅帰り　鬼貫・七車
梅檀《せんだん》の実に秋たつや老《おい》の肌《はだ》　露川・四幅対
秋たつや朔日汐《ついたちじほ》の星じらみ　卯七・西華集
からくりの糸より秋の立《たち》はじめ　桃妖・文月往来
秋立つや嚔《ハナヒル》迄のはやり風　也有・蘿葉集
秋立《あきたつ》や素湯香《さゆかうば》しき施薬院《せやくゐん》　蕪村・蕪村句集
秋立つや一むら雨の雫より　蓼太・蓼太句集
秋立つや雲は流れて風見ゆる　樗良・樗良発句集
秋立つや宵の蚊遣の露じめり　几董・井華集
秋立つや田の草取を呼子鳥　巣兆・曾波可理
秋立つと出て見る門やうすら闇　村上鬼城・定本鬼城句集
旅人や秋立つ船の最上川　正岡子規・子規句集
旅の秋立つや最上の船の中　正岡子規・子規句集
秋の立つ朝や種竹《しゆちく》を庵の客　正岡子規・子規句集
松蔭や雲看る石に秋の立つ　尾崎紅葉・俳諧新潮
麓にも秋立ちにけり瀧の音　夏目漱石・漱石全集
諏訪の水ハタと落ちたり秋立つて　河東碧梧桐・碧梧桐句集
怪談はゆうべでしまひ秋の立つ　高浜虚子・六百五十句
あの音は如何《いか》なる音ぞ秋の立つ　高浜虚子・六百五十句
秋たつや川瀬にまじる風の音　飯田蛇笏・雲母

§

あきでみず【秋出水】

台風や大雨などによる増水で河川などが氾濫すること。［同義］出水、洪水（こうずい）。➡出水（でみず）［秋］、秋の水（あきのみず）［秋］、台風（たいふう）［秋］

山門や大提灯に秋出水　高浜虚子・定本虚子全集
秋出水水草の穂もおもきころ　安井小洒・杉の実

§

あきのあさ【秋の朝】

秋の一日の朝の風情。➡秋暁（しゅうぎょう）［秋］

この頃《ころ》の秋《あき》の朝明《あさけ》に霧隠《きりがく》り妻呼《つまよ》ぶ鹿《しか》の声《こゑ》のさやけさ　作者不詳・万葉集一〇
秋《あき》の朝卓《あさたく》の上《うへ》なる食器《しよくき》らにうすら冷《つめた》き悲《かな》しみぞ這《は》ふ　前田夕暮・収穫

§

あきのあつさ【秋の暑さ】

➡秋暑し（あきあつし）［秋］

§

梢《こずゑ》まで来て居《を》る秋のあつさ哉　支考・支考句集

あきのあめ【秋の雨】

秋に梅雨のように降り続く蕭条とした雨。秋に降る雨の総称でもある。［同義］秋雨（あきさめ）、秋微雨（あきこさめ）、秋黴雨（あきついり）、秋霖（しゅうりん）、秋湿。⬇秋雨（あきさめ）［秋］、秋時雨（あきしぐれ）［秋］、秋湿（あきじめり）［秋］、御山洗（おやまあらい）［秋］、霧雨（きりさめ）［秋］

§

秋の雨に濡れつつをれば賤《いや》しけど吾妹《わぎも》が屋戸《やど》し思ほゆるかも　大伴利上・万葉集八

ぬしは誰《たれ》木綿《きわた》なだるゝ秋の雨　尚白・元禄百人一句

茸《クサビラ》の笠着て出たり秋の雨　許六・笠の影

川越《かはごし》の歩《ぶ》にさゝれ行秋《ゆくあき》の雨《あめ》　野水・あら野

秋《あき》の雨《あめ》はれて瓜《うり》よぶ人《ひと》もなし　野水・あら野

菜畠の一うるほひや秋の雨　李由・有磯海

ばせを《（う）》葉は袖に濡《ぬれ》てや秋の雨　智月・花はさくら

松涼し吹綿よごす秋の雨　野坡・野坡吟草

簑虫《みのむし》や化《ばけ》て戸扣《たた》く秋の雨　北枝・猿丸宮集

秋の雨骨までしみし濡れ扇　暁台・暁台句集

敷藁や草もえ枯るゝ秋の雨　白雄・白雄句集

住馴れし里こそよけれ秋の雨　士朗・枇杷園句集

秋の雨小さき角力《（すまふ）》通りけり　一茶・七番日記

御仏のお顔のしみや秋の雨　村上鬼城・鬼城句集

大木の中を人行く秋の雨　正岡子規・子規句集

紫陽花《あじさい》や青にきまりし秋の雨　正岡子規・子規句集

かき殻を屋根にわびしや秋の雨　夏目漱石・漱石全集

藁葺に移れば一夜秋の雨　夏目漱石・漱石全集

山潰《つひ》えし又の噂さや秋の雨　河東碧梧桐・碧梧桐句集

屋根裏の窓の女や秋の雨　高浜虚子・五百五十句

遠ざかりをる人疎《うと》し秋の雨　高浜虚子・七百五十句

あきのあらし【秋の嵐】

秋風より強いが野分より弱い程度の秋に吹く風をいう。［同義］秋の大風（あきのおおかぜ）。⬇秋風（あきかぜ）［秋］、初嵐（はつあらし）［秋］、野分（のわき）［秋］

§

百年《もゝとせ》の秋の嵐《あらし》は過《す》ぐしきぬいづれの暮《くれ》の露と消《き》えなん　安法・新古今和歌集一六（雑上）

橡の木の秋を剥るゝ嵐かな　几董・井華集

塔高し梢の秋の嵐より　素堂・素堂家集

あきのいけ【秋の池】

秋の季節の池の風情。⬇秋の水（あきのみず）［秋］

§

秋の池の月の上《うへ》に漕《こ》ぐ船なれば桂の枝に竿《さほ》やさはらん　小野美材・後撰和歌集六（秋中）

旅痩を見には寄らぬに秋の池　丈草・丈草発句集

あきのいりひ【秋の入日】

秋の夕日。⬇秋の日（あきのひ）［秋］、夕焼（ゆうやけ）［夏］

§

悲しさや秋の日は入る隅田川　成美・成美家集

鶏頭にしみつく秋の入日かな　吾仲・柿表紙

あきのいろ【秋の色】

秋の景色、秋の気配など秋らしさを感じる自然や事物の風情をいう。古歌では紅葉の形容に表現されることが多い。［同義］秋色（しゅうしょく）、秋光（しゅうこう）、秋容（しゅうよう）、秋望（しゅうぼう）、秋景色（あきげしき）。➡秋（あき）［秋］

萩原［紀伊国名所図会］

§

秋の色や今一しほの露ならむふるき思《おもひ》のそめしたもとに　藤原良経・南海漁父北山樵客百番歌合

秋の色のふかく成《なり》ゆくかぎり哉《かな》露すむ庭のませの夕暮　慈円・南海漁父北山樵客百番歌合

秋の色はまがきにうとくなりゆけど手枕《たまくら》なる、ねやの月かげ　式子内親王・新古今和歌集四（秋上）

秋の色《いろ》にさてもかれなで蘆辺《あしべ》こぐ棚《たな》なし小舟《をぶね》我ぞつれなき　藤原定家・定家卿百番自歌合

秋の色を木にも染《そ》めはてて竹の葉そよぎ降《ふ》るしぐれかな　宗尊親王・文応三百首

秋の色はさそふ嵐にいぬかみや鳥籠《とこ》の山川紅葉《もみぢ》みだれて　行秀・宝徳二年十一月仙洞歌合

秋《あき》の色《いろ》に老《お》いし合歓《ねむ》木の葉《は》しかすがになほ宵々《よひよひ》に眉作《まよつく》るあはれ　伊藤左千夫・伊藤左千夫全短歌

価《あたひ》あらば何かをしまの秋の景　宗因・佐夜中山集

秋の色宮《みや》ものぞかせ給ひけり　路通・ひさご

箔のない釈迦に深しや秋の色　鬼貫・鬼貫句選

木や草に何を残して秋の色　園女・三山雅集

裏門《うら》にあきのいろあり山畠《ばたけ》　支考・浮世の北

秋の色隠る丶竹の葉山かな　諸九尼・名所小鏡

秋の色野中の杭のによひと立つ　暁台・暁台句集

あきのうみ【秋の海】

秋の季節の海。台風の時期を過ぎる頃には寒流が勢いを増して、海はやや濁ってくる。⬇秋の湖（あきのみずうみ）［秋］、秋の水（あきのみず）［秋］

§

秋《あき》の海にうつれる月を立《（たち）》かへり浪は洗《あら》へど色も変《かは》らず　清原深養父・後撰和歌集六（秋中）

白雲《しらくも》に心《こころ》をのせてゆくらくら秋《あき》のうなばら思《おも》ひわたらむ　上田秋成・藤簍冊子

かぎろひの西日になれば秋の海の波かゞやきて能く見えずけり　伊藤左千夫・伊藤左千夫全短歌

秋の海かすかにひびく君もわれも無き世に似たる狭霧《さぎり》白き日　若山牧水・海の声

二方《ふたかた》に光りかがやく秋の海その二方《ふたかた》に白帆ゆく見ゆ　北原白秋・白秋全集

橋姫《はしひめ》の肝《きも》のふとさよ秋の海　路通・草庵集

夕暮はいつもあれとも秋の海　涼菟・千鳥掛

ちよつぽりと何やら白し秋の海　曲翠・きれぎれ

鳥を射る蝦夷の男や秋の海　露月・露月句集

秋の海名もなき嶋のあらはるゝ　正岡子規・子規句集

夕陽《せきよう》に馬洗ひけり秋の海　正岡子規・子規句集

釣鐘をすかして見るや秋の海　夏目漱石・漱石全集

秋海のみどりを吐ける鳴戸かな　飯田蛇笏・山廬集

能登が突き出で日のてりながら秋の海　中塚一碧楼・一碧楼一千句

あきのかげ【秋の翳・秋の影】

秋の事物にできる陰翳。俳句では、一般に秋の季節の粛然としてもの淋しさを感じさせる影をいう。［同義］秋翳（しゅうえい）。

§

もの置けばそこに生れぬ秋の蔭　高浜虚子・五百五十句

あきのかぜ【秋の風】

⬇秋風（あきかぜ）［秋］

§

萩の花咲きたる野辺にひぐらしの鳴くなるなへに秋の風吹く　作者不詳・万葉集一〇

花草の満地《まんち》に白とむらさきの陣立てこし秋の風かな　与謝野晶子・舞姫

そのむかし秀才《しうさい》の名《な》の高《たか》かりし友牢《ともらう》にあり秋《あき》のかぜ吹《ふ》く　石川啄木・煙

秋のかぜ飽《あ》かずあせらず静かなる情とふたりなりにけるころ　岡本かの子・愛のなやみ

猿を聞人捨子《きくひとすてご》に秋の風いかに　芭蕉・甲子吟行

義朝《よしとも》の心に似たり秋の風　芭蕉・甲子吟行

東《ひがし》にしあはれさひとつ秋の風　芭蕉・伊勢紀行跋真蹟

身にしみて大根《だいこん》からし秋の風　芭蕉・更科紀行

たびにあきてけふ幾日《いくか》やら秋の風　芭蕉・真蹟集覧

塚もうごけ我泣《わがなく》こゑは秋の風　芭蕉・鳥の道

石山《いしやま》のいしより白し秋のかぜ　芭蕉・鳥の道

見送りのうしろや寂《さび》し秋の風　芭蕉・みつのかほ

物いへば唇《くちびる》寒し秋《あき》の風　芭蕉・小文庫
牛部屋に蚊の声よはし秋の風　芭蕉・小文庫
たびねして我《わが》句をしれや秋の風　芭蕉・真蹟
がつくりとぬけ初《そむ》る歯や秋の風　杉風・猿蓑
蔦《つた》の葉《は》や残《のこ》らず動《うご》く秋《あき》の風《かぜ》　荷兮・続猿蓑
撫付《なでつけ》し白髪《しらが》のはねる秋の風　曾良・続別座敷
滝《たき》の名のまださめきらず秋の風　路通・七異跡集
芭蕉葉《ばせうば》は何になれとや秋の風　路通・猿蓑
洛外《らくぐわい》の辻堂《つじだう》いくつあきの風　嵐雪・青莚
十団子《とをだご》も小つぶになりぬ秋《あき》の風《かぜ》　許六・続猿蓑
ちからなや麻刈《あさかる》あとの秋《あき》の風《かぜ》　越人・あら野
好物《かうぶつ》の餅を絶《たや》さぬあきの風　野坡・炭俵
何《なに》なりとからめかし行秋《ゆくあき》の風《かぜ》　支考・続猿蓑
秋の風有礒《ありそ》へくばる心かな　浪化・白扇集
石山《いしやま》や行かで果《はた》せし秋の風　羽紅・猿蓑
漸《やうやう》と雨降《ふり》やみてあきの風　利牛・炭俵
老の身の形見におくる秋の風　智月・花の雲
あさ露や鬱金畠《うこんばたけ》の秋の風　凡兆・猿蓑
かなしさや釣《つり》の糸吹《いとふく》あきの風　蕪村・蕪村句集
淋しさに飯をくふ也（なり）秋の風　一茶・文政句帖
街道やはてなく見えて秋の風　村上鬼城・鬼城句集
船よする築嶋寺《つきしまでら》や秋の風　正岡子規・子規句集
般若寺《はんにやじ》の釣鐘《つりがね》細し秋の風　正岡子規・子規句集
古里や小寺もありて秋の風　正岡子規・子規句集

茄子畠《なすばた》は紺一色や秋の風　高浜虚子・六百句
石庭《せきてい》の石皆低し秋の風　高浜虚子・七百五十句
透かし彫大いなる牡丹秋の風　山口青邨・雪国
無心に前を行く女人あり秋の風　中村草田男・火の島

§

あきのかりば【秋の狩場】

小鷹狩など、秋、狩をした場所。

宿屋出て秋の狩場を通りけり　松瀬青々・妻木

§

あきのかわ【秋の川】

さまざまな風情をもつ秋の川。秋の澄んだ流れ、紅葉を映した川、台風による荒々しい川など様々である。俳句では一般に澄んだ川を本意とする。[同義] 秋江（しゅうこう）、秋の江（あきのえ）。⇩秋の水（あきのみず）[秋]

§

夕焼のはたと消えけり秋の川　村上鬼城・鬼城句集
秋の江に打ち込む杭の響かな　夏目漱石・漱石全集
秋の川真白な石を拾ひけり　夏目漱石・漱石全集
秋の川入り行く末の須磨明石　松瀬青々・松苗
物浸《つ》けて即《すなわ》ち水尾《みお》や秋の川　高浜虚子・六百五十句
町中や生簀を浸けて秋の川　水原秋桜子・葛飾

あきのくも【秋の雲】

澄み切った秋空にうかぶさまざまな表情をもった雲。[同義] 秋雲（しゅううん）。⇩雲（くも）[四季]、鰯雲（いわしぐも）[秋]、秋の空（あきのそら）[秋]、鱗雲（うろこぐも）[秋]

遠々《とほどほ》し津軽《つがる》のはてにうらぶれて荒海《あらうみ》さむき秋《あき》の雲《くも》みる
佐佐木信綱・新月

秋の雲柿と榛《はり》との樹々の間にうかべるを見て君も語らず
若山牧水・海の声

§

宰府にて
松杉もおかめと晴るゝ秋の雲　去来・蝶すがた
山々や一こぶしづつ秋の雲　涼菟・山中集
二色の絵具に足るや秋の雲　召波・春泥発句集
荒浪や波を離れて秋の雲　暁台・暁台句集
祇兵とともに、相生町見に
行かへるさ、両国茶店にて
橋見えて暮かゝる也秋の雲　一茶・旅日記
秋の雲ちぎれ〳〵てなくなりぬ　内藤鳴雪・新俳句
秋雲や見上げて晴るゝ棚畑　村上鬼城・鬼城句集
終日や尾の上離れぬ秋の雲　夏目漱石・漱石全集
夢殿の夢の上なる秋の雲　野田別天楼・改造文学全集
見えぬ高根そなたぞと思ふ秋の雲　河東碧梧桐・碧梧桐句集
秋の雲尾上の芒見ゆる也　泉鏡花・俳諧新潮
秋の雲大仏の上に結び解け　高浜虚子・七百五十句
どこからともなく雲が出て来て秋の雲　種田山頭火・草木塔
秋の雲しろじろとして夜に入りし　飯田蛇笏・山廬集
秋雲をころがる音や小いかづち　飯田蛇笏・山廬集

あきのくれ【秋の暮】

往時より詠まれていることばであり、語義は「秋の一日の夕暮れ」「暮秋」の意。俳句では、一般に秋の一日の夕暮れをいう。許六の『篇突』に「春のくれに対して秋の暮を暮秋と心得たる作者多し。秋の暮は古来秋の夕間暮と云事にて、中秋の部には入たり」とある。ただし、実際は両義を内包した作例が多い。［同義］秋の夕（あきのゆう・あきのゆうべ）、秋の夕暮。⇩暮の秋（くれのあき）［秋］、秋暮るる（あきくるる）［秋］、春の暮（はるのくれ）［春］、秋の夕（あきのゆうべ）［秋］、秋の夕暮（あきのゆうぐれ）［秋］、夜長（よなが）［秋］

§

かれ朶《えだ》に烏とまりけり秋の暮　芭蕉・曠野
しにもせぬ旅寝《たびね》の果《はて》よ秋の暮　芭蕉・甲子吟行
こちらむけ我もさびしき秋の暮　芭蕉・蕉翁句集
人声《ひとごゑ》や此道《このみち》かへる秋のくれ　芭蕉・笈日記
此道《このみち》や行人《ゆくひと》なしに秋の暮　芭蕉・其便
松風や軒をめぐつて秋くれぬ　芭蕉・こがらし
塩魚《しほうを》の歯にはさかふや秋の暮　荷兮・猿蓑
そめいろの富士《ふじ》は浅黄《あさぎ》に秋《あき》のくれ　越人・あら野
さびしさのどこまで広し秋の暮　土芳・蓑虫庵集
その人《ひと》の鼾《いびき》さへなし秋《あき》のくれ　其角・あら野
辛崎《からさき》へ雀のこもる秋のくれ　其角・炭俵
人は住居《すまひ》ばかりすごすや秋の暮《くれ》　楚常・卯辰集
あちらむきに鴫《しぎ》も立《たち》たり秋の暮　蕪村・蕪村句集
門《かど》を出《で》れば我《われ》も行人《ゆくひと》秋のくれ　蕪村・蕪村句集
淋《さび》し身《み》に杖わすれたり秋の暮　蕪村・蕪村句集

秋の暮辻《つじ》の地蔵《ぢざう》に油《あぶら》さす　蕪村・蕪村句集
えいやつと活きた所が秋の暮　一茶・七番日記
さみしさに早飯食ふや秋の暮　村上鬼城・鬼城句集
秋の暮水のやうなる酒二合　村上鬼城・定本鬼城句集
山本の一むら杉や秋の暮　正岡子規・子規全集
藪寺《やぶでら》に磬《けい》打つ音や秋の暮　正岡子規・子規句集
めづらしや海に帆の無い秋の暮　正岡子規・子規句集
山門をぎいと鎖《とざ》すや秋の暮　正岡子規・子規句集
独りわびて僧何占ふ秋の暮　夏目漱石・漱石全集
雲も里も草木もどこも秋の暮　松瀬青々・倦鳥
見るものゝ無きにも見るや秋の暮　松瀬青々・倦鳥
こゝに来て住む故おもふ秋の暮　松瀬青々・倦鳥
泣きやまぬ子に灯ともすや秋の暮　河東碧梧桐・碧梧桐句集
苔寺を出てその辺の秋の暮　高浜虚子・七百五十句
秋の暮たゞ何事も言ふまじく　高浜虚子・七百五十句
児をとろの門ドの遊びや秋の暮　西山泊雲・同人句集
ふるさとは山路がかりに秋の暮　臼田亜浪・定本亜浪句集
蒼空や桑くゞりゆく秋の暮　渡辺水巴・白日
大木を見つつ閉す戸や秋の暮　飯田蛇笏・山廬集
声出して見たり独居の秋のくれ　高田蝶衣・改造文学全集
水打つて行燈ともる秋の暮　水原秋桜子・晩華
人人を待つ吾れ人を待つ秋の暮　山口青邨・雪国
秋の暮東叡山は門多し　山口青邨・雪国
誰《た》が笛かおぼつかなさよ秋の暮　日野草城・旦暮
行き過ぎて思ひ出す人秋の暮　中村汀女・紅白梅
子をあやす行く舟見せて秋の暮　中村汀女・第二同人句集
貌《かほ》見えてきて行違ふ秋の暮　中村草田男・長子
秋の暮業火となりて秬は燃ゆ　石田波郷・鶴の眼

あきのけむり【秋の煙】

秋の野山などで夕餉の薄煙などが立ち上ぼる風情をいう。⇩秋の宿（あきのやど）[秋]

§

秋篠や秋の煙の村一つ　松瀬青々・妻木

あきのこえ【秋の声】

秋の風や雨や草木などの、蕭颯として凄味を感じさせる音をいう。欧陽永叔の『秋声賦』に「童子の曰、星月皎潔にして明河天に在り、四方に人声無し、声は樹間に在り、予曰、噫嘻悲ひ哉、此れ秋の声也」とある。[同義] 秋声（しゅうせい）、秋の音（あきのおと）。⇩秋風（あきかぜ）[秋]、爽籟（そうらい）[秋]

§

松《まつ》の葉《は》や細《ほそ》きにも似《に》ず秋《あき》の声《こゑ》　風国・続猿蓑
風呂《ふろ》捨《すつ》る温公《をんこう》の宿《やど》や秋の声　蕪村・落日庵句集
月山の梢に響く秋の声　召波・春泥発句集
骨消えて兜に残る秋の声　樗良・樗良発句集
鐘は深し浪近ければ秋の声　暁台・暁台句集
明けて今朝鍋の尻かく秋の声　几董・井華集
灯を消して夜を深うしぬ秋の声　村上鬼城・鬼城句集
秋声や石ころ二つ寄るところ　村上鬼城・鬼城句集

あきのしお【秋の潮】
「あきのうしお」ともいう。秋は春と共に潮の干満の差が大きい季節である。⬇初潮（はつしお）[秋]

§

秋潮に破れカルタの女王かな　久保より江・雑詠選集

あきのしも【秋の霜】
晩秋に降りる初霜。[同義] 秋霜（しゅうそう）、秋の初霜（あきのはつしも）。⬇露霜（つゆじも）[秋]、初霜（はつしも）[冬]、霜（しも）[冬]

§

浅茅生《あさぢふ》や袖にくちにし秋の霜わすれぬ夢を吹《ふ》く嵐かな
源通光・新古今和歌集一六（雑上）
柿《かき》の葉《は》やさきへうけとる秋の霜《しも》　知足・元禄拾遺
手にとらば消《きえ》んなみだぞあつき秋の霜　芭蕉・甲子吟行
秋の霜《しも》泣《な》かず笑はず峯《みね》の松　露川・北国曲
冬瓜《かもうり》のいたゞき初《そめ》る秋の霜《しも》　李由・柿表紙
清正の廟にて
百年の柱の木めやあきの霜　野坡・田植諷
枚をふくむ三百人や秋の霜　夏目漱石・漱石全集
生涯にいちどの旅程秋の霜　飯田蛇笏・雲母
論文に秋霜烈日学卒ふる時　山口青邨・雪国

あきのすえ【秋の末】
秋の終わり。⬇晩秋（ばんしゅう）[秋]

§

秋も末月も細きを後の影　杉風・杉風句集
時雨持つ雲の備へや末の秋　曲翠・初蝉
秋の末身もふるはれて虫の声　樗良・樗良発句集

あきのその【秋の園】
秋の草花が咲き、紅葉の美しいような秋の風情を感じる庭園をいう。[同義] 秋園（しゅうえん）、秋の庭（あきのにわ）。⬇花野（はなの）[秋]、花畑（はなばたけ）[秋]

§

いち〳〵の人に茶運ぶ秋の園　高浜虚子・定本虚子全集
百花園
暮れかけてまた来る客や秋の園　上川井梨葉・梨葉句集

あきのそら【秋の空】
秋の澄み切った空。[同義] 秋空（あきぞら）、秋の大空（あきのおおぞら）、秋天（しゅうてん）。⬇秋高し（あきたかし）[秋]、秋澄む（あきすむ）[秋]、秋晴（あきばれ）[秋]、秋の雲（あきのくも）[秋]

§

はる、かと見ればくもれるあきのそらうき世のひとのこゝろ見よとや　大愚良寛・はちすの露
秋の空酒を顰《しが》めて飲む人の青き額《ひたひ》に顫ひそめぬる　北原白秋・桐の花
草に放つ馬ゆたかなりふかぶかと澄みわたりたる秋の空かも　橋田東声・地懐以後
秋空の雲の去来《きょらい》を見るほどに山恋ひごころおさへかねつも　吉井勇・風雪

樫の木の色もさむるや秋の空　去来・泊船集
頚筋《くびすぢ》に浮雲《うきぐも》もなし秋の天《そら》　許六・小弓俳諧集
秋の空尾上《をのへ》の杉に離れたり　其角・炭俵
によつぽりと秋の空なる不尽《ふじ》の山　鬼貫・俳諧大悟物狂
上行《うへゆく》と下くる雲や秋の天《そら》　凡兆・猿蓑
行先に都の塔や秋の空　太祇・太祇句選
秋の空昨日《きのふ》や霍《つる》を放《はな》ちたる　蕪村・蕪村遺稿
秋の空芙蓉の花に定まりぬ　内藤鳴雪・鳴雪句集
秋空や日落ちて高き山二つ　村上鬼城・鬼城句集
社壇百級秋の空へと上る人　正岡子規・子規句集
見上ぐれば城屹として秋の空　夏目漱石・漱石全集
秋の空鳥海山を仰ぎけり　夏目漱石・漱石全集
雲少し榛名を出でぬ秋の空　夏目漱石・漱石全集
幌武者の幌の浅黄《あさぎ》や秋の空　河東碧梧桐・碧梧桐句集
ほどけゆく一塊の雲秋の空　高浜虚子・七百五十句
匂《にお》やかに少し濁りぬ秋の空　高浜虚子・七百五十句
児に草履をはかせ秋空に放つ　尾崎放哉・須磨寺にて
深山の日のたはむるる秋の空　飯田蛇笏・雲母
山なみに高嶺はゆがむ秋の空　飯田蛇笏・雲母
今戸から見える森あり秋の空　上川井梨葉・梨葉句集
　松山にて
この庭の松に秋天の城をおく　山口青邨・俳句研究

あきのた【秋の田】
　稲が黄金色に実りはじめた秋の田面。［同義］田の色（たのいろ）、色づく田（いろづくた）。➡刈田（かりた）［秋］、落し水（おとしみず）［秋］、穭田（ひつじだ）［秋］、冬田（ふゆた）［冬］、畦道（あぜみち）［四季］

§

秋《あき》の田《た》の穂《ほ》の上《へ》に霧《き》らふ朝霞《あさがすみ》何方《いづへ》の方《かた》に我《わ》が恋《こ》ひやまむ　盤姫皇后・万葉集二
秋の田の穂田《ほだ》の刈《かり》ばかか寄《よ》り合はばそこもか人の吾《わ》を言《こと》なさむ　作者不詳・万葉集四
秋の田のいねてふこともかけなくに何《なに》を憂《う》しとか人のかるらむ　素性・古今和歌集一五（恋五）
秋の田のほにこそ人を恋《こ》ひざらめなどか心にわすれしもせむ　よみ人しらず・古今和歌集一一（恋一）
秋《あき》の田《た》の穂《ほ》の上《うへ》をてらすいなづまの光《ひかり》の間《ま》にも我《われ》やわする、　よみ人しらず・古今和歌集一一（恋一）
秋の田のかりほのいほの苫《とま》を荒《あら》みわが衣手は露《つゆ》に濡《ぬ》れつ、　天智天皇・後撰和歌集六（秋中）
秋の田のかりそめぶしもしてけるがいたづらいねを何《なに》につまゝし　藤原成国・後撰和歌集一二（恋四）
鶏頭や秋田漠々家二三　夏目漱石・漱石全集

あきのつき【秋の月】
　秋に見る月。➡月（つき）［秋］

§

秋月《(あきのつき)》ひとへに飽《あ》かぬものなれば涙《なみだ》をこめてやどしてぞみる　伊勢集（伊勢の私家集）
秋の月光《ひかり》さやけみもみぢ葉《ば》の落《お》つる影さへ見えわたる哉《(かな)》　紀貫之・後撰和歌集七（秋下）

秋《あき》の月西にあるかと見えつるは更《ふ》けゆく夜半《よは》の影にぞ有《(あり)》ける
源景明・拾遺和歌集三（秋）
こゝにだに光《ひかり》さやけき秋の月雲の上《うへ》こそ思ひやらるれ
藤原経臣・拾遺和歌集三（秋）
終夜《(よもすがら)》見てを明《あ》かさむ秋の月今宵《こよひ》の空《そら》に雲《くも》なからなん
平兼盛・拾遺和歌集三（秋）
秋の月たかねの雲《くも》のあなたにて晴《は》れゆく空《そら》のくるゝまちけり
藤原忠通・千載和歌集四（秋上）
秋《あき》の月ちゞに心をくだききてこよひと夜《よ》にたえ《(へ)》ずもある哉《(かな)》
よみ人しらず・千載和歌集五（秋下）
瓦《かはら》ふく家《や》も面白《おもしろ》や秋《あき》の月《つき》　野水・春の日
古郷《こきやう》にも我レもいたゞく秋の月　鬼貫・俳諧大悟物狂
今の心是こそ秋の秋の月　鬼貫・俳諧大悟物狂
秋の月人の国まで光りけり　鬼貫・俳諧大悟物狂
石山の石の形《かたち》や秋の月　鬼貫・あめ子
懐《ふところ》に手をあたゝむる秋の月　凡兆・猿蓑
敵といふもの今は無し秋の月　高浜虚子・六百句

月見［以呂波波引月耕漫画］

あきのなごり【秋の名残】
秋の終わるのを惜しむことば。⇩行く秋（ゆくあき）［秋］、晩秋（ばんしゅう）［秋］

§

陣小屋《ぢんこや》の秋の余波《なごり》をいさめかね　乙州・卯辰集
秋名残夕日の前に小雨降る　暁台・暁台句集
秋の名残山田の添水暇あれや　暁台・暁台句集

あきのなみ【秋の波】
夏から秋になると、穏やかな海の波も荒々しさを帯びてくる。⇩波（なみ）［四季］

§

秋の浪蹶立て帰りし船ぞこれ　高浜虚子・五百五十句

あきのの【秋の野】
秋の野原をいう。⇩野路の秋（のじのあき）［秋］

§

秋の野の草のたもとか花すゝきほにいでてまねく袖と見ゆ覧
在原棟梁・古今和歌集四（秋上）
露さむみうらがれもてく秋の野にさびしくもある風《かぜ》のおとかな
藤原時昌・千載和歌集五（秋下）
秋の野をわけゆく露《つゆ》にうつりつゝわが衣手は花の香《か》ぞする
凡河内躬恒・新古今和歌集四（秋上）
秋の野の花とも咲かで平家蟹　支考・梟日記
秋の野の花々しさよ皮肉骨　乙州・薦獅子集
夕暮を惜み惜みて秋の野良　風之・上戸雪
秋の野や花となる草成らぬ草　千代女・千代尼発句集

秋の野や早や荒駒の駆やぶり　　暁台・暁台句集

ほつ〳〵と家ちらばりて秋野かな　　高浜虚子・六百五十句

あきのはつかぜ【秋の初風】

秋の到来を感じさせる涼風。［同義］初嵐。⬇初嵐（はつあらし）［秋］、秋風（あきかぜ）［秋］、初風（はつかぜ）［新年］

§

わがせこが衣のすそを吹《ふき》返しうらめづらしき秋のはつかぜ　　よみ人しらず・古今和歌集四（秋上）

夏衣《ごろも》まだひとへなるうたゝ寝《ね》にこゝろして吹《ふ》け秋の初風《はつかぜ》　　安法法師集（安法の私家集）

ま葛《くず》はふあだの大野《おほの》の白露《しらつゆ》を吹《ふ》きなみだりそ秋の初風《はつかぜ》　　藤原長実・金葉和歌集三（秋）

玉《たま》に貫《ぬ》く露《つゆ》はこぼれて武蔵野《むさしの》の草《くさ》の葉むすぶ秋《あき》の初風《はつかぜ》　　山家心中集（西行の私家集）

あけぬるか衣手さむしすがはらや伏見《ふしみ》の里《さと》の秋のはつ風　　藤原家隆・新古今和歌集四（秋上）

しきたへの枕の上《うへ》にすぎぬなり露《つゆ》をたづぬる秋のはつ風　　源具親・新古今和歌集四（秋上）

を《お》しなべてものを思《おも》はぬ人にさへ心をつくる秋のはつ風　　西行・新古今和歌集四（秋上）

明《あけ》ぬ也《なり》衣手さむし菅原《すがはら》や伏見の里《さと》の秋の初風《かぜ》　　藤原家隆・家隆卿百番自歌合

かたしきの衣手すゞしこのねぬる夜のまにかはる秋の初風　　藤原為家・中院詠草

時わかぬ深山《み》の庵《いほ》のさびしさもいとゞましばの秋の初風《はつかぜ》　　慶運・慶運百首

荻《おぎ》の葉の音をも待《ま》たでわが袖《そで》にやがて知《し》らるゝ秋の初風《はつかぜ》　　一条良基・後普光園院殿御百首

吹《ふき》にけり置《を》けばかつ散《ち》る白露《しらつゆ》の玉の横《よこ》野の秋《あき》の初風《はつかぜ》　　頓阿・頓阿法師詠

おほかたの野辺《べ》の草葉の露をおきて袖よりなるゝ秋の初風　　幽斎・玄旨百首

荻原やしめて程なきわが宿に先《まづ》おとづるゝ秋の初かぜ　　賀茂真淵・賀茂翁家集拾遺

誰とてかみにしまざらんのも山も色かはるべき秋のはつ風　　小沢蘆庵・六帖詠草

今よりのあきのはつかぜ心あらばもの思ふ袖はよぎてふかなむ　　香川景樹・桂園一枝

やみふして床にある身は人よりも早く知られぬ秋のはつ風　　落合直文・国文学

此ゆふべ秋の初風みにしみていとゝ都の空そこひしき　　伊藤左千夫・伊藤左千夫全短歌

萩はいまだ芒《すすき》は穂にもあらはれず蚊帳《かや》の裾《すそ》吹く秋の初風　　正岡子規・子規歌集

ひとり行く旅路の君や先づ聞かんこのゆふぐれの秋の初風　　太田水穂・つゆ艸

別れ惜むたなばたつめの袂よりたちけるものか秋の初風　　太田水穂・つゆ艸

あきのはて【秋の果】

秋の終わり。⇩晩秋（ばんしゅう）［秋］

§

月の夜を泣尽してや果の秋　　几董・井華集

秋の果亀は小藪に這入りぬ　　成美・成美家集

あきのひ【秋の日】

秋の一日。また、秋の太陽をいう。［同義］秋日（あきび）、秋の朝日（あきのあさひ）、秋の夕日（あきのゆうひ）。⇩秋の入日（あきのいりひ）［秋］、秋日影（あきひかげ）［秋］

§

秋の日は軒端の竹に傾けど投扇興の興いまだつきず　佐佐木信綱・思草

地にわが影空に愁《うれひ》の雲のかげ鳩《はと》よいづこへ秋の日往《い》ぬる　山川登美子・山川登美子歌集

秋の日は枝々洩りて牛草のまばらまばらは土のへに射す　長塚節・鍼の如く

秋の日の光をうけて掌《たなそこ》のうすくれなゐのさびしく匂ふ　武山英子・武山英子傑作歌選第二輯

風止みぬ伐りのこされし幾もとの松の木の間の黄なる秋の日　若山牧水・路上

風《かぜ》のなき秋《あき》の日舟《ひふね》に網入《あみいれ》よ　荷兮・春の日

秋の日のかりそめながらみだれけり　去来・曠野後集

あきの日や猿《さる》一つれの山のはし　楚常・卯辰集

鷺鳴《さぎなき》て秋の日よはき曇《くも》り哉《かな》　牧童・卯辰集

砂原を蛇のすり行く秋日かな　村上鬼城・鬼城句集

秋の日に泰山木の照葉かな　村上鬼城・鬼城句集

護摩堂《ごまどう》にさしこむ秋の日あし哉　正岡子規・子規句集

秋の日中山を越す山に松ばかり　夏目漱石・漱石全集

秋の日を幹重なりて遮りぬ　高浜虚子・定本虚子全集

売れ残るラムネに秋の夕日哉　寺田寅彦・俳句三代集

秋日さす石の上に背の児を下ろす　尾崎放哉・小豆島にて

澄みそめて水瀬のしぶく秋日かな　飯田蛇笏・山廬集

橋をよろこんで渡つてしまふ秋の日　中塚一碧楼・一碧楼一千句

笹の根の土乾き居る秋日かな　芥川龍之介・蕩々帖

秋の日の落つる陽明門は鎖さず　山口青邨・夏草

月寒牧場にて

羊たち秋落日に尻をむけ　山口青邨・夏草

亡き友肩に手をのするごと秋日ぬくし　中村草田男・来し方行方

羅漢みな秋日失せゆく目が凄惨　加藤楸邨・寒雷

秋の日をとづる碧玉数しらず　芝不器男・不器男句集

秋の日の裸身あゆめる朝一瞬　石田波郷・鶴の眼

あきのひ【秋の灯】

⇩秋灯（しゅうとう）［秋］

§

江の島に秋の灯点《とも》りかたつ方《かた》鎌倉山にいなづまぞする　与謝野晶子・草と月光

わが前にひとすぢ匂ふ秋の灯よ遠灘の音よわれをあはれめ　前田夕暮・収穫

油吸ふ秋の灯《ともし》のふと耳にのこりてその夜悲しかりけり　前田夕暮・収穫

秋の灯や壁にかかれる古帽子《ふるぼうし》袴のさまも身にしむ夜なり
若山牧水・海の声
湯口《ゆぐち》より溢れ出でつつ秋の灯に太束《ふとたば》の湯のかがやきておつ
宮柊二・多く夜の歌
秋の燈やゆかしき奈良の道具市　蕪村・蕪村句集
秋の灯も濃し春の灯も濃かりしか　高浜虚子・定本虚子全集
伏して読む秋の燈は暗くとも　高浜虚子・句日記
秋の燈の白さ人形つくりをり　臼田亜浪・定本亜浪句集
秋の灯をくらめて寝入る病婦かな　杉田久女・杉田久女句集
秋の灯のほつりほつりと京の端　日野草城・昨日の花
一燈の秋やゴリキーに「夜の宿」　加藤楸邨・野哭

あきのひる【秋の昼】
秋の一日の昼間時。

あきのふじ【秋の富士】
秋の富士山。➡富士（ふじ）［四季］、秋の山（あきのやま）［秋］、御山洗（おやまあらい）［秋］、秋の峰（あきのみね）［秋］

§

秋の富士自然と窓に入《いる》すがた　言水・新撰都曲
馬は行けど今朝の富士見る秋路哉　鬼貫・鬼貫句選

あきのほし【秋の星】
秋の夜空の星。俳句では、往時より「星月夜」が秋季として詠まれてきており、「秋の星」は明治以降に季語として詠まれている。➡星月夜（ほしづきよ）［秋］、流れ星（ながれぼし）［秋］、流星（りゅうせい）［秋］

§

秋の星遠くしづみぬ桑畑　飯田蛇笏・山廬集

あきのみず【秋の水】
秋の川・池・湖沼などの清澄な水。［同義］秋水、水の秋（みずのあき）。➡水澄む（みずすむ）［秋］、秋の川（あきのかわ）［秋］、秋の池（あきのいけ）［秋］、秋の湖（あきのみずうみ）［秋］、秋の海（あきのうみ）［秋］、秋出水（あきでみず）［秋］、秋水（しゅうすい）［秋］

§

打渡す墨田の河の秋の水吹くや朝風涼しかりけり
伊藤左千夫・伊藤左千夫全短歌
秋の水もの悩みしてくもるなり信濃の渋の山あひに入り
与謝野晶子・草の夢
眠りたる目を洗はゞや秋の水　去来・俳僊遺墨
青空や手ざしもならず秋の水　丈草・韻塞
竹の葉に落込む音や秋の水　乙由・麦林集
田におちて田を落行《おちゆく》や秋の水　蕪村・蕪村遺稿
澄むもの、限り尽せり秋の水　乙二・松窓乙二発句集
墓道古りぬ首洗ひたる秋の水　内藤鳴雪・鳴雪句集
菱取りて里の子去りぬ秋の水　森鷗外・鷗外全集
憶亡父
俤やつくばひ覗く秋の水　森鷗外・鷗外全集
山陰《やまかげ》や日あしもさゝず秋の水　正岡子規・子規句集
秋の水泥しづまつて魚もなし　正岡子規・子規句集

秋の水魚住むべくもあらぬ哉　正岡子規・子規句集
藪影や魚も動かず秋の水　夏目漱石・漱石全集
鼓うつや能楽堂の秋の水　夏目漱石・漱石全集
藻を刈りて泥流れ去りつ秋の水　河東碧梧桐・碧梧桐句集
秋の水冷々として鐘の下　河東碧梧桐・碧梧桐句集
魚の眼のするどくなりぬ秋の水　佐藤紅緑・新俳句
底澄むや雨をためたる秋の水　佐藤紅緑・新俳句
秋の水木曾川といふ名《な》にし負《お》ふ　高浜虚子・五百五十句
もののふの八十《やそ》宇治川《うじがわ》の秋の水　高浜虚子・六百五十句
素堂碑に韻く秋水昼も夜も　飯田蛇笏・椿花集
藻に弄ぶ指蒼ざめぬ秋の水　杉田久女・杉田久女句集
蛇木蛇に似てうつるなり秋の水　山口青邨・雪国
秋の水湛へし下に湯壺かな　川端茅舎・川端茅舎句集

あきのみずうみ【秋の湖】

秋の季節の湖の風情。「あきのうみ」ともいう。⬇秋の海（あきのうみ）［秋］、秋の水（あきのみず）［秋］、湖（みずうみ）［四季］

§

汀《みぎは》来る牛かひ男歌あれな秋の湖《みづうみ》あまりさびしき　与謝野晶子・乱れ髪
湖の秋や竹嶋沖の島　北枝・杉丸太
湖を前に関所の秋早し　夏目漱石・春夏秋冬
ヨットの帆しづかに動く秋の湖　杉田久女・杉田久女句集

あきのみね【秋の峰】

秋の季節に見る峰。峰の上はすでに初冬の気配が感じられる。⬇秋の山（あきのやま）［秋］

§

立去《たちさ》ル事《こと》一里眉毛《びまう》に秋の峰寒《さむ》し　蕪村・蕪村句集

あきのむらさめ【秋の村雨】

秋の季節に断続的に降る俄雨。叢雨・群雨の意で、村は当て字。⬇秋の雨（あきのあめ）、秋時雨（あきしぐれ）、夕立（ゆうだち）

あきのやど【秋の宿】

秋の静かで寂寥たる風情の住居。［同義］秋の庵（あきのいおり）、秋の家（あきのいえ）、秋の戸（あきのと）。⬇露の宿（つゆのやど）［秋］、月の宿（つきのやど）［秋］

§

菊

秋の戸や隠人花の虫撰　言水・真蹟
秋の宿淋しきながら柱有　松瀬青々・妻木

あきのやま【秋の山】

秋の澄んだ大気に真近に見える明浄な山の風情。［同義］秋山、秋の峰（あきのみね）、秋嶺（しゅうりょう）、山の秋（やまのあき）、山澄む（やますむ）。⬇山粧う（やまよそおう）［秋］、野山の錦（のやまのにしき）［秋］、秋の富士（あきのふじ）［秋］、秋の峰（あきのみね）［秋］、山（やま）［四季］、秋山（あきやま）［秋］、紅葉山（もみじやま）［秋］

§

春は萌《も》え夏は緑に紅の綵色《しみいろ》に見ゆる秋の山かも　作者不詳・万葉集一〇

秋の山もみぢをぬさとたむくれば住《す》む我《われ》さへぞ旅《たび》心地《ち》する
紀貫之・古今和歌集五（秋下）
秋の山紅葉に奥やなからまし松を残《のこ》さぬ時雨なりせば
三条西実隆・再昌草
尺あまり延びし稚松《こまつ》に松かさの実れり秋の山の明るさ
若山牧水・路上
秋山や駒《こま》もゆるがぬ鞍《くら》の上　其角・五元集
毬栗の笑ふも淋し秋の山　李由・韻塞
馬の目も澄むや日の入る秋の山　左次・誹諧曾我
関守が棒の先なり秋の山　乙二・松窓乙二発句集
家二つ戸の口見えて秋の山　道彦・蔦本集
秋の山経読む程は日の残る　内藤鳴雪・鳴雪句集
谷の日のどからさすや秋の山　村上鬼城・鬼城句集
信濃路《しなのぢ》やどこ迄つゞく秋の山　正岡子規・子規句集
道尽きて雲起りけり秋の山　正岡子規・子規句集
秋の山突兀《とつこつ》として寺一つ　正岡子規・子規句集
森濡れて神鎮《しず》まりぬ秋の山　正岡子規・子規句集
大瀧を北へ落すや秋の山　夏目漱石・漱石全集
土佐で見ば猶近からん秋の山　夏目漱石・漱石全集
遠のきし雲夕栄えす秋の山　河東碧梧桐・碧梧桐句集
雲こめし中や雨降る秋の山　河東碧梧桐・碧梧桐句集
秋の山日和つゞきとなりにけり　佐藤紅緑・春夏秋冬
欠伸《あくび》せる口中に入る秋の山　高浜虚子・七百五十句
立つても見座《すわ》りても見る秋の山　高浜虚子・七百五十句

大巌にまどろみさめぬ秋の山　飯田蛇笏・雲母
秋山の上の遠山移るなり　中村草田男・長子

あきのやみ【秋の闇】
秋の季節の寂寥感のある闇。

あきのゆうぐれ【秋の夕暮】
➡秋の暮（あきのくれ）［秋］、秋の夕（あきのゆうべ）［秋］

§

さびしさに宿《やど》を立《た》ち出《い》でてながむればいづくも同《おな》じ秋《あき》の夕暮《ゆふぐれ》
良暹・後拾遺和歌集四（秋上）
いかばかり寂《さび》しかるらんこがらしの吹《ふ》きにし宿《やど》の秋の夕暮《ゆふぐれ》
右大臣（源顕房）北の方・後拾遺和歌集一〇（哀傷）
篠原《しのはら》や霧《きり》にまがひて鳴《な》く鹿《しか》のこえ《（ゑ）》かすかなる秋の夕ぐれ
山家心中集（西行の私家集）
こゝろなき身にもあはれは知《し》られけり鴫《しぎ》立《た》つ沢《さは》の秋の夕暮《ぐれ》
山家心中集（西行の私家集）
なにとなく物ぞかなしき菅原《すがはら》や伏見《ふしみ》の里《さと》の秋の夕ぐれ
源俊頼・千載和歌集四（秋上）
わするなよたのむの沢《さは》をたつ雁《かり》も稲《いな》葉の風の秋の夕暮《ゆふぐれ》
藤原良経・新古今和歌集一（春上）
小倉《をぐら》山ふもとの野辺《べ》の花すゝきほのかに見ゆる秋の夕暮《ぐれ》
よみ人しらず・新古今和歌集四（秋上）
さびしさはその色としもなかりけり真《ま》木たつ山の秋の夕暮《ゆふぐれ》
寂蓮・新古今和歌集四（秋上）
見わたせば花も紅葉もなかりけり浦のとまやの秋の夕暮《ゆふぐれ》
藤原定家・新古今和歌集四（秋上）

思《おも》ひやれ真木のとぼそをおしあけて独《ひとり》眺《なが》むる秋の夕暮
後鳥羽院・遠島御百首

世《よ》のなかの憂《う》きに心《こころ》のならはずは忍《しの》びやかねん秋の夕暮《ゆふぐれ》
頓阿・頓阿法師詠

山とほくたな引《びく》雲にうつる日もや、うすくなる秋の夕ぐれ
小沢蘆庵・六帖詠草

ほいなげに門《かど》に立《た》つ人《ひと》ほいなくて我《われ》も帰《かへ》りぬ秋《あき》の夕暮《ゆふぐれ》
佐佐木信綱・新月

幣《ぬさ》を手に雁を見おくる人わかし加茂のやしろの秋の夕ぐれ
武山英子・武山英子傑作歌選第二輯

鉄橋《てつきやう》を、白《しろ》く塗《ぬ》りかへし　寂《さび》しさよ。この大川《おほかは》の、秋《あき》のゆふぐれ。
土岐善麿・黄昏に

分限者に成たくば秋の夕暮をも捨よ　其角・田舎の句合

あきのゆうべ【秋の夕】

秋の日の夕方。日が暮れて夜になろうという頃。⬇秋の暮（あきのくれ）［秋］、春の夕（はるのゆうべ）［春］、秋の夕暮（あきのゆうぐれ）［秋］、秋の夜（あきのよ）［秋］、夕間暮れ（ゆうまぐれ）［四季］

§

ながめやる秋の夕《ゆふべ》ぞだゞびろき　荷兮・ひさご
立出《たちいづ》る秋の夕《ゆふべ》や風《かざ》ぼろし　凡兆・猿蓑
悲しさに魚喰ふ秋の夕かな　几董・井華集
秋晴て故人の来る夕哉　正岡子規・子規句集
灯ともして秋の夕を淋しがる　正岡子規・子規句集
竿昆布に秋夕浪のしぶきなき　河東碧梧桐・碧梧桐句集

あきのゆくえ【秋の行方】

終わろうとする秋を惜しむことば。⬇行く秋（ゆくあき）［秋］

§

木母寺の灯に見る秋の行方哉　暁台・暁台句集
嵯峨にさへ止まらぬ秋の行衛哉　樗良・樗良発句集

あきのよ【秋の夜】

秋の夜をいう。一般に「宵」は夜の浅いころをいい、「夜半」は夜の更けたころをいう。［同義］秋夜（しゅうや）、秋の夜半（あきのよわ）、夜半の秋、秋の宵、宵の秋（よいのあき）。⬇秋の宵（あきのよい）、夜長（よなが）［秋］、秋の夕（あきのゆうべ）［秋］、夜の秋（よるのあき）［秋］、長き夜（ながきよ）［秋］、夜半の秋（よわのあき）［秋］

§

いつはとは時はわかねど秋の夜ぞ物思《（おもふ）》ことのかぎりなりける
よみ人しらず・古今和歌集四（秋上）

露《つゆ》だにもおくともみえぬ秋《あき》の夜《よ》は更《ふ》けしを西《にし》に月のなるらん
伊勢集（伊勢の私家集）

いつも見《み》る月ぞと思《おも》へど秋《あき》の夜《よ》はいかなる影《かげ》をそふるなるらん
藤原長能・後拾遺和歌集四（秋上）

ながしとて明《あ》けずやはあらん秋の夜《よ》は待《ま》てかし真木《まき》の戸《と》許《（ばかり）》をだに
和泉式部・後拾遺和歌集一六（雑二）

秋《あき》の夜や天《あま》の川瀬《かはせ》はこほるらん月のひかりのさえまさるかな
藤原道経・千載和歌集四（秋上）

秋の夜は松《まつ》をはらはぬ風だにもかなしきことの音《ね》をたてずやは
藤原季通・千載和歌集五（秋下）
秋ふかく見《み》しも霜夜の空の月思ふばかりは冴《さ》えぬ影かな
冷泉政為・内裏着到百首
もろともにおどりあかしぬあきのよをみにいたづきのゐるもしらずて
大愚良寛・良寛自筆歌集
しろたへのころもでさむしあきの夜のつきなかぞらにすみわたるかも
大愚良寛・はちすの露
秋の夜を書《ふみ》よみをれば離れ屋に茶をひく音のかすかに聞ゆ
正岡子規・子規歌集

鈴虫を聞く［以呂波波引月耕漫画］

秋の夜のつめたき床にめざめけり孤独は水の如くしたしむ
前田夕暮・収穫
むしやくしやして、急《きふ》にすつかり片《かた》づけし、わが六畳《でふ》の、秋《あき》は夜《よる》かな。
土岐善麿・黄昏に
それとなく郷里《くに》のことなど語《かた》り出《い》でて秋《あき》の夜《よ》に焼《や》く餅《もち》のにほひかな
石川啄木・煙

秋の夜を打崩《うちくづ》したる咄《はなし》かな　芭蕉・笈日記
夜や秋や海士の痩子や鳴鷗　言水・初心もと柏
秋の夜の方角《ほうがく》わかで丸木橋　鬼貫・俳諧大悟物狂
秋の夜や古《ふる》き書《ふみ》よむ南良法師《ならほふし》　蕪村・蕪村遺稿
住《す》むかたの秋の夜遠く火影《ほかげ》哉　蕪村・蕪村遺稿
秋の夜や時雨る丶山の鹿の声　樗良・樗良発句集
秋の夜は梨の歯牙の寒さ哉　暁台・暁台句集
秋の夜や障子の穴の笛をふく　一茶・文政版発句集
秋の夜を薬師如来にともしけり　村上鬼城・鬼城句集
秋の夜や旅にして月衰ふる　安藤橡面坊・春夏秋冬
秋の夜や学業語る親の前　河東碧梧桐・続春夏秋冬
汝を泣かせて心とけたる秋夜かな　杉田久女・杉田久女句集
秋の夜の琴鳴るわれに妹ありき　山口青邨・夏草
秋の夜のつゞるほころび且つほぐれ　芝不器男・不器男句集
秋の夜の一つの椅子とバレリーナ　石田波郷・惜命

あきのよい【秋の宵】
秋の夜の浅い頃をいう。➡宵の秋（よいのあき）［秋］、秋

の夜（あきのよ）［秋］、夜長（よなが）［秋］、夜半の秋（よわのあき）［秋］

§

秋の宵机の上の白菊のにほひをやかぐわかれしをんな　前田夕暮・収穫

§

語り出す祭文は何宵の秋　夏目漱石・漱石全集

あきのらい【秋の雷】

空を割るような雷鳴は夏を象徴する自然現象であるが、秋の雷は夏の名残のような感じがある。⇩雷（かみなり）［夏］

§

船中の寝覚に聞くや秋の雷　村上鬼城・定本鬼城句集

あきのわかれ【秋の別れ】

去りゆく秋の季節を惜しむことば。⇩行く秋（ゆくあき）［秋］

§

淋しさの尽きてや秋も暇乞　吾仲・草苅笛
秋の別れ取つく木の葉皆脆し　也有・蘿葉集
秋の別れ石ともならで女郎花　也有・蘿葉集

あきばれ【秋晴】

秋の空の晴れ渡った天候。［同義］秋の晴（あきのはれ）、秋晴るる（あきはるる）。⇩秋日和（あきびより）［秋］、秋麗（あきうらら）［秋］、秋澄む（あきすむ）［秋］、秋高し（あきたかし）［秋］、秋曇（あきぐもり）［秋］、秋の空（あきのそら）［秋］

§

秋晴や瑠璃をとかせる池の面にくれなゐ立てり香睡蓮の花　伊藤左千夫・伊藤左千夫全短歌
飯つなのすそ野を高み秋晴に空遠く見ゆ飛騨の雪山　伊藤左千夫・伊藤左千夫全短歌
秋晴のひかりとなりて楽しくも実《みの》りに入らむ栗も胡桃《くるみ》も　斎藤茂吉・小園
秋晴や空にはたえず遠白き雲の生れて風ある日なり　若山牧水・秋の声
空の藍山の黄色のくつきりとかたみにせめぎ秋晴に立つ　木下利玄・銀
秋晴れたあら鬼貫の夕やな　惟然・七車
秋晴れて五重の塔の掃除かな　内藤鳴雪・鳴雪句集
秋晴れて凌雲閣《りょううんかく》の人小《ちさ》し　正岡子規・子規句集
生垣の丈かり揃へ晴る丶秋　夏目漱石・漱石全集
烟《けむり》吐く舟許《ばか》りなり秋晴る丶　河東碧梧桐・碧梧桐句集
秋晴や寒風山《かんぷうさん》の瘤《こぶ》一つ　高浜虚子・六百五十句
秋晴や陸羽境《りくうざかい》の山低し　高浜虚子・六百五十句
秋晴や一片雲《いちへんうん》も爪弾《つまはじ》き　高浜虚子・七百五十句
秋晴の岬や我れと松一つ　渡辺水巴・雑詠選集
橋からの釣糸ながし秋晴るる　飯田蛇笏・山廬集
秋晴や俥に近き志賀の海　長谷川零余子・国民俳句
秋晴や岬の外の遠つ洋　杉田久女・杉田久女句集
秋晴や天覧山を聳えしむ　水原秋桜子・葛飾
秋晴を歩みて屋根を繕へる　中村汀女・都鳥
秋晴や人語瞭らかにうしろより　日野草城・花氷

秋晴や橋よりつゞく山の道　中村草田男・長子
秋晴やあえかの葛を馬の標《しめ》　芝不器男・不器男句集

あきひかげ【秋日影】
秋の日の光。⇩秋の日（あきのひ）[秋]

§

秋日影《あきひかげ》眼花《メボシ》の行《ゆく》かほかけ船　才麿・椎の葉

あきひがん【秋彼岸】
秋分の日の前後七日間をいう。九月二〇〜二一日頃に入り、二六〜七日頃に明ける。[同義] 後の彼岸（のちのひがん）。⇩彼岸（ひがん）[春]、秋分（しゅうぶん）[秋]

§

音立て茅《ち》がやなびける山のうへに秋《あき》の彼岸《ひがん》のひかり差《さ》し居《を》り　斎藤茂吉・ともしび
彼岸桜秋は月こそ西にあれ　宗因・梅翁宗因発句集
風もなき秋の彼岸の綿帽子　鬼貫・鬼貫句選
爺と婆淋しき秋の彼岸かな　夏目漱石・漱石全集
彼岸道知った芸者と案山子かな　高浜虚子・新春夏秋冬
　子規墓参
秋彼岸にも忌日にも遅れしが　高浜虚子・定本虚子全集

あきひでり【秋旱】
秋の季節に日照りが続くこと。俳句では「旱」は夏の季語のため、「秋」をつけて秋の季語とする。⇩旱（ひでり）[夏]、秋乾き（あきかわき）[秋]

あきびより【秋日和】
秋の晴れて快適で穏やかな日和をいう。⇩秋晴（あきばれ）[秋]

繕《つくろ》ひて白きところある城壁《じやうへき》も集《つど》ふ民船《みんせん》も秋日和《あきひより》の下《した》　土屋文明・山の間の霧

§

秋日和鳥さしなんど通りけり　白雄・白雄句集
刈株のうしろの水や秋日和　一茶・享和句帖
難船の物干す秋の浜日和　内藤鳴雪・鳴雪句集
鳥海にかたまる雲や秋日和《あきびより》　正岡子規・子規句集
鳶舞ふや本郷台の秋日和　正岡子規・寒山落木
秋日和鉈豆干しぬ詩仙堂　水落露石・春夏秋冬
秋日和狂ふ那須山颪《おろし》かな　河東碧梧桐・碧梧桐句集
雲あれど無きが如くに秋日和　高浜虚子・六百五十句
玄関の衝立《ついたて》隔て秋日和《あきびより》　高浜虚子・七百五十句
浪白う干潟に消ゆる秋日和　大須賀乙字・続春夏秋冬
深山にわが影ふみて秋日和　飯田蛇笏・椿花集
秋日和近隣のこゑつつぬけに　日野草城・旦暮
みじろぎにきしむ木椅子や秋日和　芝不器男・不器男句集

あきふかし【秋深し】
一〇月頃の秋の盛り、秋の気配がますます深まる候をいう。[同義] 秋闌くる（あきたくる）、秋更くる（あきふくる）、秋更けし（あきふけし）、秋さぶ（あきさぶ）、秋深む（あきふかむ）、深秋（しんしゅう）。⇩秋（あき）[秋]、秋浅し（あきあさし）[秋]、晩秋（ばんしゅう）[秋]

§

さほ山のは、その色はうすけれど秋はふかくもなりにける哉《かな》　坂上是則・古今和歌集五（秋下）

秋《あき》ふかみ花《はな》には菊《きく》の関《せき》なれば下葉《したば》に月ももりあかしけり
崇徳院・詞花和歌集三（秋）

秋《あき》ふかくなりにけらしなきり〴〵すゆかのあたりにこゑ聞《きこ》ゆなり
花山院・千載和歌集五（秋下）

秋《あき》ふかみたそかれ時のふぢばかまにほふは名《な》のる心ちこそすれ
崇徳院・千載和歌集五（秋下）

秋ふかき淡路《あはぢ》の島のありあけにかたぶく月をおくる浦風
慈円・新古今和歌集五（秋下）

秋ふかき寝覚《ねざ》めにいかゞ思《おも》ひいづるはかなく見えし春の夜《よ》の夢
殷富門院大輔・新古今和歌集八（哀傷）

秋ふかき矢野《やの》の神《かみ》山露霜《つゆじも》の色ともみえず紅葉《もみぢ》してけり
頓阿・頓阿法師詠

秋ふかみ堀江の月に寝《ぬ》る鴨のはらふに消《（きえ）》ぬ霜や寒けき
三条西実隆・内裏着到百首

秋ふかく見《み》しも霜夜の空の月思ふばかりは冴《さ》えぬ影かな
冷泉政為・内裏着到百首

いくつかの夢《ゆめ》をむすびて覚《さ》めにけり四方《しま》のはざまに秋ふかむころ
斎藤茂吉・白桃

秋ふけてやや肌《はだ》寒き宵宵を川瀬の音のさぶしくあらむ
橋田東声・地懐

鎌倉の七つの谷の秋ふかし君のふるさとわれのふるさと
吉井勇・河原蓬

秋ふかきわが枕辺の嘴長《はしなが》の縞蚊の骸《から》をあはれみにけり
吉井勇・天彦

秋ふかき寒さに入《い》りぬ宵《よひ》の癖《くせ》となりつつ雨ぞ降りける
中村憲吉・しがらみ

さしなれしつげの小櫛《をぐし》も前髪に冷たさ沁みて秋深みけり
岡本かの子・愛のなやみ

わが家の井水濁りしをとつひの地震ありてより秋深まりぬ
大熊長次郎・真木

秋ふかきもののはるけさ雲に死ぬ海月《くらげ》の笠《かさ》の碧《あを》きをも見つ
明石海人・白描以後

秋深む山西《さんせい》の野に長々と今日も行くかな国旗をふりつつ
渡辺直己・渡辺直己歌集

秋深し赤さび川の稚雀　猿雖・小柑子

秋深き隣は何をする人ぞ　芭蕉・笈日記

秋深し人切り土堤の草の花　風国・誹諧曾我

秋ふかし枯木にまじる鹿の脚　松瀬青々・鳥の巣

深秋《しんしゆう》といふことのあり人も亦《また》　高浜虚子・六百句

彼一語我一語秋深みかも　高浜虚子・六百五十句

わたしと生れたことが秋ふかうなるわたし　種田山頭火・草木塔

小鳥がふみ落す葉を池に浮べて秋も深い　尾崎放哉・須磨寺にて

秋深く玉をくだいて紅と見ん　長谷川零余子・改造文学全集

羽織の紐結ばずそぞろ秋深し　山口青邨・夏草

雨降りて秋深きかな手を眺む　日野草城・旦暮

雲幾重風樹幾群秋ふかむ　石田波郷・病雁

あきめく【秋めく】

自然や事物のたたずまいに秋の季節が感じられるようにな

ること。秋らしくなること。「めく」は「見え来」の意といわれる。［同義］秋じむ（あきじむ）、秋づく（あきづく）。⬇初秋（しょうしゅう）［秋］

あきやま【秋山】

⬇秋の山（あきのやま）［秋］

§

秋山に落つる黄葉《もみちば》しましくはな散り乱《まが》ひそ妹があたり見む

柿本人麻呂・万葉集二

秋山にもみつ木《こ》の葉の移りなばさらにや秋を見まく欲《ほ》りせむ

山部王・万葉集八

朝露ににほひそめたる秋山に時雨《しぐれ》な降りそあり渡るがね

万葉集一〇（柿本人麻呂歌集）

秋山をゆめ人懸《か》くな忘れにしそのもみち葉《ば》の思ほゆらくに

作者不詳・万葉集一〇

あきやまをわがこえくればたまほこのみちもてるまでもみぢしにけり

大愚良寛・布留散東

あけのつき【明の月】

夜明けになってもまだ空に残っている月。［同義］有明月。⬇月（つき）［秋］、有明月（ありあけづき）［秋］、有明（ありあけ）［秋］、長月（ながつき）［秋］

§

夜明ても離れかねたり萩と月

士朗・枇杷園句集

あさぎり【朝霧】

朝に立つ霧。⬇霧（きり）［秋］、夜霧（よぎり）［秋］

§

朝霧のたなびく小野の萩の花今か散るらむいまだ飽かなくに

作者不詳・万葉集一〇

朝霧のたなびく田居《たゐ》に鳴く雁を留《とど》み得むかもわが屋戸《やど》の萩

光明皇后・万葉集一九

わが宿《やど》のけさの朝《あさ》霧みわたせば佐保《さほ》の川辺《かはべ》に立《た》ちわたりけり

安法法師集（安法の私家集）

常よりも程へて過《すぐ》る秋なれど猶立《なほたち》とまれ今朝の朝霧

公任集（藤原公任の私家集）

君なくて立《たつ》朝霧《あさぎり》は藤衣池さへきるぞ悲《かな》しかりける

藤原敦忠・拾遺和歌集二〇（哀傷）

朝霧《あさぎり》や立田《たつた》の山のさとならで秋きにけりとたれかしらまし

藤原忠通・新古今和歌集四（秋上）

朝霧《あさぎり》にぬれにし衣ほさずしてひとりや君が山路《ぢ》こゆらん

よみ人しらず・新古今和歌集一〇（羇旅）

晴《は》れよかし憂《う》き名を我にわぎもこが葛城《かづらぎ》山の嶺の朝霧

後鳥羽院・遠島御百首

朝霧の海の玉藻と見しはこの麓にしけき杉のむら立

上田秋成・藻屑

兎《うさぎ》あそぶ背戸《せと》の豆畑《まめはた》をち方《かた》にいただき浮《うか》ぶ朝霧《あさぎり》の山《やま》

佐佐木信綱・新月

目《め》のもとのふかき峡間《はざま》は朝霧《あさぎり》の満《み》ちの湛《たた》へに飛《と》ぶ鳥《とり》もなし

斎藤茂吉・あらたま

何ごとかののしる馭者の濁声《だみごゑ》もかなしく馬車は朝霧に入る

吉井勇・昨日まで

朝の霧ふか〻りければ霧ぬちにかすかに牛の動けるが見ゆ
半田良平・野づかさ

道に出て人にいふ間も息にふかく被《かか》りて濡るるあはれ朝霧
中村憲吉・しがらみ

るゐるゐと石むら寂し朝霧の退《ひ》きのまにまに磧見えきて
宮柊二・藤棚の下の小室

朝霧に歌の元気や吹かれけん　素堂・素堂家集
朝霧やさても富士呑む長次郎　言水・初心もと柏
朝霧の伊吹《いぶき》や富士《ふじ》の妹川　涼菟・山中集
宇治川や朝霧立《たち》てふし見山　鬼貫・俳諧大悟物狂
朝霧や湖水《こすゐ》に配《くば》る茶の烟《けぶり》　露川・西国曲
朝霧や川を隔てて関に入　桃隣・古太白堂句選
舟でなし只《ただ》朝ぎりに木に乗りて　楚常・卯辰集
朝霧《あさぎり》や村千軒《むらせんげん》の市《いち》の音　蕪村・蕪村句集
朝霧や濡て起行く野辺の駒　闌更・半化坊発句集
朝霧や晴るるに間なき山のきれ　白雄・白雄句集

あさざむ【朝寒】

晩秋の朝のうっすらとした寒さをいう。日中と夜半や夜明けの寒暖差が大きく、肌寒さをより感じる。秋の夜明けには露、霜なども見え、いっそう朝寒を覚えるころである。俳句では、「朝寒」の語を尊重し、「寒き朝」「今朝寒し」などとすれば冬とされるが、「朝寒し（あささむし）」と用いる場合は秋とされる。［同義］朝寒し、朝冷（あさびえ）。➡夜寒（よさむ）［秋］、寒き夜（さむきよ）［冬］、秋寒（あきさむ）［秋］、朝涼（あさすず）［夏］、寒し（さむし）［冬］、冷やか（ひややか）［秋］

§

朝寒《あさゝむ》の袂さぐりて秘めおきしうれしの夢の消《け》ずやと惑ふ
窪田空穂・まひる野

朝寒や萩に照る日をなつかしみ照らされに出し黒かみのひと
若山牧水・海の声

明石《あかし》がた一《ひ》ト夜《ヨ》寒《さむう》や朝寒や　才麿・椎の葉
朝寒の今日の日南や鳥の声　鬼貫・鬼貫句選
朝寒《（さむ）》や垣の茶筅《（ちやざる）》の影法師　一茶・題叢
朝寒や三井の仁王に日の当る　内藤鳴雪・鳴雪句集
朝寒や垣《かき》に割る竹の節のおと　森鷗外・うた日記
朝寒や馬のいやがる渡舟　村上鬼城・鬼城句集
朝寒を日に照らさる〻首途《かどで》哉　正岡子規・子規句集
朝寒の撃剣《げきけん》はやる城下哉　正岡子規・子規句集
瘦骨《やせぼね》をさする朝寒夜寒かな　正岡子規・子規句集
朝寒み夜寒みひとり行く旅ぞ　夏目漱石・漱石全集
温泉煙《ゆけむり》の朝の寒さや家鴨鳴く　河東碧梧桐・碧梧桐句集
朝寒《あささむ》の老を追ひぬく朝な〱　高浜虚子・五百句
朝寒の時の太鼓を今責め打つ　高浜虚子・六百五十句
　送秋竹
朝寒の毛布冠りて別れかな　高浜虚子・定本虚子全集
朝寒の舟から捨つる芥かな　大谷句仏・新春夏秋冬
朝寒や鬼灯垂るる草の中　芥川龍之介・澄江堂句集
朝寒やそぞろに日射す苔の庭　日野草城・花氷
朝寒の撫づれば犬の咽喉ぼとけ　中村草田男・万緑

あさづくよ【朝月夜】

月がまだ空に残っている明け方のこと。⬇明の月（あけのつき）［秋］、有明（ありあけ）［秋］、月夜（つきよ）［秋］

§

影ぼうしたぶさ見送る朝月夜《あさづくよ》　卓袋・猿蓑

あさつゆ【朝露】

朝に置く露のこと。⬇露（つゆ）［秋］、夜露（よつゆ）［秋］

§

月草《つきくさ》に衣《ころも》は摺《す》らむ朝露《あさつゆ》にぬれて後《のち》には移《うつ》ろひぬとも
作者不詳・万葉集七

かにかくに物は思はじ朝露のわが身一つは君がまにまに
作者不詳・万葉集一一

月草に衣は摺《す》らん朝《あさ》つゆにぬれてののちはうつろひぬとも
よみ人しらず・古今和歌集四（秋上）

唐衣たつ日はきかじ朝露《あさつゆ》のおきてしゆけば消《け》ぬべきものを
よみ人しらず・古今和歌集八（離別）

朝露《あさつゆ》のまろびあふまに白妙《しろたへ》の玉《たま》の緒《を》長《なが》くおつる蓮葉《はちすば》
草根集（正徹の私家集）

きゆるかとみれば火もゆるあさぢばらこの朝露にけぶりのみして
大隈言道・草径集

朝つゆに苔石ぬれて松風の釜のとひゝく庵しともしも
伊藤左千夫・伊藤左千夫全短歌

水引の赤《あけ》三尺の花ひきてやらじと云ひし朝つゆのみち
与謝野晶子・舞姫

芝の上に吾飛び下りつぞつくりと朝露の中に吾とび下りつ
松倉米吉・松倉米吉歌集

朝露のまだなごりある蓼《たで》の香《か》にとりとめもなきおもひして佇《た》つ
佐藤佐太郎・歩道

朝露や匙《さじ》で置《お》くらむをみなへし　野坡・水僊伝

寐て御座れ苔の朝露まだ寒し　乙二・松窓乙二発句集

ひきすてし山車の人形や朝の露　内藤鳴雪・鳴雪句集

朝露や矢文を拾ふ草の中　内藤鳴雪・鳴雪句集

朝露しつとり行きたい方へ行く　種田山頭火・草木塔

朝露やむすびのぬくき腰袋　飯田蛇笏・山廬集

あしび【葦火・蘆火・芦火】

葦で焚く火。葦を刈りながら焚き、暖をとる。⬇焚火（たきび）［冬］、葦垣（あしがき）［四季］

§

蘆火《あしび》たくやまのすみかは世《よ》の中《なか》をあくがれいづる門出《かどで》なりけり
源俊頼・詞花和歌集一〇（雑下）

難波女《なにはめ》の衣ほすとて刈《か》りてたく蘆火《あしび》の煙《けぶり》たゝぬ日ぞなき
紀貫之・新古今和歌集一七（雑中）

ながれゆく入江の水尾のさびしきにかげうつろひてたく芦火哉
大隈言道・草径集

菅の火は蘆の火よりもなほ弱し　高浜虚子・定本虚子全集

あまのがわ【天の川・天の河】

晴れた夜空に白い川のように見える、銀河系内の恒星群をいう。古代中国では、漢水の気が天空にのぼって天の川になったと考え、「銀漢」「雲漢」「天漢」「河漢」などの漢名がある。古来、年に一度の七夕の夜に鵲（かささぎ）が翼を連ねて天の川に橋を架け、牽牛がこれを渡って織姫に会いに行くという伝説があり、天の川は恋の逢瀬のはかなさにたとえられて多く詠まれている。［同義］銀河、星河（せいか）、銀漢（ぎんかん）、雲漢（うんかん）、天漢（てんかん）、河漢（かかん）。⬇七夕（たなばた）［秋］、織姫（おりひめ）［秋］、彦星（ひこぼし）［秋］、銀河（ぎんが）［秋］

§

天《あま》の河《がは》相向き立ちてわが恋ひし君来《き》ますなり紐《ひも》解き設《ま》けな　山上憶良・万葉集八

ひさかたの天《あま》の河《がは》に船浮《う》けて今夜《こよひ》か君が我許《わがり》来《き》まさむ　山上憶良・万葉集八

わが背子にうら恋《ご》ひ居れば天の河夜船《よふね》漕《こ》ぐなる楫《かぢ》の音《と》聞ゆ　山上憶良・万葉集一〇（柿本人麻呂歌集）

秋されば川そ霧《き》らへる天《あま》の河《がは》川に向き居《ゐ》て恋ふる夜の多き　万葉集一〇（柿本人麻呂歌集）

天の原ふり放《さ》け見れば天の河霧立ち渡る君は来《き》ぬらし　作者不詳・万葉集一〇

ひさかたのあまのかはらのわたしもりきみわたりなば楫《かぢ》かくしてよ　よみ人しらず・古今和歌集四（秋上）

あまの河浅瀬《あさせ》しら浪たどりつゝわたりはてねばあけぞしにける　紀友則・古今和歌集四（秋上）

天《あま》の河《がは》かよふ浮木《うきゞ》の年《とし》を経《へ》ていくそかへりの秋《あき》をしるらむ　実方朝臣集（藤原実方の私家集）

われならぬ人も渡《わた》ると天《あま》の川たなばたつめもけふや見るらん　能因集（能因の私家集）

天《あま》の河《かは》かへらぬ水《みづ》をたなばたはうらやましとやけさはみるらん　祝部成仲・詞花和歌集三（秋）

船《ふね》よする天《あま》の川瀬《かはせ》のゆふぐれはすゞしき風《かぜ》や吹《(ふき)》わたすらん　山家心中集（西行の私家集）

ながむれば衣手すゞしひさかたのあまの河原《かはら》の秋の夕暮《ゆふぐれ》　式子内親王・新古今和歌集四（秋上）

星《ほし》あひのゆふべすゞしきあまの河《がは》もみぢの橋《はし》をわたる秋風　藤原公経・新古今和歌集四（秋上）

逢事《(あふこと)》は稀《まれ》なる中にながれても契りはふかき天の川なみ　幽斎・玄旨百首

あまのがは見つゝしをれば白たへの吾《わが》衣手《ころもで》に露ぞおきにける　賀茂真淵・賀茂翁家集

寐《ね》静まる里のともし火皆消えて天《あま》の川《がは》白し竹藪《たけやぶ》の上に　正岡子規・子規歌集

天《あま》の川《がは》白《しろ》き真下《ました》の山《やま》あひに我《わ》が故郷《ふるさと》は眠《ねむ》りてありけり　佐佐木信綱・新月

いささかの丘にかくろふ天の川のうすほの明りその丘の草　島木赤彦・馬鈴薯の花

天の川かたむきかけておほぞらの西の果てより秋はきにけり　太田水穂・つゆ艸

たなばたをやりつるあとの天の川しろくも見えて風する夜かな　与謝野晶子・恋ごろも

山の上のみ寺にあれば天の川よひよひ清くあきらかに見ゆ　古泉千樫・青牛集
水学《すゐがく》も乗物《のりもの》かさんあまの川《がは》　芭蕉・江戸広小路
荒海《あらうみ》や佐渡《さど》によこたふ天河《あまのがは》　芭蕉・おくのほそ道
岩鳶《いはとび》のよろりとうかぶ天の河　嵐雪・星会集
夕顔の蔓《つる》の行衛《ゆくへ》や天の川　野紅・小柑子
更行《ふけゆく》や水田《みづた》の上《うへ》のあまの河《がは》　惟然・続猿蓑
みほつくし難波《なには》は礒《いそ》よ天の河　桃隣・きれぎれ
難波津《なにはづ》や芦《あし》の葉に置《お》く天《あま》の川　野坡・野坡吟草
仰《あふむ》けに寐てみれや遠し天の川　支考・麻生
うつくしや障子の穴の天の川　一茶・七番日記
木曾山に流れ入りけり天の川　一茶・七番日記
古城は北に聳えて天の川　内藤鳴雪・鳴雪句集
投鉾《なげほこ》や大魚逸してあまの河《がは》　森鷗外・うた日記
小舟して湖心に出でぬ天の川　村上鬼城・鬼城句集
北国の庇《ひさし》は長し天の川　正岡子規・子規句集
別るゝや夢一筋の天の川　夏目漱石・漱石全集
静かさや燈台の灯と天の川　河東碧梧桐・碧梧桐句集
天の川雨戸の外にかゝりけり　高浜虚子・七百五十句
草原や夜々に濃くなる天の川　臼田亜浪・定本亜浪句集
夕使ひ野広く思ふ天の川　大須賀乙字・炬火
雲漢の初夜すぎにけり磧　飯田蛇笏・雲母
下りたちて天の河原に櫛梳り　杉田久女・杉田久女句集
天の川屋根掃きをれば見え初めぬ　吉田冬葉・炬火
夜半さめて眉の上なり天の川　水原秋桜子・蓬壺

妻二夕夜あらず二夕夜の天の川　中村草田男・火の島
天の川怒濤のごとし人の死へ　加藤楸邨・野哭
天の川泣寝の吾子と旅いそぐ　加藤楸邨・穂高
遠く病めば銀河は長し清瀬村　石田波郷・惜命

あめのつき【雨の月】

雨が降っている時の月。[同義] 雨月（うげつ）、月の雨。➡月（つき）[秋]、月の雨（つきのあめ）[秋]、無月（むげつ）[秋]

§

雨の月どこともなしの薄明り　越人・曠野
旅人よ笠嶋かたれ雨の月　蕪村・蕪村句集
峰だけは流石に見えて雨の月　蒼虬・蒼虬翁発句集
枝豆を喰へば雨月の情あり　高浜虚子・五百句
垣の外へ咲きて雨月の野菊かな　渡辺水巴・水巴句集
百花園芭蕉庵
くらがりに炭火たばしる雨月かな　石田波郷・風切

ありあけ【有明】

月が空に残っている状態で夜が明けることをいう。➡暁（あかつき）[四季]、有明月（ありあけづき）[秋]、朝月夜（あさづくよ）[秋]

§

晨明《(ありあけ)》のつれなく見えし別《(わかれ)》より暁許《(ばかり)》うき物はなし　壬生忠岑・古今和歌集一三（恋三）
ありあけのおなじながめは君《きみ》もとへ都《みやこ》のほかも秋の山里《ざと》　式子内親王・新古今和歌集一六（雑上）

有明《ありあけ》の心地こそすれ盃に日かげも添《そ》ひて出《い》でぬと思《おも》へば
大中臣能宣・拾遺和歌集一七（雑秋）

ありあけは思《おも》ひ出《い》であれや横《よこ》雲のたゞよはれつるしの、めの空《そら》
西行・新古今和歌集一三（恋三）

有明の光《ひかり》をみても鳴《な》く鹿は山よりいでぬ妻や　待《まつ》らん
慶運・慶運百首

有明の光しみつく袂かな　成美・成美家集

ありあけづき【有明月】

➡有明（ありあけ）［秋］、明の月（あけのつき）［秋］

§

今こむと言《い》ひし　許《ばかり》に長月のありあけの月を待《ま》ちいでつる哉
素性・古今和歌集一四（恋四）

有明の月のころにしなりぬれば秋はよるなき心ちこそすれ
山家心中集（西行の私家集）

おほかたに秋のねざめの露《つゆ》けくはまたたが袖に有明《ありあけ》の月
讃岐・新古今和歌集四（秋上）

ワスレズハ花ノトボソニ思《ヲモ》ヒイデヨウキ世《ヨ》ノホカノアリアケノ月
明恵・明恵上人歌集

霜のうへに有明の月の影落てことにそ薫るきくの花園
上田秋成・毎月集

沖《おき》つ風《かぜ》雲《くも》居《ゐ》に吹《ふ》きて有明《ありあけ》の月《つき》にみだるるむら千鳥《ちどり》かな
村田春海・琴後集

幾むれか鷺のとまれる宮の森有明の月雲隠つ、
大愚良寛・良寛自筆歌集

海賊の追ひくと見つる夢さめて湊しづけし有明の月
佐佐木信綱・思草

二人して、めでつと見しは、夢なれや。閨《ねや》の戸しろき、有明の月。
与謝野寛・東西南北

そはなほも昨夜《よべ》のごとくに思はるる都大路のありあけの月
吉井勇・昨日まで

青天《せいてん》に有明月《ありあけづき》の朝ぼらけ　去来・猿蓑

有明の月に成けり母の影　其角・華摘

「い」

いざよい【十六夜】

旧暦八月一六日の夜、またその夜の月をいう。「じゅうろくや」ともいう。十五夜の月より遅れ、日没より後にためらうようにでるため「いざよう月」とよばれる。『年浪草』に「河海抄曰、いざよひの月、十六日の月の山のはに月しろ上りて、出やらぬを云ふ也と云へり。是も十五夜の暁なれば十六日の月と云はんもいたく不遠歟」とある。また、十五夜は日月相望むの意で「望」といい、十六夜を「既望」とよぶ。➡月（つき）［同義］十六夜の月（いざよいのつき）、既望（きぼう）。［秋］、十五夜（じゅうごや）［秋］

§

伊《い》豆人《づびと》はけふぞ山焼く十六夜《いざよひ》の月夜の風にその火靡けり　若山牧水・朝の歌
いざよひもまだ更科《さらしな》の郡《こほり》哉　芭蕉・いつを昔
十六夜《いざよひ》はわづかに闇の初《はじめ》哉　芭蕉・続猿蓑
不知夜月《いざよひ》や我身にしれと月の欠《かけ》　杉風・続別座敷
いざよひや北に黒みにつき初る　許六・初便
いざよひやあはれに森の埋《うも》れ虫　土芳・蓑虫庵集
いざよひや山の端《は》に出るやみの内　土芳・蓑虫庵集
十六夜《いざよひ》や龍眼《りゆうがん》にくのから衣　其角・五元集
十六夜《いざよひ》や暫《しばら》く遠し五里の人　野坡・野坡吟草
十六夜《いざよひ》や畠の畦《うね》に陰《かげ》を持ツ　百里・或時集
月さして古蚊帳さむし十六夜　村上鬼城・鬼城句集
社を出れば十六宵《いざよい》の月上りけり　正岡子規・子規句集
十六夜の月も待つなる母子かな　高浜虚子・定本虚子全集
十六夜の寒さや雲もなつかしき　渡辺水巴・白日
十六夜の竹ほのめくにをはりけり　水原秋桜子・晩華
十六夜の雲深ければ五位わたる　山口青邨・花宰相
十六夜や溲瓶《しゆびん》かがやく縁の端　日野草城・日暮
十六夜の照り初むと客去りにけり　日野草城・銀

いなずま【稲妻】

空中の電気が放電する時に発する電光をいう。夏の夕立では雷鳴を伴って光ることが多いが、秋の晴れた夜には遠くの雷の電光だけが走ることが多い。『年浪草』に「和漢三才図会に曰、秋夜晴れて電有るは常也。俗伝云、此時稲実る故に稲妻・稲交の名有り」とある。古歌では稲妻を「瞬時・瞬間」の意にたとえて詠むことが多い。[同義] 稲光、稲の殿（いねのとの）、稲魂（いなだま）、いねつるみ、いなつるみ、いなつるび、ももかがり。➡稲光（いなびかり）[秋]、雷（かみなり）[秋]

§

秋《あき》の田《た》の穂《ほ》の上《うへ》をてらすいなづまの光《ひかり》の間《ま》にも我《われ》やわする、　よみ人しらず・古今和歌集一一（恋一）
秋《あき》の夜《よ》は山田《だ》の庵《いほ》に稲妻《いなづま》の光《ひかり》のみこそもりあかしけれ　伊勢大輔・後拾遺和歌集五（秋下）
秋の田のかりねのはてもしら露にかげ見しほどやよひの稲妻　藤原良経・南海漁父北山樵客百番歌合
ありあけの月まつ宿《やど》の袖のうへに人だのめなるよゐ（ひ）の稲妻《いなづま》　藤原家隆・新古今和歌集四（秋上）
風わたるあさぢが末《すゑ》のつゆにだに宿《やど》りもはてぬよゐ（ひ）の稲妻《いなづま》　藤原有家・新古今和歌集四（秋上）
イナヅマノホドナキマニモ書《カ》キツクルアトヽメテ形見《カタミ》トモセム　明恵・明恵上人歌集
いな妻の光もらして山のはに夕も雲のはれぬをそみる　上田秋成・寛政九年詠歌集等
ひかりつるみねのくもまのいなづまのまてばまたゝくけしきのみして　大隈言道・草径集
闇《やみ》よりも雨風よりもすさまじき空のいなづまあたの探火《さぐりび》　森鷗外・うた日記

一時《ひととき》よ闇に照るなる電《いなづま》とわれに生命《いのち》の値《あたひ》を見する　窪田空穂・まひる野
海とざす真闇がなかにいなづまの飛びくるめけど雷《いかづち》は来《こ》ぬ　若山牧水・くろ土
いかづちの鳴るは吉備路かいなづまの閃き遠し夜空暗きに　吉井勇・天彦
大栂《おほとが》の林にとほる雨くらし稲づまは過ぐる下谷《しただに》の霧　中村憲吉・軽雷集
遠空に稲妻あれやわが立てる磯の平は暮れわたりたり　土田耕平・青杉
稲妻のひとひらめきぞ恋ひねがふ切《せつ》なきまでに暗きこころを　前川佐美雄・天平雲
いなづまを手にとる闇の紙燭《しそく》哉　芭蕉・続虚栗
あの雲は稲妻《いなづま》を待《まつ》たより哉　芭蕉・曠野
稲妻にさとらぬ人の貴《たふと》さよ　芭蕉・をのが光
稲づまやかほのところが薄《すすき》の穂　芭蕉・続猿蓑
いなづまや闇《やみ》の方行《かたゆくゑ》五位の声　芭蕉・続猿蓑

稲妻［以呂波波引月耕漫画］

稲妻《いなづま》に大仏《だいぶつ》おがむ野中《のなか》哉　荷兮・あら野
稲妻に負《まけ》ず実《み》の飛ブ蓮《はちす》哉　来山・蓮実
稲《いな》づまや浮世《うきよ》をめぐる鈴鹿山《すずかやま》　越人・続猿蓑
明《あけ》ぼのや稲《いな》づま戻《もど》る雲《くも》の端《はし》　土芳・続猿蓑
いなづまやきのふは東《ひがし》けふは西《にし》　其角・あら野
稲づまや淀の与三右《よさう》が水ぐるま　鬼貫・俳諧大悟物狂
稲妻にかくさぬ僧の舎《やど》り哉　不角・続の原
いなづまのその夜は弥陀《みだ》の光かな　林紅・水の友
いなづまや岩に取付《とりつく》夢のきれ　舎羅・青莚
いなづまや堅田《かただ》泊《どま》りの宵《よひ》の空《そら》　蕪村・蕪村句集
稲妻にこぼるゝ音や竹の露　蕪村・蕪村句集
いな妻や佐渡《さど》なつかしき舟便《ふなだよ》り　蕪村・蕪村遺稿
稲妻やうつかりひよんとした貌《（かほ）》へ　一茶・七番日記
稲妻にへなへな橋を渡りけり　一茶・八番日記
稲妻《（いなつま）》や一切《（ひときれ）》づゝに世が直る　一茶・おらが春
聴衆は稲妻浴びて辻講義　内藤鳴雪・鳴雪句集
稲妻の射こんで消えぬ草の中　村上鬼城・鬼城句集
稲妻に心なぐさむひとやかな　正岡子規・子規句集
稲妻の宵々毎や薄き粥　夏目漱石・漱石全集
稲妻や物静なる西庇　阪本四方太・春夏秋冬
稲妻の嚇《くわつ》として傘を透すべく　河東碧梧桐・碧梧桐句集
雲間より稲妻の尾の現れぬ　高浜虚子・六百句
稲妻の包みて小さき伏屋かな　高浜虚子・六百五十句
稲妻に水田はひろく湛えたる　杉田久女・杉田久女句集

美しき稲妻したり与謝の海　山口青邨・雪国
稲妻のゆたかなる夜も寝べきころ　中村汀女・汀女句集
教へ児等いねたり稲妻瞼越し　中村草田男・万緑
前空となく稲妻のひろかりき　中村草田男・長子
稲妻の巨《おほ》き翼ぞ嶺を打てる　篠原鳳作・筑摩文学全集
稲妻の天ひろく潤を水はしる　加藤楸邨・寒雷
稲妻のほしいま、なり明日あるなり　石田波郷・雨覆

いなびかり【稲光】
⇩稲妻（いなずま）[秋]

§

湖《うみ》のあふれ未だ引きやらぬ稲原の夜のいろ深し稲光りする　島木赤彦・馬鈴薯の花
岩室の夜更《よるふ》けしづみ地《ぢ》より冷え稲光《いなびかり》うつる硝子戸口《がらすとぐち》に　木下利玄・一路
いなびかり　またむらさきにひらめけば　わが白百合は　思ひきり咲けり　宮沢賢治・校本宮沢賢治全集
代《よ》をかぞふ石さへあるを稲光《いなびか》り　許六・日和集
箒木《ははきぎ》やもどれば消《きゆ》るいな光り　土芳・蓑虫庵集
草庵や隈なく見えて稲光　村上鬼城・鬼城句集
断食の水恋ふ夜半や稲光　河東碧梧桐・碧梧桐句集

いねかりどき【稲刈時】
秋の稲を刈り入れる頃。九月下旬から一〇月上旬の頃が多い。[同義]稲刈頃（いねかりごろ）、田刈頃（たかるころ）。
⇩秋の田（あきのた）[秋]

いねのなみ【稲の波】
稲の穂が風に吹かれて波のようにゆれるさまをいう。またその穂をいう。[同義]穂波（ほなみ）。⇩秋の田（あきのた）[秋]

§

風わたる山田の庵《いほ》をもる月やほなみにむすぶ氷《こほり》なるらん　藤原良経・新古今和歌集四（秋上）
華やかにさびしき秋や千町田の穂波が末をむら雀立つ　北原白秋・白秋全集

いまちづき【居待月】
旧暦八月一八日の夜の月。一七日の立待月より遅れてでてくるので、月を座って待つ風情からの呼び名である。[同義]居待（いまち）、座待月（いまちづき）。⇩月（つき）[秋]、立待月（たちまちづき）[秋]、月見（つきみ）[秋]

§

居待月起て守らん枕挽　智月・藤の実
淋しさや閨にさし入る居待月　村上鬼城・定本鬼城句集
大雨来て居待の家を降りかくす　水原秋桜子・霜林

いろなきかぜ【色無風】
秋を白色（無色）とした中国の考えに基づいたことばで、古今和歌六帖（一）に「吹きくれば身にもしみける秋風を色なきものと思ひけるかな」（よみ人しらず）とある。身にしみわたるような寂寥感あふれる秋の風をいう。⇩身に入む（みにしむ）[秋]、秋風（あきかぜ）[秋]

§

ものおもへば色《いろ》なき風もなかりけり身にしむ秋の心ならひに
源雅実・新古今和歌集八（哀傷）

緑の日に色なき風のわたるかな　上川井梨葉・梨葉句集

いわしぐも【鰯雲】

巻積雲の一つ。鰯が群れているようにも、さざなみや魚の鱗のようにも見える小さな白雲の群れをいう。古来、この雲がでると鰯が大漁になるとされた。また、この白雲の並ぶさまが鯖の背の斑紋に似ているところから「鯖雲」ともいい、魚の鱗に似ているところから「鱗雲」ともよばれる。この雲がでると降雨や暴風雨の前兆ともいわれる。［同義］鯖雲（さばぐも）、鱗雲（うろこぐも）。⬇鱗雲（うろこぐも）［秋］、秋の雲（あきのくも）［秋］

§

伊勢近し尾花が上の鰯雲　巴人・夜半亭発句集

鰯雲立塞ぎけん船の道　嘯山・律亭句集

鰯雲《いわしぐも》鯛《たひ》も蚫《あはび》も籠《こも》りけり　北枝・鷹獅子集

鰯雲日和いよ〳〵定まりぬ　高浜虚子・六百句

いわし雲大いなる瀬をさかのぼる　飯田蛇笏・雲母

鰯雲こゝろの波の末消えて　水原秋桜子・残鐘

鰯雲この時空のまろからず　中村草田男・長子

鰯雲百姓の背は野に曲る　中村草田男・火の島

鰯雲真なき人を電話で逮《お》ふ　中村草田男・火の島

鰯雲ひとに告ぐべきことならず　加藤楸邨・寒雷

鰯雲もの枯るる音身をめぐり　加藤楸邨・穂高

鰯雲ひろがりひろがり創痛む　石田波郷・惜命

鰯雲甕担がれてうごきだす　石田波郷・春嵐

「う〜お」

うすぎり【薄霧】

薄くかかった霧のこと。⬇霧（きり）［秋］

§

うす霧《ぎり》のまがきの花の朝《あさ》じめり秋はゆふべとたれかいひけん
藤原清輔・新古今和歌集四（秋上）

薄霧《うすぎり》のたちまふ山のもみぢ葉《ば》はさやかならねどそれと見《み》えけり
高倉院・新古今和歌集五（秋下）

うす霧の朝けの梢色《いろ》さびて虫の音残る森の下草
永福門院・永福門院百番自歌合

風《かぜ》そよぐ入《い》り江《え》の蘆《あし》のほのぼのと月《つき》になりゆくうす霧《ぎり》の空《そら》
細川幽斎・衆妙集

うす霧のまがきにしめるわり木哉　句空・卯辰集

薄霧や白鷺眠る湯の流れ　北枝・続有磯海

舟漕ぐや薄霧洩るる火はいづこ　闌更・半化坊発句集

薄霧の引からまりし垣根哉　一茶・七番日記

うすづきよ【薄月夜】

月の光がうっすらとさす夜をいう。⬇月夜（つきよ）［秋］

§

歌聞え太鼓とどろく薄月夜《うすづきよ》隣の村ははや踊るらん　正岡子規・子規歌集

おもしろう松笠《まつかさ》もえよ薄月夜《うすづきよ》　土芳・猿蓑

うそさむ【うそ寒】

ぼんやりと、うっそりと肌に感じる寒さをいう。［同義］薄寒（うすさむ）、うすら寒（うすらさむ）。➡秋寒（あきさむ）［秋］、そぞろ寒（そぞろさむ）［秋］

§

うそ寒《ざむ》や不断ふすぼる釜の下　才麿・椎の葉

簀戸《すど》の番烏帽子《ばんえぼし》着ながらうそ寒く　北枝・卯辰集

うそ寒や蚯蚓《(みみず)》の歌も一夜《(ひとよ)》づつ　一茶・八番日記

うそ寒く嫁菜の花に日のあたる　村上鬼城・鬼城句集

うそ寒や灯火ゆるぐ瀧の音　夏目漱石・漱石全集

うそ寒に我も人もが町を行く　松瀬青々・倦鳥

うそ寒み車売らるゝ途中かな　河東碧梧桐・碧梧桐句集

鼻かんでうそ寒き灯をかきたてる　佐藤紅緑・春夏秋冬

うそ寒をかこち合ひつ、話しゆく　高浜虚子・定本虚子全集

うそ寒の身をおしつける机かな　渡辺水巴・白日

うろこぐも【鱗雲】

巻積雲の一種で魚の鱗のように見える雲。この雲が出ると鰯が良くとれるところから「鰯雲」ともいう。［同義］鯖雲（さばぐも）。➡鰯雲（いわしぐも）［秋］、秋の雲（あきのくも）［秋］

§

屋根に来れば　そらも疾みたり　うろこぐも　薄明穹の発疹チブス　宮沢賢治・校本宮沢賢治全集

おおにし【大西風】

晩秋から冬にかけて吹く強い西風、または北西風。➡高西風（たかにし）［秋］、秋風（あきかぜ）［夏］

おくりまぜ【送南風】

一般に旧暦七月の盆過ぎに吹く風をいう。「おくれまぜ」ともいう。畿内、中国地方の船詞で未（南々西）の風をいう。伊豆、鳥羽では「後れ南風（おくれまじ）」という。➡秋風（あきかぜ）［秋］、まじ［秋］

おとしみず【落し水】

稲の収穫の前に田を乾かすために抜く水。『年浪草』に「畿内には所々稲を刈て後田に菜種を植うる也。是を両作所といふ。稲と菜種とを植うる也。それ故田地の水を落し尽して菜種を植うる用意なり」とある。［同義］田水を落す（たみずをおとす）。➡秋の田（あきのた）［秋］

§

足跡《あしあと》にひそむ魚あり落し水　蕪村・落日庵句集

阿武隈《あぶくま》や五十四郡《ぐん》のおとし水　蕪村・落日庵句集

落し水柳に遠くなりにけり　蕪村・蕪村遺稿

水落ちて田面をはしる鼠かな　蝶夢・類題発句集

暫くは北へ流れつ落し水　几董・井華集

二三尺秋の響や落し水　月渓・月渓句集

一曲り出て荒海や落し水　乙二・松窓乙二発句集

稲妻に水落しゐる男かな　村上鬼城・定本鬼城句集

泥亀の流れ出でたり落し水　夏目漱石・漱石全集
従弟田や隣り合せて落し水　高浜虚子・定本虚子全集
落し水きく夜淋しむ我も馬も　高田蝶衣・青垣山
落口や芥をくゞる落し水　上川井梨葉・梨葉句集

おやまあらい【御山洗】
旧暦七月二六日の富士山の閉山の頃に降る雨。富士登山による山の汚れを洗い流す意。⬇秋の雨（あきのあめ）［秋］、秋の富士（あきのふじ）［秋］

おりひめ【織姫】
七夕伝説の織姫。琴座の首星ベガを「織姫星（おりひめぼし）」「織姫星（しょくじょせい）」という。⬇七夕（たなばた）［秋］、天の川（あまのがわ）［秋］、彦星（ひこぼし）［秋］
§
織姫《おりひめ》に老の花ある尾花かな　嵐蘭・韻塞

「か」

かがし【案山子】
鳥獣から田畑を守るために立てられる鳥獣おどしの人形。「かかし」ともいう。一般に、竹や藁などで作った一本足の人形に蓑・笠を着せ、弓矢を持たせ、田畑の畦に立てたものが多い。『物類称呼』に「西国にてはとりおどし、加賀にては雁おどし、肥前ではそほづといひ、関西北越ではとりかゞしといふ」とある。［語源］「かがし」は「くさい」の意。魚の頭など悪臭を放つものを焼いて畦に置き、鳥獣が近寄ってこないようにしたことから。［同義］捨案山子（すてかがし）、遠案山子（とおかがし）、鳥威し（とりおどし）、おどろかし、そおず。⬇鳴子（なるこ）［秋］

案山子［以呂波波引月耕漫画］

§
小山田《をやまだ》の霧《きり》の中道《なかみち》ふみわけて人来《ひとく》と見《み》しは案山子《かがし》なりけり　大田垣蓮月・海人の刈藻
あし引の山田の案山子さよばひに野辺のうさぎの月にたちくる　太田水穂・つゆ艸
乞喰さへ拾はて果る案山子哉　杉風・続別座敷
春日野に釈迦の案山子は笑止なり　来山・よるひる
案山子《かがし》にもたゞはなられず蓑《みの》と笠《かさ》　万子・草苅笛
薪ともならで朽ぬる案山子哉　正秀・有磯海

物の音ひとり倒るゝ案山子哉　凡兆・猿蓑
立なから往生申かゝしかな　北枝・草苅笛
天晴《あつぱれ》な立往生《たちわうじやう》の案山子《かがし》かな　李由・藁人形
一夜さもゆるしてねせぬかゞし哉　卯七・有磯海
秋風にひうと案山子《かがし》の一矢哉　桃妖・夜話狂
近付に成りて別るゝ案山子かな　惟然・其便
水落て細脛高きかがし哉　蕪村・蕪村句集
畠ぬし案山子に逢て戻けり　蕪村・蕪村遺稿
草取りし笠の辛苦を案山子哉　几董・井華集
谷底へ案山子を飛ばす嵐かな　村上鬼城・鬼城句集
其許は案山子に似たる和尚かな　夏目漱石・漱石全集
我笠と我蓑《みの》を着せて案山子《かがし》哉　河東碧梧桐・碧梧桐句集
案山子《あんざんし》我に向ひて問答す　高浜虚子・六百五十句
案山子たつれば群雀空にしづまらず　飯田蛇笏・山廬集
みちのくのつたなきさがの案山子かな　山口青邨・雑草園
盛綱の藤戸はこゝと案山子立つ　水原秋桜子・晩華

かりた【刈田】

秋、稲を刈り取った後の田をいう。[同義] 刈田原（かりたはら）、刈田道（かりたみち）、刈田面（かりたづら）。➡秋の田（あきのた）[秋]、穭田（ひつじだ）[秋]、冬田（ふゆた）[冬]

§

さる程に打ひらきたる刈田かな　鬼貫・鬼貫句選
かりかけしたづらのつるやさとの秋　芭蕉・鹿島紀行
のさのさと鶴の踏行く刈田かな　諸九尼・諸九尼続句集
藪寺の大門晴るゝ刈田かな　村上鬼城・鬼城句集
夕陽や刈田に長き鶴の影　正岡子規・子規全集
谷川の左右に細き刈田哉　夏目漱石・漱石全集
水澄みて虫もをらざる刈田かな　高浜虚子・定本虚子全集
みんなではたらく刈田ひろびろ　種田山頭火・草木塔
刈田で鳥の顔をまぢかに見た　尾崎放哉・須磨寺にて
刈田尽き荒磯の白き波を見る　山口青邨・夏草
道暮れて右も左も刈田かな　日野草城・花氷

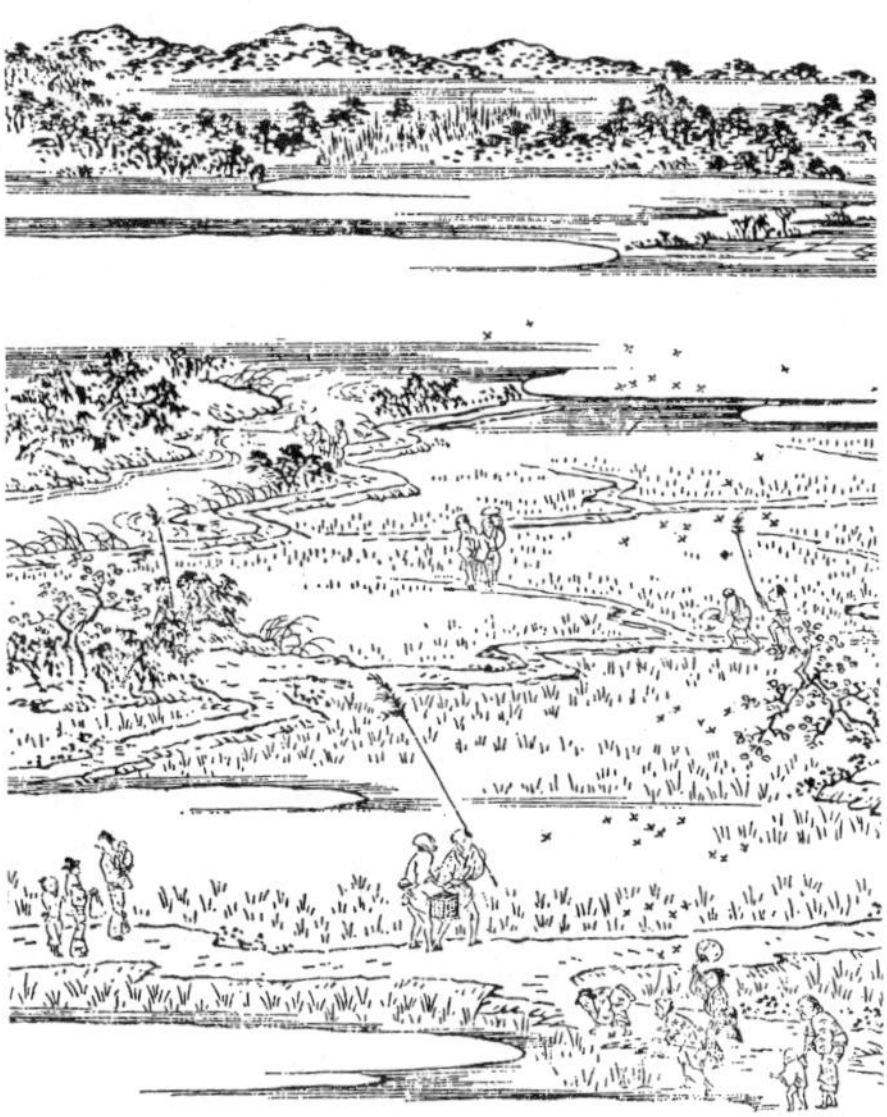
秋の田［江戸名所図会］

かりわたし【雁渡し】

一〇月の雁の飛来する頃に吹く北寄りの風。伊豆や伊勢の船詞。西日本では「青北風（あおぎた）」とよばれることが多いが、初めは雨をともない、後に晴天となり吹き渡るため、空も海も青々とすることからの名である。⬇北風（きたかぜ）［冬］、秋風（あきかぜ）［秋］

§

尼が崎の城の火見ゆれ雁わたし　松瀬青々・妻木

桔梗の実に日もふりぬ雁渡し　上川井梨葉・梨葉句集

かれくさのつゆ【枯草の露】

枯草の上に置かれた晩秋の露の風情をいう。⬇露（つゆ）［秋］

かわぎり【川霧】

川に立つ霧のこと。⬇霧（きり）［秋］

§

紅葉《もみぢ》見にやどれる我と知《し》らねばや佐保《さほ》の河霧《ぎり》立《た》ち隠《かく》すらん
恵慶・拾遺和歌集三（秋）

ふもとをば宇治《うぢ》の河霧《ぎり》たちこめて雲井に見ゆる朝日山かな
藤原公実・新古今和歌集五（秋下）

かぐ山のそがひのつゝみけふゆけばすそのにあがる秋の川ぎり
大隈言道・草径集

この夜半《よは》をひそかに霧《き》らふ河《かは》ぎりの水《み》の面《も》に足《た》りて路《みち》にながれたり
半田良平・野づかさ

川霧や茶立服紗ののし加減　其角・五元集拾遺

風にのる川霧軽し高瀬舟　宗因・梅翁宗因発句集

かんろ【寒露】

二十四節気の一。旧暦九月の秋分後の一五日目で、新暦では一〇月一三日ごろにあたる。寒冷で露が凝結する季節の意。『年浪草』に「月令広義に曰、孝経緯云、秋分の後十五日斗辛に指すを寒露となす。言は露冷寒して将に凝結せんと欲する也」とある。⬇秋（あき）［秋］

「き」

きくづき【菊月】

旧暦九月の異称。⬇長月（ながつき）［秋］

§

菊月や其有明となる日まで　支考・三物拾遺

きょうのあき【今日の秋】

立秋の日をいう。今日から秋に入るということへの思いを表す。⬇立秋（りっしゅう）［秋］

§

にしき木がたつ里の名のけふの秋　木因・続連珠

稲妻《いなづま》もまだうわき也《なり》けふの秋　露川・男風流

きょうのつき【今日の月】

旧暦八月の十五夜の名月をいう。⬇名月（めいげつ）［秋］、十五夜（じゅうごや）［秋］

§

三味線にのりて哀《あはれ》やけふの月　亀洞・乍居行脚

三井寺の門《もん》たゝかばやけふの月　芭蕉・雑談集
海見ればまた海もよし今日の月　木因・枕かけ
古石《ふるいし》の舞《まふ》て出《いづ》るやけふの月　才麿・花見車
姨捨《をばすて》を闇《やみ》にのぼるやけふの月《つき》　沾圃・続猿蓑
もち汐《しほ》の橋のひくさよけふの月　利牛・炭俵
木母寺は反吐《へど》だらけ也《なり》けふの月　一茶・七番日記
有合《ありあひ》の山ですますやけふの月　一茶・八番日記
小言《こごと》いふ相手もあらばけふの月　一茶・文政句帖
大空の真つたゞ中やけふの月　正岡子規・子規句集
夜に入りて微熱しりぞくけふの月　日野草城・旦暮

きり【霧】

地表近くの空気が冷却され、その水蒸気が小さな水滴となって浮遊しているものをいう。春と秋に多い現象であり、一般に春は「霞」といい、秋は「霧」という。地表が冷えてそれに接する空気が冷却されてできる霧を「輻射霧」といい、暖かい空気に冷たい空気が流れ込み、暖かい空気が冷却されてできる霧を「混合霧」という。地表で冷やされた暖かい空気が冷たい空気となって暖かい空気に流れ込んでできる輻射霧と混合霧の中間の霧もある。海上で寒流の上を通る暖かい空気が寒流の上を通り冷却されてできる霧を「海霧」という。厳寒の地では、霧が水滴とならずに氷結して氷の結晶となり、空気中にキラキラと輝きながら浮遊する。これを「氷霧」という。万葉集では春の霧を詠んだ歌があるが、平安時代に入り、春は「霞」、秋は「霧」とわけて表現されるようになった。古歌では「秋霧」「初霧」「初秋霧」「朝霧」「夕霧」「薄霧」「川霧」などのことばで詠まれることが多い。嘆息や火葬の煙などの比喩表現にも用いられる。霧が視界を遮るところから「霧の籬」と詠まれたり、立ちこめる霧を香煙に見立てて「霧の香（きりのか）」と表現されたりする。『平家物語』に「いらか破れては霧不断の香を焼き、とぼそ落ちては月常住の燈をかゝぐとは、かやうの所をや申すべき」とある。「秋霧の」は「立つ」「晴る」「まがき」などにかかる枕詞である。⬇夏の霧（なつのきり）［夏］、冬の霧（ふゆのきり）［冬］、夜霧（よぎり）［秋］、夕霧（ゆうぎり）［秋］、狭霧（さぎり）［秋］、霧の籬（きりのまがき）［秋］、霞（かすみ）［春］、海霧（じり）［夏］、山霧（やまぎり）［夏］、朝霧（あさぎり）［秋］、秋霞（あきがすみ）［秋］、薄霧（うすぎり）［秋］、川霧（かわぎり）［秋］、霧雨（きりさめ）［秋］、霧の海（きりのうみ）［秋］、霧の谷（きりのたに）［秋］、霧の香（きりのか）［秋］、靄（もや）［四季］、雨霧（あまぎり）［四季］、天霧る（あまぎる）［四季］

§

明日香河《あすかがは》川淀《よど》さらず立つ霧の思ひ過ぐべき恋にあらなくに　山部赤人・万葉集三
大野山《おほのやま》霧立ち渡るわが嘆く息嘯《おきそ》の風に霧立ちわたる　山上憶良・万葉集五
春霞かすみて去《い》にしかりがねは今ぞなくなる秋霧《ぎり》のうへに　よみ人しらず・古今和歌集四（秋上）
人の見ることやくるしきをみなへし秋霧《ぎり》にのみたちかくる覧　壬生忠岑・古今和歌集四（秋上）

誰《た》がための錦なればか秋ぎりのさほの山べをたちかくすらむ
紀友則・古今和歌集五（秋下）

霧立《(たち)》て雁ぞなくなる片岡の朝《(あした)》の原はもみぢしぬらむ
よみ人しらず・古今和歌集五（秋下）

秋霧の立《(たち)》ぬる時はくらぶ山おぼつかなくぞ見え渡《(わたり)》ける
紀貫之・後撰和歌集六（秋中）

浦近《ちか》く立《た》つ秋霧《ぎり》は藻塩焼《もしほや》く煙とのみぞ見えわたりける
よみ人しらず・後撰和歌集六（秋中）

声たてゝ泣《な》きぞしぬべき秋霧《ぎり》に友まどはせる鹿《しか》にはあらねど
紀友則・後撰和歌集七（秋下）

こゝろみにわれ恋《こ》ひめやはおともせでふる秋霧《あきぎり》にぬるゝ袖《そで》かな
一条摂政御集（藤原伊尹の私家集）

見渡《わた》せば夜《よ》はあけにけり玉《たま》くしげ二上山《ふたかみ》に霧《きり》立わたり
能因集（能因の私家集）

跡《あと》をだに見《み》るべきものをいにしへの長柄《ながら》の橋《はし》をこむる秋霧《あきゞり》
四条宮下野集（四条宮下野の私家集）

晴《は》れずのみものぞ悲《かな》しき秋霧《ぎり》は心のうちに立《た》つにやあるらん
和泉式部・後拾遺和歌集四（秋上）

あすよりは四方《よも》の山《やま》べの秋霧《あきゞり》の面影《おもかげ》にのみたゝむとすらん
中原経則・金葉和歌集三（秋）

あけぼのや河瀬《せ》のなみの高瀬《たかせ》舟くだすか人の袖の秋霧《ぎり》
源通光・新古今和歌集五（秋下）

秋霧《ぎり》のたつ旅衣《たびごろも》を《(お)》きて見よつゆばかりなる形見《かたみ》なりとも
大中臣能宣・新古今和歌集九（離別）

霧《キリ》ニムセブ草《クサ》ノイヲ《(ホ)》リノウチニアレバ空《ソラ》ニマギロウ《(フ)》コ、チコソスレ
明恵・明恵上人歌集

足柄《あしがら》の山たちかくす霧のうへにひとりはれたる富士《ふじ》の柴《しば》山
慶運・慶運百首

ながめてもむなしき空の秋霧にいとゞ思ひのゆくかたもなし
頓阿・頓阿法師詠

時雨《しぐれ》せん明ぼの待《ま》たで秋山の麓をめぐる霧の一むら
幽斎・玄旨百首

歌ふ声は遠く聞えて柴舟《しばふね》の霧の中よりあらはれにけり
正岡子規・子規歌集

さ夜ふかき霧の奥べに照らふもの月の下びに水かあるらし
島木赤彦・馬鈴薯の花

中禅寺立木仏《たちきぼとけ》の千の手のゆびざすところことごとく霧
与謝野晶子・冬柏亭集

秋の田のゆたかにめぐる諏訪のうみ霧ほがらかに山に晴れゆく
長塚節・羇旅雑咏

たかむらはおぼろになりて秋ぎりの過《す》ぎゆくかたに日は落ちむとす
斎藤茂吉・石泉

銀《ぎん》のごとく霧しろくくだるこの夜を、ともしみて山に帰りゆくなり。
石原純・靉日

おほらかに霧ふるくにに我がすめば、昼のくもりも慣れてよどめり。
石原純・靉日

霧《きり》ふかき好摩《かうま》の原《はら》の　停車場《ていしやば》の　朝《あさ》の虫《むし》こそすずろなりけれ
石川啄木・煙

さむざむと霧のひまよりあらはれし英彦《えひこ》の山の山の骨かも　吉井勇・天彦
雷鳥《らいてう》が二羽《には》あひつれて遠ざかる石庭《いしば》のさきに霧ぞ動ける　半田良平・幸木
さむき霧あさ朝ふかき宿駅《うまや》より荷《に》ぐるま鳴りてこもごも下《くだ》る　中村憲吉・しがらみ
夕潮のおとしづかなり霧ふかき沖なる舟に人のゐるこゑ　石井直三郎・青樹
夜の底に　霧たゞなびき　燐光の　夢のかなたにのぼりし火星　宮沢賢治・校本宮沢賢治全集
直《ただ》ざまに空よりふける霧なかに立ついしぶみや寂しきまでに　佐藤佐太郎・歩道
秋霧を赤く裂きつつ敵手榴弾落ちつぐ中にわれは死ぬべし　宮柊二・山西省
包囲に移りきたれる敵兵が霧の中にて喇叭を吹けり　宮柊二・山西省
晴る、夜の江戸より近し霧の富士　素堂・素堂家集
霧しぐれ富士を見ぬ日ぞ面白き　芭蕉・初蝉
松なれや霧ゑいさらゑいと引《ひく》ほどに　芭蕉・翁草
霧下りて《きりお》本郷《ほんがう》の鐘七《かねなな》つきく　杜国・冬の日
霧分けて我馬探る旦かな　来山・続今宮艸
又やあの霧から出《いで》ん朝烏　才麿・椎の葉
宵闇《よひやみ》や霧のけしきに鳴海潟《なるみがた》　其角・卯辰集
霧汐烟行徳かけて須磨の浦　其角・田舎の句合
霧の中に何やら見ゆる水車　鬼貫・鬼貫句選
霧ふかき廣野《ひろの》にか、る岐《ちまた》かな　蕪村・夜半叟句集
霧晴《はれ》て高砂《たかさご》の町《まち》まのあたり　蕪村・夜半叟句集
霧こめて途ゆく先や馬の尻　几董・井華集
うす霧の引《（ひつ）》からまりし垣根哉　一茶・七番日記
暁の霧しづか也中禅寺　正岡子規・子規句集
霧黄なる市に動くや影法師　夏目漱石・漱石全集
燈台のともる港や霧の中　河東碧梧桐・碧梧桐句集
木々の霧柔かに延びちぢみかな　高浜虚子・六百句
高野山
霧よ包め包めひとりは淋しきぞ　臼田亜浪・定本亜浪句集
一とわたり霧たち消ゆる山路かな　飯田蛇笏・山廬集
暗きま、黄昏れ来り霧の宿　水原秋桜子・葛飾
牧といへど赤薙の峻霧きびし　山口青邨・夏草
霧を帰る五尺背並みのダンサー達　中村草田男・万緑
霧をゆき垂水《たるみ》に眉を打たれける　加藤楸邨・寒雷
霧吹けり朝のミルクを飲みむせぶ　石田波郷・鶴の眼

きりさめ【霧雨】
霧のような細かい雨。［同義］糠雨（ぬかあめ）。➡秋の雨（あきのあめ）［秋］、霧（きり）［秋］、秋雨（あきさめ）［秋］、秋時雨（あきしぐれ）［秋］

§

霧雨にぬれたる肩を撫でにつつ小さき舟に一人立ちしも　島木赤彦・切火
霧雨《きりさめ》や尾髪《をがみ》もふらず駒《こま》の旅　許六・続有磯海
霧雨《きりさめ》や下は雫《しづく》の曼朱沙華《まんじゆしやげ》　土芳・蓑虫庵集

霧雨《きりさめ》や貴船《きぶね》の神子《みこ》と一咄《ひとはな》し 曲翠・藤の実

霧雨や旅籠古りたる山境ひ 飯田蛇笏・山廬集

きりのうみ【霧の海】

霧がたちこめた海をいう。または、野山など一面に霧が立ちこめられている状態を海にたとえている表現。➡霧（きり）[秋]、海（うみ）[四季]

§

霧の海そこともわかず海士小船《あまをぶね》泊瀬《はつせ》の鐘の音ばかりして 三条西実隆・再昌草

有明や比良の高根も霧の海 桃隣・古太白堂句選

馬士うたふ方へ舟やれ霧の海 尚白・忘梅

人をとる灘《なだ》はかしこか霧の海 蕪村・蕪村遺稿

きりのか【霧の香】

立ちこめる霧を香煙に見立てた表現。➡霧（きり）[秋]

§

霧の香や松明捨る山かづら 白雄・白雄句集

きりのたに【霧の谷】

霧が立ちこめた谷。➡霧（きり）[秋]

§

馬の口よくとれ霧の谷深し 去来・伊勢紀行

きりのまがき【霧の籬】

視界をさえぎるところから霧を籬にたとえた表現。➡霧（きり）[秋]、籬（まがき）[四季]

§

幸清が霧の籬や昔松 其角・焦尾琴

ぎんが【銀河】

➡天の川（あまのがわ）[秋]

§

若き日は安げなきこそをかしけれ銀河のもとに夜を明すなど 与謝野晶子・太陽と薔薇

おのが身も秋の御空も澄みとほり銀河流るる涙流るる 与謝野晶子・太陽と薔薇

北斗の座三分は見えず伊豆の山十一月の銀河ながるる 与謝野晶子・草と月光

複道《ふくどう》や銀河に近き灯《ひ》の通ひ 正岡子規・子規句集

汝《な》も我も運命の児《こ》よ銀河濃し 高浜虚子・七百五十句

銀河濃し救ひ得たりし子の命 杉田久女・杉田久女句集

「く〜こ」

くがつ【九月】

一年一二か月の第九の月。旧暦では長月という。三秋の仲秋にあたる。➡長月（ながつき）[秋]、九月尽（くがつじん）[秋]、仲秋（ちゅうしゅう）[秋]

§

九月《くぐわつ》になれば日の光やはらかし射干《ひあふぎ》の実《み》も青くふくれて 斎藤茂吉・霜

くがつじん【九月尽】
旧暦九月の晦日で、三秋の尽きる日。秋の終わりを惜しむ心を表現したことば。[同義] 秋尽る（あきつくる）。⬇九月（くがつ）[秋]、長月（ながつき）[秋]、秋（あき）[秋]、行く秋（ゆくあき）[秋]、冬隣（ふゆどなり）[秋]、秋の果（あきのはて）[秋]

§

傾城の小哥はかなし九月尽　其角・其便
暮る丶とて今日も時雨や九月尽　桃隣・古太白堂句選
思ふ事空の仕廻《しまひ》や九月尽《くぐわつじん》　吾仲・秋の名残
九月尽はるかに能登の岬かな　暁台・暁台句集
易《えき》を点《てん》じ兌《だ》の卦《か》に到り九月尽　正岡子規・子規句集
腹けそと背もなき鮎や九月尽《くぐわつじん》　河東碧梧桐・碧梧桐句集
雨戸しめて九月のなごり惜む夜ぞ　佐藤紅緑・春夏秋冬
九月尽日許六拝去来先生几下　高浜虚子・定本虚子全集
雨降れば暮る丶早さよ九月尽　杉田久女・杉田久女句集

くだりづき【下り月・降り月】
旧暦一八夜頃から二一〜二三夜までの、満月を過ぎて次第に欠けていく月。[同義] 望くだり（もちくだり）。⬇上り月（のぼりづき）[秋]、月（つき）[秋]

くるあき【来る秋】
秋がやってきたということ。⬇立秋（りっしゅう）[秋]

§

わが為《ため》にくる秋《あき》にしもあらなくに虫《むし》の音《ね》聞《き》けばまづぞ悲《かな》しき　よみ人しらず・古今和歌集四（秋上）
来《く》る秋を好《す》ける物を袖《そで》の露《つゆ》　北枝・卯辰集
くる秋は風ばかりでもなかりけり　北枝・炭俵
来る秋のことわりもなく蚊帳の中　夏目漱石・漱石全集

くれのあき【暮の秋】
秋の季節の終りの頃。[同義] 晩秋（ばんしゅう）、暮秋（ぼしゅう）。⬇秋の暮（あきのくれ）[秋]、秋惜む（あきおしむ）[秋]、秋暮るる（あきくるる）[秋]、行く秋（ゆくあき）[秋]、秋の果（あきのはて）[秋]

§

かくしつつ暮《く》れぬる秋《あき》と老《お》いぬればしかすがに猶物《なほもの》ぞ恋《こひ》しき　能因・新古今和歌集五（秋下）
暮《くれ》の秋《あき》ことにさやけき月かげは十夜《とよ》に余《あま》りてみよとなりけり　賀茂政平・千載和歌集一八（雑下）
跡《あと》かくす師の行方《ゆきがた》や暮の秋　蕪村・蕪村句集
いささかなをいめ乞れぬ暮の秋　蕪村・夜半叟句集
女房をたよりに老ゆや暮の秋　村上鬼城・雑詠選集
蜜蜂のうちかたまつて暮の秋　村上鬼城・鬼城句集
暮秋や噛みつぶしたる長煙管《ながぎせる》　村上鬼城・鬼城句集
手向くべき線香もなくて暮の秋　夏目漱石・漱石全集
船に乗れば陸《くが》情あり暮の秋　高浜虚子・五百句

けさのあき【今朝の秋】
立秋の日の朝の爽やかな風情をいう。秋の爽やかさを感じる初めての朝の趣き。⬇立秋（りっしゅう）[秋]

§

新発意の素足すゞしいけさのあき鶯張の椽のいた鳴る　青山霞村・池塘集
深爪《ふかづめ》にかぜのさはるや今朝秋《けさのあき》　木因・砂つばめ
都人おなじ畳や今朝《けさ》の秋　野紅・六行会
粟《あは》ぬかや庭《には》に片《かた》よる今朝《けさ》の秋《あき》　露川・続猿蓑
鉈《なた》いれ《(う)》るはやしの音や今朝《けさ》の秋　怒風・水僊伝
ばせを葉やひろごり果《はて》て今朝《けさ》の秋　牧童・柞原
横雲のちぎれてとぶや今朝の秋　北枝・草庵集
硝子《びいどろ》の魚《いを》おどろきぬけさの秋　蕪村・蕪村遺稿
温泉《ゆ》の底《そこ》に我《わが》足見ゆるけさの秋　蕪村・蕪村遺稿
白馬寺に如来うつして今朝の秋　召波・春泥発句集
けさ秋や瘧《(おこり)》の落ちたやうな空　一茶・八番日記
浅間山の煙出て見よ今朝の秋　村上鬼城・鬼城句集
親よりも白き羊や今朝の秋　村上鬼城・同人句集
山寺に湯ざめを悔る今朝の秋　夏目漱石・漱石全集
渓流に雲のただよふ今朝の秋　飯田蛇笏・椿花集
ふるさとの幾山やけさの秋　芝不器男・不器男句集

こもちづき【小望月】

望月の前夜である旧暦八月一四日の月。［同義］十四夜月。

⬇十四夜月（じゅうしやづき）［秋］、待宵（まつよい）［秋］、望月（もちづき）［秋］、月（つき）［秋］

§

かけ廻《めぐ》り谷へもとめつ小望月《こもちづき》　北枝・草庵集
薄紙を隔つ心や小望月　吾仲・三河小町
朝顔に届かぬ影や小望月　也有・蘿葉集

こよいのつき【今宵の月】

旧暦八月一五日の名月をいう。⬇名月（めいげつ）［秋］、月（つき）［秋］

§

青雲《あをくも》の白肩《しらかた》の津《つ》は見《み》ざれどもこよひの月に思《おも》ほゆるかも　田安宗武・天降言
いざ歌《うた》へ我《われ》立《た》ち舞《ま》はむぬば玉《たま》のこよひの月《つき》にいねらるべしや　大愚良寛・良寛歌集
米《よね》くるゝ友を今宵《こよひ》の月の客　芭蕉・笈日記
月の今宵我里人の藁うたん　去来・続虚栗
今宵の月小笹へぬけた人とはむ　来山・いまみや草
月今宵うかるゝ五位や高あがり　正秀・初蝉
月ひとり荒海をすゝむ今宵哉　暁台・暁台句集
姨捨や松島や今宵菴の月　白雄・白雄句集

「さ」

さぎり【狭霧】

霧。「さ」は接頭語である。⬇霧（きり）［秋］

§

ぬば玉の夜半のさ霧にまぎれ入りてさながら消えむ此身ともがな　佐佐木信綱・思草

ひさかたの天《あま》つ狭霧《さぎり》を吐き落す相馬が嶽は恐ろしく見ゆ　長塚節・濃霧の歌
かぐろきを心にとめきたえまなくさ霧の触《ふ》る山のうへの土　斎藤茂吉・霜
行列を横に吹き断つ狭霧かな　内藤鳴雪・鳴雪句集

さけおろし【鮭颪】

東北地方で鮭漁をする時分に吹く野分をいう。⬇秋風（あきかぜ）［秋］、野分（のわき）［秋］

§

石を置く板屋しらけつ鮭おろし　松瀬青々・妻木

さわやか【爽やか】

すがすがしく快いこと。また、明快・分明なさま、鮮やかなさまなどの意。俳句では、秋の爽快な空気の形容とする。［同義］爽やぐ（さわやぐ）、さやけし、さやか、爽気（そうき）、秋爽（しゅうそう）、爽涼（そうりょう）。⬇冷やか（ひややか）［秋］、秋気（しゅうき）［秋］、秋澄む（あきすむ）［秋］、爽籟（そうらい）［秋］

§

爽やかに夜雨の残りし草の上　松瀬青々・倦鳥
過ちは過ちとして爽やかに　高浜虚子・六百句
何もせで一日ありぬ爽《さわ》やかに　高浜虚子・七百五十句
人大死《ひとたいし》一番の心爽《さわ》やかに　高浜虚子・七百五十句
我が書斎四畳半なり爽やかに　高浜虚子・句日記
爽かに日のさしそむる山路かな　飯田蛇笏・山廬集
鬱々とまたさわやかに嶽のひる　飯田蛇笏・雲母
さはやかや遠野に犬が吠ゆるさへ　日野草城・人生の午後
九十九路《つゞらぢ》下る泣きむし仔牛爽かに　中村草田男・万緑
響爽かいたゞきますといふ言葉　中村草田男・来し方行方
爽かに流るる雲へ歩くなり　加藤楸邨・沙漠の鶴

ざんしょ【残暑】

立秋（八月八日頃）を過ぎ、秋に入ってもなお暑さの残ることをいう。［同義］残る暑さ（のこるあつさ）、秋暑し、秋の暑さ（あきのあつさ）。⬇暑し（あつし）［夏］、秋暑し（あきあつし）［秋］

§

この部屋にいまだ残暑のにほひしてつづく午睡《ごすゐ》の夢見たりけり　斎藤茂吉・つきかげ
牛部屋に蚊の声くらき残暑《ざんしょ》哉　芭蕉・三冊子
かまきりの虚空《こくう》をにらむ残暑《ざんしょ》哉　北枝・艶賀の松
冷《ひや》〳〵と小路へはいる残暑かな　浪化・浪化日記
瓢箪《へうたん》のすゑで花さく残暑《ざんしょ》哉　林紅・草庵集
茶屋の灯のげそりと暑へりにけり　一茶・七番日記
玄関の下駄に日の照る残暑かな　村上鬼城・鬼城句集
友を葬る老の残暑の汗を見る　高浜虚子・五百五十句
暑かりし日を思ひつゝ残暑かな　高浜虚子・七百五十句
杣人の頬ひげあらし残暑どき　飯田蛇笏・山廬集
残暑の家の人々の筧なり　中塚一碧楼・一碧楼一千句
こころよし残暑の雨のしたたかに　日野草城・旦暮
樹々の葉の顫へ湛ふる残暑光　石田波郷・惜命

「し」

したつゆ【下露】

山陰や木の下葉、草などに置いた露をいう。人目につかないことの比喩としても用いられる。⬇露（つゆ）[秋]

§

いかにせむ頼《たの》む蔭《かげ》とて立《た》ちよればなほ袖《そで》ぬらす松《まつ》の下露《したつゆ》　藤原藤房・太平記

じゅうがつ【十月】

新暦一二か月の第一〇の月。旧暦では神無月という。⬇神無月（かんなづき）[冬]、秋（あき）[秋]

§

ふるさとは近江《あふみ》境《ざかひ》の山《やま》つづき狭霧《さぎり》にうかぶ十《じふ》月《ぐわつ》のころ　佐佐木信綱・新月

やや古き畳の上にちらばれる十月の日のなかに横臥《わうぐわ》す　前田夕暮・収穫

かきねより、やねへ飛《と》んだる、白猫《しろねこ》の、やはらかき昼《ひる》も、十月《じふぐわつ》なれや。　土岐善麿・黄昏に

海岸《かいがん》の山《やま》の温泉《いでゆ》に、行《ゆ》かまほし。十月《じふぐわつ》の日《ひ》となりにけるかな。　土岐善麿・黄昏に

十月《じふぐわつ》の朝《あさ》の空気《くうき》に　あたらしく　息吸《いきす》ひそめし赤坊《あかんぼ》のあり　石川啄木・手套を脱ぐ時

十月や余所《よそ》へもゆかず人も来《こ》ず　尚白・其袋

十月のしぐれて文も参らせず　夏目漱石・漱石全集

芒原十月の雲流れけり　松浦為王・改造文学全集

十月の風雨明けゆく雨蛙　水原秋桜子・帰心

しゅうき【秋気】

秋の澄んだ爽快な大気。[同義] 秋の気（あきのき）、秋気澄む（しゅうきすむ）。⬇秋澄む（あきすむ）[秋]、爽やか（さわやか）[秋]

しゅうぎょう【秋暁】

秋の明け方をいう。[同義] 秋の暁（あきのあかつき）、秋の夜明（あきのよあけ）。⬇秋の朝（あきのあさ）[秋]

じゅうごや【十五夜】

旧暦八月一五日の夜、またはその夜の満月のこと。往時より月見が行われ、芋や月見団子、芒などを月に供えた。⬇名月（めいげつ）[秋]、月見（つきみ）[秋]、十六夜（いざよい）[秋]、月（つき）[秋]、今日の月（きょうのつき）[秋]、待宵（まつよい）[秋]、満月（まんげつ）[秋]、望月（もちづき）[秋]、無月（むげつ）[秋]、良夜（りょうや）[秋]

§

十五夜の月は生絹《きぎぬ》の被衣《かつぎ》して男をみなの寝し国をゆく　若山牧水・海の声

十五夜の月の闇《クラミ》や前うしろ　去来・きれぎれ

十五夜の月にみのるや晩林檎　村上鬼城・鬼城句集

十五夜やすゝきかざして童達　村上鬼城・定本鬼城句集

じゅうさんや【十三夜】

旧暦九月十三夜をいう。この夜の月を「後の月」といい、豆や栗を供えて月見の行事が行われる。⇩後の月（のちのつき）［秋］、月見（つきみ）［秋］、名残の月（なごりのつき）［秋］、良夜（りょうや）［秋］

§

遊ぶ哉《かな》九日十日十三夜　路通・宝の市
明半時《あけはんじ》探《さぐ》る香《か》もあれ十三夜　野坡・野坡吟草
十三夜雨もつ雲の老が脈《みやく》　野坡・野坡吟草
川面《かはづら》に油気もなし十三夜　百里・金龍山
泊《とま》る気でひとり来ませり十三夜《じふさんや》　蕪村・蕪村句集
天主閣芭蕉にそびゆ十三夜　水原秋桜子・晩華
みちのくの如く寒しや十三夜　山口青邨・雪国

じゅうしやづき【十四夜月】

旧暦八月一四日の月。⇩待宵（まつよい）［秋］、小望月（こもちづき）［秋］

§

十六夜も心尽しや十四日　其角・続虚栗
十四夜の道理は知らず月に雲　北枝・東六鳳

じゅうすい【秋水】

⇩秋の水（あきのみず）［秋］

§

秋水に孕みてすむや源五郎虫　村上鬼城・鬼城句集
草にふれ秋水走りわかれけり　中村汀女・花影
秋水へ真赤な火から煙来る　中村草田男・来し方行方

しゅうとう【秋灯・秋燈】

秋の夜の灯火。秋の夜長に灯火に親しむしみじみとした風情。［同義］秋の灯、灯火の秋（とうかのあき）。⇩秋の灯（あきのひ）［秋］、夜長（よなが）［秋］

§

秋の灯や端居になれて草の色　露月・露月句集
秋の燈やゆかしき奈良の道具市　蕪村・蕪村句集
秋燈や学期はじめの寮の窓　水原秋桜子・葛飾
勉強の秋燈一つのみ更くる　日野草城・旦暮
秋灯に鬼人《おにびと》衣の襞きびし　中村草田男・火の島

しゅうぶん【秋分】

二十四節気の一。旧暦八月の中、白露節より一五日目、秋の彼岸の中日で秋分点の当日。新暦の九月二二〜二三日ごろ。春分と同様に、昼と夜の長さが等しくなる日。⇩秋（あき）［秋］、春分（しゅんぶん）［春］、白露（はくろ）［秋］、秋彼岸（あきひがん）［秋］

しょしゅう【初秋】

三秋の一。新暦の八月（旧暦の七月）で、立秋（八月八日）から白露の前日（九月七日）までをいう。俳句では「はつあき」と詠むことが多い。［同義］新秋（しんしゅう）、孟秋（もうしゅう）、早秋（そうしゅう）、首秋（しゅしゅう）、上秋（じょうしゅう）、肇秋（ちょうしゅう）、盆秋（ぼんしゅう）、蘭秋（らんしゅう）、桐秋（とうしゅう）、秋口（あきぐち）、秋じみる（あきじみる）。⇩初秋（はつあき）［秋］、秋

めく（あきめく）［秋］、秋浅し（あきあさし）［秋］、秋（あき）［秋］、八月（はちがつ）［秋］

§

わすれ行《ゆ》きし女の貝の襟止《えりどめ》のしろう光れる初秋の朝
　　前田夕暮・収穫

こまやかに夕べの冷えが身にそひて初秋の山にさしぐみにけり
　　木下利玄・銀

むら星にうす雲わたる初秋かな　　飯田蛇笏・山廬集

しょしょ【処暑】
二十四気の一、旧暦七月で立秋後の一五日目、新暦の八月二二～二三日頃をいう。夏の暑気が止息するの意。⇩秋（あき）［秋］

しらつゆ【白露】
白く輝いている露という意味の露の美称。⇩露（つゆ）［秋］、露の玉（つゆのたま）［秋］

§

秋萩に置ける白露朝な朝な珠としそ見る置ける白露
　　作者不詳・万葉集一〇

白露を取らば消《け》ぬべしいざ子ども露に競《きほ》ひて萩の遊《あそび》せむ
　　作者不詳・万葉集一〇

いとはやもなきぬるかりか白露《しらつゆ》のいろどる木々ももみぢあへなくに
　　よみ人しらず・古今和歌集四（秋上）

お《（を）》りて見ば落《お》ちぞしぬべき秋はぎの枝もたわゝにを《（お）》ける白露
　　よみ人しらず・古今和歌集四（秋上）

白露《しらつゆ》の色はひとつをいかにして秋の木《こ》のはをちゞに染《そ》む覧
　　藤原敏行・古今和歌集五（秋下）

つれもなき人をやねたく白露《しらつゆ》のおくとは歎《なげ》き寝《ぬ》とはしのばむ
　　よみ人しらず・古今和歌集一一（恋一）

ぬきとむる秋しなければ白露の千種《ちくさ》に置《を》ける玉もかひなし
　　藤原清正・後撰和歌集六（秋中）

うら山《（やま）》し朝日にあたる白露を我《わ》が身と今はなすよしも哉《（かな）》
　　よみ人しらず・拾遺和歌集一三（恋三）

白露《しらつゆ》も夢《ゆめ》もこの世《よ》もまぼろしもたとへていへばひさしかりけり
　　和泉式部・後拾遺和歌集一四（恋四）

秋といへば契《（ちぎり）》を《（お）》きてやむすぶらん浅茅《あさぢ》が原《はら》のけさのしら露《つゆ》
　　恵慶・新古今和歌集五（秋下）

乱《みだ》るとは見《み》ゆるものから荻《をぎ》の葉《は》の末《すゑ》こす風《かぜ》に残《のこ》る白《しら》露
　　二条良基・後普光園院殿御百首

しらつゆに消はおくれぬあた物のいのちを人は頼むなりけり
　　上田秋成・藻屑

しらつゆにみだれてさけるをみなへしつみておくらむそのひとなしに
　　大愚良寛・良寛自筆歌集

秋風に尾花踏分け我来れは黒染の袖に懸るしら露
　　天田愚庵・巡礼日記

かきろひの夕日を受けて白露をふふめる花はいやてりまさる
　　伊藤左千夫・伊藤左千夫全短歌

松の葉の葉毎に結ぶ白露の置きてはこぼれこぼれては置く　正岡子規・子規歌集
何ごとに思ひ入りたる白露《しらつゆ》ぞ高き枝よりわななきてちる　与謝野晶子・青海波
しら露の朝明《あさけ》にひびくははそはの母の拍手《かしはで》虔《つつま》しきかも　中村三郎・中村三郎歌集
蓼《たで》しそにむすばぬさきの白露《しらつゆ》か　嵐雪・のぼり鶴
しら露《つゆ》の群《むれ》て泣《なき》ゐる女客《をんなきやく》　越人・あら野
白露《しらつゆ》と花にかへつゝ芋畠《いもばたけ》　凡兆・柞原
白露《しらつゆ》も未《まだ》あら蓑の行衛《ゆくゑ》かな　北枝・あめ子
白露《しらつゆ》や手には取《とら》れぬ神慮《ばかり》　百里・渡鳥
しら露やさつ男《を》の胸毛《むなげ》ぬるゝほど　蕪村・蕪村句集
白露や茨《いばら》の刺《はり》にひとつづゝ　蕪村・蕪村句集
白露にざぶとふみ込む烏哉　一茶・七番日記
白露の中に泣きけり祇王祇女《ぎおうぎじょ》　正岡子規・子規句集
白露の広き菜園一眺《ひとなが》め　高浜虚子・六百五十句
白露に薄薔薇色の土龍の掌《て》　川端茅舎・川端茅舎句集

しらぬい【不知火】

熊本県天草付近の海で七～八月頃に無数の火影が現れる。光源は漁り火、もしくは夜光虫ともいわれているが、蜃気楼と同様、光の異常屈折現象である。海水で温められた海面近くの空気と、干潟や上層の冷たい空気の間で、密度の違う空気の移動が起こり、そこを通る光線が不規則に屈折するのである。景行天皇の筑紫巡狩のときに、暗夜の海に怪火が現れたという故事により「不知火」は筑紫の枕詞となっている。［同義］竜灯（りゅうとう）。⬇狐火（きつねび）［冬］、蜃気楼（しんきろう）［春］

§

しらぬひ筑紫《つくし》の綿《わた》は身《み》につけていまだは着《き》ねど暖《あたた》かに見《み》ゆ　沙弥満誓・万葉集三
いたりつかば舟に不知火《しらぬひ》もゆる海をわれ一人載せて漕《こ》ぎたみ給《たま》へ　森鷗外・うた日記
不知火の筑紫の海の遠鳴もなつかしければはるばると来つ　吉井勇・毒うつぎ
けふぞ海竜灯消し油皿　才麿・江戸弁慶
しらぬ火や我が湖の蛍とも　丈草・続寒菊
不知火や夜寒ののぼる草の先　怒風・花の市
不知火の見えぬ芒にうづくまり　杉田久女・杉田久女句集

しんげつ【新月】

旧暦の月初めに見える月の意。天文学上は、月と太陽の黄経が一致する旧暦朔日の月をいうが、この時の月は見えない。⬇三日月（みかづき）［秋］、月（つき）［秋］

§

新月やいつを昔の男山　其角・いつを昔
新月に蕎麦うつ草の庵かな　几董・井華集
新月や畳替へたる此夕　内藤鳴雪・鳴雪句集
新月やぬるゝ笹解くけぬき鮓　渡辺水巴・水巴句集
新月や掃きわすれたる萩落葉　飯田蛇笏・雲母

しんりょう【新涼】

秋に入って涼気を感じることをいう。［同義］初涼（しょり

ょう）、涼新（りょうしん）、秋涼（しゅうりょう）、秋涼し。❶秋涼し（あきすずし）［秋］、涼し（すずし）［夏］

§

新涼や花びら裂けて南瓜咲く　村上鬼城・鬼城句集
新涼や二つ小さき南瓜の実　村上鬼城・鬼城句集
新涼や寺町かけて人通り　松瀬青々・妻木
洗面所新涼《しんりよう》の湯のほとばしり　高浜虚子・七百五十句
新涼や仏にともし奉る　高浜虚子・五百句
新涼や芭蕉の破れ葉切りしより　大谷句仏・我は我
新涼や一ト日鎖す戸に虫鳴いて　臼田亜浪・定本亜浪句集
新涼や山湖の色の霧離れ　大須賀乙字・炬火
涼新た畦こす水の浮藻草　飯田蛇笏・雲母
新涼の浪ひるがへり蜑が窓　水原秋桜子・葛飾
新涼や白きてのひらあしのうら　川端茅舎・川端茅舎句集
新涼の手拭浮けぬ洗面器　中村汀女・汀女句集
新涼やさらりと乾く足の裏　日野草城・人生の午後
新涼の書肆水うてり人のひま　石田波郷・鶴の眼

「す～そ」

すさまじ【冷まじ】
秋の冷気がより厳しくなる気配を感じること。秋気凄冷の意。❶冷やか（ひややか）［秋］

§

冷《すさま》じや吹出る風も一ノ谷　才麿・椎の葉
冷まじの水の心や手取川　涼菟・山中集
冷まじや紅葉を染る露の音　道彦・蔦本集

そうこう【霜降】
二十四節気の一。旧暦九月の寒露の後一五日目で、新暦の一〇月二三日ごろにあたる。霜が降りる季節の意。『年浪草』に「月令広義に曰、寒露の後十五日斗戌に指すを霜降となす」とある。❶秋（あき）［秋］、初霜（はつしも）［冬］、寒露（かんろ）［秋］

そうらい【爽籟】
秋の風の爽やかな響き。殷仲文の詩に「爽籟幽律を警め、哀壑虚牝を扣く」とある。籟は笛の一種であり、転じて孔から発せられる響きをいう。❶秋風（あきかぜ）［秋］、爽やか（さわやか）［秋］、秋の声（あきのこえ）［秋］

そぞろさむ【そぞろ寒】
秋も深まり、体の芯に感じる寒さ。［同義］すずろ寒（すずろざむ）、そぞろに寒し（そぞろにさむし）、鶏皮（そぞろさむ）。❶秋寒（あきさむ）［秋］、うそ寒（うそさむ）［秋］、漸寒（ややさむ）［秋］

§

そゞろ寒猪口の小さきを鼻の先　角田竹冷・俳諧新潮
かしこまる膝のあたりやそゞろ寒　夏目漱石・漱石全集
余所心三味聞きゐればそゞろ寒　夏目漱石・漱石全集

そでのつゆ【袖の露】
袖にかかった露。袖が涙に濡れていることのたとえに使われることが多い。⇩露（つゆ）［秋］

§

濡つ干つ旅やつもりて袖の露　去来・おくのほそ道
逃れ得ぬ理を言ひつめて袖の露　北枝・西の雲

「た〜ち」

たいふう【台風・颱風】
西南太平洋に発生し、北進しながら大形に成長して、初秋のころ日本に襲来する、暴風雨を伴う熱帯性低気圧。かつては「野分」といった。『福建誌』に「風大而烈者為颱又甚者為颱」とあり、馬琴の『弓張月』に「それ大風烈しきを颱とい ふ又甚しきを颱と称ふ」とある。台風は渦巻状で、その中心の雲のない無風状態の部分を「台風の目」という。七月下旬から一〇月上旬までが台風期であり、近畿から関東地方に襲来するのは九月初旬から一〇月初旬が多い。⇩野分（のわき）［秋］、嵐（あらし）［四季］、荒れ（あれ）［四季］、二百十日（にひゃくとおか）［秋］、秋風（あきかぜ）［秋］、秋出水（あきでみず）［秋］、初嵐（はつあらし）［秋］、高潮（たかしお）［秋］

§

颱風《たいふう》の遠過ぎゆきしゆふまぐれ甘藷《かんしょ》のつるをひでて食《く》ひつも　斎藤茂吉・小園
長方《ちやうはう》に残されし水は海の形見か海襲《おそ》ふ颱風《たいふう》に一夜おそれき　土屋文明・青南後集
朝光《あさかげ》の射しのしづけさ颱風の去りたる山は山襞しるく　宮柊二・忘瓦亭の歌
颱風に滝現《あら》はれて向山《むかやま》の木の間をただに落ちたぎつなり　宮柊二・忘瓦亭の歌
颱風に傾くまゝや瓢垣　杉田久女・ホトトギス
颱風や痰のこそつく胸の奥　日野草城・旦暮
品川の倦みたる海も颱風来　中村草田男・万緑
颱風や眠らぬ汝顔歪み　加藤楸邨・穂高
颱風過南透きて鷗舞ふ　石田波郷・惜命

だいもんじ【大文字】
「大文字の火」の略称で、旧暦七月一六日（新暦八月一六日）に京都如意岳の山腹に、七五の火床を作り、大の字の形に焚かれる施火をいう。「大文字の送り火」ともいう。

§

大いなり妙法と云ふ山の文字など修羅の火をもて書くならん　与謝野晶子・草と月光
祭過ぎ大文字《だいもんじ》過ぎ夏もゆくいとあわただし京の暦《こよみ》は　吉井勇・毒うつぎ
大文字の火影うつれば夜の縁の忘れ浴衣《ゆかた》もあはれなるかも　吉井勇・遠天

大文字の火［都名所図会］

山の端《は》の雪あはれ也大文字　嵐雪・青莚
大文字《だいもじ》やあふみの空もたゞならね　蕪村・蕪村句集
相阿弥《さうあみ》の宵寝《よひね》起すや大文字《だいもんじ》　蕪村・蕪村句集
大文字や北山道の草の原　河東碧梧桐・碧梧桐句集
門跡《もんぜき》に我も端居や大文字　河東碧梧桐・碧梧桐句集
大文字を待ちつ、歩く加茂堤　高浜虚子・定本虚子全集

たかしお【高潮】

台風などによる強風や気圧の変化で海水面が異常に高まり、海水が陸上に侵入すること。満潮時に海水の高まりと波のうねりが重なると、その共鳴作用で著しい高さになり、馬蹄状をなした湾内ではさらに増幅され、陸上に侵入して大きな災害をもたらすことがある。⇩台風（たいふう）［秋］

たかにし【高西風】

おもに関西以南に多いことばで、九～一〇月頃、上空に吹く強い北西風。土用の頃にあたり、海が荒れて大波になり、漁業関係者からは「土用時化」「西あなじ」、農村では「籾落し（もみおとし）」といわれ、恐れられた。［同義］土用時化（どようじけ）、西あなじ（にしあなじ）。⇩大西風（おおにし）［秋］、秋風（あきかぜ）［秋］

§

高西風に原を猟矢の行方かな　松瀬青々・倦鳥
高西風に秋闌けぬれば鳴る瀬かな　飯田蛇笏・雲母

たけのはる【竹の春】

新竹が生育し、仲秋のころに、春の若葉のように盛んにな

るさまをいう。⬇竹秋（ちくしゅう）［春］

§

若竹の葉がひにたまる朝露のかすかに見えていにし子らはも
太田水穂・冬菜

清げなる老の操や竹の春
暁台・暁台句集

唐門の赤き壁見ゆ竹の春
高浜虚子・定本虚子全集

たちまちづき【立待月】
　旧暦八月一七日の夜の月。山の端などを望みながら、でてくる月を立ったまま待っている風情を表す。『年浪草』に「藻塩草に云、立待月、十七夜。立待の月との、字ありても同じ。一説、立待とは七夜まちとて、和俗十七夜より二十三夜迄、七観音の会日に配当して月待の木地供等を修す。十七夜には立待と称して月の出る迄、坐せずして拝するより云へるとなり」とある。［同義］立待（たちまち）、十七夜（じゅうしちや）。⬇月（つき）［秋］、月見（つきみ）［秋］、居待月（いまちづき）［秋］

§

また内に座もおさまらて十七夜
野坡・裸麦

立待や痺《シビリ》直さん臼の上
智月・藤の実

立待月かはほり飛ばずなりにけり
村上鬼城・鬼城句集

辻君《つじぎみ》の辻に立待月夜《たちまちづきよ》かな
正岡子規・子規句集

旧暦八月十七日元光院

ある僧の月も待たずに帰りけり
正岡子規・俳句稿

月を待つ立待月《たちまちづき》といふ名あり
高浜虚子・七百五十句

暈ひろき立待月やねこじやらし
水原秋桜子・晩華

たつたひめ【龍田姫・立田姫】
　往時、奈良の都で、東にある佐保山を春の佐保姫とし、西の龍田山を秋の龍田姫とした。佐保姫は霞立つ春山の神とされ、龍田姫は紅葉染める秋山の神とされた。⬇佐保姫（さおひめ）［春］

§

たつた姫《ひめ》たむくる神のあればこそ秋の木《こ》の葉《は》の幣《ぬさ》とちるらめ
兼覧王・古今和歌集五（秋下）

松の音《ね》に風のしらべをまかせては竜田姫こそ秋はひくらし
壬生忠岑・後撰和歌集五（秋上）

あやの瀬に紅葉《もみぢ》の錦《にしき》立《(たち)》かさねふたへに織《を》れる立《たつ》田姫哉《(かな)》
能因集（能因の私家集）

今日来《く》れば秋《あき》のしるしに竜田姫《たつたひめ》もみぢの錦《にしき》織《お》りそめてけり
四条宮下野集（四条宮下野の私家集）

谷川《たにがは》にしがらみかけよ竜田姫《たつたひめ》みねのもみぢに嵐吹《あらしふ》くなり
藤原伊家・金葉和歌集三（秋）

竜田姫《たつたひめ》かざしの玉の緒《を》、をよは《(わ)》みみだれにけりと見《み》ゆるしら露
藤原清輔・千載和歌集四（秋上）

立田姫《たつたひめ》いまはのころの秋《あき》風に時雨をいそぐ人の袖かな
藤原良経・新古今和歌集五（秋下）

瀧田姫秋の別《わかれ》の涙もやしぐれとなりて木々をそむらん
小沢蘆庵・六帖詠草

こゝろさしあはれともみは立田媛歌か浜へにわれをみちひけ
伊藤左千夫・伊藤左千夫全短歌

摺る墨を覗きにおはせ龍田姫
乙二・松窓乙二発句集

鬼灯の山かせもがな龍田姫　素檗・素檗句集
葉は染めてしづまりましぬ龍田姫　松瀬青々・倦鳥

たなばた【七夕】

五節句の一。天の川の両岸にある牽牛星［彦星・犬飼星（いぬかいぼし）・男星（おぼし）・男七夕（おたなばた）ともいう］と織姫星［妻星（つまぼし）・女星（めぼし）・機織姫（はたおりひめ）・棚織姫（たなおりひめ）・女七夕（めたなばた）ともいう］の二星（じせい）が年に一度、旧暦七月七日の夜に相会するという、初秋の夜空の渺茫たる銀河を舞台にした星を祭る行事である。日本古来の信仰である、神のために機を織る「棚機つ女（たなばたつめ）」の信仰と、中国の風習である、機織りなど手芸の上達を願う「乞巧奠（きこうでん）」が習合したものといわれ、奈良時代に始まり、江戸時代に民間行事として定着した。七夕竹をたてて、笹に人形をつけ、川や海に流して穢れを祓い流した。一般には、笹竹を二本立て、竹を横に渡して、短冊形に切った五色の紙に歌を書き飾りつけた。その前には机を置き、香爐・灯明・花瓶・神酒・琴・笛・瓜・梶葉・針・糸巻などを供えた。歌を書きつけた梶の葉を川に流す風習もある。［同義］七夕祭（たなばたまつり）、七夕節句（たなばたせっく）、星祭、星祝（ほしいわい）、星迎え、星の契（ほしのちぎり）、星の恋、星の妹背（ほしのいもせ）、星の別（ほしのわかれ）、星の手向（ほしのたむけ）、星の秋、秋七日（あきなぬか）、星今宵（ほしこよい）。➡天の川（あまのがわ）［秋］、織姫（おりひめ）［秋］、彦星（ひこぼし）［秋］、星の秋（ほしのあき）［秋］、星の恋（ほしのこい）［秋］、星祭（ほしまつり）［秋］、星迎え（ほしむかえ）［秋］

七夕［大和耕作絵抄］

§

織女《たなばた》の袖つぐ宵《よひ》の暁《あかとき》は川瀬の鶴《たづ》は鳴かずともよし　湯原王・万葉集八

天《あま》の河棚橋《がはたなはし》わたせ織女《たなばた》のい渡らさむに棚橋わたせ　作者不詳・万葉集一〇

年ごとに逢《あ》ふとはすれどたなばたの寝《ぬ》るよのかずぞすくなかりける　凡河内躬恒・古今和歌集四（秋上）

狩《か》りくらしたなばたつ女《め》に宿《やど》からむ天《あま》のかはらに我は来《き》にけり　在原業平・古今和歌集九（羇旅）

たなばたの飽《あ》かぬ別《わかれ》もゆゝしきを今日《けふ》しもなどか君が来《き》ませる　平兼盛・拾遺和歌集一七（秋雑）

七夕《たなばた》に貸《か》せる衣《ころも》の露けさに飽《あ》かぬけしきを空《そら》にしるかな　源国信・金葉和歌集三（秋）

たなばたの待《ま》ちつるほどのくるしさとあかぬ別《わか》れといづれまされり　藤原顕綱・詞花和歌集三（秋）

たなばたのあまの羽《は》衣うちかさねぬる夜《よ》すゞしき秋風ぞふく　藤原高遠・新古今和歌集四（秋上）

たなばたのあふ夜となれば世の中のひとのこゝろもなまめきにけり　賀茂真淵・賀茂翁家集

七夕の星を映すと水張りしたらひ一つを草むらの中　宮柊二・小紺珠

七夕《たなばた》や秋を定《さだむ》る夜《よ》の初《はじめ》　芭蕉・蕉翁句集

七夕《たなばた》の目細《めぼそ》はしらじ七度食《しちどぐひ》　不角・花見車

七夕《たなばた》を笑ふて寝入端居《ねいるはしゐ》かな　牧童・卯辰集

七夕《たなばた》やあまりいそがばころぶべし　杜若・猿蓑

押し立て、早散る笹の色紙かな　内藤鳴雪・鳴雪句集

七夕や笹の葉かげの隠れ星　村上鬼城・鬼城句集

七夕やおよそやもめの涙雨　正岡子規・子規句集

七夕の女竹を伐るや裏の藪　夏目漱石・漱石全集

七夕や灯さぬ舟の見えてゆく　臼田亜浪・定本亜浪句集

七夕の夜ぞ更けにけり几　飯田蛇笏・山廬集

七夕やつねの浪漕ぐわたし守　水原秋桜子・葛飾

七夕を東海道の松に結ひ　山口青邨・雪国

七夕や逢へばくちびるのみとなる　日野草城・旦暮

七夕や男の髪も漆黒に　中村草田男・長子

ちゅうしゅう【仲秋】

三秋の一。新暦の九月（旧暦の八月）で、白露（九月八日）から寒露の前日（一〇月七日）までをいう。[同義] 仲の秋（なかのあき）、秋なかば（あきなかば）。➡葉月（はづき）[秋]、九月（くがつ）[秋]、秋（あき）[秋]

§

裂破れて持てる扇や中の秋　秋の坊・猿丸宮集

我上に牽牛澄めり中の秋　野坡・野坡吟草

仲秋の其一峰《そのいっぽう》は愛宕《あたご》かな　高浜虚子・五百句

仲秋や月明かに人老いし　高浜虚子・五百句

仲秋のただ中にある椅子に腰　高浜虚子・句日記

仲秋や空めぐる鶴かたむかず　渡辺水巴・白日

仲秋や火星に遠き人ごころ　飯田蛇笏・山廬集

仲秋や花園のものみな高し　山口青邨・雑草園

「つ」

つき【月】

月は、春の花と共に、古代より詩、和歌、俳諧などの文学において、秋の代表的な景物となっている。地球の衛星である月は、約一か月で地球を一周し、旧暦の指標となった。また、月の自転と公転の周期はほぼ等しいため、地球からは常に半面だけが見える。月は太陽との位置関係により、さまざまな形に見え、それにともなって月は多様に表現されてきた。月が太陽と地球の間にきたときを「朔（さく）」といい、太陽の反対側にきたときを「望（もち）」という。朔から三日月、上弦の月、満月、下弦の月と変化して朔に戻る。上弦の月は旧暦の毎月七～八日頃の半月で、日没時に南の中空にあり、真夜中に弦を上にして月の入となる。下弦の月は旧暦の毎月

二二〜二三日頃の半月で、日の出時に南中し、月の入に際しては弦は下方になる。上弦・下弦の月はともに「弓張月（ゆみはりづき）」「片割月（かたわれづき）」「弦月（げんげつ）」「半月（はんげつ）」「月の弓（つきのゆみ）」「月の舟（つきのふね）」ともよばれる。上弦の半月から丸くなっていく月を「上り月」といい、満月を過ぎ、旧暦十八夜頃から二一〜二二夜までの欠けていく月を「下り月」という。「月の剣（つきのつるぎ）」は三日月をいい、「月の鏡（つきのかがみ）」は満月をいう。「月の霜（つきのしも）」「月の雪（つきのゆき）」は月光の皓々と照らすさまをいう。「月の出潮」は月が出る時に満ちてくる潮をいう。「月の暈（つきのかさ）」は巻層雲によって光が屈折するために起きる現象で、月が偏平に見えることもあって、「幻月（げんげつ）」ともいわれる。また、月の世界を想像した「月の兎（つきのうさぎ）」「月の蟾（つきのかえる）」「月の鼠（つきのねずみ）」「月の桂（つきのかつら）」「月の都（つきのみやこ）」「月宮殿（げっきゅうでん）」など、中国の神話・伝説によることばも多い。『栞草』には「月よみ男、月読、月夜見、皆月の名也。日本紀に見ゆ。月は男神故に男といふ」とあり、月を男性に見立てた別名も多い。[同義]嫦娥（こうが）、玉兎（ぎょくと）、銀兎（ぎんと）、玄兎（げんと）、兎魂（とこん）、銀蟾（ぎんせん）、玉蟾（ぎょくせん）、蟾兎（せんと）、蟾魄（せんぱく）、蟾盤（せんばん）、皓魄（かはく）、氷輪（ひょうりん）、氷鏡（ひょうきょう）、水精（すいせい）、玉魂（ぎょくこん）、玉輪（ぎょくりん）、玉鏡（ぎょくきょう）、金精（きんせい）、金盆（きんぼん）、金魄（きんぱく）、金丸（きんがん）、月球（げっきゅう）、月輪（げつりん）、桂男（かつらおとこ）、ささらえ男（ささらえおとこ）、月読男（つくよみおとこ）、月夜見男（つくよみおとこ）、月人男（つきびとおとこ）、小愛男（ささらえおとこ）。

➡名月（めいげつ）[秋]、月見（つきみ）[秋]、月涼し（つきすずし）[夏]、夏の月（なつのつき）[夏]、梅雨の月（つゆのつき）[夏]、朧月（おぼろづき）[春]、春の月（はるのつき）[春]、秋の月（あきのつき）[秋]、明の月（あけのつき）[秋]、雨の月（あめのつき）[秋]、十六夜（いざよい）[秋]、十五夜（じゅうごや）[秋]、居待月（いまちづき）[秋]、小望月（こもちづき）[秋]、今宵の月（こよいのつき）[秋]、十三夜（じゅうさんや）[秋]、新月（しんげつ）[秋]、三日月（みかづき）[秋]、月白（つきしろ）[秋]、上り月（のぼりづき）[秋]、下り月（くだりづき）[秋]、月影（つきかげ[秋]、月の雨（つきのあめ）[秋]、月の入（つきのいり）[秋]、月の出（つきので）[秋]、月の雲（つきのくも）[秋]、月の友（つきのとも）[秋]、月の宿（つきのやど）[秋]、月見舟（つきみぶね）[秋]、月夜（つきよ）[秋]、名残の月（なごりのつき）[秋]、後の月（のちのつき）[秋]、初月（はつづき）[秋]、昼の月（ひるのつき）[秋]、更待月（ふけまちづき）[秋]、臥待月（ふしまちづき）[秋]、立待月（たちまちづき）[秋]、二夜の月（ふたよのつき）[秋]、二日月（ふつかづき）[秋]、盆の月（ぼんのつき）[秋]、待宵（まつよい）[秋]、真夜中の月（まよなかのつき）[秋]、満月（まんげつ）[秋]、無月（むげつ）[秋]、望月（もちづき）[秋]、夕月（ゆうづ

月宮殿［以呂波引月耕漫画］

き）［秋］、宵闇（よいやみ）［秋］、良夜（りょうや）［秋］、冬の月（ふゆのつき）［冬］、寒月（かんげつ）［冬］、月食（げっしょく）［四季］、太陽（たいよう）［四季］、山の端（やまのは）［四季］

§

常はさね思はぬものをこの月の過ぎ隠れまく惜しき夕《よひ》かも
　作者不詳・万葉集七

春日山《かすがやま》おして照らせるこの月は妹《いも》が庭にも清《さや》けかりけり
　作者不詳・万葉集七

白雲に羽《はね》うちかはしとぶ雁《かり》のかずさへ見ゆる秋のよの月
　よみ人しらず・古今和歌集四（秋上）

さ夜中《なか》と夜《よ》はふけぬらし雁《かり》が音《ね》のきこゆる空《そら》に月わたるみゆ
　よみ人しらず・古今和歌集四（秋上）

月見れば千《ち》ゞにものこそかなしけれわが身ひとつの秋にはあらねど
　大江千里・古今和歌集四（秋上）

あまの原ふりさけ見れば春日《かすが》なる三笠《みかさ》の山にいでし月かも
　安倍仲麿・古今和歌集九（羇旅）

よそなりし雲《くも》の上《うへ》にて見《み》る時《とき》も秋《あき》の月にはあかずぞありける
　源道済・後拾遺和歌集四（秋上）

ながむれば月かたぶきぬあはれわがこの世《よ》のほどもかばかりぞかし
　深覚・後拾遺和歌集一五（雑一）

草枕《くさまくら》この旅寝《たびね》にぞ思《（おもひ）》しる月よりほかの友《とも》なかりけり
　法橋忠命・金葉和歌集三（秋）

いづくにも今宵《こよひ》の月を見る人の心《こゝろ》やおなじ空《そら》にすむらん
　藤原忠教・金葉和歌集三（秋）

なごりなく夜半《よは》の嵐《あらし》に雲《くも》晴《は》れて心《こゝろ》のまゝにすめる月かな
　源行宗・金葉和歌集三（秋）

さびしさに家出《で》しぬべき山里《やまざと》をこよひの月におもひとまりぬ
　源道済・詞花和歌集九（雑上）

いつまでか涙《なみだ》くもらで月は見し秋まちえても秋ぞこひしき
　慈円・新古今和歌集四（秋上）

あしびきの山路《ぢ》のこけの露《つゆ》の上《うへ》にねざめ夜ぶかき月をみるかな
　藤原秀能・新古今和歌集四（秋上）

わすれじな難波《なには》の秋のよはの空《そら》ことうらにすむ月はみるとも
　丹後・新古今和歌集四（秋上）

たのめたる人はなけれど秋の夜《よ》は月見てぬべき心ちこそせね
和泉式部・新古今和歌集四（秋上）

今のみとほどなき影《かげ》をしたふなよ只秋の日の短《(みじか)》夜《よ》の月
後柏原天皇・内裏着到百首

よもすがら浦こぐ舟はあともなし月ぞのこれる志賀《しが》の唐崎《からさき》
丹後・新古今和歌集一六（雑上）

萩原や庭のゆふ露うつろひてくれあへぬ影は月にぞ有《あり》ける
賀茂真淵・賀茂翁家集

月ひとりあめにかゝりてあらがねの土もとほれとてる光かな
小沢蘆庵・六帖詠草

ひさかたのつきのひかりのきよければてらしぬきけりからもやまとも
大愚良寛・はちすの露

紅葉てる秋の深山にやとりしてまたおもしろき月もみるかな
伊藤左千夫・伊藤左千夫全短歌

緇衣《しえ》の袖《そで》に夜《よる》の山の気《け》かそかなり月たかく白く滝白く高く
佐佐木信綱・山と水と

いくたびか、まどかになりて、砕くらむ。鳴門の海の、秋の夜の月。
与謝野寛・東西南北

比叡山《ひえいざん》にまどかなりし月ややかけてこよひ瀬田川《せたがは》のうへに照りたる
斎藤茂吉・白桃

をみなにて又も来む世ぞ生まれまし花もなつかし月もなつかし
山川登美子・山川登美子歌集

夜に入りて野分つのれり揺れとよむ木立の上に高く澄む月
土田耕平・青杉

唐土《もろこし》に富士《ふじ》あらばけふの月《つき》もみよ　素堂・あら野
皮剥《ハギ》の物煮《に》て喰《くら》ふ宵《よひ》の月　芭蕉・深川
実《げに》や月間口千金《まぐちせんきん》の通《とほ》り町《ちやう》　芭蕉・江戸通り町
月ぞしるべこなたへ入《いら》せ旅の宿　芭蕉・佐夜中山集
侘《わび》テすめ月侘斎《つきわびさい》がなら茶哥《うた》　芭蕉・武蔵曲
馬に寝て残夢月遠《つきとほ》し茶のけぶり　芭蕉・甲子吟行
みそか月なし千《ち》とせの杉を抱《だく》あらし　芭蕉・甲子吟行
月はやし梢《こずゑ》は雨を持《もち》ながら　芭蕉・鹿島紀行
いもの葉や月待里《まつさと》の焼《やけ》ばたけ　芭蕉・鹿島紀行
其玉《そのたま》や羽黒にかへす法《のり》の月　芭蕉・芭蕉図録
あすの月雨占《うら》なはんひなが獄　芭蕉・荊口句帳
月に名を包《つつ》みかねてやいもの神　芭蕉・ひるねの種
義仲《よしなか》の寝覚《ねざめ》の山か月悲し　芭蕉・ひるねの種
月のみか雨に相撲《すまふ》もなかりけり　芭蕉・ひるねの種
ふるき名の角鹿《つぬが》や恋し秋の月　芭蕉・荊口句帳
月清し遊行のもてる砂の上　芭蕉・猿蓑
月いづこ鐘はしづみて海の底　芭蕉・草庵集
其まゝよ月もたのまじ伊吹山　芭蕉・観魚荘図録
月さびよ明智《あけち》が妻の咄《はな》しせん　芭蕉・勧進牒
九《ここの》たび起《おき》ても月の七《なな》ッ哉　芭蕉・雑談集
しばのとの月やそのまゝあみだ坊　芭蕉・蕉影余韻
月やその鉢木《はちのき》の日のした面《おもて》　芭蕉・翁草
月澄《すむ》や狐こはがる兒《ちご》の供《とも》　芭蕉・其便
暮の月槻《ケヤキ》のこつぱかたよせて　嵐蘭・深川

古戦場月も静《しづか》に澄《すみ》わたり　嵐蘭・深川
むつかしと月《つき》を見《み》る日《ひ》は火《ひ》も焼《た》かじ　荷兮・あら野
暮《くれ》いかに月《つき》の気《け》もなし海《うみ》の果《はて》　荷兮・あら野
たそかれを横《よこ》にながむる月《つき》ほそし　杜国・冬の日
吹《ふく》風の相手《あひて》や空に月一つ　凡兆・猿蓑
入あひのあゆみ小雨《こさめ》て月ほしき　言水・新撰都曲
月すむや室《むろ》のやだ船是《これ》一つ　去来・あめ子
か丶る夜《よ》の月も見にけり野《の》辺送《べおくり》　去来・猿蓑
しづかさに飯台《はんだい》のぞく月《つき》の前《まへ》　重五・冬の日
行月《ゆくつき》のうはの空《そら》にて消《きえ》さうに　越人・あら野
銭入《ぜにいれ》の巾着下《きんちやくさげ》て月に行《ゆき》　正秀・ひさご
月《つき》に行脇差《ゆくわきざし》つめよ馬《うま》のうへ
　当《ほほあて》をはづして月を打詠《うちなが》め　野水・あら野
　曲翠・深川
不二《ふじ》の山にちいさうもなき月し哉　鬼貫・俳諧大悟物狂
あの月は耳にかけたら懸《かか》るべき　牧童・卯辰集
月は田面《たのも》海鳴《なり》そふる夜比《よごろ》哉　秋之坊・卯辰集
子を抱《だき》て湯の月のぞくましら哉　北枝・卯辰集
京筑紫《つくし》去年《こぞ》の月とふ僧中間《なかま》　丈草・猿蓑
銭《ぜに》ざしに菰引《こもひき》ちぎる朝の月　野坡・炭俵
かしましき樫《かし》の雫《しづく》や月の隅《すみ》　楚常・卯辰集
肌入《はだいれ》て秋《あき》になしけり暮《くれ》の月《つき》　沾圃・続猿蓑
片隅《かたすみ》に虫歯《むしば》か丶えて暮の月　乙州・猿蓑
月天心《つきてんしん》貧しき町を通りけり　蕪村・蕪村句集
夜走《よばし》りに声する月の淡路潟《あはぢがた》　蕪村・夜半叟句集

横雲やいざよふ月の芝の海　内藤鳴雪・鳴雪句集
山月や影法師飛んで谷の底　村上鬼城・鬼城句集
月に来よと只さりげなく書き送る　正岡子規・新俳句
月の根岸闇の谷中や別れ道　正岡子規・寒山落木
鎌倉や畠の上の月一つ　正岡子規・子規句集
酒なくて詩なくて月の静かさよ　夏目漱石・新俳句
月さして風呂場へ出たり平家蟹　夏目漱石・漱石全集
僧死んで月片われぬ山の上　石井露月・新俳句
月前に高き煙や市の空　河東碧梧桐・碧梧桐句集
誰人か月下に鞠《まり》の遊びかな　河東碧梧桐・碧梧桐句集
清閑にあれば月出づおのづから　高浜虚子・五百句
大空を見廻して月弧なりけり　高浜虚子・五百五十句
古都の空紫にして月白し　高浜虚子・七百五十句
落ちかかる月を観てゐるに一人　種田山頭火・草木塔
月光にぶつかつて行く山路かな　渡辺水巴・水巴句集
こんなよい月を一人で見て寝る　尾崎放哉・須磨寺にて
岬端や大灘わたる月ばかり　水原秋桜子・晩華
月を待つ情は人を待つ情　山口青邨・雪国
和尚また徳利さげくる月の庭　川端茅舎・川端茅舎句集
湖の月通りかくる、黒檜山　中村草田男・長子
月明り篁こめて更けにけり　日野草城・花氷
灯を消すや心崖なす月の前　加藤楸邨・寒雷
月青し早乙女ら来て海に入る　石田波郷・鶴の眼

つきかげ【月影】
①月の光。②月そのもの。③月の光がつくる影をいう。古

今和歌集では、夜を照らす月の光、その明るさ、光る月そのものを詠んでいるものが多い。千載和歌集・新古今和歌集になると、月の光の明るさに加え、月の夜の幽玄な世界を演出するためのことばとして詠まれることが多くなる。

➡月（つき）［秋］、月見（つきみ）［秋］

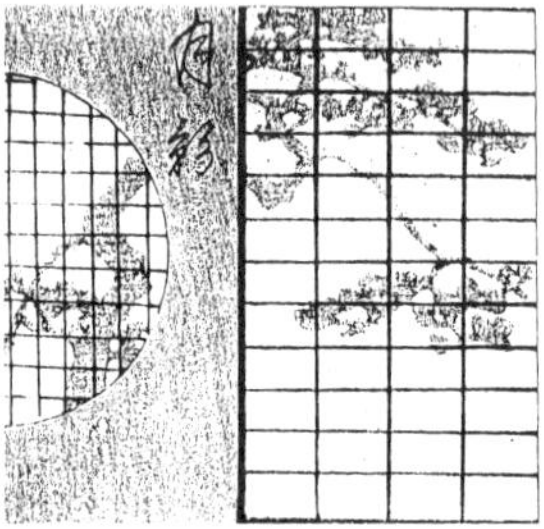

月影［広重画譜］

§

我やども照《て》り満《み》つ秋の月影はながき代みれどあかずぞ有ける
伊勢集（伊勢の私家集）

さほ山の柞《はゝそ》のもみぢ散りぬべみ夜《よる》さへ見よと照《て》らす月かげ
よみ人しらず・古今和歌集五（秋下）

秋風にいとゞふけゆく月影を立《た》ちな隠《かく》しそ天《あま》の河霧《ぎり》
藤原清正・後撰和歌集六（秋中）

さ夜ふけてみやこにいづる月影をみつ江の浦の宵《よひ》に見しかな
能因集（能因の私家集）

手に結ぶ水に宿《やど》れる月影のあるかなきかの世にこそありけれ
紀貫之・拾遺和歌集二〇（哀傷）

都《みやこ》にて山の端《は》に見《み》し月影《かげ》をこよひは波《なみ》の上《うへ》にこそ待《ま》て
橘為義・後拾遺和歌集九（羇旅）

あらし越《こ》すみねの木《こ》のまをわけきつゝ谷《たに》の清《し》水にやどる月かげ
山家心中集（西行の私家集）

月かげのすみわたるかな天《あま》のはら雲ふきはらふよはのあらしに
源経信・新古今和歌集四（秋上）

秋の色はまがきにうとくなりゆけど手枕《たまくら》なるゝねやの月かげ
式子内親王・新古今和歌集四（秋上）

めぐり逢《あ》ひて見しやそれともわかぬまに雲隠《がく》れにしよはの月かげ
紫式部・新古今和歌集一六（雑上）

まびさしのうちまであかく光相《ひかりあひ》てわがむな板をてらす月影
大隈言道・草径集

打寄する波かあらぬか白玉の道もしらゝの浜の月かげ
天田愚庵・巡礼日記

月影ののぼらんときは我を思へ傾くときは君を思はむ
落合直文・国文学

尾山越えて直ちにふかき谷となれり月影ふみて坂路《さかぢ》をあやに
中村憲吉・軽雷集

月影は畳の上に照りにけり足さしのべて独り安けさ
土田耕平・青杉

月影に関の芦毛を追《おひ》かけて
芭蕉・あめ子

月影や四門《しもん》四宗《ししゆう》も只《ただ》一ツ
芭蕉・更科紀行

うどんうつ里のはづれの月の影
荷兮・ひさご

新《あら》畳《だたみ》敷《しき》ならしたる月かげに
野水・猿蓑

月影やこゝ住《すみ》よしの佃《ツクダ》島
其角・韻塞

月影《つきかげ》や海《うみ》の音聞長廊下《おときくながらうか》
牧童・続猿蓑

ばせを葉《ば》や打《うち》かへし行《ゆく》月の影
乙州・猿蓑

天水《てんすゐ》にたまる月影ま一ぱい
智月・とてしも

川上で菜を洗ふたぞ月の影　智月・とてしも

つきしろ【月代・月白】

月が出る頃の白んでいく空の様子をいう。⬇月（つき）[秋]

§

月代や山をいたゞく闇の上　土芳・蓑虫庵集
月代や昔の近き須磨の浦　鬼貫・鬼貫句選
月代やはや人声の野に響く　蒼虬・蒼虬翁発句集
月代は必吹くよ根なし風　乙二・松窓乙二発句集
月代や海を前なる夕炊ぎ　大須賀乙字・続春夏秋冬

つきのあめ【月の雨】

雨が降って、月が見えない状態。また、雲の間からうっすらと月光がさしてくる雨のそぼ降る夜をもいう。[同義] 雨の月。⬇月（つき）[秋]、雨の月（あめのつき）[秋]、無月（むげつ）[秋]

§

ふりかねてこよひになりぬ月の雨　尚白・猿蓑
海人が家は袖にも足らず月の雨　士朗・枇杷園句集
月の雨静かに雨を聞く夜かな　河東碧梧桐・碧梧桐句集
寝るまでは明るかりしが月の雨　高浜虚子・六百五十句

つきのいり【月の入】

月が西に沈むこと。⬇月（つき）[秋]、月の出（つきので）[秋]

§

入月や弊に招けば一しらみ　来山・続いま宮草
入月や琵琶を袋に納めけん　其角・五元集
入り方の月に面を合せけり　松瀬青々・倦鳥

つきのくも【月の雲】

⬇月（つき）[秋]

§

包丁《はうちやう》の片袖《かたそで》くらし月の雲　其角・炭俵
里人の鼾のぼりて月の雲　成美・成美家集
月の雲吹くや近くに嵐山　梅室・梅室家集
月の雲鶴放したる気色かな　梅室・梅室家集

つきので【月の出】

月が東から昇ること。⬇月（つき）[秋]、月の入（つきのいり）[秋]

§

神妙や松の中より出る月　浪化・浪化上人発句集

つきのとも【月の友】

一緒に月見をする仲間をいう。⬇月見（つきみ）[秋]、月（つき）[秋]

§

俤《おもかげ》や姨《うば》ひとり泣《なく》月の友　芭蕉・いつを昔
川上とこの川しもや月の友　芭蕉・続猿蓑
旅籠屋《はたごや》をさがして見ばや月の友　半残・渡鳥集
座《ざ》をかえ（へ）て我《わが》客やきぬ月の友　土芳・蓑虫庵集
こんにやくは芋《いも》と煮《に》られて月の友　白雪・男風流

つきのやど【月の宿】

⬇月（つき）[秋]

§

月《つき》の宿書《やどしよ》を引《ひき》ちらす中《なか》にねて　越人・あら野

なつかしき住居《すまひ》に少し月の宿　土芳・蓑虫庵集

つきみ【月見】

月を観賞すること。俳句では、おもに旧暦八月十五夜の月、また旧暦九月十三夜の月を観賞することをいう。この日の夜には、団子・枝豆・柿・芋・酒のほか、秋草を供えて月見をする。「片月見（かたつきみ）」は十五夜の月を見て十三夜の月を見ないことをいう。「月の友」「月の客」「月の主（つきのあるじ）」は一緒に月を見る人をいう。［同義］観月（かんげつ）、賞月（しょうげつ）。⇩月（つき）［秋］、名月（めいげつ）［秋］、後の月（のちのつき）［秋］、月見舟（つきみぶね）［秋］、月の友（つきのとも）［秋］、十五夜（じゅうごや）［秋］、更待月（ふけまちづき）［秋］、臥待月（ふしまちづき）［秋］、居待月（いまちづき）［秋］、立待月（たちまちづき）［秋］、二夜の月（ふたよのつき）［秋］、待宵（まつよい）［秋］、十三夜（じゅうさんや）［秋］、花見（はなみ）［春］、雪見（ゆきみ）［冬］

§

秋《あき》の夜《よ》の月見《み》にいでて夜《よ》はふけぬ我《われ》もありあけの入《い》らで明《あ》かさん　大弐高遠・後拾遺和歌集四（秋上）

山田には、走り穂見えつ。引板《ひた》かけて、月見がてらに、鹿や追はまし。　与謝野寛・東西南北

寺にねて誠《まこと》がほなる月見哉　芭蕉・続虚栗

賤《しづ》の子やいねすりかけて月をみる　芭蕉・鹿島詣

あさむつや月見の旅の明《あけ》ばなれ　芭蕉・泊船集

月見せよ玉江《たまえ》の蘆《あし》を刈《から》ぬ先《さき》　芭蕉・ひるねの種

旅なれば稲《いね》をまくらに月見哉　田上尼・初蝉

向《むき》の能《よ》き宿《やど》も月見る契《ちぎり》かな　曾良・猿蓑

月見せん伏見《ふしみ》の城の捨郭《すてぐるわ》　去来・猿蓑

中切《なかぎり》の梨《なし》に気《き》のつく月《つき》み哉《かな》　配力・続猿蓑

雨そゝぐ月見帰りや馬の傘《かさ》　万子・橋立案内志追加

飛入《とびいり》の客《きやく》に手《て》をうつ月見哉《つきみかな》　正秀・続猿蓑

あの雲に宵はとられし月見哉　土芳・蓑虫庵集

見《み》るものと覚《おぼ》えて人《ひと》の月見哉《つきみかな》　野水・あら野

観音《くわんおん》も同座に峯《みね》の月見かな　涼菟・桃盗人

船頭《せんどう》の律義《りつぎ》かはゆき月見哉　北枝・初蝉

舟引《ふなひき》の道《みち》かたよけて月見哉《つきみかな》　丈草・続猿蓑

あげまきの海士《あま》もしはづく月見哉　野坡・百曲

関寺のほこらを前に月見かな　怒風・白馬

得た貝を吹《ふい》て田蓑《たみの》の月見哉《かな》　園女・花見車

酒《さけ》よりも肴《さかな》のやすき月見《つきみ》して　支考・続猿蓑

二見《ふたみ》まで庵地《いほち》たづぬる月見哉《つきみかな》　支考・続猿蓑

村雨《むらさめ》を相手《あひて》に後《のち》の月見哉　浪化・白扇集

顔冷《ひや》す風に待れて月見かな　りん女・田植諷

五六升《ごろくしよう》芋煮《いもに》る坊《ばう》の月見かな　蕪村・夜半叟句集

蕎麦国《（そばくに）》のたんを切《（きり）》つゝ月見哉　一茶・おらが春

大磯の町出はなれし月見哉　正岡子規・子規句集

円養院の月見［都林泉名勝図会］

精進《しょうじん》に月見る人の誡かな　正岡子規・子規句集
行李に秘めし位牌取り出す月見かな　渡辺水巴・白日

つきみぶね【月見舟】
月見のために仕立てる舟のこと。⇩月見（つきみ）［秋］、舟（ふね）［四季］
§
具足着《ぐそくき》て顔《かほ》のみ多《おほ》し月見舟《つきみぶね》　野水・春の日
雷《かみなり》に梶《かぢ》はなびきそ月見舟　其角・五元集
三味線や猫《ねこ》波を走る月見の船　牧童・加賀染
秋場所や川筋繁ぐ月見舟　水原桜秋子・晩華

つきよ【月夜】
月が出ている夜。「つくよ」ともいう。⇩月（つき）［秋］、朝月夜（あさづくよ）［秋］、望月夜（もちづきよ）［秋］、夕月夜（ゆうづくよ）［秋］、星月夜（ほしづきよ）［秋］、薄月夜（うすづきよ）［秋］
§
水底《みなそこ》の玉さへ清《さや》に見つべくも照る月夜《つくよ》かも夜の深《ふ》けゆけば　作者不詳・万葉集七
白露を玉になしたる九月《ながづき》の有明《ありあけ》の月夜見れど飽かぬかも　作者不詳・万葉集一〇
富士に似て海の中なる島の富士眼の前に黒く月夜の踊り　島木赤彦・切火
月夜になり昼間あるきし三里のみちつゆけくあかるし俥《くるま》にてかへる　木下利玄・一路

せど山へ　けはひ　過ぎ行く　人のおと　湯屋《ゆや》も　外面《そとも》も
あかるき月夜《つくよ》
釈迢空・春のことぶれ

影《かげ》ふた夜《よ》たらぬ程《ほど》見《み》る月夜哉《つきよかな》　杉風・あら野
家買《かう》てことし見初《みそむ》る月夜哉《かな》　荷兮・炭俵
一葉落《おち》いくらもおちて月夜かな　嵐雪・我が庵
芋を煮る鍋の中まで月夜哉　許六・篇突
あそばるゝほどに時雨《しぐれ》て月夜かな　朱拙・続山彦
山寺《やまでら》に米《こめ》つくほどの月夜哉《つきよかな》　越人・春の日
精《せい》出して灯籠《とうろ》の光る月夜かな　野紅・後ばせ集
闇《やみ》の夜は吉原ばかり月夜哉　其角・五元集
傾城《けいせい》の膳《ぜん》をあづかる月夜かな　吾仲・柿表紙
虫もはや鳴《ない》ておぼゆる月夜かな　林紅・そこの花
芭蕉葉《ばせうば》の打《うち》かへされし月夜かな　乙州・卯辰集
真帆片帆《まほかたほ》瀬戸に重なる月夜哉　正岡子規・子規句集
吾恋は闇夜に似たる月夜かな　夏目漱石・漱石全集
飲み水を運ぶ月夜の漁村かな　河東碧梧桐・碧梧桐句集
山里の盆の月夜の明るさよ　高浜虚子・六百五十句
ものゝ影みな涅槃なる月夜かな　渡辺水巴・白日
釣人に鼠あらはれ夕月夜　川端茅舎・川端茅舎句集
石たちの思ひをかはす月夜かな　日野草城・旦暮

つゆ【露】

空気が冷え、露点以下になると、大気中の水蒸気が岩石や草木などの表面で凝結し、水滴となったものをいう。露は秋

月夜［以呂波引月耕漫画］

にもっとも多いため、俳句では秋の季語とする。古歌では「白露」「朝露」「夕露」などの表現がよく見られる。露とともに多く詠まれる動詞は「置く」「消ゆ」である。「露置く」と詠んで「起く」を掛けたり、「露消ゆ」と詠んで露の消えやすさに人生のはかなさをたとえたりする古歌は多い。露は涙のたとえにも用いられる。草木を紅葉させる露や、朝日や月光に輝く露もよく詠まれ、古来好まれている題材である。『山之井』に「やくし草に置ける瑠璃の光かと疑ひ、観音草に結べるを如意輪と云ひたて、月を宿しては、水とる玉と見なし、闇に光るを、うば玉なども云ひなす。（中略）せんぐりな世を思ひ、無常の風は時を嫌はぬ露の身をはかなむ心ばへなどすべし」とある。⬇夏の露（なつのつゆ）［夏］、春の露（はるのつゆ）［春］、露寒（つゆざむ）［秋］、露霜（つゆじも）［秋］、露時雨（つゆしぐれ）［秋］、露涼し（つゆすずし）［夏］、朝露（あさつゆ）［秋］、夜露（よつゆ）［秋］、枯草の露（かれくさのつゆ）［秋］、白露（しらつゆ）［秋］、露置く（つゆおく）［秋］、露けし（つゆけし）［秋］、露寒（つゆざむ）［秋］、袖の露（そでのつゆ）［秋］、露散る（つゆちる）［秋］、露の秋（つゆのあき）［秋］、露の命（つゆのいのち）［秋］、露の玉（つゆのたま）［秋］、露の身（つゆのみ）［秋］、露の世（つゆのよ）［秋］、露の宿（つゆのやど）［秋］、初露（はつつゆ）［秋］、夕露（ゆうつゆ）［秋］、下露（したつゆ）［秋］

§

わが背子を大和へ遣《や》るとさ夜深《ふ》けて暁露《あかときつゆ》にわが立ち濡《ぬ》れし
大伯皇女・万葉集二

秋の露は移《うつし》にありけり水鳥の青葉の山の色づく見れば
三原王・万葉集八

秋風の日にけに吹けば露しげみ萩の下葉は色づきにけり
作者不詳・万葉集一〇

朝戸出の君が足結《あゆひ》を濡らす露原つとに起き出でつつわれも裳《も》裾《すそ》濡らさな（旋頭歌）
万葉集一一（柿本人麻呂歌集）

秋のよは露《つゆ》こそことに寒《さむ》からしくさむらごとにむしのわぶれば
よみ人しらず・古今和歌集四（秋上）

なきわたる雁《かり》の涙やおちつらむ物思《（おもふ）》宿《やど》のはぎのうへのつゆ
よみ人しらず・古今和歌集四（秋上）

秋の田のかりほのいほの苫《とま》を荒《あら》みわが衣手は露《つゆ》に濡《ぬ》れつゝ
天智天皇・後撰和歌集六（秋中）

草《くさ》木まで秋のあはれをしのべばや野にも山にも露こぼる覧《（らむ）》
慈円・千載和歌集四（秋上）

朝茅原《あさぢはら》はかなくきえし草のうへの露《つゆ》をかたみと思《（おもひ）》かけきや
周防内侍・新古今和歌集八（哀傷）

思《おも》ひ入《い》る身《み》はふかくさの秋《あき》の露《つゆ》たのめしすゑや木枯《こが》らしの風《かぜ》
藤原家隆・新古今和歌集一五（恋五）

ふかきよのねざめのまくら露ぞおく夢のたゞぢに秋やきぬらん
小沢蘆庵・六帖詠草

ところせく、さのうは葉のはしゐしてまろびも落ぬ露の白玉
大隈言道・草径集

君に別れ野を分け来れば朝風に草もみだるるつゆも乱るる
太田水穂・つゆ艸

露にぬれてゆらぐ朝野の細き草吹かば鳴るらむ茎にあるべし　窪田空穂・まひる野
露の香《か》のうつれとばかり口つけぬ御歌《みうた》に入れる白芙蓉《はくふよう》の花　山川登美子・山川登美子歌集
しづかなる光は夜《よは》にかたむきておどろがうへの露を照らせり　斎藤茂吉・ともしび
ひそやかにわれをうかがふ悲しみの目あるに似たる露つめたき日　前田夕暮・収穫
けふよりや書付《かきつけ》消さむ笠の露　芭蕉・鳥の道
硯かと拾ふやくぼき石の露　芭蕉・杉風宛書簡
青鷺《あをさぎ》の榎《えのき》に宿《しゆく》す露の音　許六・深川
あら古《ふる》や露に千鳥をすまの躰　才麿・椎の葉
わさ鍋のいつ干《ひ》さらんや稲の露　才麿・椎の葉
死《しな》ずともいつ又かゝる山の露《つゆ》　土芳・蓑虫庵集
露の野を迎にいづる寺の犬　鬼貫・俳諧大悟物狂
此度《このたび》の薬はきゝし秋の露　野坡・炭俵
市人《いちびと》の物うちかたる露の中《なか》　蕪村・蕪村句集
旅人《たびびと》の火を打《うち》こぼす秋の露　蕪村・蕪村遺稿
生《（いき）》残る我にかゝるや艸《（くさ）》の露《（つゆ）》　一茶・父の終焉日記
道の辺や露深草の捨車　内藤鳴雪・鳴雪句集
しめやかに灯りて露の庵かな　村上鬼城・雑詠選集
草の露馬も夜討《ようち》の支度《したく》かな　正岡子規・子規句集
萩に置く露の重きに病む身かな　夏目漱石・漱石全集
露の草碑《いしぶみ》埋りしこのあたり　河東碧梧桐・碧梧桐句集
烈日《れつじつ》の下に不思議の露を見し　高浜虚子・六百五十句
炊ぎつつながむる山や露の音　飯田蛇笏・山廬集
山吹の落葉し尽す露の川　飯田蛇笏・雲母
うつくしき人のうつしゑ露の墓　山口青邨・雪国
金剛の露ひとつぶや石の上　川端茅舎・川端茅舎句集
露冷えの木の枝に絡む朝煙　日野草城・旦暮
ショパン弾き了へたるまゝの露万朶　中村草田男・火の島
ひたひ髪思ひ深げに露の馬　中村草田男・万緑
露のんで猫の白さの極まるなり　加藤楸邨・起伏
鉛筆で指さす露の山脈を　加藤楸邨・山脈
露燦々胸に手組めり祈るごと　石田波郷・惜命

つゆおく【露置く】

露がおりる。　⬇露（つゆ）［秋］

§

秋田刈る假廬《かりほ》を作りわが居れば衣手《ころもで》寒く露そ置きにける　作者不詳・万葉集一〇
山も岡も芙蓉に露を置がことし　樗良・樗良発句集
二日三日四日五日露の置きまさる　成美・成美家集
露置くや我も草木にいつ成りし　乙二・松窓乙二発句集
置露にいつ迄へるぞ暮の上　乙二・松窓乙二発句集
土くれにはえて露おく小草かな　村上鬼城・鬼城句集

つゆけし【露けし】

露が多い。湿っぽい。　⬇露（つゆ）［秋］

§

露けしや朝草喰ふた馬の鼻　召波・春泥発句集
石ころも露けきものの一つかな　高浜虚子・五百句

露けしと縁に布団《ふとん》を敷き坐《すわ》る　高浜虚子・六百五十句
露けしや三人の児女の先に立ち　山口青邨・雪国
露けさや頭大きな馬柵《ませ》の杭　中村草田男・長子

つゆざむ【露寒】

晩秋、露がまさに霜になろうという頃の寒さをいう。[同義] 露寒し（つゆさむし）。⬇露（つゆ）[秋]、露霜（つゆじも）[秋]

§

秋草のなべて秀づるこの園《その》に露《つゆ》さむく降る時ちかづきぬ　佐藤佐太郎・歩道
露寒し我足跡を又帰る　乙二・斧の柄草稿
露ざむの情くれなゐに千草かな　飯田蛇笏・山廬集
つゆさむやすこしかたむく高嶺草　飯田蛇笏・雲母

つゆしぐれ【露時雨】

時雨が降ったように露がこまやかに敷き詰められているさまをいう。⬇露（つゆ）[秋]、時雨（しぐれ）[冬]

§

露時雨下草《したくさ》かけてもる山の色《いろ》かずならぬ袖を見《み》せばや　藤原定家・定家卿百番自歌合
露しぐれもる山陰のしたもみぢぬるともお《(を)》らむ秋のかたみに　藤原家隆・家隆卿百番自歌合
露時雨天雲しぬく松杉の忌森下照る曙の紅葉　伊藤左千夫・伊藤左千夫全短歌
露《つゆ》しぐれ歩鴉《かちう》に出《いづ》る暮《くれ》かけて　荷兮・あら野
袖《そで》つまにもつれし雲や露時雨《つゆしぐれ》　嵐雪・杜撰集
垣越の山や松竹露時雨　北枝・三日歌仙
折さして枝見る猿や露時雨　闌更・半化坊発句集
露時雨しぐれんとすれば日の赤き　白雄・白雄句集
名月も二つ過たり露時雨　成美・成美家集
三笠山町は日あたる露しぐれ《つゆしぐれ》　松瀬青々・鳥の巣
からげたる赤腰巻や露時雨《つゆしぐれ》　正岡子規・子規句集
八十神《やそがみ》の御裳裾川《みもすそがは》や露時雨《つゆしぐれ》　河東碧梧桐・碧梧桐句集
父恋ふる我を包みて露時雨《つゆしぐれ》　高浜虚子・六百五十句

つゆじも【露霜】

露が凍って薄い霜となったもの。古歌では「露」「露と霜」「露になりそうな秋の霜」などの意の説がある。「露霜の」として「消ぬ」や「置く」にかかる枕詞となる。[同義] 水霜（みずしも）。⬇霜（しも）[冬]、秋の霜（あきのしも）[秋]、露（つゆ）[秋]、露寒（つゆざむ）[秋]

§

ひさかたの天《あま》の露霜《つゆしも》おきにけり家なる人も待ち恋ひぬらむ　大伴坂上郎女・万葉集四
ぬばたまのわが黒髪に降りなづむ天《あめ》の露霜《つゆしも》取れば消《け》につつ　作者不詳・万葉集七
さ男鹿の来立ち鳴く野の秋萩は露霜《つゆしも》負《お》ひて散りにしものを　文馬養・万葉集八
露霜《つゆしも》にあへる黄葉《もみち》を手折り来て妹《いも》とかざしつ後は散るとも　秦許遍麿・万葉集八

秋萩の枝もとををに露霜《つゆしも》置き寒くも時はなりにけるかも
作者不詳・万葉集一〇
秋されば置く露霜に堪《あ》へずして都の山は色づきぬらむ
作者不詳・万葉集一五
萩が花ちるらむ小野《をの》の露霜《つゆしも》にぬれてをゆかん小夜《さよ》はふくとも
よみ人しらず・古今和歌集四（秋上）
草枯《くさが》れの冬《ふゆ》までみよと露霜《つゆしも》のを《(お)》きてのこせる白菊《しらぎく》の花《はな》
曾祢好忠・詞花和歌集三（秋）
ぬれてほすたまぐしの葉《は》の露霜《つゆしも》にあまてる光《ひかり》いく代《よ》へぬらん
藤原良経・新古今和歌集七（賀）
露霜の寒き此頃いほごもり病ませる君をわれ夢に見つ
伊藤左千夫・伊藤左千夫全短歌
露《つゆ》じものしげくもあるかと言ひながらわがのぼりゆく天《あめ》の香具山《かぐやま》
斎藤茂吉・暁光
露じものしげき朝《あした》を門出《かどい》でてただ靄《もや》ごもるひんがしを指《さ》す
前川佐美雄・天平雲
黒き熟《う》るる実に露霜やだまり鳥
芥川龍之介・我鬼窟句抄
つゆじもの烏がありく流離かな
加藤楸邨・野哭

つゆちる【露散る】

葉などから露がこぼれることをいう。➡露（つゆ）［秋］、露の玉（つゆのたま）［秋］

§

露散るや桂の里の臼の音　闌更・半化坊発句集
露散るや門の葎の籠づくり　白雄・白雄句集
露散るや朝の心の紛れ行く　乙二・松窓乙二発句集
花と降る露も供養の光かな　梅室・梅室家集
病床の我に露ちる思ひあり　正岡子規・子規句集
露散るや提灯の字のこんばんは　川端茅舎・川端茅舎句集

つゆのあき【露の秋】

➡露（つゆ）［秋］

§

榼撰る小家のたつきや露の秋　完来・新雑談集
つゝ鳥の木隠れ道も露の秋　乙二・斧の柄草稿
あちこちの祠まつりや露の秋　芝不器男・不器男句集

つゆのいのち【露の命】

はかないものとしての比喩表現。➡露（つゆ）［秋］、露の身（つゆのみ）［秋］

§

露の命《いのち》何時《いつ》とも知《し》らぬ世中《よのなか》になどかつらしと思《おもひ》を《(お)》かるゝ
よみ人しらず・後選和歌集一四（恋六）
露の命《いのち》惜《お》しとにはあらず君を又見でやと思《おもふ》ぞかなしかりける
弓削嘉言・拾遺和歌集八（雑上）
露の命《いのち》消《き》えなましかばかくばかりふる白雪をながめましやは
後白河院・新古今和歌集一六（雑上）
命かな露よりも軽ろく月よりも白し　樗良・樗良発句集

つゆのたま【露の玉】

玉とは、宝石や真珠のことであり、露をそういったものに見立てた表現である。［同義］露の白玉（つゆのしらたま）。➡露（つゆ）［秋］、白露（しらつゆ）［秋］

§

さ男鹿の萩に貫《ぬ》き置ける露の白珠《しらたま》あふさわに誰の人かも手に纏《ま》かむちふ
藤原八束・万葉集八

ところせく、さのうは葉のはしゐしてまろびも落ぬ露の白玉
大隈言道・草径集

死なぬ身に幾度消《いくたびきゆ》る露《つゆ》の玉　北枝・草庵集
武蔵野や合羽にふるふ露の玉　召波・春泥発句集
草の戸や井を取込て露の玉　巣兆・曾波可理
露の玉つまんで見たるわらは哉　一茶・おらが春
山住や柴に焚込む露の玉　梅室・梅室家集
草の葉広草の葉細や露の玉　石井露月・新春夏秋冬
朝の日を宿して落つる露の玉　高浜虚子・六百五十句

つゆのみ【露の身】
露のようにはかない命をいう。➡露の命（つゆのいのち）［秋］、露（つゆ）［秋］

§

露の身の思ひに絶《(たえ)》てきえにせばとふ言の葉もきかずやあらまし
公任集（藤原公任の私家集）

露《つゆ》の身の消《き》えもはてなば夏草《なつくさ》の母《はゝ》いかにしてあらんとすらん
よみ人しらず・金葉和歌集一〇（雑下）

露《つゆ》の身《み》のきえてほとけになることはつとめてのちぞ知《し》るべかりける
よみ人しらず・詞花和歌集一〇（雑下）

露の身の果は五尺の松じや迄　北枝・白根草
露の身と言ふも誠や枕もと　成美・成美家集
露の身に明りさしけり堂の内　乙二・松窓乙二発句集
露程に思はれにけり老が形　乙二・松窓乙二発句集

つゆのやど【露の宿】
露のおりた秋の家や宿の風情を表す。➡露（つゆ）［秋］

§

山水の樋に溢るゝや露の宿　上川井梨葉・梨葉句集
もらひたる西洋煙草露の宿　山口青邨・雪国
母を呼ぶ大きな声や露の宿　山口青邨・雪国

つゆのよ【露の世】
はかないこの世を露にたとえた表現。➡露（つゆ）［秋］

§

露の世や万事の分別奥の院　宗因・梅翁宗因発句集

つるべおとし【釣瓶落し】
釣瓶が井戸に落ちるように真直ぐに落ちること。秋の日の暮れやすさを形容していう。➡秋の暮（あきのくれ）［秋］

「て〜と」

でみず【出水】
降雨などで川の水量が増えること。また、洪水のこと。俳句では、特に台風による出水をいうことが多く、秋の季語となる。［同義］秋出水。➡秋出水（あきでみず）［秋］、水見舞（みずみまい）［秋］、春出水（はるでみず）［春］、梅雨出水

（つゆでみず）［夏］

§

暴風雨《あらし》はれてやうやくまさる出水《でみづ》の音《おと》この沢のうちに響きてきこゆ
　島木赤彦・氷魚

楊の木穂すすき程に末見えてなびく出水《でみづ》の森を今日行く
　与謝野晶子・夏より秋へ

村の入口の小田一面にうづたかく出水の泥は押しあげにけり
　古泉千樫・青牛集

出水して雲の流るゝ大河かな　村上鬼城・鬼城句集

桑原に登校舟つく出水かな　芝不器男・不器男句集

とりぐも【鳥雲】

秋、さまざまな渡鳥が、空を覆う雲のように、北方より群れをなして飛来するさまをいう。⇩鳥雲（とりぐもり）［春］

「な」

ながきよ【永き夜・長き夜】

夏に比べて、次第に永くなっていく秋の夜をいう。⇩夜長（よなが）［秋］、短夜（みじかよ）［夏］、秋の夜（あきのよ）［秋］

§

長き夜《よ》を独りや寝むと君が言へば過ぎにし人の思ほゆらくに
　大伴書持・万葉集三

いまよりは秋風さむくなりぬべしいかでかひとり長《なが》き夜《よ》をねん
　大伴家持・新古今和歌集五（秋下）

山鳥《どり》のをだえの橋にかゞみかけ長《なが》き夜《よ》わたる秋の月影《かげ》
　宗尊親王・文応三百首

あまの川神つとひして長き夜のひとよのほとに岩橋わたせ
　上田秋成・毎月集

ながき夜にあきぬる時はいねかへてそなたむくさへめづらしき哉
　大隈言道・草径集

長き夜の眠といへど覚めぬればしばしの夢の間《ま》にこそありけれ
　与謝野礼厳・礼厳法師歌集

とのゐ人呼べど答へず長き夜のともし火ゆらぐ物襲《おそ》ふめり
　正岡子規・子規歌集

たれも又今宵の月にいね兼て　永き夜すか《（が）》ら衣うつらん
　樋口一葉・詠草

ながき夜を眠らず何を思ふやと問ふひともなくひとりかも寝《ぬ》る
　吉井勇・人間経

常臥《とこぶし》の身には佗《わ》びしき長き夜の始まらむとする午後七時ごろ
　半田良平・幸木

ながき夜の　ねむりの後も、なほ夜なる　月おし照れり。河原菅原
　釈迢空・海やまのあひだ

長き夜や通夜《つや》の連哥《れんが》のこぼれ月　蕪村・蕪村句集

長き夜や僧となるべき物思ひ　内藤鳴雪・鳴雪句集

長い夜の物書く音に更けにける　村上鬼城・新俳句

長き夜や生死の間にうつらく　村上鬼城・定本鬼城句集

長き夜や障子の外をともし行く　正岡子規・子規句集

長き夜を只蝋燭の流れけり　夏目漱石・漱石全集
長き夜の鉄扉細目に誰がために　中村汀女・都鳥

ながつき【長月】

旧暦の九月の別名で、三秋のうちの晩秋にあたる。万葉集では、晩秋の月ということで「時雨」が多く詠み込まれたが、平安時代には「時雨」は冬のうたことばとして定着したため、以降は夜長のあとの「有明の月」などが多く詠み込まれるようになった。［語源］『年浪草』に「長月は夜漸く長し。故に夜長月といふ。今略して長月と称す」とある。［同義］菊月、菊咲月（きくさきづき）、紅葉月（もみじづき）、木染月（きぞめづき）、紅染月（べにぞめづき）、彩る月・色どる月（いろどるつき）、寝覚月（ねざめづき）、小田刈月（おだかりづき）、菊の秋（きくのあき）、梢の秋（こずえのあき）、季秋（きしゅう）、無射（ぶえき）、紅樹（こうじゅ）、玄月（げんげつ）。➡九月（くがつ）［秋］、九月尽（くがつじん）［秋］、菊月（きくづき）［秋］、時雨（しぐれ）［冬］、秋時雨（あきしぐれ）［秋］、明の月（あけのつき）［秋］、晩秋（ばんしゅう）［秋］

§

九月《ながづき》の時雨の雨にぬれとほり春日《かすが》の山は色づきにけり　作者不詳・万葉集一〇
誰《た》そ彼《かれ》とわれをな問ひそ九月《ながづき》の露に濡れつつ君待つわれを　万葉集一〇（柿本人麻呂歌集）
九月《ながづき》の時雨《しぐれ》の雨の山霧のいぶせき吾《あ》が胸誰《たれ》を見ば息《や》まむ　作者不詳・万葉集一〇
天雲《あまくも》のたゆたひ来れば九月《ながづき》の黄葉《もみち》の山もうつろひにけり　作者不詳・万葉集一五
山里《ざと》はまだ長月の空ながらあられしぐれのふるにぞ有《あり》ける　能因集（能因の私家集）
年《とし》もへぬ長《なが》月の夜《よ》の月《つき》かげのありあけがたの空《そら》を恋《こ》ひつゝ　源則成・後拾遺和歌集一一（恋二）
長《なが》月もいくありあけになりぬらん浅茅《あさぢ》の月のいとゞさびゆく　慈円・新古今和歌集五（秋下）
絵たくみを歌人とひて長月の月の一夜を物かたりしぬ　伊藤左千夫・伊藤左千夫全短歌
菊の香をかゝへて残る九月哉　李由・麻生
長月を懸《かけ》がねさしに別《わかれ》かな　園女・住吉物語
琵琶形に歩きて秋も九月かな　支考・梟日記
霜を待つ菊も暮あふ九月哉　浪化・きれぎれ

ながればし【流れ星】

天体の破片が地球の引力で大気中に突入し、大気との摩擦で高温となり発光したもの。四季を通じて起きる現象だが、八月中旬頃に多く見える。［同義］流星。➡星月夜（ほしづきよ）［秋］、流星（りゅうせい）［秋］、秋の星（あきのほし）［秋］、星（ほし）［四季］

§

流れ星はるかに遠き空のこと　高浜虚子・七百五十句
大空の青艶《えん》にして流れ星　高浜虚子・七百五十句

なごりのつき【名残の月】

旧暦九月十三夜の月。旧暦八月十五夜と同様、月見を行うが、最後の名月なのでこの呼び名がある。⇩十三夜（じゅうさんや）［秋］、後の月（のちのつき）［秋］、名月（めいげつ）［秋］

§

漬蓼の穂に出る月の名残哉　其角・一の木戸
月の名残関守あらば菰枕　暁台・暁台句集
名残見せて月は昔にさし向ひ　乙二・松窓乙二発句集

なるこ【鳴子】

実りの秋を迎えた田畑を鳥から守るための鳥追いの道具で、板に短い竹管を糸でかけ連ねた鳴りもの。綱を引くと板に当った竹管が鳴り響き、その音で鳥を田畑から追い払う。［同義］鳴竿（なるさお）、引板（ひきた）、ひた。⇩案山子（かがし）［秋］

§

小鳥《ことり》おふ鳴子《なるこ》の縄《なは》に手《て》をかけて竹《たけ》の端山《はやま》の夕日《ゆふひ》をぞ見る　小沢蘆庵・六帖詠草
世は寐て我レ聞夜の鳴子哉　信徳・青葉山
鳴子引く二日の月も力かな　言水・初心もと柏
谷越しに鳴子の網や窓の中　丈草・丈草発句集
朝戸出に露引落す鳴子哉　大魯・蘆陰句選
一つ宛寒い風吹く鳴子哉　一茶・旅日記
晴天にから〳〵とひく鳴子かな　村上鬼城・定本鬼城句集
雁立て鳴子にふるゝ風淋し　松瀬青々・妻木
誰か鳴子絵馬倒に懸りたる　泉鏡花・俳諧新潮
学僧の往来の道の鳴子かな　河東碧梧桐・碧梧桐句集
推せば鳴る草のとぼその鳴子かな　高浜虚子・定本虚子全集

「に〜の」

にひゃくとおか【二百十日】

立春より二百十日目をいい、新暦の九月一日頃にあたる。農家では収穫の時期であり、立春より二百二十日目の「二百二十日（にひゃくはつか）」とともに、台風などの気象災害を警戒する二つの忌日とされた。二百十日は中稲（なかて）、二百二十日は晩稲（おくて）の稲の開花の時期であり、稲作の重要な日である。徳川五代将軍綱吉の頃の幕府の暦編纂係であった安井春海が、二百十日と二百二十日を貞享暦に載せたのが始まりとされる。⇩二百二十日（にひゃくはつか）［秋］、台風（たいふう）［秋］、野分（のわき）［秋］、八朔（はっさく）［秋］

§

二百十日はやも過ぎつつゆふぐれの短《みじか》き地震《なゐ》をわれは寂《さび》しむ　斎藤茂吉・霜
雷《いなづま》も恋しき二百十日かな　正秀・青莚
菜大根《なだいこ》に二百十日の残暑《ざんしょ》かな　李由・韻塞
堂嶋や二百十日の辻の人　内藤鳴雪・鳴雪句集
二百十日の月に揚げたる花火かな　村上鬼城・鬼城句集

内海《うちうみ》や二百十日の釣小舟　正岡子規・子規句集
枝少し鳴らして二百十日かな　尾崎紅葉・俳諧新潮
鳥も飛ばず二百十日の鳴子かな　夏目漱石・漱石全集
二百十日の月玲瓏と花畠　杉田久女・杉田久女句集

にひゃくはつか【二百二十日】
立春より二二〇日目。新暦の九月一一日頃。二百十日とともに台風などの気象災害を警戒する忌日とされた。⇩二百十日（にひゃくとおか）［秋］、台風（たいふう）［秋］、野分（のわき）［秋］、八朔（はっさく）［秋］

§

蕎麦はえて二百二十日の細雨かな　村上鬼城・定本鬼城句集
荒れもせで二百二十日のお百姓　高浜虚子・定本虚子全集

のじのあき【野路の秋】
⇩秋の野（あきのの）［秋］

§

馬はゆけど今朝の不二《ふじ》みる秋路哉　鬼貫・俳諧大悟物狂

のちのつき【後の月】
旧暦八月十五夜に対して、旧暦九月一三日の夜の月をいう。「十三夜」ともいい、十五夜と共に「二夜の月」とよばれ、この日は往時より月見の日である。後の月の月見には枝豆や栗を供えるので、「豆名月」「栗名月」ともいう。また、最後の名月にあたるので「名残の月」という。九月十三日の夜の月を名月として賞することは日本のみの風習である。『年浪草』に「中右記に曰、保延元年九月一三夜今宵雲浄く月明なり。是寛平法皇明月無双の由仰出らる。仍て我朝九月十三夜を以て明月の夜と為す」とある。［同義］十三夜、名残の月、月の名残、後の今宵（のちのこよい）、豆名月（まめめいげつ）、栗名月（くりめいげつ）。⇩月（つき）［秋］、名月（めいげつ）［秋］、月見（つきみ）［秋］、十三夜（じゅうさんや）［秋］、名残の月（なごりのつき）［秋］、二夜の月（ふたよのつき）［秋］

§

雪までは目に寒からぬ後《のち》の月　知足・茶の草子
夜ル窃《ヒソカ》ニ虫は月下《げつか》の栗《くり》を穿《うが》ツ　芭蕉・東日記
木曾の痩《やせ》もまだなをらぬに後《のち》の月　芭蕉・笈日記
橋桁《けた》のしのぶは月の名残《なごり》哉　芭蕉・をのが光
筑波根《つくばね》の御枕高し後《のち》の月　嵐蘭・長月集
後《のち》の月星も宿かるきく畠　杉風・杉風句集
後《のち》の月名《つきな》にも我名《わがな》は似《に》ざりけり　路通・花見車
後《のち》の月たとへば宇治の巻ならん　越人・笈日記
脇《わき》ざしの鞘《さや》に露《つゆ》うく後《のち》の月　正秀・初蝉
後《のち》の月のちの夜になる晴間哉　土芳・蓑虫庵集
家こぼつ木立《こだち》も寒し後《のち》の月　其角・炭俵
暮か丶る村のわめきや後《のち》の月　野坡・はだか麦
降《ふら》ずとも尾花《をばな》につ丶め後《のち》の月　小春・桃の首途
盃《さかづき》に隅《すみ》とる客やのちの月　浪化・白扇集
水かれて池のひづみや後《のち》の月《つき》　蕪村・蕪村句集
山茶花《さざんくわ》の木間《このま》見せけり後の月　蕪村・蕪村句集
後の月右に有磯の海寒し　内藤鳴雪・鳴雪句集
橋の上に猫ゐて淋し後の月　村上鬼城・鬼城句集

我国に日蓮ありて后《のち》の月　正岡子規・子規句集
葉まばらに柚子あらはる、後の月　正岡子規・寒山落木
こたび下ればまた上らぬや後の月　河東碧梧桐・碧梧桐句集
竹藪の後ろの山や後の月　高浜虚子・句日記
芭蕉葉の影かさね立つ後の月　水原秋桜子・晩華

のぼりづき【上り月】

朔から満月に至るまでの次第に丸くなっていく月。⬇降り月（くだりづき）[秋]、月（つき）[秋]

のやまのにしき【野山の錦】

秋に紅葉した草木の色を錦に見立てたもの。[同義] 野の錦（ののにしき）、山の錦（やまのにしき）、秋の錦（あきのにしき）、梢の錦（こずえのにしき）、草の錦（くさのにしき）、野山の色（のやまのいろ）、野の色（ののいろ）、山の色（やまのいろ）、草の紅葉（くさのもみじ）。⬇山粧う（やまよそおう）[秋]、秋の山（あきのやま）[秋]、紅葉山（もみじやま）[秋]

§

九重を中に野山の錦かな　蓼太・蓼太句集
野の錦昼の葬礼通りけり　正岡子規・子規全集
眼つむれば今日の錦の野山かな　高浜虚子・五百五十句
本門寺会式
紅白の秋の錦や善の綱　高浜虚子・定本虚子全集

のわき【野分】

二百十日、二百二十日前後に吹く秋の暴風。主に台風をいう。野の草木を分けるように吹くという意。「のわけ」ともいう。⬇台風（たいふう）[秋]、初嵐（はつあらし）[秋]、嵐（あらし）[四季]、秋風（あきかぜ）[秋]、鮭颪（さけおろし）[秋]、秋の嵐（あきのあらし）[秋]、二百十日（にひゃくとおか）[秋]、二百二十日（にひゃくはつか）[秋]、春嵐（はるあらし）[春]

§

野分《のわき》する野辺のけしきを見《み》る時は心なき人あらじとぞ思《おも》ふ　藤原季通・千載和歌集四（秋上）
野分《のわき》してあがたの宿はあれにけり月見に来《こ》よと誰につげまし　賀茂真淵・賀茂翁家集
野わきしてながめせし空はなほざりに秋風さむし衣手の森　上田秋成・秋の雲
夏蔭とたのみし桐のちりそめて野分おどろく朝ぼらけかな　与謝野礼厳・礼厳法師歌集
年々につまくれなゐの花植うるおうなが宿よ野分《のわき》しつらん　正岡子規・子規歌集
いと《（こ）》しくことしはあらき野分かな　のと《（ど）》けかりつる心ゆるひ《（び）》に　樋口一葉・詠草
野分の風とよもしすぐる窓のもとに起きて物書く暁近し　島木赤彦・氷魚
野分の風吹きつのりゆく月の夜の月夜がらすのこゑのとほしも　石井直三郎・青樹
野分《のわき》哉一目龍《いちもくりゅう》のまる備《そな》へ　亀洞・庭竈集
吹《ふき》とばす石はあさまの野分《のわき》哉　芭蕉・更科紀行

猪《ゐのしし》もともに吹《ふか》る、野分かな　芭蕉・江鮭子
峯入《みねいり》の笠《かさ》もとらる、野分《のわき》哉　許六・笈日記
萱《かや》の穂《ほ》にうさぎの耳も野分《のわき》哉　露川・流川集
音程《おとほど》はものにあたらぬ野分哉　句空・卯辰集
一服に残暑《ざんしよ》をさます野分《のわき》哉　支考・山琴集
榎《えのき》野分して浅間《あさま》の煙《けぶり》余所《よそ》に立《たつ》　蕪村・落日庵句集
岡の家の海より明《あけ》て野分哉　蕪村・安永五年句稿
鴻《こう》の巣《す》の網代《あじろ》にかゝる野分哉　蕪村・蕪村遺稿
船頭《せんどう》の棹《さを》とられたる野分かな　蕪村・蕪村遺稿
寝むしろや野分（のわき）に吹かす足のうら　一茶・句稿消息
野分して浪打ちあぐる小池かな　内藤鳴雪・鳴雪句集
山川の水裂けて飛ぶ野分かな　村上鬼城・鬼城句集
無住《むじゆう》 寺《じ》に荒れたきまゝの野分哉　正岡子規・子規句集
鎌倉堂野分の中に傾けり　夏目漱石・漱石全集
灯《ヒトモ》して妻が愁ふる野分哉　松瀬青々・妻木
瓜垣《うりがき》のつぶれめでたき野分かな　河東碧梧桐・碧梧桐句集
屋根ふきの尻を吹かる、野分かな　佐藤紅緑・春夏秋冬
野分《のわき》 跡《あと》倒れし木々も皆仏　高浜虚子・七百五十句
鳳の如く大枝とびし野分かな　西山泊雲・同人句集
草の中に小家漂ふ野分かな　西山泊雲・雑詠選集
林中の宮に燈ともる野分かな　臼田亜浪・定本亜浪句集
野分つよし何やら思ひのこすこと　飯田蛇笏・山廬集
廻る見ゆ野分のなかの水車　中村汀女・汀女句集
白墨の手を洗ひをる野分かな　中村草田男・長子

野分してしづかにも熱いでにけり　芝不器男・不器男句集
英霊に身は征く日なき野分かな　加藤楸邨・穂高
野分中つかみて墓を洗ひをり　石田波郷・雨覆
顔出せば鵙迸る野分かな　石田波郷・風切
顔わかぬまで病廊長き野分かな　石田波郷・惜命

野分［良美灑筆（北斎）］

「は」

はぎはら【萩原】

萩の群生する野原。

§

雁がねの来鳴かむ日まで見つつあらむこの萩原に雨な降りそね　作者不詳・万葉集一〇

ますらをの呼びたてしかばさを鹿の胸分け行かむ秋野萩原　大伴家持・万葉集二〇

夕されば小野の萩原吹く風にさびしくもあるか鹿の鳴くなる　藤原正家・千載和歌集五（秋下）

置く露もしづ心なく秋風に乱れて咲ける真野の萩原　一宮紀伊・新古今和歌集四（秋上）

萩原や庭のゆふ露うつろひてくれあへぬ影は月にぞ有《あり》ける。　賀茂真淵・賀茂翁家集

萩原や一夜《ひとよ》はやどせ山の犬　芭蕉・続虚栗

萩原や花身に付けて分出づる　闌更・半化坊発句集

一日の旅おもしろや萩の原　正岡子規・子規句集

はくろ【白露】

二十四節気の一、旧暦八月の節、処暑の後の一五日で、新暦の九月七〜八日頃。露の白さが目につく時の意。『年浪草』に「月令広義に曰、孝経緯に云、処暑後十五日斗庚に指すを白露節となす。言ふ心は陰気漸く重り露凝つて白き也」とある。⇩秋（あき）［秋］、処暑（しょしょ）［秋］

はださむ【肌寒】

肌に感じる晩秋の寒さ。⇩秋寒（あきさむ）［秋］、漸寒（ややさむ）［秋］

§

湯の名残《なごり》今宵《こよひ》は肌《はだ》の寒からむ　芭蕉・柞原

肌寒《はださむ》み一度《いちど》は骨をほどく世《よ》に　荷兮・春の日

肌寒《はださむ》くなえたる衣《きぬ》のうすよごれ　乙州・卯辰集

影見えて肌寒き夜の柱かな　暁台・暁台句集

肌寒や湯ぬるうして人こぞる　正岡子規・子規句集

肌寒をかこつも君の情かな　夏目漱石・漱石全集

肌寒の内にうごきし恋かとも　松瀬青々・松苗

夜半に著く船を上るや肌寒み　河東碧梧桐・碧梧桐句集

肌寒《はださむ》も残る寒さも身一つ　高浜虚子・五百五十句

あるものを著重《きかさ》ねつゝも肌《はだ》寒し　高浜虚子・七百五十句

肌寒や小鍛冶の店に刃物買ふ　日野草城・昨日の花

はちがつ【八月】

一年一二か月の第八の月。旧暦では葉月という。まだ残暑は厳しいが、八月七〜八日頃の立秋以後は初秋となる。⇩葉月（はづき）［秋］、初秋（しょしゅう）［秋］

§

戸《と》を閉《と》ぢし鰊乾場《にしんかんば》の板壁《いたかべ》に八月《はちぐわつ》の陽《ひ》は赤々《あかあか》とさす　石榑千亦・鷗

八月やセエヌの河岸《かし》の花市の上ひややかに朝風ぞ吹く
与謝野晶子・太陽と薔薇

八月の湯槽《ゆぶね》に聞きしうぐひすの山をおもひぬ朝霧のまち
与謝野晶子・夢之華

八月の樹下《じゅか》木洩日《こもれび》に苔生ひし胸をはだけて欠《あく》ぶ野ぼとけ
宮柊二・独石馬

八月や潮のさばきの山かづら　去来・渡鳥集

八月や楼下《ろうか》に満つる汐の音　正岡子規・子規句集

八月の太白ひくし海の上　正岡子規・改造文学全集

八月や月になる夜を寐てしまひ　藤野古白・改造文学全集

八月のうぐひす幽し嶽の雲　渡辺水巴・水巴句集

八月も落葉松《からまつ》淡し小会堂《チャペル》　中村草田男・火の島

はちがつじん【八月尽】

八月の最後の日。近年の季語で、避暑期や夏休みが終わる頃の意を込めて詠まれることが多い。⇩八月（はちがつ）[秋]

§

八月尽の赤い夕日と白い月　中村草田男・火の島

はつあき【初秋】

⇩初秋（しょしゅう）[秋]

§

初秋のあさけの風を身にしめておもふにかなふ比にも有哉
上田秋成・餘斎翁四時雑歌巻

家《いへ》七室《ななま》霧にみな貸す初秋《はつあき》を山の素湯《さゆ》めでこしやまろうど
与謝野晶子・舞姫

初秋や御神燈《とも》点す新しき格子づくりもなつかしきかな
北原白秋・桐の花

取《と》りいでし去年《こぞ》の袷《あはせ》のなつかしきにほひ身に沁《し》む初秋《はつあき》の朝《あさ》
石川啄木・手套を脱ぐ時

白粉《おしろい》もうすめに溶《と》きてこころよく寂しくけはふ初秋の朝
岡本かの子・愛のなやみ

はつ穐《あき》や海も青田《あをた》の一《ひと》みどり　芭蕉・千鳥掛

初秋《はつあき》や畳《たたみ》ながらの蚊屋《かや》の夜着《よぎ》　芭蕉・西の雲

初穐《はつあき》や親に離れし相撲取《すまふとり》　許六・東華集

脱《ぬ》ぐや着《きる》やまだ初秋の蚊屋《かや》の内　土芳・蓑虫庵集

初秋や雀悦《すずめよろこ》ぶ雷《らい》の跡《あと》　野坡・百曲

はつ秋の音や藪《やぶ》からしのぶ恋　吾仲・しるしの竿

初秋や浴《ゆあ》みしあとの気のゆるみ　太祇・太祇句選

初秋や餘所《よそ》の灯《ひ》見ゆる宵《よひ》のほど　蕪村・蕪村句集

初秋の折ふし須磨の便りかな　内藤鳴雪・鳴雪句集

初秋や三人つれだちてそこらあたり　正岡子規・子規句集

初秋の簾《すだれ》に動く日あし哉　正岡子規・子規句集

初秋の芭蕉動きぬ枕元　夏目漱石・漱石全集

墓に木を植ゑたる夢も初秋かな　飯田蛇笏・雲母

初秋の蝗つかめば柔かき　芥川龍之介・澄江堂句集

はつあらし【初嵐】

立秋後、山から初めて吹く風のこと。また、七月末より八月中旬頃までにかけて台風期に入る前ぶれのような強い風が初めて吹くこと。『年浪草』に「和漢三才図会に曰、山の気を嵐と曰ふ、医書に山嵐不正の気と謂ふは是也。今初秋以後朝夕山より吹く風を、俗に嵐と名く。云々。初秋初て山より吹く風を俗又初嵐と名く」とある。また『栞草』に「秋の初めつかたの心によむべし」とある。[同義] はた嵐（はたあらし）。➡秋の初風（あきのはつかぜ）[秋]、秋の風（あきのかぜ）[秋]、秋の嵐（あきのあらし）[秋]、台風（たいふう）[秋]、野分（のわき）[秋]、嵐（あらし）[四季]

§

日を拝む蜑《あま》のふるへや初嵐《はつあらし》　嵐雪・陸奥衛
西へ座を持直《もちなほ》しけり初《はつ》あらし　正秀・水の友
初《はつ》あらしはつせの寮《れう》の坊主共《ぼうずども》　野水・あら野
漣《さざなみ》にいかれる魚やはつあらし　涼菟・鳥の道
辻《つじ》うりの鯉《こひ》一はねや初あらし　野坡・野坡吟草
輪《わ》を吹《ふい》て何を目当《めあて》に初あらし　梢風・木葉集
初嵐御館の小門人叩く　内藤鳴雪・鳴雪句集
暁や鐘撞き居れば初嵐　内藤鳴雪・鳴雪句集
朝顔の花やぶれけり初嵐　正岡子規・子規句集
恙《つつが》なきや庵の　蕣《あさがお》　初嵐　正岡子規・子規句集
温泉湧く谷の底より初嵐　夏目漱石・漱石全集
ことし掻けば枯るゝ漆《うるし》や初嵐　河東碧梧桐・碧梧桐句集
何となく人に親しや　初嵐《はつあらし》　高浜虚子・五百句
棚ふくべ現れ出でぬ初嵐　高浜虚子・五百句
初あらしあまたの崎へ波を刷く　水原秋桜子・古鏡
初あらし鷹を入江に吹き落す　水原秋桜子・古鏡

はづき【葉月】

旧暦八月の別名で三秋のうちの仲秋をいう。「はつき」ともいう。[語源] 葉落月の略といわれる。『年浪草』に「此の月や粛殺の気生じ、百卉葉を落す、故に葉落月といふ。今略して葉月と称す」とある。また、同書に「又一説初月と書く。又八月の事にして月の字に嫌はず。初来と書く。雁の始めて来る心なり」と。[同義] 月見月（つきみづき）、秋風月（あきかぜづき）、草津月（くさつづき）、木染月（きぞめづき）、濃染月（こぞめづき）、紅染月（べにぞめづき）、萩月（はぎづき）、燕去月（つばめさりづき）、雁来月（かりくづき）、壮月（そうげつ）、桂月（けいげつ）、難月（なんげつ）、仲の秋（なかのあき）、仲秋、竹の春（たけのはる）、南呂（なんろ）、中律（ちゅうりつ）、中商（ちゅうしょう）。➡八月（はちがつ）[秋]、仲秋（ちゅうしゅう）[秋]

§

風便に任《まか》する荻《をぎ》の葉月哉　吾仲・文月往来
葉月汐海は千筋の紺に澄み　中村草田男・万緑

はっさく【八朔】

旧暦八月一日（朔日）をいう。農家では秋の収穫の時期であり、「八朔の節供（はっさくのせっく）」「田実（たのみ）の節供」として祝った。また、二百十日、二百二十日と共に、台風などの天候の変化を警戒する厄日ともした。➡二百十日（にひゃくとうか）[秋]、二百二十日（にひゃくはつか）[秋]

§

八朔《はっさく》や薗《その》の初穂《はつほ》の唐辛子《たうがらし》　野坡・野坡吟草
八朔《はっさく》と節句を添て月二夜　浪化・名月集
八朔《はっさく》や礼も麁相《そさう》に常の帯《おび》　りん女・百曲

八朔《はつさく》や脾《ひ》の臓《ざう》つよき柿喰《かきくら》ひ　乙州・卯辰集
八朔や扨明日よりは二日月　蕪村・蕪村句集
八朔や旭の色をたゝへ潮　白雄・白雄句集
八朔や昨日植ゑたる塀の松　梅室・梅室家集
八朔の酔野に出でてさめにけり　高田蝶衣・青垣山

はつしお【初潮】
旧暦八月一五日の満潮をいう。潮の干満は太陽や月の引力の作用によって起こるので、太陽と月が一直線上に並ぶ新月（朔）と満月（望）の時の干満の差は大きい。そして春・秋の彼岸には、太陽と月が赤道の上にくるので、特に差が大きくなる。旧暦八月一五日は秋の彼岸の頃の満月であるから、春の彼岸の頃と同様、一年のうちで最も潮の満干が大きくなる。［同義］葉月潮（はづきじお）、望の潮（もちのしお）。➡秋の潮（あきのしお）［秋］、春潮（しゅんちょう）［春］、潮騒（しおさい）［四季］

§

初潮《はつしほ》や鳴門《なると》の浪《なみ》の飛脚舟《ひきやくぶね》　凡兆・猿蓑
初汐に追《おは》れてのぼる小魚《こうを》哉　蕪村・蕪村句集
初汐や旭《あさひ》の中に伊豆相模《いづさがみ》　蕪村・落日庵句集
初潮を汲む青楼の釣瓶かな　内藤鳴雪・鳴雪句集
初汐や磯のすゝきの宵月夜　村上鬼城・鬼城句集
初汐や千石積《せんごくづみ》の船おろし　正岡子規・子規句集
漕ぎ入れん初汐よする龍が窟　夏目漱石・漱石全集
初潮に沈みて深き四ツ手かな　高浜虚子・五百句
初汐につるぎの如き舳かな　西山泊雲・同人句集
初潮や水勢ひゞく錨綱　水原秋桜子・葛飾
葉月汐海は千筋の紺に澄み　中村草田男・万緑

はつづき【初月】
旧暦八月の最初の頃の月。仲秋初めの月を賞していう。➡初月夜（はつづきよ）［秋］、月（つき）［秋］、二日月（ふつかづき）［秋］、新月（しんげつ）［秋］

§

初月や向ひに家のなき所　芭蕉・俳諧古選
初月や兎に臼の作りかけ　支考・桀藻橋

はつづきよ【初月夜】
初月の夜。➡初月（はつづき）［秋］

§

もしやとてあふぐ二日の初月夜　素堂・五子稿
粟《あは》稗《ひえ》と目出度《めでたく》なりぬはつ月《づき》よ　半残・猿蓑
薪置く二階の窓や初月夜　蘆本・笈日記
宇治山の僧もお出《いで》や初月夜　支考・支考句集
砂山も道ありけりな初月夜　乙二・松窓乙二発句集
貝割れの菜畑の奥や初月夜　巣兆・曾波可理

はつつゆ【初露】
初めて置く露。➡露（つゆ）［秋］

§

はつ露や猪《ゐ》の臥《ふす》芝の起《おき》あがり　去来・猿蓑

はなの【花野】
さまざまな花の咲き競う野原。➡花畑（はなばたけ）［秋］、

お花畑（おはなばたけ）［夏］

§

霜枯に咲は辛気《しんき》の花野哉　芭蕉・続山井
道筋の細う暮れたる花野かな　風国・初蝉
行我《ゆくわれ》もにほへ花野を来るひとり　言水・元録名家句集
から風に片頬寒き花野かな　許六・正風彦根体
野の花や月夜恨めし闇ならよかろ　鬼貫・鬼貫句選
山伏の火をきりこぼす花野かな　野坡・野坡吟草
馬からは落ちねど一夜花野哉　支考・山琴集
仏への土産出来たる花野かな　也有・蘿葉集
松明消て海すこし見ゆる花野哉　蕪村・蕪村遺稿
別荘の材木積みし花野かな　内藤鳴雪・鳴雪句集
鞍壺にきちかう挿して花野かな　村上鬼城・鬼城句集
花野には花の互ひに深きかな　松瀬青々・倦鳥
川上の水静かなる花野かな　河東碧梧桐・続春夏秋冬
東《ひんがし》に日の沈みゐる花野かな　高浜虚子・定本虚子全集
花野行くや船から見えし女夫杉　渡辺水巴・雑詠選集
我死ぬ家柿の木ありて花野見ゆ　中塚一碧楼・はかぐら

はなばたけ【花畑・花畠】

さまざまに花を栽培している秋の畑をいう。⇩花野（はなの）［秋］、秋の園（あきのその）［秋］、お花畑（おはなばたけ）［夏］

§

拓きある野ごしに見たる花畠　松瀬青々・倦鳥
好晴や日にけに荒れて花畠　水原秋桜子・葛飾

ばんしゅう【晩秋】

三秋の一。新暦の一〇月（旧暦の九月）で、寒露（一〇月八日）から立冬の前日（一一月六日）までをいう。「ばんあき」ともいう。［同義］末の秋（すえのあき）、季秋（きあき）。⇩行く秋（ゆくあき）［秋］、秋の末（あきのすえ）［秋］、秋の果（あきのはて）［秋］、秋深し（あきふかし）［秋］、長月（ながつき）［秋］、秋（あき）［秋］、秋の名残（あきのなごり）［秋］

§

滝岨《たきそば》の樅《もみ》の梢の枝の間《ま》に晩秋の空よどみたり見ゆ　新井洸・微明
晩秋《おそあき》の日の入りあとの夕あかり松の色今冴《さ》え冴え青し　木下利玄・紅玉

「ひ」

ひこぼし【彦星】

鷲座の首星であるアルタイルの和名。漢名は「牽牛星」。七夕伝説では、年に一度、七月七日に織姫とあうとされている。［同義］牽牛星（けんぎゅうせい）、いぬかいぼし、いなみぼし。⇩織姫（おりひめ）［秋］、七夕（たなばた）［秋］、天の川（あまのがわ）［秋］

牽牛《ひこほし》の嬬《つま》迎へ船《ぶね》漕《こ》ぎ出《づ》らし天《あま》の河原《かはら》に霧の立てるは　§
山上憶良・万葉集八

彦星《ひこほし》は嘆かす妻に言だにも告《つ》げにぞ来つる見れば苦しみ
万葉集一〇（柿本人麻呂歌集）

彦星《ひこほし》と織女《たなばたつめ》と今夜《こよひ》逢ふ天《あま》の河門《かはと》に波立つなゆめ
作者不詳・万葉集一〇

天の河瀬を早みかもぬばたまの夜は明けにつつ逢はぬ彦星
作者不詳・万葉集一〇

我のみぞ悲《かな》しかりける彦星《ひこぼし》も逢《あ》はで過《す》ぐせる年しなければ
凡河内躬恒・古今和歌集一二（恋二）

彦星《ひこぼし》のあかぬ別《わか》れの涙《なみだ》ゆへ天《あま》の川浪立《た》ちやそふらむ
安法法師集（安法の私家集）

大空《おほぞら》をわれもながめて彦星《ひこぼし》のつままつ夜《よ》さへひとりかもねん
紀貫之・新古今和歌集四（秋上）

彦星《ひこぼし》はわたりにけらし雲の波に月のみふねのこぎかへるみゆ
賀茂真淵・賀茂翁家集拾遺

彦星《ひこぼし》や田畑《たはた》へおろす宵《よひ》の雨　北枝・続有磯海

彦星《ひこぼし》は椿《つばき》にありて一夜客《きやく》　野坡・野坡吟草

彦星の泪《なみだ》やこりて夫婦岩《めをといは》　桃妖・北の筥

彦星の祠は愛しなの木蔭　杉田久女・杉田久女句集

ひつじだ【穭田】

秋の刈入の後の稲の切株に、再び青い芽が萌えている田。
➡刈田（かりた）［秋］

§

ひつぢ田に紅葉ちりかかる夕日かな　蕪村・蕪村句集

ひつぢ田や青みにうつる薄氷　一茶・句帖

穭田に我家の鶏の遠きかな　高浜虚子・定本虚子全集

ひややか【冷やか】

俳句では秋に感じる冷気をいう。［同義］冷や冷や（ひやひや・ひやびや）、冷ゆ（ひゆ）、冷ゆる（ひゆる）、秋冷（しゅうれい）、朝冷（あさびえ）、下冷（したびえ）、雨冷（あまびえ）。➡冷まじ（すさまじ）［秋］、爽やか（さわやか）［秋］、身に入む（みにしむ）［秋］、底冷（そこびえ）［冬］、朝寒（あさざむ）［秋］、夕冷（ゆうびえ）［四季］

§

粟津の庵に立より、しばらくやすらひ給ひ、残暑の心を

ひやひやと壁をふまへて昼寐哉　芭蕉・芭蕉翁行状記

冷ゆる夜や海に落込む瀧の音　曲翠・笈日記

冷たくも妾の着せる襦袢かな　支考・風俗文選犬註解

よりかゝる度に冷つく柱哉　一茶・享和句帖

冷やかに住みぬ木の影石の影　村上鬼城・鬼城句集

尻の跡のもう冷《ひや》やかに古畳《ふるだたみ》　正岡子規・子規句集

暁のひやゝかな雲流れけり　正岡子規・子規句集

冷やかな鐘をつきけり円覚寺　夏目漱石・漱石全集

日記にすたまさかの叙景冷やかに　河東碧梧桐・碧梧桐句集

身の上に法冷かに来りけり　高浜虚子・五百五十句

ひややかに人住める地の起伏あり　飯田蛇笏・雲母

冷かやふところ紙の白きより　上川井梨葉・梨葉句集

秋冷の瀬音いよいよ響きけり　　日野草城・花氷

ひるのつき【昼の月】

昼間に見える月。➡月（つき）［秋］

§

うそをついたやうな昼の月がある　　尾崎放哉・須磨寺にて

「ふ〜ほ」

ふけまちづき【更待月】

旧暦八月二〇日の夜の月。一九日の臥待月よりさらに遅くでるため、夜が更けるまで待つ月の意。［同義］更待（ふけまち）、更待の月（ふけまちのつき）、亥中の月（いなかのつき）、二十日亥中（はつかいなか）、二十日月（はつかづき）。➡月（つき）［秋］、月見（つきみ）［秋］、臥待月（ふしまちづき）［秋］

§

思ひ念のこらん月の廿日かな　　西武・鷹筑波

ふじのはつゆき【富士の初雪】

秋になり、その年初めて富士山に降る雪。甲州側では九月二二日頃、駿河湾側では二六日頃に初雪が降ることが多い。➡富士の雪解（ふじのゆきげ）［夏］、富士（ふじ）［四季］

§

虫ほさんけふ初雪の富士颪　　尚白・孤松

ふしまちづき【臥待月】

旧暦八月一九日の夜の月。臥しながら月の出を待つ風情。一八日の居待月より遅れて月がでてくるので臥待月という。［同義］臥待（ふしまち）、寝待月（ねまちづき）、寝待の月（ねまちのつき）、寝待（ねまち）、臥待の月（ふしまちのつき）。➡月（つき）［秋］、月見（つきみ）［秋］、居待月（いまちづき）［秋］

§

雨声やみ寝待も過ぎし月照らす　　水原秋桜子・帰心

ふたよのつき【二夜の月】

旧暦八月十五夜と旧暦九月十三夜の月をいう。➡後の月（のちのつき）［秋］、月見（つきみ）［秋］、名月（めいげつ）［秋］

§

楽しさや二夜の月に菊添て　　素堂・素堂家集

影二夜足らぬ程見る月夜哉　　杉風・曠野

硯箱二夜の月を見納めぬ　　召波・春泥発句集

山一重二夜の月や甲斐武蔵　　白雄・白雄句集

ふつかづき【二日月】

旧暦八月二日の月をいう。朔日（一日）の月は太陽と地球の間に一直線上となる。そのとき月の輝面は地球の反対側にあるため、地球からは月を見ることができない。二日の月は細い形の繊月として見える。➡初月（はつづき）［秋］、三日月（みかづき）［秋］

§

水ふかき神居古潭《かむゐこたん》に靄《もや》立てば牙《きば》より白き二日月《ふつかづき》かも　新井洸・微明
もしやとて仰ぐ二日の初月夜　素堂・素堂家集
秋もまだ二日月夜や峯の松　文考・梟日記
灯籠の空映りして二日月　素檗・素檗句集
あら波や二日の月を捲《ま》いて去る　正岡子規・子規句集
月ならば二日の月とあきらめよ　正岡子規・子規句集
二日月竹がそよげばかくれけり　高田蝶衣・青垣山

ふみづき【文月】

旧暦七月の別名で三秋の初め。「ふづき」ともいう。『年浪草』に「清輔奥儀抄に曰、此の月七日たなばたにかすとて文どもをひらく故に文ひろげ月といふを略せりと」とある。[同義] 文披月（ふみひろづき）、七夕月・棚織月（たなばたづき）、女郎花月（おみなえしづき）、秋初月（あきはつき）、涼月（りょうげつ）、親月（しんげつ）、相月（そうげつ）、蘭月（らんげつ）、蘭秋（らんしゅう）、盆秋（ぼんしゅう）、桐秋（とうしゅう）、首秋（しゅしゅう）、上秋（じょうしゅう）。⬇七月（しちがつ）[夏]、秋（あき）[秋]

§

文月《ふみづき》や六日《むいか》も常の夜《よ》には似ず　芭蕉・おくのほそ道
七月や地獄の釜も秋の風　許六・初便
文月《ふみづき》や陰《いん》を感ずる蚊屋《かや》の内　其角・続の原
文月《ふみづき》や空に一筆《ひとふで》三日の影　吾仲・獅子物狂
文月や空に待たるゝ光あり　千代女・千代尼発句集
文月や昼寐代りの草なぶり　梅室・梅室家集
瘧落ちて文月の夜の灯かな　内藤鳴雪・鳴雪句集
煌々と三十路も末の文月《ふづき》照　中村草田男・火の島

ふゆちかし【冬近し】

⬇冬隣り（ふゆどなり）[秋]

§

野の錦破《ヤ》れて紙衣の冬近し　也有・蘿葉集
冬ちかし時雨《しぐれ》の雲《くも》もこゝよりぞ　蕪村・蕪村句集
冬近き日のあたりけり鳶《とび》の腹　白雄・白雄句集
我庵《わがいお》は蚊帳《かや》に別れて冬近し　正岡子規・子規句集
竹一本葉四五枚に冬近し　夏目漱石・漱石全集

ふゆどなり【冬隣】

秋も終わりに近づき、冬が間近に迫った季節。[同義] 冬隣る（ふゆとなる）、冬近し、冬を待つ（ふゆをまつ）、冬遠からず（ふゆとおからず）。⬇冬近し（ふゆちかし）[秋]、九月尽（くがつじん）[秋]、秋の果（あきのはて）[秋]、秋の末（あきのすえ）[秋]

§

山炭に冬を隣や焼栄螺　桃隣・古太白堂句選
建て増しの槌《つち》かしましう冬隣る　河東碧梧桐・碧梧桐句集
蓼科は被く雲かも冬隣　石田波郷・風切

ほしづきよ【星月夜】

秋の晴れ渡った夜空に満天の星が輝き、月夜のように明るい夜。「ほしづくよ」ともいう。⬇秋の星（あきのほし）[秋]、流れ星（ながれぼし）[秋]、月夜（つきよ）[秋]、流星（り

ゆうせい）［秋］

星月夜《ほしづくよ》伊賀の国原《くにばら》をゆく我れは旅びととして心おくところなし

§　中村憲吉・軽雷集

星月夜そらの高さよ大《おほき》さよ　尚白・忘梅

あの砧《きぬた》あちら岩瀬か星月夜　支考・越の名残

草くもり愛宕見ゆるや星月夜　松瀬青々・妻木

禅寺の門を出づれば星月夜　正岡子規・子規句集

此頃や樫《かし》の梢《こずえ》の星月夜　正岡子規・子規句集

厳かに松明振り行くや星月夜　夏目漱石・漱石全集

吾庭や椎《しひ》の覆《おほ》へる星月夜　河東碧梧桐・碧梧桐句集

裏戸出て鉈とぐ人や星月夜　高浜虚子・定本虚子全集

またの汐枯れ樹肌撫づ淋し星月夜　種田山頭火・層雲

火種借りて杉垣づたひ星月夜　渡辺水巴・水巴句集

風落ちて曇り立ちけり星月夜　芥川龍之介・発句

砂山をのぼりくだりや星月夜　日野草城・花氷

若者みな去《い》にはかにねむき星月夜　中村草田男・来し方行方

ほしのあき【星の秋】

⇩七夕（たなばた）［秋］

§

七株《ななかぶ》の萩の千本《ちもと》や星の秋　芭蕉・蕉影余韻

ほしのこい【星の恋】

⇩七夕（たなばた）［秋］

§

晴明の頭の上や星の恋　夏目漱石・漱石全集

ほしまつり【星祭】

⇩七夕（たなばた）［秋］

§

木津川や臼《うす》に棚《たな》かく星祭《ほしまつり》　尚白・忘梅

瀬通《せどほ》りに笹《ささ》のしるしや星祭　斜嶺・小弓俳諧集

隣《となり》への藪結《やぶゆひ》わけて星祭　園女・陸奥衛

土佐が絵にあを《（ふ）》のく人や星祭《ほしまつり》　支考・笈日記

中等子《なからこ》や手をあはせつ、星祭　小春・西の雲

よるとしのわかきも同じほし祭り　梢風・木葉集

ほしむかえ【星迎え】

⇩七夕（たなばた）［秋］

§

ふんどしに笛つッさして星迎《（ほしむかへ）》　一茶・七番日記

ぼんごち【盆東風】

盂蘭盆会のころに吹く東風。伊豆・鳥羽などの船詞にあり、また、壱岐には盆北風（ぼんぎた）のことばがある。⇩秋風（あきかぜ）［秋］、東風（こち）［春］

§

比良よぎる旅をつづけて盆の東風　飯田蛇笏・椿花集

ぼんのつき【盆の月】

旧暦の七月一五日の盂蘭盆会にあたる夜の月をいう。秋に入って最初の満月にあたる。⇩月（つき）［秋］

§

極楽も地獄も盆は月夜かな　許六・正風彦根体

踊るべき程には酔うて盆の月　李由・炭俵

盆の月見て老となる茄子かな　也有・蘿葉集
宿とれば先浄土なり盆の月　梅室・梅室家集
山里の盆の月夜の明るさよ　高浜虚子・六百五十句
盆の月険しき雲も利生かな　高浜虚子・定本虚子全集
盆の月こよひは盈ちぬ照りにけり　日野草城・旦暮

「ま」

まつよい【待宵】
旧暦八月一四日の夜をいう。翌日の十五夜を待つ宵の意である。十五夜の当日の天候が予想がつかないので、ひとまずこの待宵の月を賞でる。『栞草』に「待宵とは翌の夜の晴曇りはかりがたければ先づ今宵月を賞する也」とある。[同義] 小望月、十四夜月。⇩月（つき）[秋]、月見（つきみ）[秋]、小望月（こもちづき）[秋]、十四夜月（じゅうしやづき）[秋]、十五夜（じゅうごや）[秋]

§

待《ま》つよひに更《ふ》けゆく鐘《かね》の声《こゑ》聞《き》けばあかぬ別《わか》れの鳥《とり》はものかは　小侍従・新古今和歌集一三（恋三）
まつ宵《よひ》のくもりも翌《あす》のしまつかな　梢風・木葉集
待宵や流浪の上の秋の雲　惟然・有磯海
待宵をたゞ漕行くや伏見舟　几董・井華集
待宵としもなく瓦焼くけむり　村上鬼城・鬼城句集
待宵やふところ紙の仮つづり　村上鬼城・定本鬼城句集
待宵《まちよい》や降ても晴ても面白き　正岡子規・子規句集

まよなかのつき【真夜中の月】
旧暦八月二三日の夜の月。この夜の月は子の刻（一二時）にでる。[同義] 二十三夜（にじゅうさんや）。⇩月（つき）[秋]

まんげつ【満月】
欠けたところがなく、全面が輝いている月。「まんがつ」ともいう。[同義] 望月、十五夜の月（じゅうごやのつき）。⇩名月（めいげつ）[秋]、十五夜（じゅうごや）[秋]、望月（もちづき）[秋]

§

増上寺の塔の上より大きなる満月あがり思ふ事なし　北原白秋・白秋全集
朗らなる満月の夜に花火あがりこころさぶしもその音きけば　北原白秋・白秋全集
監獄《ひとや》いでぬ走れ人力車《じんりき》よ走れ街《まち》にまんまろなお月さまがあがる　北原白秋・桐の花

月見［絵本常盤草］

満月《まんげつ》に不断《ふだん》桜《ざくら》を詠《なが》めばや　其角・あら野
満月《まんげつ》のさくやひらくや池中の樹《き》　露川・笈の塵
満月や雲海のこす夕茜　水原秋桜子・晩華

「み～む」

みかづき【三日月】　旧暦で月の第三夜にでる月をいう。また、旧暦の月の最初の夕空に見える細い形の繊月をもいう。俳句では、旧暦の八月三日の月をいう。『栞草』に「新月、繊月、玉鉤、蛾眉、磨鎌等三日月をいふ。この外種々の譬喩詩句に多し」とある。[同義] 三日の月、新月、繊月（せんげつ）、若月（じゃくげつ）、玉鉤（ぎょくこう）、蛾眉（がび）、磨鎌（まけん）。⬇ 月（つき）[秋]、新月（しんげつ）[秋]、二日月（ふつかづき）[秋]、三日の月（みかのつき）[秋]

§

三日《みか》月のおぼろげならぬ恋《こひ》しさにわれてぞ出《い》づる雲《くも》の上《うへ》より　藤原永実・金葉和歌集八（恋下）
三日《みか》月をゆみはり月とみるばかり中《なか》空にしてそふ光かな　正徹・永享九年正徹詠草
三日月の入をみるまもなぐさめのなきにはまさる酒の一坏《ひとつき》　大隈言道・草径集
雲霧のたゞよふ原に萌黄さし三ケ月の湖奥に浮へり　伊藤左千夫・伊藤左千夫全短歌
三日月の光一つを光にて武蔵野の原の日は暮れにけり　佐佐木信綱・思草
三日月の光幽《かそ》けき木がくりの庵にかへりて心やすらふ　島木赤彦・太虚集
三日月は黄楊の櫛より細かりき馬楽を訪ひし夜のおもひで　吉井勇・毒うつぎ
三日月《みかづき》は淋しからまし幽《かそか》なる光となりて海に入りつつ　岡本かの子・わが最終歌集
仄《ほの》かなる三日月立ちて夕紅《ゆふくれなゐ》九十九里の方をまたかへりみる　土屋文明・続青南集
みかづきの　ひかりつめたくわづらひて　きらびやかなる
夜ははてんとす　宮沢賢治・校本宮沢賢治全集
朏《みかづき》にかならず近き星ひとつ　素堂・元禄百人一句
三日月に地《ち》はおぼろ也蕎麦《そば》の花　芭蕉・浮世の北
晴るゝ夜の三日月くだく柳哉　木因・孤松
三日月の命あやなし闇の海　其角・新山家
三日月や闇《やみ》に上《あげ》たる鹿の角《つの》　野坡・はたけぜり
三日月のかけて飛《とぶ》日や晩《ばん》の鐘《かね》　支考・支考句集
三ケ月やむつかりと来る雲の中　牧童・喪の名残
三日月やはや手にさはる草の露《つゆ》　桃隣・三日月日記
三日月や膝へ影さす舟の中　太祇・太祇句選
三日月に女ばかりの端居かな　内藤鳴雪・鳴雪句集

三日月［良美灑筆（北斎）］

三日月に淋しきものや船よばひ　河東碧梧桐・碧梧桐句集
三日月のにほやかにして情《なさけ》あり　高浜虚子・五百五十句
船底の閼伽に三日月光りけり　大須賀乙字・炬火
藪にいちにちの風がおさまると三日月　種田山頭火・草木塔
山馴れで母恋しきか三日月　杉田久女・杉田久女句集
大いなる三日月東に母子踊む　中村草田男・万緑
吾妻かの三日月ほどの吾子胎《やど》すか　中村草田男・火の島

みかのつき【三日の月】
三日月のこと。⇩三日月（みかづき）[秋]

§

あけゆくや二十七夜《や》も三日《みか》の月　芭蕉・続蕉影餘韻
何事《なにごと》の見たてにも似ず三かの月　芭蕉・曠野
みしやその七日《なぬか》は墓の三日の月　芭蕉・笈日記
はしり穂《ほ》を分《わけ》て出《いで》けり三日の月　李由・韻塞
岩角も居直《ゐなほ》る海や三日の月　野坡・菊の道
たのもしやまだうす暑き三日の月　一茶・一茶発句集（嘉永版）
貝掘りの戻る濡身《ぬれみ》や三日の月　河東碧梧桐・碧梧桐句集

みずすむ【水澄む】
秋の季節の澄んだ水。⇩秋の水（あきのみず）[秋]、秋澄む（あきすむ）[秋]

§

わが顔に美醜なし池の水澄める　山口青邨・夏草
廃運河水澄む秋をや、澄めり　水原秋桜子・残鐘
澄む水にいくつは乾く石となり　中村汀女・ホトトギス
故山いよよ日強くいよよ水澄めり　中村草田男・母郷行

みずはじめてかる【水初めて涸る】
秋分の節の終り、一〇月三～四日頃に川の水が少なくなり、涸れはじめることをいう。⇩水涸る（みずかる）[秋]

みずみまい【水見舞】
水害の見舞いのこと。⇩出水（でみず）[秋]、秋出水（あきでみず）[秋]

§

唐黍を流る、沓や水見舞　其角・五元集
鶉啼く野を片脇に水見舞　乙二・松窓乙二発句集

みにしむ【身に入む・身に沁む】
平安時代より和歌に愛用されたことばで、秋風などと共に

多く詠まれている。秋冷が身にしみること。⬇秋風（あきかぜ）［秋］、色無風（いろなきかぜ）［秋］、冷やか（ひややか）［秋］

§

秋《あき》ふくはいかなる色《いろ》の風《かぜ》なれば身にしむばかりあはれなるらん
和泉式部・詞花和歌集三（秋）

夕《ゆふ》されば野辺《のべ》のあきかぜ身《み》にしみて鶉鳴《うづらな》くなり深草《ふかくさ》の里《さと》
藤原俊成・千載和歌集四（秋上）

しろたへの袖《そで》のわかれに露《つゆ》おちて身《み》にしむ色《いろ》の秋風《あきかぜ》ぞ吹《ふ》く
藤原定家・新古今和歌集一五（恋五）

物ごとの身にしむ風やをなご笹《ざさ》　才麿・椎の葉
身にしむや宵暁の舟じめり　其角・新始
身にしむや横川《よかは》のきぬをすます時　蕪村・蕪村句集
身にしむや亡妻《なきつま》の櫛《くし》を閨《ねや》に踏《ふむ》　蕪村・蕪村句集
身に入《し》むや白髪かけたる杉の風　村上鬼城・鬼城句集
学ぶ夜の更《ふ》けて身に入《し》む昔哉　正岡子規・子規句集
身に沁みて仏体近き闇に立つ　加藤楸邨・寒雷

むげつ【無月】

雨や雲で月が見えない空。特に、旧暦八月一五日の十五夜の月が見えないことをいう。［同義］中秋無月（ちゅうしゅうむげつ）、曇る名月（くもるめいげつ）、雨月（うげつ）、雨名月（あめめいげつ）、雨の月、月の雨。⬇月（つき）［秋］、十五夜（じゅうごや）［秋］、月の雨（つきのあめ）［秋］、雨の月（あめのつき）［秋］

§

見ぬ月の千々に悲しき雨夜哉　几董・井華集
藻を刈つて淋しき沼の無月かな　村上鬼城・鬼城句集
五六疋牛ひきつるヽ無月かな　村上鬼城・定本鬼城句集
傘や無月の村に帰る人　松瀬青々・妻木
欄干によりて無月の隅田川《すみだがわ》　高浜虚子・五百五十句
たづさふる手のあたたかき無月かな　日野草城・青芝

「め〜も」

めいげつ【名月】

旧暦八月一五日の夜の月であり、仲秋の満月をいうことが多い。『日次紀事』に「今夜地下良賤亦明月を賞す、各芋を煮てこれを食ふ。故に俗に芋明月と称する也」とある。「明月」は月の清光なさまをいうが、名月の意にも用いられた。旧暦九月十三日の月も名月として月見を行うが、「芋明月」に対して、こちらは枝豆や栗を供えるため「豆名月」「栗名月」の呼び名がある。［同義］明月（めいげつ）、満月、望月（もちづき）、望の月（もちのつき）、望月夜（もちづきよ）、今日の月、今宵の月、月今宵（つきこよい）、名高き月（なだかきつき）、名立たる月（なだたるつき）、端正の月（たんしょうのつき）、満つる月（みつるつき）、十五夜（じゅうごや）、三五夜（さんごや）、三五の月（さんごのつき）、仲秋・中秋（ちゅうしゆう）、良夜、芋名月（いもめいげつ）。⬇十五夜（じゅうごや）［秋］、月見（つきみ）［秋］、今日の月（きょうのつき）［秋］、今宵の月（こよいのつき）［秋］、後の月（のちのつき）［秋］、二夜の月（ふたよのつき）［秋］、満月（まんげつ）［秋］、月（つき）［秋］、望月（もちづき）［秋］、良夜（りょうや）［秋］

§

雁《かり》啼くと寝どころにゐる人の云へば書を伏せて仰ぐ明月の面《おも》　宇都野研・宇都野研全集

名月や一町ばかり橋のかげ　祐甫・鳥の道

名月はとうふ売夜《うるよ》のはじめかな　信徳・元禄百人一句

名月の朝日に影の替《かは》り来て　西鶴・蓮実

名月や池をめぐりて夜もすがら　芭蕉・孤松

明月の出《いづ》るや五十一ケ條　芭蕉・庭竈集

名月や北国日和《ほくこくびより》定《さだめ》なき　芭蕉・おくのほそ道

名月や兒《ちご》たち並《なら》ぶ堂の椽《えん》　芭蕉・初蝉

名月や海にむかへば七小町《ななこまち》　芭蕉・初蝉

名月はふたつ過《すぎ》ても瀬田の月　芭蕉・西の雲

名月や門《かど》にさし来ル潮《しほ》がしら　芭蕉・名月集

名月の花かと見へて棉畠《わたばたけ》　芭蕉・続猿蓑

明月に麓《ふもと》のきりや田のくもり　芭蕉・有磯海

名月や池のくもりを掃《はき》とらん　木因・皮籠摺

名月や軒《のき》もる雨の音淋《さび》し　杉風・杉風句集

名月に松明《たいまつ》振《ふ》れる影は誰《タツ》　言水・新撰都曲

名月や下部《しもべ》は何を書白洲《かくしらす》　言水・蓮実

名月や大津の人の人がまし　尚白・あめ子

名月《めいげつ》や海《うみ》もおもはず山《やま》も見《み》ず　去来・あら野

名月や縁取《エンとり》まはす黍《きび》の虚《カラ》　去来・炭俵

名月や堅田《かただ》の庄屋先に立《たつ》　千那・あめ子

名月や川音霧間《きりま》家つゞき　介我・三日月日記

名月や畠の小菜《をな》の一青み　朱拙・砂川

名月や絶《たえ》たる滝《たき》のひかり哉　嵐雪・みづひらめ

名月《めいげつ》や草《くさ》とも見えず大根畑《だいこばた》　来山・花見車

名月やつき狂《くる(う)》ふたる峯《みね》の鐘《かね》　万子・餅黄鳥

名月や浅間《あさま》が岳《たけ》も静《しづか》 なり　許六・水鷹苅

名月《めいげつ》は夜明《よあく》るきはもなかりけり　越人・あら野

我が門《かど》や名月を持《もつ》水の声　土芳・蓑虫庵集

名月や唐土灘《もろこしなだ》の明《あけ》すかし　魯町・をのが光

名月や海の瀬《せ》がたのもつ光り　野紅・後ばせ集

名月や人を抱手《だくて》に膝《ひざ》がしら　其角・幾人水主

名月や水晶《すゐしやう》のてる砂《すな》の上　露川・戊午天売記

名月は人のなみだの出る夜さか　野坡・野坡吟草

めい月や明石《あかし》ちゞみを宵《よひ》の晴　野坡・野坡吟草

名月や木曾の流の海さかひ　怒風・射水川

名月や夜着《よぎ》に逃《にげ》こむ雨の音　浪化・霜の光

名月や峯《みね》を離《はな》るゝ柚《ゆ》の匂ひ　吾仲・船庫集

明月や座敷《ざしき》に通す客もなし　りん女・小柑子

名月や眼《まなこ》にさはる萩すゝき　桃妖・獅子物狂

名月や冷《ひや》しきつたる海の上　林紅・旅袋

名月やうさぎのわたる諏訪《すは》の海《うみ》　蕪村・蕪村句集

名月や夜は人住《すま》ぬ峰《みね》の茶屋《ちやや》　蕪村・蕪村句集
名月や神泉苑《しんせんゑん》の魚躍《いをおど》る　蕪村・蕪村句集
名月を取《とつ》てくれろとなく子哉　一茶・おらが春
名月やけふはあなたも御急ぎ　一茶・七番日記
名月やわれは根岸の四畳半　内藤鳴雪・鳴雪句集
名月や橋高らかに踏み鳴らし　正岡子規・子規句集
名月や大路小路の京の人　正岡子規・子規句集
名月や杉に更けたる東大寺　夏目漱石・漱石全集
名月や一廓をなす坊十二　河東碧梧桐・碧梧桐句集
明月のともし火遠し由井が浜　河東碧梧桐・碧梧桐句集
名月や蜘の巣に蜘動く見ゆ　大谷句仏・新春夏秋冬
明月に馬盥をどり据わるかな　飯田蛇笏・山廬集
明月や碁盤の如き珠数屋町　川端茅舎・川端茅舎句集
名月や格子あるかに療養所　石田波郷・惜命

もちづき【望月】

旧暦十五夜の満月であるが、俳句では、特に旧暦八月十五夜の月をいう。［同義］名月。⇩名月（めいげつ）［秋］、十五夜（じゅうごや）［秋］、小望月（こもちづき）［秋］、満月（まんげつ）［秋］、望月夜（もちづきよ）［秋］

§

この世《よ》をばわが世《よ》とぞ思《おも》ふ望月《もちづき》のかけたることもなしと思《おも》へば　藤原道長・小右記
望月《もちづき》や盆草臥《ぼんくたびれ》で人は寐る　路通・桃ねぶり
望月の照らしに照らす道の上　日野草城・日暮
望の月はばかる雲を照らしけり　日野草城・日暮

もちづきよ【望月夜】

望月の夜。「もちづくよ」ともいう。⇩望月（もちづき）［秋］、月夜（つきよ）［秋］

§

さし引《ひき》の汐《しほ》にながれぬ望月夜《もちづくよ》　曾良・木曾の谷

もみじやま【紅葉山】

紅葉した山。⇩野山の錦（のやまのにしき）［秋］、秋の山（あきのやま）［秋］、山粧う（やまよそおう）［秋］

§

唐錦おりかさねたる紅葉山ひらくるまゝにみゆるみつうみ　伊藤左千夫・伊藤左千夫全短歌
城外の鐘聞ゆらん紅葉山　支考・梟日記
落葉さへ紅葉の山の高雄かな　樗良・樗良発句集
紅葉山の文庫保ちし人は誰　正岡子規・子規句集

「や〜ゆ」

やまよそおう【山粧う】

晩秋、山全体が鮮やかな紅葉に染まるさま。『臥遊録』に「秋山明浄にして粧ふが如く」とある。［同義］粧う山（よそおうやま）、山彩る（やまいろどる）。⇩野山の錦（のやまのにしき）［秋］、秋の山（あきのやま）［秋］、紅葉山（もみじ

やま）［秋］、山（やま）［四季］

ややさむ【漸寒】

晩秋に入りようやく感じる寒さ。『年浪草』に「漸寒、悄寒同じ。嫩寒、新寒、早寒、初寒之類亦同じ」とある。［同義］やや寒し（ややさむし）、ようやく寒し（ようやくさむし）、ようよう寒し（ようようさむし）。⇩秋寒（あきさむ）［秋］、そぞろ寒（そぞろさむ）［秋］、肌寒（はださむ）［秋］、寒し（さむし）［冬］

§

秋更《あきふ》けぬ鳴《な》けや霜夜《しもよ》のきりぎりすやや影寒《かげさむ》しよもぎふの月《つき》
後鳥羽天皇・新古今和歌集五（秋下）

漸《ヤ、》寒き旅籠《ハタゴ》の宿《やど》に湯をたて、　才麿・椎の葉

足はやき朝戸《あさと》の音やゝ寒《さむ》み　楚常・卯辰集

やゝ寒みちりけ打たする温泉《いでゆ》哉　正岡子規・子規句集

やゝ寒み灯による蟲もなかりけり　正岡子規・子規句集

壁の穴風を引くべく稍寒し　夏目漱石・漱石全集

やや寒や日のあるうちに帰るべし　高浜虚子・六百句

やゝ寒の壁に無髯の耶蘇の像　中村草田男・来し方行方

ゆうぎり【夕霧】

夕方にたちこめる霧。⇩霧（きり）［秋］、夜霧（よぎり）［秋］

§

葦《あし》の葉に夕霧立ちて鴨が音《ね》の寒き夕《ゆふべ》し汝《な》をば偲《しの》はむ
作者不詳・万葉集一四

宇治川《うぢがは》のかはせも見えぬ夕霧《ゆふぎり》に槙《まき》の島《しま》人ふねよばふなり
藤原基光・金葉和歌集三（秋）

夕霧《ゆふぎり》や秋《あき》のあはれをこめつらむわけいるそでに露のを《（お）》きそふ
宗円・千載和歌集五（秋下）

ふもとよりややくれそめて山川《やまがは》のひとすぢ白《しろ》し秋《あき》の夕霧《ゆふぎり》
松平定信・草根集

ゆうづき【夕月】

夕方の月。⇩月（つき）［秋］、夕月夜（ゆうづくよ）［秋］

§

あしひきの山を木高《こだか》み夕月を何時《いつ》かと君を待つが苦しさ
作者不詳・万葉集一二

夕月のあかすともしきはしはみの黄葉ちりそねまたゆくまては
伊藤左千夫・伊藤左千夫全短歌

夕月《ゆふづき》や杖《つゑ》に水《みづ》なぶる角田川《すみだがは》　越人・あら野

ゆうづきよ【夕月夜】

夕月の出ている日暮れ時。⇩月夜（つきよ）［秋］、夕月（ゆうづき）［秋］

§

玉垂《たまだれ》の小簾《をす》の間通《まとほ》しひとり居て見る験《しるし》なき暮月夜《ゆふづくよ》かも
作者不詳・万葉集七

夕月夜《ゆふづくよ》心もしのに白露の置くこの庭に蟋蟀鳴くも
湯原王・万葉集八

風《かぜ》ふけば枝《えだ》やすからぬ木《こ》の間《ま》よりほのめく秋の夕月夜《ゆふづくよ》かな
藤原忠隆・金葉和歌集三（秋）

秋の夜のそらにいづてふ名のみしてかげほのかなるゆふづくよかな
山家心中集（西行の私家集）

むさし野の家に帰れば菊の香《か》の冷やかに立つ夕月夜かな
与謝野晶子・深林の香
夕月夜《ゆふづくよ》岡の萱《かや》ねの御廟《ごべう》守る　芭蕉・猿蓑
さかやきの湯の涌《わき》かぬる夕月夜《ゆふづくよ》　北枝・卯辰集
待宵《まつよひ》はひとつ徳あり夕月夜　野坡・野坡吟草

ゆうつゆ【夕露】

夕方に置く露のこと。⬇露（つゆ）［秋］

§

秋萩の咲き散る野辺の夕露に濡れつつ来ませ夜は更《ふ》けぬとも
作者不詳・万葉集一〇
夕露に蜂這入たる垣根哉　太祇・太祇句選
草高く露も穂に出る夕かな　召波・春泥発句集
夕露の梢揃はず道の隈　乙二・松窓乙二発句集

ゆくあき【行く秋】

秋の季節が終わることを惜しむうたことば。『山之井』に「秋の暮は、野原の虫けらも声しわがれ、山の紅葉も枝ばかりと見え、庭の女郎花は霜のしらがをいたゞき、籬に残る翁草は、いとゞかしらも得もたげず、よろづ衰へたるていたらく、又行く秋の名残を惜み、帰る方をもしたはまほしき心ばへなどすべし」とある。［同義］秋暮るる（あきくるる）、秋暮れて（あきくれて）、秋過ぎて（あきすぎて）、秋ぞ隔る（あきぞへだたる）、秋行く（あきゆく）、秋に後るる（あきにおくるる）、秋より後（あきよりのち）、秋の別れ、秋の名残、秋の限（あきのかぎり）秋の果て（あきのはて）、秋の湊（あきのみなと）、秋の行方、秋の終（あきのおわり）、秋の末（あきのすえ）、末の秋（すえのあき）、残る秋（のこるあき）、帰る秋（かえるあき）。⬇暮の秋（くれのあき）［秋］、秋惜む（あきおしむ）［秋］、秋の名残（あきのなごり）［秋］、秋の行方（あきのゆくえ）［秋］、秋の別れ（あきのわかれ）［秋］、九月尽（くがつじん）［秋］、晩秋（ばんしゅう）［秋］、秋（あき）［秋］、行く春（ゆくはる）［春］

§

長月の在明《ありあけ》の月はありながらはかなく秋は過《す》ぎぬべら也
紀貫之・後撰和歌集七（秋下）
いづ方に夜はなりぬらんおぼつかな明《あ》けぬ限《かぎ》りは秋ぞと思《おも》はん
凡河内躬恒・後撰和歌集七（秋下）
招《まね》くとて立《たち》も止《と》まらぬ秋ゆへ《ゑ》にあはれ片寄《かたよ》る花薄《すゝき》哉《かな》
暮《く》れてゆく秋の形見《かたみ》に置《を》く物は我《わ》が元結《もとゆひ》の霜《しも》にぞ有《あり》ける
曾祢好忠・拾遺和歌集三（秋）
秋《あき》はたゞ今日《けふ》許《ばかり》ぞとながむれば夕暮《ゆふぐれ》にさへなりにけるかな
平兼盛・拾遺和歌集三（秋）
草の葉にはかなく消《き》ゆる露をしもかたみに置《を》きて秋の行《ゆ》くらん
源賢・後拾遺和歌集五（秋下）
いづかたに秋《あき》のゆくらんわがやどにこよひばかりは雨宿《あまやど》りせで
源師俊・金葉和歌集三（秋）
からにしきぬさにたちもてゆく秋もけふやたむけの山路《やまぢ》こゆらん
藤原公任・金葉和歌集三（秋）
ゆくあきのあはれをたれにかたらましあかざこにれてかへる
瞻西・千載和歌集五（秋下）

ゆふぐれ　大愚良寛・良寛自筆歌集
ゆく秋《あき》の大和《やまと》の国《くに》の薬師寺《やくしじ》の塔《たふ》の上《うへ》なる一《ひと》ひらの雲《くも》　佐佐木信綱・新月
ゆく秋《あき》の雲《くも》はうかびぬ陵《みささぎ》の山《やま》の木立《こだち》をめぐれる池《いけ》に　佐佐木信綱・新月
蛤《はまぐり》のふたみにわかれ行秋《ゆくあき》ぞ　芭蕉・おくのほそ道
行秋《ゆくあき》のなをたのもしや青蜜柑《あをみかん》　芭蕉・浮世の北
行秋《ゆくあき》や手をひろげたる栗《くり》のいが　芭蕉・笈日記
蜘《くも》の巣《す》の是《これ》も散行秋《ちりゆく》のいほ　路通・阿羅野
行《ゆく》秋にきるほどもなき袷《あはせ》かな　牡年・有磯海
ゆく秋やとらへてさがる縄《なは》すだれ　野坡・田植諷
行《ゆく》秋の魂《たましひ》出たり松の虹《にじ》　桃妖・鵜坂の杖
行秋《ゆくあき》を鼓弓《こきゆう》の糸《いと》の恨《うらみ》かな　乙州・続猿蓑
行秋や不破の関屋の臼の音　内藤鳴雪・鳴雪句集
行秋や糸に吊るして唐辛子　村上鬼城・鬼城句集
行秋や湯豆腐さめし朝あらし　松瀬青々・妻木
行く秋や一千年の仏だち　正岡子規・子規句集
行く秋をしぐれかけたり法隆寺　正岡子規・子規句集
　芭蕉の像に題す
此君にわれに秋行く四畳半　正岡子規・寒山落木
行く秋の関廟の香爐烟なし　夏目漱石・漱石全集
行秋や短冊掛の暮春の句　高浜虚子・定本虚子全集
行秋や誰が身の上の鴉鳴　小栗風葉・俳諧新潮
行秋や日々に瞑さの北の海　青木月斗・改造文学全集
行秋や案山子の袖の草虱　飯田蛇笏・国民俳句
秋の行くあとをとざすや関の暮　高田蝶衣・新春夏秋冬
ゆく秋を乙女さびせり坊が妻　芝不器男・不器男句集

「よ」

よいのあき【宵の秋】
秋の宵をいう。夜が浅いというだけでなく、秋もまだ浅いという感がある。⬇秋の宵（あきのよい）［秋］、夜半の秋（よわのあき）［秋］

§

淋しさにつけて飯食ふ宵の秋　成美・成美家集
夜着の香も嬉しき秋の宵寝哉　支考・梟日記
蝉などや衣ほしからん宵の秋　松瀬青々・倦鳥

よいやみ【宵闇】
月がでる前の宵の暗さをいう。旧暦一六日以後、次第にでるのが遅くなる月を心待ちにしているときである。⬇月（つき）［秋］、闇（やみ）［四季］

§

宵闇に火袋深き木の間かな　鬼貫・七車
宵闇やポストあるべき此辺り　数藤五城・改造文学全集
宵闇の裏門を出る使かな　高浜虚子・定本虚子全集

宵闇の水うごきたる落葉かな　渡辺水巴・水巴句集

宵闇に臥て金星に見まもらる　日野草城・人生の午後

よぎり【夜霧】

夜に立ち込める霧。⬇霧（きり）［秋］、夕霧（ゆうぎり）［秋］、朝霧（あさぎり）［秋］

§

ぬばたまの夜霧《よぎり》立ちておぼぼしく照れる月夜《つくよ》の見れば悲しさ　大伴坂上郎女・万葉集六

ぬばたまの夜霧は立ちぬ衣手の高屋《たかや》の上に棚引くまでに　舎人皇子・万葉集九

死を急ぐますらたけをの駒のおとに夜霧やぶる、大川のあたり　佐佐木信綱・思草

やよから子、はやも驢馬追へ。日は暮れて、夜霧は立ちぬ。野にも河にも。　与謝野寛・東西南北

あぢきなく家路のかたへ向きかふる夜霧の街のわがすがたかな　若山牧水・死か芸術か

気《き》がつけば　しつとりと夜霧《よぎり》下《お》りて居《を》り　ながくも街《まち》をさまよへるかな　石川啄木・手套を脱ぐ時

ぬばたまの夜霧しづかに樹々《きぎ》をまき流るるこゑす更《ふ》けにけらしも　石井直三郎・青樹

深川へかず〳〵橋の夜霧かな　上川井梨葉・梨葉句集

牛乳《ちゝ》を呼ぶ夜霧の駅は軽井沢　川端茅舎・川端茅舎句集

重大なる如く夜霧の雫しつゝあり　石田波郷・惜命

濃く淡く夜霧うごけり死を脱す　石田波郷・惜命

よさむ【夜寒】

晩秋の夜に感じる寒さ。日中と夜半や夜明けとの寒暖差が大きく、肌寒さをより感じる季節である。俳句では、「寒き夜」「夜寒き」とすると冬の季語となる。［同義］夜寒さ（よさむさ）、夜を寒み（よをさむみ）。⬇秋寒（あきさむ）［秋］、朝寒（あさざむ）［秋］、寒夜（かんや）［冬］、寒し（さむし）［冬］

§

夜を寒《さむ》み衣かりがね鳴《な》くなへに萩《はぎ》の下葉《したば》もうつろひにけり　よみ人しらず・古今和歌集四（秋上）

さ夜《よ》ふかく旅《たび》の空《そら》にて鳴《な》く雁《かり》はおのが羽《は》風や夜寒《よさむ》なるらん　伊勢大輔・後拾遺和歌集四（秋上）

お《(を)》ぎの葉《は》に露《つゆ》ふきむすぶこがらしのを《(お)》とぞ夜寒《よさむ》になりまさるなる　藤原顕綱・詞花和歌集三（秋）

ひとり寝《ね》の夜寒《よさむ》になるを重《かさ》ねばやたがために擣《う》つ衣《ころも》なるらん　山家心中集（西行の私家集）

見るまゝに山風あらくしぐるめり都もいまや夜寒《さむ》なるらむ　後鳥羽院・新古今和歌集一〇（羇旅）

世をそむく山のみなみの松風に苔《こけ》の衣《ころも》や夜寒《よさむ》なるらん　安法・新古今和歌集一七（雑中）

露《つゆ》霜の夜寒《よさむ》かさねて妻隠《つまかく》す矢野《やの》の神山鹿《しか》ぞ鳴《な》くなる　二条良基・後普光園院殿御百首

あきもや、よさむになりぬわがかどにつゞれさせてふむしの

こゑする
わが夫《つま》の、衣ならずば、如何にして、夜寒《よさむ》の秋の、月にうつべき。 大愚良寛・良寛自筆歌集
夜寒の手栗を焼きたる真白き手さびしかりし手うれしかりし手 与謝野寛・東西南北
村の家の障子の灯影《ほかげ》ぼんやりと道にあかるむ夜寒を行くも 島木赤彦・馬鈴薯の花
たとふれば君の心の寒さにも似たりと云はむ京の夜寒を 木下利玄・紅玉
 吉井勇・夜の心
それとなく帯《おび》しめ直《なほ》す夜寒《よさむ》かな 知足・寂照庵初懐紙
乳麺《にゆうめん》の下《した》たきたつる夜寒哉 芭蕉・葛の松原
身の衾《ふすま》海のおもての夜寒哉《よさむかな》 才麿・椎の葉
庭へ出て馬の米喰《くふ》夜寒かな 露川・けふの昔
生壁《なまかべ》に袖《そで》を気遣《きづか》ふ夜寒《よさむ》かな 李由・東華集
瀬《せ》の音の二三度かはる夜寒哉 浪化・裸麦
荷《に》をつけて馬のたゝずむ夜寒哉 林紅・続有磯海
手燭《てしよく》してよきふとん出す夜寒哉 蕪村・蕪村遺稿
あばら骨なでじとすれど夜寒哉 一茶・七番日記
両国の両方ともに夜寒哉 一茶・一茶発句集（文政版）
湖に山火事うつる夜寒かな 内藤鳴雪・鳴雪句集
恋人のぬすみを知りし夜寒哉
伊藤左千夫・伊藤左千夫全短歌所収「俳句」
壁土を鼠食みこぼす夜寒かな 村上鬼城・鬼城句集
山猿の来るや夜寒の二月堂 松瀬青々・春夏秋冬

藪村《やぶむら》に旅籠屋《はたごや》もなき夜寒哉 正岡子規・子規句集
旅にやむ夜寒心や世は情 夏目漱石・漱石全集
谷水の地底に鳴りて夜寒かな 河東碧梧桐・碧梧桐句集
旅といへど夜寒《よさむ》といへど姪《めい》の宿 高浜虚子・七百五十句
下京のともし火並ぶ夜寒かな 高浜虚子・新俳句
旅立の明日は晴れなん夜寒かな 西山泊雲・続春夏秋冬
樹に倚れば落葉せんばかり夜寒かな 渡辺水巴・白日
櫛買へば簪が媚びる夜寒かな 渡辺水巴・雑詠選集
仏壇や夜寒の香のおとろふる 飯田蛇笏・山廬集
たんたんの咳を出したる夜寒かな 芥川龍之介・発句
竹林や夜寒のみちの右ひだり 芥川龍之介・澄江堂句集
一宿《いしゆく》の富士の裾野の夜は寒し 山口青邨・夏草
あはれ子の夜寒の床の引けば寄る 中村汀女・現代俳句全集
白く衣《き》て白き蒲団に寝る夜寒 日野草城・旦暮
泣きつつぞ鉛筆削る吾子夜寒 加藤楸邨・穂高

よつゆ【夜露】
夜に置く露。 ⬇露（つゆ）［秋］、朝露（あさつゆ）［秋］

§

東路の夜露恋ふたる紙子哉 鬼貫・鬼貫句選
地震あとの土塊ぬらす夜露かな 渡辺水巴・白日

よなが【夜長】
秋の夜を長く感じることをいう。夜は冬至前後が最も長いが、夏の「短夜」に比較して、秋の夜の長さが際立って感じられることから秋の季語となっている。『栞草』に「夜の短き

至りは夏至に過ぎず、夜の長き至りは冬至に過ぎず。然れども秋の夜を以て長夜とする所以は、秋分昼夜等しく、初めて夜の長さを覚ゆ。夏の短夜に対して秋を夜長とするか」とある。［同義］長き夜、長夜（ちょうや）。⬇秋の夜（あきのよ）［秋］、秋の暮（あきのくれ）［秋］、短夜（みじかよ）［夏］、秋灯（しゅうとう）［秋］、秋の宵（あきのよい）［秋］、長き夜（ながきよ）［秋］、日永（ひなが）［春］

§

今造る久邇《くに》の京《みやこ》に秋の夜の長きに独り寝《ぬ》るが苦しさ　大伴家持・万葉集八

けだしくもあな情《こころ》無《な》と思ふらむ秋の長夜を寝《い》ね臥さくのみ　作者不詳・万葉集一〇

秋の夜を長しと言へど積《つも》りにし恋を尽《つく》せば短くありけり　作者不詳・万葉集一〇

おもふこと尽きぬ夜長を心なの枕《まくら》どけいよはたとまりぬ　森鷗外・うた日記

山鳥《やまどり》の枝踏《ふみ》かゆる夜長哉　蕪村・蕪村句集

すりこ木もけしきにならぶ夜永哉　一茶・文化句帖

つくぐ〜と古行燈の夜長かな　内藤鳴雪・新俳句

夜長猫顔一つぱいの欠伸哉　石橋忍月・あざみ会選集

弟子達の一つ灯に寄る夜長かな　村上鬼城・鬼城句集

鐘の音の輪をなして来る夜長哉　正岡子規・子規句集

汽車過ぐるあとを根岸の夜ぞ長き　正岡子規・新俳句

病むからに行燈の華の夜を長み　夏目漱石・漱石全集

寝る時の湯浴《ゆあみ》静かに夜長かな　河東碧梧桐・碧梧桐句集

父母の夜長くおはし給ふらん　高浜虚子・五百句

我命つゞく限りの夜長かな　高浜虚子・五百五十句

山郷の夜長をしるく欅鳴る　飯田蛇笏・椿花集

仰臥して腰骨いたき夜長かな　杉田久女・杉田久女句集

夜長の灯煌々として人在らず　日野草城・花氷

夜長し四十路かすかなすわりだこ　中村草田男・来し方行方

夜長さを衝きあたり消えし婢かな　芝不器男・不器男句集

夜長星窓うつりしてきらびやか　芝不器男・不器男句集

よわのあき【夜半の秋】

秋の夜半。夜が更けているだけでなく、秋も深まった感があることば。⬇秋の夜（あきのよ）［秋］、宵の秋（よいのあき）［秋］

§

軒《のき》に寝《ね》る人追声《ひとおふこゑ》や夜半の秋　蕪村・題苑集

妓王寺へ六波羅の鐘や夜半の秋　几董・井華集

小行燈夜半の秋こそ古めけり　夏目漱石・漱石全集

「り」

りっしゅう【立秋】

二十四節気の一。旧暦七月の節で大暑後一五日目にあたり、新暦では八月六〜八日頃。まだ暑さの盛りであるが、朝夕の風にも涼しさを感じる頃で、暦では土用があけてこの日より秋に入る。二十四節気の秋季は、「立秋（八月八日・七月節）」「処暑（八月二四日・七月中）」「白露（九月八日・八月節）」「秋分（九月二三日・八月中）」「寒露（一〇月・九月節）」「霜降（一〇月二三日・九月中）」となっている。鬼貫の『ひとり言』には「秋立朝は、山のすがた、雲のたゝずまひ、木草にわたる風のけしきも、このふには似ず。心よりおもひなせるにはあらで、をのづから情のうごく所なるべし」とある。［同義］秋立つ、秋来る、来る秋、秋さり（あきさり）、秋に入る（あきにいる）、今日の秋、今朝の秋。⬇秋（あき）［秋］、秋来る（あきくる）、秋立つ（あきたつ）［秋］、今日の秋（きょうのあき）［秋］、来る秋（くるあき）［秋］、今朝の秋（けさのあき）［秋］、立春（りっしゅん）［春］

§

道の上《うへ》に真薦《まこも》のかわく香《か》ぞしるき今日《けふ》立秋《りつしう》の村に入《い》り来て　土屋文明・ゆづる葉の下

立秋《りつしう》や立小便《たちせうべん》に急度《きつと》見て　白雪・きれぎれ

立出《たちいづ》る秋の夕《ゆふべ》や風《かぜ》ほろし　凡兆・猿蓑

目薬に涼しく秋を知る日かな　内藤鳴雪・鳴雪句集

立秋の雲の動きのなつかしき　高浜虚子・六百句

立秋や時なし大根また播《ま》かん　高浜虚子・六百五十句

煮ざかなに立秋の箸なまぐさき　日野草城・旦暮

立秋の雨はや一過朝鏡　中村汀女・都鳥

りゅうせい【流星】

天体の破片が地球の引力によって大気圏に入り、大気との摩擦熱で光を発するもの。多くは大気圏中で燃焼してしまうが、燃え残ったものが隕石として地球に落下する。八月中旬頃に多く見られるところから、俳句では秋の季語となっている。［同義］流れ星、夜這星（よばいぼし）、星流る（ほしながる）、星飛ぶ（ほしとぶ）、星奔る（ほしはしる）。⬇星月夜（ほしづきよ）［秋］、流れ星（ながれぼし）［秋］、秋の星（あきのほし）［秋］

§

御空よりなかばはつづく明きみち半はくらき流星のみち　与謝野晶子・流星の道

劫初《ごふしよ》より地にくだりたる流星のすべてを集め川のうづ巻く　与謝野晶子・流星の道

流星の針のこぼるるごとくにも　山口青邨・庭にて

流星やかくれ岩より波の音　加藤楸邨・雪後の天

佐渡、夷港

りょうや【良夜】

月の明るく光る夜。俳句では一般に十五夜と十三夜をさすことが多い。⬇十五夜（じゅうごや）［秋］、十三夜（じゅうさんや）［秋］、名月（めいげつ）［秋］

§

どこやらに花火の上る良夜かな　高浜虚子・定本虚子全集

人それぞれ書を読んでゐる良夜かな　山口青邨・雑草園

蓮の中羽搏つのもある良夜かな　水原秋桜子・葛飾

ひらかるる窓のひかりし良夜かな　日野草城・青芝

冬の季語

立冬（十一月七日頃）から立春前日（二月三日頃）

「あ」

あさしぐれ【朝時雨】

朝に降る時雨のこと。⬇時雨（しぐれ）［冬］

§

この朝けしぐれの雨のふりしかば濡れしづまりぬ庭土の荒れ
芥川龍之介・芥川龍之介全集

北がちに見るや伊吹《いぶき》の朝時雨《しぐれ》　怒風・雪の葉

あさしも【朝霜】

朝に置く霜をいう。⬇霜（しも）［冬］、霜夜（しもよ）［冬］

§

これも又ゆふべは待《ま》たじ朝顔《あさがほ》の枯葉《は》の上《うへ》に置《を》ける朝霜
宗尊親王・文応三百首

水鳥のはらふ上毛も朝《あさ》霜のおき中河やかつこほるらん
正徹・永享五年正徹詠草

いつよりか結《むす》びそめけん朝霜を知《し》らでいねつる程をしぞ思（おもふ）
幽斎・玄旨百首

なかむれは並木の松に月おちて朝霜しろし奈須の篠原
伊藤左千夫・伊藤左千夫全短歌

鐘寒きみ寺の庭の朝霜に白玉椿こぼれてありけり
太田水穂・つゆ艸

あさ霜の、トタンびさしに　溶けて、煙れる、そのえんがはに、うづくまるかな。
土岐善麿・不平なく

霜《しも》の朝せんだんの実のこぼれけり　杜国・阿羅野

松の葉の葛屋《くずや》に立や霜の朝　正秀・金毘羅会

朝霜やおいてかたかるきくの花　北枝・草庵集

霜《しも》朝の祢宜《ねぎ》のしはぶき神さびぬ　百里・其袋

朝霜に味噌《みそ》摺《す》り出《いだ》す隣《となり》哉　魯町・渡鳥集

朝霜を錦に見る日や菊の株《かぶ》　野坡・水僊伝

朝霜や生木《なまき》の橋の欄《らん》の上　森鷗外・うた日記

朝霜に青き物なき小庭哉　正岡子規・子規句集

霜の朝袂時計のとまりけり　夏目漱石・漱石全集

ほつかりと梢《こずえ》に日あり霜の朝　高浜虚子・五百句

あじろ【網代】

冬、湖や川の瀬で、竹や柴などで柵を作って、魚を誘導し、その最後に簀を設けて魚を捕獲する漁法。この網代を守る者を網代守という。宇治川での氷魚取りの網代は古くから知られ、古歌にも詠まれる。『年浪草』には「枝折萩に曰、網代とは書く。あみのかはり也。魚を取るしがらみ也。あじろ打は秋也。宇治、あふみの田上などに、氷魚とらん為にうつ物也。あじろの歌を、日をへてなどよむも、氷魚の事也」とある。

§

宇治《うぢ》河の浪にみなれし君ませば我も網代《あじろ》に寄《よ》りぬべき哉（かな）
大江興俊・後撰和歌集一六（雑二）

宇治川《うぢがは》の網代《あじろ》の氷魚《ひを》もこの秋はあみだ仏《ぼとけ》に寄《よ》るとこそ聞《き》け
　実方朝臣集（藤原実方の私家集）
河上《かみ》に今よりうたむ網代《あじろ》にはまづもみぢ葉《ば》や寄《よ》らむとすらん
　よみ人しらず・拾遺和歌集七（物名）
月影の田上河《たなかみ》に清《きよ》ければ網代に氷魚《ひお》のよるも見えけり
　清原元輔・拾遺和歌集一七（雑秋）
宇治川《うぢがは》のはやく網代《あじろ》はなかりけり何《なに》によりてか日《ひ》をばくらさん
　内侍・後拾遺和歌集六（冬）

宇治の網代［都名所図会］

月清《きよ》みせゞの網代《あじろ》によるひお《（を）》は玉藻《たまも》にさゆる氷《こほり》なりけり
　源経信・金葉和歌集四（冬）
深山《みやま》にはあらしやいたく吹《ふ》きぬらん網代《あじろ》もたわにもみぢつもれり
　平兼盛・詞花和歌集四（冬）
網代《あじろ》にはしづむ水屑《みくづ》もなかりけり宇治《うぢ》のわたりに我《われ》やすままし
　大江以言・詞花和歌集一〇（雑下）
紅葉《もみぢ》よる網代《あじろ》の布《ぬの》の色染《そ》めてひをくゝりとは見ゆるなりけり
　山家集（西行の私家集）
あじろうつ浪のと聞ゆさ夜あらしにもみぢ葉こめにひをやよるらん
　田安宗武・悠然院様御詠草
夜はごとに網代もる也《なり》篝火《かがりび》をひをは好みてよるにやあるらむ
　田安宗武・悠然院様御詠草
あのあたり網代なるらんたな上や　川瀬に見ゆるかゝ《（ゞ）》り火の影
　樋口一葉・詠草
よる氷魚の数を見よとか宇治川の　瀬々の網代にてらす月影
　樋口一葉・詠草
鯉ひとつあじろの夜のきほひ哉　其角・五元集
獺に飯とられたる網代かな　太祇・太祇句選
鳥鳴て水音くるゝあじろ哉　蕪村・新五子稿
世わたりのはづれ〳〵に網代哉　蓼太・蓼太句集
槙の島見ゆる網代のかゞりかな　暁台・暁台句集
宇治に妻ありあじろにかゝる思ひ哉　士朗・枇杷園句集
網代《あじろ》持てば鴨も時折拾ひ来て　河東碧梧桐・碧梧桐句集

あつごおり【厚氷】
厚く張った氷をいう。➡氷（こおり）[冬]、薄氷（うすご

おり）［春］

§

梅の咲をりもあらうか厚氷　　成美・成美家集

桐の実のこぼれそめけり厚氷　　蒼虬・蒼虬翁発句集

あなじ【乾風】

西日本で西北（戌亥の方角）から吹いて来る強風をいう。「あなし」「あなぜ」ともいう。『袖中抄』に「戌亥の風をばアナシといふ」とある。この風が吹くと海は荒れるため、漁業関係者に恐れられる。瀬戸内海では「あなじの八日吹き」とよばれる寒風が吹く。⇩冬の風（ふゆのかぜ）［冬］

§

あなじ吹《ふ》く瀬戸《せと》の潮《しほ》あひに舟出《ふなで》してはやくぞ過《す》ぐるさやかた山を

藤原通俊・後拾遺和歌集九（羇旅）

あられ【霰】

雪の結晶に雲中の水滴が付いて凍り、小さな氷の粒となって降ってくるもの。雪にともなって降る「雪あられ」と、積乱雲にともなって降る「氷あられ」（雹の小粒のもの）があり、一般には雪あられをいう。ぱらぱらと音をたてて短い時間に降り、地表を小さな白い粒で美しく彩るさまは、往時より多く詠まれている。冬に最も多く、また早朝と夕刻に多く見られる。日本では日本海側に多く、太平洋側には少ない。『山之井』に「あられは、板びさし・根篠のうへなどに、音してふれる心ばへかきみだれてふりしけるまゝに、庭のつちべも玉しくと見え、わらやの屋ねも玉殿となれるけしき」とある。『滑稽雅談』に「五雑俎に云、雹は是れ霰の大なる者に似たり。但、霰を雨らすときは寒くして、雹を雨らすときは寒からず。霰は晴れ難くして、雹は晴れ易し」とある。⇩雹（ひょう）［夏］、春の霰（はるのあられ）［春］、玉霰（たまあられ）［冬］、初霰（はつあられ）［冬］、氷雨（ひさめ）［冬］

§

わが袖に霰《あられ》たばしる巻《ま》き隠し消《け》たずてあらむ妹が見むため

万葉集一〇（柿本人麻呂歌集）

杉《すぎ》の板《いた》をまばらに葺《ふ》ける閨《ねや》の上《うへ》におどろくばかり霰《あられ》降《ふ》るらし

大江公資・後拾遺和歌集六（冬）

訪《と》ふ人のなき蘆葺《あしぶ》きのわが宿《やど》は降《ふ》る霰《あられ》さへ音《おと》せざりけり

橘俊綱・後拾遺和歌集六（冬）

を（お）とはせで岩《いは》にたばしる霰《あられ》こそ蓬《よもぎ》の窓《まど》のともになりけれ

山家心中集（西行の私家集）

さゆる夜のまきのいたやのひとりねに心くだけとあられふるなり

藤原良経・千載和歌集六（冬）

真柴《ましば》ふく宿《やど》のあられに夢さめて有明《ありあけ》がたの月を見る哉（かな）

大江公景・千載和歌集一六（雑上）

ねやのうへに片枝《かたえ》さしおほひそともなる葉びろ柏《がしは》に霰ふる也（なり）

能因・新古今和歌集六（冬）

さゞなみや志賀《しが》の唐崎《からさき》風さえて比良《ひら》のたかねに霰《あられ》ふる也（なり）

藤原道長・新古今和歌集六（冬）

ささの葉《は》に霰《あられ》さやぎてみ山《やま》べの峰《みね》の木枯《こが》らししきりてぞ吹《ふ》く

金槐和歌集（源実朝の私家集）

のきばなるしのぶの草は霜枯《しもが》れてを（お）ともかくれずふる霰《あられ》かな

頓阿・頓阿法師詠

呉竹の枯葉まどうつ風《かぜ》まぜに霰ふりあれふけぬこの夜は
正徹・永享五年正徹詠草

ありま山うき立《たつ》雲に風そひてあられたばしるいなみのゝはら
賀茂真淵・賀茂翁家集

松の葉の古葉もふれり住吉《すみのえ》のあらゝまつばら霰《あられ》ふれゝば
田安宗武・悠然院様御詠草

いきかひになしめる妹かやとなからあられ窓うつこよひさむしも
上田秋成・毎月集

ましらふの鷹《たか》据《す》ゑて立つもののふの笠に音してふる霰《あられ》かな
正岡子規・子規歌集

石曳くといそはく坂の上り口日は照りながら霰ふるなり
服部躬治・迦具土

ひとしきり霰の音を走らしてさえざえ月のさす砌《みぎり》かな
太田水穂・冬菜

手を拍《う》ちてよろこぶ童女《わらべ》のみだれ髪冬草めくにとまれり、霰《あられ》
宇都野研・宇都野研全集

ある夜半に雪の外《ほか》なる霰《あられ》来て雪を踏むなりポルカのやうに
与謝野晶子・草の夢

あしびきの山の霰《あられ》はたちまちに落葉《おちば》のうへに音たてにけり
斎藤茂吉・石泉

霰《あられ》降る身のまはりなる物のかげ濃く染まるまで灯《ひ》を強《つよ》くせよ
新井洸・微明

磯町の床屋によりて髭剃《ひげそ》れば鏡にうつり霰《あられ》ふるなり
木下利玄・銀

打ちつけに時雨《しぐれ》の雨《あめ》のみだれ来て霰《あられ》はちらふ池水《いけみづ》の上《うへ》
土屋文明・ゆづる葉の下

ぴしぴしと白き霰を凍る土鋼《はがね》のひびく音にて迎ふ
宮柊二・独石馬

あられきくやこの身はもとのふる柏《がしは》
芭蕉・続深川集

琵琶《びは》行《かう》の夜《よ》や三味線の音《おと》霰《あられ》
芭蕉・後の旅

いかめしき音や霰《あられ》の檜木笠《ひのきがさ》
芭蕉・孤松

石山の石にたばしるあられ哉
芭蕉・あさふ

あられせば網代《あじろ》の氷魚《ひを》を煮て出《だ》さん
芭蕉・花摘

雑水《ざふすゐ》に琵琶きく軒の霰哉
芭蕉・有磯海

呼《よび》かへす鮒売《ふなうり》見えぬあられ哉《かな》
凡兆・猿蓑

我《ガ》をはりて霰《あられ》に向《むか》ふ馬子《まご》独《ひとり》
言水・新撰都曲

海へ降《ふる》霰《あられ》や雲に波の音
其角・炭俵

茶をたのしむ人に
松嶋や炉路の霰にひの木笠
牧童・柞原

種馬《たねうま》の駒待《こまち》あはすあられ哉
楚常・卯辰集

一《ひと》しきり矢種《やだね》の尽《つき》るあられ哉
蕪村・蕪村句集

霰降《あられふる》左の山は菅《すげ》の寺《てら》
北枝・卯辰集

わやくやと霰を佗《(わ)》びる雀哉
一茶・七番日記

すさまじや釣鐘撲つて飛ぶ霰
夏目漱石・漱石全集

大粒の霰《あられ》降るなり石畳
正岡子規・子規句集

口こはき馬に乗たる霰かな
正岡子規・子規句集

藁灰にまぶれて仕舞ふ霰かな
正岡子規・新俳句

霰ふりやむ大地のでこぼこ
尾崎放哉・須磨寺にて

苔の上に霰をどりて面白し　高浜虚子・定本虚子全集
打返し藁干す時の霰かな　河東碧梧桐・続春夏秋冬
帆渡りの鳥山颪《おろし》霰かな　河東碧梧桐・碧梧桐句集
氷上に霰こぼして月夜かな　臼田亜浪・定本亜浪句集
枯葎掻いくゞり落つ霰かな　山口青邨・ホトトギス
畦立ちの仏に霰たまりける　水原秋桜子・蓬壺

「い」

いきしろし【息白し】
大気が寒冷になって、人や動物の吐く息が白く見える現象。
[同義] 白息（しろいき）、気霜（きしも）。
§
橋をゆく人悉《ことごと》く息白し　高浜虚子・五百五十句
息の白さ豊かさ子等に及ばざる　中村草田男・来し方行方
息白々昨日を痣のごとく負ふ　加藤楸邨・山脈

いちがつ【一月】
一年一二か月の第一の月。「いちげつ」ともいう。➡睦月（むつき）[春]、正月（しょうがつ）[新年]
§
一月《いちぐわつ》のなま暖き夜に乱りふる雨まづしくて時どき持ちし吾が悦楽《えつらく》よ　佐藤佐太郎・歩道
一月や去年の日記尚机辺　高浜虚子・定本虚子全集
一月の陽あたる畑や風の音　大谷句仏・縣葵
一月や雪に撒きやる雀の餌　吉田冬葉・縣葵
一月の月桂樹叢機影高し　中村草田男・来し方行方

いてたき【凍滝】
氷ついた滝。流れる水をも凍らす冬の壮絶な厳寒の風情である。また、視覚的には自然の作る壮大な彫刻のような造形としても見ることができる。➡滝（たき）[夏]
§
冬滝のきけば相つぐこだまかな　飯田蛇笏・雲母

いてづき【凍月】
冬の寒々として凍ったような月。➡凍てる（いてる）[冬]
§
凍月のとどまるとなく薄光す　飯田蛇笏・椿花集

いてつち【凍土】
凍った土。「とうど」ともいう。➡凍てる（いてる）[冬]
§
凍土《いてつち》のいまは割れたる蓮田《はちすだ》に妻として見る筑波《つくば》の山か　橋田東声・地懐
凍土や俵を漏れし炭の屑　石橋忍月・あざみ会選集
凍土より日出で雲を　中塚一碧楼・一碧楼一千句
凍土《いてつち》にわが青春の根株生く　日野草城・日暮

いてる【凍てる・冱てる】
「こおる」に同じ。こおりつくような感覚をも表す。➡凍る（こおる）[冬]、凍解（いてどけ）[春]、凍月（いてづ

き）［冬］、凍土（いてつち）［冬］

§

寝しづまる街の遠くの遠くより下駄の音来《く》も地凍《つちい》てたらむ　木下利玄・紅玉

御柱《オンバシラ》海道　凍て、真直なり。かじけつ、　鶏はかたまりて居る　釈迢空・海やまのあひだ

宵《ヨヒ》早く　道の残雪《ハタレ》の凍《イ》て来るに、堪へがたく立ちて　兵をはげます　折口春洋・鵠が音

露凍《いて》て筆に汲干《くみほ》ス清水《しみづ》哉　芭蕉・みつのかほ

凍《いて》る間《ま》もあつき泪《なみだ》のいやが上　野坡・冬紅葉

一重《ひとへ》なみ雪降《ふり》かゝる凍《いてり》かな　蘆本・浮世の北

靴凍《い》てゝ墨《すみ》塗るべくもあらぬ哉　正岡子規・子規句集

日凍《い》てゝ空にかゝるといふのみぞ　高浜虚子・六百五十句

我れが行く天地万象凍《い》てし中　高浜虚子・七百五十句

凍てし木々の響かんとして暮れにけり　渡辺水巴・白日

松の根方が凍ててつはぶき　尾崎放哉・小豆島にて

蓑の毛の凍てゝ、折るゝや渡守　高田蝶衣・新春夏秋冬

凍てに寝て笑む淋しさを誰か知る　飯田蛇笏・椿花集

木原の日くらげのごとく凍の空　飯田蛇笏・雲母

千鳥鳴く夜かな凍てし女の手　中塚一碧楼・一碧楼一千句

北斗凍てたり祈りつ急ぐ薬取り　杉田久女・杉田久女句集

雲凍てゝ、瑪瑙の如し書斎裡に　山口青邨・雪国

闇市に牛馬の屍肉《しにく》凍てにけり　日野草城・旦暮

雲の根は屋根々々にあり線路凍て　中村草田男・火の島

鉄を鍛つ音あり凍てし畦ひびき　加藤楸邨・寒雷

「う～お」

うひょう【雨氷】

冬、樹木に降りそそいだ雨が、厳しい寒気で直ちに氷結する現象。葉を落とした冬木や松の葉などが氷につつまれ、ガラス細工のように美しく輝く。➡樹氷（じゅひょう）［冬］、霧氷（むひょう）［冬］

おおとし【大年】

大晦日の除夜から元日への一年の境をいう。大晦日、節分の夜をもいう。［同義］大年越（おおとしこし）。➡小年（ことし）［新年］、年越（としこし）［冬］、大晦日（おおみそか）［冬］、行く年（ゆくとし）［冬］、除夜（じょや）［冬］、年惜む（としおしむ）［冬］

§

大年の富士見てくらす隠居哉　言水・京日記

大年や鬼王とのに逢ませう　許六・風俗文選犬註解

大年も雀の遊《あそ》ぶ垣ほかな　杉風・杉風句集

大年や風情の出来る日暮方　蒼虬・蒼虬発句集

大年の我顔惜む鏡かな　大谷句仏・続春夏秋冬

大年の常にもがもな弥陀如来　川端茅舎・ホトトギス

大年やおのづからなる梁響　芝不器男・不器男句集

おおみそか【大晦日】

旧暦一二月の末日をいい、現在では新暦も大晦日としている。「おおつごもり」ともいう。『日次紀事』に「今日一年の終、俗に大晦と称す。良賤互に相賀す。是を歳暮の礼と謂ふ。金銀・衣服・酒肴互に贈答の儀有り。又親戚の間、鏡餅互に相贈る」とある。『滑稽雑談』には「中華には除夜・除夕などいへり。本邦には大晦日或は大三十日・大年など云ふ。和俗すべて物の至極を大と称す。故に今日は一とせの月日の至極なれば、此の晦日を呼んで大と称す」とある。また『山之井』に「おおつごもりは、一年のはてなれば、日くれ夜更くるにつきて、名残ををしみ、わが数そはん年をわび、ながるゝ年はせくもせかれず」とある。[同義] 大年、除日（じょにち）。➡年の夜（としのよ）[冬]、除夜（じょや）[冬]、大年（おおとし）[冬]、小晦日（こつごもり）[冬]、年惜む（としおしむ）[冬]、年越し（としこし）[冬]、名残の空（なごりのそら）[冬]、行く年（ゆくとし）[冬]

§

ぢりぢりと、蝋燭《らふそく》の燃《も》えつくるごとく、夜《よる》となりたる大晦日《おほみそか》かな。　石川啄木・悲しき玩具

乾鮭《カラザケ》のさがり　しみゝに暗き軒　銭よみわたし、大みそかなる　釈迢空・海やまのあひだ

大晦日《おほみそか》の夜まで働きつづけたる心さみしも灯《ほ》なかを帰る　中村憲吉・軽雷集

大三十日《おほつごもり》定めなき世の定哉　西鶴・類題発句集

鵆《ちどり》来《こ》い川千鳥こい大晦日《おほみそか》　木因・おきなぐさ

侘しさや大晦日の油売り　曾良・翁草

大晦日分別《おほみそかふんべつ》ばかり残りけり　許六・元禄十三歳旦帖

鶴おりて日こそ多きに大晦日　其角・五元集拾遺

大卅日梅見て居るをそしらるゝ　一茶・享和句帖

いさゝかの借もをかしや大三十日　村上鬼城・鬼城句集

漱石が来て虚子《きよし》が来て大三十日《おおみそか》　正岡子規・子規句集

梅活けて君待つ庵《いお》の大三十日　正岡子規・子規句集

燭きつて暁ちかし大晦日　夏目漱石・漱石全集

此家の古き行燈や大三十日　松瀬青々・春夏秋冬

掛取も来てくれぬ大晦日も独り　尾崎放哉・小豆島にて

袖濡れて硯洗へり大三十日　水原秋桜子・晩華

おおゆき【大雪】

大量に降る雪。またはその積もった雪をいう。➡雪（ゆき）[冬]

§

わが里《さと》に大雪降《おほゆきふ》れり大原《おほはら》の古《ふ》りにし里《さと》に降《ふ》らまくは後《のち》　天武天皇・万葉集二

大雪に埋《うづ》まぬものや鐘《かね》の声　落梧・節文集

よし野山《のやま》も唯大雪《ただおほゆき》の夕哉《ゆふべかな》　野水・あら野

おこうなぎ【御講凪】

浄土真宗で親鸞忌（御講・報恩講ともいう）の行われる十一月は晴天が多く、海も風がやんでおだやかになること。[同義] 御講日和（おこうびより）。➡寒凪（かんなぎ）[冬]

§

東西の両本願寺御講凪　高浜虚子・定本虚子全集

おちばやま【落葉山】

落葉の散り積もった山の風情をいう。⬇山（やま）［四季］、冬の山（ふゆのやま）［冬］

§

真冬日のひたと射し照る落葉山越えいそぎつつ心は散らず　若山牧水・くろ土

おみわたり【御神渡り】

冬、信州の諏訪湖で、氷結した湖面を中央部で二分する亀裂が一夜で生じ、亀裂に沿って氷が堆積する現象。これを神が上諏訪から下諏訪へ渡る道とし、亀裂の方角などにより吉凶を占った。⬇氷湖（ひょうこ）［冬］

「か」

かざはな【風花】

晴天にひらひらと降る雪。また、風の吹きはじめに少し降る雪。風下の山麓地帯に多く起きる天候現象である。「かぜはな」ともいう。⬇雪（ゆき）［冬］

§

日ねもすの風花《かざはな》淋しからざるや　高浜虚子・五百五十句

いづくとも無く風花《かざはな》の生れ来て　高浜虚子・六百五十句

風花や胸にはとはの摩擦音　石田波郷・惜命

信州諏訪湖の氷渡［北斎漫画］

かまいたち【鎌鼬】

物に触れないのに、冷風に触れ、鋭利な鎌で切られたように体の皮肉の一部が突然裂けて切傷が生じる現象をいう。古来、この現象を「鎌鼬（かまいたち）」という妖怪の仕業とし、越後の七不思議とされる。これは、空気中に一時的に真空が生じ、人体の一部がこの真空に触れたとき、体内外の気圧の差で切傷ができるものと説明されている。［同義］鼬風（いたちかぜ）。

§

御僧の足してやりぬ鎌鼬　高浜虚子・定本虚子全集

かみわたし【神渡】

旧暦の一〇月の神無月に吹く西風。この月によろずの神々が出雲大社に集まることから、神々を送る風の意で神渡という。神々が帰るときの風を「神戻し（かみもどし）」という。［同義］神立風（かみたかぜ）。➡冬の風（ふゆのかぜ）［冬］

からかぜ【空風】

冬、日本海側から山を越えて、太平洋側に吹く乾いた強い寒風。湿気や雨、雪などを伴わないので、この名がある。「からっかぜ」ともいう。往時より空風は江戸や上州の名物とされている。➡北颪（きたおろし）［冬］、北風（きたかぜ）［冬］、寒風（かんぷう）［冬］

§

から風の吹からしたる水田哉　桃隣・古太堂句選

かれその【枯園】

冬の、草が枯れ木の葉の落ちた庭や庭園。

§

冬庭や月もいとなるむしの吟　芭蕉・芭蕉翁全伝

菖蒲の葉一枚生きて冬の園　山口青邨・花宰相

かれの【枯野】

草木のほとんどが枯れて、冬の荒涼とした野原の風景をいう。［同義］枯原（かれはら）。➡冬の野（ふゆのの）［冬］、朽野（くだらの）［冬］、枯山（かれやま）［冬］、春の野（はるのの）［春］、夏野（なつの）［夏］

§

見ればげに心もそれになりぞ行く枯野のすすき在明《ありあけ》の月　山家集（西行の私家集）

かいなでて負ひてひたして乳ふふめて今日は枯野におくるなりけり　大愚良寛・良寛歌評釈

汽車のなかに一人となりて我は居り遠くはろけく枯野はあらむ　島木赤彦・大虚集

旅に病《やん》で夢は枯野をかけ廻《めぐ》る　芭蕉・枯尾花

棹鹿《さをしか》のかさなり臥る枯野かな　土芳・猿蓑

鷹の目の枯野に居るあらしかな　丈草・丈草発句集

野は枯てのばす物なし鶴の首　支考・蓮二吟集

名を問へば夏来た村の枯野かな　也有・蘿の落葉

子を捨る藪さへなくて枯野哉　蕪村・蕪村句集

むさゞびの小鳥はみ居る枯野哉　蕪村・蕪村句集

石に詩を題して過《すぐ》る枯野哉《かな》　蕪村・蕪村遺稿

ぬつくりと夕霧くもる枯野哉　暁台・暁台句集

ざぶりざぶりざぶり雨降る枯野哉　一茶・享和句帖

がい骨の笛吹やうな枯野哉　一茶・七番日記
すみれ咲ばかりに成し枯野かな　梅室・梅室家集
荻窪や野は枯れ果て、牛の声　内藤鳴雪・改造文学全集
血の海や枯野の空に日没して　森鷗外・うた日記
烟るなり枯野のはての浅間山　村上鬼城・鬼城句集
とりまいて人の火をたく枯野哉　正岡子規・子規句集
吾影の吹かれて長き枯野哉　夏目漱石・漱石全集
この道に寄る他はなき枯野かな　河東碧梧桐・新傾向（冬）
遠山に日の当りたる枯野かな　高浜虚子・春夏秋冬
この杖の末枯野行く枯野行く　高浜虚子・六百五十句
火遊びの我れ一人ゐしは枯野かな　大須賀乙字・乙字句集
枯野路に影かさなりて別れけり　杉田久女・杉田久女句集
手を口にあげては食ふ枯野人　中村草田男・万緑
行くほどに枯野の坂の身高まる　中村草田男・銀河依然
枯野はや暮るる蔀《しとみ》をおろしけり　芝不器男・不器男句集

かれやま【枯山】
冬の、草が枯れ、木の葉の落ちた山。⇩枯野（かれの）［冬］、落葉山（おちばやま）［冬］

かんあい【寒靄】
冬の大気中に立ちこめた細霧・煙霧をいう。冬の都市に起こるスモッグも寒靄といえる。［同義］冬の靄（ふゆのもや）。⇩冬の霧（ふゆのきり）［冬］、寒煙（かんえん）［冬］、靄（もや）［四季］

かんえん【寒煙】
冬空に立ちのぼる煙の風情をいう。⇩寒靄（かんあい）［冬］、煙（けむり）［四季］

§

寒煙をどこからでも立て屋根の波　中村草田男・万緑

かんげつ【寒月】
冷たく冴え冴えと照る冬の月。⇩冬の月（ふゆのつき）［冬］

§

寒月《かんげつ》や居合《ゐあひ》をしへの葭《あし》がこひ　荷兮・元禄百人一句
寒月や枯木《かれき》の中の竹三竿《たけさんかん》　蕪村・蕪村句集
寒月や小石《こいし》のさはる沓《くつ》の底　蕪村・蕪村遺稿
寒月に立つや仁王《(にわう)》のからつ脛《(すね)》　一茶・八番日記
寒月に黒船遠きはしけ哉　内藤鳴雪・鳴雪句集
寒月やから堀端のうどん売　夏目漱石・漱石全集
寒月や天の一方に越の山　野田別天楼・春夏秋冬
寒月に雲飛ぶ赤城榛名《はるな》かな　河東碧梧桐・碧梧桐句集
池を干す水たまりとなれる寒月　尾崎放哉・須磨寺にて
寒の月白炎ひいて山をいづ　飯田蛇笏・雲母
寒月にひかる畝あり麦ならむ　水原秋桜子・葛飾
寒月の通天わたるひとりかな　川端茅舎・川端茅舎句集
寒月や見渡すかぎり甃　川端茅舎・ホトトギス
街角の産院なれば寒月浴び　中村草田男・火の島

かんすばる【寒昴】
冬の冴え切った夜空に輝く牡牛座の昴星をいう。六つの星が連なっているので六連星ともいい、形が似ているところから羽子板星ともいう。⇩冬の夜（ふゆのよ）［冬］

かんちょう【寒潮】
北国の重たくうねる灰色の海と寒風の中、海岸に打ち寄せ怒濤など、冬の海の寒々とした潮の風情をいう。[同義]冬の潮（ふゆのしお）。⬇冬の海（ふゆのうみ）[冬]、冬の波（ふゆのなみ）[冬]

§

寒潮に河豚の毒を洗ひけり　高浜虚子・定本虚子全集
寒潮やざうざう岩を落ちる渦　渡辺水巴・水巴句集

かんとう【寒灯・寒燈】
冬の寒々とした灯。[同義]冬の灯。⬇春灯（しゅんとう）[春]、冬の灯（ふゆのひ）[冬]、冬の夜（ふゆのよ）[冬]、寒夜（かんや）[冬]

§

爐といへば土佐の深山《みやま》の古庵《ふるいほ》の寒燈《かんとう》いまもありやあらずや　吉井勇・遠天
古写本に沁《し》む寒き灯《ひ》よ眼《め》は閉ぢてはろけき学《がく》をなげくひととき　木俣修・みちのく
灯の影は冬こそよけれ鹿のくる　乙二・斧の柄草稿
影法師の壁にしみ入れ寒夜の灯　村上鬼城・鬼城句集
寒燈の下や俳魔の影もなし　河東碧梧桐・碧梧桐句集
寒燈の下に文章口授《くじゅ》筆記　高浜虚子・六百五十句
寒燈下所思《しょし》を認《したた》め了《りょう》したる　高浜虚子・六百五十句
一寒燈主客を照らす片面《かたつら》づつ　中村草田男・万緑
寒き灯の下に子を置き旅いそぐ　加藤楸邨・穂高
寒燈を左右へ離れて妻帰す　石田波郷・惜命

かんどよう【寒土用】
立春（二月四日）の前の一八日間をいう。⬇土用（どよう）[夏]

かんなぎ【寒凪】
寒に入り、寒さが一層厳しくなる頃、空気も冷たく寒さも厳しいが、ふと空も晴れ、風もなく穏やかな日和になること。[同義]冬凪。⬇冬凪（ふゆなぎ）[冬]、御講凪（おこうなぎ）[冬]、凪（なぎ）[四季]

§

寒凪や押網舟に藻の林　水原秋桜子・晩華

かんなづき【神無月・十月】
旧暦一〇月の別名。「かみなづき」ともいう。古歌では「時雨」と共に詠まれることが多い。[語源]俗説に、この月は諸神が出雲国に旅立ち、留守をするので、神無月という。よって、出雲国では「神有月」となる。また、六月の雷鳴月に対して、雷無月の意という説もある。[同義]時雨月（しぐれづき）、神有月（かみありづき）、神去月（かみさりづき）、神なかり月（かみなかりづき）、初霜月（はつしもづき）、小春（しょうしゅん・こはる）、孟冬（もうとう）、上冬（じょうとう）、新冬（しんとう）、早冬（そうとう）、首冬（しゅとう）、良月（りょうげつ）、大月（だいげつ）、吉月（きちげつ）、陽月（ようげつ）、陰月（いんげつ）、陽正（ようせい）、大章（だいしょう）、橘陽（きつよう）、小呂（しょうろ）、始氷（しひょう）、玄仲（げんちゅう）、応理（おうり）、析木（きぼく）。⬇小春（こはる）[冬]、十月（じゅうがつ）[秋]

§

十月時雨《かむなづきしぐれ》の雨に濡れつつか君が行くらむ宿か借《か》るらむ
作者不詳・万葉集一二

十月時雨《かむなづきしぐれ》の常かわが背子《せこ》が屋戸《やど》の黄葉《もみちば》散りぬべく見ゆ
大伴家持・万葉集一九

十月時雨《かむなづきしぐれ》に逢へる黄葉《もみちば》の吹かば散りなむ風のまにまに
大伴池主・万葉集八

神なづきしぐればかりは降《ふ》らずしてゆきがてにのみなどかなるらん
伊勢集（伊勢の私家集）

神無《な》月時雨に濡《ぬ》るゝもみぢ葉《ば》はたゞわび人の袂《たもと》なりけり
凡河内躬恒・古今和歌集一六（哀傷）

神無月《かみなづき》ふりみふらずみ定《さだ》めなきしぐれぞ冬《ふゆ》のはじめなりける
よみ人しらず・後撰和歌集八（冬）

いつとなく時雨降《しぐれふ》りぬるたもとにはめづらしげなき神無月かな
実方朝臣集（藤原実方の私家集）

千はやふる神無《かみな》月ぞといひしより降つむ物は峰の白雪
能因集（能因の私家集）

神無《な》月ふかくなりゆく梢《こずゑ》よりしぐれてわたる深山辺《みやまべ》の里《さと》
永胤・後拾遺和歌集六（冬）

神無《かみな》月しぐるゝまゝに暗部山《くらぶやま》したてるばかり紅葉《もみぢ》しにけり
源師賢・金葉和歌集四（冬）

なにごともゆきて祈《いの》らむと思《おも》ひしに神無《な》月にもなりにけるかな
曾祢好忠・詞花和歌集四（冬）

嵐《あらし》ふく比良《ひら》のたかねのねわたしにあはれしぐるる神無月《かみなづき》かな
道因・千載和歌集六（冬）

神無《な》月《（づき）》風に紅葉《もみぢ》のちるときはそこはかとなく物ぞかなしき
藤原高光・新古今和歌集六（冬）

神無月しぐれふるらし佐保《さほ》山のまさきのかづら色まさりゆく
よみ人しらず・新古今和歌集六（冬）

神無月くれやすき日の色なれば霜の下葉に風もたまらず
藤原定家・定家卿百番自歌合

神無月みやこをたちし旅衣時雨をそへてぬれぬ日はなし
藤原為家・中院詠草

神な月いかにしぐるゝ雨ならん里わくこころもしらぬ袖かな
心敬・寛正百首

かみなづき又も春としいふめれば桜いろなるそでやかさねむ
賀茂真淵・賀茂翁家集

神無月《かみなづき》音せぬものに驚くはきのふの氷けふのはつゆき
香川景樹・桂園一枝

百舌鳥《もず》のゐる野中《のなか》の杭《くひ》よ十月《かんなづき》　嵐蘭・猿蓑

禅寺《ぜんでら》の松の落葉《おちば》や神無月《かんなづき》　凡兆・猿蓑

宗任《むねたふ》に水仙《すゐせん》見せよ神無月　蕪村・蕪村句集

安蘇《（あそ）》一見《（いつけん）》急ぎ候《（さふらふ）》やがて神無《（かんな）》月　一茶・寛政句帖

空狭き都に住むや神無月　夏目漱石・漱石全集

神主に狐つきけり神無月　高浜虚子・定本虚子全集

矢大臣の顔修繕や神無月　西山泊雲・雑詠選集

葬人の野に曳くかげや神無月　飯田蛇笏・雲母

山に遊ぶ水車の鶏や神無月　飯田蛇笏・山廬集

柿熟るゝや臥して迎へし神無月　杉田久女・杉田久女句集

たらちねとして日々潔し神無月　中村草田男・火の島

かんのあめ【寒の雨】

寒の時候に入ってから降る雨。寒さが身に沁むような厳しい雨である。寒に入って九日目に降る雨は「寒九の雨（かんくのあめ）」といって豊年の兆とされる。⬇寒の水（かんのみず）［冬］、冬の雨（ふゆのあめ）［冬］、寒の内（かんのうち）［冬］

§

うつし身は現身《うつしみ》ゆゑになげきつとおもふゆふべに降る寒《かん》のあめ
斎藤茂吉・ともしび

寒雨《かんあめ》に濡れて久しきおもひすも今は日の暮れ砂のへにゐつ
前川佐美雄・天平雲

鴈《かり》さはぐ鳥羽の田づらや寒《かん》の雨　芭蕉・西華集
簀《す》囲ひの魚の潜《ひそ》みや寒の雨　河東碧梧桐・碧梧桐句集
ぎっしりと金看板や寒の雨　川端茅舎・俳句文学全集
うしみつや音に出でたる寒の雨　日野草城・花氷

かんのいり【寒の入】

小寒（新暦の一月六日頃）に入る日をいう。小寒・大寒を通じて寒の三〇日に入る日である。北越地方では、この日に「寒固（かんがため）」といって小豆餅を食べる風習がある。⬇小寒（しょうかん）［冬］、大寒（だいかん）［冬］、寒の内（かんのうち）［冬］、寒明（かんあけ）［春］

§

月花の愚《ぐ》に針たてん寒《かん》の入《いり》　芭蕉・薦獅子集
晴天も猶つめたしや寒の入　杉風・続別座敷
むさし野は馬の上にて寒の入　土芳・簑虫庵集
宵過《（よひすぎ）》や柱みりみり寒《（かん）》が入る　一茶・文政句帖
うしろから寒が入る也《（なり）》壁の穴　一茶・八番日記
よく光る高嶺の星や寒の入り　村上鬼城・定本鬼城句集
鮭鱒《さけます》の孵化のさかりや寒の入　河東碧梧桐・碧梧桐句集
雪山に水ほとばしる寒の入り　飯田蛇笏・椿花集
冬将軍こよひ御入来寒の入　山口青邨・露団々
寒に入る石を掴みて一樹根　加藤楸邨・起伏

かんのうち【寒の内】

寒の入の小寒（一二月の節で、新暦の一月六日頃）から大寒（一二月の中で、新暦の一月二一日頃）の明ける寒明の約一か月をいう。「寒中」とも単に「寒」ともいう。寒に入って四日目を「寒四郎（かんしろう）」、九日目を「寒九（かんく）」という。［同義］寒中（かんちゅう）、寒（かん）。⬇小寒（しょうかん）［冬］、大寒（だいかん）［冬］、寒の入（かんのいり）［冬］、寒の雨（かんのあめ）［冬］、寒し（さむし）［冬］、冬（ふゆ）［冬］

§

から鮭も空也《くうや》の痩《やせ》も寒《かん》の内　芭蕉・猿蓑
美食して身をいとへとや寒の内　村上鬼城・定本鬼城句集
薬のむあとの蜜柑や寒の内　正岡子規・子規句集
佐渡振りを賑ふ臼や寒の内　河東碧梧桐・碧梧桐句集
寒といふ字に金石《きんせき》の響《ひびき》あり　高浜虚子・五百五十句
一切の行蔵寒にある思ひ　高浜虚子・五百五十句
黒き牛つなげり寒の真竹原　水原秋桜子・残鐘

灯ともるや寒の内なる青畳　　日野草城・花氷

かんのみず【寒の水】
寒中の凍るような水。感覚的には、氷より冷たい感じがある。寒に入って九日目に汲んだ水は「寒九の水」といわれ、薬とされる。⬇寒の雨（かんのあめ）［冬］、冬の雨（ふゆのあめ）［冬］、寒の内（かんのうち）［冬］

§

さためよの遺精もつらし寒の水　　其角・五元集拾遺
礁上の寒水《かんすい》海苔を湛へけり　　渡辺水巴・水巴句集
焼跡に透きとほりけり寒の水　　石田波郷・雨覆

かんぱ【寒波】
北極圏からシベリアを越えて寄せてくる冷気塊で、寒冷な空気をもたらし、気温が急激に下がる。

§

凛々と目覚時計寒波来　　日野草城・銀

かんぷう【寒風】
冬の寒い風である。⬇北風（きたかぜ）［冬］、空風（からかぜ）［冬］、北颪（きたおろし）［冬］

§

青空に寒風おのれはためけり　　中村草田男・火の島
寒風高く海へ出でんと絃をひたに　　中村草田男・火の島

かんや【寒夜】
寒い夜。⬇寒き夜（さむきよ）［冬］、寒し（さむし）［冬］、夜寒（よさむ）［秋］

§

この家に酒をつくりて年古《としふ》りぬ寒夜《かんや》は蔵《くら》に酒の滴《た》るおと　　中村憲吉・しがらみ
我を厭ふ隣家寒夜に鍋を鳴らす　　蕪村・蕪村句集
影法師の壁にしみ入る寒夜かな　　村上鬼城・雑詠選集
寒夜覚め何の音とも弁へず　　高浜虚子・句日記
鉢の梅嗅いで息づく寒夜かな　　渡辺水巴・白日
婆さんが寒夜の針箱おいて去んでる　　尾崎放哉・小豆島にて
寒夜読むや灯潮のごとく鳴る　　飯田蛇笏・山廬集
寂として寒夜わが咳余韻なし　　日野草城・旦暮
寒夜の妻絲巻きの絲中高に　　中村草田男・来し方行方
鼠族戮《つく》して寒夜読む文字ひつそりと　　中村草田男・銀河依然
大理石寒夜の霧が来て曇る　　加藤楸邨・寒雷

かんらい【寒雷】
冬の雷。寒冷前線によって起こることが多い。⬇雷（かみなり）［夏］、鰤起し（ぶりおこし）［冬］、雪起し（ゆきおこし）［冬］

§

寒雷《かんらい》は真夜《まよ》にとどろとひびきしがそのあとしづみ鼠も鳴かず　　前川佐美雄・天平雲
寒雷や肋骨のごと障子ある　　臼田亜浪・定本亜浪句集
一片の鮭無き巷寒雷す　　渡辺水巴・水巴句集
寒雷の沖よりおそふ俄雨　　水原秋桜子・晩華
寒雷やびりりびりりと真夜の玻璃　　加藤楸邨・寒雷

かんりん【寒林】
冬枯れのさむざむしい林。⬇冬木立（ふゆこだち）［冬］

糸のごと小枝《さえだ》もつるる寒林のうすき木かげにたちつくしけり　岡稲里・早春

§

またたきてわれをながむる夕づつの遠さを想ふ寒林の上　岡稲里・早春

「き」

きたおろし【北颪】

山から吹きおろす北寄りの風。北颪は山から吹いてくるため、山の名を冠してよばれることが多い。［同義］北山颪（きたやまおろし）。⇩空風（からかぜ）［冬］、北風（きたかぜ）［冬］、寒風（かんぷう）［冬］

§

ねられずやかたへひえゆく北おろし　去来・阿羅野

きたかぜ【北風】

北方から吹く風。俳句では冬の北風をいう。冬季には、アジア大陸に発達した高気圧から太平洋側の低気圧に北風、西風、北西風の季節風が吹く。この風は日本海で多量の水蒸気を含むため、日本海側では豪雪をもたらすが、太平洋側には乾いた空風をもたらす。［同義］寒風、朔風（さくふう）、冬の風、北吹く（きたふく）、大北風（おおぎた）、朝北風（あさぎた）。⇩空風（からかぜ）［冬］、北颪（きたおろし）［冬］、寒風（かんぷう）［冬］、風（かぜ）［四季］、冬の風（ふゆのかぜ）［冬］

§

つく杖は三十棒や冬のかぜ　乙州・芭蕉翁行状記

北風にうなじ伏せたる荷牛かな　村上鬼城・鬼城句集

北風に糞落し行く荷馬かな　河東碧梧桐・碧梧桐句集

帰り来ぬ人北風に立つ日かな　河東碧梧桐・碧梧桐句集

北風や石を敷きたるロシア町　高浜虚子・五百句

北風に人細り行き曲り消え　高浜虚子・五百五十句

北風や浪に隠くるる佐渡ケ島　青木月斗・改造社俳諧歳時記

北風やほとけの足のぶうらぶら　飯田蛇笏・雲母

北風寒き阜頭に吾子の舟つけり　杉田久女・杉田久女句集

北風や梢離れしもつれ蔓　水原秋桜子・葛飾

北風や多摩の渡し場真暗がり　水原秋桜子・葛飾

女進む髪の分け目を北風《きた》は対け　中村草田男・万緑

北風やあをぞらながら暮れはてて　芝不器男・不器男句集

巻きそびれたる甘藍は北風まかせ　加藤楸邨・寒雷

きたしぐれ【北時雨】

北の方から降ってくる時雨をいう。⇩時雨（しぐれ）［冬］

§

笠《かさ》ぬぎて無理《むり》にもぬるゝ北時雨《きたしぐれ》　荷兮・冬の日

きたしぶき【北しぶき】

北からの強風にのって吹き付ける雨しぶきをいう。⇩北風（きたかぜ）［冬］、冬の雨（ふゆのあめ）［冬］

狐火［江戸名所図会］

きつねび【狐火】

冬、山野に見える燐火をいい、俗信で狐が吐く気、または狐が携える人骨の燃える火などといわれた。空気中で燐化水素が燃えて起こる現象といわれる。➡不知火（しらぬい）［秋］

§

燐火《きつねび》や今朝《けさ》は霜《しも》をくかれ蓬《よもぎ》　牧童・卯辰集

狐火や髑髏に雨のたまる夜に　蕪村・蕪村句集

狐火の出てゐる宿の女かな　高浜虚子・定本虚子全集

火とぼして己等寒き狐かな　青木月斗・同人

狐火や風雨の芒はしりゐる　杉田久女・杉田久女句集

狐火におとなしく怖き父と寂し　杉田久女・杉田久女句集補遺

狐火の俥上ながらの添乳かな　川端茅舎・俳句文学全集

「く〜こ」

くだらの【朽野】

草木の朽ち果てた荒涼な野原をいう。山部赤人の「百済野の萩の古枝に春待つと居りし鶯鳴きにけむかも」の百済野を朽野・枯野に誤って解したことよるといわれる。百済野は帰化人が住んでいた大和の地名。［同義］枯野。➡枯野（かれの）［冬］、冬の野（ふゆのの）［冬］

§

くだら野の鶴にもまけし脚二本　乙二・斧の柄草稿

けさのしも【今朝の霜】

⇩霜（しも）［冬］

§

今朝《けさ》の霜いたく置くらむ宿駅《うまや》には戸をあくるおとのいまだ稀《まれ》なる　中村憲吉・軽雷集

葛の葉の面《おもて》見せけり今朝の霜　芭蕉・きさらぎ

夜すがらや竹こほらするけさのしも　芭蕉・芭蕉翁真蹟集

手雫《しづく》を猿も打《うち》ほる今朝の霜《しも》　野坡・野坡吟草

さをしかやゑひしてなめるけさの霜《（しも）》　一茶・おらが春

金柑《きんかん》は葉越しにたかし今朝の霜　芥川龍之介・発句

けさのふゆ【今朝の冬】

立冬の日の朝。⇩立冬（りっとう）［冬］

§

蜂の巣のこはれて落ちぬ今朝の冬　村上鬼城・鬼城句集

猫の眼の螽《いなご》に早しけさの冬　村上鬼城・鬼城句集

菊刈りてその好きを挿す今朝の冬　相島虚吼・虚吼句集

出羽人も知らぬ山見ゆ今朝の冬　河東碧梧桐・碧梧桐句集

けさのゆき【今朝の雪】

⇩雪（ゆき）［冬］

§

踏《ふ》ン切《ぎつ》て人は旅せよ今朝《けさ》の雪　野坡・そこの花

酒買の跡《あと》はとがめじ今朝《けさ》の雪　野坡・野坡吟草

鳳凰《ほうわう》の羽根《はね》や拾《ひろ》はむ今朝《けさ》の雪　露川・流川集

父の手に起すはしらじ今朝の雪　百里・金龍山

げんかん【厳寒】

冬の季節の厳しい寒さをいう。［同義］酷寒（こっかん）、極寒（ごっかん）、沍寒（ごかん）、厳冬（げんとう）、寒きびし（かんきびし）。⇩寒し（さむし）［冬］

§

厳といふ字寒といふ字を身にひたと　高浜虚子・六百五十句

極寒の塵もとどめず岩ぶすま　飯田蛇笏・雲母

厳寒や一と日の手順あやまたず　中村汀女・紅白梅

寒きびし樟の切口香に立ちて　日野草城・旦暮

こおり【氷】

水が氷点以下の温度になり、凝固した状態をいう。湖沼や滝、手水鉢の水などが凍る、冬のさまざまな風情をいう。一面に氷が張って水面が見えなくなった状態を「氷の楔（こおりのくさび）」といい、鏡のように物が写る平らな氷面を「氷面鏡（ひもかがみ）」「氷の鏡（こおりのかがみ）」という。薄く張った氷は蟬の羽にたとえて「蟬氷（せみごおり）」という。物の表面に張りついた氷を「氷の衣（こおりのころも）」といい、氷面が波紋様になった状態を「氷の花（こおりのはな）」という。音を立てて氷が張ることを「氷の声（こおりのこえ）」といい、氷上を歩いて渡れるところを「氷の橋（こおりのはし）」という。寒気で凍るごとく感じることの表現として「月氷る」「露氷る」「影氷る」「鏡氷る」「腸氷る（はらわたこおる）」などという。⇩初氷（はつごおり）［冬］、氷柱（つらら）［冬］、残る氷（のこるこおり）［春］、氷解く（こおりとく）［春］、春の氷（はるのこおり）［春］、薄氷（うすごおり）［春］、薄氷（うすらい）［春］、垂氷（たるひ）［冬］、氷晶（ひょうしょう）［冬］、氷壁（ひょうへき）［冬］、厚氷（あつごおり）［冬］、氷橋（こおりばし）［冬］、凍る（こおる）［冬］、氷海（ひょうかい）［冬］、氷湖（ひょうこ）［冬］、氷江（ひょうこう）［冬］

§

さむしろはむべ冴《さ》えけらし隠《かく》れ沼《ぬ》の蘆間《あしま》の氷《こほり》ひとへしにけり
頼慶・後拾遺和歌集六（冬）

はやく見《み》し山井《ゐ》の水のうすごほりうちとけさまにかはらざりけり
伊勢大輔・後拾遺和歌集一九（雑五）

つながねど流《なが》れも行《ゆ》かず高瀬舟《たかせぶね》結《むす》ぶ氷《こほり》のとけぬかぎりは
輔仁親王・金葉和歌集四（冬）

よもすがら嵐《あらし》の山《やま》に風《かぜ》さへ《(え)》て大《おほ》井の淀《よど》に氷《こほり》をぞ敷《し》く
山家心中集（西行の私家集）

きのふこそ秋はくれしかいつのまに岩間《いはま》の水のうすこほるらむ
藤原公実・千載和歌集六（冬）

きえかへり岩間《いはま》にまよふ水のあは《(わ)》のしばし宿《やど》かるうす氷かな
藤原良経・新古今和歌集六（冬）

君が世《よ》にあぶくま河《がは》のむもれ木も氷《こほり》のしたに春を待《ま》ちけり
藤原家隆・新古今和歌集一六（雑上）

汐引けば瀬々の氷の響きたて砕くこゝろを君は知らずや
伊藤左千夫・伊藤左千夫全短歌

朝おきて　我がおもあらふながし場に、しろき氷はひかりてゐたり。
石原純・靉日

瓶《かめ》わるゝ夜《よる》の氷のねざめ哉　芭蕉・染藻橋

一露《ひとつゆ》もこぼさぬ菊の氷かな　芭蕉・続猿蓑
水よりも氷の月はうるみけり　鬼貫・俳諧大悟物狂
狐《きつね》ゆく跡《あと》は霜《しも》ふる氷かな　牧童・卯辰集
山水《やまみづ》の減《へ》るほど減りて氷かな　蕪村・蕪村句集
筆濯《ふですす》ぐ応挙《おうきよ》が鉢に氷哉　蕪村・遺草
本馬《(ほんうま)》のしやんしやん渡る氷哉　一茶・文政句帖
斧揮つて氷を砕く水車かな　村上鬼城・鬼城句集
暁の氷すり砕く硯《すずり》かな　正岡子規・子規句集
筆の毛の水一滴を氷りけり　夏目漱石・漱石全集
氷上に間近しと思ふ谺かな　河東碧梧桐・碧梧桐句集
流れたる花屋の水の氷りけり　大須賀乙字・炬火
空の蒼さ滝落ちながら氷りけり　渡辺水巴・白日
海豹の出づる穴ある氷かな　長谷川零余子・国民俳句
氷上へひゞくばかりのピアノ弾く　篠原鳳作・筑摩文学全集

こおりばし【氷橋】

川や湖の十分な厚さに氷結した氷の上に、柴などを敷き詰めて臨時の橋道とすること。⬇氷（こおり）［冬］、氷湖（ひょうこ）［冬］、氷江（ひょうこう）［冬］

こおる【凍る・氷る】

寒気で水分などが凝結すること。また、凍るように感じられること。［同義］凍てる。⬇冴ゆる（さゆる）［冬］、凍土（いてつち）［冬］、凍上（とうじょう）［冬］、氷（こおり）［冬］、凍てる（いてる）［冬］、凍む（しむ）［冬］

§

…さ夜更くと　嵐の吹けば　立ち待つに　わが衣手に　置く
霜も　氷《ひ》に冴《さ》え渡り　降る雪も　凍り渡りぬ…（長歌）
作者不詳・万葉集一三

大空《おほぞら》の月ひかりし清《きよ》ければ影見し水ぞまづこほりける
よみ人しらず・古今和歌集六（冬）

いづくにか月はひかりをとゞむらむやどりし水もこほりゐにけり
平親宗・千載和歌集六（冬）

山里《ざと》の筧《かけひ》の水の氷《こほ》れるはを《(お)》と聞《き》くよりもさびしかりけり
輔仁親王・千載和歌集一七（雑中）

露霜《つゆしも》のよはにおきゐて冬の夜《よ》の月みるほどに袖はこほりぬ
曾祢好忠・新古今和歌集六（冬）

赤熊の毛皮敷き寐て天地の凍る夜寒を忘れつるかも
天田愚庵・愚庵和歌

氷《こほ》りたる水田《みづた》にうつる枯木立《かれこだち》心《こゝろ》の影《かげ》と寂《さび》しうぞ見《み》る
佐佐木信綱・新月

木がらしや西は茜の夕焼の透きとほりつつ氷るいろなり
太田水穂・冬菜

帰り来む御魂《みたま》と聞かば凍《こほ》る夜の千夜も御墓の石いだかまし
山川登美子・山川登美子歌集

打ち萎《しな》えわれにも似たる山茶花《さざんくわ》の凍れる花は見る人もなし
長塚節・病中雑詠

現身《うつせみ》の世のものとしも思ほえず氷りつつゆく河ぞ聞こゆる
斎藤茂吉・連山

うちどよむちまたを過ぎてしら露のゆふ凝《こ》る原にわれは来《き》にけり
斎藤茂吉・赤光

旅ごろも土に兎の糞凍る相模野野みち踏みて往かばや
吉井勇・人間経

雪山よかぜ吹きつげり凍りたる川瀬の岸のいく朝《ここ》とけず
中村憲吉・しがらみ

凍《こほ》りたる夜の高井戸みち古書の束《たば》抱くしれびとのわが歩《あゆ》み去る
木俣修・去年今年

櫓《ろ》の声波ヲうつて腸《はらわた》氷ル夜やなみだ
芭蕉・武蔵曲

たうとさの涙《なみだ》や直《すぐ》に氷《こほ》るらん
越人・あら野

うつくしく油の氷る灯《(ともし)》かな
一茶・文政句帖

門口《(かどぐち)》へ来て氷る也《(なり)》三井《(みゐ)》の鐘《(かね)》
一茶・七番日記

ともし行く灯《ひ》や凍らんと禰宜《ねぎ》が袖《そで》
正岡子規・子規句集

凍らんとするひそまりの蔓のさき
臼田亜浪・定本亜浪句集

ひたぶる静思に入りて
氷る月瞑目に神浮び来る
高田蝶衣・青垣山

こがらし【凩】

初冬に吹く強風。木の葉を落とし、枯木にするほどの風の意。また、「木嵐」の意ともいわれる。［同義］木枯（こがらし）。⬇冬の風（ふゆのかぜ）［冬］

§

いつのまに空《そら》のけしきのかはるらんはげしき今朝《けさ》の木枯《こがらし》の風
津守国基・新古今和歌集六（冬）

神無月時雨《(しぐれ)》飛《と》び分行《ゆ》く雁のつばさ吹干《ほ》す峰の木枯《こがらし》
後鳥羽院・遠島御百首

落葉《おちば》して月の色のみしろがねのうてなさびたるよるの木枯《こがらし》
小沢蘆庵・六帖詠草

よもすがら木葉《このは》をさそふ音たて丶夢も残さぬこがらしの風
香川景樹・桂園一枝

あら熊《くま》はゆくへも知《し》らず杉山《すぎやま》のうつぼにこもる木枯《こが》らしの声《こゑ》
加納諸平・柿園詠草

重荷負ひて山路をくだるやせ馬の断さむし木がらしの風
佐佐木信綱・思草

落残るくりのみまじり木がらしのおとすさまじく成れる頃かな
樋口一葉・詠草

見えざりし、御寺《みてら》も見えて、上野山、あとさへのこす、木枯のかぜ。
与謝野寛・東西南北

凩の吹きしづまれば瀬の鳴りのいづこともなし広き野なかに
島木赤彦・切火

木がらしにこのもかのもの山際は曙しろくふき晴れにけり
太田水穂・冬菜

君をのみ待てる心に木がらしをさびしく親の家にきくかな
武山英子・武山英子傑作歌選第二輯

はざまなる杉《すぎ》の大樹《だいじゆ》の下闇《したやみ》にゆふこがらしは葉《は》おとしやまず
斎藤茂吉・あらたま

あしびきの山《やま》こがらしの行《ゆ》く寒《さむ》さ鴉《からす》のこゑはいよよ遠《とほ》しも
斎藤茂吉・あらたま

こがらしの吹きとほるおと庭隈《にはくま》にすゑたる甕《かめ》のへにも聞こゆる
斎藤茂吉・霜

悲しみに別れ涙に別れ来し心のくまを木枯のふく
前田夕暮・収穫

ありあはせ昼餉《ひるげ》の宿の小障子をいづれば野なり凩《こがらし》のふく
土岐善麿・はつ恋

呼吸《いき》すれば、胸《むね》の中《うち》にて鳴《な》る音《おと》あり。凩《こがらし》よりもさびしきその音《おと》！
石川啄木・悲しき玩具

こがらしの風吹きすさぶ障子のうち咽《のど》ゑごくしてひと日暮れたり
古泉千樫・青牛集

親子みたり夕餉《ゆふげ》食《を》す夜をこがらしの風さむからむ森かげの家に
橋田東声・地懐

こがらしに耳傾けぬ遁れゆく君が心に聴き入るごとく
吉井勇・酒ほがひ

あけ近く　冱《さ》えしづまれる　月の空　むなしき山に　こがらし　つたふ
釈迢空・春のことぶれ

凩の日にけに吹きて山肌は赭くさびしくなりにけるかも
土田耕平・青杉

狂句こがらしの身は竹斎に似たる哉　芭蕉・冬の日
木枯《こがらし》やたけにかくれてしづまりぬ　芭蕉・鳥の道
こがらしや頰腫《ほほばれ》痛む人の顔　芭蕉・猿蓑
京にあきて此《この》木がらしや冬住《ふゆずま》ゐ　芭蕉・笈日記
木枯《こがらし》に岩吹《ふき》とがる杉間《すぎま》かな　芭蕉・笈日記
こがらしに二日《ふつか》の月《つき》のふきちるか　荷兮・あら野
こがらしや里《さと》の子覗《このぞ》く神輿部屋《みこしべや》　尚白・あら野
凩《こがらし》の果《はて》はありけり海の音　言水・新撰都曲
凩《こがらし》や沖よりさむき山のきれ　其角・炭俵

木《こ》がらしや晩鐘《いりあひ》ひとつ馬十疋《とひき》　楚常・卯辰集
こがらしや広野《ひろの》にどうと吹起《ふきおこ》る　蕪村・蕪村遺稿
寝た下を　凩《(こがらし)》づうんづうん哉　一茶・文政句帖
木《(こ)》がらしや廿四文の遊女小屋　一茶・おらが春
凩の吹き荒る丶中の午砲かな　内藤鳴雪・鳴雪句集
木枯やひろ野を走る雲のかげ　森鷗外・うた日記
凩や水こし桶に吹きあつる　村上鬼城・鬼城句集
凩や手して塗りたる窓の泥　村上鬼城・定本鬼城句集
凩《こがらし》に吹き落されな馬の尻　正岡子規・子規句集
詩僧死して只凩の里なりき　夏目漱石・漱石全集
凩や白樺の魔火さそふ時　河東碧梧桐・碧梧桐句集
木枯《こがらし》に浅間の煙吹き散るか　高浜虚子・六百句
けふは凩のはがき一枚　種田山頭火・草木塔
木枯や松にくひ込む藤かづら　高田蝶衣・新春夏秋冬
凩の樹を木鼠のはひ下りる　高田蝶衣・青垣山
木がらしや目刺《めざし》にのこる海のいろ　芥川龍之介・発句
凩の中に灯りぬ閻魔堂　川端茅舎・川端茅舎句集
木枯に真珠の如きまひるかな　川端茅舎・俳句文学全集
こがらしの夜は石たちも寝ねざらむ　日野草城・旦暮
木枯や翠も暗き東山　日野草城・花氷
凩や倒れざまにも三つ星座　芝不器男・不器男句集
凩やかぎり知られぬ星の数　加藤楸邨・野哭
紫宸殿何に音ある凩ぞ　加藤楸邨・寒雷

ごくげつ【極月】

十二月の別称。「ごくづき」「きょくげつ」ともいう。⬇十二月（じゅうにがつ）［冬］、師走（しわす）［冬］

§

東京の廃墟の上にわななきてちる極月のこの朝の雪　与謝野晶子・瑠璃光
極月や雪山星をいただきて　飯田蛇笏・雲母
極月の人々人々道にあり　山口青邨・雪国
極月の大南風吹く一と日かな　川端茅舎・俳句文学全集

こつごもり【小晦日】

旧暦の大晦日の前日をいう。現在では一般に新暦の大晦日の前日の一二月三〇日をもいう。『滑稽雑談』に「按ずるに、十二月廿九日を和俗の称する所也。晦日を俗又大晦日と称する故、けふをかく云ふ也。小は大に対する詞也」とある。⬇大晦日（おおみそか）［冬］

§

春やこし年や行けん小晦日　廿九日立春ナレバ　芭蕉・千宜理記

こなゆき【粉雪】

粉のようにさらさらした雪をいう。⬇雪（ゆき）［冬］

§

粉雪《こゆき》ちる鑛山《かなやま》ごえの峠《たうげ》道鴉《みちからす》のこゑをかなしと聞《き》きぬ　佐佐木信綱・新月
人の子の酒を求むと走りゆく町の場末をふる粉雪かな　太田水穂・つゆ艸
明治屋のクリスマス飾り灯ともりてきらびやかなり粉雪降り出づ　木下利玄・銀

撲《う》つ窓の障子も濡《ぬ》れぬ粉雪《こゆき》かな　森鷗外・うた日記
粉雪散らしくる大根洗ふ顔を上げず　尾崎放哉・須磨寺にて

こはる【小春】

旧暦一〇月の愛称。新暦では一一月頃。この月は一年の中で最も和暖で良い日和の季節であり、あたかも春のようであるところから小春とよんだ。『年浪草』に「初学記に曰、十月天時和煖春に似たり。故に小春と曰ふ」とある。小春の頃うららかな日を「小春日（こはるび）」、その頃の暖かい天候を「小春日和（こはるびより）」という。［同義］小六月。➡神無月（かんなづき）［冬］、小六月（ころくがつ）［冬］、十一月（じゅういちがつ）［冬］

§

霧の上に遠山の端《は》見えそめて小春の日和定《さだま》らむとす　島木赤彦・柿蔭集
小春日《こはるび》の曇《くもり》硝子《ガラス》にうつりたる鳥影《とりかげ》を見《み》てすずろに思《おも》ふ　石川啄木・手套を脱ぐ時
小春日の夕さりきたり肌寒し壁にのこれる黄いろき日影　古泉千樫・青牛集
ひからかす袖《そで》や小春の死出山《しでのやま》　路通・芭蕉翁行状記
こがらしもしばし息《いき》つく小春哉《こはるかな》　野水・あら野
つれなくも野風呂《のぶろ》見ぬ日の小春哉　露川・北国曲
朝寝《あさね》して出《で》れば小春の天気《てんき》哉　李由・東華集
けふの日もしれず小春の墓参《まゐり》　野坡・野坡吟草
小春にも夕暮《ゆふぐれ》ありて花に鐘《かね》　支考・文星観
小鳥ども囀《さへづ》りて見る小春哉　浪化・きれぎれ
江の小春鐘の声よしにごりなし　りん女・笈の塵
湖を抱いて近江の小春かな　内藤鳴雪・鳴雪句集
雲一朶小春の人にかげろひぬ　内藤鳴雪・新春夏秋冬
枯枝に青き鳥鳴く小春かな　内藤鳴雪・新俳句
小春日や石を噛み居る赤蜻蛉　村上鬼城・鬼城句集
屋の棟《むね》に鳩《はと》のならびし小春哉　正岡子規・子規句集
売り出しの旗や小春の広小路　正岡子規・子規句集
小春日や茶室を開き南向　夏目漱石・漱石全集
品川の海静かなる小春かな　河東碧梧桐・碧梧桐句集
小春ともいひ又春の如しとも　高浜虚子・六百句
念力のゆるみし小春日和《こはるびより》かな　高浜虚子・六百五十句
萱刈りのかくて日暮らす山小春　臼田亜浪・定本亜浪句集
小春日や木兎《つく》をとめたる竹の枝　芥川龍之介・発句
小春日や湖より青き蟹の甲　水原秋桜子・晩華
一人行き二人畦行く小春かな　水原秋桜子・葛飾
毬弾む己が小春の影曳いて　加藤楸邨・穂高

ころくがつ【小六月】

旧暦一〇月の別称。➡小春（こはる）［冬］

§

夕陽や流石に寒し小六月　鬼貫・鬼貫句選
城山に雉子出けり小六月　山店・小文庫
張物に縄の小紋や小六月　也有・蘿葉集
痩馬にあはれ灸や小六月　村上鬼城・定本鬼城句集

山内にひとつ淫祠や小六月　川端茅舎・俳句文学全集

大淀や水の光も小六月　日野草城・花氷

「さ」

さいばん【歳晩】

年の暮。⬇年の暮（としのくれ）［冬］

§

歳晩《さいばん》をひとりゐたりけり寒々とよわくなりたる身をいたはれば　斎藤茂吉・白き山

歳晩や火の粉豊かの汽車煙　中村草田男・長子

さむきよ【寒き夜】

⬇寒夜（かんや）［冬］、夜寒（よさむ）［秋］

§

ながらふる妻吹く風の寒き夜にわが背の君は独りか寝《ぬ》らむ　誉謝女王・万葉集一

沫雪の庭に降りしき寒き夜を手枕《たまくら》纏かず独りかも寝む　大伴家持・万葉集八

霰《あられ》ふりいたく風吹き寒き夜や波多野《はたの》に今夜《こよひ》わが独り寝む　作者不詳・万葉集一〇

衣手にあらしの吹きて寒き夜を君来まさずは独りかも寝む　作者不詳・万葉集一三

こほる湖に人沈めりと旅人の耳にも悲し此の寒き夜に　伊藤左千夫・伊藤左千夫全短歌

さむき夜を辻占売が提灯の光きえゆく町はづれかな　佐佐木信綱・思草

真白《ましろ》なるランプの笠《かさ》に　手《て》をあてて　寒《さむ》き夜《よ》にする物思《ものおも》ひかな　石川啄木・手套を脱ぐ時

寒き夜は日野《ひの》の御寺《みてら》の壁の画《ゑ》の濃きくれなゐの飛天もおもへ　前川佐美雄・天平雲

車輌ひく馬に添ひ歩む兵隊が寒夜《さむよ》の鋪道《ほだう》に歌ひ出《いだ》しぬ　木俣修・高志

寒き夜を　兵隊ひとり呼び据《ス》ゑて、さびしけれども　親の訃《フ》を告ぐ　折口春洋・鵠が音

寒き夜を往《ゆ》きて還《かへ》りし密偵《みつてい》に新しき紙幣出《いだ》してやりぬ　渡辺直己・渡辺直己歌集

さむきよやおもひつくれば山の上　去来・渡鳥集

寒き夜や折れ曲りたる北斗星　村上鬼城・定本鬼城句集

寒き夜の銭湯遠き場末哉　正岡子規・子規句集

寒き夜の仏に何を参らせん　渡辺水巴・白日

礫像四肢ひとの寒き夜さむく見ゆ　中村草田男・銀河依然

さむし【寒し】

体に感じる寒さや見ための寒さなどあらゆる寒さの事象。⬇冷たし（つめたし）［冬］、冴ゆる（さゆる）［冬］、朝寒（あさざむ）［秋］、夜寒（よさむ）［秋］、うそ寒（うそさむ）［秋］、漸寒（ややさむ）［秋］、肌寒（はださむ）［秋］、そぞ

ろ寒（そぞろさむ）［秋］、寒の内（かんのうち）［冬］、秋寒（あきさむ）［秋］、春寒し（はるさむし）［春］、暖か（あたたか）［春］、暑し（あつし）［夏］、涼し（すずし）［夏］、寒夜（かんや）［冬］、厳寒（げんかん）［冬］、寒空（さむぞら）［冬］、三寒四温（さんかんしおん）［冬］、しばれ［冬］、底冷（そこびえ）［冬］

§

宿カラム里モミエナクニカギロヒノ夕風寒ミ雲ハフリキヌ
伊藤左千夫・伊藤左千夫全短歌

冬枯の野に向く窓や夕ぐれの寒さ早かり日は照しつつ
島木赤彦・馬鈴薯の花

南田は畦や丶かわく日和にてとび菜の青みまだ寒きなり
太田水穂・冬菜

朝ぐもり北国《きたぐに》のさむさに葉柳の仄《ほの》けき羽虫畳にまひおつ
宇都野研・宇都野研全集

やうやくに病《やまひ》癒《い》えたるわれは来《き》て栗のいがを焚《た》く寒土《さむつち》のうへ
斎藤茂吉・白き山

杉はらにたまりて居りし落葉かな寒山《さむやま》なしてあれひとりゆく
斎藤茂吉・寒雲

もの恋《こほ》しく電車《でんしや》を待《ま》てり塵《ちり》あげて吹《ふ》きとほる風《かぜ》のいたく寒《さむ》しも
斎藤茂吉・あらたま

あやまちて切りし小指を冬の夜の灯のもとにみるさむさかな
前田夕暮・収穫

袂《たもと》かかげ綿入しつつ夜くだちぬ湯ざめの寒さ背中をおそふ
三ケ島葭子・三ケ島葭子歌集

京さむし鐘の音さへ氷るやと云ひつつ冷えし酒をすすりぬ
吉井勇・祇園歌集

寒き書庫に雑誌の束をくずしゆく学徒兵のこと明らめんとして
木俣修・呼べば谺

田作《たつくり》に鼠《ねずみ》追《お》ふよの寒《さむ》さ哉《かな》　亀洞・あら野
水寒く寝入《ねいり》かねたるかもめかな　芭蕉・あつめ句
ごを焼《たい》て手拭《てぬぐひ》あぶる寒さ哉　芭蕉・笈日記
寒けれど二人寐《ね》る夜ぞ頼もしき　芭蕉・笈の小文
葱《ねぎ》白く洗ひたてたるさむさ哉　芭蕉・韻塞
塩鯛の歯ぐきも寒し魚の店《たな》　芭蕉・薦獅子集
みちばたに多賀《たが》の鳥井《とりゐ》の寒さ哉《かな》　尚白・猿蓑
寒き日は猶《なほ》りきむ也《なり》たばこ切《きり》　千那・韻塞
小屏風《こびやうぶ》に茶《ちや》を挽《ひき》か丶る寒《さむ》さ哉《かな》　斜嶺・続猿蓑
植竹《うゑたけ》に河風《かはかぜ》さむし道《みち》の端《はた》　土芳・続猿蓑
ふる寺に皮むく棕櫚《しゆろ》の寒げ也　鬼貫・俳諧大悟物狂
寒き日や外へ出て見る不二《ふじ》の雪　桃隣・伊達衣
人声《ひとごゑ》の夜半《よなか》を過《すぐ》る寒さ哉《かな》　野坡・炭俵
寒さ来て野寺《のでら》の花の簀子椽《すのこえん》　楚常・卯辰集
我蒲団《わかふとん》いたゞく旅《たび》の寒《さむさ》かな　沾圃・続猿蓑
寺寒く樒《しきみ》はみこぼす鼠かな　蕪村・蕪村句集
水鳥《みづとり》も見えぬ江《え》わたる寒さ哉　蕪村・蕪村遺稿
井戸にさへ錠《ぢやう》のかかりし寒さ哉　一茶・享和句帖
一人と帳面につく寒さかな　一茶・寂砂子
月寒し袈裟打ち被る山法師　内藤鳴雪・鳴雪句集
一つゞ丶寒き影あり仏達　村上鬼城・鬼城句集

薪舟《まきぶね》の関宿下る寒さかな　正岡子規・子規句集
山陰に熊笹寒し水の音　夏目漱石・漱石全集
伊豆の海や大島寒く横はる　河東碧梧桐・碧梧桐句集
雨寒し牡蠣売れ残る魚の店　佐藤紅緑・春夏秋冬
幾何《いくばく》の寒さに耐ゆる我身かも　高浜虚子・六百五十句
水交る油かこつ夜寒さかな　大谷句仏・続春夏秋冬
赤い実を喉に落す鳥寒う見ゆ　渡辺水巴・白日
くるりと剃つてしまつた寒ン空　尾崎放哉・小豆島にて
よるべなく童女のこゑの日々寒し　飯田蛇笏・椿花集
ある夜月に富士大形の寒さかな　飯田蛇笏・雲母
奇蹟信ぜずも教徒なる寒さかな　中塚一碧楼・一碧楼一千句
切支丹《きりしたん》坂を下り来る寒さ哉《かな》　芥川龍之介・発句
寒さ見詰めて妻あり次子の生《あ》れんとす　中村草田男・火の島
学問の黄昏さむく物を言はず　加藤楸邨・寒雷

さむぞら【寒空】

冬の寒い日の空。または寒い天候をいう。⬇寒し（さむし）[冬]

§

暮《く》れのこる寒空《さむぞら》の下戸《もとと》をさせるわが家《いへ》を見《み》たりこれは又《また》さびし　木下利玄・李青集
寒空に都を逃し物ぐるひ　鬼貫・七車
寒空や筏にのせし鍋の跡　乙二・斧の柄草稿

さゆる【冴ゆる】

①寒さや冷たさが醇化され、透き通るような感じをいう。しんしんと冷えること。②光や音や色などが冷たく感じるほどに澄んでいること。[同義] 冴え（さえ）。⬇冴え返る（さえかえる）[春]、寒し（さむし）[冬]、凍る（こおる）[冬]

§

霜《しも》さゆる山田のくろのむら薄《すゝき》かる人なしみ残《のこ》るころかな　慈円・新古今和歌集六（冬）
夜《よ》を寒《さむ》み閨《ねや》のふすまのさゆるにも藁屋《わらや》の風《かぜ》を思《おも》ひこそやれ　後鳥羽天皇・続後撰和歌集一六（雑上）
吹《ふ》きおろす安蘇《あそ》山嵐《あらし》けさ冴《さえ》て冬野を広《ひろ》み雪ぞつもれる　宗尊親王・文応三百首
霜冴ゆる鎚のひゞきに勇み立つ火のあらがねのかぐ土の神　太田水穂・冬菜
冬の夜のふくるがままに冴えてゆくひかりに弱き生物《いきもの》は死ぬ　武山英子・武山英子傑作歌選第二輯
雲深くとざせる渓の奥所《おくが》よりいよいよ冴えて水の聞ゆる　若山牧水・さびしき樹木
冴え冴えと石切る音のひびき来る島ちかく来て朝ごころ澄む　吉井勇・天彦
冴《さ》え冴《ざ》えとほこり静まる夕べにて莢《さや》たるる合歓《ねむ》に残れる光《ひかり》　土屋文明・山の間の霧
朝かげに色燃ゆるごと月見草ひらける花の純黄に冴ゆ　宮柊二・純黄
冴《さ》えて行《ゆく》月はひとつよ西ひがし　李由・霜の光
さゆる夜のともし火すごし眉《まゆ》の剣《けん》　園女・菊の塵
冴る霜もしもや鳴らば初瀬の鐘　嘯山・葎亭句集
庫裏冴えて天井高き嵐かな　阪本四方太・春夏秋冬

鐘さゆる夜か、げても灯の消えんとす　正岡子規・新俳句
琵琶《びわ》冴《さ》えて星落来《おちきた》る台《うてな》哉　正岡子規・子規句集
萩刈つてからりと冴えぬ夕明り　渡辺水巴・白日
声音冴ゆ光太郎たゞ進むのみと　中村草田男・万緑
さえざえと雪後の天の怒濤かな　加藤楸邨・雪後の天

さよしぐれ【小夜時雨】

夜に降る時雨をいう。「小（サ）」は接頭語である。➡時雨（しぐれ）［冬］

§

さよしぐれふるおとたえぬいもとわがきゝつるすゑをきりし計《ばかり》に　大隈言道・草径集
琵琶法師暇申してまかんづるおばしまさむきさよ時雨かな　佐佐木信綱・思草
病室の窓の玻璃扉《はりど》にほとほとと小夜《さよ》の時雨《しぐれ》ぞ忍び来にける　岩谷莫哀・仰望
小夜《さよ》しぐれ隣《となり》へはい《（ひ）》る傘《かさ》の音　嵐蘭・雑談集
小夜《さよ》しぐれ人を身にする山居哉　其角・五元集
ゆふべより降まさりつゝ小夜時雨　樗良・樗良発句集
小夜時雨《さよしぐれ》上野を虚子の来つゝあらん　正岡子規・子規句集

さんかんしおん【三寒四温】

三日寒い日が続いた後、四日あたたかい日が続くということ。冬季に、シベリアの高気圧の勢力が三〜四日の周期で強弱し、それにともなって気温も変化する。➡寒し（さむし）［冬］

「し」

しぐる【時雨る】

時雨が降るという意の動詞である。➡時雨（しぐれ）［冬］

§

大空《おほぞら》のしぐるゝだにもかなしきにいかにながめてふる袂《たもと》そは　実方朝臣集（藤原実方の私家集）
神無月《かみなづき》たちにし日より雲のゐるあふりの山ぞ先《まづ》しぐれける　賀茂真淵・賀茂翁家集
時雨《しぐる》るや筧《かけひ》の水の生《いき》てゆく　知足・記念題
玉笹《たまざさ》や不断《ふだん》時雨《しぐ》るゝ元箱根　西鶴・蓮実
草枕犬も時雨《しぐる》ゝかよるのこゑ　芭蕉・甲子吟行
かさもなき我をしぐるゝかこは何《なん》と　芭蕉・あつめ句
しぐるゝや田のあらかぶの黒む程　芭蕉・泊船集
一尾根《ひとをね》はしぐるゝ雲かふじのゆき　芭蕉・泊船集
人々をしぐれよ宿は寒くとも　芭蕉・芭蕉翁全伝
深川は月も時雨《しぐ》るゝ夜風かな　杉風・続別座敷
もらぬほど今日《けふ》は時雨《しぐれ》よ草の庵《いほ》　斜嶺・炭俵
しぐるゝやありし厠《かはや》の一松《ひとつまつ》　其角・五元集拾遺
時雨《しぐ》るゝや黒木《くろき》つむ屋《や》の窓あかり　凡兆・猿蓑
しぐるゝや伊駒《いこま》出し置《おく》北の窓《まど》　野坡・天上守

しぐるゝや長田《をさだ》が舘《たち》の風呂《ふろ》時分《じぶん》　蕪村・蕪村遺稿
人のためしぐれておはす仏哉　一茶・七番日記
しぐるゝや女の著たる赤合羽　内藤鳴雪・鳴雪句集
時雨るゝや右手なる一の台場より　夏目漱石・漱石全集
憂々と鼓刀の肆に時雨けり　夏目漱石・漱石全集
時雨るゝとたゝずむ汝《なれ》と我とかな　高浜虚子・七百五十句
しぐるるやしぐるる山へ歩み入る　種田山頭火・草木塔
うしろすがたのしぐれてゆくか　種田山頭火・草木塔
しぐるゝやねむごろに包む小杯　渡辺水巴・白日
しぐれますと尼僧にあいさつされて居る　尾崎放哉・須磨寺にて
しぐるるや堀江の茶屋に客ひとり　芥川龍之介・発句
時雨れつゝかしこき神の草枕　水原秋桜子・葛飾
時雨れつゝ鋸山の歯に夕日　山口青邨・雪国
しぐるゝや目鼻もわかず火吹竹　川端茅舎・川端茅舎句集
時雨るるや水をゆたかに井戸ポンプ　中村汀女・汀女句集

しぐれ【時雨】

晩秋から冬にかけて、天候の晴れ曇りの別なく、短時間、狭い範囲に強い風をともなって降る雨をいう。季節風が連山にあたって冷却され、雲となって雨を降らした後、残りの水蒸気が風に吹かれて急雨となるのである。京都のような周辺を山に囲まれた盆地に多く降るので、「山めぐり」ともよばれる。中国でいう「液雨（えきう）」は時雨のことをいう。旧暦の一〇月は「時雨月（しぐれづき）」といわれる。時雨は、万葉集では晩秋から初冬の雨として詠まれたが、平安時代に入ると初冬の雨として詠まれた。万葉集では木の葉を色づかせる雨として詠まれ、平安時代では木の葉を散らす雨として多く詠まれているのに呼応している。俳句では初冬の季語とし、秋の時雨は「秋時雨」として秋の季語となる。また、時雨の風情はさまざまにたとえられ、川音や松風や木の葉の音を「川音の時雨」「松風の時雨」「木の葉の時雨」と表現したり、また涙に濡れるさまを「涙の時雨」「袖の時雨」などと表現したりする。『滑稽雑談』に「連歌本意抄に云、時雨は秋の中より ふる物なれども、秋の詞入らざれば冬に成る也。只しぐれ計は十月・十一月迄によし。時雨ふる時は、いかにも物淋しく曇りがちにして、軒にも雫の絶えぬ體、秋のしぐれは、夜にも木の葉艶して冷じき體よし。晴る、事はやし」とある。『山之井』には「しぐれは、空さだめなく、はるゝと見ればぐれりと曇り、ふるとおもへばさゝらげもあらぬ気色。足ばやに通りゆくさまなどいひて、月は出とするさよしぐれ、時雨のあめや下り坂などもつらね、めぐるといふにつきて、地獄めぐり・山めぐり・どゝめぐりなどのことばをもとめ」とある。［同義］山めぐり（やまめぐり）。➡時雨る（しぐる）［冬］、初時雨（はつしぐれ）［冬］、冬の雨（ふゆのあめ）［冬］、秋時雨（あきしぐれ）［秋］、春時雨（はるしぐれ）［春］、雪時雨（ゆきしぐれ）［冬］、青時雨（あおしぐれ）［夏］、蝉時雨（せみしぐれ）［夏］、夕時雨（ゆうしぐれ）［冬］、露時雨（つゆしぐれ）［秋］、長月（ながつき）［秋］、朝時雨（あさしぐれ）［冬］、北時雨（きたしぐれ）［冬］、小夜時雨（さよしぐれ）［冬］、村時雨（むらしぐれ）［冬］

時雨［絵本常盤草］

百船《ももふね》の泊つる対馬《つしま》の浅茅山時雨《しぐれ》の雨にもみたひにけり §

作者不詳・万葉集一五

竜田河錦を《(お)》りかく神無《な》月しぐれの雨をたてぬきにして

よみ人しらず・古今和歌集六（冬）

もろともに山めぐりする時雨《しぐれ》かなふるにかひなき身とはしらずや

藤原道雅・詞花和歌集四（冬）

ねざめしてたれか聞《き》くらんこのごろの木《こ》の葉にかゝるよはの時雨《しぐれ》を

馬内侍・千載和歌集六（冬）

時雨《しぐれ》の雨そめかねてけり山城《しろ》のときはのもりの真木《まき》の下葉《(したば)》は

能因・新古今和歌集六（冬）

晴《(はれ)》くもる里こそかはれ神無月空は時雨のふらぬまもなし

頓阿・頓阿法師詠

高鴨ははやくしぐれぞふりにけるかづらき山のみねのうき雲

賀茂真淵・賀茂翁家集

あはれよにふるほどもなき暁の老《おい》のねざめをとふ時雨かな

小沢蘆庵・六帖詠草

しぐれのあめまなくしふればわがやどはもりのこのはにうつろひぬらむ

大愚良寛・良寛自筆歌抄

紅葉もちりてさひしき深山へをおとつれかほに時雨ふるなり

伊藤左千夫・伊藤左千夫全短歌

夕日かげさすがにかさはもて来たりみちのしぐれにふられならひて

樋口一葉・詠草

山の時雨疾《はや》く来りぬ屋根低き一筋街《ひとすぢまち》のはづれを見れば　島木赤彦・火魚
光さへ身に沁むころとなりにけり時雨にぬれしわが庭の土　島木赤彦・太虚集
時雨《しぐ》れ来るけはひ遥かなり焚き棄てし落葉の灰はかたまりぬべし　長塚節・鍼の如く
ゆふされば大根《だいこん》の葉《は》にふる時雨《しぐれ》いたく寂《さび》しく降《ふ》りにけるかも　斎藤茂吉・あらたま
こつそりと小《ち》さきめいしをくれにけり。しぐれの海《うみ》を、遠《とほ》くながむる。　土岐善麿・黄昏に
しめやかに時雨の過ぐる音聴こゆ嵯峨はもさびし君とゆけども　吉井勇・祇園歌集
はつはつに欅《けやき》の梢《こぬれ》うち霧《き》らし時雨《しぐれ》はとほる天《あめ》の時雨は　半田良平・野づかさ
朝のまの時雨《しぐれ》は晴れてしづかなる光となりぬ街路樹のうへ　佐藤佐太郎・歩道
いづく霽《しぐれ》傘《カサ》を手にさげて帰る僧　芭蕉・東日記
此海《このうみ》に草鞋《わらんぢ》すてん笠しぐれ　芭蕉・皺筥物語
山城へ井出の駕籠《かご》かるしぐれ哉　芭蕉・焦尾琴
作りなす庭をいさむるしぐれかな　芭蕉・真蹟
宿かりて名を名乗らするしぐれ哉　芭蕉・続猿蓑
馬かたはしらじしぐれの大井川　芭蕉・泊船集
客とめん山をはなる丶しぐれ雲　杉風・木曾の谷

見《み》しり逢《あ》ふ人《ひと》のやどりの時雨哉《しぐれかな》　荷兮・あら野
なつかしや奈良《なら》の隣の一時雨《ひとしぐれ》　曾良・猿蓑
舟人《ふなびと》にぬかれて乗《の》し時雨《しぐれ》かな　尚白・猿蓑
いそがしや沖の時雨《しぐれ》の真帆《まほ》片帆《かたほ》　去来・猿蓑
鑓持《やりもち》の猶振《なほふり》たつるしぐれ哉《かな》　正秀・猿蓑
樫《かし》の木にたよる山路の時雨《しぐれ》哉　牡年・渡鳥集
あれ聞けと時雨《しぐれ》来る夜《よ》の鐘の声　其角・猿蓑
おとなしき時雨《しぐれ》を聞や高野山《かうやさん》　鬼貫・俳諧大悟物狂
黒《くろ》みけり沖の時雨《しぐれ》の行《いく》ところ　丈草・炭俵
幾人《いくたり》かしぐれかけぬく勢多《せた》の橋　丈草・猿蓑
しぐれ野や吹《ふ》かれてすごき鷹《たか》の艸《くさ》　野坡・野坡吟草
沖西《おきにし》の朝日《あさひ》くり出《だ》す時雨《しぐれ》かな　沾圃・続猿蓑
楠《くす》の根を静にぬらす時雨哉　蕪村・蕪村句集
遠山《とほやま》に夕日一すぢ時雨哉　蕪村・落日庵句集
寝筵《(ねむしろ)》にさつと時雨の明り哉　一茶・七番日記
振り立つる大万燈に時雨かな　村上鬼城・鬼城句集
烏羽玉の木のしりますや時雨雲　伊藤左千夫・伊藤左千夫全短歌所収「俳句」
山門に時雨《しぐれ》の傘を立てかけし　河東碧梧桐・碧梧桐句集
洛北の殊《こと》に大原《おおはら》の時雨《しぐれ》かな　高浜虚子・七百五十句
石庭に魂入りし時雨かな　高浜虚子・七百五十句
黒坂やしぐれ葬の一つ鐘　飯田蛇笏・山廬集
み仏に母に別る丶時雨かな　杉田久女・杉田久女句集
小倉山松ゆれてをり時雨来む　山口青邨・雪国

湯ぶねより一とくべたのむ時雨かな　川端茅舎・川端茅舎句集

かぐはしや時雨すぎたる歯朶の谷　川端茅舎・川端茅舎句集

思ひ捨つ一片に京のしぐれかな　中村汀女・薔薇粧ふ

街道や時雨いづかたよりとなく　中村草田男・長子

蕭々と畦ばかりなる時雨かな　加藤楸邨・穂高

しずりゆき【しずり雪】

樹木の枝から落ちる雪のこと。⬇雪（ゆき）［冬］

しばれ

北海道で厳しい寒気をいう。寒気を感じることをしばれるといい、雪が降る前の厳しい寒さを「からしばれ」という。⬇寒し（さむし）［冬］

しまき

「しまき」は時雨に強風が伴ったものをいい、雪に強風が伴ったものを「雪しまき」という。北海道や東北地方に多く見られる天候現象である。『御傘』には「時雨に風のそひたるを云ふ」とある。⬇雪しまき（ゆきしまき）［冬］

§

瀬戸《せと》わたる棚無小舟《たなゝしをぶね》こゝろせよ霰《あられ》みだるゝしまきよこぎる　山家心中集（西行の私家集）

夕庭の檜《ひ》の上枝《ほつえ》よりさらさらにしづるる雪の風巻《しまき》しらじら　橋田東声・地懐

しまき来る雪の黒みや雲の間　丈草・丈草発句集

あるかひも宿は志巻のやれ簾　白雄・白雄句集

しむ【凍む】

凍ること。⬇凍る（こおる）［冬］

しも【霜】

冬の晴れて気温の低い夜など、冷却された地表の事物に大気中の水蒸気が触れ、針状・板状・柱状に結晶したもの。また、地表に露となって付着したものがさらに冷却して氷結したものがある。前者は無数の結晶からなり、後者は無数の小さな氷球からなる。『滑稽雑談』に「八雲御抄に云、霜、はつしも・夕霜・はたれ、薄垂也。但し春も少々詠めり。つるのいましめ・おくれ霜・かねのこゑ・さはひこま」「藻塩草に云、さはひこめ、霜の異名」「連歌本意抄に云、霜は秋の半より降る物也。秋の詞入りては秋也。只霜と計は初霜も冬也。中の春迄は降る物也。私云、俗に名残の霜と云ふ。春也。歌にも春の霜を云ふ」とある。「霜枯れ」は古歌にも多く詠まれ、草木が霜にあたって枯れてしまうことをいう。また霜は白髪や鶴にたとえられ、長命を寿ぐものとしても多く詠まれた。そのほか霜はさまざまな形で詠まれている。「青女」は霜雪を司る天神で、霜の別名ともなっている。「霜の剣」は霜柱を剣に見立てた表現であり、「霜だたみ」は一面にできた霜をいう。雪をその結晶から「六の花」というが、霜は「三つの花」という。「はだれ霜」はまだら模様に降りた霜。霜が降り、しんしんとした風情を形容して「霜の声」という。［同義］三つの花（みつのはな）、さわひこめ、青女（せいじょ）。⬇初霜（はつしも）［冬］、霜柱（しもばしら）［冬］、露霜（つゆじも）［秋］、春の霜（はるのしも）［春］、秋の霜（あきのしも）［秋］、忘れ霜（わすれじも）［春］、夏の霜（なつのしも）［夏］、朝霜（あさしも）［冬］、今朝の霜（けさのしも）［冬］、霜枯れ

（しもがれ）［冬］、霜夜（しもよ）［冬］

§

里ごとに霜は置くらし高松の野山つかさの色づく見れば　作者不詳・万葉集一〇

天《あま》飛ぶや雁のつばさの覆羽《おほひば》の何処《いづく》漏りてか霜の降りけむ　作者不詳・万葉集一〇

夕凝《ゆふこ》りの霜置きにけり朝戸出《あさとで》にはなはだ踏《ふ》みて人に知らゆな　作者不詳・万葉集一一

霜はたゞ白しとおもふに霜おけば白菊あかくにほはすやなぞ　田安宗武・悠然院様御詠草

笹《ささ》の葉《は》のしろきは霜《しも》の光《ひかり》にてまだ夜《よ》はふかし岡《をか》のべのみち　熊谷直好・浦の汐貝

さらばこそ霜ふりぬらし人おき《起》てゆきのごとしといふこゑのする　大隈言道・草径集

夜をこめて吹風寒し此朝け我が衣手に霜ぞ置にける　天田愚庵・巡礼日記

霜しげき広野のすゑのむら木立枝もとををに氷はなさく　森鷗外・うた日記

月のいる深山のおくをなかむれは紅葉しろし霜やおきけん　伊藤左千夫・伊藤左千夫全短歌

朝日さすかたより消ておく霜の　たかき所は落葉成けり　樋口一葉・詠草

みやこには、霜やおくらむ。上野山、鐘の音さえて、夜は明にけり。　与謝野寛・東西南北

霜ふればほろほろと胡麻《ごま》の黒き実《み》の地《つち》につくなし今わかれなむ　斎藤茂吉・赤光

午前八時すずかけの木のかげはしる電車の霜もなつかしきかな　北原白秋・桐の花

口にがくわが病《や》むあした霜《しも》きびし祖母《そぼ》は厨《くりや》に味噌《みそ》ずりたまふ　三ケ島葭子・三ケ島葭子歌集

畑《はたけ》には大霜《おほしも》おけり早起きを山ゆくと兄は鎌《かま》とぎゐるか　橋田東声・地懐

霜見れば年ごとに増す鬢の毛の白きをおもひかなしきろかも　吉井勇・人間経

家の前をりをり通る人ごゑもしたしや冬の霜のあさけは　石井直三郎・青樹以後

こゑいまだ耳にのこれり亡骸《なきがら》を霜ふかき土にゆだねたる小さん　大熊長次郎・真木

あかときと瞼《まぶた》に寒くきらめきて霜むすぶらむ暗き外《と》あかり　前川佐美雄・天平雲

里人《さとびと》のわたり候《さうらふ》かはしの霜《しも》　宗因・あら野

貧《ひん》-山《ざん》の釜霜に啼声《なくこゑ》寒し　芭蕉・虚栗

さればこそあれたきまゝの霜の宿　芭蕉・曠野

薬のむさらでも霜の枕かな　芭蕉・笈日記

みな出《いで》て橋をいたゞく霜路《しもぢ》哉　芭蕉・泊船集書入

かりて寐む案山子《かかし》の袖や夜半の霜　芭蕉・其木がらし

馬取の卸背《ハダセ》乗行《のりゆく》霜《しも》ふみて　曾良・深川

猿蓑《さるみの》にもれたる霜《しも》の松露《しようろ》哉《かな》　沾圃・続猿蓑

うす曇る日はどんみりと霜おれて　乙州・ひさご
松明《まつ》振《ふ》りて舟橋《ふなばし》わたる夜の霜　蕪村・蕪村遺稿
折りくべて霜湧き出づる生木かな　内藤鳴雪・鳴雪句集
霜いたし日々の勤めの老仲間　村上鬼城・鬼城句集
南天をこぼさぬ霜《しも》の静かさよ　正岡子規・子規句集
石蕗の葉の霜に尿する小僧かな　正岡子規・子規句集
門前や直チに霜《しも》の枯木原　松瀬青々・妻木
霜降れば霜を楯《たて》とす法《のり》の城　高浜虚子・五百句
蜂歩りく芝の霜解光りけり　大須賀乙字・炬火
霜しろくころりと死んでゐる　種田山頭火・草木塔
霜がびつしり下りて居る朝犬を叱る　尾崎放哉・須磨寺にて
霜ふみてしづまる心宙を見る　飯田蛇笏・椿花集
おく霜を照る日しづかに忘れけり　飯田蛇笏・雲母
行燈に袂触る丶や霜の声　高田蝶衣・新春夏秋冬
遠くに私ゐる地の霜の白きに　中塚一碧楼・一碧楼一千句
霜どけの葉を垂らしたり大八つ手　芥川龍之介・澄江堂句集
枯れて立つもの岐嶇として霜置きぬ　山口青邨・雪国
古里は霜のみ白く夜明けたり　山口青邨・花宰相
大霜の薔薇真紅なり門を閉づ　水原秋桜子・残鐘
糞壺の糞の日に寂び霜に寂び　川端茅舎・俳句文学全集
霜白し妻の怒りはしづかなれど　日野草城・人生の午後
霜の威に墓ことごとく蒼ざめぬ　中村草田男・火の島
霜踏んで行くや悪夢は昨夜《きぞ》の事　中村草田男・長子
浮葉さへ今年は早き霜いたる　加藤楸邨・寒雷
パン種の生きてふくらむ夜の霜　加藤楸邨・野哭
死や霜の六尺の土あれば足る　加藤楸邨・野哭
霜の樹々一樹歪みて崖に向く　石田波郷・鶴の眼
グノー聴け霜の馬糞を拾ひつ丶　石田波郷・雨覆
霜の墓抱き起されしとき見たり　石田波郷・惜命

しもがれ【霜枯れ】

霜害で農作物や植物が枯れること。➡霜（しも）［冬］

§

霜枯《が》れの枝となわびそ白雪の消《き》えぬ限《かぎり》は花とこそ見《み》れ　よみ人しらず・後撰和歌集八（冬）
霜《しも》がれの冬野《ふゆの》に立《た》てるむらす丶きほのめかさばや思《おも》ふこ丶ろを　平経章・後拾遺和歌集一一（恋二）
しもがれのまがきのうちの雪見《み》れば菊《きく》よりのちの花もありけり　藤原資隆・千載和歌集六（冬）
霜がれはそこともみえぬ草の原《はら》たれにとはまし秋のなごりを　藤原俊成女・新古今和歌集六（冬）
霜枯《がれ》は尾花踏《ふ》み分《わけ》行《ゆ》く鹿の声こそ聞《き》かね跡は見《み》えけり　後鳥羽院・遠島御百首
霜枯《しもがれ》にのこるともなき難波江《なにはえ》のあしねや老《おい》のしるしなるらむ　慶運・慶運百首
信濃路《しなのぢ》はあかつきのみち車前草《おほばこ》も黄色《きいろ》になりて霜がれにけり　斎藤茂吉・ともしび
霜がれの芭蕉をうへし発句塚　杉風・芭蕉庵小文庫
霜枯る丶この山添や松の蔦　惟然・門鳴子
霜がれや壁のうしろは越後山　一茶・七番日記
追分

霜がれや鍋のすみかく小傾城　一茶・発句集

しもくずれ【霜崩】

霜が降り、霜柱で盛り上がった土が、気温の上昇で崩れること。このため農家では田の畦が崩れるなどの被害がある。［同義］霜解（しもどけ）。⬇霜柱（しもばしら）［冬］、霜（しも）［冬］

§

団栗《どんぐり》やうさぎも共に霜崩《しもくづれ》　正秀・葛の松原

しもつき【霜月】

旧暦一一月の別名。仲冬にあたる。新暦では一二月にあたる。［語源］冬もなかばに入り、霜が厳しく降りる季節の意。また、旧暦の一〇月の別名の「上のみなつき（神無月）」に対し、「下のみなつき」の意で霜月ともいわれる。［同義］霜降月（しもふりつき）、神楽月（かぐらづき）、雪見月（ゆきみづき）、雪待月、神帰月（しんきづき）、露ごもりの葉月（つゆごもりのはづき）、天正月（てんせいげつ）、広寒月（こうかんげつ）、子月（しげつ）、周寒月（しゅうかんげつ）、復月（ふくげつ）、仲冬（ちゅうとう）、周三至（しゅうさんし）、水正（すいせい）、黄鐘（こうしょう）、周正（しゅうせい）。⬇仲冬（ちゅうとう）［冬］、十一月（じゅういちがつ）［冬］、雪待月（ゆきまちづき）［冬］

§

霜月《しもつき》や前の沙丘の波形の斜面にすがり藻のかわきたる　与謝野晶子・草の夢

ぬかるみに、霜月《しもつき》の朝《あさ》の、晴《は》るるとき、つとめにいづる身《み》はさびしけれ。　土岐善麿・黄昏に

霜月《しもつき》や鶻《カウ》の彳々《ツク》ならびゐて　荷兮・冬の日

霜月《しもつき》や日まぜにしけて冬籠《ごもり》　去来・誹諧曾我

けつか《(こ)》うなこゝろ入也《いれなり》お霜《しも》月　涼菟・中やどり

霜月もこぼるゝものは松葉かな　梅室・梅室家集

霜月やかたばみ咲いて垣の下　村上鬼城・鬼城句集

霜月の野の宮残る嵯峨野《さがの》哉　正岡子規・子規句集

霜月の梨を田町《たまち》に求めけり　正岡子規・子規句集

霜月や日ごとにうとき菊畑　高浜虚子・定本虚子全集

しもどけ【霜解】

⬇霜崩（しもくずれ）［冬］

§

わがせこよわれを思はば今日のみは馬に鞍おけ霜どけの道　服部躬治・迦具土

霜とけてしづくするおと朝なさなここに聞けどもはかなきものか　斎藤茂吉・小園

ひとときの光といへど霜どけの上にさしたり音もせなくに　佐藤佐太郎・歩道

霜解や都に出し下駄の跡　沾徳・俳諧五子稿

霜解《しもどけ》や杭にふるふ下駄の土　正岡子規・子規句集

霜解《しもどけ》の門辺に人の行きなやみ　高浜虚子・六百五十句

霜とけ鳥光る　尾崎放哉・小豆島にて

しもばしら【霜柱】

厳寒に、地表にしみでてきた地中の水分が凍結してできた

氷柱をいう。群立して土を持ち上げ、田畑に被害をもたらす。霜柱を剣に見立て、「霜の剣」ともいう。[同義] 霜の剣（しものつるぎ）。⬇霜崩（しもくずれ）[冬]、霜（しも）[冬]

§

霜ばしら、朝日にをれて、稲ぐきの、立てるもさむし。 岡崎の里。

黒土の下《した》に結べる霜ばしらかつ現れて暗く光れり
与謝野寛・東西南北

霜ばしら庭に立てれば石踏みて来《こ》とさへいひてやりける人を
窪田空穂・土を眺めて

いきどほりやる方《かた》もなく朝ごとに蹶《く》えはららかす霜ばしらかな
長塚節・病中雑詠

六十歳のわが靴先《くつさき》にしろがねの霜柱散る凛々《りり》として散る
吉井勇・人間経

白きもの剛《たけ》きもの、あたらしき讃歌《ほめうた》のごと霜柱満つ
木俣修・去年今年
宮柊二・独石馬

鵲の橋くゐなれや霜ばしら 西武・鷹筑波
季に八成て木にはあらぬや霜柱 信徳・鸚鵡集
黒土《くろつち》にふみくだく音霜《しも》ばしら 祐甫・菊の香
板橋に霜の柱や古草鞋《わらぢ》 桃妖・北の筥
三年も夢と立けり霜ばしら 也有・蘿葉集
物くさや松葉を敷さす霜柱 桃隣・古太白堂句選
ほきとをる下駄の歯形や霜柱 夏目漱石・漱石全集
道と見えて人の庭踏む霜柱 河東碧梧桐・碧梧桐句集
苔青き踏むあたりにも霜柱 河東碧梧桐・碧梧桐句集
籾敷くや踏めば落ち込む霜柱 正岡子規・新俳句
貧乏の庭の広さよ霜柱 高浜虚子・定本虚子全集
霜柱こゝ櫛の歯の欠けにけり 川端茅舎・俳句文学全集
霜柱土階の層をなしにけり 川端茅舎・川端茅舎句集

しもよ【霜夜】

空が晴れわたって寒く、霜がおりる冬の夜をいう。『山之井』に「霜夜はことに空さえて、月の光りもさむけだち、風ものいりて、ねびえおどろく心ばへ、しづのめにきる、ひゞ・あかゞりも、霜の剣のしわざにおほせ、このてがしはも霜ばれをいたみ、松のふぐりも霜風をおこすなど」とある。⬇霜（しも）[冬]、朝霜（あさしも）[冬]、冬の夜（ふゆのよ）[冬]

§

はなはだも夜更けてな行き道の辺《べ》の斎小竹《ゆささ》の上に霜の降る夜を
作者不詳・万葉集一〇

さかしらに夏は人《ひと》まね笹《さゝ》の葉《は》のさやぐ霜夜《しもよ》をわがひとり寝《ぬ》る
よみ人しらず・古今和歌集一九（雑体）
（旋頭歌）

君こずはひとりやねなんさゝの葉のみ山もそよにさやぐ霜夜《よ》を
藤原清輔・新古今和歌集六（冬）

ふけぬるか寒《さむ》き霜夜《しもよ》の月かげもさしての磯《いそ》に千鳥《ちどり》なくなり
頓阿・頓阿法師詠

さむしともおもはざりしを埋火のもとはなるれば霜夜なりけり
大隈言道・草径集

寐覚めには哀れとそ聞く此頃の霜夜の床のこほろきの声
天田愚庵・愚庵和歌
あしたつ《(づ)》の鳴にやあらむさえ渡る　霜夜の月に声のきこゆる
樋口一葉・詠草
泣いてきた人はいなすにいなされず炉で栗焼いて霜夜を守る
青山霞村・池塘集
先生の門人一人愁ひつつ霜夜のふけに来りて去れり
島木赤彦・氷魚
霜夜ふけ帰り来れる馬車馬のもうもうとして湯気のぼる見ゆ
古泉千樫・青牛集
竹山に　古葉おちつくおと聞ゆ。霜夜のふけに、覚めつゝ居れば
釈迢空・海やまのあひだ
わがせどに　立ち繁《シ》む竹の梢冷《ウレ》ゆる　天《アメ》の霜夜と　眼を瞑《ツブ》りをり
釈迢空・海やまのあひだ
生卵《なまたまご》のみくだしつつしくしくにこころ悲しも霜の夜のあけ
木俣修・みちのく
こゑあげて哭けば汾河の河音の全《また》く絶えたる霜夜風音《しもよかざおと》
宮柊二・山西省
しろがねに　蛤《はまぐり》をめせ霜夜の鐘《かね》
杉風・芭蕉袖草紙
伏見の夜ふねにて
ぼのくぼに雁落かゝる霜夜かな
路通・鳥の道
乞食の犬抱て寝るしも夜哉
許六・正風彦根躰
霜の夜に吹《ふく》にはかなし水鶏《くひな》笛
土芳・蓑虫庵集
一《ひと》いろも動く物なき霜夜《しもよ》かな
野水・猿蓑
山犬を馬が嗅ぎ出す霜夜かな
其角・皮籠摺

念仏《ねぶつ》より欠《あくび》たふとき霜夜《しもよ》哉
凡兆・荒小田
美濃の旅僧を泊て
埋火に酒あたゝめる霜夜哉
桃隣・古太白堂句選
霜《しも》の夜や木に離《はな》れたる猿《さる》の声
林紅・霜の光
句を煉て腸うごく霜夜かな
太祇・太祇句選
我骨《わがほね》のふとんにさはる霜夜哉
蕪村・蕪村遺稿
ほんのりと茶の花くもる霜夜哉
正岡子規・子規句集
星一つ見えて寐られぬ霜夜哉
夏目漱石・漱石全集
霜夜の寝床がどこかにあらう
種田山頭火・草木塔
肺炎の児に蚊帳くゞる霜夜かな
渡辺水巴・白日
かきがねしつかりかけて霜夜だ
尾崎放哉・須磨寺にて
鶴《つる》鳴く霜夜の障子ま白くて寝る
尾崎放哉・須磨寺にて
磧ゆくわれに霜夜の神楽かな
飯田蛇笏・山廬集
霜夜逢へばいとしくて胸もとのさま
中塚一碧楼・一碧楼一千句
薄綿はのばし兼ねたる霜夜かな
芥川龍之介・澄江堂句集
咳をして月かげけむる霜夜かな
日野草城・日暮

じゅういちがつ【十一月】

新暦一二か月の第一一の月で、冬に入る最初の月。立冬（一一月七日）、小雪（一一月二二日）を含む月。旧暦では「霜月」という。寒さもまだ厳しくなく、小春日和の暖かい気候の時期である。➡霜月（しもつき）[冬]、小春（こはる）[冬]

§

菊一つたづね出《い》だして微笑《ほほゑ》める十一月の末のゆふかぜ
与謝野晶子・草の夢

あたたかき十一月もすみにけり　中村草田男・火の島

じゅうにがつ【十二月】

一年一二か月の最終の月。日も短くなり寒さも本格的になる季節である。一二月の別名である「師走」や「極月」など、年の瀬の生活感のあることばに比べると、淡々とした即物的な趣がある。⬇師走（しわす）［冬］、極月（ごくげつ）［冬］

§

麦蒔いて田毎の闇や十二月　村上鬼城・定本鬼城句集
十二月上野の北は静かなり　正岡子規・子規句集
火の色やけふにはじまる十二月　日野草城・銀
十二月夫婦《めをと》羊に鳩下りて　中村草田男・来し方行方

じゅひょう【樹氷】

霧氷の一種。気温が著しく下がったことにより、冷却された霧粒が樹枝に吹きつけられて凍りつき、氷層をなす。これを樹氷という。枝または木全体が白い不透明の氷で覆われ、美しい銀世界となる。白い氷を花に見立て、信州では「木花・樹華（きばな）」といい、九州の雲仙岳では「花ぼろ」という。［同義］霧の花（きりのはな）。⬇雨氷（うひょう）［冬］、霧氷（むひょう）［冬］

§

製炭夫樹氷鎧へる樹を背にす　臼田亜浪・定本亜浪句集
樹氷林むらさき湧きて日闌けたり　石橋辰之助・山行
落つる日の嶺をはしれる樹氷かな　石橋辰之助・山行

しょうかん【小寒】

二十四節気の一。旧暦一二月の節、冬至の後一五日目、新暦の一月五～六日頃をいう。寒の入の日である。『年浪草』に「孝経緯に曰、冬至の後十五日、斗、癸に指すを小寒と為す。十二月の節なり。陽極まり陰生じて乃ち寒と為る。今年初つて寒尚ほ小き也」とある。⬇冬至（とうじ）［冬］、寒の入（かんのいり）［冬］、大寒（だいかん）［冬］、寒の内（かんのうち）［冬］、冬（ふゆ）［冬］

しょうせつ【小雪】

二十四節気の一。旧暦一〇月の中で立冬の後の一五日後。新暦では一一月二二日頃。寒さもまだ厳しくなく、雪も少ない季節をいう。『年浪草』に「孝経緯に云、立冬の後十五日、斗、亥に指すを小雪と為す。十月の中天地の積陰温かなるときは即ち雨と為り、寒きときは則ち雪と為る。時に言ふこゝろは小とは寒未だ深からずして、雪未だ大ならざる也」とある。⬇立冬（りっとう）［冬］、冬（ふゆ）［冬］

しょとう【初冬】

三冬の一。新暦の一一月（旧暦の一〇月）で、立冬（一一月七日）から大雪の前日（一二月六日）までをいう。「はつふゆ」ともいう。［同義］孟冬（もうとう）、上冬（じょうとう）、冬の始（ふゆのはじめ）。⬇冬（ふゆ）［冬］、初冬（はつふゆ）［冬］、冬浅し（ふゆあさし）［冬］

§

菊の香や月夜ながらに冬に入る　正岡子規・子規句集

じょや【除夜】

十二月三一日（大晦日）の夜をいう。この夜の一二時になると寺院では百八の鐘を撞く。人々は年越蕎麦を食べ、神社に除夜詣をする。[同義] 年の夜（としのよ）、年夜（としよ）、年の晩（としのばん）、年一夜（としひとよ）。⇩除夜の鐘（じょやのかね）[冬]、大晦日（おおみそか）[冬]、年の夜（としのよ）[冬]、行く年（ゆくとし）[冬]

§

百人の為には咲《さか》ず除夜《ぢよや》の梅　木因・翁草

山伏《やまぶし》や出立《でたち》そろはぬ除夜《ぢよや》の闇《やみ》　正秀・をのが光

うしと見し年もかぞえて除夜の豆　諷竹・続山彦

いざや寝ん元日は又あすのこと　蕪村・蕪村遺稿

大極《たいきよく》にものあり除夜の不二の山　正岡子規・子規句集

鶏の静に除夜を寝たりけり　尾崎紅葉・俳句三代集

うき除夜を壁に向へば影法師　夏目漱石・漱石全集

除夜の灯のどこも人住む野山かな　渡辺水巴・白日

除夜の畳拭くやいのちのしみばかり　渡辺水巴・水巴句集

じょやのかね【除夜の鐘】

十二月三一日の大晦日の夜一二時に寺院で鳴らす鐘。人間の持つ一〇八の煩悩を消すために一〇八回撞くとされる。除夜の鐘を聴いて、その年の終わりと新年の到来をしみじみと実感する人も多い。⇩除夜（じょや）[冬]、大晦日（おおみそか）[冬]、年の夜（としのよ）[冬]、行く年（ゆくとし）[冬]

§

除夜の鐘なりてゐるなり用終へてわれはわが家に今帰りゆく　古泉千樫・青牛集

百八や鐘聞はて、浦千鳥　尚白・孤松

こからしや百八なから鐘の色　乙洲・北の山

除夜の鐘撞き出づる東寺西寺かな　村上鬼城・鬼城句集

除夜の鐘幾谷こゆる雪の闇　飯田蛇笏・雲母

おろかなる犬吠えてをり除夜の鐘　山口青邨・雪国

除夜の鐘わが凶《まが》つ歳いま滅ぶ　日野草城・旦暮

除夜の鐘の後の轣轆なまなまし　石田波郷・馬酔木

しわす【師走】

旧暦の一二月の別名。年の瀬の押し迫った慌しい感じから、新暦の一二月にも用いられている。『滑稽雑談』に「一説に云、四時のはつる月なれば、しはつ月といふなるべし。つとす通ず。豊後に四極山あり。世俗極月をいへるがごとし。然れば四極月と云ふべきか」とある。[同義] 春待月（はるまちづき）、梅初月（うめはつづき）、年よつむ月（としよつむづき）、親子月（おやこづき）、暮古月（くれこづき）、極月（ごくげつ・きょくげつ）、弟月（おととづき）、乙子月（おとごづき）、余月（よげつ）、三冬月（みふゆづき）、臘月（ろうげつ）、窮月（きゅうげつ）、晩冬（ばんとう）、季冬（きとう）、抄冬（しょうとう）、歳抄（さいしょう）、嘉平（かへい）、玄律（げんりつ）、殷正（いんせい）、大呂（たいろ）。⇩十二月（じゅうにがつ）[冬]、極月（ごくげつ）[冬]

§

薄命はまたも説くまい梅一鉢ほん二三冊買える師走だ　青山霞村・池塘集

風やんで街は師走の灯明《ほあか》りの静かに雪のふる夕べかな　太田水穂・冬菜

墨の色霧降るたびに東京へ沁み入るごとき師走《しはす》となりぬ　与謝野晶子・流星の道

師走《しはす》のまちをいそぎ来《きた》りてをとめらに恋愛の小説をひとつ説きたり　木俣修・歯車

たてかけて何かさびしき青竹の師走冬空を広く見せたり　宮柊二・群鶏

世に住マば聞《きけ》と師走《しはす》の碪《きぬた》哉　西鶴・蓮実

月白き師走は子路《しろ》が寝覚《ねざめ》哉　芭蕉・孤松

たび寐よし宿《やど》は師走の夕月夜　芭蕉・熱田三謌僊

何《なに》に此《この》師走の市《いち》にゆくからす　芭蕉・花摘

かくれけり師走の海のかいつぶり　芭蕉・色杉原

物うりの声聞《きき》たゆる師走《しはす》哉　荷兮・卯辰集

こねかへす道《みち》も師走《しはす》の市《いち》のさま　曾良・続猿蓑

乳《ち》のみ子《ご》に世を渡したる師走哉《しはすかな》　尚白・続猿蓑

碁《ご》にかへる人に師走の様《さま》もなし　言水・新撰都曲

山臥《やまぶし》の見事《みごと》に出立《でたつ》師走哉《しはすかな》　嵐雪・炭俵

月氷《こほ》る師走《しはす》の空の銀河《あまのがは》　正秀・ひさご

打《うち》こぼす小豆《あづき》も市《いち》の師走哉《しはすかな》　正秀・続猿蓑

恋《こひ》しさもなくて寐られぬ師走《しはす》哉　乙州・卯辰集

梅さげた我に師走の人通《ひとどほ》り　蕪村・元文四年楼川歳日帖

うぐひすの啼《なく》や師走の羅生門《らしやうもん》　蕪村・蕪村句集

炭売《すみうり》に日のくれかゝる師走哉　蕪村・蕪村遺稿

つくろはぬものや師走の猿すべり　白雄・白雄句集

門を出て師走の人に交りけり　村上鬼城・鬼城句集

板橋へ荷馬のつゞく師走《しわす》哉　正岡子規・子規句集

気楽さのまたや師走《しわす》の草枕　正岡子規・子規句集

酔て叩く門や師走の月の影　夏目漱石・漱石全集

茶の匂ふ枕も出来て師走かな　河東碧梧桐・碧梧桐句集

蔵前や師走月夜の炭俵　泉鏡花・俳諧新潮

別の間に違ふ客ある師走《しわす》かな　高浜虚子・七百五十句

師走の木魚たたいて居る　尾崎放哉・小豆島にて

途の富士を見しが師走の鯉到来　渡辺水巴・水巴句集

谷川に幣のながるる師走かな　飯田蛇笏・山廬集

耳塚の前ひろびろと師走かな　川端茅舎・俳句文学全集

「す〜そ」

すきまかぜ【隙間風】

壁や戸、障子などの隙間から吹き込む風。俳句では、肌を刺すような冷たい冬の隙間風をいう。⬇冬の風（ふゆのかぜ）

[冬]

§

すきま風身にしむ老《おい》の末の山こす月なみもしはすとぞなる　小沢蘆庵・六帖詠草

ほのゆるゝ閨のとばりは隙間風　杉田久女・杉田久女句集

隙間風来る卓上に林檎一つ　山口青邨・夏草

枕上来てやる度に隙間風　中村汀女・汀女句集

隙間風一咳《がい》二咳そそり去る　日野草城・旦暮
隙間風天井うまき今のうつゝ　中村草田男・長子

せいぼ【歳暮】
年の暮のこと。⬇年の暮（としのくれ）［冬］
§
かけ帳《ちやう》に夜廻《よまはり》過《すぎ》る歳暮哉　業言・尾陽鳴海歳旦三ツ物
人つんと雪もふらせぬ歳暮《せいぼ》哉　土芳・蓑虫庵集
軽薄《けいはく》を申《まうし》つくせる歳暮《せいぼ》かな　牧童・卯辰集
薬《くすり》鍋《なべ》やりて嬉《うれ》しき歳暮哉　北枝・猿丸宮集
遠々《とほどほ》と手振《てぶり》持《も》て来歳暮《くるせいぼ》哉　露川・元禄戊寅歳旦牒

せちごち【節東風】
旧暦一二月に周防大島周辺で吹く風。立春を過ぎると「雲雀東風（へばるごち）」とよばれる。⬇東風（こち）［春］、初東風（はつごち）［新年］
§
節東風や秋刀魚寄りくる安房の海　吉田冬葉・獺祭

せっき【節季】
年の暮をいう。一般には、商人が取引上の金銭の総決算をする意で用いられることが多い。節は一年の節目にあたる時期をいうが、年の暮は一年の最も重要な節目であるところから「節季」と言った。また、正月の節も特別であることから「お節（おせち）」とよぶ。『年浪草』に「倭俗、臘月を節季と謂ふ。此の節、民間多く春時の用物を辨備して、或は節小袖と謂ひ、或は節薪ち謂ひ、或は節米と謂ふ」とある。⬇年の暮（としのくれ）［冬］

せつぶん【節分】
季節の移り変わる節をいい、主に冬から春に移る時の立春の前夜をいう。大寒より一五日目で、新暦の二月三、四日頃にあたる。「せちぶん・せちぶ」ともいう。この夜には神社や寺院などで邪霊災厄を防ぐ追儺の儀式が行われ、民間でも豆を撒く風習がある。『山之井』に「夜にいれば、むくりこくりのくるといひて、せど門窓の戸など、かたくさして、外面には、いはしのかしらと、ひらぎのえだを、鬼の目つきとてさし出だし、うちには、ゑびす棚大こく柱のくまぐまに、灯をひまなくたて、沉香などかほらす。おほうちのなやらふは、晦の日あなれど、地下には、こよひまめをいりて、福はうち鬼はそとへとうちはやし、又、わがよはひをも、彼のまめをもてかぞへつ、いくつといふにひとつあまして、身をなづる事をし侍る」とある。大豆をまく習慣は『本草綱目』に「主治殺、鬼毒」とあり、中国より渡来した風習とされる。［同義］節替り（せつがわり）。⬇冬（ふゆ）［冬］、春（はる）［春］、立春（りっしゅん）［春］
§
家ぬちに灯《ほ》かげあかるし節分の夕飯《ゆふげ》の膳に向ひけるかも　古泉千樫・青牛集
節分をともし立てたり独住　召波・春泥発句集
としひとつ積るや雪の小町寺　蕪村・蕪村句集
節分の厠灯してめでたさよ　篠原温亭・ホトトギス

そこびえ【底冷】
寒さが体の芯まで襲ってくる感じをいう。［同義］冷えわた

る（ひえわたる）。⬇冷たし（つめたし）［冬］、寒し（さむし）［冬］、冷か（ひややか）［秋］

「た」

だいかん【大寒】
二十四節気の一。小寒の後の一五日目。新暦の一月二一日頃。旧暦一二月の中で、冬の最も寒気の厳しい頃である。『年浪草』に「孝経緯に曰、小寒の後十五日、斗、丑に指すを大寒と為す。十二月の中なり。此に至つて栗烈として極まれり」とある。［同義］寒がわり（かんがわり）。⬇小寒（しょうかん）［冬］、寒の入（かんのいり）［冬］、寒の内（かんのうち）［冬］、冬（ふゆ）［冬］

§

大寒《たいかん》の夜《よ》さり凍《し》みたる土間の瓶《かめ》今朝汲む酒に薄氷《うすらひ》うかぶ　中村憲吉・しがらみ
大寒や下仁田の里の根深汁　村上鬼城・鬼城句集
大寒や水あげて澄む茎の桶　村上鬼城・定本鬼城句集
大寒にまけじと老の起居かな　高浜虚子・五百五十句
大寒《だいかん》の埃《ほこり》の如く人死ぬる　高浜虚子・五百五十句
大寒の獄負ふ戸々の鎮まれる　飯田蛇笏・椿花集
大寒の月夜明けゆく港の灯　水原秋桜子・晩華
富士つつみ立つは大寒の入日雲　水原秋桜子・残鐘
青木の実紅を点じて大寒へ　山口青邨・雪国
大寒の朝焼妻に何を言はむ　加藤楸邨・穂高
大寒やなだれて胸にひゞく曲　石田波郷・惜命

たいせつ【大雪】
二十四節気の一。小雪の後の一五日。新暦の一二月七日頃。旧暦一一月の節で、小雪の後の一五日。『年浪草』に「月令広義に曰、孝経緯に云、小雪の後十五日、斗、壬に指すを大雪と為す。十一月の節なり。言ふこゝろは積陰雪と為つて、此に至つて栗烈として大也」とある。⬇小雪（しょうせつ）［冬］

たきび【焚火】
寒い日に暖をとるために枯木などを焼く火。冬の寒い戸外で働く大工や土方、漁夫などが暖をとる焚火をはじめ、氷上での焚火、寺の落葉焚など、焚火は冬を彩る美しい風情の一つである。⬇葦火（あしび）［秋］

§

焚火、焚火、焚火に限るやうになつた、このごろの自分に最もふさはしい焚火　若山牧水・みなかみ
気まぐれの焚火のあとの、土のいろ、しみじみとして、黄昏となる。　土岐善麿・不平なく
ひとり親《した》しく焚火して居り火のなかに松毬《まつかさ》が見ゆ燃ゆる松かさ　古泉千樫・青牛集
未《いま》だ若き捕虜《ほりよ》をかくみて覚束《おぼつか》なき訊問《じんもん》をつづく焚火《たきび》の傍《そば》に　渡辺直己・渡辺直己歌集

このゆふべ一《ひと》かたまりのバラックは恋ほしきまでに焚火《たきび》あかりぬ
佐藤佐太郎・歩道
河原に人下《お》りてする焚火見ゆあかあかとして短かき炎
宮柊二・多く夜の歌
焚火かなし消えんとすれば育てられ　高浜虚子・五百五十句
風さつと焚火の柱少し折れ　高浜虚子・六百句
落つる葉の焚火煙りに吹かれけり　臼田亜浪・定本亜浪句集
あつまつてお正月の焚火してゐる　種田山頭火・草木塔
わがからだ焚火にうらおもてあぶる　尾崎放哉・須磨寺にて
雪光に炎ばしる猟の大焚火　飯田蛇笏・雲母
生垣を舞ひ出る焚火けぶりかな　上川井梨葉・梨葉句集
焚火人面罵に堪へてゐたりけり　楠目橙黄子・雑詠選集
庭の鶴ほとりを歩む焚火かな　水原秋桜子・葛飾
人を思ひゆく林間に焚火あり　山口青邨・ホトトギス
捨てし身や焚火にかざす裏表　川端茅舎・俳句文学全集
白日の下に卒塔婆を折焚きぬ　川端茅舎・俳句文学全集
焚火すといつの代からの火掻棒　中村汀女・薔薇粧ふ
焚火火の粉吾の青春永きかな　中村草田男・火の島
安達太郎の瑠璃襖なす焚火かな　加藤楸邨・雪後の天

たまあられ【玉霰】
霰の美称。⇩霰（あられ）［冬］

§

いざ子どもはしりありかん玉霰《たまあられ》　芭蕉・木の葉集
顔出してはづみを請《うけ》ん玉あられ　嵐雪・宰陀稿本
玉霰《たまあられ》漂母《へうぼ》が鍋をみだれうつ　蕪村・蕪村句集
玉霰《（あられ）》夜たかは月に帰るめり　一茶・七番日記
きりぎしにとりつき住むや玉霰　山口青邨・庭にて
玉霰幽かに御空奏でけり　川端茅舎・俳句文学全集

たまかぜ【たま風】
日本海側の越前から北に吹く西北風をいい、漁師が恐れる強風である。「たま」は亡霊の意で、西北は乾（いぬい）の方角で、古来より不吉な方角とされた。［同義］たば風（たばかぜ）。⇩冬の風（ふゆのかぜ）［冬］

たるひ【垂氷】
樹木の枝や軒などに降った雨や雪の水滴が、寒気で凍り、垂れ下がったもの。［同義］氷柱。⇩氷柱（つらら）［冬］、氷（こおり）［冬］

§

雪つめは河にたはめる呉竹の葉群葉毎に垂氷せりけり
伊藤左千夫・伊藤左千夫全短歌
大屋根も小屋根も雪のしたたらず垂氷《たるひ》みじかき寒き日つづく
中村憲吉・しがらみ

たんじつ【短日】
冬の日の短いことをいう。秋から冬になるとさらに日照時間が短くなり、とくに昼過ぎから夕方になるのが早く感じられる。『年浪草』に「短日。月令広義に曰、仲夏の日は長至なり、仲冬の日は短至なり」とある。［同義］日短し（ひみじかし）、日短か、日つまる（ひつまる）、暮早し（くれはやし）。⇩冬の日（ふゆのひ）［冬］、夜長（よなが）［秋］、日永（ひなが）［春］、日脚伸ぶ（ひあしのぶ）［冬］、短夜（みじかよ）

［夏］、日短（ひみじか）［冬］

§

寂しくて布団の上ゆ仰ぎ見る短日《たんじつ》の陽《ひ》は傾きにけり　島木赤彦・氷魚

短日や櫟木原の葱畑　村上鬼城・鬼城句集
短日に馬休ませて田家かな　河東碧梧桐・碧梧桐句集
短日《たんじつ》のきしむ雨戸を引きにけり　高浜虚子・七百五十句
織る機の尺余り日の詰りけり　大須賀乙字・続春夏秋冬
旅ゆけば暮れはやく過去かへりこず　飯田蛇笏・雲母
短日の時計の午後のふり子かな　飯田蛇笏・山廬集
帆布の匂ふ父と子との短日　中塚一碧楼・一碧楼一千句
短日の坂を下れば根津八重垣町　山口青邨・庭にて
短日の照し終せず真紅ゐ　川端茅舎・川端茅舎句集
短日の大いなる樹を斫り倒す　日野草城・花氷
短日や母に告ぐべきこと迫る　中村草田男・長子
短日の相思ふ顔ならざれど　加藤楸邨・穂高

「ち～つ」

ちゅうとう【仲冬】

三冬の一。新暦の一二月（旧暦の一一月）で、大雪（一二月七日）から小寒の前日（一月四日）までをいう。［同義］仲の冬（なかのふゆ）、冬なかば（ふゆなかば）。⬇師走（しわす）［冬］、十二月（じゅうにがつ）［冬］、冬（ふゆ）［冬］、霜月（しもつき）［冬］

つめたし【冷たし】

寒さや冷たさを直接的に感じる感覚。⬇底冷（そこびえ）［冬］、寒し（さむし）［冬］

§

風暗《かぜくら》き都会《とくわい》の冬《ふゆ》は来《きた》りけり帰《かへ》りて乳《ちち》のつめたきを飲《の》む　前田夕暮・収穫

つめたさや手の跡光る痞押《つかへおし》　荷兮・橋守
膝がしらつめたい木曾の寝覚哉　鬼貫・鬼貫句選
つめたさに箒捨けり松の下　太祇・太祇句選
日のあたる石にさはればつめたさよ　正岡子規・子規句集
つめたくも南蛮鉄の具足哉　夏目漱石・漱石全集
落し子の竜の冷たき斑《まだら》かな　河東碧梧桐・碧梧桐句集
卓上に手を置くさへも冷めたくて　高浜虚子・六百句
手で顔を撫《な》づれば鼻の冷たさよ　高浜虚子・六百五十句
ぼんのくぼいつも冷たし水枕　日野草城・旦暮
足はつめたき畳に立ちて妻泣けり　中村草田男・万緑

つらら【氷柱】

屋根・樹木の枝・岩石などから滴る水が凍り、棒状に垂れ下がった氷をいう。雪国では家々の屋根から垂れ下がった氷柱が朝日に美しく輝いているのを多くみかける。『滑稽雑談』に「垂水。連歌新式抄に云、たるひ、水などの雫の氷りたるを云ふ也。／師説に云、した、る水のながく氷るをつら、と

云ふ。雫の氷るをたるひと云ふ」とある。[同義] 垂氷、銀竹（ぎんちく）。⬇氷（こおり）[冬]、垂氷（たるひ）[冬]

§

春立《はるた》たばうちも解《と》けなで山川《がは》の岩間《いはま》のつらゝいとゞ繁《しげ》しも
四条宮下野集（四条宮下野の私家集）

冬涸る、華厳の瀧の瀧壺に百千の氷柱天垂らしたり
伊藤左千夫・伊藤左千夫全短歌

岩山のはざまをつたふ垂《た》り水《みづ》の氷柱《つらら》となりて見ゆるこのごろ
島木赤彦・柿蔭集

大きなるつららをつたふここちかな女体の山の凍る石段
与謝野晶子・深林の香

目のまへに並《なら》ぶ氷柱《つらら》にともし火のさす時心あらたしきごと
斎藤茂吉・小園

酒蔵《さかぐら》の古屋根の灰汁《あく》しみとほる氷柱《つらら》はながし軒ごとにならぶ
中村憲吉・しがらみ

松の雪蔦に氷柱のさかりけり　其角・其便

松吹て横につらゝの山辺哉　来山・生駒堂

何故《なにゆゑ》に長みじかある氷柱《つらら》ぞや　鬼貫・俳諧大悟物狂

かけはしに猿の折《をり》たる氷柱哉　鬼貫・俳諧大悟物狂

朝日影さすや氷柱の水車　鬼貫・俳諧大悟物狂

門閉《かどとぢ》て閑居をしゆる氷柱《つらら》かな　琴風・続の原

一雫しては入日の氷柱かな　蓼太・蓼太句集

かたかたは氷柱《つらら》をたのむ屑屋《くづや》哉　一茶・文政句帖

おそろしき柳となりて垂氷哉　一茶・花実発句集

旭《ひ》のさすや檐《のき》の氷柱《つらら》の長短《ながみじか》　正岡子規・子規句集

枯尽くす糸瓜《へちま》の棚の氷柱《つらら》哉　正岡子規・子規句集

隧道の口に大なる氷柱かな　夏目漱石・漱石全集

世の中を遊びごゝろや氷柱《つらら》折る　高浜虚子・六百五十句

軒の氷柱に息吹つかけて黒馬《あを》よ黒馬よ　臼田亜浪・定本亜浪句集

牛小舎の氷柱が太うなつてゆくこと　尾崎放哉・須磨寺にて

さか鉾の氷柱の谷に通ひ路　楠目橙黄子・ホトトギス

星もうつくし月もうつくし氷柱かな　山口青邨・雪国

みちのくの町はいぶせき氷柱かな　山口青邨・雑草園

青淵に岩根のつらら沈み垂り　川端茅舎・俳句文学全集

夜汽車ゆく光圏来る氷柱去る　加藤楸邨・山脈

電気炉の火花むらさきにさす氷柱　加藤楸邨・寒雷

「と」

とうこう【凍港】

冬、オホーツク海に面した北海道の北辺で海水が凍った港をいう。南辺の釧路などでも流氷が寄せ、同様の状態になることがある。⬇氷海（ひょうかい）[冬]、流氷（りゅうひょう）[春]

とうじ【冬至】

二十四節気の一。旧暦一一月の中で、大雪の後一五日目、新暦の一二月二二〜二三日にあたる。太陽が冬至線上に直射

する時で、太陽の高さが一年で最も低くなり、昼が最も短く、夜が最も長い時である。『滑稽雑談』には「孝経の説に云、冬至に三義有り。一に曰、陰極まるの至り、二に陽気始めて至る、三に日南に行くこと至れり」とある。冬至の日を境に日がだんだん長くなるので、春にもどるという意味で「一陽来復（いちようらいふく）」「一陽の嘉節（いちようのかせつ）」と称し、粥や南瓜や蒟蒻を食べる風習がある。「冬至粥」「冬至南瓜」「冬至蒟蒻」という。また、旧暦一一月一日に冬至になることを「朔旦冬至（さくたんとうじ）」といい、約二〇年に一回ある。[同義] 冬至とうや（とうじとうや）、ちゅうや、ふゆなか。⬇大雪（たいせつ）[冬]、夏至（げし）[夏]、冬（ふゆ）[冬]、日脚伸ぶ（ひあしのぶ）[冬]

§

にごりなき西のかなたや冬至《とうじ》すぎむ日の余光《よくわう》こそかなしかりけれ　斎藤茂吉・たかはら
冬至《とうじ》の夜《よ》はやく臥処《ふしど》に入りにけり息切《いきぎれ》のする身をいたはりて　斎藤茂吉・白き山
冬至《とうじ》の日和しづけく産土《うぶすな》神の赤き鳥居をくぐりけるかも　古泉千樫・青牛集
冬至《とうじ》すぎてのびし日脚《ひあし》にもあらざらむ畳の上《うへ》になじむしづかさ　土屋文明・放水路
冬至より短くなりぬ年月日　尚白・孤松
猫の子の狂ひ出《いで》たる冬至《とうじ》哉　介我・四季千句
鶯のあかりむきたる冬至《とうじ》かな　朱拙・けふの昔
門前《もんぜん》の小家《こいへ》もあそぶ冬至哉《とうじかな》　凡兆・猿蓑
冬至《とうじ》より来《きた》るもいまだ雪の空　北枝・柞原
待《まつ》らんに行《ゆか》ばや我も冬至《とうじ》の日　支考・支考句集
書記典主故園に遊ぶ冬至哉　蕪村・蕪村句集
貧乏な儒者とひ来る冬至哉　蕪村・蕪村遺稿
冬至とて畳の墨を拭せけり　成美・成美家集
日の筋の埃しづかに冬至かな　松瀬青々・鳥の巣
仏壇に水仙活けし冬至哉　正岡子規・子規句集
日曜にあたりて遊ぶ冬至かな　高浜虚子・定本虚子全集
風日々に冬至となりし日の黄なり　臼田亜浪・定本亜浪句集
六波羅へぼたん見にゆく冬至かな　飯田蛇笏・山廬集
山国の虚空日わたる冬至かな　飯田蛇笏・雲母
冬至の日きれい植木屋木の上に　山口青邨・露団々
暮れてゐる冬至の顔の往き来かな　日野草城・青芝
風雲の少しく遊ぶ冬至かな　石田波郷・雨覆

とうじょう【凍上】
極寒で地面の深くまで氷結して地面が盛り上がる現象。北海道では凍上の現象で道路や線路に被害がでることがある。[同義] 凍上る（いてあがる）。⬇凍る（こおる）[冬]

としおしむ【年惜む】
年の行くことを惜しむ意。年の暮に一年を感慨をもって振り返る思い。旧暦では年の暮が冬の終りでもあり、その感はいっそう深い。[同義] 冬惜む（ふゆおしむ）。⬇年の暮（としのくれ）[冬]、年越し（としこし）[冬]、大晦日（おおみそか）[冬]、行く年（いくとし）[冬]、名残の空（なごりの

そら）［冬］

§

数《かぞ》ふるに残《のこ》り少《すく》なき身にしあればせめても惜《お》しき年《とし》の暮《くれ》かな
藤原永実・金葉和歌集四（冬）

惜まじな翌のつぼみとなる年を　鬼貫・鬼貫句選
惜めども寐たら起たら春である　鬼貫・鬼貫句選
落る歯のはじめて年の惜き哉　暁台・暁台句集
酔をともに春待年ををしむ哉　白雄・白雄句集

としこし【年越し】

一般には大晦日の夜。年を越えて元旦に移ること。またその行事をいう。この夜は年越蕎麦を食べ、終夜おきて歳神を迎える風習がある。また、立春の前夜、節分の夜をいうこともある。その行事をもいう。［同義］大年越（おおとしこし）、年越す（としこす）、年うつる（としうつる）。⬇大年（おおとし）［冬］、年惜む（としおしむ）［冬］、大晦日（おおみそか）［冬］、六日年越（むいかとしこし）［新年］

§

ふじのねも年はこえける霞哉　宗祇・大発句帳
あてなしに打越す年や雪礫　宗因・梅翁宗因発句集
もろともに年を越ばや巨燵の火　杉風・杉風句集
年今宵越るや人の老のさか　杉風・杉風句集
年越の梅ちる空や三ケの月　諷竹・木曾の谷
餅たべて年うち越さん老の坂　支考・蓮二吟集
年こしやあまりをしさに出て歩行　北枝・北枝発句集
年越や月の出てゐる水間山　松瀬青々・松苗

としのうち【年の内】

その年の内。「年の暮」ほど押し詰まった感じではない。［同義］年内（ねんない）。⬇年の暮（としのくれ）［冬］

§

去年に似てどこやら霞む年の内　鬼貫・七車
歳のうちの春やいざよう月の前　太祇・太祇句選

としのくれ【年の暮】

一年の終り。一二月の末の時期をいう。単に「暮（くれ）」ともいう。『滑稽雑談』に「和歌題林抄に云、歳暮・ゆくとし・としのくれ、かへりては身にそふ年なれど、猶をしまるゝ心をいひ、老いぬる身には人よりもなげき、春のくるは嬉しけれども、年のそはんことをうれへ、高き賎き身に積るべき年ともしらずをくりむかふといそぐをはかなめ、ゆく年の道まよふ迄雪もふらなんとねがひ、松きる賎が行来に春近づきぬと驚き、又除夜と云ふはつごもりの日也。今宵寝なば年のそはん事を思ふ。明ばいつしかかはるといはふべけれど、こよひは年の名残を忍ぶ心をもよむべし」とある。［同義］歳暮、歳末（さいまつ）、歳晩、暮歳（ぼさい）、晩歳（ばんさい）、年末（ねんまつ）、年の瀬（としのせ）、年の際（としのきわ）、年の冬（としのふゆ）、年の果（としのはて）、年の終（としのおわり）、年の港・年の湊（としのみなと）、年の峠、年の坂（としのさか）、年の関（としのせき）、年の梢（としのこずえ）、年の尾（としのお）、年の名残（としのなごり）、年みつ（としみつ）、年深し（としふかし）、年の急ぎ（としのいそぎ）、年尽くる（としつくる）、年果つる（としはつる）、

年の暮［以呂波引月耕漫画］

年つまる（としつまる）、年浪流るる（としながるる）。⬇行く年（ゆくとし）［冬］、年惜しむ（としおしむ）［冬］、歳晩（さいばん）［冬］、歳暮（せいぼ）［冬］、節季（せっき）［冬］、年の内（としのうち）［冬］、年の峠（としのとうげ）［冬］

§

山里《ざと》は雪《ゆき》こそ深《ふか》くなりにけれ訪《と》はでも年《とし》の暮《く》れにけるかな
源頼家・後拾遺和歌集六（冬）

歳暮《としく》れしそのいとなみは忘《わす》られてあらぬさまなるいそぎをぞする
山家心中集（西行の私家集）

昔《むかし》おもふ庭にうき木をつみを《お》きて見し世《よ》にもにぬ年《とし》の暮《く》れかな
西行・新古今和歌集六（冬）

いそがれぬ年《とし》の暮《くれ》こそあはれなれ昔《むかし》はよそにき、し春かは
藤原実房・新古今和歌集六（冬）

いたづらに明《あか》しくらして人なみの年の暮とも思ひけるかな
香川景樹・桂園一枝

年暮《く》れて　山あた、かし。をちこちに、山　さくらばな　白く　ゆれつ、
釈迢空・春のことぶれ

年の暮のあはれを知りぬ市《いち》に出て人に交《まじ》りてわが聞き行けば
中村憲吉・軽雷集

桶《をけ》の輪《わ》のひとつあたらし年《とし》のくれ　猿雖・続猿蓑

腹中《ふくちゆう》の反古《ほんご》見はけん年のくれ　素堂・深川

わすれ草菜飯《なめし》につまん年の暮　芭蕉・江戸蛇之鮓

年暮《くれ》ぬ笠きて草鞋はきながら　芭蕉・甲子吟行

めでたき人のかずにも入《いら》む老のくれ　芭蕉・あつめ句

月雪とのさばりけらし年の暮　芭蕉・あつめ句
ふるさとや臍《へそ》の緒《を》に泣《なく》年の暮　芭蕉・曠野
盗人《ぬすびと》に逢《あ》ふたよも有年《あり》のくれ　芭蕉・有磯海
蛤の生《いけ》るかいあれとしの暮　芭蕉・鷹獅子集
分別《ふんべつ》の底たゝきけり年の昏《くれ》　芭蕉・翁草
古法眼出《こほふげんで》どころあはれ年の暮　芭蕉・みつのかほ
このくれも又くり返し同じ事　杉風・炭俵
としのくれ杼《とち》の実一《みひと》つころころと　荷兮・あら野
吾書《われかき》てよめぬもの有《あ》り年《とし》の暮《くれ》　尚白・あら野
日《ひ》の本《もと》の人の多さよ年の暮　才麿・蓮実
千観《せんくわん》が馬《うま》もかせはし年のくれ　其角・あら野
やりくれて又やさむしろ歳《とし》の暮《くれ》　其角・猿蓑
はかまきぬ聟入《むこいり》もあり年のくれ　李由・炭俵
年のくれ互《たがひ》にこすき銭《ぜに》つかひ　野坡・炭俵
児《ちご》めきて泣《なき》つゝ寐るや年の暮　楚常・卯辰集
天鵝毛《びろうど》のさいふさがして年《とし》の暮《くれ》　惟然・続猿蓑
芭蕉去《さつ》てそのゝちいまだ年くれず　蕪村・蕪村句集
質に入ると知らぬが仏年の暮　内藤鳴雪・鳴雪句集
いさゝかの金ほしがりぬ年の暮　村上鬼城・鬼城句集
たらちねのあればぞ悲し年の暮　正岡子規・子規句集
染め直す古服もなし年の暮　夏目漱石・漱石全集
桶落ちて立つ庖丁や年の暮　河東碧梧桐・碧梧桐句集
君は君我は我なり年の暮　高浜虚子・七百五十句
風落ちしあとの寒さの年の暮　青木月斗・改造文学全集
雁行に雲荒れもなし年の暮　渡辺水巴・白日

筆立に忘れ銭あり年の暮　高田蝶衣・新春夏秋冬
餅の来て日数のこすや年の暮　上川井梨葉・梨葉句集
遺るもの何をか書きし年暮るる　水原秋桜子・霜林
ラ、ラ、と青年うたひ年暮るる　山口青邨・庭にて
年の暮吾も戦つてペンを擱《く》かず　山口青邨・雪国
行人に歳末の街楽変り　中村汀女・雑詠選集
年暮れぬ低き机に膝古び　石田波郷・風切

としのとうげ【年の峠】
年末のこと。⬇年の暮（としのくれ）[冬]

§

月花も見かへすや年の峠より　鬼貫・鬼貫句選

としのよ【年の夜】
大晦日（一二月三一日）の夜をいう。一般には除夜の夜ともいう。除夜の鐘と共に一年が終わり、新年を迎える。[同義]除夜（じょや）、年夜（としや）、年一夜（としひとよ）、除夕（じょせき）。⬇大晦日（おおみそか）[冬]、除夜（じょや）[冬]

§

年の夜《ヨル》　あたひ乏しきもの買ひて、銀座の街をおされつゝ来る　釈迢空・海やまのあひだ
としの夜《よ》は豆はしらかす俵《たはら》かな　猿雖・炭俵
としの夜の鮴や鰯や三の膳　去来・去来発句集
としの夜もあかしがたやら須磨心　鬼貫・七車
いくたびかあぶるすゞりも年一夜　乙二・斧の柄草稿
年の夜を河内通ひやまめ男　内藤鳴雪・鳴雪句集

年の夜やもの枯れやまぬ風の音　渡辺水巴・水巴句集

「な〜ね」

なごりのそら【名残の空】

大晦日の空をいう。慌ただしく、または静かに、過ぎていった一年を想い起こし、感慨をもって見上げる大晦日の空である。それは来るべき新年への希望の空でもある。［同義］年の空（としのそら）。⬇大晦日（おおみそか）［冬］、年惜む（としおしむ）［冬］

ならい

冬、東日本の太平洋沿岸に吹く季節風をいう。東北では西風、東海では東・東北風、東京では西北より吹く風をいう。茨城では筑波ならい（東北風）、北ならい（北風）とよび、伊豆七島では下総ならい（東北風）とよぶ。⬇春北風（はるならい）［春］

§

女まで山法師めく姿して船をくだりぬ西北風《ならひ》の立てば　与謝野晶子・心の遠景
昨日《きのふ》より波浮の港にとどまれば東北風《ならひ》吹けども鶯ぞ啼く　与謝野晶子・冬柏亭集
西北風《ならひ》吹き岸壁釣をあらふ波　水原秋桜子・晩華

ねんないりっしゅん【年内立春】

旧暦では新年の前に立春になることがあり、これを年内立春という。和歌では多くは春の歌として詠まれ、俳諧では冬の季語として詠まれている。『滑稽雑談』に「連歌新式抄に云、年内立春、冬也。古今には、としの内に春は来にけり一とせを去年とやいはんことしとやいはん、春の歌に入る。連歌には冬也」とある。『山之井』に「年の内にくるはるは、空はまだかすみもやらず、鶯の声もやうやうふくむまでなるけしき、又、軒端の梅はつぼみもやらねど、梢の雪に餅花のはるはしらるゝ心ばへ、猶、となりひとつのりこえてくるとも、年のうちへふみこむなどもいへり」とある。［同義］年の春（としのはる）、冬の春（ふゆのはる）、年の内の春（としのうちのはる）。⬇立春（りっしゅん）［春］

§

年の内に春はきにけりひとゝせを去年《こぞ》とやいはむ今年《ことし》とやいはん　在原元方・古今和歌集一（春上）
年の内に踏みこむ春の日脚かな　季吟・山の井
年のうちの春を一つの赤子哉　乙州・孤松
　としのうちに春立けれは
冬のはるこゝろの外や梅の花　智月・後の旅
年の内の春や夜市の鉢の梅　桃隣・古太白堂句選
としのうちの春やたしかに水の音　千代女・千代尼発句集
年のうちの春やしらずに行もあり　千代女・千代尼発句集
着よこしたなりに春とやとしの内　千代女・千代尼発句集
としの内に春は来にけり青筵　士朗・枇杷園句集

「は」

はつあられ【初霰】
その冬に初めて降る霰をいう。➡霰（あられ）［冬］、春の霰（はるのあられ）［春］
祖父《ぢぢ》の指嘗《なめ》るかんろやはつ霰《あられ》　野坡・野坡吟草
§

はつごおり【初氷】
その年の冬に初めて水が凍ること。初氷を見て寒気の到来を実感する風情をいう。➡氷（こおり）［冬］
芹焼《せりやき》やすそ輪の田井《たゐ》の初氷《はつごほり》　芭蕉・泊船集
糊米《のりまい》や水すみかねて初ごほり　許六・正風彦根体
まつ風やつばきを閉《とぢ》るはつ氷　野坡・野坡吟草
山寺の硯に早しはつ氷　也有・蘿の落葉
障子はるこゝろの水やはつ氷　蓼太・蓼太句集
§

はつしぐれ【初時雨】
その冬に初めて降る時雨をいう。時雨は晩秋からも降るが、俳句では初冬の季語となる。➡時雨（しぐれ）［冬］、秋時雨（あきしぐれ）［秋］
§

いかならむ奥《おく》山がたの初しぐれ都《みやこ》はたゞに心ぼそきに　安法法師集（安法の私家集）
月をまつたかねの雲ははれにけり心あるべき初《はつ》しぐれかな　西行・新古今和歌集六（冬）
もらすなよ雲ゐる峰《みね》の初《はつ》時雨木《こ》の葉は下《した》に色《いろ》かはるとも　藤原良経・新古今和歌集一二（恋）
はつしぐれ今ぞふりいづる水鳥のともぐるひするおきの波間に　大隈言道・草径集
初しぐれはづかにぬるる庭の面《おも》にほそぼそと鶏《とり》の跡つけにけり　岡本かの子・浴身
旅人と我《わが》名よばれん初霽《はつしぐれ》　芭蕉・続虚栗
初しぐれ猿も小蓑《こみの》をほしげ也　芭蕉・猿蓑
けふ斗《ばかり》人も年よれ初時雨　芭蕉・旅館日記
初時雨初の字を我《わが》時雨哉　芭蕉・粟津原
一夜《いちや》きて三井寺《みゐでら》うたへ初《はつ》しぐれ　尚白・あら野
鳶《とび》の羽《は》も刷《カイツクロヒ》ぬはつしぐれ　去来・猿蓑
新藁《しんわら》の屋ねの雫《しづく》や初しぐれ　許六・韻塞
たふとさや息つく坂の初しぐれ　正秀・青莚
初しぐれ傘《かさ》は余りに新しく　土芳・蓑虫庵集
通天の紅葉《もみぢ》をちらす初時雨《はつしぐれ》　曲翠・深川
落葉せぬ京もふるびや初時雨《はつしぐれ》　露川・射水川
この比《ごろ》の垣《かき》の結目《ゆひめ》やはつ時雨《しぐれ》　野坡・続猿蓑
北山を背中に屹《きつ》とはつしぐれ　吾仲・宰陀稿本
ぬれ色を石に残して初しぐれ　舎羅・駒掫

やあしばらく蟋蟀《(こほろぎ)》だまれ初時雨《(しぐれ)》　一茶・七番日記
ぼた餅の来《(く)》べき空也《(なり)》初時雨　一茶・七番日記
三日月もあるやまことの初時雨　梅室・梅室家集
頭巾《ずきん》きて老《おい》とよばれん初しぐれ　正岡子規・子規句集
初時雨故人の像を拝しけり　夏目漱石・漱石全集
初時雨《はつしぐれ》あるべき空を見上げつゝ　高浜虚子・五百五十句
初時雨しかと心にとめにけり　高浜虚子・六百句
落葉松の高き巣箱に初しぐれ　飯田蛇笏・椿花集
山茶花の蕾そろひぬ初時雨　山口青邨・ホトトギス

はつしも【初霜】

その冬にはじめて降りる霜。早朝に屋根や垣根などがうっすらと白くなっており、初めての霜に気が付く。初霜は地域によって見られる時期が異なるが、おおよそ晩秋から初冬である。俳句では冬の季語となる。➡霜（しも）［冬］、秋の霜（あきのしも）［秋］、忘れ霜（わすれじも）［春］、霜降（そうこう）［秋］

§

笹《さ》のはにを《(お)》く初霜《はつしも》の夜を寒《さむ》みしみは付《つ》くとも色《いろ》にいでめや　凡河内躬恒・古今和歌集一三（恋三）
夜を寒《さむ》みを《(お)》く初霜《はつしも》をはらひつゝ草の枕にあまたたび寝《ね》ぬ　凡河内躬恒・古今和歌集九（羇旅）
思《おも》ひあへず秋ないそぎそ小男鹿《(さをしか)》のつまどふ山の小田の初霜　藤原定家・定家卿百番自歌合
秋すぎし尾花萱原《おばなかや》むら草にのこるもかる、小野のはつ霜《しも》　正徹・永享五年正徹詠草

山の手は初霜置くと聞きしより十日を経たり今朝の朝霜　伊藤左千夫・伊藤左千夫全短歌
さひ《(び)》しさのいろをそへてもおけるかなよもきか《(ぎが)》庭の今朝のはつ霜　樋口一葉・詠草
這うてきて炭櫃の灰をつかむ手の赤いつめたい今朝の初霜　青山霞村・池塘集
初霜や菊冷《ひえ》初《そむ》る腰の綿　芭蕉・荒小田
初霜《はつしも》や鐘楼《しょうろう》の道の履《くつ》の跡《あと》　許六・そこの花
淀にて
はつしもに何とおよるぞ船の中　其角・猿蓑
はつ霜や小笹がしたのゑび蔓《カヅラ》　惟然・惟然坊発句集
はつ霜の泥によごれつ草の色　丈草・丈草発句集
初霜《はつしも》や梢《こずゑ》も老の一はれ着　野坡・六行会
はつ霜《しも》や芦《あし》折《をり》違《たが》ふ浜《はま》づゝみ　支考・蓮二吟集
初霜や砂に鰯の反かえり　支考・蓮二吟集
初霜《はつしも》や寒き茄子《なすび》の咲《さき》お《(を)》さめ　桃妖・卯花山
初霜《はつしも》や見しらぬ枝の逆《さか》おとし　舎羅・三河小町
初霜やさすが都の竹箒　太祇・太祇句選
初霜やわづらふ霍を遠く見る　蕪村・落日庵句集
初霜や飯の湯あまき朝日和　樗良・樗良発句集
初霜や田の土とりて竈をぬる　巣兆・曾波可理
初霜《(しも)》や茎の歯ぎれも去年迄《(まで)》　一茶・文化句帖
初霜をいたゞき連れて黒木売　内藤鳴雪・鳴雪句集
初霜に負けて倒れし菊の花　正岡子規・子規句集
一つ葉に初霜の消え残りたる　高浜虚子・定本虚子全集

初霜や藪に隣《とな》れる住み心　芥川龍之介・蕩々帖
初霜やわが母なれど面冴え　中村汀女・芽木威あり

はつふゆ【初冬】

三秋のうちの初冬。旧暦一〇月の別名。[同義] 孟冬（もうとう）、冬の始（ふゆのはじめ）。⬇冬浅し（ふゆあさし）[冬]、初冬（しょとう）[冬]、冬（ふゆ）[冬]

§

港口《みなとぐち》、黒《くろ》き息《いき》して大船《おほふね》のひとつ入《い》りきぬ初冬《はつふゆ》のあさ　佐佐木信綱・新月

いそいそとあゆみし、いとしさよ、はつ冬の、あたらしきヅボンつりのやはらかさに。　土岐善麿・不平なく

初冬の日はねもごろにふりそそぎ肺尖加答児《はいせんかたる》あたたかきかも　中村三郎・中村三郎歌集

初冬や日和《ひより》になりし京《きやう》はづれ　蕪村・蕪村句集
初冬の竹緑なり詩仙堂　内藤鳴雪・鳴雪句集
初冬の襟にさし込む旭かな　内藤鳴雪・新俳句
初冬の日向に生ふる鶏頭かな　村上鬼城・鬼城句集
初冬や林のもとの夜べの霧　松瀬青々・妻木
初冬《はつふゆ》の家ならびけり須磨《すま》の里　正岡子規・子規句集
淋《さび》しさもぬくさも冬のはじめ哉　正岡子規・子規句集
初冬や竹切る山の鉈の音　夏目漱石・漱石全集
浪々のふるさとみちも初冬かな　飯田蛇笏・雲母
初冬や手ざはり寒き皮表紙　日野草城・花氷

はつゆき【初雪】

その冬にはじめて降る雪。遠い山に見る初冠雪や、目の前にひらひらとはじめて降ってくる雪など、初雪には特別な風情がある。初雪は気温が余り低くない時期に降るため、湿り気がある大片の雪である。初雪は平均して一二月頃に降るが、北海道や新潟・福島・長野などでは一一月に初雪が降りはじめる。⬇雪（ゆき）[冬]

§

見る人のとしはつもれど初雪はいふ名ばかりはふりずぞ有ける　公任集（藤原公任の私家集）

初雪もふりぬとなどかいはざらんこは年つもるはじめとおもへば　公任集（藤原公任の私家集）

あらたまの年《とし》のはじめに降《ふ》りしけば初雪《はつゆき》とこそいふべかりけれ　藤原顕季・金葉和歌集一（春）

いかにせん末《すゑ》の松《まつ》山波《なみ》こさばみねの初雪《はつゆき》消えもこそすれ　大江匡房・金葉和歌集四（冬）

初雪《はつゆき》は槙《まき》の葉しろくふりにけりこや小野山《をのやま》の冬《ふゆ》のさびしさ　源経信・金葉和歌集四（冬）

年《とし》をへて吉野《よしの》の山《やま》にみなれたる目《め》にめづらしきけさの初雪《はつゆき》　藤原義忠・詞花和歌集四（冬）

山ざくら初《はつ》雪降《ふ》れば咲《さ》きにけり吉野《よしの》は里《さと》に冬ごもれども　山家心中集（西行の私家集）

夜をこめて谷《たに》のとぼそに風さぶみかねてぞしるき峰のはつ雪　崇徳院・千載和歌集六（冬）

つねよりも篠屋《しのや》の軒《のき》ぞうづもる、けふは宮《(みや)》こに初《はつ》雪やふる
瞻西・新古今和歌集六（冬）

初《はつ》雪のふるの神杉《すぎ》うづもれてしめゆふ野辺は冬ごもりせり
藤原長方・新古今和歌集六（冬）

いとゞしくうれしかりけり契《ちぎり》あれば来《こ》てふにゝたる初雪のそら
賀茂真淵・賀茂翁家集拾遺

しろいのは初雪したかみすゞかる信濃は寒い国蕎麦の山
青山霞村・池塘集

明けてまづかはす寿言《よごと》に掛けまくもうらめづらしきけさの初雪
太田水穂・冬菜

あらし山名所の橋のはつ雪に七人《ななたり》わたる舞ごろもかな
与謝野晶子・夢之華

神無月《かみなづき》　岩手《いはて》の山《やま》の　初雪《はつゆき》の眉《まゆ》にせまりし朝《あさ》を思《おも》ひぬ
石川啄木・秋風のこころよさに

冬枯れのこの山里《やまざと》に斑《ふ》にふれる今朝のはつ雪うつくしきかも
中村憲吉・しがらみ

初雪や水仙の葉のたはむまで　芭蕉・陸奥衛
はつゆきや幸庵《さいはひあん》にまかりある　芭蕉・あつめ句
初雪やいつ大仏の柱立《はしらだて》　芭蕉・笈日記
はつ雪や聖《ひじり》小僧《こぞう》の笈《おひ》の色　芭蕉・勧進牒
初雪やかけかゝりたる橋の上　芭蕉・其便
はつゆきやみぞれで仕廻笹《しまふささ》の音　木因・皮籠摺
初雪に忘るゝ物は寒さかな　杉風・木曾の谷
初雪や裾《すそ》へとゞかぬ白丁花《はくちやうげ》　嵐雪・みづひらめ
はつ雪や先《まづ》馬やから消《きえ》そむる　許六・炭俵
はつ雪《ゆき》を見《み》てから顔《かほ》を洗《あらひ》けり　越人・あら野
はつ雪《ゆき》のことしも袴《はかま》きてかへる　野水・冬の日
初雪《はつゆき》やことしのびたる桐《きり》の木《き》に　野水・あら野
はつ雪や内《うち》に居《ゐ》さうな人は誰《たれ》　其角・猿蓑
初雪《はつゆき》や門《かど》に橋《はし》あり夕間暮《ゆふまぐれ》　其角・続猿蓑
はつ雪にとなりを顔で教《をしへ》けり　野坡・炭俵
初雪や人のありくと日のさすと　楚常・卯辰集
初雪や菅《すげ》の小笠《かさ》は旅の人　吾仲・麻生
初雪の底を叩《たたけ》ば竹の月　蕪村・蕪村句集
初雪や故郷《(ふるさと)》見ゆる壁の穴　一茶・文化句帖
唐突《たうとつ》や初雪やがて初ふぶき　森鷗外・うた日記
初雪の見事に降れり万年青の実　村上鬼城・雑詠選集
初雪や庫裏は真鴨をたゝく音　夏目漱石・漱石全集
初雪の久住と相見て高嶺茶屋　杉田久女・杉田久女句集

はるちかし【春近し】

春が近づいてきたのを感じられるようになった状態をいう。『滑稽雑談』に「春の隣。古今栄雅抄に云、一條禅閤御説に云、春の隣と云ふ事、隣はちかしと云ふ心也。秋の隣、夏の隣共云ふべき也」とある。［同義］春隣（はるとなり）、春隣る（はるとなる）、春を急ぐ（はるをいそぐ）、春の急ぎ（はるのいそぎ）、明日の春（あすのはる）。⬇春を待つ（はるをまつ）［冬］、春隣（はるとなり）［冬］

§

春近《ちか》く降《ふ》る白雪は小倉《をぐら》山峰にぞ花の盛《さか》りなりける
よみ人しらず・後撰和歌集八（冬）

春ちかき鐘《かね》のひゞきのさゆるかなこよひばかりと霜《しも》やを(お)くらん　兼好法師集（吉田兼好の私家集）
橙に花咲けりな明日の春　杉風・続別座敷
春近く榾つみかゆる菜畑哉　亀洞・あら野
春ちかき三年味噌《みそ》の名残《なごり》哉　李由・韻塞
春来よとあふさか山のわかれかな　樗良・樗良発句集
春近き雪よ霞よ淀の橋　松瀬青々・妻木
椿咲きその外春の遠からじ　高浜虚子・定本虚子全集

§

はるとなり【春隣】

⇩春近し（はるちかし）[冬]

§

春隣《はるとなり》火を賀する文を草しけり　森鷗外・うた日記
種揃へしておこすなり春隣　河東碧梧桐・碧梧桐句集

はるをまつ【春を待つ】

冬も終りに近づき、暖かい春が来るのを期待している心待ち。⇩春近し（はるちかし）[冬]、春遅し（はるおそし）[春]

§

百済野《くだらの》の萩《はぎ》の古枝《ふるえ》に春待《はるま》つと居《を》りし鶯《うぐひす》鳴《な》きにけむかも　山部赤人・万葉集八
草《くさ》も木《き》もふりまがへたる雪《ゆき》もよに春《はる》まつ梅《うめ》の花《はな》の香《か》ぞする　源通具・新古今和歌集六（冬）
梅そめはこぬ春まねくたもとかな　守武・独吟千句
待《まつ》春を恋せば痩ぬべし餅くらひ　荷兮・橋守
春を待添乳や母と物かたり　諷竹・青莛
春待や幸ある家の花ぶくろ　鬼貫・七車
待《まつ》春や机に揃ふ書の小口　浪化・浪化上人発句集
待春や氷にまじるちりあくた　智月・炭俵
春待や草の垣結ふ縄二束　村上鬼城・鬼城句集
紅裏の春待兼ねて燃ゆる哉　尾崎紅葉・俳句新潮
春を待つ支那水仙や浅き鉢　夏目漱石・漱石全集
春待や宿痾《しゅくあ》に堪へて憂ふ事　河東碧梧桐・碧梧桐句集
何事の頼みなけれど春を待つ　高浜虚子・五百五十句

ばんとう【晩冬】

三冬（初冬・仲冬・晩冬）の一。新暦の一月（旧暦の一二月）で、小寒（一月五日）から立春の前日（二月三日）までをいう。[同義] 末の冬（すえのふゆ）、下冬（しもふゆ）、季冬（きとう）。⇩冬（ふゆ）[冬]

「ひ」

ひあしのぶ【日脚伸ぶ】

冬至（一二月二三日頃）を過ぎ、次第に日が長くなっていくこと。ふと気が付いて、春の訪れを感じる風情である。⇩冬至（とうじ）[冬]、日永（ひなが）[春]、短日（たんじつ）[冬]

§

有がたや能なし窓の日も伸る　一茶・七番日記

木屋町の大千賀にあり日脚のぶ　高浜虚子・定本虚子全集

ひさめ【氷雨】

霰・霙のこと。また霙のような冷たい雨。⬇氷雨（ひさめ）[夏]、霰（あられ）[冬]、霙（みぞれ）[冬]

§

いそがしく君《きみ》と逢《あ》ふかな氷雨《ひさめ》する師走《しはす》二十日《はつか》の上京《かみきやう》の宿《やど》

岡稲里・早春

氷雨《ひさめ》すれば涙ながしぬやせやせてさめはだなせる冬木立ども

田波御白・御白遺稿

凜烈と一木《ひとき》の紅き梅もどき氷雨の中に響きつつあり

宮柊二・群鶏

町空のくらき氷雨や白魚売　芝不器男・不器男句集

ひみじか【日短か】

冬の日照時間の短さをいう。冬至にいたって最も短くなる。⬇短日（たんじつ）[冬]、冬至（とうじ）[冬]

§

短か日の川原をいそぐ乏しらの水のあよみよ寒けかりけり

島木赤彦・馬鈴薯の花

みじか日や障子にうつる鉢梅の花をゆりつつ午砲《どん》鳴りにけり

太田水穂・冬菜

柿落ちてうたゝ短かき日となりぬ　夏目漱石・漱石全集

牛立ちて二三歩あるく短き日　高浜虚子・五百五十句

大浦天主堂、司祭館

蹈絵見て嘆けば窓の日短し　水原秋桜子・蓬壺

ひょうかい【氷海】

一二月頃から三月頃まで、オホーツク海に面した北海道北部の海に見られる結氷した海。海はゆっくりと段階をもって結氷が進む。まず氷泥となり、つぎに海綿氷、氷殻、板氷、蓮葉氷の順で成長して海氷となる。[同義] 凍海（とうかい）、氷原（ひょうげん）、海凍る（うみこおる）。⬇氷湖（ひょうこ）[冬]、氷江（ひょうこう）[冬]、氷（こおり）[冬]、凍港（とうこう）[冬]

ひょうこ【氷湖】

氷結した湖。氷が厚くなると、対岸への最短距離の道となり、またスケート場や釣場となり冬ならではの行楽地となる。天然氷が採取されたりもする。[同義] 凍湖（とうこ）、凍結湖（とうけつこ）、結氷湖（けっぴょうこ）、湖凍る（みずうみこおる）。⬇氷（こおり）[冬]、氷江（ひょうこう）[冬]、氷橋（こおりばし）[冬]、氷海（ひょうかい）[冬]、御神渡り（おみわたり）[冬]

§

暁の温泉《ゆ》の霧低く沈みつつ氷の湖《うみ》に流れ行くかな

島木赤彦・馬鈴薯の花

橇唄もなき土地なれや氷の湖靄さむざむに影動きつつ

島木赤彦・馬鈴薯の花

ひょうこう【氷江】

氷結した川。[同義] 凍江（とうこう）、川凍る（かわこおる）。⬇氷（こおり）[冬]、氷湖（ひょうこ）[冬]、冬の川（ふゆのかわ）[冬]、氷橋（こおりばし）[冬]、氷海（ひ

ょうかい）［冬］、氷河（ひょうが）［四季］

ひょうしょう【氷晶】

空気中に浮かんでいる氷の結晶をいう。東北や北海道で極寒のときに見られる現象で、日の光で美しく輝く。［同義］氷塵（ひょうじん）、霧雪（むせつ）。⇩氷（こおり）［冬］

ひょうへき【氷壁】

氷ついた冬山のそそり立つ岸壁。登山家は危険を賭して岸壁の登攀に挑む。⇩氷（こおり）［冬］、雪山（ゆきやま）［冬］、登山（とざん）［夏］

「ふ〜ほ」

ふきだまり【吹溜り】

強風で積雪が吹きつけ、吹き上げられて道路や路地隅などに溜まること。［同義］吹雪溜り（ふぶきだまり）。⇩雪（ゆき）［冬］

ふぶき【吹雪】

強風が積雪を吹き飛ばす現象。また、強風にあおられて降る雪をもいう。「雪吹」とも書く。とくに激しく吹き上げるものを「地吹雪（じふぶき）」といい、吹き上げて「雪煙（ゆきけむり）」となる。吹雪によってできた雪の波紋を「雪浪（ゆきなみ）」という。⇩雪（ゆき）［冬］

§

ふゞきする長等《ながら》の山を見《み》わたせばをのえ（へ）をこゆる志賀《しが》の浦波《うらなみ》　藤原良清・千載和歌集六（冬）

ふゞきせしいぶきおろしのさえくれて月にしづまるよごのうら浪　賀茂真淵・賀茂翁家集

放ちやるしらふの鷹《たか》は見えなくに鶴の毛まじり散る吹雪《ふぶき》かな　正岡子規・子規歌集

かぎろひの夕となれば縁にたまる吹雪を踏みて別れつるかも　島木赤彦・氷魚

われ待つと荒野野辺地の停車場の吹雪《ふぶき》のかげに立ちし友はも　若山牧水・朝の歌

夜《よ》をこめて牛《うし》ねんねんとひかれゆく鼻面白《はなづらじろ》くうつ吹雪《ふゞき》かも　北原白秋・白秋全集

平手《ひらて》もて　吹雪《ふぶき》にぬれし顔《かほ》を拭《ふ》く　友《とも》共産《きようさん》を主義《しゆぎ》とせりけり　石川啄木・忘れがたき人人

空ひびき土ひびきして吹雪《ふぶき》する寂しき国ぞわが生《うま》れぐに　宮柊二・藤棚の下の小室

雪吹《ふぶき》して北やかけたる伊吹山　尚白・水の友

ひつかけて行《ゆく》や雪吹《ふぶき》のてしまござ　去来・猿蓑

長橋や勢田にあひ見んふゞき松　其角・五元集拾遺

水鼻《みづばな》を吹《ふき》きつて行雪吹《ゆくふぶき》かな　李由・韻塞

笠の緒《を》に口あけて行雪吹《ゆくふぶき》哉　兀峰・桃の実

両の手に河豚《ふぐ》ぶらさげる雪吹《ふぶき》哉　卯七・鳥の道

海山《うみやま》の鳥啼立《なきたつ》る雪吹《ふぶき》かな　乙州・炭俵

宿かせと刀投出す雪吹《ふぶき》哉　蕪村・蕪村句集

吹雪［北越雪譜］

棺桶に合羽かけたる吹雪かな　村上鬼城・鬼城句集
目ともいはず口ともいはず吹雪哉　夏目漱石・漱石全集
初雪の吹雪となりし山家かな　相島虚吼・ホトトギス
燈台を見し戻りなる吹雪かな　河東碧梧桐・碧梧桐句集
薪十駄二駄まだつかぬ吹雪かな　大谷句仏・縣葵
豆打てば幻影走る吹雪かな　渡辺水巴・白日
吹雪きつつ一つの笑顔つきぬけくる　加藤楸邨・穂高

ふゆ【冬】

一般に、立冬（一一月七日頃）から、立春（二月四日頃）の前日までを冬という。気象学上では一二～二月をいい、天文学上では冬至（一二月二二日頃）から春分（三月二一日頃）までとなる。冬季の九旬（九〇日間）を「九冬」と称する。二十四節気では冬を「初冬」「仲冬」「晩冬」の三つに等分し、［三冬］と称する。初冬は旧暦一〇月（新暦一一月）をいい、仲冬は旧暦一一月（新暦一二月）、晩冬は旧暦一二月（新暦一月）をいう。三冬はさらに六つの節に分かれる。初冬は「立冬」と「小雪」に、仲冬は「大雪」と「冬至」、晩冬は「小寒」と「大寒」に区切られる。それぞれの日取・気節は「立冬（一一月七日・十月節）」「小雪（一一月二二日・十月中）」「大雪（一二月七日・十一月節）」「冬至（一二月二二日・十一月中）」「小寒（一月六日・十二月節）」「大寒（一月二一日・十二月中）」となっている。冬には以下に挙げるようなさまざまな漢名がある。［同義］三冬（さんとう）、九冬（きゅうとう）、玄英（げんえい）、玄帝（げんてい）、玄冥（げんめい）、安寧（あんねい）、静順（せいじゅん）、黒帝（こくてい）、上天

（じょうてん）、羽音（うおん）、律檀（りつだん）。⬇小寒（しょうかん）[冬]、小雪（しょうせつ）[冬]、立冬（りっとう）[冬]、初冬（しょとう）[冬]、節分（せつぶん）[冬]、大寒（だいかん）[冬]、大雪（たいせつ）[冬]、冬至（とうじ）[冬]、初冬（はつふゆ）[冬]、晩冬（ばんとう）[冬]、冬浅し（ふゆあさし）[冬]、冬尽く（ふゆつく）[冬]

§

外山《とやま》ふくあらしの風のを《(お)》と聞けばまだきに冬のを《(お)》くぞ知《し》らる、
和泉式部・千載和歌集六（冬）

露霜とうつろふ袖もくちぬべし笹《さゝ》わくる野《の》の冬のかよひぢ
藤原家隆・家隆卿百番自歌合

山陰《かげ》の岩《いは》もる清水《しみづ》こほりゐてを《(お)》とせぬしもぞ冬をつげける
頓阿・頓阿法師詠

ちゝの木のちゝぶの山の薄もみぢうすきながらにちれる冬かな
賀茂真淵《(ぐ)》・賀茂翁家集

山の井のあさくはあらぬ冬なれや　くみあくる水もこほりそめけり

天井《てんじやう》より物のきしまむ音《おと》のして冬としおもふひと日雨降る
樋口一葉・詠草

み冬づく丘の家居に立つけぶり湯気おほけれやあたたかく見ゆ
斎藤茂吉・のぼり路

哀《かな》しくも、をかしくもなく、おのづから涙《なみだ》の湧《わ》くも、はかなしや、冬《ふゆ》。
北原白秋・白秋全集

土岐善麿・黄昏に

かすかなる仕事なりけり針しごとわれにせはしき冬としなりぬ
三ケ島葭子・三ケ島葭子歌集

ふみは読めず友しなければ縄《なは》なひて夜をふかすらむ冬の夜寒を
橋田東声・地懐

うつそみを厳《きび》しき冬のなかに置く阿修羅《あしゆら》のおもひ消さむよすがに
吉井勇・天彦

真《ま》さみしき冬になり来《く》も我がつまの身おもき肩は息づきしるく
中村憲吉・しがらみ

冬さびし河原《かはら》の石になく千鳥《ちどり》川瀬の音にまぎれずきこゆ
石井直三郎・青樹以後

竹藪《たけやぶ》にわづかかかりし乾菜《ほしな》ありこの村も寒く冬に入りにし
土屋文明・自流泉

石枯《かれ》て水しぼめるや冬もなし　芭蕉・東日記
冬庭や月もいとなるむしの吟《ぎん》　芭蕉・芭蕉翁全伝
あゝたつたひとりたつたる冬《ふゆ》の宿《やど》　荷兮・あら野
冬見れば松にひきそふ茶臼山　来山・続いま宮草
縫《ぬひ》かゝる紙子《かみこ》にいはん嵯峨の冬　其角・五元集
この冬もおしきはおなじ命にて　鬼貫・俳諧大悟物狂
髯《ひげ》のある雑兵《ざうひやう》どもや冬の陣　正岡子規・子規句集
如意払子懸けてぞ冬を庵の壁　夏目漱石・漱石全集
鉄板を踏めば叫ぶや冬の構　高浜虚子・五百五十句
田を截つて大地真冬の鮮らしさ　飯田蛇笏・雲母
物おちて水うつおとや夜半の冬　飯田蛇笏・山廬集
冬の宿阿寒の毬藻のみ青く　山口青邨・露団々
蛞蝓《なめくじ》の行路はかわく冬の石　山口青邨・冬青空

この冬を黙さず華厳水豊か　川端茅舎・俳句文学全集
冬すでに路標にまがふ墓一基　中村草田男・長子
燈台の冬ことごとく根なし雲　中村草田男・火の島

ふゆあさし【冬浅し】

立冬を過ぎているが、まだ寒気もさほどに厳しくない冬のはじめころの気候、またはその心持ちをいう。⬇初冬（しょとう）[冬]、初冬（はつふゆ）[冬]、冬めく（ふゆめく）[冬]、冬（ふゆ）[冬]

ふゆあたたか【冬暖か】

厳寒の冬に訪れる春のように暖かい日。俳句では「暖か」は春の季語のため、「冬暖か」として冬の季語とする。[同義] 冬ぬくし（ふゆぬくし）。⬇暖か（あたたか）[春]

§

冬暖の笹とび生えて桃畑　飯田蛇笏・雲母

ふゆがすみ【冬霞】

冬の霞である。冬、風もなく春をおもわせるような暖かい日、山野にかかる霞である。「霞」は春の季語だが、「冬」を冠して冬の季語とする。[同義] 寒霞（かんがすみ）。⬇霞（かすみ）[春]

§

一碗のおぼえある墓地冬がすむ　飯田蛇笏・雲母
舟に居て松の手入や冬霞　渡辺水巴・水巴句集

ふゆがれ【冬枯】

冬の枯れた草木や葉が落ちた木々をいう。また、その荒涼とした風景をいう。⬇冬木（ふゆき）[冬]

§

冬がれの野べとわが身を思《おも》ひせばもえても春《はる》を待《ま》たまし物を　伊勢・古今和歌集一五（恋五）
冬枯《がれ》のもりの朽《くち》葉の霜のうへにおちたる月のかげのさむけさ　藤原清輔・新古今和歌集六（冬）
冬枯の梢の月にさえ〴〵て風もくまなき限《かぎり》をぞしる　後柏原天皇・内裏着到百首
冬枯の野中の里の夕煙一すちうすく空に靡きて　上田秋成・夜坐偶作
冬枯の木間のそかん売屋敷　去来・いつを昔
冬枯や平等院の庭の面　鬼貫・鬼貫句選
冬枯の歯朶にうつるや鳥の息　浪化・きれ〴〵
冬がれの里を見おろす峠かな　召波・春泥発句集
何おもふ冬枯川のはなれ牛　暁台・暁台句集
冬枯や雀のあるく樋《とひ》の中　太祇・太祇句選
冬枯のなつかしき名や蓮台野　巣兆・曾波可理
町中に冬がれ榎立りけり　一茶・七番日記
冬枯や鹿の見て居る桶の豆　一茶・旅日記
冬枯や在所の雨が横にふる　一茶・一茶句帖
冬枯の中に家居や村一つ　正岡子規・子規句集
冬がれや田舎娘のうつくしき　正岡子規・子規句集
祇園清水《きよみず》冬枯もなし東山　正岡子規・子規句集
冬枯れて山の一角竹青し　夏目漱石・漱石全集
此庭も夫唱婦随の枯るゝまゝ　高浜虚子・五百五十句
もの皆枯るゝ見に来よ百花園　高浜虚子・五百五十句

ふゆき【冬木】

冬の樹木一般をいう。⬇冬枯（ふゆがれ）［冬］、冬木立（ふゆこだち）［冬］

§

雪まだき冬木の山はすみがまの煙りならでは見らくものなし　田安宗武・悠然院様御詠草

富坂の冬木のうへの星月夜いたく更けたり我のかへりは　島木赤彦・氷魚

往きかひのしげき街《ちまた》の人皆を冬木の如《ごと》もさびしらに見つ　長塚節・我が病

近よれば冬木の上に月きたり空さす枝のありありと見ゆ　木下利玄・紅玉

門さきに冬木の影のしづかなる入日のなかを帰り来にけり　明石海人・白描

寝覚うき身を旅猿の冬木かな　鬼貫・七車

小鳥ゐて朝日たのしむ冬木かな　村上鬼城・鬼城句集

二冬木《ふたふゆき》立ちて互にかゝはらず　高浜虚子・六百五十句

我ここにかくれ終りし大冬木　高浜虚子・六百五十句

冬木積む舟見てしめし障子かな　西山泊雲・ホトトギス

ひつ〳〵と冬木鳴る丘の夕日かな　大須賀乙字・炬火

星空の冬木ひそかにならびゐし　種田山頭火（大正八年）

いまははやいろはもみぢも冬木かな　山口青邨・露団々

冬木空大きくきざむ時計あり　篠原鳳作・筑摩文学全集

大空の風を裂きゐる冬木あり　篠原鳳作・篠原鳳作全句文集

その冬木誰もみつめては去りぬ　加藤楸邨・寒雷

ふゆくる【冬来る】

⬇立冬（りっとう）［冬］、冬（ふゆ）［冬］

§

泉《いづみ》河水《がはみづ》のみわたのふしづけに柴間《しばま》のこほる冬はきにけり　藤原仲実・千載和歌集六（冬）

を《お》きあかす秋のわかれの袖《そで》のつゆ霜こそむすべ冬やきぬらん　藤原俊成・新古今和歌集六（冬）

冬くれば庭の蓬《よもぎ》も下《した》晴《は》れて枯葉の上《うへ》に月ぞさえ行《ゆく》　後鳥羽院・遠島御百首

柞《はゝそ》散《ちる》石田《いはた》の小野の、あさ嵐《あらし》に山路しぐれて冬は来にけり　慶運・慶運百首

水茎《みづくき》の岡辺《をかべ》の霜の置《を》きもあへず寝《ね》ての朝《あさ》けに冬は来《き》にけり　二条良基・後普光園院殿御百首

すさまじき空のけしきも風の音《おと》もかなしさそふる冬は来にけり　心敬・寛正百首

こしのうみは波たかゝらしも、船のわたりかしこき冬はきけり　上田秋成・反故詠草

暁の寒く晴れたる庭にいでて鶏頭《けいとう》を伐《き》る冬は来にけり　正岡子規・子規歌集

冬来ては案山子にとまる烏哉　其角・五元集拾遺

ふゆげしき【冬景色】

草木も枯れた荒涼とした野原など冬のさまざまな景色をいう。［同義］冬の色（ふゆのいろ）、冬の景（ふゆのけい）。⬇冬ざれ（ふゆざれ）［冬］、初景色（はつげしき）［新年］

§

夕暮を惜む隙なし冬景色　　文考・蓮二吟集

ふゆこだち【冬木立】

冬の寒々とした木のむらがり。[同義] 枯木立（かれこだち）。⬇夏木立（なつこだち）[夏]、寒林（かんりん）[冬]、冬木（ふゆき）[冬]

§

冬木立思ひ上れる人人のあつまれるごと立てり夕日に　　与謝野晶子・朱葉集

ふきしきる松風ききて冬木立かこめる家に今日もくれにけり　　岡稲里・早春

散とのみ見る目や娑婆の冬木立　　鬼貫・七車

猿も手の置所なし冬木立　　也有・蘿葉集

よるみゆる寺のたき火や冬木立　　太祇・太祇句選

盗人に鐘つく寺や冬木立　　太祇・太祇句選

二村に質屋一軒冬こだち　　蕪村・蕪村句集

冬こだち月に隣をわすれたり　　蕪村・蕪村句集

乾鮭ものぼる景色や冬木立　　蕪村・蕪村遺稿

雲かゝる天の柱の冬木だち　　闌更・半化坊発句集

孟子読む郷士の窓や冬木立　　召波・春泥発句集

館《たち》の火のありありと冬の木立かな　　星布・星布尼句集

冬木《こ》だち月骨髄《こつずい》に入夜哉《いるよかな》　　几董・桃李

汽車道の一すぢ長し冬木立　　正岡子規・子規句集

寺ありて小料理屋もあり冬木立　　正岡子規・子規句集

土堤一里常盤木もなしに冬木立　　夏目漱石・漱石全集

ふゆさぶ【冬さぶ】

冬らしい風情になること。⬇冬景色（ふゆげしき）[冬]、冬ざれ（ふゆざれ）[冬]、冬めく（ふゆめく）[冬]

§

たまたまに汽車とどまれば冬さびの山の駅《うまや》に人の音すも　　島木赤彦・馬鈴薯の花

おしなべて冬さびにけり瑠璃色《るりいろ》の玉を求むと体《からだ》かがめつ　　斎藤茂吉・寒雲

鬢の毛もいよよ白みてうつしみのわが身もいよよ冬さびにけり　　吉井勇・人間経

ふゆざれ【冬ざれ】

冬の風物の荒れ寂れた眺め。[同義] 冬され（ふゆされ）、冬ざるる（ふゆざるる）。⬇春ざれ（はるざれ）[春]、冬景色（ふゆげしき）[冬]、冬さぶ（ふゆさぶ）[冬]

§

むかしのみ語れるもうべ撓髪《たわがみ》も冬ざれ髪《がみ》となりてあらずや　　吉井勇・天彦

冬ざれの赤き夕日がしみつけば低《ひく》からずもよわれの家門《かもん》も　　前川佐美雄・天平雲

冬ざれや小鳥のあさる韮畠《にらばたけ》　　蕪村・蕪村句集

冬ざれやきたなき川の夕鴉　　定雅・続あけがらす

冬ざれや二三荷捨てゝ牛の糞　　村上鬼城・鬼城句集

大石や二つに割れて冬ざるゝ　　村上鬼城・同人句集

冬ざれの厨《くりや》に赤き蕪《かぶら》かな　　正岡子規・子規句集

冬ざれや青きもの只菜大根　　夏目漱石・漱石全集

冬ざれや砂吹きつくる澪柱《みをばしら》　河東碧梧桐・碧梧桐句集
冬ざれや石に腰かけ我《われ》孤独　高浜虚子・六百五十句
朝寝けだるき冬ざれの庭風立てり　種田山頭火・層雲
山国や冬ざれてゐる畑の土　渡辺水巴・白日
自分が通つただけの冬ざれの石橋　尾崎放哉・小豆島にて
冬ざれや鶲あそべる百花園　水原秋桜子・葛飾
冬ざれやころゝと鳴ける檻の鶴　水原秋桜子・葛飾
冬ざれや青竹映る手水鉢　日野草城・花氷
冬ざれて枯野へつづく妻の手か　日野草城・旦暮
冬ざれや石段おりて御堂あり　中村草田男・長子

ふゆた【冬田】

稲を刈り取った後の冬の田。厳寒の荒涼とした冬の田をいう。⇩秋の田（あきのた）[秋]、刈田（かりた）[秋]

§

たのみなき若草生ふる冬田哉　太祇・太祇句選
雨水も赤くさび行冬田かな　太祇・太祇句選
冬田刈夕ぐれ人のひとり哉　暁台・暁台句集
大水の砂山残す冬田かな　内藤鳴雪・鳴雪句集
冬の田の秩父おろしに濁りけり　村上鬼城・定本鬼城句集
汽車道の一段高き冬田かな　正岡子規・子規句集
きぬぐ〵の大門出れば冬田かな　正岡子規・新俳句
ところぐ〵冬田の道の欠けて無し　高浜虚子・定本虚子全集
椶櫚高く椶櫚寺見えて冬田かな　河東碧梧桐・春夏秋冬
夜汽車過ぎゆく一畦一畦冬田青し　加藤楸邨・山脈

ふゆたつ【冬立つ】

冬になるという意。立冬の日。⇩立冬（りっとう）[冬]

§

あらたのし冬たつ窓の釜の音　鬼貫・七車
冬たつや御所柿の手にひゆる程　沾徳・俳諧五子稿
冬たつや此《この》御神のことはじめ　北枝・柞原
句を作るこころ戻りぬ冬立ちぬ　日野草城・旦暮
冬立ちぬ十日のひげを剃り払ふ　日野草城・旦暮
冬立ちぬつかひおろしの佳きしやぼん　日野草城・旦暮

ふゆつく【冬尽く】

三冬（初冬・仲冬・晩冬）が終わること。冬を惜しみ、また春を喜ぶ感慨がある。『年浪草』に「初秋・仲冬・季冬、之を三冬と謂ふ。季冬将に尽きんとする時也。故に或は三冬月と曰ふ」とある。[同義] み冬尽く・三冬尽く（みふゆつく）、冬果つ（ふゆはつ）、冬行く（ふゆゆく）、冬去る（ふゆさる）、冬終る（ふゆおわる）、冬の限り（ふゆのかぎり）、冬の名残（ふゆのなごり）、冬の別れ（ふゆのわかれ）、冬を送る（ふゆをおくる）。⇩冬（ふゆ）[冬]

ふゆなぎ【冬凪】

冬の強い風がふと止まり、穏やかに凪いで晴れわたること。漁業関係者には恵みの凪である。北海道では風雪のない気候を「凍凪（いてなぎ）」という。⇩寒凪（かんなぎ）[冬]

§

冬凪げる瀬戸の比売宮ふしをがみ　杉田久女・雑詠選集
冬凪の檸檬色づくほのかなり　水原秋桜子・帰心

長崎、神ノ島天主堂　水原秋桜子・蓬壺
冬凪の艪の音きこゆ懺悔台

ふゆのあさ【冬の朝】
寒気が肌をさすような冬の朝をいう。冬の朝は遅く明け、晴れた日には霜柱が立ち、寒さが厳しい。［同義］冬の暁（ふゆのあかつき）、冬の曙（ふゆのあけぼの）、寒暁（かんぎょう）。

§

冬の朝まづしき宿の味噌汁のにほひとともにおきいでにけり　前田夕暮・収穫
烏《からす》ばかり静にならぬ冬の朝　曾良・続雪まろげ

ふゆのあめ【冬の雨】
冬寒の景色に降る雨。初冬には時雨が降るが、一一月を過ぎると細く冷たく侘しさを感じさせる雨となる。➡時雨（しぐれ）［冬］、寒の雨（かんのあめ）［冬］、北しぶき（きたしぶき）［冬］、初時雨（はつしぐれ）［冬］、雪時雨（ゆきしぐれ）［冬］、氷雨（ひさめ）［冬］、霰（あられ）［冬］、夕時雨（ゆうしぐれ）［冬］、朝時雨（あさしぐれ）［冬］、北時雨（きたしぐれ）［冬］、小夜時雨（さよしぐれ）［冬］、村時雨（むらしぐれ）［冬］

§

冬の雨潮《しほ》をふくみてしとしとと枯芝やまにふりいでしくれ　前田夕暮・陰影
冬《ふゆ》の雨《あめ》、わが育《そだ》ちたる、浅草《あさくさ》の寺《てら》にかへりて、眠《ねむ》らんとおもふ。　土岐善麿・黄昏に

面白し雪にやならん冬の雨　芭蕉・千鳥掛
耳の底《そこ》に水鶏鳴也《くひななくなり》冬の雨　露川・枯尾花
宵やみのすぐれてくらし冬の雨　太祇・太祇句選
冬の雨しぐれのあとを継夜哉　召波・春泥発句集
冬雨や万竿青き竹の庵　村上鬼城・鬼城句集
冬の雨柿の合羽のわびしさよ　夏目漱石・漱石全集
たまさかに据風呂焚くや冬の雨　夏目漱石・漱石全集
伐株の桑に菌や冬の雨　西山泊雲・ホトトギス
欅高し根笹を濡らす冬の雨　渡辺水巴・水巴句集
油絵のたゞ青きのみ冬の雨　山口青邨・露団々

ふゆのうみ【冬の海】
冬の海の風情をいう。日本海側は終日、雪雲が低くたれこめることが多く、海上は大陸からの季節風で灰色の波が大きくうねり寄せ、岩や防波堤に波飛沫を上げる。磯の家々は波除垣をめぐらせ、漁師たちは船を陸にあげ、出漁は少ない。太平洋側では、晴天の日が多く、海はおだやかに凪いで、出漁も多い。［同義］冬の浜（ふゆのはま）、冬の渚（ふゆのなぎさ）。➡冬の波（ふゆのなみ）［冬］、寒潮（かんちょう）［冬］、海（うみ）［四季］

§

冬の海傾きて鳴る日の下に暗憺としてゆふべにいたる　前田夕暮・収穫
冬《ふゆ》の海《うみ》、白《しろ》く光《ひか》りて、暮《く》れぬらむ。ひさしく聞《き》かずよ、千鳥《ちどり》のこゑを。　土岐善麿・黄昏に

波頭《なみがしら》たてるを見れば冬海は松並む上に暗くつづきぬ　佐藤佐太郎・歩道
鎌倉の僧こととはん冬の海　露沾・続虚栗
蘆の葉を手より流すや冬の海　其角・五元集
冬の海勢《せい》一ぱひ(い)の入日かな　卯七・をのが光
冬の海見よむさし野の比企野より　白雄・白雄句集
底曇りの雲の動きや冬の海　河東碧梧桐・碧梧桐句集
冬海や一隻の舟難航す　高浜虚子・六百五十句
荒れてをる冬の海あり家の間　高浜虚子・定本虚子全集
渚より漕ぎ出でて冬の海のうへ　中塚一碧楼・一碧楼一千句
冬海の碧さよ陸《くが》は焼け爛れ　日野草城・旦暮
冬海は紺岩階を踏みのぼる　中村草田男・火の島

ふゆのかぜ【冬の風】

冬の季節に吹く寒々とした風。⇩乾風（あなじ）［冬］、星の入東風（ほしのいりごち）［冬］、虎落笛（もがりぶえ）［冬］、節東風（せちごち）［冬］、たま風（たまかぜ）［冬］、べっとう風（べっとうかぜ）［冬］、北颪（きたおろし）［冬］、北風（きたかぜ）［冬］、隙間風（すきまかぜ）［冬］、しまき［冬］、神渡（かみわたし）［冬］、空風（からかぜ）［冬］、寒風（かんぷう）［冬］、雪しまき（ゆきしまき）［冬］

§

冬風《ふゆかぜ》は海よりおこりわれの行く磯《いそ》の石《いし》むらあたたまりけり　斎藤茂吉・暁光
転《ころ》がつてゆく絹帽《シルクハット》を追つかける紳士老いたり野は冬の風　北原白秋・白秋全集
原中やうしろ歩《あゆ》みに冬のかぜ　杉風・杉風句集

ふゆのかわ【冬の川】

水量が減り、川底をあらわにして流れる川、川べりに薄氷の張っている川など、冬の川のさまざまな風情をいう。［同義］冬川（ふゆがわ）、冬川原（ふゆがわら）。⇩水涸る（みずかる）［冬］、氷江（ひょうこう）［冬］、冬の水（ふゆのみず）［冬］、川（かわ）［四季］

§

冬河のうへはこほれる我なれやしたに流(ながれ)て恋《こ》ひわたるらむ　宗岳大頼・古今和歌集一二（恋二）
霜とぢて月も動かぬ冬河の寒き心を吾思はなくに　伊藤左千夫・伊藤左千夫全短歌
別れ来て外套の襟に顔うづめ橋上に立ち冬の川みる　前田夕暮・収穫
冬川や筏《いかだ》のすはる草の原　其角・五元集
冬川や木の葉は黒き岩の間　惟然・芭蕉庵小文庫
冬川や舟に菜《な》を洗《あら》ふ女あり　蕪村・夜半叟句集
ふゆ河や誰引《たがひき》すてゝ赤蕪《あかかぶら》　蕪村・夜半叟句集
冬川や孤村の犬の獺を追ふ　蕪村・夜半叟句集
冬川や仏の花の流れ来る　蕪村・蕪村遺稿
冬川や簸に捨てやる鳥の羽　暁台・暁台句集
やすき瀬や冬川わたる鶴の脛　几董・井華集

冬川を二度こす事がおもひかな　成美・成美家集
舟道の深く澄みけり冬の川　村上鬼城・鬼城句集
冬川の菜屑啄《ついば》む家鴨《あひる》かな　正岡子規・子規句集
谷深み杉を流すや冬の川　夏目漱石・漱石全集

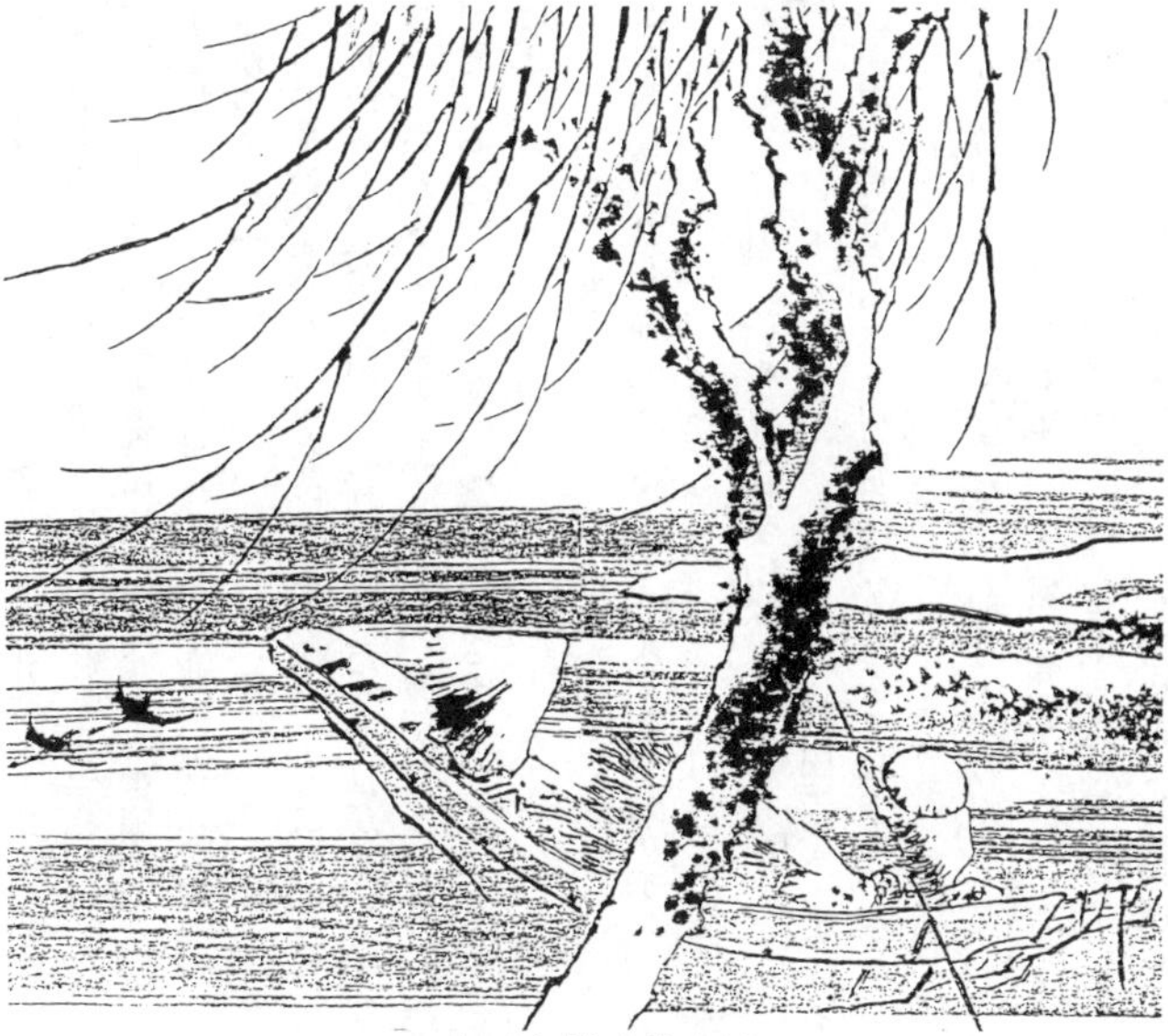

冬の川［北斎絵手本］

冬川や那須の高根のそがひ見ゆ　河東碧梧桐・碧梧桐句集
寒江に網打つことも無かりけり　高浜虚子・定本虚子全集
冬川や竿振り晒す茜染　杉山一転・改造文学全集
冬川に出て何を見る人の妻　飯田蛇笏・雲母
信濃の川はどれも冬青し石奏で　加藤楸邨・山脈
遠景にて冬川の砂堀り光らす　加藤楸邨・山脈

ふゆのきり【冬の霧】

冬の季節にたちこめる霧をいう。俳句では「霧」は秋の季語であるが、「冬」をつけて冬の季語とする。⬇寒靄（かんあい）［冬］、霧（きり）［秋］

§

月光のしみる家郷の冬の霧　飯田蛇笏・雲母
冬霧のはれゆく墓の減りもせず　石田波郷・春嵐

ふゆのくも【冬の雲】

冬の垂れこめた雲。冬の空にとどまって動かない雲を「凍雲（いてぐも）」という。［同義］冬雲（ふゆぐも）、寒雲（かんうん）。⬇冬の空（ふゆのそら）［冬］

§

いそがしや脚《あし》もやすめぬ冬の雲　園女・住吉物語
ほんやりと峯より峯の冬の雲　惟然・後れ馳
冬雲の凝然として日暮るゝ　村上鬼城・鬼城句集
冬雲は薄くもならず濃くもならず　高浜虚子・定本虚子全集
光りつゝ冬雲消えて失《う》せんとす　高浜虚子・七百五十句
山のべの鳥はをりをりにさけび冬の雲　中塚一碧楼・一碧楼一千句

冬雲や暮るゝ日に啼く園の鶴　上川井梨葉・梨葉句集
冬の雲春信ゑがく黄の帯か　山口青邨・花宰相
雲凍てて瑪瑙の如し書斎裡に　山口青邨・雪国
子を呼べり冬雲の下に一日ゐし　加藤楸邨・寒雷

ふゆのそら【冬の空】

冬の季節の空。冬の季節は日本海側はどんよりと曇った空の日が多く、太平洋側は晴れて澄んだ空の日が多い。[同義]寒空（さむぞら）、寒天（かんてん）、凍空（いてぞら）。⬇冬の雲（ふゆのくも）[冬]、雪空（ゆきぞら）[冬]、冬（ふゆ）[冬]

§

冬空の黄雲も光散りぼへり日のくれ寒く筆を動かす　島木赤彦・氷魚
冬の空青きが奥にいや青く秩父山脈《ちちぶやまなみ》横たはる見ゆ　窪田空穂・土を眺めて
山火事に焼けたる木立白光る山のうへなるはつ冬の空　木下利玄・銀
三井の鐘聞《かねきき》てほどけや冬の空　智月・北の山
冬空のあれに成《なり》たる北颪《きたおろし》　凡兆・猿蓑
冬空を寒いで高し榛名山　村上鬼城・鬼城句集
冬空や津軽根見えて南部領　河東碧梧桐・碧梧桐句集
冬空を見ず衆生《しゆじやう》を視大仏《みおほとけ》　高浜虚子・六百句
冬空に大樹の梢朽ちてなし　高浜虚子・六百句
冬空をいま青く塗る画家羨《とも》し　中村草田男・長子
冬空は澄みて大地は潤へり　中村草田男・長子

ふゆのつき【冬の月】

寒空に冴えて輝く、青白色をおび、凄愴な感じがする冬の月の風情をいう。『源氏物語』の朝顔の巻に「冬の夜のすめる月に、雪のひかりあひたる空こそ、あやしう色なきものゝ、身にしみて此の世の外のことまでおもひながされ、おもしろさもあはれさも残らぬをりなれ。すさまじきためしに云ひをきけん人のこゝろあさゝよ、とてみす巻きあげさせたまふ」とある。また、『御傘』に「冬の月とは、さむき・さゆる・時雨・霰・落葉等を結び入れたる月也」とある。[同義]寒月、月冴ゆる（つきさゆる）。⬇寒月（かんげつ）[冬]、月（つき）[秋]、冬（ふゆ）[冬]

§

雲ヲイデテ我ニトモナフ冬ノ月風ヤ身《ミ》ニシム雪ヤツメタキ　明恵・明恵上人歌集
かけ《（げ）》うつす庭の池水こほるらん　光り寒けき冬の夜の月　樋口一葉・詠草
うなかぶし独《ひとり》し来ればまなかひに我が足袋白き冬の月かも　長塚節・鍼の如く
中空《なかぞら》に小さくなりて照《て》り透《とほ》り悲《かな》しきまでに冬の夜の月　斎藤茂吉・暁紅
暮れてゆく道の底びえ目あぐれば月はみ空にあかるみゐたり　木下利玄・紅玉
襟巻《えりまき》に首引入《ひきいれ》て冬の月　杉風・猿蓑
この木戸《きど》や鎖《じやう》のさゝれて冬の月　其角・猿蓑
いつも見る物とは違ふ冬の月　鬼貫・俳諧大悟物狂

あら猫《ねこ》のかけ出す軒《のき》や冬《ふゆ》の月《つき》　丈草・続猿蓑
うきて行《ゆく》雲の寒さや冬の月　園女・住吉物語
よき夜ほど氷るなりけり冬の月　浪化・喪の名残
鳥影も葉に見て淋し冬の月　千代女・千代尼発句集
石となる樟《くす》の梢や冬の月　蕪村・蕪村遺稿
たゞひとりすめる景色や冬の月　闌更・半化坊発句集
砂に埋須磨の小家や冬の月　暁台・暁台句集
浅からぬ鍛冶が寝覚や冬の月　白雄・白雄句集
ひとつ灯にひかりかはすやふゆの月　成美・成美家集
脊高き法師にあひぬ冬の月　梅室・梅室家集
冬の月深うさしこむ山社　村上鬼城・鬼城句集
堂下潭あり潭裏影あり冬の月　夏目漱石・漱石全集
石山の石のみ高し冬の月　巌谷小波・俳句三代集
煤《すゝ》流るゝ水と草原冬の月　河東碧梧桐・碧梧桐句集

ふゆのなみ【冬の波・冬の浪】
　冬の暗く寒い波の風情をいう。冬の波は季節風で荒くうねり、海岸に打ち寄せては大きな飛沫を飛ばす。［同義］冬波（ふゆなみ）、寒波（かんなみ）、寒濤（かんとう）。➡冬の海（ふゆのうみ）［冬］、寒潮（かんちょう）［冬］

§

一つ冬濤見をはりてまた沖を見る　加藤楸邨・山脈

ふゆのにじ【冬の虹】
　虹は夏に多く見られるが、冬の雨上がりの陽射しでときどき見られることがある。色の少ない冬の景色の中で、宝石のように輝く虹は夏にはない趣きがある。「虹」は夏の季語であるが、「冬」を冠して冬の季語とする。➡虹（にじ）［夏］、初虹（はつにじ）［春］

§

冬虹の丘へねむりても径通ず　加藤楸邨・起伏

ふゆのの【冬の野】
　冬の野原。［同義］冬野（ふゆの）。➡枯野（かれの）［冬］、朽野（くだらの）［冬］

§

草も木もかれはてしより冬の野の月はくまなく成にけるかな　樋口一葉・詠草
冬野吹く風をはげしみ戸をとぢて夕灯をともす妻遠く在り　斎藤茂吉・連山
雪降れる冬野《ふゆの》を照らす月かげは興安嶺《シンアンれい》の西になりたり　島木赤彦・馬鈴薯の花
三人《みたり》ほど激しく土をうちたたく男ありけり冬野のはてに　岡本かの子・わが最終歌集
捨人やあたゝかさうに冬野行く　其角・五元集
冬の野や何と臥べき艸の茎　闌更・半化坊発句集
生て世に古銭掘出す冬野哉　召波・春泥発句集
大仏を見かけて遠き冬野かな　几董・井華集
玉川の一筋光る冬野かな　内藤鳴雪・改造文学全集
冬の野は小さき白き城を置く　山口青邨・露団々

ふゆのひ【冬の日】
①冬の一日。冬になると徐々に日照時間が短くなる。俳句

では、冬の日を「短日」と表現して、冬の季語としている。

② 冬の太陽、冬の日差し。［同義］冬日（ふゆび）、冬日向（ふゆひなた）、冬日影（ふゆひかげ）。➡冬日和（ふゆびより）［冬］、短日（たんじつ）［冬］

§

とひて見んこ、た《(だ)》に寒き冬の日を　いかにすむらん山か け《(げ)》のいほ
樋口一葉・詠草

象の目のやわら莟を木蓮の梢はふくみふゆ日あたたか
青山霞村・池塘集

冬の日の倒るる如く落ち行けば空虚《うつろ》にのこる裸木と人
与謝野晶子・瑠璃光

冬の日はつれなく入りぬさかさまに空の底ひに落ちつつかあらむ
長塚節・鍼の如く

丹沢《たんざは》の連山に飛行機《ひかうき》のかかるとき天《あめ》のもなかに冬日《ふゆひ》小さし
斎藤茂吉・たかはら

水涸れし渓に沿ひつつひとりゆく旅のひと日の冬日うららか
若山牧水・くろ土

小夜ふけて着るはなつかし、洗ひたる寝衣の、さらりと、冬の日のにほひもぞする。
土岐善麿・不平なく

冬の日は壁と地面の直角に来りたまれりそれがよろしき
木下利玄・銀

かこはれし庭木まぶしく冬日てり静かに生きむ命を思ふ
古泉千樫・青牛集

日ねもすを裏の座敷に冬日《ふゆび》させ感冒《かぜ》にこもりて我《わ》が眠りたる
中村憲吉・しがらみ

軒やれを流るる冬の日の光細き命をまもるはかなさ
松倉米吉・松倉米吉歌集

冬の日は砂地の上にあたたかし蔓荊《はまばひ》の実のしきてこぼるる
土田耕平・青杉

冬の日のつれづれごとと言ふなかれ岩《いは》に石《いし》うつ寒《さむ》ひびきはや
前川佐美雄・天平雲

地平の果《はて》もわが佇《た》つ丘《をか》もさばかるるもののごと鎮《しづ》み冬の落日
木俣修・冬暦

くろぐろと水とどこほる街川《まちかは》は今朝《けさ》しづかなる冬日さしをり
佐藤佐太郎・歩道

冬の日のゆふぐれし街あゆみつつ思ほえなくに路地《ろぢ》に照る月
佐藤佐太郎・歩道

足も手も日につつまれて冬日さすこの朝をり病人《やみびと》われは
宮柊二・純黄

冬の日や馬上《ばじやう》に氷《こほ》る影法師《かげぼふし》
芭蕉・笈の小文

俤《おもかげ》や冬の朝日のこのあたり
曾良・冬かつら

艸庵《さうあん》にうれしき冬の日かげ哉
舎羅・松のなみ

身をよする冬の朝日の草のいほ
太祇・太祇句選

冬の日のさし入松の匂ひかな
暁台・暁台句集

冬の日や前に塞る己が影
村上鬼城・鬼城句集

冬の日の刈田《かりた》のはてに暮れんとす
正岡子規・子規句集

白馬遅々たり冬の日薄き砂堤
夏目漱石・漱石全集

赤門の下に汐さす冬日かな
河東碧梧桐・碧梧桐句集

やはらかき餅の如くに冬日かな　高浜虚子・六百五十句
影落して木精あそべる冬日かな　渡辺水巴・白日
潮騒やぶちまけし藍に冬日照る　渡辺水巴・水巴句集
あけた事がない扉の前で冬陽にあたつてゐる　尾崎放哉・須磨寺にて
船よせて漁る岸の冬日かな　飯田蛇笏・山廬集
乳を滴りて母牛のあゆむ冬日かな　飯田蛇笏・雲母
二つ三つ見え冬の日の藪中の石　中塚一碧楼・一碧楼一千句
冬の日や障子をかする竹の影　芥川龍之介・蕩々帖
冬の日のあたる 篁《たかむら》 風に割れ　山口青邨・露団々
冬日蕩々一輪の菫見に出づる　山口青邨・俳句
目つむればまぶたにぬくき冬日かな　中村汀女・紅白梅
冬の日の薔薇なれや佳き 隣人《となりびと》　日野草城・日暮
海へ没《い》る冬日なれば斯く淡むまで　中村草田男・火の島
物蔭の冬日は誰も忘れゐぬ　加藤楸邨・寒雷
冬日低し鶏犬病者相群れて　石田波郷・惜命

ふゆのひ【冬の灯・冬の燈】

⬇寒灯（かんとう）［冬］

§

冬の灯の軒ごとに御料理哉《おんれうりかな》　森鷗外・うた日記

ふゆのみず【冬の水】

涸れて浅くなった川や池などの水。水草も枯れ、魚の動きも少ない寒々とした風情である。⬇冬の川（ふゆのかわ）［冬］、水涸る（みずかる）［冬］、水煙る（みずけむる）［冬］

§

冬の水澄みくだりつつ人工川《じんこうせん》草隠りゆく前にて光る　宮柊二・藤棚の下の小室
さゞ波の硬くたたみて冬の沼　高浜虚子・定本虚子全集
冬水や古瀬かはらず一と筋に　飯田蛇笏・山廬集
冬水や日なた影玉うつりつつ　飯田蛇笏・山廬集
冬の水一枝の影も欺かず　中村草田男・長子

ふゆのみずうみ【冬の湖】

冬の季節の湖。「ふゆのうみ」ともいう。⬇湖（みずうみ）［四季］

§

湖《うみ》べりの宿屋の二階寒けれや見る冬の湖《うみ》のさむきごとくに　若山牧水・黒松

ふゆのやま【冬の山】

樹木の葉が落ち、山肌が露出している冬の山の風情をいう。⬇山眠る（やまねむる）［冬］、落葉山（おちばやま）［冬］、山（やま）［四季］

§

このあした心おだひにしづかなれば寒き冬山もなつかしきかな　佐佐木信綱・常盤木
冬山ゆ流れ出でたるひとすぢの川光り来《く》も夕日の野べに　島木赤彦・切火
おのづからあらはれ迫《せま》る冬山《ふゆやま》にしぐれの雨《あめ》の降《ふ》りにけるかも　斎藤茂吉・あらたま
日のひかり白けきたりて寒けきに急ぐ冬山笹鳴りさわぐ　若山牧水・くろ土

冬山に来つ、 しづけき心なり。 われひとり 出で、 蹈む道の霜　釈迢空・春のことぶれ

輪光の消《きえ》か丶りけり冬の山　百里・仮題嵐雪十七回忌集

指さすや皆砲台の冬の山　森鷗外・うた日記

冬山を伐つて日当る墓二つ　村上鬼城・鬼城句集

冬山や松風海へ吹落す　村上鬼城・定本鬼城句集

冬の山人通ふとも見えざりき　夏目漱石・漱石全集

寺絶えてたゞに尖《とが》れり冬の山　河東碧梧桐・碧梧桐句集

冬山に両三歩かけ引返し　高浜虚子・六百五十句

ふるるものを切る隈笹や冬の山　渡辺水巴・水巴句集

冬山やどこまで上る郵便夫　渡辺水巴・水巴句集

冬山を越え来れば人に逢ひにけり　長谷川零余子・国民俳句

冬山の風を日々なる障子かな　上川井梨葉・梨葉句集

鐘楼や城の如くに冬の山　川端茅舎・川端茅舎句集

日あたりて物音もなし冬の山　日野草城・花氷

冬山くらしうつむき照らす五日月　中村草田男・来し方行方

冬嶺に縋りあきらめざる径曲り曲る　加藤楸邨・山脈

ふゆのよ【冬の夜】

日が沈み、寒さが身にひしひしと沁みるような冬の夜をいう。[同義] 冬の夕（ふゆのゆうべ）、冬の暮（ふゆのくれ）、夜半の冬（よわのふゆ）、寒夜（かんや）、寒暮（かんぼ）。➡ 寒昴（かんすばる）[冬]、霜夜（しもよ）[冬]、雪明り（ゆきあかり）[冬]、寒燈（かんとう）[冬]、夜半の冬（よわのふゆ）[冬]

§

冬《ふゆ》の夜《よ》の袖《そで》のこほりもこりずまに恋《こひ》しきときはなほぞなかる、　一条摂政御集（藤原伊尹の私家集）

冬の夜の池の氷のさやけきは月の光の磨《みが》くなりけり　清原元輔・拾遺和歌集四（冬）

冬《ふゆ》の夜《よ》にいくたびばかり寝覚《ねざ》めして物思《ものおも》ふ宿《やど》のひま白《しら》むらん　増基・後拾遺和歌集六（冬）

冬の夜《よ》の雪《ゆき》げの空《そら》に出《い》でしかど影《かげ》よりほかに送《おく》りやはせし　源経信・金葉和歌集八（恋下）

ものすごく月をかくしてすみぞめの雲おそろしき冬のよの空　大隈言道・草径集

冬の夜のさ夜しづまりて釜のにえさやさや鳴るに心とまりぬ　伊藤左千夫・伊藤左千夫全短歌

冬の夜の白みそめたるあかつきに合掌《がつしやう》の姿幽《かすか》なりしと　宇都野研・春寒抄

ふゆの夜の更《ふ》けゆけるまで実朝《さねとも》の歌《うた》をし読めばおとろへし眼《め》や　斎藤茂吉・石泉

冬《ふゆ》の夜《よ》の室《へや》をあゆみつつ、ことことといふ、わが、靴《くつ》のおとをたのしめり。　土岐善麿・黄昏に

ひとり点《う》つめぐすり寒き冬の夜ふけまたしばし辞書に古《こ》き語を追ふ　木俣修・呼べば谺

音もなく走る稲妻寝《ね》に入りてひと静まれる冬の夜に見る　宮柊二・独石馬

何となく冬夜《とうや》隣《となり》をきかれけり　其角・五元集

冬の夜の星や落けん梅の花　乙由・麦林集
冬の夜や暁かけて山おろし　暁台・暁台句集
冬の夜や我に無芸のおもひ有　几董・井華集
すみぐ＼にものおく冬の夜はをかし　成美・成美家集
冬の夜やきのふ貰ひしはりまなべ　一茶・旅日記
ふゆの夜や針うしなふておそろしき　梅室・梅室家集
冬の夜や小犬啼きよる窓明り　内藤鳴雪・鳴雪句集
提灯で戸棚をさがす冬夜かな　村上鬼城・鬼城句集
四角なるものや冬夜の影法師　松瀬青々・妻木
冬の夜や油しめ木の恐ろしき　松瀬青々・鳥の巣
冬の夜に火の見の下の焚火かな　河東碧梧桐・碧梧桐句集
冬の夜やおとろへうごく天の川　渡辺水巴・水巴句集
大酔のあとひとりある冬夜かな　飯田蛇笏・山廬集

ふゆばれ【冬晴】

冬のからりと晴れた日。［同義］冬日和、冬麗（ふゆうらら）、冬晴るる（ふゆはるる）。⬇冬の日（ふゆのひ）［冬］、冬日和（ふゆびより）［冬］

§

冬晴の虚子我ありと思ふのみ　高浜虚子・句日記
冬晴や伐れば高枝のどうと墜つ　飯田蛇笏・山廬集
冬晴を我が肺は早吸ひ兼ねつ　川端茅舍・俳句文学全集

ふゆひかげ【冬日影】

冬の季節の日の光。⬇冬の日（ふゆのひ）［冬］

ふゆびより【冬日和】

天気が良い冬の日。⬇冬晴（ふゆばれ）［冬］

§

天照や梅に椿に冬日和　鬼貫・七車
冬麗ら花は無けれど枝垂梅　高浜虚子・五百五十句
ただ中にある思ひなり冬日和《ふゆびより》　高浜虚子・六百句
たのしげに煙立ちのぼり冬日和　日野草城・旦暮
闇市の混沌として冬日和　日野草城・旦暮

ふゆふかし【冬深し】

厳寒の冬がたけなわであること。［同義］冬深み（ふゆふかみ）、冬さぶ（ふゆさぶ）、真冬（まふゆ）。

ふゆめく【冬めく】

落葉した木々を吹き抜ける凩や時雨、霜、人々の服装など自然や事物がいよいよ冬らしくなってきた実感をいう。⬇初冬（しょとう）［冬］、冬浅し（ふゆあさし）［冬］、冬さぶ（ふゆさぶ）［冬］

§

口に袖あててゆく人冬めける　高浜虚子・六百句

ぶりおこし【鰤起し】

鰤の漁獲期の一二月〜一月の雷鳴をいう。⬇寒雷（かんらい）［冬］

べっとうかぜ【べっとう風】

東京湾から東海の漁村でよばれる北よりの強風をいう。［同義］べっとう。⬇冬の風（ふゆのかぜ）［冬］

ほしのいりごち【星の入東風】

旧暦一〇月中旬に吹く北東の風。『物類称呼』に畿内・中国の船詞とある。⬇冬の風（ふゆのかぜ）［冬］

「み」

みずかる【水涸る】

冬、水底をあらわすほどに川や沼池の水が枯れること。また、滝の水が糸のようにやせ細った状態などをいう。冬は水源地の積雪がとけず、水量が著しく減少することが大きな要因である。[同義] 川涸る（かわかる）、沼涸る（ぬまかる）、池涸る（いけかる）、滝涸る（たきかる）、渓涸る（けいかる）、涸池（かれいけ）、涸沼（かれぬま）、涸滝（かれたき）、涸川（かれかわ）。⬇冬の川（ふゆのかわ）[冬]、水初めて涸る[秋]、冬の水（ふゆのみず）[冬]

§

水枯や石川ぬらす初しくれ　荷兮・記念題

沼涸れて狼渡る月夜かな　村上鬼城・鬼城句集

水涸れて轍のあとや冬の川　夏目漱石・漱石全集

涸川と思ひしが夜は光りけり　加藤楸邨・沙漠の鶴

みずけむる【水烟る・水煙る】

冬、外気の温度が水温より低いときに立ちのぼる水煙をいう。厳寒の中で井戸水を汲み上げるとその温度差で井戸水から湯気のように水蒸気がでる。⬇冬の水（ふゆのみず）[冬]、冬の川（ふゆのかわ）[冬]、湯煙（ゆけむり）[四季]

みぞれ【霙】

地表近くの気温が高いために、雪がやや溶けて水気を含んだ状態で降るもの。雨に雪が混じる状態もある。雪のようにひらひらとは降らず、白い糸を引くように降り、寒くて暗い感じである。初雪の頃や春真近の頃に多く見られる。『和漢三才図会』に「雨雪相雑也蓋其雪淡而不甚白」とある。[同義] 霙雨（みぞれあめ）、雪雑り（ゆきまじり）、雪交（ゆきまぜ）。⬇春の霙（はるのみぞれ）[春]、氷雨（ひさめ）[冬]

§

山里は時雨《しぐれ》の雲をさきだててみぞれの空に冬はきにけり　幽斎・玄旨百首

軒端うつ霰のゝちのしつけさにさすかおとある夜半のみそれは　上田秋成・寛政九年詠歌集等

しぐるゝはみぞれなるらし此夕《このゆふべ》松の葉しろく成《なり》にけるかな　香川景樹・桂園一枝

太刀の緒にすがりこそせね雪霙《ゆきみぞれ》ぬれむ旅路にやりたくはなし　橘曙覧・君来艸

大車《おほぐるま》こぐるまむるる糧倉《かてぐら》のかどのゆふべに霙《みぞれ》ふるなり　森鷗外・うた日記

みそれふる都を出て、青柳のぬま津の町に今居る吾ハ　伊藤左千夫・伊藤左千夫全短歌

一傘のみぞれに濡れて逢ひにきたはたち姿をしたしむひとよ　青山霞村・池塘集

いちはやく冬のマントをひきまはし銀座いそげばふる霙《みぞれ》かな　北原白秋・桐の花

石きりの、一ぷくすれば、かれ草のうへ、霙が二つ三つ、ころがれるかな。　土岐善麿・不平なく
吾宿の燠《おき》のけもなき二階思ひ戻りていゆく街はみぞれつつ　松倉米吉・松倉米吉歌集
みぞれ暗く降りこむ海の浪のまにしばし白くて襲《おすひ》はありし　宮柊二・群鶏
門口《かどぐち》をさぐり当《あて》たるみぞれ哉　涼菟・記念題
淋しさの底ぬけて降みぞれかな　丈草・丈草発句集
美淋酒《みりんしゅ》のさかもりせばや初みぞれ　野坡・野坡吟草
水仙《すいせん》はほの咲筈《さくはず》のみぞれかな　楚常・卯辰集
みぞれとは時雨《しぐれ》に花の咲《さい》た時　支考・しるしの竿
水風呂《すゐふろ》の夜になる初《はつ》のみぞれかな　浪化・金毘羅会
古池《ふるいけ》に草履《ざうり》沈ミてみぞれ哉　蕪村・蕪村句集
霙して海老吹寄る汀かな　召波・春泥発句集
けしからぬ月夜となりしみぞれ哉　一茶・享和句帖
樫の木に雀の這入る霙《みぞれ》かな　村上鬼城・鬼城句集
吹きまはす浦風に霰霙《みぞれ》かな　河東碧梧桐・碧梧桐句集
宝塔に檜の風のみぞれかな　河東碧梧桐・新俳句
古障子霙るゝ音の聞えけり　高浜虚子・定本虚子全集
能登人の高称名に霙れ行く　大谷句仏・炬火
霙るるや橙華やかなればなほ　臼田亜浪・定本亜浪句集
ことしもこんやぎりのみぞれとなつた　種田山頭火・草木塔
みぞるるや戸ざすに白き夜の芝　渡辺水巴・水巴句集
しばらくの霙にぬれし林かな　中村汀女・汀女句集

みふゆつく【三冬尽く】
三冬（初冬・仲冬・晩冬）が終わること。⬇冬尽く（ふゆつく）［冬］

みゆき【深雪】
深く積もった雪のこと。⬇雪（ゆき）［冬］

§

壮行や深雪に犬のみ腰をおとし　中村草田男・万緑
行きゆきて深雪の利根の船に逢ふ　加藤楸邨・寒雷

「む〜も」

むひょう【霧氷】
気温が著しく下がり、空気中の水蒸気や水滴が樹枝に結氷したものをいう。樹木が氷層で覆われ、美しい銀世界となる。霧氷には「樹霜（じゅそう）」「樹氷」「粗氷（そひょう）」などがある。空気中の水蒸気が樹枝に直接凍りつき、針状や板状の結晶の氷をつけたものが樹霜である。霧粒が吹きつけられて白色不透明の氷層をなすのが樹氷、樹氷より大きい霧粒で、半透明または透明の氷層をなすのが粗氷である。⬇樹氷（じゅひょう）［冬］、雨氷（うひょう）［冬］

むらしぐれ【村時雨・群時雨】
ひとしきり降った後、通り過ぎてゆく雨。⬇時雨（しぐれ）

［冬］

§

むらしぐれさだめなしとはふりぬれどわすれざりける神無月哉《かな》　藤原為家・中院詠草

住《す》みなれぬ板屋《いたや》の軒《のき》のむら時雨音《しぐれおと》をきくにも袖《そで》は濡《ぬ》れけり　後醍醐天皇・太平記三

夕さればおと《音》ふり《降》わき《分》てむらしぐれしぐる、うちに時雨くるかな　大隈言道・草径集

村時雨すぎかてにする山路より落葉ふみつゝ人の来る見ゆ　伊藤左千夫・伊藤左千夫全短歌

村しぐれのちの事ども言ひはてゝまた眠《ね》いりにし静けさをおもふ　土岐善麿・はつ恋

行雲《ゆくくも》や犬の欠尿《かけばり》むらしぐれ　芭蕉・六百番発句合

羽折かさむ月にかゝれる村時雨　杉風・杉風句集

馬《うま》はぬれ牛《うし》は夕日《ゆふひ》の村《むら》しぐれ　杜国・春の日

湖《みづうみ》を屋《や》ねから見《み》せん村《むら》しぐれ　尚白・あら野

村時雨《むらしぐれ》めいわく川や数《かず》しらず　正秀・田植諷

むらしぐれ三輪の近道尋《たづね》けり　其角・五元集

柿包《かきつつ》む日和《ひより》もなしやむら時雨《しぐれ》　露川・続猿蓑

笠提《かささげ》て塚をめぐるや村しぐれ　北枝・喪の名残

屋根葺《やねふき》のそしらぬ顔や村時雨《しぐれ》　桃隣・陸奥鵆

もがりぶえ【虎落笛】

真冬の寒風が樹枝や竹垣など物にあたって笛の鳴るような音をたてることをいう。往時貴人が死んで本葬するまでの仮喪を殯（もがり）といい、その式場に付設された竹や木の垣根をさすようになった。そして戦場に設けられた柵などを逆茂木（さかもぎ）、虎落（もがり）とよび、また紺屋の物干も「もがり」とよんだ。⬇冬の風（ふゆのかぜ）［冬］

§

虎落笛子供遊べる声消えて　高浜虚子・定本虚子全集

たまの早寝をなし得と別る虎落笛　中村草田男・万緑

「や〜よ」

やまねむる【山眠る】

冬の季節に入った山を眠りについていると擬人的に形容して表現したことば。『臥遊録』に「冬山惨淡として、眠るが如し」とある。［同義］眠る山（ねむるやま）。⬇山笑う（やまわらう）［春］、冬の山（ふゆのやま）［冬］、山（やま）［四季］

§

石段に杉の実落ちて山眠る　村上鬼城・鬼城句集

眠る山眠たき窓の向ふ哉　夏目漱石・漱石全集

眠る山に仰向いてをり大文字　皿井旭川・雑詠選集

田の中に眠れる岡といひつべし　高浜虚子・ホトトギス

眠る山の裾に立てたる障子かな　高浜虚子・定本虚子全集

眠る山老僧に友無かりけり　高田蝶衣・青垣山

山眠る田の中の道犬走り　山口青邨・夏草

眠る山陽明門をひらきけり　川端茅舎・俳句文学全集
かさなりて眠る山より高野川　日野草城・青芝
日昃るやねむる山より街道へ　芝不器男・不器男句集

ゆうしぐれ【夕時雨】

夕方に降る時雨。⇩時雨（しぐれ）［冬］

§

うちわたす柳畷の夕時雨牛追ふせなが簑のみじかき　服部躬治・迦具土
法隆寺村は埴土《はにつち》しろみ夕時雨《ゆふしぐれ》駅まで遠し田圃《たんぼ》の畷《なはて》　木下利玄・一路
押《おし》かけの客と名乗《なのる》や夕しぐれ　正秀・喪の名残
耳にある声の外《ほか》也夕時雨《ゆふしぐれ》　土芳・蓑虫庵集
食堂《じきだう》に雀《すずめ》啼《なく》なり夕時雨《ゆふしぐれ》　支考・続猿蓑
草の戸に焼火《たきび》はほそし夕時雨《しぐれ》　桃妖・北の笘
夕時雨《ゆふしぐれ》蟇《がま》ひそみ音《ね》に愁《うれ》ふ哉　蕪村・蕪村句集
釣人の情のこはさよ夕しぐれ　蕪村・新五子稿
夕しぐれ古江に沈む木の実哉　召波・春泥発句集
重箱《じゆうばこ》の銭四五文や夕時雨《しぐれ》　一茶・おらが春
蛤《はまぐり》のつひのけぶりや夕時雨　一茶・七番日記
鞘堂の中の御霊屋夕時雨　川端茅舎・川端茅舎句集
子連れとてとく帰りけり夕時雨　中村汀女・紅白梅

ゆき【雪】

春の花、秋の月とともに、雪は冬の代表的な景物である。上昇気流によって空高くまで運ばれた水蒸気は、冷えて凝結し、水粒となるが、この時の温度が低いと氷の粒になる。この氷晶を芯にして水蒸気が成長したものが雪の結晶である。地上に降ってくる途中、重なり合ったり、くだけたりして、大きな雪片となる。温度が極めて低い時は、目に見えないほどの小ささで水蒸気の氷晶がそのまま降り、大気がきらきらと輝いたように見える。低温度の時ほど雪は小さく乾いてさらさらとしている。このきめの細かい雪は「粉雪」「しまり雪（しまりゆき）」ともよばれる。細かく降る雪を「細雪（ささめゆき）」という。逆に初雪や春の雪の頃は、温度が高いため雪片はさらに融合し大片となり、ひらひらと舞うように螺旋状に落ちてくる。この湿度の高い雪は牡丹雪となり、「湿雪（しつせき）」「べと雪（べとゆき）」などとよばれる。積雪の表面がいったんとけ、再度凍ってざらめ状になった雪を「ざらめ雪（ざらめゆき）」という。また、まばらに降った雪を「斑雪（はだれゆき）」「はだれ」「はだら雪」という。雪の形状から「餅雪（もちゆき）」「小米雪（こごめゆき）」などのことばもある。『韓詩外伝』に「凡草木花多五出雪花独六出」とあり、雪は「六花」ともよばれる。これは雪の結晶が六方晶系で、枝を伸ばすように結晶同志が融合していることからの名である。雪は古来「豊年の瑞」とされ、雪解水は農作物を潤した。日本の農耕生活に深くかかわる雪はさまざまに形容され、その多様な表情が表現されている。『山之井』には「かんじきやそりにのるらんこしの旅人をおもひやり、ふすま雪をかぶり、かたびら雪をかづきありくおほぢのていをながめ、友をたづねし王子猷の其のむかし、簾をかゝげたる白居易のふるごと、庭のしろたへに、かひのしらねを思ひ、おまへにつもれるを、富士に作りなし、住吉の姫のなさけ、源氏のみやびなどをも思ひよせ」とある。積ったばかりの雪を「新雪」といい、春まで残る積雪を「根雪（ねゆき）」という。多量の水分を含んだ雪を「水雪（みずゆき）」といい、雪の表面が凍結した雪を「堅雪（かたゆき）」という。また、木の枝などに降り積った雪がとけて流れ出し、氷結に近い状態で垂れ下がったものを「雪紐（ゆきひも）」という。電線などに凍りついた雪を「筒雪（つつゆき）」という。門柱や電柱などの上に降り積った雪が茸のように見えることを「冠雪（かむりゆき）」「雪冠（ゆきかむり）」という。「白雪（しらゆき）」とは雪の美称である。[同義] 六花（むつのはな）、雪の花（ゆきのはな）、銀花（ぎんばな）。⬇初雪（はつゆき）[冬]、淡雪（あわゆき）[春]、春の雪（はるのゆき）[春]、雪解（ゆきどけ）[春]、風花（かざはな）[冬]、雪見（ゆきみ）[冬]、雪崩（なだれ）[春]、牡丹雪（ぼたんゆき）[春]、雪の果（ゆきのはて）[春]、雪間（ゆきま）[春]、赤雪（あかゆき）[夏]、雪渓（せっけい）[夏]、大雪（おおゆき）[冬]、今朝の雪（けさのゆき）[冬]、粉雪（こなゆき）[冬]、吹雪（ふぶき）[冬]、深雪（みゆき）[冬]、しずり雪（しずりゆき）[冬]、雪明り（ゆきあかり）[冬]、雪国（ゆきぐに）[冬]、雪解（ゆきげ）[春]、雪達磨（ゆきだるま）[冬]、雪待月（ゆきまちづき）[冬]、氷河（ひょうが）[四季]

§

わが里《さと》に大雪《おほゆき》降《ふ》れり大原《おほはら》の古《ふ》りにし里《さと》に降《ふ》らまくは後《のち》
天武天皇・万葉集二

降《ふ》る雪《ゆき》はあはにな降《な》りそ吉隠《よなばり》の猪養《ゐかい》の岡《をか》の寒《さむ》からまくに
穂積皇子・万葉集二

大口の真神《まかみ》の原に降る雪はいたくな降りそ家もあらなくに
舎人娘子・万葉集八

ぬばたまの今夜《こよひ》の雪にいざぬれな明《あ》けむ朝《あした》に消《け》なば惜しけむ
小治田東麿・万葉集八

奈良山の峯なほ霧《きら》ふうべしこそ籬《まがき》が下《もと》の雪は消《け》ずけれ
作者不詳・万葉集一〇

今よりはつぎて降《ふ》らなむわが宿《やど》のすゝきを《（お）》しなみ降《ふ》れるしらゆき
よみ人しらず・古今和歌集六（冬）

しらゆきのふりてつもれる山ざとは住《す》む人さへや思《（おもひ）》きゆらむ
壬生忠岑・古今和歌集六（冬）

夕《ゆふ》されば衣手《（ころもで）》さむしみ吉野《よしの》のよしのの山にみ雪《ゆき》ふるらし
よみ人しらず・古今和歌集六（冬）

雪ふれば冬ごもりせる草も木も春に知《し》られぬ花ぞさきける
紀貫之・古今和歌集六（冬）

あしひきの山ゐに降《ふ》れる白雪はすれる衣の心地こそすれ
伊勢・拾遺和歌集四（冬）

雪《ゆき》ふかき道《みち》にぞしるき山里《やまざと》は我《われ》より先《さき》に人こざりけり
藤原経衡・後拾遺和歌集六（冬）

わが宿《やど》に降《ふ》りしく雪《ゆき》を春《はる》にまだ年越《としこ》えぬ間《ま》の花とこそ見《み》れ
清原元輔・後拾遺和歌集六（冬）

人の跡も見えず成行《（なりゆく）》我宿に問《（とひ）》くるものは雪にぞ有ける
公任集（藤原公任の私家集）

雪景色［北斎画式］

いかばかり降《ふ》る雪《ゆき》なればしなが鳥《どり》猪名《ゐな》の柴山《しばやま》道《みち》まどふらん
藤原国房・後拾遺和歌集六（冬）

道《みち》もなくつもれる雪に跡《あと》たえて故里《ふるさと》いかに寂《さび》しかるらん
皇后宮肥後・金葉和歌集四（冬）

おり《を》しもあれうれしく雪《ゆき》の埋《うづ》むかなかきこもりなんと思《おもふ》山路《ぢ》を
山家心中集（西行の私家集）

消《き》ゆるをやみやこの人はをしむらんけさ山里《ざと》にはらふ白《しら》雪
藤原清輔・千載和歌集六（冬）

このごろは花も紅葉も枝《えだ》になししばしなきえそ松の白雪《しらゆき》
後鳥羽院・新古今和歌集六（冬）

雪降《ゆきふ》れば峰《みね》のまさかきうづもれて月《つき》にみがける天《あま》の香具山《かぐやま》
藤原俊成・新古今和歌集六（冬）

わきてなどつれなかるらんいづる日《ひ》の光《ひかり》にちかき峰《みね》の白雪《しらゆき》
頓阿・頓阿法師詠

灯《ともしび》を守りつくして更《ふく》る夜《よ》に窓うつ雪の音を聞《きく》かな
幽斎・玄旨百首

しらゆきはいくえもつもれつもらねばとてたまほこのみちふ
みわけてきみがこなくに
大愚良寛・布留散東

さよふけていはまのたきつおとせぬはたかねのみゆきふりつ
もるらし
大愚良寛・良寛自筆歌集

あさな朝なつもれる雪をゆにたきて谷の清水も不汲《くまぬ》比哉
大隈言道・草径集

雪《ゆき》ふれば千里《ちさと》もちかしおばしまのもとよりつづく不二《ふじ》の柴山《しばやま》
村田春海・琴後集

白雪《しらゆき》の中《なか》に流《なが》るるみこし路《ぢ》のにひがた河《がは》は見《み》るにさやけし
八田知紀・しのぶぐさ

さ夜ふけて雪ふみわけて友かりに玉づさ送る雪のほぎ歌
伊藤左千夫・伊藤左千夫全短歌

ガラス戸の外白妙《そとしろたへ》にかがやける雪　小夜《さよ》ふけて上野の森のあきらかに見ゆ
正岡子規・子規歌集

兎追ひて走せのぼりたる峠道みづうみ青し白雪の中に
佐佐木信綱・思草

青空に八ヶ嶽とぞ知られける雪をいただきて遥かに照れり
島木赤彦・氷魚

白雪《しらゆき》は重《し》きて積れりかき曇りしののめの空に光はあらず
窪田空穂・土を眺めて

友染《いうぜん》の袖《そで》十あまり円《まる》くより千鳥きく夜を雪降りいでぬ
与謝野晶子・毒草

屋《や》の雪と刈田の雪と境界《さかひ》無し山の傾斜の終れるところ
与謝野晶子・冬柏亭集

わが死なむ日にも斯《か》く降れ京の山しら雪たかし黒谷《くろだに》の塔《たふ》
山川登美子・山川登美子歌集

おぼほしく曇れる空の雨やみて筑波の山に雪ふれり見ゆ
長塚節・初雪

街《まち》かげの原《はら》にこほれる夜《よる》の雪《ゆき》ふみゆく我《われ》の咳《せき》ひびきけり
斎藤茂吉・あらたま

トロッコは、辷りに辷り、遠近の　山辺の雪は、かがやきにけり。
土岐善麿・不平なく

うしろつきもしやと思ひおもふ間に傘遠ざかるたそがれの雪
木下利玄・銀

夕ふかみ暗くなりたれどふみてゆくこの山道の雪やはらかし
古泉千樫・青牛集

雪にあけ雪にくれゆくこのひと日薬のみつつ寂しさ湧《わ》くも
橋田東声・地懐

鬼《おに》の子の　いでつ、　遊ぶ　音聞ゆ。　設楽《したら》の山の　白雪の　うへに
釈迢空・春のことぶれ

雪ふかく積りし朝は山かひの川上《かはかみ》の瀬に音のしづけさ
中村憲吉・しがらみ

遠山《とほやま》にかがよふ雪のかすかにも命を守《も》ると君につげなむ
芥川龍之介・芥川龍之介全集

あしたより雪しんしんと降るなかに億万のふかきこころ思はむ
前川佐美雄・天平雲

ただよへる魚臭《ぎよしう》しづめて雪は降る寂莫《じやくまく》として雪降り霧《き》らふ
木俣修・去年今年

やうやくに老いたまふ君みちのくに深々とつみし雪を見たまふ
佐藤佐太郎・歩道

しきりなく朝けの空ゆ散らひつつ乾きし雪のおどろに積る
宮柊二・山西省

夜着は重《おも》し呉天《ごてん》に雪を見るあらん
芭蕉・虚栗

市人《いちびと》よ此笠《このかさ》うらふ雪の傘《かさ》
芭蕉・甲子吟行

酒のめばいとゞ寐られね夜《よる》の雪　芭蕉・勧進牒
ゆきや砂むまより落よ酒の酔　芭蕉・合歓のいびき
京まではまだ半空《なかぞら》や雪の雲　芭蕉・笈の小文
二人《ふたり》見し雪は今年《ことし》も降《ふり》けるか　芭蕉・笈日記
たはみては雪まつ竹のけしきかな　芭蕉・笈日記
雪の中に兎の皮の髭作れ　芭蕉・いつを昔
少将のあまのはなしやしがの雪　芭蕉・岩壺集
比良《ひら》みかみ雪指《さ》シわたせ鷺の橋　芭蕉・翁草
しほれふすや世はさかさまの雪の竹　芭蕉・続山の井
雪ちるや穂屋《ほや》の薄《すすき》の刈《かり》残し　芭蕉・猿蓑
貴《たふと》さや雪降《ふら》ぬ日も蓑と笠　芭蕉・をのが光
庭はきて雪をわするゝはゝきかな　芭蕉・篇突
能程《よきほど》に積《つもり》かはれよみの、雪　木因・幽蘭集
我《わが》ちから袴《はかま》しぼらん雪の道　嵐蘭・句餞別
艸も木も雪をもてなす仏かな　路通・芭蕉翁行状記
しぐれより雪みる迄《まで》の命《いのち》乞《ゴヒ》　言水・新撰都曲
松かさの埋火《うもれび》深し里の雪　尚白・孤松
雪の道人は梢《こずゑ》のからすかな　尚白・宰陀稿本
はらはずに雪の風鈴《ふりん》の音もなし　介我・刀奈美山
綱ぬきのいぼの跡ある雪のうへ　嵐雪・炭俵
仮枕《かりまくら》雪と泪《なみだ》を湯にわかし　来山・蓮実
うつすりと門《もん》の瓦《かはら》に雪降《ふり》て　許六・深川
白浪《しらなみ》や風に角《かど》たつ比良《ひら》の雪　正秀・喪の名残
年積《つみ》てとばかり雪のかなしけれ　土芳・蓑虫庵集

衰老《すゐらう》は簾《すだれ》もあげず庵《あん》の雪　其角・猿蓑
朝《あさ》ごみや月雪《つきゆき》うすき酒《さけ》の味《あぢ》　其角・続猿蓑
はかられじ雪《ゆき》の見所《みどころ》有《あ》り所《どころ》　野水・あら野
こちら見よ春近くなる雪の道　土芳・蓑虫庵集
白雪にかはらぬ物や海のいろ　涼菟・柏原集
雪で富士《ふじ》か不二《ふじ》にて雪か不尽《ふじ》の雪　鬼貫・俳諧大悟物狂
雪の降夜《ふるよ》握ればあつき炭火哉《かな》　鬼貫・俳諧大悟物狂
雪路《ゆきぢ》かな薪に狸折添《をりそへ》て　鬼貫・俳諧大悟物狂
杉のはの雪朧《おぼろ》なり夜の鶴《つる》　支考・炭俵
月影《つきかげ》の雪《ゆき》もちかよる雲《くも》の色《いろ》　支考・続猿蓑
えだ一つ折《をれ》てこぼすや雪の跡《あと》　雪芝・雪の五歌仙
海を鏡さみだれ山も雪の時　吾仲・さみだれ山
枯芦《かれあし》に雪の命《いのち》や波の隙《ひま》　角上・折つゝじ
雪の夜や朧豆腐《おぼろどうふ》のなつかしき　智月・鷹獅子集
宿かさぬ火《ほ》影《かげ》や雪の家つゞき　蕪村・蕪村句集
富士に添て富士見ぬ空ぞ雪の原　几董・井華集
心からしなのの雪に降られけり　一茶・文化句帖
是《(これ)》がまあつひの栖《(すみか)》か雪五尺　一茶・句稿消息
むまさうな雪がふうはりふはり哉　一茶・句稿消息
大雪の谷間に低き小村かな　内藤鳴雪・鳴雪句集
遠山の雪に飛びけり烏二羽　村上鬼城・鬼城句集
静かさに雪積りけり三四尺　正岡子規・子規句集
風そふて木の雪落る夜半の音　正岡子規・子規句集
あら鷹の鶴蹴落すや雪の原　夏目漱石・漱石全集

戸をあけて驚く雪のあした哉　夏目漱石・新俳句
南天の雪水仙に落ちんとす　相島虚吼・新俳句
竹密に一夜の雪をささへけり　松瀬青々・妻木
枕辺に積む雪奇《く》しく目覚めけり　河東碧梧桐・碧梧桐句集
一度降りし雪忘れ菜や冬山家　河東碧梧桐・碧梧桐句集
妙高の雪は雲間にまかゞやき　高浜虚子・七百五十句
雪散るや千曲の川音立ち来り　臼田亜浪・定本亜浪句集
生死の中の雪ふりしきる　種田山頭火・草木塔
雪の音の幽けさに独り茶漬かな　渡辺水巴・白日
大雪となる兎の赤い眼玉である　尾崎放哉・須磨寺にて
ゆるい鼻緒の下駄で雪道あるきつづける　尾崎放哉・須磨寺にて
しろ〴〵と降り置く雪や雪の上　田中王城・残鐘
雪の暮を行きつきし隅田の渡舟見ず　長谷川零余子・国民俳句
降る雪や玉のごとくにランプ拭く　飯田蛇笏・雲母
吹雪《ふぶ》く中に嶺《ね》はも現はれ神かとも　高田蝶衣・青垣山
雪ふる夜の障子多けれ逝くや　中塚一碧楼・一碧楼一千句
燭とりて菊根の雪をかき取りぬ　杉田久女・杉田久女句集
雪橋や大巌壁に落ちゆく日　水原秋桜子・晩華
三叉に白き花あり雪の原　山口青邨・雪国
　ベルリンにて
雪霏々と赤き帽子は子供に非ず　山口青邨・雪国
雪の日や猫間障子をちょと上げて　山口青邨・冬青空
雪の上どつさり雪の落ちにけり　川端茅舎・川端茅舎句集
雪しづか愁なしとはいへざるも　中村汀女・紅白梅
降りに降る雪や恋情汪然と　日野草城・旦暮
降る雪や明治は遠くなりにけり　中村草田男・長子
記憶を持たざるもの新雪と跳ぶ栗鼠と　中村草田男・来し方行方
争ひて黙しぬ暗き雪霏々と　加藤楸邨・寒雷
雪を噛み火夫機関車の火を守る　加藤楸邨・穂高
月明や乗鞍岳に雪けむり　石橋辰之助・山行
細雪妻に言葉を待たれをり　石田波郷・雨覆
雪しげし臥処の窓掛しづかに揺れ　石田波郷・惜命

ゆきあかり【雪明り】

夜、積った雪の白さであたりが薄らと明るくなること。⬇雪（ゆき）［冬］、冬の夜（ふゆのよ）［冬］

§

さいはての駅《えき》に下《お》り立《た》ち　雪《ゆき》あかり　さびしき町《まち》にあゆみ入《い》りにき　石川啄木・忘れがたき人人
ほの白く障子《さうじ》にうつる雪明り見つつしわれと泣かまほしけれ　吉井勇・寒行
有明《ありあけ》と気のつく雪の明《あか》さ哉　浪化・篇突
鴨下りし洲の遠けれど雪明り　加藤楸邨・寒雷
洲の雪の暮れて積みければ雪明り　加藤楸邨・寒雷

ゆきおこし【雪起し】

雪の降りそうな前に鳴る雷をいう。⬇寒雷（かんらい）［冬］

§

納豆するとぎれや嶺の雪おこし　丈草・丈草発句集

ゆきおんな【雪女】

雪国の伝説で、大雪の時に白い衣を着て現れるという雪の精。［同義］雪女郎（ゆきじょろう）、雪の精（ゆきのせい）、雪鬼（ゆきおに）、雪坊主（ゆきぼうず）。

§

黒塚《くろつか》の誠《まこと》こもれり雪女　其角・五元集拾遺
雪女旅人雪に埋れけり　正岡子規・俳句稿
かかる夜の檜にや忍ぶ雪女郎　臼田亜浪・定本亜浪句集
雪女郎おそろし父の恋恐ろし　中村草田男・火の島

ゆきぐに【雪国】

積雪の多い地方をさすことば。⇩雪（ゆき）［冬］

§

雪国や糧《かて》たのもしき小家がち　蕪村・蕪村遺稿

ゆきしぐれ【雪しぐれ】

時雨から雪となって、降ったり止んだりをくり返し、また雪や霙にもなったりする天候をいう。⇩時雨（しぐれ）［冬］

ゆきしまき【雪しまき】

「しまき」は時雨に強風が伴ったものをいい、雪に強風が伴ったものを「雪しまき」という。北海道や東北地方に多く見られる天候現象である。『御傘』に「しまきとは時雨に風のそひたるを云ふ也。雪のそふをばゆきしまきと云ふ。是ふぶきとにたる物也。ふぶきは雪と風ばかり、雪しまきは時雨と雪とかぜと三色也」とある。ただし俳句では「しまき」として「雪しまき」の意に用いることも多い。［同義］風雪（ふうせつ）。⇩しまき［冬］、雪（ゆき）［冬］、冬の風（ふゆのかぜ）［冬］

§

雪しまきひと夜すさべばさむざむと比叡の山肌荒れにけらずや　吉井勇・天彦
しまきして烏賊釣る篝さえにけり　寺野守水老・春夏秋冬
寄付の石うつまでのしまきかな　上川井梨葉・梨葉句集

ゆきぞら【雪空】

雪が降り出しそうな空模様をいう。⇩雪（ゆき）［冬］、冬の空（ふゆのそら）［冬］

§

雪ぞらや河内《かはち》の海の鴨《かも》の声　野坡・野坡吟草
雪空や死鶏さげたる作男　飯田蛇笏・山廬集

ゆきだるま【雪達磨】

雪をころがして、大小二つの雪の玉をつくり、重ねて達磨の形を作る。子どもの遊び。⇩雪（ゆき）［冬］、雪仏（ゆきぼとけ）［冬］、雪まろげ（ゆきまろげ）［冬］

§

作りてや気をさん禅の雪達磨　信徳・鸚鵡集
本来の面目如何雪達磨　夏目漱石・漱石全集
月に寝し喪家の門や雪達磨　渡辺水巴・水巴句集

ゆきつぶて【雪礫】

雪を丸めたもの。子どもたちが投げ合って、雪合戦をする。⇩雪（ゆき）［冬］

§

黒塀にあたるや妹が雪礫　夏目漱石・漱石全集
女の童に小冠者一人や雪礫《ゆきつぶて》　夏目漱石・漱石全集
罵るや戎《えびす》を縛す雪礫　河東碧梧桐・碧梧桐句集

ゆきのあさ【雪の朝】

➡雪（ゆき）[冬]

§

馬をさへながむる雪の朝《あした》哉　芭蕉・甲子吟行

ひごろにくき烏も雪の朝《あした》哉　芭蕉・鷹獅子集

雪の朝となりあたりのなつかしや　野坡・野坡吟草

雪の旦《あした》母屋《おもや》のけぶりめでたさよ　蕪村・蕪村遺稿

ゆきのくれ【雪の暮】

➡雪（ゆき）[冬]

§

かねかりにさの、渡や雪のくれ　許六・藁人形

恋すらんものや関路《せきぢ》の雪のくれ　許六・五老文集

天竜《てんりゆう》でた、かれたまへ雪《ゆき》の暮《くれ》　越人・あら野

行灯《あんどん》の煤《すす》けぞ寒《さむ》き雪《ゆき》のくれ　越人・春の日

鴫のそれきり鳴かず雪の暮　臼田亜浪・定本亜浪句集

涙わくや馬が糞する雪の暮　渡辺水巴・白日

ゆきのはな【雪の花】

雪を花に見立てた表現。➡雪（ゆき）[冬]

§

磨《とぎ》なをす鏡も清し雪の花　芭蕉・笈の小文

伊賀大和《いがやまと》かさなる山《やま》や雪《ゆき》の花《はな》　配力・続猿蓑

ゆきばれ【雪晴】

雪のやんだ後の良く晴れた天候をいう。とくに夜半の雪がやんだ後の翌朝は、空はぬけるような青さで、朝日が雪に反射して眩しいばかりとなる。➡冬の空（ふゆのそら）[冬]

§

雪晴のひかりあまねし製図室　篠原鳳作・筑摩文学全集

ゆきぼとけ【雪仏】

雪をかためてつくった仏像。➡雪達磨（ゆきだるま）[冬]

§

此《この》下にかくねむるらん雪仏《ゆきぼとけ》　嵐雪・枯尾花

彼是《（かれこれ）》といふも当坐《（たうざ）》ぞ雪仏　一茶・おらが春

ゆきまちづき【雪待月】

旧暦十一月の異称。➡霜月（しもつき）[冬]、十一月（じゅういちがつ）[冬]

§

雪待月ひそかに梢もえゐたり　加藤楸邨・寒雷

雪待月林はもののこゑ透る　加藤楸邨・寒雷

ゆきまろげ【雪まろげ】

雪をころがして丸い塊とすること。[同義] 雪まろばし（ゆきまろばし）、雪まるめ（ゆきまるめ）、雪ころがし（ゆきころがし）。➡雪達磨（ゆきだるま）[冬]

§

きみ火をたけよき物見せん雪まろげ　芭蕉・雪満呂気

唯居《ただを》れば身がやめるやら雪丸《ゆきまろげ》　涼菟・一幅半

大きさをまはつてみるや雪まるげ　蘆本・砂つばめ

霜やけの手を吹《ふい》てやる雪まろげ　羽紅・猿蓑

もてあます女力や雪まろげ　内藤鳴雪・鳴雪句集

ゆきみ【雪見】

雪見酒を飲み、会食などをしながら、美しい雪景色を観賞

すること。往時、京都の嵐山や江戸の墨田川では雪見船がだされ、人々はその風雅を愛でた。⇩花見（はなみ）［春］、梅見（うめみ）［春］、月見（つきみ）［秋］、雪（ゆき）［冬］、船遊（ふなあそび）［夏］

§

雪見して雪に興ずる国人は革衣きるほこり知らずも
伊藤左千夫・伊藤左千夫全短歌

めつ《（づ）》らしく降そめにけりいさ《（ざ）》ゝらは《（ば）》　雪見にといふか《（が）》都也けり
樋口一葉・詠草

いざさらば雪見にころぶ所迄　芭蕉・花摘
覚悟《かくご》して風引《ひき》に行《ゆく》雪見哉　杉風・杉風句集
かも河の鴨《かも》を鉄輪《かなわ》に雪見かな　其角・五元集
舞台《ぶたい》から杖《つゑ》を飛《とば》せて雪見かな　露川・三河小町
思《おも》はずの雪見《ゆきみ》や日枝《ひえ》の前後《まへうしろ》　丈草・続猿蓑
供先のさがなく語る雪見かな　嘯山・葎亭句集
盤銅の火は炎〱と雪見かな　几董・井華集
しづかにも漕ぎ上る見ゆ雪見舟　高浜虚子・定本虚子全集

ゆきやま【雪山】
雪が降り積もっている冬の山。⇩雪（ゆき）［冬］、氷壁（ひょうへき）［冬］

§

ここにのみめずらしと見《み》る雪《ゆき》の山所々《やまところどころ》にふりにけるかな
清少納言・枕草子（七五段）

船孤《ひと》つ丹《に》に塗らるればさびさびに日は雪山のかげに没りたり
島木赤彦・馬鈴薯の花

雪山に朝日子《あさひこ》赤く出づるころ一村《ひとむら》は起きて鶏《とり》鳴きうたふ
中村憲吉・しがらみ

雪山の裾の濃闇《こやみ》のひとところ伊那春近《はるちか》の黄の灯《あかり》澄む
木俣修・愛染無限

月いでて雪山遠きすがたかな　飯田蛇笏・山廬集
雪山をゆく日とどまるすべもなし　飯田蛇笏・椿花集

ゆくとし【行く年】
一年の経緯を感慨をもって振り返る心持ちの歳暮をいう。［同義］流るる年（ながるるとし）、年歩む（としあゆむ）、去ぬる年（いぬるとし）、年逝く（としゆく）。⇩年の暮（としのくれ）［冬］、大晦日（おおみそか）［冬］、大年（おおとし）［冬］、歳暮（せいぼ）［冬］、除夜（じょや）［冬］、年惜む（としおしむ）［冬］、旧年（きゅうねん）［新年］

§

ゆく年《とし》のお《（を）》しくもある哉《（かな）》ますかゞみ見る影《かげ》さへにくれぬとおもへば
紀貫之・古今和歌集六（冬）

人しれず暮《く》れゆく年《とし》を惜《お》しむまに春《はる》いとふ名《な》の立《た》ちぬべきかな
藤原成通・金葉和歌集四（冬）

ゆく年《とし》は浪《なみ》とともにやかへるらん面変《おもがは》りせぬ和歌《わか》の浦《うら》かな
祝部成仲・千載和歌集一六（雑上）

ゆく年《とし》を雄島《じま》のあまのぬれ衣かさねて袖に浪《なみ》やかくらん
藤原有家・新古今和歌集六（冬）

海に来て人を思へばゆく年も今宵《こよひ》かぎりの月出でにけり
岩谷莫哀・春の反逆

行《ゆく》年に畳《たたみ》の跡《あと》や尻《しり》の形《なり》　去来・韻塞
行《ゆく》年の道はありけり橋あらひ　才麿・きさらぎ
行《ゆく》としや日連坊《にちれんぼう》の浪《なみ》の文字　千那・花の市
行年《ゆくとし》や親《おや》にしらがをかくしけり　越人・あら野
行《ゆく》年の日や東西を一刹那《いっせつな》　露川・享保丙辰諷ぞめ
ゆく年の瀬田《せた》を廻るや金《かね》飛脚《びきゃく》　蕪村・蕪村句集
行年やひとり噛しる海苔の味　白雄・白雄句集
行としや長きを叩る瀬田の橋　嘯山・葎亭句集
行く年や身はならはしの古草履　一茶・七番日記
行く年や庇の上におく薪　一茶・七番日記
行年《ゆくとし》や月下にけむる浅間山　村上鬼城・定本鬼城句集
行年を故郷人《ふるさとびと》と酌《く》みかはす　正岡子規・子規句集
行年《ゆくとし》を家賃上げたり麹町　夏目漱石・漱石全集
行年や歴史の中に今我《われ》あり　高浜虚子・五百五十句
年は唯黙々として行くのみぞ　高浜虚子・定本虚子全集
家をめぐりて今年の夕日おくるなり　臼田亜浪・定本亜浪句集
ゆく年やをしみながらの画商ひ　田中王城・雑詠選集
行年の山へ道あり枯茨　渡辺水巴・白日
行年や一樹の柚の下を掃く　水原秋桜子・葛飾
逝く年のわが読む頁限りなし　山口青邨・露団々
神の凩オリオン年の尾の空に　中村草田男・万緑
行年の障子戻りぬ貨車煙　石田波郷・馬酔木

よわのふゆ【夜半の冬】
冬の夜更けをいう。⇩冬の夜（ふゆのよ）[冬]
§
鋸《のこぎり》の音貧《まず》しさよ夜半《よは》の冬　蕪村・蕪村句集
飛騨山《ひだやま》の質屋《しちや》とざしぬ夜半の冬　蕪村・蕪村句集
己が声の己にも似ず夜半の冬　大須賀乙字・続春夏秋冬
土間にありて臼は王たり夜半の冬　西山泊雲・雑詠選集

「り〜わ」

りっとう【立冬】
二十四節気の一。旧暦一〇月の節で、霜降（九月中で、新暦の一〇月二四日頃）の後の一五日目、新暦の一一月七日頃。この日よりその年の冬に入る。俳句では、立冬の日の朝を「今朝の冬」という。二十四節気の冬季は「立冬（一一月七日・十月節）」「小雪（一一月二三日・十月中）」「大雪（一二月七日・十一月節）」「冬至（一二月二二日・十一月中）」「小寒（一月六日・十二月節）」「大寒（一月二一日・十二月中）」となっている。『年浪草』に「孝経緯に云、霜降の後十五日、斗、乾に指すを立冬と為す。十月の節なり。冬は終也。万物皆収蔵する也」とある。[同義] 冬立つ、冬に入る（ふゆにいる）、冬来る（ふゆくる・ふゆきたる）。⇩冬（ふゆ）[冬]、冬来る（ふゆくる）[冬]、冬立つ（ふゆたつ）[冬]、今朝の冬（けさのふゆ）[冬]、小雪（しょうせつ）[冬]
§

立冬やとも枯れしたる藪からし　　臼田亜浪・定本亜浪句集

わたくしだい【私大】

旧暦で一二月が二九日までの小の月の年に、奥州の南部や津軽では、新年の元日を大晦日とし、二日を元日としたこと。一二月を勝手に大の月にしていることから、「南部の私大」「津軽の私大」とよばれた。

新年の季語

新年に関するもの

「あ〜お」

あけのはる【明の春】

⬇初春（はつはる）［新年］

§

かつらぎの帋子《かみこ》脱《ぬが》ばや明《あけ》の春　蕪村・明和八年歳旦帖

床の上に菊枯れながら明の春　夏目漱石・漱石全集

日と月をかかげ目出度し明の春　高浜虚子・五百五十句

物貰ふ我も乞食か明の春　高浜虚子・六百五十句

ほのぼの家のべの枯草明けの春　中塚一碧楼・一碧楼一千句

何の木か梢そろへけり明の春　渡辺水巴・白日

小照の父母をあるじや明の春　渡辺水巴・水巴句集

あらたまのとし【新玉の年】

⬇新年（しんねん）［新年］

§

あらたまの年は今日明日《けふあす》越《こ》えぬべし　相坂《あふさか》山を我やを《お》くれん　藤原時雨・後撰和歌集一四（恋六）

あらたまの年　立帰《たちかへる》　朝《あした》より待たるゝ物は　鶯《うぐひす》の声《こゑ》　素性・拾遺和歌集一（春）

あらたまの年《とし》をへつゝも青柳《あをやぎ》の糸《いと》はいづれの春《はる》か絶《た》ゆべき　坂上望城・後拾遺和歌集一（春上）

あらたまの年《とし》のはじめに降《ふ》りしけば初雪《はつゆき》とこそいふべかりけれ　藤原顕季・金葉和歌集一（春）

あらたまの年《とし》にまかせて見るよりはわれこそ越《こ》えめ逢坂《あふさか》の関　藤原伊尹・新古今和歌集一一（恋一）

あら玉の年もかはらぬふるさとの雪《ゆき》のうちにも春はきにけり　家隆卿百番自歌合（藤原家隆の私家集）

天近き富士のねに居て新玉の年迎へんとわれ思ひにき　伊藤左千夫・伊藤左千夫全短歌

枕べの寒さはかりに新玉《あらたま》の年ほぎ縄をかけてほぐかも　正岡子規・子規歌集

雪しろきをちの高ねも新たまの年たつ今朝は新らしき哉　樋口一葉・詠草

あら玉や一暮もせぬさくら花　土芳・簑虫庵集

鳥のこゑ雨あら玉の年立かへる　鬼貫・七車

あら玉の年立かへる虱かな　一茶・一茶発句集

いつか【五日】

俳句で正月五日をいう。⬇二日（ふつか）［新年］

§

正月も五日もひげのいちじるき　日野草城・旦暮

おいのはる【老の春】

⬇初春（はつはる）［新年］

§

老の春初鼻毛抜今からも　素堂・俳諧五子稿

琴碁書画それにもよらず老の春　曾良・雪まろげ

それもおうこれもおうなり老の春　涼菟・歳旦帖一幅半
念仏と豆腐とふとし老の春　支考・蓮二吟集
ほうらいの山まつりせむ老の春　蕪村・五車反古
両の手に玉と石とや老の春　高浜虚子・六百五十句
舌少し曲り目出度《めでた》し老の春　高浜虚子・六百五十句
両の手に玉と石とや老の春　高浜虚子・六百五十句

おさがり【御降】
　元日に降る雨や雪をいう。「あまさがる」の転語とも。正月の三が日に降る雨や雪もいうこともある。元日に雨や雪が降ると、豊穣のしるしとされ、「富正月（とみしょうがつ）」ともいわれる。

§

御降もまれなる藪におぼえけり　乙二・斧の柄草稿
御降や耕織の図を筆すさみ　中川四明・四明句集
お降や袴ぬぎたる静心　村上鬼城・定本鬼城句集
隠れ住んで此御降や世に遠し　夏目漱石・新春夏秋冬
御降や住吉踊を傘の下　安藤橡面坊・深山柴
お降りや暮れて静かに濡る、松　島田青峰・改造文学全集
御降りの岩つたひ消えし禽鳴かず　高田蝶衣・蝶衣句稿
お降りや竹深ぶかと町の空　芥川龍之介・澄江堂句集

おんなしょうがつ【女正月】
　正月の松の内の時期は女性が忙しい時期なので、京都・大阪では女性は正月一五日を年礼の始とした。これを女正月という。➡正月（しょうがつ）［新年］、小正月（こしょうがつ）［新年］

§

五指の爪玉の如く女正月　飯田蛇笏・雲母

「か」

かみのはる【神の春】
➡初春（はつはる）［新年］

§

松の苔鶴痩せながら神の春　夏目漱石・漱石全集
巫女舞をすかせ給ひて神の春　高浜虚子・五百句

がんじつ【元日】
　一月一日。年の始めの第一日をいう。俳句では一〜三日をいう場合がある。『史記天官書註』に「四始　正月元旦をいふ、歳の始め、時の始め、日の始め、月の始めなり」とある。「歳旦」「元朝」「元旦」は元日の朝の意。「鶏旦」は中国の故事で正月一日をいう。「三元」は年の元、月の元、日の元の意、「三朝」は年の朝、月の朝、日の朝の意、「三始」は年の始、月の始、日の始で共に元日をいう。「四始」は三始に一を加えたもので同じく元日をいう。このほか元日にはさまざまな別名がある。［同義］お元日（おがんじつ）、元旦（がんたん）、元朝（がんちょう）、元辰（げんしん）、元首（げんしゅ）、聖日（せいじつ）、大旦（だいたん・おおあした）、初旦（しょ

たん・はつあした）、歳旦（さいたん）、聖旦（せいたん）、鶏旦（けいたん）、青旦（せいたん）、改旦（かいたん）、正旦（せいたん）、朔旦（さくたん）、三旦（さんたん）、三元（さんげん）、三朝（さんちょう）、三朔（さんさく）、三つの晨（みつのあした）、正始（せいし）、四始（しし）、正日（せいじつ）、鶏日（けいじつ）、歳朝（さいちょう）、正朝（せいちょう）、正朔（せいさく）、初暁（はつあかつき）、初陽（しょよう）、淑節（しゅくせつ）、天中節（てんちゅうせつ）、初明け（はつあけ）、日の始、年の始（としのはじめ）、年の朝（としのあさ）。⇩元日立春（がんじつりっしゅん）［新年］、歳旦（さいたん）［新年］、正月（しょうがつ）［新年］、鶏旦（けいたん）［新年］、元旦（がんたん）［新年］、三箇日（さんがにち）［新年］、日の始（ひのはじめ）［新年］、三の朝（みつのあさ）［新年］

§

ふと見れば時計とまりをり元日のあかつきにして見れば可笑しき　若山牧水・黒松

すべての記憶より遁れんとして、元日の、雲のひかりに、ふと、おもいでし。　土岐善麿・不平なく

それとなく　その由《よ》るところ悲《かな》しまる、元日《ぐわんじつ》の午後《ごご》の眠《ねむ》たき心《こころ》。　石川啄木・悲しき玩具

元日の昼たけにけり火鉢によるわが掌《たなそこ》を見て居り吾れは　古泉千樫・青牛集

元日の太平洋の浪よく晴れて浜を吹くかぜ朗《ほが》らにながし　中村憲吉・軽雷集

置き忘れし眼鏡《めがね》をさがすわが姿《なり》ぞ睦月《むつき》ついたちつねの日のごと　木俣修・呼べば谺

にほひだつ茶を注ぎつつ孤りなる元日の夜をたのしみにけり　宮柊二・多く夜の歌

元日《ぐわんじつ》やまだ片《かた》なりの梅《うめ》の花《はな》　猿雖・続猿蓑

元日やおもへばさびし秋の暮　芭蕉・蕉影余韻

元日は田ごとの日こそ恋しけれ　芭蕉・橋守

元日や花咲《さく》春は屠蘇《とそ》の酒　杉風・杉風句集

元日《ぐわんじつ》は我よりうつす人の咲《ヱミ》　言水・新撰都曲

元日を四つにもさめぬうき枕　言水・新撰都曲

元日《ぐわんじつ》の木《こ》の間《ま》の競馬足《けいばあし》ゆるし　重五・春の日

元日や我《われ》つゝ立《たつ》て峰《みね》の長《たけ》　野坡・百曲

元日や海を休《やす》メてうみの種　百里・元禄戊寅歳旦牒

元日に誰《たれ》が越《こえ》ゆく不破《ふは》の関《せき》　小春・卯辰集

元日も立ちのままなる屑家《くづや》哉　一茶・八番日記

元日や上々吉の浅黄空　一茶・浅黄空

元日や一系の天子富士の山　内藤鳴雪・鳴雪句集

元日や枯木の宿の薄曇り　村上鬼城・鬼城句集

縁側の日にゑけにけりお元日　村上鬼城・雑詠選集

元日やさみしう解ける苞納豆　村上鬼城・同人句集

灯《ひ》を消して元日と申庵《いおり》哉　正岡子規・子規句集

元日の人通りとはなりにけり　正岡子規・新俳句

元日の富士に逢ひけり馬の上　夏目漱石・漱石全集
元日やものうき老が絹袴　松瀬青々・妻木
元日の屏風隠れに化粧かな　河東碧梧桐・春夏秋冬
元日の袴脱ぎ捨て遊びけり　河東碧梧桐・春夏秋冬
元日や寺にはひれば物淋し　河東碧梧桐・碧梧桐句集
元日や午後のよき日が西窓に　高浜虚子・七百五十句
元日や入日に走る宇治の水　渡辺水巴・白日
元日やゆくへもしれぬ風の音　渡辺水巴・水巴句集
一月一日のわが焚火す胸のあたゝまり　中塚一碧楼・一碧楼一千句
元日や啓吉《けいきち》も世に古箪笥《ふるだんす》　芥川龍之介・発句
元日や手を洗ひをる夕ごころ　芥川龍之介・澄江堂句集
元日や旅のめざめに濤の音　水原秋桜子・葛飾
元日の灯をさゝげ美《うま》しマリヤに触れ　山口青邨・雪国
　ウイーンにて
蠟涙しげく元日のマリヤさま　山口青邨・雪国
元日の新しい顔で友ら来る　日野草城・銀
元日の沼のしづけさに来て触れぬ　加藤楸邨・寒雷
病室に元日の雨の傘をつく　石田波郷・惜命
元日の殺生石のにほひかな　石田波郷・風切

がんじつりっしゅん【元日立春】
立春が旧暦の元日にあたること。⬇元日（がんじつ）［新年］、立春（りっしゅん）［春］

がんたん【元旦】
元日の朝。または元日をいう。⬇元日（がんじつ）［新年］、歳旦（さいたん）［新年］、元朝（がんちょう）［新年］、鶏旦（けいたん）［新年］、大旦（だいたん）［新年］

§

元旦の星ひとつひとつ消えゆきて水脈《みを》なす雲の空にひろごる　木俣修・愛染無限
元旦や赤城榛名の峰明り　村上鬼城・鬼城句集
元旦やふどしたたんで枕上　村上鬼城・定本鬼城句集
元旦やしづかに居りてありがたし　相島虚吼・虚吼句集
元旦の老松皮を固めけり　渡辺水巴・水巴句集
元旦や前山颪す足袋のさき　飯田蛇笏・山廬集
元旦や束の間起き出で結び髪　杉田久女・杉田久女句集
元旦の歯をていねいにみがきけり　日野草城・旦暮
元旦の焜炉をあほぎはじめけり　日野草城・人生の午後

がんちょう【元朝】
元日の朝。年の朝、月の朝、日の朝の意で「三朝」ともいう。［同義］元旦、三朝（さんちょう）。⬇元旦（がんたん）［新年］、歳旦（さいたん）［新年］、年の朝（としのあした）［新年］、三の朝（みつのあさ）［新年］

§

元朝《ぐわんてう》や馬に乗りたるここちしてわれは都《みやこ》の日本橋ゆく　与謝野晶子・佐保姫
元朝《ぐわんてう》の見るものにせん富士の山　宗鑑・俳諧温故集
元朝《がんちょう》や何《なに》となけれど遅《おそ》ざくら　路通・あら野
元朝《がんちょう》や皆見覚《みおぼ》えの紋処《もんどころ》　正岡子規・子規句集
元朝《がんちょう》の上野静かに灯《ひ》残れり　正岡子規・子規句集

馬に乗って元朝の人勲二等　夏目漱石・漱石全集
元朝《がんちょう》の氷すてたり手水鉢《ちょうずばち》　高浜虚子・五百句
元朝《がんちょう》や座右の銘は母の言　高浜虚子・七百五十句
元朝の日がさす縁をふみありく　臼田亜浪・定本亜浪句集

「き〜こ」

きみがはる【君が春】
初春の意。⬇初春（はつはる）［新年］

§

かびたんもつくばゝせけり君が春　芭蕉・江戸通り町
君が春蚊帳は萌黄に極りぬ　越人・去来抄
貧といへど酒飲みやすし君が春　夏目漱石・漱石全集

きゅうねん【旧年】
新年に対して前の年を旧年という。［同義］古年（ふるとし）、旧冬（きゅうとう）、旧臘（きゅうろう）。⬇新年（しんねん）［新年］、行く年（ゆくとし）［冬］、去年（こぞ）［新年］、宵の年（よいのとし）［新年］

§

旧年の鴨飛び去らず池の濠　安藤橡面坊・最新二万句
旧年の畑に忘れし手鍬かな　安井小洒・続春夏秋冬
旧年や高嶺に見えて炭けぶり　吉田冬葉・年鑑俳句集

きょうのはる【今日の春】
⬇初春（はつはる）［新年］

§

けふの春雪のふつたる事もあり　許六・五老文集

くにのはる【国の春】
⬇初春（はつはる）［新年］

§

貧しきはみなひもじくて国の春　日野草城・旦暮

くるとし【来る年】
⬇新年（しんねん）［新年］、行く年（ゆくとし）［冬］

§

年の来てあまねく至る春日哉　宗因・三籟
来るとしのをも湯につなぐ命《いのち》哉　貞室・卯辰集

けいたん【鶏旦】
元日、元旦をいう。⬇元旦（がんたん）［新年］、元日（がんじつ）［新年］

§

鶏旦の神代にかへる山河哉　吉田冬葉・獺祭

けさのはる【今朝の春】
⬇初春（はつはる）［新年］

§

庭訓《ていきん》の往来《わうらい》誰《た》が文庫より今朝の春　芭蕉・江戸広小路
誰やらが形《かたち》に似たりけさの春　芭蕉・続虚栗
誰やらが姿に似たりけさの春　芭蕉・泊船集
我等式《われらしき》が宿《やど》にも来《く》るや今朝《けさ》の春《はる》　貞室・あら野

伊勢浦《いせうら》や御木《みき》引休《ひきやす》む今朝《けさ》の春《はる》　亀洞・あら野
けさの春は李白《りはく》が酒の上《うへ》にあり　杉風・卯辰集
刀さす供もつれたし今朝《けさ》の春　正秀・炭俵
袖口に日の色うれし今朝の春　樗良・樗良発句集
煩悩は百八減つて今朝の春　夏目漱石・漱石全集
餅もすき酒もすきなりけさの春　高浜虚子・定本虚子全集
わがこころややにさだまり今朝の春　日野草城・旦暮

こしょうがつ【小正月】

大正月（元旦、また元日から七日まで）に対して正月一五日の望粥の日、または一四～一六日までを小正月をいう。［同義］十五日正月（じゅうごにちしょうがつ）、若年（わかどし〈信州〉）、若正月（わかしょうがつ〈能登〉）、二番正月（にばんしょうがつ〈飛騨〉）、女正月（おんなしょうがつ〈京都・大阪〉）、望正月（もちしょうがつ〈九州〉）、望年（もちどし〈九州〉）。⬇女正月（おんなしょうがつ）［新年］、正月（しょうがつ）［新年］、小年（こどし）［新年］、十四日年越（じゅうよっかとしこし）［新年］

§

松とりて世こゝろ楽し小正月　几董・初懐紙

こぞ【去年】

昨年をいう。俳句では新年に感慨をもって前年を詠む風情である。「きょねん」ともいう。［同義］去歳（きょさい）。⬇去年今年（こぞことし）［新年］、旧年（きゅうねん）［新年］、今年（ことし）［新年］

中垣や梅にしらける去年の空　鬼貫・鬼貫句選

§

高砂や去年を捨つゝ初むかし　沾徳・七車
去年やきのふつとめて休む車牛　沾徳・俳諧五子稿

こぞことし【去年今年】

年が改まり、年の移り変わりを実感していることば。⬇去年（こぞ）［新年］、今年（ことし）［新年］

§

雲横に去年の今年の花や空　鬼貫・七車
勅なれや日々に新に去年今年　松瀬青々・丁卯句鈔
去年今年追善のことかにかくと　高浜虚子・六百五十句
去年今年貫く棒の如きもの　高浜虚子・六百五十句
晨鐘《しんしょう》を今打ち出だす去年今年《こぞことし》　高浜虚子・七百五十句
満州より去年今年なき車中客　楠目橙黄子・俳句三代集
鎌倉の尾ノ道の鐘去年今年　日野草城・銀

ことし【今年】

今の年。去年に対してのことばである。「こんねん」ともいう。［同義］当年（とうねん）。⬇去年（こぞ）［新年］、新年（しんねん）［新年］

§

嶺の松調子揃ふて今年より　来山・いまみや草
是ことしくらがり越に日にむかふ　来山・続いま宮草
祈る我にあらねど今年春や来ん　大谷句仏・我は我

こどし【小年】

大晦日を大年というのに対して、正月一四日を小年をいう。

⬇大晦日（おおみそか）［冬］、大年（おおとし）［冬］、小正月（こしょうがつ）［新年］、十四日年越（じゅうよっかとしこし）［新年］

§

輪飾の取り忘れある小年かな　大谷句仏・懸葵
爐の酔を月にさまし、小年かな　吉田冬葉・獺祭

「さ〜し」

さいたん【歳旦】

一年の朝の意で、元日、元旦と同じ。⬇元日（がんじつ）［新年］、元旦（がんたん）［新年］、元朝（がんちょう）［新年］

§

南山を流る、水や歳旦　露月・露月句集
歳旦の長家の壁に題しけり　松瀬青々・妻木
歳旦や香の間猶も灯のともる　大谷句仏・我は我
歳旦や芭蕉た、へて山籠り　飯田蛇笏・昭和一万句

さんがにち【三箇日・三が日】

正月元日・二日・三日を総称していう。この三日間は、毎朝屠蘇を飲み、雑煮を食べ、年賀の交換をし、賀客には年酒をすすめるのが慣例となっている。二日を二日正月、三日を三日正月ともいう。⬇元日（がんじつ）［新年］、二日（ふつか）［新年］、三日（みっか）［新年］、四日（よっか）［新年］

§

松焚てあられ燗する三ケ日　宗好・簑虫庵集
古きより暦もたちぬ三ケ日　嘯山・葎亭句集
日々に新にして屠蘇の三ケ日　中川四明・四明句集
門さして寺町さみし三ケ日　村上鬼城・鬼城句集
ともしらの酒あた、めぬ三ケ日　村上鬼城・鬼城句集
門番に餅を賜《たま》ふや三ケ日　正岡子規・子規句集
独居や思ふ事なき三ケ日　夏目漱石・漱石全集
こころよき炭火のさまや三ケ日　飯田蛇笏・山廬集

じゅうよっかとしこし【十四日年越】

正月一五日の小正月の前夜の一四日に大晦日と同様に年越の行事をすること。［同義］小年越（ことしごし〈越後〉）、十四日正月（じゅうよっかしょうがつ〈甲州〉）、十四日年（じゅうよっかどし〈阿蘇〉）。⬇小年（こどし）［新年］、小正月（こしょうがつ）［新年］

しゅくき【淑気】

新春のなごやかの気分、新春に満ち溢れた瑞祥の気をいう。

§

淑気満つ磬の余韻を始経せり　大谷句仏・我は我
伊勢海老の髯の先なる淑気かな　吉田冬葉・獺祭
いんぎんにことづてたのむ淑気かな　飯田蛇笏・山廬集

しょうがつ【正月】

本来、旧暦一月をいうが、年頭の意もあり、新暦一月を正月とよんでいる。地域によっては一月七日までを「本正月

（ほんしょうがつ）」「大正月（おおしょうがつ）」とよぶ地域もある。旧暦では、立春が正月節であり、正月ということばには、初春を迎える風情が込められているが、新暦の一月は旧暦の寒の入りの月であり、冬の最中である。正月を「睦月」というのは「むつび月」の意で、知人が互いに訪れ親しみ睦ぶことによる。さまざまな別名を以下に挙げる。［同義］お正月（おしょうがつ）、睦月（むつき）、祝月（いわいづき）、元月（がんげつ）、初月（しょげつ・はつづき）、端月（たんげつ・はづき）、嘉月（かげつ）、王月（おうげつ）、上月（じょうげつ）、泰月（たいげつ）、謹月（きんげつ）、征月（せいげつ）、年端月（としはづき）、年初月（ねんしょげつ）、初春月（はつはるづき）、初空月（はつそらづき）、初見月（はつみづき）、霞初月（かすみそめづき）、太郎月（たろうづき）、年待月（としまつづき）、とらの月（とらのつき）、早緑月（さみどりつき）、子日月（ねのひづき）、三陽月（さんようげつ）、三微月（さんびげつ）、端正月（たんしょうがつ）、正陽月（せいようげつ）、王春月（おうしゅんげつ）、春正月（しゅんしょうがつ）、人正月（じんしょうがつ）、王春（おうしゅん）、初春（しょしゅん・はつはる）、新春（しんしゅん）、孟春（もうしゅん）、上春（じょうしゅん）、早春（そうしゅん）、開春（かいしゅん）、発春（はつしゅん）、首春（しゅしゅん）、献春（けんしゅん）、規春（きしゅん）、春孟（しゅんもう）、春首（しゅんしゅ）、年初（ねんしょ）、甫年（ほねん）、初節（しょせつ）、首歳（しゅさい）、初歳（しょさい）、肇歳（けいさい）、開歳（かいさい）、芳歳（ほうさい）、華歳（かさい）、方歳（ほうさい）、青歳（せいさい）、発歳（はっさい）、献歳（けんさい）、主月歳（しゅげつさい）、歳首（さいしゅ）、歳始（さいし）、歳初（さいしょ）、青陽（せいよう）、孟陽（もうよう）、上陽（じょうよう）、正陽（せいよう）、新陽（しんよう）、初陽（しょよう）、履端（りたん）、大簇（たいそう）、始和（しわ）、王正（おうせい）、月正（げっせい）、天正（てんせい）、地正（ちせい）、人正（じんせい）、夏正（かせい）。⬇一月（いちがつ）［冬］、旧正月（きゅうしょうがつ）［春］、睦月（むつき）［春］、七日正月（なぬかしょうがつ）［新年］、小正月（こしょうがつ）［新年］、二十日正月（はつかしょうがつ）［新年］、元日（がんじつ）［新年］、女正月（おんなしょうがつ）［新年］

§

何となくくづほれたる心にて物読まんなどおもふ正月　与謝野晶子・火の鳥

何となくうらはかなけれ空見れば正月の日の西にかたむく　与謝野晶子・流星の道

正月やかならず酔《よひ》て夕附夜《ゆふづくよ》　万子・卯辰集

墨《すみ》ぞめは正月《しやうぐわつ》ごとにわすれつゝ　野水・あら野

いたゞくや大和正月三笠山　鬼貫・七車

正月が来《くる》とて寒し雪の花　支考・続有磯海

正月や三日過れば人古し　闌更・半化坊発句集

正月や皮足袋白き鍛冶の弟子　闌更・半化坊発句集

正月や梅のかはりの大吹雪　一茶・七番日記

爆竹や南京町は正月す　内藤鳴雪・鳴雪句集

霜除に菜の花黄なりお正月　村上鬼城・定本鬼城句集
正月や橙《だいだい》投げる屋敷町　正岡子規・子規句集
春王の正月蟹の軍さ哉　夏目漱石・漱石全集
正月や歯朶をかけたる軒の柴　松瀬青々・妻木
山路来て正月青き芒かな　渡辺水巴・白日
女と淋しい顔して温泉の村のお正月　尾崎放哉・須磨寺にて
正月の油を惜しむ宮の巫女　飯田蛇笏・椿花集
正月のこころわかきはわれのみか　飯田蛇笏・雲母
祖母恋し正月の海帆掛船　中村草田男・来し方行方

じんじつ【人日】
正月七日をいう。『東方朔占書』に「一日を鶏と為し、二日を狗と為し、三日豕と為し、四日を羊と為し、五日を牛と為し、六日を馬と為し、七日を人と為し、八日を穀と為す」とあるように、中国では元日から八日までをそれぞれに当て、七日は人の日とされている。人は万物の霊であるところから「霊辰」ともいう。［同義］人の日（ひとのひ）、霊辰（れいしん）、人勝節（じんしょうせつ）、元七（げんしち）。➡七日正月（なぬかしょうがつ）［新年］

§

人日や本堂いづる汗けぶり　一茶・七番日記
人の日も人の翁は寒くこそ　内藤鳴雪・鳴雪俳句集
人日に従容として炬燵かな　松瀬青々・妻木
人日や隣近所を茶に招く　坂本四方太・明治一万句
人日や春衣再び新なり　坂本四方太・明治一万句
人の日を暇なき身の暇かな　坂本四方太・明治一万句
何をもて人日の客もてなさん　高浜虚子・句日記
人日や都はなれて宇治木幡　大谷句仏・我は我

しんねん【新年】
年の始をいう。新玉の年の新玉は年の枕詞で、新年の美称。『栞草』に「璞（あらたま）の砥とつゞけて、年と云ことの枕辞なり。さて転じては、あら玉の月日ともいひ、あら玉の春などともいへり、みな活用かしいへるなり」とある。［同義］新歳（しんさい）、年頭（ねんとう）、年始（ねんし）、甫年（ほねん）、改年（かいねん）、初年、新玉（あらたま）、新しき年（あたらしきとし）、新玉の年（あらたまのとし）、玉の年（たまのとし）、改まる年（あらたまるとし）、明る年（あくるとし）、迎うる年、来る年（くるとし）、若き年（わかきとし）、年立つ、年明く（としあく）、年越ゆる（としこゆる）、年立返る（としたちかえる）、年変る（としかわる）、年改まる（としあらたまる）、年の端（としのは）、年の始。➡今年（ことし）［新年］、旧年（きゅうねん）［新年］、初春（はつはる）［新年］、新玉の年（あらたまのとし）［新年］、来る年（くるとし）［新年］、年立つ（としたつ）［新年］、年の始（としのはじめ）［新年］、年の花（としのはな）［新年］、初年（はつとし）［新年］、迎うる年（むかうるとし）［新年］

§

梅の花未た咲かねはゐにかきて祝ひことほく此新年を　伊藤左千夫・伊藤左千夫全短歌
あたらしき年《とし》のはじめは楽《たの》しかりわがたましひを養《やしな》ひゆかむ　斎藤茂吉・石泉

新年のたたみの上の日かげ追ひ病みびとわれは臥床《ふしど》を移す
宮柊二・純黄
春立《たつ》や新年《しんねん》ふるき米《こめ》五升　芭蕉・三冊子
掛盤に顔見て年の新也　来山・続いま宮草
隻手声《かたてごえ》絶えて年立つあした哉　正岡子規・子規句集
河水も新に年の清みかな　松瀬青々・丙寅句鈔
新年のゆめなき夜をかさねけり　飯田蛇笏・雲母

「た〜と」

だいたん【大旦】
「おおあした」とも読む。元日、元旦をいう。⇩元旦（がんたん）［新年］
§
大旦むかし吹にし松の風　鬼貫・鬼貫句選
大旦無異に御慶を申しけり　松瀬青々・倦鳥

ちよのはる【千代の春】
⇩初春（はつはる）［新年］
§
時なる哉歌人《かなかじん》の曰《いはく》千代の春　常矩・花見車

としたつ【年立つ】
新しい年になる。⇩新年（しんねん）［新年］
§
年立つと春きたるらし渡津味の船の林に霞たなびく
伊藤左千夫・伊藤左千夫全短歌
此あした大八洲根は万隈波ものどみて年立にけり
伊藤左千夫・伊藤左千夫全短歌
たつ年のかしらもかたい翁かな　宗因・梅翁宗因発句集
とし立や新年ふくべ米五升　芭蕉・芭蕉句選
年立や雨落ちの石凹む迄　一茶・九番日記
年立て外山の里に焚く火哉　松瀬青々・妻木
花屋いでて満月に年立ちにけり　渡辺水巴・水巴句集
神に仕ふる心ゆたかに年立ちぬ　高田蝶衣・蝶衣句稿
年立つや夫婦の中の膳ひとつ　吉田冬葉・故郷
犬の鼻大いに光り年立ちぬ　加藤楸邨・野哭

としのあした【年の朝】
「としのあさ」ともいう。⇩元朝（がんちょう）［新年］
§
隙なもの箒と我と年の朝　也有・蘿葉集
頭巾とる仏もたず年の朝　也有・蘿葉集
あふれ井もめでたき年の朝哉　松瀬青々・百家類題集
名聞なき念仏に籠る年の朝　大谷句仏・我は我

としのはじめ【年の始】
⇩新年（しんねん）［新年］
§
遠き代の安倍《アベ》の童子《ドウジ》のふるごとを　猿はをどれり。年のはじめに
釈迢空・海やまのあひだ

としのはな【年の花】
　年頭に飾る花のこと、または、年玉をいう、など諸説ある。
⬇新年（しんねん）［新年］

§

うるふ世の年の花見んけふの雨　　宗因・三藾
雪よ雪よきのふ忘れし年の花　　鬼貫・鬼貫句選

「な」

なぬか【七日】
　正月七日のこと。⬇七日正月（なぬかしょうがつ）［新年］、二日（ふつか）［新年］

§

六日八日中に七日のなづな哉　　鬼貫・大悟物狂
母のある正月七日の寒さ哉　　乙二・斧の柄草稿
すずろいでて松笠拾ふ七日かな　　渡辺水巴・水巴句集

なぬかしょうがつ【七日正月】
　正月七日をいう。また略して「七日」ともいう。五節句の最初の日であり、「人日」ともいう。五節句は人日（一月七日）、上巳（三月三日）、端午（五月五日）、七夕（七月七日）、重陽（九月九日）をいう。中国では元日より八日までを鶏・狗（いぬ）・家（ぶた）・羊・牛・馬・人・穀とし、七日を人日とした。七日は大正月の終りの日であり、この日に供される供御を「節供（せちく）」といい、古来、この日を七種の日として、七草粥を食べる習慣がある。『栞草』に「俗に正月七日を五節句の初として七種の羹をくらひ、遊宴して嘉義をなす、是を七日正月と云、下賤の輩正月七日廿日等の日を正月と云こゝろは、恣に遊びをするを云」とある。［同義］七日、七日の節句（なのかのせっく）、節句始（せっくはじめ）、人の日（ひとのひ）。⬇七日（なぬか）［新年］、正月（しょうがつ）［新年］、人日（じんじつ）［新年］

「は」

はつあかね【初茜】
　元日の朝、初日の出直前の茜色に染まる東の空をいう。［同義］初茜空（はつあかねぞら）。⬇初空（はつぞら）［新年］

はつあかり【初明り】
　元日の朝の曙光をいう。⬇初日（はつひ）［新年］

§

茎の石か、へる小窓の初明り　　中川四明・四明句集
淀川や水の碧に初明り　　青木月斗・改造文学全集
はつ明りさすやみかのべみかのはら　　高田蝶衣・青垣山
お潮上げにつゞく人影初明り　　高田蝶衣・蝶衣句稿

初明り神代の杉の梢より　吉田冬葉・故郷
書の面《おも》の灯色《ほいろ》に代り初明り　中村草田男・銀河依然

はつあけぼの【初曙】
明るくなり始めた元日の夜明けの空をいう。［同義］初東雲。⇩初空（はつぞら）［新年］、初東雲（はつしののめ）［新年］、初日（はつひ）［新年］

はつあさま【初浅間】
上州・信州で、元日に浅間山をたたえていうことば。⇩初富士（はつふじ）［新年］

はつかしょうがつ【二十日正月】
正月二〇日を二十日正月という。締め括りの正月ともいうべきものである。京都・大阪では、新年の嘉祝に用いた鰤の頭や骨を、昆布・大豆・酒滓・大根などで煮込んで食べる風習があり、「骨正月」ともいう。団子を作って食べる地域もあり「団子正月」ともいう。［同義］骨正月（ほねしょうがつ）、骨の正月（ほねのしょうがつ）、頭正月（かしらしょうがつ）、団子正月（だんごしょうがつ）、二十日団子（はつかだんご）、麦正月（むぎしょうがつ）、乞食正月（こじきしょうがつ）、奴正月（やっこしょうがつ）、灸正月（やいとしょうがつ）。⇩正月（しょうがつ）［新年］

§

いままいりはじめははつかだんごかな　季吟・山の井
正月も廿日に成て雑煮哉　嵐雪・類題発句集
正月も繿縷市たちて二十日かな　村上鬼城・鬼城句集
ものがたき骨正月の老母かな　高浜虚子・定本虚子全集
鰤の首尾祝ひ納むる二十日哉　高田蝶衣・続春夏秋冬

はつがすみ【初霞】
新春に山野にたなびく霞をいう。［同義］新霞（にいがすみ）。⇩霞（かすみ）［春］

§

焼あとの枯木の街の初霞をちこち空も光りたちきぬ　太田水穂・冬菜
枇《び》杷《は》の葉《は》のなを慥《たしか》也《なり》初霞《はつがすみ》　斜嶺・続猿蓑
はつ霞《がすみ》先立《まづたつ》今朝の山一つ　土芳・蓑虫庵集
今年艸庵を出てしとおもひ定むる事あり
手の下の山を立きれ初かすみ　丈草・蝶すがた
むらさきを諸事《しょじ》に補《おぎな》ひ初霞《かすみ》　支考・蓮二吟集
よせて見ん旅のこゝろを初霞《はつがすみ》　舎羅・元禄戊寅歳旦牒
ことさらに唐人屋敷《たうじんやしき》初霞　蕪村・落日庵句集
初霞長柄の橋もかゝるなり　蓼太・蓼太句集
むしけらもさし覗け此初霞　暁台・暁台句集
初霞きぞの嶽々たのもしき　白雄・白雄句集
京如何遠山住の初霞　松瀬青々・最新二万句
初霞川は南へ流れけり　青木月斗・俳句三代集

はつかぜ【初風】
元日に吹く風をいう。⇩初東風（はつごち）［新年］、秋の初風（あきのはつかぜ）［秋］

§

かはらぬや年の初風よるの雨　紹巴・六発句集

初風や去年の目さますいねの花　鬼貫・七車
初風や紙鳶に日当る枯尾花　大谷句仏・我は我

はつげしき【初景色】

とくに風光明媚な風景をさすのではなく、元日の瑞気に満ちた、めでたい感じの景色をいう。[同義] 初気色（はつげしき）。➡冬景色（ふゆげしき）[冬]

はつごち【初東風】

新春に初めて吹く東風をいう。「はつこち」ともいう。春を告げ、五穀養育をもたらす風。➡東風（こち）[春]、初風（はつかぜ）[新年]

§

名細《なぐは》しき初風東風《はつかぜこちかぜ》の向ふところ雲も開きて晴れゆきにけむ　島木赤彦・柿蔭集
初東風や鈴鹿を下る馬の鼻　内藤鳴雪・鳴雪句集
初東風や嵯峨の筏の飾吹く　大谷句仏・我は我
初東風や帆に選ぶ字の大いなる　吉田冬葉・冬葉第一句集

はつしののめ【初東雲】

元日の明け方をいう。[同義] 初曙（はつあけぼの）。➡初空（はつぞら）[新年]、初曙（はつあけぼの）[新年]、東雲（しののめ）[四季]

§

水仙に初しの、めや洛の水　松瀬青々・妻木

はつしょうらい【初松籟】

元日、松に吹く風の音をいう。松風の響きである。古来、松は長寿・繁栄をあらわす木として愛でられ、新年の寿ぐことばとして詠まれる。[同義] 初松風（はつまつかぜ）、初松韻（はつしょういん）。➡松風（まつかぜ）[四季]、爽籟（そうらい）[秋]

はつぞら【初空】

元日の大空をいう。[同義] 初御空（はつみそら）。➡初東雲（はつしののめ）[新年]、初茜（はつあかね）[新年]、初曙（はつあけぼの）[新年]

§

宿鳥《ネトリ》起て初空白し比叡の山　信徳・大三物
初空やたばこ吹輪の中の比叡　言水・俳諧五子稿
初空や烏をのするうしの鞍　嵐雪・玄峰集
初空や古檜雲吐く峰つゞき　露月・露月句集
初空や鳥はよしの、かたへゆき　千代女・千代尼発句集
初空や十日は蓑のきそはじめ　蓼太・蓼太句集
初空を夜着の袖から見たりけり　一茶・七番日記
初空や大悪人虚子の頭上に　高浜虚子・定本虚子全集
初空や東西南北其《その》下に　高浜虚子・七百五十句
初空や法身の弥陀に合掌す　大谷句仏・俳句三代集
初空に日かげ満ちたりまさやかに　日野草城・銀

はつつくば【初筑波】

筑波山は富士山と共に東京から眺められる名山である。俳句で、元日に見る筑波山をたたえたことば。➡初富士（はつふじ）[新年]

はつとし【初年】

➡新年（しんねん）[新年]

§

初としや百の赤子の老ひとつ　野坡・野坡吟草
炬燵に酔ひて目覚めたる初年の昼　大谷句仏・我は我

はつなぎ【初凪】

新春、風が止んで、海がおだやかに凪ぐこと。俳句では、一般に海上の凪ぐことをいうが、山野の凪ぐ情景をもいう。

➡凪（なぎ）［四季］

§

初凪や霜雫する板庇　村上鬼城・鬼城句集
縁側のそりくりかへるお初凪　村上鬼城・定本鬼城句集
初凪や寒蘆日出で、潮平　安藤橡面坊・深山柴
初凪《はつなぎ》や大きな浪のときに来る　高浜虚子・六百句
初凪《はつなぎ》の浜に来《き》玉を拾はんと　高浜虚子・六百五十句
初凪や氷張りたる滑川　水原秋桜子・葛飾
初凪や波に戯れ二少年　山口青邨・雑草園
伊豆の海初凪せるに火桶あり　水原秋桜子・葛飾
初凪や藻のあふる丶磯椿　水原秋桜子・蓬壺
初凪の岩より舟に乗れと云ふ　川端茅舎・川端茅舎句集
初凪の海や棕梠ある泉澄む　中村草田男・銀河依然

はつはる【初春】

旧暦正月は春の初めであり、「初春」という。俳句では「はつはる」と読んで、新年の季語となる。新年嘉祝のことばであり、「～の春」として、古来さまざまな表現がある。新暦の正月では冬は寒さも厳しい時だが、それでも「初春」と称する。［同義］明の春、今朝の春、千代の春、千々の春（ちぢのはる）、代々の春（よよのはる）、御代の春（みよのはる）、国の春、神の春（かみのはる）、神祇の春（しんぎのはる）、年の春（としのはる）、今日の春、新しき春（あたらしきはる）、新玉の春（あらたまのはる）、玉の春（たまのはる）、たちかえる春（たちかえるはる）、君が春（きみがはる）、公の春（きみのはる）、民の春（たみのはる）、三の春（さんのはる）、天の春（てんのはる）、天地の春（てんちのはる）、天下の春（てんかのはる）、四海の春（しかいのはる）、四方の春（よものはる）、千里の春（せんりのはる）、日の春（ひのはる）、曙の春（あけぼののはる）、朝の春（あさのはる）、宵の春（よいのはる）、夜半の春（よわのはる）、午の春（うまのはる）、酉の春（とりのはる）、新春（しんしゅん）、孟春（もうしゅん）、雪の春（ゆきのはる）、花の春、松の春（まつのはる）、梅の春（うめのはる）、京の春（きょうのはる）、江戸の春（えどのはる）、伊勢の春（いせのはる）、宇佐の春（うさのはる）、三保の春（みほのはる）、都の春（みやこのはる）、町の春（まちのはる）、里の春（さとのはる）、杣の春（そまのはる）、海の春（うみのはる）、浦の春（うらのはる）、山の春（やまのはる）、峰の春（みねのはる）、島の春（しまのはる）、滝の春（たきのはる）、橋の春（はしのはる）、水の春（みずのはる）、宮の春（みやのはる）、宿の春（やどのはる）、寺の春（てらのはる）、家の春（いえのはる）、庵の春（いおのはる）、柱の春（はしらのはる）、窓の春（まどのはる）、庭の春（にわのはる）、門の春（かどのはる）、納屋の春（なやのはる）、畑の春（はたのはる）、人の春（ひとのはる）、老の春、父母

の春（ふぼのはる）、孫が春（まごがはる）、我が春（わがはる）、己が春（おのがはる）、おらが春（おらがはる）、君子の春（くんしのはる）、賤が春（しずがはる）、旅の春（たびのはる）、屠蘇の春（とそのはる）、酒の春（さけのはる）、楽の春（がくのはる）、俳諧の春（はいかいのはる）、歌の春（うたのはる）、富の春（とみのはる）、凧の春（たこのはる）、夢の春（ゆめのはる）、誠の春（まことのはる）、栄花の春（えいかのはる）、慈悲の春（じひのはる）。⬇明の春（あけのはる）［新年］、老の春（おいのはる）［新年］、今朝の春（けさのはる）［新年］、神の春（かみのはる）［新年］、君の春（きみのはる）［新年］、新年（しんねん）［新年］、今日の春（きょうのはる）［新年］、国の春（くにのはる）［新年］、千代の春（ちよのはる）［新年］、初春（しょしゅん）［春］、春（はる）［春］

§

始春《はつはる》の初子《はつね》の今日の玉箒《たまばはき》手に執《と》るからにゆらく玉の緒　大伴家持・万葉集二〇

いつしかと日影《かげ》もながし山鳥の尾《お》ろのはつ尾《お》の初春のそら　一条良基・後普光園院殿御百首

しらみゆくおまへのほかげ法《のり》のこゑ心すみぬるけさの初春　小沢蘆庵・六帖詠草

花もまたかくさかむとの程みせにつもるか枝のはつはるのゆき　大隈言道・草径集

初春のこの天《あま》つ日《ひ》のもとにしてわが大君をたたへまつらく　佐佐木信綱・常盤木

鼓より笛のはやしにうつりたる霰《あられ》ののちの初春のあめ　与謝野晶子・流星の道

発句《ほつく》なり芭蕉桃青宿の春　芭蕉・芭蕉盥

二日《ふつか》にもぬかりはせじな花の春　芭蕉・笈の小文

うたがふな潮《うしほ》の花も浦の春　芭蕉・いつを昔

こもをきてたれ人《びと》ゐます花のはる　芭蕉・芭蕉図録

初春や管絃《くわんげん》の鉾《ほこ》のたて所　木因・翁草

春や祝ふ丹波の鹿も帰るとて　去来・炭俵

昔かな初音三井寺夢の春　其角・五元集

初春のおちつくかたや梅柳　浪化・浪化上人発句集

日を積や帆を待つ四海波の春　淡々・淡々発句集

目を明て聞て居る也四方の春　太祇・太祇句選

梅柳初春の眼にたしかなり　白雄・白雄句集

はつ春やけぶり立つるも世間むき　一茶・文化句帖

初春や思ふ事なき懐手　尾崎紅葉・紅葉句集

母人《ははびと》は江戸はじめての春日哉　正岡子規・子規句集

初春の紙鳶の尾長し日本海　大谷句仏・俳句三代集

初春の二時うつ島の旅館かな　川端茅舎・川端茅舎句集

初春や焦都相《すがた》を改めず　日野草城・旦暮

初春や子が買ひくれしオルゴール　日野草城・銀

初春や眼鏡のままにうとうとと　日野草城・銀

はつばれ【初晴】

元日の晴天をいう。元日より日本晴となることは五穀豊穣のめでたい兆しとして喜ばれる。

初晴や堂椽に見る阿弥陀峯　大谷句仏・我は我

§

はつひ【初日】

元日の晴天にのぼる太陽をいう。[同義] 初旭（はつあさひ）、初陽（はつひ）、若日（わかひ）、初御影（はつみかげ）、初日向（はつひなた）。⬇初日山（はつひやま）[新年]、初日の出（はつひので）[新年]、初日影（はつひかげ）[新年]、初曙（はつあけぼの）[新年]、初明り（はつあかり）[新年]

§

初春《はつはる》の初日《はつひ》かがよふ神国《かみぐに》の神《かみ》のみかげをあふげもろもろ　荒木田久老・槻の落葉

天地は雲風いさめ大王の年の初日をむかへまつろふ　伊藤左千夫・伊藤左千夫全短歌

あかあかと初日さしくるわが丘の大樹の下にひとり立つ我は　古泉千樫・青牛集

うららかに初日《はつひ》晴れたる磯山《いそやま》かげ海に向へり汝《なれ》が石碑は　岩谷莫哀・仰望

初日さす梅の木の下土凍り楕円《だゑん》に鳥の影走りたり　宮柊二・独石馬

むさし野の初日や筆の穂《ほ》に出《いで》ん　木因・翁草

木に草に麦に先見る初日哉　来山・続いま宮草

梅が香の筋に立よる初日哉　支考・蓮二吟集

月花を年子《としご》にはらむ初日かな　梢風・木葉集

しづかさの鍬にさし入る初日哉　蓼太・蓼太句集

土蔵から筋違《すぢかひ》にさすはつ日哉　一茶・八番日記

慈姑田のうすらひとくる初日かな　村上鬼城・定本鬼城句集

空近くあまりまばゆき初日哉　正岡子規・子規句集

初日さす硯の海に波もなし　正岡子規・寒山落木

蓬莱に初日さし込む書院哉　夏目漱石・漱石全集

小家皆初日に向ふ平砂かな　安藤橡面坊・深山柴

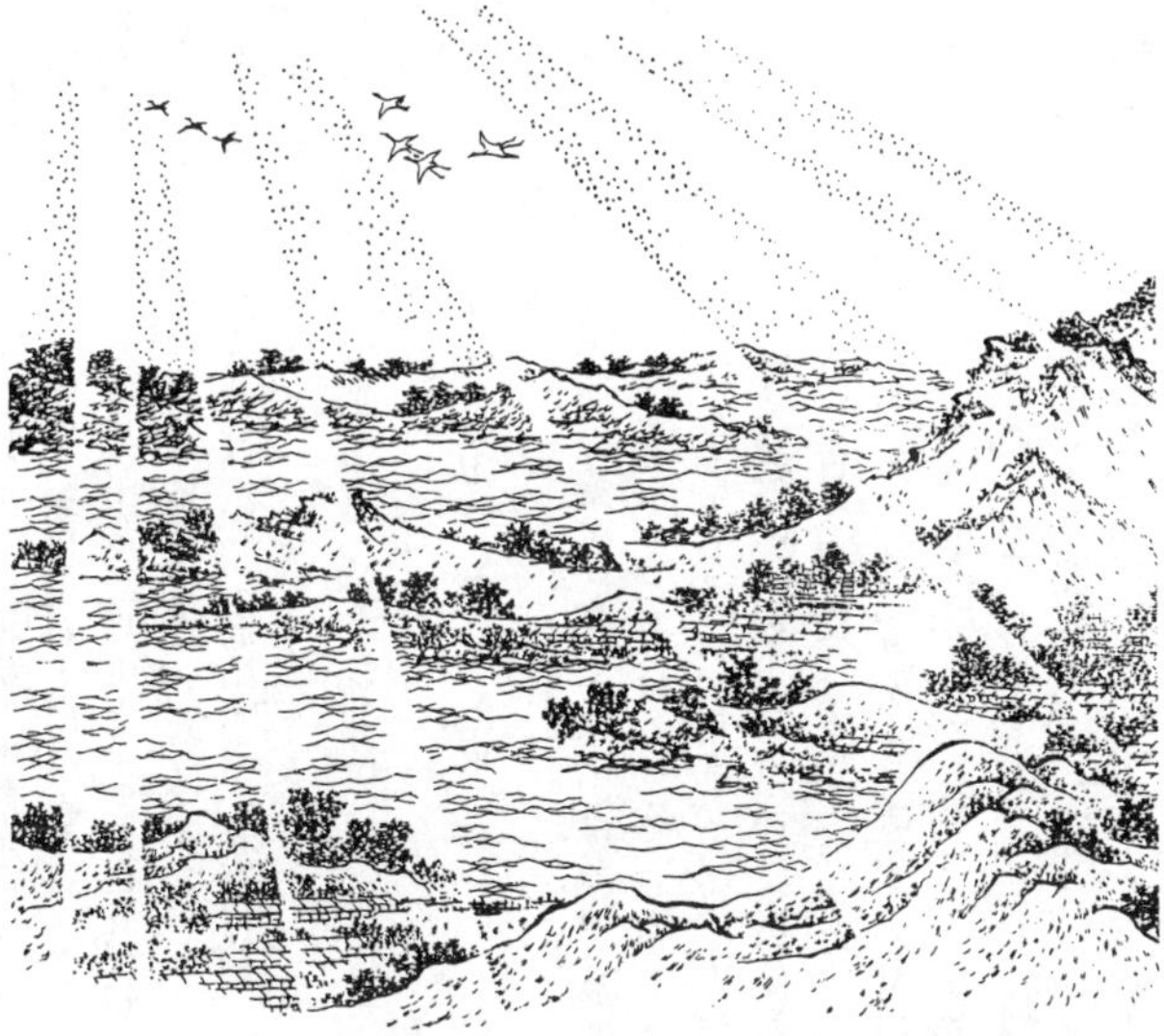

初日［良美灑筆（北斎）］

招提《しようたい》をつつむ初日の匂ひかな　松瀬青々・松苗
初日さす朱雀《すざく》通りの静さよ　河東碧梧桐・碧梧桐句集
松《まつ》ケ枝《え》にか丶りて太き初日かな　高浜虚子・七百五十句
枯草にまじる蓬の初日かな　渡辺水巴・白日
時のかなた昇天すもの日のはじめ　飯田蛇笏・雲母
払はざりし煤もゆたけく初日さす　高田蝶衣・青垣山
浄宮の梢氷れる初日かな　高田蝶衣・青垣山
初日さす松はむさし野にのこる松　水原秋桜子・蘆刈
田にゐたる鴨が初日をよぎり飛ぶ　水原秋桜子・古鏡
筆立の山鳥の尾の初日かな　山口青邨・花宰相
いや果てより不夭の初日赤くまるく　中村草田男・銀河依然

はつひえい【初比叡】
京都周辺で元日の比叡山をながめたたえていうことば。「はつひえ」ともいう。⬇初富士（はつふじ）［新年］

はつひかげ【初日影】
初日の光。⬇初日（はつひ）［新年］

§

蝶《てふ》ならばはね割《さく》べきに初日影　土芳・蓑虫庵集
初日影まづ出たりないこまやま　鬼貫・七車
しら粥の茶碗くまなし初日影　丈草・丈草発句集
ふるさとの伊勢なを恋し初日影　樗良・樗良発句集
我と人と深山ごころや初日影　暁台・暁台句集
冠毛を立つる鸚鵡や初日影　中川四明・四明句集
稍遅し山を背にして初日影　夏目漱石・漱石全集
夕方になれば汚る丶初日影　高浜虚子・句日記
初日影焦都大阪市を照らす　日野草城・旦暮

はつひので【初日の出】
元旦の日の出。⬇初日（はつひ）［新年］

§

久しさにひさしさや増《ます》初日の出　梢風・木葉集
色々の雲の中より初日出　夏目漱石・漱石全集
鎌倉の此処《ここ》に住み古《ふ》り初日の出　高浜虚子・七百五十句
初日の出小田の塊磊々と　西山泊雲・雑詠選集
海のある国うれしさよ初日の出　高田蝶衣・蝶衣句稿

はつひやま【初日山】
初日がのぼる山。⬇初日（はつひ）［新年］

§

亀の背に海老ほの赤く初日山　鬼貫・七車

はつふじ【初富士】
元日に仰ぎ見る富士山の姿をいう。富士山は駿河（静岡）や甲斐（山梨）、関東一円からその姿を望み見ることができるが、江戸（東京）では、筑波山と共に、東都から富士山を遠望して賞した。『東都歳時記』に「初富士、東都見物の最初たるべし。されば江戸の中央日本橋あたりを以て佳境とするにや、又駿河台、御茶の水、その他高き所より眺望す。深川万年橋の辺をいにしへ富士見ケ関と呼びけるとぞ、富士を見るによし」とある。［同義］初不二（はつふじ）、初不尽（はつふじ）。⬇初筑波（はつつくば）［新年］、富士（ふじ）［四季］、初浅間（はつあさま）［新年］、初比叡（はつひえい）［新年］

世の悩み知らでのぼりし初富士《はつふじ》の十六の日のわれをこそ思へ　吉井勇・風雪

§

初富士や草庵を出て十歩なる　高浜虚子・定本虚子全集
初富士や雙親草の庵に在り　高浜虚子・定本虚子全集
神棚に代へて初富士拝むなり　大須賀乙字・乙字句集
天の原初富士の吹雪ながれやまず　渡辺水巴・水巴句集
初富士も藁屋もうつる水田かな　楠目橙黄子・橙圃
初富士やさかさにかゝる梯子乗　吉田冬葉・獺祭
初富士の海より立てり峠越　水原秋桜子・重陽
初富士のかなしきまでに遠きかな　山口青邨・俳句文学全集
初富士や石段下りて稚児ケ淵　川端茅舎・川端茅舎句集
初富士や崖の鵯どり谺して　川端茅舎・川端茅舎句集
初富士にかくすべき身もなかりけり　中村汀女・都鳥

はつみそか【初三十日】
正月末日をいう。［同義］三十日宵（みそかよい）、蔦の正月（つたのしょうがつ）。⬇初朔日（はついたち）［春］

はつみそら【初御空】
元日の大空をいう。［同義］初空。⬇初空（はつぞら）［新年］

はなのはる【花の春】
⬇初春（はつはる）［新年］

§

二日にもぬかりはせじな花の春　芭蕉・曠野
たれ人かこも着ています花の春　芭蕉・芭蕉句選
雪降や紅梅白し花の春　杉風・杉風句集
さればこそ桜なくても花の春　荷兮・曠野後集
君が代やよその膳にて花の春　一茶・旅日記
大江戸や芸なし猿も花の春　一茶・七番日記

はるなが【春永】
昼間が長い春をいう。俳句では一般に、春の季節ではなく、初春（はつはる）・正月をたたえて詠まれることが多い。［同義］永日（えいじつ）、永陽（えいよう）。

§

春永の年のかしらや福禄寿　貞徳・鷹筑波集
春永といふやことばのかざり縄　立圃・そらつぶて

「ひ〜ふ」

ひのはじめ【日の始】
⬇元日（がんじつ）［新年］

§

あめつちも長閑なる日の始哉　紹巴・大発句帳
松竹や世にほめらるゝ日の始　千代女・千代尼発句集
ふり袖のやまとに長し日の始　暁台・暁台句集
美しき霜の光りや日の初め　篠原温亭・温亭句集

ふつか【二日】
俳句で正月二日をいう。⬇元日（がんじつ）［新年］、三日（みっか）［新年］、四日（よっか）［新年］、五日（いつか）［新年］、六日（むいか）［新年］、七日（なぬか）［新年］、三箇日（さんがにち）［新年］

§

惟茂と起しに来たる二日かな　嵐雪・玄峰集
おさがりに猶寝よげなる二日かな　闌更・新五子稿
ぬかづいて曰く正月二日なり　夏目漱石・漱石全集
飯白き二日めでたき天気哉　篠原温亭・温亭句集
老しづかなるは二日も同じこと　高浜虚子・五百五十句
例の如く草田男《くさたお》年賀二日夜　高浜虚子・七百五十句
比叡晴れて紙鳶に時雨る丶二日哉　大谷句仏・我は我
かの日記還読む二日降る夜なる　大谷句仏・俳句三代集
城ケ島
蜑が妻二日の凪に麦踏めり　水原秋桜子・葛飾

「ま〜む」

まつすぎ【松過】

正月の門松をはずした後をいう。一般に関東では六日、京都・大阪では一五日にはずされるので、それぞれ七日、一六日より松過となる。京都・大阪では「注連明き」ともいう。

［同義］注連明き（しめあき）、松明（まつあけ〈信州〉）⬇松の内（まつのうち）［新年］

§

飾松過てうれしや終の道　杉風・杉風句集
松過ぎて毎日餅を食ひにけり　相島虚吼・虚吼句集
温泉も遊び飽きたり松過ぐる　篠原温亭・温亭句集
松過ぎの又も光陰矢の如く　高浜虚子・五百五十句
福寿草の苔乾きくる松過ぎぬ　大谷句仏・我は我
一日も霜威ゆるまず松過ぎぬ　高田蝶衣・蝶衣句稿
松過ぎし浦海苔舟も見ゆるなり　吉田冬葉・冬葉第一句集
松過の幸運それはトランプの　山口青邨・冬青空
色なきも砂糖湯一杯松過ぎぬ　中村草田男・万緑
松過や織りかけ機《はた》の左右に風　芝不器男・不器男句集

まつのうち【松の内】

正月の門松が飾られている期間のこと。往時は元日から一五日まで、現在は一般に七日までをいう。また、地方によっても違う。⬇松過（まつすぎ）［新年］

§

もろもろの神も遊ばん松の内　露月・露月句集
松の内村人二人まゐりけり　村上鬼城・鬼城句集
口紅や四十の顔も松の内　正岡子規・子規句集
淋しさも古き都や松の内　松瀬青々・妻木
円《まる》き顔瓜実顔《うりざねがお》や松の内　高浜虚子・六百五十句
ほろび行くものの姿や松の内　高浜虚子・七百五十句
松の内も人日近く常の様　大谷句仏・昨非集
更けて焼く餅の匂や松の内　日野草城・花氷

みっか【三日】

俳句で正月三日をいう。⬇二日（ふつか）［新年］、三箇日（さんがにち）［新年］

§

正月三日すでに煙を吐きてゐる工場《こうば》を橋のうへに見放《みさ》けつ　半田良平・幸木

一壺かろく正月三日となりにけり　村上鬼城・鬼城句集

雪消きく窓ゆかしさよ三日晴　大谷句仏・我は我

炉がたりも気のおとろふる三日かな　飯田蛇笏・山廬集

みつのあさ【三の朝】

元日の意で、年の朝、月の朝、日の朝の三つの朝をいう。⬇元朝（がんちょう）［新年］、元日（がんじつ）［新年］

§

三ツの朝三夕暮を見はやさん　嵐雪・玄峰集

歳ありて般若の声を三の朝　白雄・白雄句集

むいか【六日】

俳句で正月六日をいう。この日に七種の菜を採り、翌日の七日粥に入れる。⬇七日（なぬか）［新年］、二日（ふつか）［新年］

§

一きほひ六日の晩や打薺　許六・五老文集

俎に薺用意や六日の夜　大谷句仏・縣葵

野路遠く薺摘み来し六日かな　吉田冬葉・獺祭

むいかとしこし【六日年越】

七日正月の前夜の六日に、大晦日と同様に年越の行事をすること。［同義］六日日の年取（むいかびのとしとり〈信州〉）、六日年（むいかどし〈信州〉）、神年越（かみとしこし〈近畿〉）。⬇六日（むいか）［新年］、年越し（としこし）［冬］

むかうるとし【迎うる年】

⬇新年（しんねん）［新年］

§

迎へしは古来稀なる春ぢやげな　内藤鳴雪・鳴雪俳句集

迎へねど年は来にけり七十九　内藤鳴雪・鳴雪俳句集

「よ」

よいのとし【宵の年】

元日に前年、または前年の暮をさしていうことば。「初昔」ともいう。［同義］初昔。⬇旧年（きゅうねん）［新年］

§

宵年や先は呑こす屠蘇の酒　正秀・歳旦帖

よっか【四日】

俳句で正月四日をいう。一般に仕事始、御用始の日である。⬇二日（ふつか）［新年］、三箇日（さんがにち）［新年］

§

湯にちかし正月四日《よか》のかんなくづしろく散るらん船大工町　与謝野晶子・深林の香

正月《しやうぐわつ》の四日《か》になりて　あの人《ひと》の　年《ねん》に一度《ど》の葉書《はがき》も来《き》にけり。
石川啄木・悲しき玩具

正月《むつき》四日よろづ此世《この》をさるによし　涼菟・布ゆかた

正月《しやうぐわつ》の四日の月の朧《おぼろ》かな　乙州・新撰都曲

小坊主の法衣嬉しき四日かな　村上鬼城・鬼城句集

「わ」

わかなつみ【若菜摘】
正月六日、野山や田園で、新年の七草を摘むこと。⇩若菜野（わかなの）［新年］

§

君がため春の野に出でて若菜つむわが衣手に雪は降りつつ
光孝天皇・古今和歌集一（春上）

春の野の若菜ならねど君がため年の数をもつまんとぞ思ふ
伊勢・拾遺和歌集五（賀）

人はみな野辺の小松を引きに行く今朝の若菜は雪やつむらん
伊勢大輔・後拾遺和歌集一（春上）

白雪のまたふるさとの春日野にいざうちはらひ若菜つみてん
大中臣能宣・後拾遺和歌集一（春上）

若菜《わかな》おふる野《の》べといふ野《の》べを君がため万代《よろづよ》しめてつまんとぞ思《おもふ》
紀貫之・新古今和歌集七（賀）

若菜摘［絵本小倉錦］

年ごとの春の野に出《いで》て摘《つみ》つれば若なや老《おい》の数をしるらん
小沢蘆庵・六帖詠草
つむことのかたみのわかなそれをさへをしとや雪の降《ふり》かくすらん
小沢蘆庵・六帖詠草
子供らと手携《たづさ》はりて春の野に若菜をつむは楽しくあるかも
大愚良寛・良寛歌評釈
わかなつむ友におくれてあぢきなく啼《なく》子もまじる春の、べかな
大隈言道・草径集
若菜つむ、野辺の少女子、こととはむ。家をも名も、誰になのるや。
与謝野寛・東西南北
いざつまむわかなもらすな籠の内　捨女・俳諧古選
畠から頭巾よぶなり若菜摘　其角・五元集
若菜摘足袋の白さよ塗木履《ぬりぼくり》　支考・射水川
若菜つみ早さゝやくやぬけ参　琴風・後ばせ集
足にまだふむ草はなし若菜摘　也有・蘿葉集
道くさも藪のうちなり若菜摘　千代女・千代尼発句集
若菜摘野になれそむる袂哉　樗良・樗良発句集
松かげにならびてうたへ若菜摘　暁台・暁台句集
若菜摘む人を知る哉鳥静　暁台・暁台句集
若菜摘む人とは如何に音をば泣く　夏目漱石・漱石全集
草の戸に住むうれしさよ若菜つみ
杉田久女・杉田久女句集補遺

わかなの【若菜野】
新年の七草を摘む野をいう。[同義]若菜の野（わかなのの）。
❶若菜摘（わかなつみ）［新年］
§
若菜野や草鞋に下駄の摘かたれ　也有・蘿の落葉
人あしに鷺も消るや若菜の野　千代女・千代尼発句集
若菜野や赤裳引ずる雪の上　闌更・半化坊発句集

わかひ【若日】
元日の晴天にのぼる太陽をいう。❶初日（はつひ）［新年］

四季

四季を通して

「あ」

あおうなばら【青海原】

青く広々とした海をいう。➡海（うみ）［四季］

§

青海原《あをうなはら》風波《かぜなみ》なびき行くさ来さ障《つつ》むことなく船は早けむ
大伴家持・万葉集二〇

青海原《あをうなばら》潮《しほ》の八百重《やほへ》の八十国《やそぐに》につぎてひろめよこの正道《まさみち》を
平田篤胤・気吹廼舎歌集

伊豆山は霞みつつありうちわたす青海原のうねりゆたかに
土田耕平・青杉

あかつき【暁】

古くは、夜が明けようとしているまだ暗いうちをいう。夜を三つに分けると順に「宵」「夜中」「暁」となる。現在では、やや明るくなりはじめた明け方をいう。➡曙（あけぼの）［四季］、朝日（あさひ）［四季］、東雲（しののめ）［四季］、有明（ありあけ）［秋］、朝焼（あさやけ）［秋］、朝明け（あさあけ）［四季］

§

つきはてんその入相《いりあひ》のほどなさをこの暁《あかつき》におもひしりぬる
山家心中集（西行の私家集）

水のおとも松のあらしも月かげもあかつきがたぞすみまさりける
小沢蘆庵・六帖詠草

あかつきのまだくらきより御名《みな》となふるいでいる息《いき》ぞ尊《たふと》かりける
斎藤茂吉・たかはら

あらがねの香《か》のする水に面《おも》あらふ支那千山《しなせんざん》のひとつあかつき
斎藤茂吉・連山

決めがたき心かなしく眠りえずつひにわが聞くあかつきの三時
三ケ島葭子・三ケ島葭子歌集

おぼろかに栗の垂り花見えそむるこのあかつきは静かなるかな
芥川龍之介・芥川龍之介全集

軍衣袴《ぐんいこ》も銃《つつ》も剣《つるぎ》も差上げて暁《あかつき》渉る河の名を知らず
宮柊二・山西省

すでにあかつき仏前に米こぼれあり　尾崎放哉・須磨寺にて

あけぼの【曙】

夜明けの空が明ける頃。時間的には「暁」の次にあたる。古歌では「春の曙」を題材にしたものが多いが、まれに「秋の曙」を詠んだものもある。［語源］「アケ」は明け、「ボノ」はほのぼので仄かな頃の意。➡暁（あかつき）［四季］、初曙（はつあけぼの）［新年］、朝明け（あさあけ）［四季］、朝朗（あさぼらけ）［四季］、東雲（しののめ）［四季］

§

あまのはら富士《ふじ》のけぶりの春の色の霞《かすみ》になびくあけぼのの空《そら》
慈円・新古今和歌集一（春上）

いく千代《ちよ》とかぎらぬ君が御代《みよ》なれどなを《(ほ)》お《(を)》しまるゝけさの曙《あけぼの》
藤原家通・新古今和歌集一六（雑上）

神《かみ》のごと　遠《とほ》く姿《すがた》をあらはせる　阿寒《あかん》の山《やま》の雪《ゆき》のあけぼの
石川啄木・忘れがたき人人

あさあけ【朝明け】
朝、空が明るくなる頃。明け方。「あさけ」ともいう。⬇曙（あけぼの）［四季］　§
桑の香《か》の青くただよふ朝明《あさあけ》に堪《た》へがたければ母呼びにけり
斎藤茂吉・赤光

あさせ【浅瀬】
川や海などの水辺の浅い所。⬇川（かわ）［四季］、海（うみ）［四季］　§

浅瀬（三瀬川）［西国三十三所名所図会］

こほるらし浅瀬ながらに徒歩《かち》人のわたれどぬれぬ水の朝風
幽斎・玄旨百首
牛ありぬ韮山川《にらやまがは》の芹《せり》のいろすでに山より青きあさ瀬に
与謝野晶子・草の夢
春の日のぬくみかなしも、ひたすらに浅瀬にたちて鮎つり居れば
若山牧水・みなかみ

あさづくひ【朝づく日】
朝、昇ってくる太陽。昇り来る朝日に向かうという意で「向かふ」にかかる枕詞でもある。⬇旭（あさひ）［四季］　§
朝づく日向ひの山に月立てり見ゆ遠妻《とほづま》を持ちたる人し見つつ偲《しの》はむ
万葉集七（柿本人麻呂歌集）

あさひ【旭・朝日】
朝のぼる太陽。［同義］日の出（ひので）。⬇暁（あかつき）［四季］、朝づく日（あさづくひ）［四季］、太陽（たいよう）［四季］、朝焼（あさやけ）［夏］、御来迎（ごらいごう）［夏］　§
朝日《あさひ》さすかたより霜《しも》のかつ消《き》えてむらごに見《み》ゆる庭《には》の紅葉《もみぢ》は
幽斎・衆妙集
ひむがしの大海のうへに朝日のぼり光いちじるき皇高御座《すめらたかみくら》
島木赤彦・氷魚

あさぼらけ【朝朗】
「あさおぼろあけ」の略で、夜明けの空が朧に明けてくる頃。［同義］朝開き（あさびらき）。⬇曙（あけぼの）［四季］、

朧（おぼろ）［春］

§ あさぼらけ有明《ありあけ》の月と見るまでによしのの里《さと》にふれる白雪

坂上是則・古今和歌集六（冬）

霜《しも》かとてを（お）きてみつれば月影《つきかげ》にみてまがはせる朝《あさ》ぼらけかな

実方朝臣集（藤原実方の私家集）

朝ぼらけ春の湊（みなと）の浪なれや花のちる時ぞ寄《よ》せまさりける

公任集（藤原公任の私家集）

朝《あさ》ぼらけ雪降《ゆきふ》る里《さと》を見《み》わたせば山の端《は》ごとに月ぞ残《のこ》れる

源道済・後拾遺和歌集六（冬）

内日さす都めぐりの里つづき咲く梅しろき朝ぼらけかな

与謝野礼厳・礼厳法師歌集

又更に春に別るゝ心ちして　ころもかへうき朝ほ（ぼ）らけ哉

樋口一葉・詠草

つらかりし憂かりし冥闇《ヤミ》の手ばなれてわが世楽しき朝ぼらけ哉

服部躬治・迦具土

雪つもる枯木のうへにおぼろなる星一つある朝ぼらけなり

太田水穂・冬菜

戸あくればニコライの壁わが閨《ねや》にしろく入りくる朝ぼらけかな

与謝野晶子・春泥集

あさぼらけひとめ見しゆゑしばだたくくろきまつげをあはれみにけり

斎藤茂吉・赤光

あさもや【朝靄】

朝方にたつ靄。⬇靄（もや）［四季］、朝霧（あさぎり）［秋］

§ 朝靄や一本百合《ひともとゆり》にまつはりて露と結ぶをあはれと見るかな

窪田空穂・まひる野

覚めはてぬ夢や鳥の音ぐゞもりて朝靄まとふ椎の下路

窪田空穂・まひる野

山に大きな牛追ひあげる朝靄

尾崎放哉・小豆島にて

あしがき【葦垣・葦垣・芦垣】

葦でつくられた垣根。古歌では「葦垣の」で「ふる（旧）」「みだる」「ほか」「間近し」などにかかる枕詞となる。⬇籬（まがき）［四季］、葦火（あしび）［秋］

§ 葦垣《あしかき》の末かき別けて君越ゆと人にな告げそ言《こと》はたな知れ

作者不詳・万葉集一三

あぜみち【畦道】

田と田の間につくられた道。［同義］田圃道（たんぼみち）、縄手・畷（なわて）。⬇田植（たうえ）［夏］、秋の田（あきのた）［秋］、冬田（ふゆた）［冬］、春田（はるた）［春］

§ わづらはで月にはよるもかよひけりとなりへつたふ畦《あぜ》の細道《ほそみち》

山家心中集（西行の私家集）

あなうたてせまきがうへにせまかれとけづりなしけむをだのあぜ道

大隈言道・草径集

堅雪の畦道《あぜみち》ゆけば津軽野の名残の雁《かり》か遠空に見ゆ

若山牧水・朝の歌

あまぎり【雨霧】
小雨のような霧。⬇霧（きり）［秋］、雨（あめ）［四季］ §
思ひ出づる時は為方《すべ》無み佐保山に立つ雨霧《あまきり》の消《け》ぬべく思ほゆ
作者不詳・万葉集一二

あまぎる【天霧る】
雲霧で空が曇っている状態。⬇霧（きり）［秋］ §
天霧《あまぎ》らし雪も降らぬかいちしろくこのいつ柴に降らまくを見む
若桜部君足・万葉集八
天霧らひ降り来る雪の消えぬとも君に逢はむとながらへ渡る
作者不詳・万葉集一〇
天霧《あまぎら》ひ時雨の降れば狭丹づらふ紅葉は散りぬ山はさびしも
与謝野礼厳・礼厳法師歌集
天霧《あまぎ》らふ吹田《すゐた》茨木雨しぶき津の国遠く暮れにけるかも
長塚節・鍼の如く
あまぎらし降りくる雪のおごそかさそのなかにして最上川のみづ
斎藤茂吉・白き山
天霧《あまぎら》ひ月夜更《ふ》けゆく町の外《と》は四つの川の波が騒《さわ》がふ
中村憲吉・軽雷集

あまそそぎ【雨注】
雨だれ、雨の雫の意。古くは清音であった。［同義］雨滴り（あましだり）。⬇雨（あめ）［四季］ §
五月雨《さみだれ》は真屋《まや》の軒《ゝき》ばの雨《あま》そゝきあまりなるまでぬるゝ袖かな
藤原俊成・新古今和歌集一六（雑上）

あまそそる【天聳る】
空高く聳えること。⬇山（やま）［四季］ §
あまそそる巌《いつ》の黒岩のいただきゆほそく光りて滝落ちにけり
小泉千樫・青牛集

あまつかぜ【天つ風】
空から吹いてくる風。「吹く」にかかる枕詞ともなる。⬇風（かぜ）［四季］ §
天《あま》つかぜ雲の通《かよ》ひ路《ぢ》ふきとぢよをとめの姿《すがた》しばしとゞめむ
良岑宗貞・古今和歌集一七（雑上）
天津風《あまつかぜ》雲《くも》吹《ふ》きみだれ久方《ひさかた》の月《つき》のかくるゝ道《みち》まどふべく
伊勢集（伊勢の私家集）
あまつ風ふけゐの浦《うら》にあらねどもわが面影《おもかげ》は浪ぞ立そふ
能因集（能因の私家集）
あまつ風ふけゐの浦《うら》にゐる鶴《たづ》のなどか雲井に帰《かへ》らざるべき
藤原清正・新古今和歌集一八（雑下）
天つ風いたくし吹けば海人の子があびく浦わに花散り乱る
伊藤左千夫・伊藤左千夫全短歌
わがいほは天津くにかも床の上のはちすの花に天津風ふく
伊藤左千夫・伊藤左千夫全短歌
夕くれて天つ風なぎ万家のたてらくけむり空にたゞよふ
伊藤左千夫・伊藤左千夫全短歌

あまつひかり【天つ光】

天の光の意。

§

きなぐさきあまつひかりに濡《ぬ》れとほり原《はら》のくぼみをあれひとりゆく

斎藤茂吉・あらたま

朝《あさ》のなぎさに 眼《まなこ》 つむりてやはらかき天《あま》つ 光《ひかり》 に照《て》らされにけり

斎藤茂吉・つゆじも

あまつほし【天つ星】

天の星の意。⇩星（ほし）［四季］

§

あまつ星《ほし》おちて石《いし》ともならぬ間《ま》やしばし河辺《かはべ》の 蛍《ほたる》 なるらむ

下河辺長流・晩花集

あまのはら【天の原】

①大空、天空。②神話で天孫民族がいるとされた高天原。⇩天地（あめつち）［四季］

§

天《あま》の原振り放《さ》け見れば大君の御寿《みいのち》は長く天足《あまた》らしたり

倭姫王・万葉集二

天《あま》の原《はら》雲なき宵《よひ》にぬばたまの夜渡る月の入らまく惜しも

作者不詳・万葉集九

天《あま》の原《はら》はるかにわたる月だにも出《い》づるは人に知《し》らせこそすれ

藤原道信・後拾遺和歌集一六（雑二）

天《あま》の原《はら》そこともしらぬ大空《おほぞら》におぼつかなさを歎《なげ》きつるかな

村上天皇・新古今和歌集一五（恋五）

天の原清澄山に大君の御言かしこみ杉植るらし

伊藤左千夫・伊藤左千夫全短歌

天《あま》のはら澄《す》める奥処《おくが》にひとつらに氷《こほ》れる山や見えわたるかも

斎藤茂吉・たかはら

屋敷木のたかき樹空をみてあれば天《あま》の原《はら》より秋は来るらし

橋田東声・地懐以後

天《あま》の原《はら》焼原《やけはら》にものの絶えなむとしてさらぼへる南芥菜《はたざを》の莢《さや》

土屋文明・ゆづる葉の下

あめ【雨】

大気中の水蒸気が高所で冷却されて凝結し水滴となって降ってくるもの。⇩春雨（はるさめ）［春］、木の芽起し（きのめおこし）［春］、杏花雨（きょうかう）［春］、春霖（しゅんりん）［春］、菜種梅雨（なたねづゆ）［春］、春時雨（はるしぐれ）［春］、春の雨（はるのあめ）［春］、夏の雨（なつのあめ）［夏］、梅雨（つゆ）［夏］、五月雨（さみだれ）［夏］、虎が雨（とらがあめ）［夏］、夕立（ゆうだち）［夏］、喜雨（きう）［夏］、薬降る（くすりふる）［夏］、濯枝雨（たくしう）［夏］、雷雨（らいう）［夏］、青時雨（あおしぐれ）［夏］、卯の花降し（うのはなくたし）［夏］、木の芽ながし（きのめながし）［夏］、送り梅雨（おくりづゆ）［夏］、氷雨（ひさめ）［夏］、筍梅雨（たけのこづゆ）［夏］、夏ぐれ（なつぐれ）［夏］、秋の雨（あきのあめ）［秋］、秋雨（あきさめ）［秋］、秋時雨（あきしぐれ）［秋］、秋湿（ああきじめり）［秋］、御山洗（おやまあらい）［秋］、霧雨（きりさめ）［秋］、冬の雨（ふゆのあめ）［冬］、時雨（しぐれ）［冬］、時雨る（しぐる）

［冬］、初時雨（はつしぐれ）［冬］、雪時雨（ゆきしぐれ）［冬］、寒の雨（かんのあめ）［冬］、北しぶき（きたしぶき）［冬］、氷雨（ひさめ）［冬］、霰（あられ）［冬］、夕時雨（ゆうしぐれ）［冬］、朝時雨（あさしぐれ）［冬］、北時雨（きたしぐれ）［冬］、小夜時雨（さよしぐれ）［冬］、村時雨（むらしぐれ）［冬］、御降（おさがり）［新年］、雨霧（あまぎり）［四季］、雨注（あまそそぎ）［四季］、飛沫（しぶき）［四季］、通り雨（とおりあめ）［四季］、時止み雨（ときやみあめ）［四季］、俄雨（にわかあめ）［四季］、村雨（むらさめ）［四季］、夕雨（ゆうさめ）［四季］、日照り雨（ひでりあめ）［四季］

§

ひさかたの雨も降らぬか雨《あま》つつみ君に副《たぐ》ひてこの日暮らさむ
作者不詳・万葉集四

はなはだも降らぬ雨ゆゑにはたづみいたくな行きそ人の知るべく
作者不詳・万葉集七

見渡せば向ひの野辺《のべ》の撫子《なでしこ》の散らまく惜しも雨な降りそね
作者不詳・万葉集一〇

いにしへは誰《た》がふるさとぞおぼつかな宿《やど》もる雨に問《と》ひて知《し》らばや
藤原朝光・拾遺和歌集一八（雑賀）

二日三日ふればふるとてわびにけり雨まちどほにいふかとおもへば
大隈言道・草径集

雨ふれば泥踏《ふみ》なづむ大津道《おほつみち》我に馬ありめさぬ旅びと
橘曙覧・松籟艸

雨をましへあらしふくなり久方の空かきくもりおともとゝろに
伊藤左千夫・伊藤左千夫全短歌

ことごとく石濡れ行けば俄《には》かにも夜のここちする山の雨かな
与謝野晶子・火の鳥

ふかぶかと青ぎるみづにいつしかも雨の降り居るはあはれなるかも
斎藤茂吉・ともしび

雨、雨、雨、まこと思ひに労れゐきよくぞ降り来しあはれ闇を打つ
若山牧水・死か芸術か

うつそみの骨身《ほねみ》を打ちて雨寒しこの世にし遇ふ最後の雨か
宮柊二・山西省

あめつち【天地】

①天と地。②宇宙。③天つ神と国つ神と。⬇天の原（あまのはら）［四季］

§

春にあけて先看《まづみ》る書《ふみ》も天地《あめつち》の始《はじめ》の時と読《よみ》いづるかな
橘曙覧・春明艸

世の中に命まかせて天地を家とすむこそ心やすけれ
与謝野礼厳・礼厳法師歌集

天地《あめつち》のわかゆる春の新草《にひくさ》のみどりの中に石の馬立つ
森鷗外・うた日記

天地《あめつち》に恥ぢせぬ罪を犯したる君麻縄につながれにけり
正岡子規・子規歌集

渓《たに》の秋は夕日つめたし天地《あめつち》にただ一つなるわが影を見る
佐佐木信綱・山と水と

雪の暮冥濛としてあめつちは滅びの時がきたやうである
青山霞村・池塘集

天地の神に祈らむ天地の神ぞしらさむ君が幸福
服部躬治・迦具土

静やかにさびしき我の天地《あめつち》に見えきたるとき涙さしぐむ
若山牧水・路上

天地《あめつち》にひととうまれて悲しかる何わざか為《な》しいまだ遂《と》げずも
前川佐美雄・天平雲

あらいそ【荒磯】

荒波の打ち寄せる磯。荒々しい岩のある磯。「ありそ」ともいう。「ありそ」は、「あらいそ」の「らい」を「り」の一音にしたもの。⬇荒磯（ありそ）［四季］、荒海（あらうみ）［四季］、磯（いそ）［四季］、荒波（あらなみ）［四季］、荒磯海（ありそうみ）［四季］、荒磯岩（ありそいわ）［四季］、荒磯海（ありそうみ）［四季］

§

なつかしき潟《かた》には寄《よ》らで白波《しらなみ》の荒磯《あらいそ》をのみ好《この》むめるかな
四条宮下野集（四条宮下野の私家集）

あら磯にたてるいはほやいつのよの波のよせけるさゞれなるらん
小沢蘆庵・六帖詠草

夕されば波うちこゆる荒磯《あらいそ》の蘆《あし》のふし葉《は》に秋風ぞ吹く
正岡子規・子規歌集

荒磯にくだけてわれて散る波を汲みこ海人の子口嗽ぎてむ
服部躬治・迦具土

あらうみ【荒海】

波の荒々しい海。⬇荒磯（あらいそ）［四季］、海（うみ）［四季］、荒波（あらなみ）［四季］

§

鳴門の磯［北斎漫画］

はるばると室戸岬にわれは来ていきどほろしく荒海を見つ
吉井勇・人間経

荒海へ脚投げだして旅のあとさき
種田山頭火・草木塔

あらし【嵐・荒風】

荒々しい風。山から吹き下ろす風。暴風雨。[同義]嵐雨（あらしあめ）。⇩初嵐（はつあらし）[秋]、野分（のわき）[秋]、台風（たいふう）[秋]、荒れ（あれ）[四季]、時化（しけ）[四季]

§

吹《(ふく)》からに秋の草木のしほ《(を)》るればむべ山風をあらしといふらむ
文屋康秀・古今和歌集五（秋下）

山たかみ常《つね》に嵐《あらし》のふく里《さと》はにほひもあへず花ぞちりける
紀利貞・古今和歌集一〇（物名）

秋の夜《よ》のよはのあらしのなかりせば寝《ね》ざめの床に起《お》きゐざらまし
安法法師集（安法の私家集）

秋山のあらしの声《こゑ》を聞《き》く時は木《こ》の葉《は》ならねど物ぞかなしき
遍昭・拾遺和歌集三（秋）

しぐれつゝかつ散《ち》る山《やま》のもみぢ葉をいかに吹《ふ》く夜《よ》の嵐《あらし》なるらん
藤原顕季・金葉和歌集四（冬）

露《つゆ》をだにいまは形見《かたみ》のふぢごろもあだにも袖をふく嵐《あらし》かな
藤原秀能・新古今和歌集八（哀傷）

白《しら》雲のいくへの峰《みね》をこえぬらむなれぬ嵐に袖をまかせて
藤原雅経・新古今和歌集一〇（羇旅）

ことしげき世《よ》をのがれにしみ山べに嵐《あらし》の風も心して吹《ふ》け
寂然・新古今和歌集一七（雑中）

しなのなるすがのあら野をとぶわしのつばさもたわにふくあらし哉《かな》
賀茂真淵・賀茂翁家集

嵐吹《ふけ》ば木のはちり行《ゆく》しかすがに庭に色有《あり》し物とおしけき
田安宗武・悠然院様御詠草

田つ物みのらん秋ぞ天つ神国つ神たち嵐吹きやめよ
伊藤左千夫・伊藤左千夫全短歌

戦ひし、むかししのぶの、くさ枕、その世は夢と、吹くあらし哉。
与謝野寛・東西南北

岩をめぐる川波はやしその岩の松の一木にふくあらしかな
太田水穂・つゆ艸

あらし霽れて。みむなみの山の山襞《ひだ》のくろぐろとして　眼にちかくみゆ。
石原純・靉日

くらやみに楢《なら》の木原《きはら》にとよもせる山のあらしを夜もすがら聞《き》く
斎藤茂吉・石泉

街《まち》の上暴風雨《あらし》に裂けしあかしやの枝にかかれる小さき花かな
北原白秋・白秋全集

あらしのなか大き墓標を立てにけり土ふみならす男らの足
古泉千樫・青牛集

夕まけて暴風雨《あらし》のきざす雲の焼け山にからすの声啼《な》かぬかも
中村憲吉・しがらみ

わが眼《め》には草木も石もみながらにしどろに揺《ゆ》るるこの嵐《あらし》ぞよ
中村三郎・中村三郎歌集

葉の音に犬吼《いぬほえ》かゝるあらし哉　園女・菊の塵
駒《こま》の尾にまだ霧原《きりはら》の嵐《あらし》哉　支考・草苅笛
水鳥のかいざまになるあらし哉　りん女・西華集

あらなみ【荒波・荒浪】

荒々しい波。⇩時化（しけ）［四季］、波（なみ）［四季］、荒磯（あらいそ）［四季］

§

荒波にたゞよひぬれどつゝがなく舟つきたりと聞《きく》ぞうれしき　橘曙覧・襁褓艸
西吹けば島の巌に荒るゝ波いねがてにして一人聞くらむ　伊藤左千夫・伊藤左千夫全短歌

ありそ【荒磯】

⇩荒磯（あらいそ）［四季］

§

沖つ島荒磯《ありそ》の玉藻潮干《しほひ》満ちて隠ろひゆかば思ほえむかも　山部赤人・万葉集六
三熊野の浦廻かしこし岩波の寄する荒磯に旅寝す我は　天田愚庵・巡礼日記
雲とぢし山を見さけてこのゆふべ海《うみ》の荒磯《ありそ》にものおもひもなし　斎藤茂吉・白桃
ものほしき心の前に荒磯に若き顔して子のひろふ貝　前田夕暮・陰影
しほ気《け》だつ荒磯《ありそ》の上《うへ》に眼鏡《めがね》はづして天《あま》てらす日はさやかなり　土屋文明・放水路

ありそいわ【荒磯岩】

荒々しい波の打ち寄せる磯の岩、岩場。⇩荒磯（あらいそ）［四季］

§

天つちの浦のありその大岩にたぎつ白波見れどあかぬかも　伊藤左千夫・伊藤左千夫全短歌
荒磯岩《ありそいは》とよもす波の音にさへ馴れたる鹿や草を食みをり　島木赤彦・太虚集
落日《らくじつ》は海に遠くあり光よわく荒磯《ありそ》の岩におよびたるかも　木下利玄・紅玉

ありそうみ【荒磯海】

荒い磯の海をいう普通名詞だが、富山湾沿岸や近海の古称として越中国の歌枕ともされている。「ありそ」は「あらいそ」の「らい」を「り」の一音にしたもの。古歌では「在り」「有り」に掛け、浦の縁語を用いる表現、真砂の数の尽きぬことにたとえる表現などが多い。⇩荒磯（あらいそ）［四季］、荒磯波（ありそなみ）［四季］

§

有《（あり）》磯海《そうみ》の浜《はま》のまさごと頼《たの》めしは忘《わす》るゝ事のかずにぞ有《（あり）》ける　よみ人しらず・古今和歌集一五（恋五）
荒磯海《ありそうみ》の浜《はま》のまさごをみなもがなひとり寝《ぬ》る夜《よ》の数《かず》にとるべく　相模・御拾遺和歌集一四（恋四）
いにしへにかはらぬものはありそみとむかひに見ゆるさどのしまなり　大愚良寛・良寛自筆歌集

ありそなみ【荒磯波・荒磯浪】

荒々しい岩のある磯に打ち寄せる波。「あり（在り）」にかかる枕詞。⬇荒磯海（ありそうみ）［四季］、荒磯（あらいそ）［四季］、波（なみ）［四季］

§

…幸《さき》く坐《いま》さば　荒磯波《ありそなみ》　ありても見むと　百重波　千重波しきに　言擧《ことあげ》すわれ…

万葉集一三（柿本人麻呂歌集）

かからむとかねて知《し》りせば越《こし》の海《うみ》の荒磯《ありそ》の波《なみ》も見《み》せましものを

大伴家持・万葉集一七

荒磯波《ありそなみ》寄せて引くとに寂しけれころがりて鳴る石ころの音

島木赤彦・太虚集

あれ【荒れ・暴風】

風雨の激しく荒れすさぶ暴風雨をいう。⬇台風（たいふう）［秋］、嵐（あらし）［四季］

§

暴風《あれ》あとの日かげあかるし山内《さんない》に青松かさのあまた落ちゐる

古泉千樫・青牛集

あわ【泡・沫】

液体が空気などを含んで丸くなった気泡。「あぶく」ともいう。［同義］泡沫、水泡（みなわ・すいほう）。⬇潮泡（しおなわ）［四季］、水泡（みなわ）［四季］、泡沫（うたかた）［四季］

§

枝よりもあだにちりにし花なればおちても水の泡《あわ》とこそなれ

菅野高世・古今和歌集二（春下）

うきながらけぬる泡ともなりななむながれてとだに頼《たの》まれぬ身は

紀友則・古今和歌集一五（恋五）

おもひ川絶《た》えずながる、水の泡《あは》のうたかた人にあはで消《き》えめや

伊勢集（伊勢の私家集）

にはたづみ行《ゆ》くかたしらぬ物《もの》おもひにはかなき泡《あは》のきえぬべきかな

一条摂政御集（藤原伊尹の私家集）

流《ながれ》ての世をもたのまず水の上《うへ》の泡《あは》に消《き》えぬるうき身と思《おも》へば

大江千里・後撰和歌集一五（雑一）

秋山に惑《まど》ふ心を宮滝《みやたき》の滝《たき》の白泡《しらあわ》に消《け》ちや果《は》ててむ

素性・後撰和歌集一九（離別・羇旅）

見かへれば西湖の磯に寄る泡のほのかに白く続きたるかな

与謝野晶子・瑠璃光

ほうけたるすかんぽ折りてたたずめり濠の水には泡おほく見ゆ

古泉千樫・青牛集

冬の日も流るる水に泡《あわ》あればいくばくかわがこころたのしき

前川佐美雄・天平雲

荒磯《あらいそ》にみだれし波はそのままに泡だちながら暫《しば》したゆたふ

佐藤佐太郎・歩道

あんこく【暗黒・闇黒】

くらやみ。⬇闇（やみ）［四季］

§

昇りつく二万呎に月明の空ありと言ひ暗黒《あんこく》を翔《と》ぶ

宮柊二・多く夜の歌

「い」

いがき【忌垣・斎垣】

「いみがき」ともいう。神社や墓など神聖な場所の境界を示す垣。また、神事のために浄めた場所の境界をいう。［同義］玉垣（たまがき）。⬇籬（まがき）［四季］

§

ちはやぶる神の斎垣《いかき》も越えぬべし今はわが名の惜しけくも無し
作者不詳・万葉集一一

ちはやぶる神のいがきに這《は》ふ葛《くず》も秋にはあへずうつろひにけり
紀貫之・古今和歌集五（秋下）

神《かみ》の杜斎垣《もりいがき》の杣《そま》にあらねどもいたづらになるくれをいかにせん
実方朝臣集（藤原実方の私家集）

つらきかな神の斎垣《いがき》にはふ葛《くず》のうらみむとては祈《いの》りやはせし
頓阿・頓阿法師詠

露時雨秋万世の幣なれや忌垣かゝよふ繁々の紅葉
伊藤左千夫・伊藤左千夫全短歌

行き行きて若葉のかをりたゞならぬ神の忌垣に迷ひ出でにけり
窪田空穂・まひる野

いかだ【筏】

木材や竹などを並べ編んだ水上運搬具。また、木材輸送の手段。⬇舟（ふね）［四季］

§

くれて行《ゆく》春をもしらずやりがほにせゞのいかだの水尾くだしかな
大隈言道・草径集

いけ【池】

自然の窪地に水が溜まった所で、湖や沼より規模の小さいもの。また、人工的に土地を掘って水を溜めた所。⬇沼（ぬま）［四季］、湖（みずうみ）［四季］、池水（いけみず）［四季］

§

古《いにしへ》のふるき堤は年深み池のなぎさに水草《みくさ》生《お》ひにけり
山部赤人・万葉集三

春《はる》の日の影《(かげ)》そふ池の鏡《かゞみ》には柳の眉《まゆ》ぞまづは見えける
よみ人しらず・後撰和歌集三（春下）

水《みづ》のおもに松《まつ》の下枝《しづえ》のひちぬればちとせは池《いけ》の心《こゝろ》なりけり
源俊実・金葉和歌集五（賀）

たれにとか池《いけ》のこゝろも思《おも》ふらむ底《そこ》にやどれる松《まつ》の千年《ちとせ》は
恵慶・詞花和歌集五（賀）

ひとり見る池《いけ》の氷にすむ月のやがて袖《そで》にもうつりぬるかな
藤原俊成・新古今和歌集六（冬）

水の面《(おも)》にかげをひたして紫の曙うばふ池《いけ》の藤なみ
幽斎・玄旨百首

池の辺のさじきに垂るる藤の花見れば長けく折れば短し
正岡子規・子規歌集

月の出の雲の色してそれよりも広きゆふべの春の池かな
与謝野晶子・冬柏亭

筏下り［都名所図会］

冬池に水ひろく満てり光りつつ岸のくまぐまにさざ波寄れり

中村憲吉・しがらみ

いけみず【池水】

池の水。⇩池（いけ）［四季］

§

磯影の見ゆる池水照るまでに咲ける馬酔木《あしび》の散らまく惜しも

甘南備伊香・万葉集二〇

千代《ちよ》をへてすむべき宿《やど》の池水は松の緑《みどり》に色ぞみえける

能因集（能因の私家集）

今年《ことし》だに鏡《かゞみ》と見《み》ゆる池《いけ》水の千代《ちよ》へてすまむかげぞゆかしき

藤原範永・後拾遺和歌集七（賀）

池水《いけみづ》は天《あま》の川《がは》にやかよふらん空《そら》なる月のそこに見《み》ゆるは

懐円・後拾遺和歌集一五（雑一）

池水の世《よ》ゝにひさしくすみぬれば底の玉藻《も》も光みえけり

伊勢大輔・新古今和歌集七（賀）

和歌《わか》の浦《うら》の蘆《あし》辺のたづもいく千代《ちよ》かかよひてすまむ庭の池水

頓阿・頓阿法師詠

金閣《キンカク》を囲む池水池水を囲む木立や君か俤

伊藤左千夫・伊藤左千夫全短歌

よもすか《（が）》ら吹し嵐の跡見へて　庭の池水とゞこふりけり

樋口一葉・詠草

ここにしてかくし湛へて池水の流れず澄むにさみしくや見ゆ

窪田空穂・土を眺めて

池水に浅く浮びてしづかなるゆふべの鯉《こひ》をひとり見に来つ

大熊長次郎・真木

いさりび【漁り火】

船で魚を集めるために焚く火。古歌では「漁り火の」で「ほ（火）」「仄か」にかかる枕詞として詠まれることも多い。⇩篝火（かがりび）［四季］、篝舟（かがりぶね）［四季］

§

能登《のと》の海に釣する海人《あま》の漁火《いざりび》の光にい往《い》け月待ちがてり
作者不詳・万葉集一二

志賀《しか》の白水郎《あま》の釣し燭《とも》せる漁火のほのかに妹を見むよしもがも
作者不詳・万葉集一二

海原《うなはら》の沖辺にともし漁《いざ》る火《ひ》は明《あか》してともせ大和島《やまとしま》見む
作者不詳・万葉集一五

ひさかたの月は照りたりいとまなく海人《あま》の漁火《いざり》はともし合へり見ゆ
作者不詳・万葉集一五

すまの浦のとまやも知《（しら）》ぬ夕霧にたえだえてらすあまのいさり火
藤原良経・南海漁父北山樵客百番歌合

いさり火《び》の昔《むかし》のひかりほのみえて蘆屋《あしや》のさとにとぶ蛍かな
藤原良経・新古今和歌集三（夏）

夕涼《すず》み芦の葉乱《みだ》れ寄《よ》る波に蛍数《ほたるかず》そふあまのいさり火
後鳥羽院・遠島御百首

室《むろ》の海やたがわかれゆく篝《かゞり》ともなみぢ夜《よ》ふかきあまのいさり火《び》
正徹・永享五年正徹詠草

身をうらの海人《あま》のたくなわ《（は）》くり返しならひくるしきよその漁《いさ》り火
正徹・永享九年正徹詠草

嵐《あらし》ふく闇のいさり火乱れつつ黒戸の沖に鯛《たひ》釣るらんか
正岡子規・子規歌集

いさり火は身も世も無げに瞬《またた》きぬ陸は海より悲しきものを
与謝野晶子・草の夢

いさり火のひとつだになき冬の海や渚は暮れて千鳥なくなり
若山牧水・黒松

漁火《いさりび》にまたも心をさそはれぬふたり浜辺に夜もすがらゐむ
吉井勇・酒ほがひ

銀の夜を　虚空のごとくながれたる　北上川の遠きいさり火
宮沢賢治・校本宮沢賢治全集

いさり火にかよひて峯《みね》のとうろかな
支考・支考句集

いさりぶね【漁舟】

魚を捕る舟。「すなどりぶね」ともいう。⇩舟（ふね）［四季］

§

いさり船こぎたみゆける音をさへしまねにくればまぬる山彦
大隈言道・草径集

いさりぶね真帆かけ帰るさし潮の潮目《しほめ》揺る波ゆりのぼる見ゆ
長塚節・乱礁飛沫

いしばしる【石走る】

⇩岩走る（いわばしる）［四季］

§

石《いし》はしる滝《たき》なくも哉《（かな）》さくら花手《た》折《（を）》りてもこむみぬ人のため
よみ人しらず・古今和歌集一（春上）

いそ【磯】

砂浜でなく岩場になっている海岸や湖岸。「いそべ」ともい

う。⬇荒磯（あらいそ）［四季］

§

百《もも》くまのあらきはこね路越来《ぢこえ》ればこよろぎのいそに浪のよる見ゆ
　賀茂真淵・賀茂翁家集

今日もまた磯におりきてよる波をつくづくひとりながめつるかな
　落合直文・明星

よもつなす岩のほら道くゞりきて波うつ磯をみればうれしも
　伊藤左千夫・伊藤左千夫全短歌

おほとりの濡れてこしごと帆をたたみ帰れる船の一つある磯
　与謝野晶子・草の夢

遊びをへこの磯を去るころほひややうやく渚の巌間潮騒《いはましほざゐ》
　木下利玄・紅玉

磯行けば火にあたり居る蜑乙女《あまをとめ》たゆき眼をして吾《わ》を見たりけり
　半田良平・野づかさ

いでゆ【出湯】

温泉。⬇湯煙（ゆけむり）［四季］、湯玉（ゆだま）［四季］

§

出《い》づる湯《ゆ》のわくにかゝれる白糸《しらいと》はくる人たえぬものにぞありける
　源重之・後拾遺和歌集一八（雑四）

真白玉透き照るまでに明らけく清き出湯が瀧つせのごと
　伊藤左千夫・伊藤左千夫全短歌

信濃には湯は沢なれど久方の月読のごと澄める出湯や
　伊藤左千夫・伊藤左千夫全短歌

蓼科《たてしな》の山のいで湯の庭に出でて踊りををどる少女子のとも
　島木赤彦・太虚集

白雲は真昼向うの谷をゆき我はいで湯に静まりにけり
　島木赤彦・柿蔭集

出で湯わくあらら松山その山の松の梢にくものくづるる
　太田水穂・つゆ艸

清らなる蜂が搾《しぼ》りし花の蜜吸ふに似るかな温泉《いでゆ》にあるは
　与謝野晶子・草の夢

枯野原行きつつ見れば野末なる山のいで湯の湯げむりは見ゆ
　若山牧水・黒松

み供《とも》していく日すぎけむ湧きあふるる山のいで湯にひたれり今は
　古泉千樫・青牛集

いらか【甍】

家の上棟。屋根の背。また、瓦葺きの屋根をいう。

§

斑鳩《いかるが》の宮《みや》のいらかにもゆる火《ひ》の火《ほ》むらの中《なか》に心《こころ》は入《い》りぬ
　聖徳太子・聖徳太子伝暦

たかいらかの御堂の上に二つゐし鳶とひ去りてゆくゑしらすも
　伊藤左千夫・伊藤左千夫全短歌

千よろづの甍の上を月てりて大都路を小夜ふけ渡る
　太田水穂・つゆ艸

聖福寺《しやうふくじ》の鐘《かね》の音《ね》ちかしかさなれる家の甍《いらか》を越えつつ聞こゆ
　斎藤茂吉・つゆじも

月読《つくよ》みのあかり露けき中空に鴟尾《しび》の甍《いらか》のまさやかに見ゆ
　新井洸・微明

ああ真夏大雨《まなつたいう》のなかを火のごとき蝶ありあへぐ甍《いらか》の谷に
　北原白秋・白秋全集

み寺の甍《いらか》のうしろに立てる峰仰ぐにさやけき茅萱《ちがや》の光
木下利玄・紅玉

青空の　うらさびしさや。麻生《あざぶ》でら　霞《かす》むいらかを　ゆびざしにけり
釈迢空・春のことぶれ

方《ほう》を劃《くわく》す黄なる甍《いらか》の幾百ぞ一団《いちだん》の釉《うはぐすり》熔《と》けて沸《た》ぎらむとす
土屋文明・山の間の霧

山の背に　つゞきかゞやく吉野の町。屋根も　甍《イラカ》も　花の中なる
折口春洋・鵠が音

雨あとの甍濡れつつ竜田の町昼近きころのけ懈《だる》き明るさ
宮柊二・群鶏

いりえ【入江】
湖・海が陸地に入り込んだ所。⇩浦（うら）［四季］、濁江（にごりえ）［四季］

§

巨椋《おほくら》の入江響《とよ》むなり射目人《いめひと》の伏見が田井に雁《かり》渡るらし
作者不詳・万葉集九

三島江《みしまえ》の入江《いりえ》のまこも雨ふればいとゞしほれて刈《か》る人もなし
源経信・新古今和歌集三（夏）

見るまゝに冬はきにけり鴨《かも》のゐる入江《いりえ》のみぎはうすごほりつゝ
式子内親王・新古今和歌集六（冬）

かもめ鳴《な》く入江に潮《しほ》の満《み》つなへに芦《あし》のうら葉を洗《あら》ふ白《しら》浪
後鳥羽院・遠島御百首

けふの日も入江かすみて行《ゆく》舟の跡なき波に春ぞくれぬる
小沢蘆庵・六帖詠草

うしほひてみればながるゝ水尾ばかりめぐりてとほく行《ゆく》入江かな
大隈言道・草径集

俄にも入江のたつ（づ）のさわく（ぐ）かな　芦まのふねの今出るらし
樋口一葉・詠草

鬱蒼《こんもり》と楊柳《やなぎ》かゞやくまさびしき遠《とほ》き入江《いりえ》に日の移《うつ》るなり
北原白秋・白秋全集

稲田越し真野の入江は立ち奔《はし》り秋の白波かぎりもあらず
宮柊二・独石馬

いわがき【岩垣】
垣根のように岩石が自然に取り囲んでいるもの。

§

奥山の岩垣《いはがき》もみぢちりぬべし照《て》る日のひかりみる時なくて
藤原関雄・古今和歌集五（秋下）

いわね【岩根】
どっしりと根を下ろしたような安定している岩。また岩の根元。古歌では「岩根踏み」と詠まれることが多い。

§

足引《(あしひき)》の山《やま》の岩根《いはね》に生《お》ひたれば葉広《はびろ》にもあらずならの葉なれど
能因集（能因の私家集）

岩根《いはね》ふみかさなる山をわけすてて花もいくへの跡《あと》の白《しら》雲
藤原雅経・新古今和歌集一（春上）

山風はふけどふかねど白浪のよする岩根《いはね》はひさしかりけり
伊勢・新古今和歌集七（賀）

いく世とかさして岩根《いはね》の水流《なが》れ花咲《(さく)》春《はる》はかぎり知《し》られじ
三条西実隆・再昌草

岩根《いわね》ふみ峰《みね》の椎柴《しゐしば》折《を》りしきて雲《くも》に宿《やど》かるゆふぐれの空《そら》
寂蓮・千載和歌集八（羇旅）

いはがねをした、るみづをいのちにてことしのふゆもしのぎつるかも
大愚良寛・良寛自筆歌集

岩が根を枕となしてまどろめばゆくらゆくらに波の音のする
服部躬治・迦具土

山人《やまびと》は蕨を折りて岩が根の細径《ほそみち》をのぼり帰りゆくなり
島木赤彦・柿蔭集

底倉の谷の岩根により寝たる一夜《ひとよ》の雲のゆくへしらずも
太田水穂・冬

いわばしる【岩走る】

岩の上を水が勢いよく流れるさま。一説に「走る」は跳ぶの意で、流れる水が激しく岩にぶつかり跳び散るさま。「石ばしる」ともいう。「滝」「垂み（たるみ）」「近江」などにかかる枕詞。⬇石ばしる（いしばしる）［四季］

§

石走《いはばし》り激《たぎ》ち流るる泊瀬川絶ゆることなくまたも来て見む
紀鹿人・万葉集六

石《いは》ばしるまことの水の色も惜《お》し花は音なき滝と落《お》ちつゝ
三条西実隆・再昌草

いはゞしる瀧《たぎ》つ山川《やまがは》とこなめにたゆることなくあふよしもがな
賀茂真淵・賀茂翁家集

岩はしる水の流のただ中に湯玉わきたつついで湯くすしも
正岡子規・子規歌集

岩はしる瀧つ瀬のうへに古榎欅植ゑ並《な》め住み古りし見ゆ
若山牧水・渓谷集

さわやかに岩ばしり鳴る川の音ききつつぞ来し君が家辺に
古泉千樫・青牛集

いわやま【岩山】

岩の多い山。⬇山（やま）［四季］

§

ひた押しに押してし降《くだ》る雲のなかの山の脚見ればすべて岩山
島木赤彦・氷魚

岩山の岩をこごしみひと伐らず生ふる大木は枝《えだ》垂らしたり
若山牧水・くろ土

「う」

うきぐも【浮雲】

空に浮かび、風にまかせて漂っている雲。転じて物事の定まらないさまをいう。古歌では「憂き（うき）」に掛けて詠まれることが多い。⬇雲（くも）［四季］

§

浮雲《うきぐも》のいさよふ宵《よひ》のむら雨《さめ》にを《お》ひ風しるくにほふたち花
藤原家基・千載和歌集三（夏）

うき雲を峰にあらしの吹《(ふき)》ためて月の名残を雪に見るかな
藤原良経・南海漁父北山樵客百番歌合

お《(を)》りこそあれながめにかゝる浮雲《うき》の袖もひとつにうちしぐれつ、
讃岐・新古今和歌集六（冬）

いくめぐり空《そら》ゆく月もへだてきぬ契《(ちぎり)》し中はよその浮雲《うき》
源通光・新古今和歌集一四（恋四）

浮《うき》雲はたち隠《かく》せどもひまもりて空《そら》ゆく月の見《み》えもするかな
伊勢大輔・新古今和歌集一六（雑上）

浮雲《うきくも》に隠《かく》れてとこそ思《おも》ひしかねたくも月のひまもりにける
藤原正光・新古今和歌集一六（雑上）

ウキクモハトコロサダメヌモノナレバアラキ風ヲモナニカイトハム
明恵・明恵上人歌集

浮《うき》雲を外《と》山のすそに分過て嶺に別《わか》る、秋のむらさめ
宗尊親王・文応三百首

思《おも》ふより涙《なみだ》ふりはてしためしかな夕《(ゆふべ)》の雨のけさの浮雲《うきぐも》
正徹・永享五年正徹詠草

わが死なば山になびかん浮雲を行方しられぬ形見とも見よ
与謝野礼厳・礼厳法師歌集

久形の天つ御空も浮雲のかゝる時こそいふせくありけめ
天田愚庵・巡礼日記

ひろ原のはてはろばろと久方の天のうき雲たなびけり見ゆ
佐佐木信綱・豊旗雲

庭のうへの天の川原はこの夕まさやかにして浮雲に似たり
島木赤彦・氷魚

雨晴れて飛行機の下いちじるき速度を持ちて浮雲《ふうん》過ぎゆく
宮柊二・緑金の森

うずしお【渦潮】
渦を巻いて流れる潮流。⇩渦巻（うずまき）［四季］

§

これやこの名に負《お》ふ鳴門《なると》の渦潮《うづしほ》に玉藻刈るとふ海人娘子《あまをとめ》ども
田辺秋庭・万葉集一五

鳴神の音にも増してかしこきは鳴門の海の渦潮の音
天田愚庵・愚庵和歌

渦潮の渦巻く中ゆ奈落には落ちか行くらむ罪の深人
天田愚庵・愚庵和歌

うづ潮《しほ》のかなたに見えて巌《いは》くろし照る海中《わだなか》に舟ゆきなづむ
大熊長次郎・真木

うずまき【渦巻】
水流が渦を巻くこと。螺旋状に巻いた形。⇩渦潮（うずしお）［四季］、観潮（かんちょう）［春］

§

瀧つぼの岩間たひろみ青淀にもみぢ葉ちりてうづまき流る。
伊藤左千夫・伊藤左千夫全短歌

伊豆が崎岩礁《がんせう》多き秋風の海はとろとろうづまき流る
若山牧水・秋風の歌

日々《ひび》に見て変化《どげ》乏しき流なれど小さき渦巻《うづまき》に時をすごしつ
土屋文明・山の間の霧

鳴門の海［阿波名所図会］

うたかた【泡沫】

水の上に浮かぶ泡。転じてはかなく消えやすいことにたとえる。⇩泡（あわ）［四季］

§

目のまへの岩のひまなる湛《たた》へ潮《しほ》しろき水泡《うたかた》うごきて止まず

斎藤茂吉・暁光

すでにして春も老いしと泡沫《うたかた》のやや黄いろなる水の辺《へ》に立つ

前川佐美雄・天平雲

うちひさす

「全日（うつひ）」が射す意で、朝日や夕日がさす「都」や「宮」などを賛える枕詞となった。一説に「現し日（うつしひ）」の約ともいわれる。

§

うち日《ひ》さす宮路《みやぢ》の雪《ゆき》にあぢまさの車《くるま》静《しづ》けきあさぼらけかな

加藤千蔭・うけらが花

うなばら【海原】

広々とした海。湖や池にもいう。⇩海（うみ）［四季］、青海原（あおうなばら）［四季］

§

海原《うなはら》に霞たなびき鶴《たづ》が音《ね》の悲しき宵《よひ》は国方《くにへ》し思ほゆ

大伴家持・万葉集二〇

海原《うなばら》や豊葦《とよあし》原の土となり天とひらけし国《くに》ぞこの国

正徹・永享五年正徹詠草

天地はねむりに静みさ夜更て海原遠く月朱けに見ゆ

伊藤左千夫・伊藤左千夫全短歌

海原を遠くゆきあひし船と船笛の音高く相わかれゆく
佐佐木信綱・思草

雲はゆく雲に残れる秋の日のひかりも動く黒し海原《うなばら》
若山牧水・海の声

気多の村　若葉くろずむ時に来て、遠海原の　音を　聴《き》きをり
釈迢空・春のことぶれ

狭《せば》まれる鳴門に立てば海《うな》ばらは内外《うちと》にわかれ二つのひろ庭
中村憲吉・軽雷集

霧晴れて眼おどろく青海の色かと見しは大き海原
土田耕平・青杉

うねり

波長が長く波頭の丸い大きな波。台風や低気圧で生じることが多い。➡波（なみ）[四季]

§

夕焼の空はあせぬれ深ぶかと波のうねりの片光りすも
島木赤彦・切火

大うねり押しかたむきて落つるときわが舟も魚とななめなりけり
若山牧水・秋風の歌

うねり波たかまりあが水底《みそこ》めがけ重みまかせに倒れたるかも
木下利玄・紅玉

沖つ辺の浪のうねりに乗り遊ぶ数の鴨見ればつぶつぶと黒し
宮柊二・群鶏

うみ【湖・海】

池・沼・湖・海など広く水を湛えている所をいう。➡夏の海（なつのうみ）[夏]、夏の湖（なつのうみ）[夏]、雲海（うんかい）[夏]、海神（わたつみ）[四季]、霧の海（きりのうみ）[秋]、冬の海（ふゆのうみ）[冬]、青海原（あおうなばら）[四季]、荒海（あらうみ）[四季]、海原（うなばら）[四季]、海峡（かいきょう）[四季]、潮騒（しおさい）[四季]、潮煙（しおけむり）[四季]、潮泡（しおなわ）[四季]、島（しま）[四季]、樹海（じゅかい）[四季]、時化（しけ）[四季]、大海（たいかい）[四季]、荒磯海（ありそうみ）[四季]

§

藤波の影なす海の底清み沈著《しづ》く石《いし》をも珠《たま》とそわが見る
大伴家持・万葉集一九

坂のぼりたをりに来れば杉むらの山のかひより海晴れし見ゆ
伊藤左千夫・伊藤左千夫全短歌

十二月《じふにぐわつ》幹《みき》のみ立《た》てる大木《たいぼく》の樹間《このま》に光《ひか》る夕《ゆふ》ばえの海《うみ》
佐佐木信綱・新月

海の光いたも明るみ物をだに思はれなくも我がなれるかも
島木赤彦・切火

くれなゐのしづかなる雲線《すぢ》なして暮れゆかむとす印度《いんど》の海《うみ》は
斎藤茂吉・遍歴

夕ぐれの光をはらみはてしなく海ぞふくらむ灰白色《かいはくしょく》に
前田夕暮・陰影

死んでしまへ死んでしまへとねぶられぬ夜の枕にひびく海のこゑ
田波御白・御白遺稿

海哀《かな》し山またかなし酔ひ痴れし恋のひとみにあめつちもなし
若山牧水・海の声

海の波光り重なり日もすがら光り重なりまた暮れにけり
北原白秋・白秋全集

海見むと児らがいふゆゑ海に来つあらしのあとの海濁りたる
古泉千樫・青牛集

わが胸のうちにも浪の音聴こゆ暗くさびしき海やあるらむ
吉井勇・夜の心

海へ海へとひたむきに来ぬここの海なんにもあらずてただ遥《はる》けかり
岡本かの子・浴身

明滅の　海のきらめき　しろき夢　知多のみさきを船はめぐりて
宮沢賢治・校本宮沢賢治全集

何か求むる心海へ放つ　尾崎放哉・須磨寺にて

泳ぎ連るゝとなく泳ぎ出づ海の青しぞ
中塚一碧楼・一碧楼一千句

青き海へ礫す弟と小石あらむ限り
中塚一碧楼・一碧楼一千句

うみかぜ【海風】
海から陸に吹いてくる風。海上に吹く風。⇩潮風（しおかぜ）［四季］

§

われ一人立ちて久しき笹山に海風吹きて曇りをおくる
島木赤彦・氷魚

初夏のひたひ髪なる蔦《つた》の蔓《つる》分けて入りくる海の風かな
与謝野晶子・山のしづく

あかつきの障子あくれば海風に蚊帳浮きゆらぐ友も覚め居り
古泉千樫・青牛集

君見ゆる貝細工屋の招牌《かんばん》をすこしうごかし海の風吹く
吉井勇・酒ほがひ

海風のたゆる間《ま》ありて目前《めのまへ》に柱のごとく煙たちけり
佐藤佐太郎・歩道

うら【浦】
入江。海辺。みずぎわ。⇩入江（いりえ）［四季］、浦風（うらかぜ）［四季］、浦波（うらなみ）［四季］

§

沖つ波辺波《へなみ》静けみ漁《いざり》すと藤江の浦に船そ動《さわ》ける
山部赤人・万葉集六

わが故に妹嘆くらし風早《かざはや》の浦の沖辺《おきへ》に霧たなびけり
作者不詳・万葉集一五

わくらばに問《とふ》人あらば須磨《すま》の浦にもしほたれつゝ侘《わ》ぶとこたへよ
在原行平・古今和歌集一八（雑下）

木《こ》の葉散《ち》る浦に浪立《た》つ秋なれば紅葉《もみぢ》に花も咲《さ》きまがひけり
藤原興風・後撰和歌集七（秋下）

ふる雪にたく藻《も》の煙《けぶり》かきたえてさびしくもあるか塩釜《しほがま》の浦《うら》
藤原兼実・新古今和歌集六（冬）

つのくにの難波のあしのかれぬればこと浦よりもさびしかりけり
賀茂真淵・賀茂翁家集

静浦の浦遠長に帯を為す其松原や大宮所
伊藤左千夫・伊藤左千夫全短歌

雨けぶる浦をはるけみひとつゆくこれの小舟に寄る浪きこゆ
若山牧水・くろ土

浦の一面網干して夕待てる船
種田山頭火・層雲

うらかぜ【浦風】
浦を吹く風。海辺を吹く風。[同義] 浜風（はまかぜ）。⬇浦（うら）[四季]

§

近江《あふみ》のや志賀《しが》の浦風《うらかぜ》うらめしく訪《たづ》ねきたれど効《かひ》なかりけり
伊勢集（伊勢の私家集）

浦《うら》風になびきにけりな里《さと》の海人《あま》の焚《た》く藻《も》の煙《けぶり》 心弱《こころよは》さは
実方朝臣集（藤原実方の私家集）

さゝ波や滋賀の浦風いかばかり心のうちのすゞしかるらん
公任集（藤原公任の私家集）

松山の松《まつ》の浦風《うらかぜ》吹きよせば拾《ひろ》ひてしのべ恋《こひ》わすれ貝《がひ》
藤原定頼・後拾遺和歌集八（別）

浦風にふきあげの浜《はま》のはま千鳥《ちどり》浪たちくらし夜はになくなり
一宮紀伊・新古今和歌集六（冬）

袖にふけさぞな旅寝《ね》の夢も見じ思ふ方《かた》よりかよふ浦《うら》風
藤原定家・新古今和歌集一〇（羇旅）

ゆふづく日うつる木の葉や時雨にしさゞ浪そむる秋の浦風《かぜ》
藤原定家・定家卿百番自歌合

故郷《ふるさと》の夢やはみえんかぢ枕《まくら》いかにぬるよも浦《うら》風ぞ吹《ふ》く
頓阿・頓阿法師詠

うらなみ【浦波】
浦に寄せる波。入江に寄せる波。⬇浦（うら）[四季]、波（なみ）[四季]

§

たゝぬよりしぼりもあへぬ衣手《ころもで》にまだきなかけそ松《まつ》が浦波《うらなみ》
源光成・後拾遺和歌集八（別）

こほりゐし志賀の浦波たちかへり白ゆふ花に春は来にけり
賀茂真淵・賀茂翁家集

蜑《あま》の子が蛸《たこ》干す秋となりにけり西風さわぐ須磨の浦浪
正岡子規・子規歌集

「お」

おか【岡・丘】
小高い土地。低い山。[語源]「オ（峰）」「カ（処）」の意といわれる。⬇砂丘（さきゅう）[四季]

§

かの岡の松に夕日はかくろひぬ今やとまたむ駒に草かへ
香川景樹・桂園一枝拾遺

夕過《ゆふす》ぎてそゞろあるきに待《ま》つとなく月待得《つきまちえ》たり岡登《をかのぼ》りきて
伊藤左千夫・伊藤左千夫全短歌

静やかに雲行きぬれば円《まろ》らなる青桑の丘の動く思ひすも
島木赤彦・切火

野ばらさく夕べの岡にたたずみて西に流るる雲のかげ見る
太田水穂・つゆ艸

馬鈴薯の花咲き穂麦あからみぬあひびきのごと岡をのぼれば
北原白秋・桐の花

愁《うれ》ひ来《き》て　丘《をか》にのぼれば　名《な》も知《し》らぬ鳥《とり》啄《ついば》めり赤《あか》き茨《ばら》の実《み》
石川啄木・秋風のこころよさに

この丘のみちは尽きたり来《こ》し方にあゆみをかへし一人なりけり
古泉千樫・青牛集

この丘にかなしき霊《みたま》ねむるゆゑ思ひふかめて石の径《みち》のぼる
橋田東声・地懐

何かしらず　不満をもてる丘丘は　朝の緑青の気をうかべたり
宮沢賢治・校本宮沢賢治全集

おがわ【小川】
小さな川。細い流れの川。⇩川（かわ）［四季］、せせらぎ［四季］

§

夕《ゆふ》されば玉《たま》ゐるかずも見《み》えねども関《せき》の小川《をがは》のを《(を)》とぞすゞしき
藤原道経・千載和歌集三（夏）

ちりかゝる谷《たに》の小川《をがは》の色づくは木《こ》の葉《は》や水のしぐれなるらむ
藤原兼実・千載和歌集五（秋下）

みそぎするならの小河《をがは》の河風に祈《いの》りぞわたる下《した》に絶《た》えじと
八代女王・新古今和歌集一五（恋五）

逢坂の清水《しみづ》は跡《あと》もなかりけり小川の浪ぞたえず関もる
正徹・永享九年正徹詠草

菜の春を雨一夜降り朝ぬるみ蟹網張るも前の小川に
伊藤左千夫・伊藤左千夫全短歌

うち渡す小川のあたり行かへり　舟の内にもとふ《(ぶ)》ほたるかな

かず知らず静脈《せいみやく》のごとうちちがひ氷る小川と鈴蘭《すずらん》の花
樋口一葉・詠草

歳徳神《としとくじん》へ今朝のまゐりの雪みちの清《すが》し小川をゆめに見て寝む
与謝野晶子・夏より秋へ
中村憲吉・軽雷集

おぶね【小舟】
小さな舟。「こぶね」ともいう。⇩小舟（こぶね）［四季］、棚無し小舟（たななしおぶね）［四季］、舟（ふね）［四季］

§

武庫《むこ》の浦を漕ぎ廻《み》る小舟《をぶね》粟島《あはしま》を背向《そがひ》に見つつ羨《とも》しき小舟
山部赤人・万葉集三

海人《あま》小舟《をぶね》帆かも張れると見るまでに鞆《とも》の浦廻《うらみ》に波立てり見ゆ
作者不詳・万葉集七

風をいたみ思《おも》はぬ方に泊《とまり》する海人《あま》の小《を》舟もかくやわぶらん
源景明・拾遺和歌集一五（恋五）

大魚《おほな》つるさがみの海の夕なぎにみだれていづる海士《あま》小舟《をぶね》かも
賀茂真淵・賀茂翁家集

「か」

かい【峡】
山と山に挟まれた狭い所。［語源］山の「アヒダ（間）」の

意。⬇山（やま）［四季］、谷（たに）［四季］、山峡（やまかい）［四季］

§

いのち死にてかくろひ果《は》つるけだものを悲しみにつつ峡《かひ》に入りつも
斎藤茂吉・赤光

雲走り青空見する風立《かざだ》ちに梢《こずゑ》さやさや峡濡《かひぬ》れ光る
新井洸・微明

起き出でて戸を操れば瀬はひかり居り冬の朝日のけぶれる峡に
若山牧水・みなかみ

容積《ようせき》の大いなる山日をへだて峡の夕寒《ゆふさむ》はやくきびしも
木下利玄・紅玉

深谿《ふかだに》のひびきをあぐるけふ一日《ひとひ》われは行くなり峡《かひ》にまじりて
佐藤佐太郎・歩道

かいきょう【海峡】
陸と陸に挟まれた狭い海。⬇海（うみ）［四季］

§

海峡に二たわかれ見ゆる大海より向ひつつ来るいく重の白波
島木赤彦・太虚集

海峡に片つかたのみひろげたり青貝いろの月光《げつくわう》のはね
与謝野晶子・緑階春雨

海峡の海に対ひてしげりたる青草叢に月押し照れり
宮柊二・群鶏

かがりび【篝火】
夜警や漁労などで、周囲を明るく照らすために焚く火。⬇漁火（いさりび）［四季］、花篝（はなかがり）［春］

水のあは《(わ)》のあだにながる、おなじ瀬にきえぬよがはの篝《かゞり》火の影
慶運・慶運百首

§

鵜飼《うか》ひ舟河瀬《せ》の月にかはりてやのぼればくだる篝火《(かがりび)》の影
幽斎・玄旨百首

冴《さ》え返《かへ》る舟の篝火《かがりび》小夜更《さよふ》けて大川尻《おほかはじり》に白魚《しらを》取るらん
正岡子規・子規歌集

篝火《かゞりび》は樹々《きぎ》の葉に映《うつ》りこの夜《よ》らの人の心をたのしくそゝる
木下利玄・一路

かがりぶね【篝舟】
篝火を焚いて漁獲する舟。⬇鵜飼（うかい）［夏］、夜焚（よたき）［夏］、漁火（いさりび）［四季］、舟（ふね）［四季］

§

夜《よる》ふかく遠き瀬の音にさめ居《を》れば明《あか》りてすぐるかがり舟ひとつ
土屋文明・山の間の霧

かけはし【掛橋・懸橋・梯】
① 谷や川に板や丸太でかけた橋。② 険しい崖に沿ってつくられた桟道。はしご。⬇橋（はし）［四季］

§

をぐら山峰《みね》の嵐《あらし》の吹《ふ》くからに谷《たに》のかけはし紅葉《もみぢ》しにけり
藤原顕季・金葉和歌集三（秋）

雪ふれば谷《たに》のかけはしうづもれてこずゑぞ冬の山路《やまぢ》なりける
源俊頼・千載和歌集六（冬）

旅《たび》人の袖吹《(ふき)》かへす秋風に夕《ゆふ》日さびしき山の梯《かけはし》
藤原定家・定家卿百番自歌合

旅人のかづく袂に雨みえて雲たちわたる木曾のかけはし
小沢蘆庵・六帖詠草

むかしたれ雲のゆききのあとつけてわたしそめけん木曾《きそ》のかけはし
正岡子規・子規歌集

祖谷の高橋［阿波名所図会］

かし【河岸】

「かわぎし（河岸）」の略。河川に繋留する船から人や荷物を揚げ下ろしする所。また河岸にたつ市場。⬇川（かわ）［四季］

§

小あげらの昼休み時河岸《かし》しづけし郵便脚夫橋わたり来ぬ
新井洸・微明以後

この河岸に小あげ一群むれ居たりのつそりとして皆立ち居たり
新井洸・微明以後

かぜ【風】

肌に感じる空気の流れ。気流。⬇東風（こち）［春］、桜南風（さくらまじ）［春］、涅槃西風（ねはんにし）［春］、春一番（はるいちばん）［春］、春北風（はるならい）［春］、油南風（あぶらまじ）［春］、春風（はるかぜ）［春］、風光る（かぜひかる）［春］、黒北風（くろぎた）［春］、風車（かざぐるま）［春］、雪解風（ゆきげかぜ）［春］、土用東風（どようごち）［夏］、黒南風（くろはえ）［夏］、白南風（しらはえ）［夏］、御祭風（ごさい）［夏］、黄雀風（こうじゃくふう）［夏］、節の西風（せつのにしかぜ）［夏］、だし［夏］、あいの風（あいのかぜ）［夏］、茅花流し（つばなながし）［夏］、土用あい（どようあい）［夏］、ながし［夏］、熱風（ねっぷう）［夏］、温風（おんぷう）［夏］、やませ［夏］、夕立風（ゆうだちかぜ）［夏］、青嵐（あおあらし）［夏］、薫風（くんぷう）［夏］、夏の風（なつのかぜ）［夏］、風死す（かぜしす）［夏］、風薫る（かぜかおる）［夏］、はえ［夏］、南風（みなみ）［夏］、盆東風（ぼんごち）［秋］、秋風（あきかぜ）［秋］、秋の初風（あきのはつかぜ）［秋］、盆東風（ぼんごち）［秋］、鮭颪（さけおろし）［秋］、高西風（たかにし）［秋］、送南風（おくりまぜ）［秋］、色無風（いろなきかぜ）［秋］、秋風近し（あきかぜちかし）［夏］、秋の風（あきのかぜ）［秋］、大西風（おおにし）［秋］、北風（きたかぜ）［冬］、冬の風（ふゆのかぜ）［冬］、乾風（あなじ）［冬］、星の入東風（ほしのいりごち）［冬］、節東風（せちごち）［冬］、たま風（たまかぜ）［冬］、べっとう風（べっとうかぜ）［冬］、北颪（きたおろし）［冬］、北風（きたかぜ）［冬］、隙間風（すきまかぜ）［冬］、しまき［冬］、神渡（かみわたし）［冬］、空風（からかぜ）［冬］、寒風（かんぷう）［冬］、雪しまき（ゆきしまき）［冬］、初東風（はつごち）［新年］、初風（はつかぜ）［新年］、天つ風（あまつかぜ）［四季］、海風（うみかぜ）［四季］、浦風（うらかぜ）［四季］、神風（かみかぜ）［四季］、微風（そよかぜ）［四季］、山風（やまかぜ）［四季］、谷風（たにかぜ）［四季］、旋風（つむじかぜ）［四季］、通り風（とおりかぜ）［四季］、疾風（ときかぜ）［四季］、疾風（はやて）［四季］、西風（にし）［四季］、浜風（はまかぜ）［四季］、松風（まつかぜ）［四季］、向い風（むかいかぜ）［四季］、下風（したかぜ）［四季］、潮風（しおかぜ）［四季］、海風（うみかぜ）［四季］、浜風（はまかぜ）［四季］

かみかぜ【神風】

神の力、神の威徳によって吹く風。「かむかぜ」ともいう。和歌では「神風の」「神風や」で、「伊勢」「五十鈴川」などにかかる枕詞となる。⬇風（かぜ）［四季］

神風は松に音《をと》してすみぞめの袖に吹とむる梅《むめ》が香ぞする

正徹・永享九年正徹詠草

§

風神［以呂波引月耕漫画］

かわ【川・河】

地表の水が集まって海や湖などに流れる水路。⬇川狩（かわがり）［夏］、川止（かわどめ）［夏］、川開（かわびらき）［夏］、五月川（さつきがわ）［夏］、夏の川（なつのかわ）［夏］、小川（おがわ）［四季］、河岸（かし）［四季］、氷江（ひょうこう）［冬］、冬の川（ふゆのかわ）［冬］、川舟（かわぶね）［四季］、飛沫（しぶき）［四季］、杣川（そまがわ）［四季］、谷川（たにがわ）［四季］、淵瀬（ふちせ）［四季］

§

春ごとにながる、河を花とみてお《（を）》られぬ水に袖やぬれなむ
伊勢・古今和歌集一（春上）
こゝよりはまたそなたへとかたかへてながる、川の水のしら波
大隈言道・草径集
涸れきつた川を渡る　種田山頭火・草木塔

かわぶね【川舟・川船】
川や湖で使用する舟。⇩舟（ふね）［四季］
§
川舟《かはふね》に乗《の》りて心のゆくときは沈《しづ》める身とも思《おも》ほえぬかな
大江匡衡・後拾遺和歌集一七（雑三）
あくがれて見てしみやこの花さへもゆめにながる、よどの川ぶね
大隈言道・草径集
さしやめてながる、水に任《まか》すればとも、へもなく下る川ふね
大隈言道・草径集
よの中もこき《（ぎ）》はなれたる心地して　雪にさをさすうちの河舟
樋口一葉・詠草

かわら【河原・川原】
水がなくて砂石の多い川辺。京都賀茂川の河原と特定する場合もある。⇩夏河原（なつかわら）［夏］、河原の納涼（かわらのすずみ）［夏］
§
ぬばたまの夜《よ》の更《ふ》けゆけば久木生《ひさきお》ふる清き川原に千鳥しば鳴く
山部赤人・万葉集六
苦しくも暮れぬる日かも吉野川清き川原《かはら》を見れど飽かなくに
元仁・万葉集九
ゆくさきはさ夜《よ》ふけぬれど千鳥《ちどり》なく佐保《さほ》の河原《かはら》はすぎうかりけり
伊勢大輔・新古今和歌集六（冬）
白金の真砂しくなす河原辺をそぐへも知らに桃の花さく。
伊藤左千夫・伊藤左千夫全短歌
舞ごろも五《いつ》たり紅《あけ》の草履《ざうり》して河原に出でぬ千鳥のなかに
与謝野晶子・舞姫
高山の峡《かひ》の川原《かはら》は此処《ここ》よりも高きにありてさびしきろかも
斎藤茂吉・遠遊
秋風のそら晴れぬれば千曲川《ちくまがは》白き河原に出てあそぶかな
若山牧水・路上
かなしみは蓬の香よりきたるなりおれんなゆきそ加茂の河原に
吉井勇・祇園歌集
暗くなりてふりたる雪のたちまちに河原《かはら》の草にのこることなし
土屋文明・放水路
河原来てひとり踏み立つ午《ひる》どきの風落ちしかば砂のしづまり
宮柊二・小紺珠

かんなび【神名備・神南備・神名火】
神の鎮座する山や森。神社のあるところ。⇩神社（じんじや）［四季］
§
神名火《かむなび》に神籬《ひもろき》立てて斎《いは》へども人の心は守《まも》り敢《あ》へぬもの
作者不詳・万葉集一一

「き〜こ」

きしや【汽車】

蒸気機関車で客車や貨車を牽引する列車。⬇停車場（ていしゃば）［四季］、汽笛（きてき）［四季］、線路（せんろ）［四季］

§

明け近くなれるも知るし山越の汽車のとまりに笛呼ばひして
　伊藤左千夫・伊藤左千夫全短歌

月照す上野の森を見つつあれば家ゆるがして汽車行き返る
　正岡子規・子規歌集

汽車の窓《と》にひとり倚りゐるわが襟に落ちつつ来《く》もよ細かなる雪
　島木赤彦・氷魚

今出づる汽車のうごきに喜びて小さき子等は小さき手をあぐ
　太田水穂・つゆ艸

よるの汽車名寄《なよろ》をすぎてひむがしの空黄《そらき》になるはあはれなりけり
　斎藤茂吉・石泉

崖下《がけした》をいま汽車ぞ行くとびおりてみずやとさそふたはれ心が
　前田夕暮・陰影

たひらなる武蔵《むさし》の国のふちにある夏の山辺に汽車の近づく
　若山牧水・路上

窓側《まどぎわ》の病児《びやうじ》の頬のみ明《あか》う見せつりがねさうのなかを汽車ゆく
　北原白秋・白秋全集

あさ霜の、家なみのかなたに、もくもくと、白くわきて走れる　汽車の煙かな。
　土岐善麿・不平なく

汽車《きしや》の窓《まど》　はるかに北《きた》にふるさとの山見《やまみ》え来《く》れば　襟《えり》を正《ただ》すも
　石川啄木・煙

いましがた我が身のありし丘をよそに汽車は汽車とて走《は》せすぎにけり
　木下利玄・銀

雲の居《ゐ》る山はいくつか相似《あひに》つつ汽車はしきりに向《むき》かはりゆく
　土屋文明・放水路

冠着《かむりき》山の隧道《とんねる》出でてくだりくる中央線の汽車の音する
　宮柊二・晩夏

きてき【汽笛】

蒸気機関車や船などが蒸気の力で鳴らす笛。⬇汽車（きしゃ）［四季］

§

寂しき家を出づれば汽笛長う鳴れり
　種田山頭火・層雲

きりぎし【切岸・切崖】

切り立てたようなけわしい崖。絶壁。断崖。⬇山岸（やまぎし）［四季］

§

海鳴るやホテルの庭の芝山の尽くるところは切崖《きりぎし》にして
　与謝野晶子・流星の道

白良浜の切崖［西国三十三所名所図会］

友がよぶ赤き断崖《きりぎし》見あげつつ舟をつけむと浪とあらそふ
若山牧水・秋風の歌

くが【陸】
陸地。⇩陸（りく）［四季］

§

咲く花をあはれといひて出で立ちし兵らいづくの陸《くが》にたたかふ
半田良平・幸木

海さむく入る日は波にひたれども夕映《ゆふばえ》照らぬ陸《くが》くらきかも
中村憲吉・軽雷集

くも【雲】
空気中の水分が凝結し、微細な水滴や氷晶となって、白色や灰色の目に見える形として空に浮遊しているもの。⇩旗雲（はたぐも）［四季］、鳥曇（とりぐもり）［春］、鳥雲（とりぐも）［秋］、鰊曇（にしんぐもり）［春］、花曇（はなぐもり）［春］、春の雲（はるのくも）［春］、朝曇（あさぐもり）［夏］、卯月曇（うづきぐもり）［夏］、雲海（うんかい）［夏］、雲の峰（くものみね）［夏］、五月雲（さつきぐも）［夏］、夏の雲（なつのくも）［夏］、夕立雲（ゆうだちぐも）［夏］、秋曇（あきぐもり）［秋］、秋の雲（あきのくも）［秋］、鰯雲（いわしぐも）［秋］、鱗雲（うろこぐも）［秋］、冬の雲（ふゆのくも）［冬］、浮雲（うきぐも）［四季］、白雲（しらくも）［四季］、綿雲（わたぐも）［四季］、青雲（せいうん）［四季］、曇天（どんてん）［四季］

§

三輪山をしかも隠すか雲だにも情《こころ》あらなも隠さふべしや
額田王・万葉集一

あしひきの山川《やまがは》の瀬の響《な》るなべに弓月《ゆつき》が嶽《たけ》に雲立ち渡る
万葉集七（柿本人麻呂歌集）

柴《しば》の戸《と》をさすや日かげのなごりなく春くれかゝる山のはの雲
宮内卿・新古今和歌集二（春下）

はれ曇る人の心にくらふれは雲のまよひはかことなるらし
上田秋成・藻屑

ほどもなく雨ふりぬべしにし山にわだかまりたる雲のたつ見ゆ
大隈言道・草径集

九十九里の磯のたいらはあめ地の四方の寄合《よりあひ》に雲たむろせり
伊藤左千夫・伊藤左千夫全短歌

秋立てや空の真洞はみどり澄み沖べ原のべ雲とほく曳く
伊藤左千夫・伊藤左千夫全短歌

ゆくくもを見送るなべに其の雲の行方もわかず日もくれにけり
太田水穂・つゆ艸
むらむらと雲わきおほふそらのもと、黒くかこめる　湾《いりうみ》をみる。
石原純・甕日
陸奥《みちのく》をふたわけざまに聳《そび》えたまふ蔵王《ざわう》の山《やま》の雲の中に立つ
斎藤茂吉・白桃
ちぎれ雲走りつくして夕空にとよはた雲のしづかにたかし
木下利玄・紅玉
二階ある家にうつりて久しぶり夕べの雲の動くを見たり
三ケ島葭子・三ケ島葭子歌集
目のまへの赤裸《はだか》の岳《たけ》に雲吹きて飛ぶほか四方になにものもなし
中村憲吉・軽雷集
穂高岳《ほたかだけ》河にのぞみて雲吐けり雷《かみ》のごとくに空に厳《いか》しき
中村憲吉・軽雷集
きさらぎとなるや黄いろき夕空に天平雲《てんぴやううん》に似し雲ぞ飛ぶ
前川佐美雄・天平雲
しらしらと月に照られてゆく雲はしばしばもちぎれ果無《はかな》かりける
宮柊二・群鶏

くものはたて【雲のはたて】
雲のはて。雲の見える遠い空の意。➡雲（くも）[四季]
§
ゆふぐれは雲のはたてに物ぞ　思《おもふ》　あまつ空《そら》なる人を恋《こ》ふとて
よみ人しらず・古今和歌集一一（恋一）

げっしょく【月食】
地球が太陽と月の間に入り、地球の影で月の一部または全部が欠けて見える天体現象。➡月（つき）[秋]
§
月食は駅の時刻にたがはざる
石田波郷・鶴の眼

けむり【煙】
一般に、物が燃焼するときに生ずる不完全燃焼物で、空中に浮遊する混合物をいう。➡夕煙（ゆうけむり）[四季]、噴煙（ふんえん）[四季]、寒煙（かんえん）[冬]、蚊遣火（かやりび）[夏]
§
志賀《しか》の白水郎《あま》の塩焼く煙風をいたみ立ちは上《のぼ》らず山に棚引く
作者不詳・万葉集七
春日野《かすがの》に煙《けぶり》立つ見ゆ少女《をとめ》らし春野のうはぎ採みて煮《に》らしも
作者不詳・万葉集一〇
袖《そで》ぬれて海人《あま》のたく火《ひ》は燃《も》えねばや雲と煙《けぶり》の立《た》ちのぼるらん
伊勢集（伊勢の私家集）
火ざくらの花かとぞみるわが宿《やど》の野《の》やく煙《けぶり》にまがふ雪《ゆき》をば
一条摂政御集（藤原伊尹の私家集）
あまのやくもしほの煙立そへば雲の波こそふかく見えけれ
公任集（藤原公任の私家集）
年《とし》ふりて海人《あま》ぞなれたる塩竈の浦《うら》の煙《けぶり》はまだぞのこれる
安法法師集（安法の私家集）
田子《たご》の浦に霞の深《ふか》く見ゆる　哉《かな》　藻塩《もしほ》の煙《けぶり》立ちや添《そ》ふらん
大中臣能宣・拾遺和歌集一六（雑春）
鳥辺《とりべ》山谷《たに》に　煙《けぶり》の燃《も》え立《た》たばはかなく見えし我と知《し》らなん
よみ人しらず・拾遺和歌集二〇（哀傷）

風《かぜ》吹《ふ》けば藻塩《もしほ》の煙《けぶり》うちなびき我《われ》も思《おも》はぬかたにこそたて
大弐高遠・拾遺和歌集九（羇旅）

いつとなく恋にこがるゝわが身より立《た》つや浅間《あさま》の煙《けぶり》なるらん
源俊頼・金葉和歌集七（恋上）

須磨《すま》の浦《うら》にやく塩釜《しほがま》のけぶりこそ春《はる》にしられぬかすみなりけれ
源俊頼・詞花和歌集九（雑上）

煙《けぶり》だにしばしたなびけ鳥辺山《とりべやま》たち別《わか》れにし形見《かたみ》とも見《み》ん
寂然・千載和歌集一九（釈教）

世中《よのなか》は見しもきゝしもはかなくてむなしき空《そら》の煙《けぶり》なりけり
藤原清輔・新古今和歌集八（哀傷）

道すがら富士の煙《けぶり》もわかざりき晴《は》るゝまもなき空のけしきに
源頼朝・新古今和歌集一〇（羇旅）

なびかじな海人《あま》の藻塩火《もしほび》たきそめて煙《けぶり》は空《そら》にくゆりわぶとも
藤原定家・新古今和歌集一二（恋）

須磨《すま》の浦の秋やくあまの初しほのけぶりぞ霧の色は染《そ》めゆく
藤原家隆・家隆卿百番自歌合

大原《はら》や小野の炭竈《すみがま》いとまなみもえつゝとはに立《たつ》煙　哉《かな》
慶運・慶運百首

峰つくる雲より上にあらはれてあさまが嶽にたつけぶりかな
上田秋成・秋の雲

おぼろなる月にも見えて芥火のきえしあとより立《たつ》けぶり哉
大隈言道・草径集

青空に煙吐き散らし笛の音をい吹きとよもし船動き出づ
伊藤左千夫・伊藤左千夫全短歌

夏草の茂りを深くくぐりたる黄ろき烟立ちまよひ居り
島木赤彦・切火

黒けぶり青きけぶりとまろび出ぬ大船《たいせん》くると島の蔭《かげ》より
与謝野晶子・夢之華

いささかの落葉が焼くるいぶり火に烟《けぶり》は白くひろごりにけり
長塚節・鍼の如く

真冬日の澄みぬる空の寒風《さむかぜ》に東へなびく浅間山のけぶり
若山牧水・くろ土

病《やまひ》のごと　思郷《しきやう》のこころ湧《わ》く日《ひ》なり　目《め》にあをぞらの煙《けむり》かなしも
石川啄木・煙

はるかなる山にうすうす立つ烟《けむり》かりそめならず人は住みをり
石井直三郎・青樹

こうげん【高原】

海から離れた山岳地帯で、高度が高く、比較的平坦な土地。「たかはら」ともいう。

§

高原の村に来てすみ家の人とすこししたしみ茶をのみにけり
島木赤彦・馬鈴薯の花

わが顔もあかがねいろに色づきつ高原の麦は垂穂《たりほ》しにけり
若山牧水・独り歌へる

高原に常夏さくがなつかしとかくて二人しあるが楽しと
土岐善麿・はつ恋

高原に夕日そゝげりうちわたすくさ山かげの尾花しろしも
木下利玄・紅玉

高原の午《ひる》ちかき日の照りぐはし若き薄に風吹きにけり
古泉千樫・青牛集

こじま【小島】
小さな島。⬇島（しま）［四季］
§
鴨川の浦の小島はともしけど波をこゞしみ舟よせかねつ
伊藤左千夫・伊藤左千夫全短歌
白々《しらじら》と岸高き小島《こじま》一つのみ夕日は赤しその白き岸に
土屋文明・ゆづる葉の下

ごじゅうのとう【五重の塔】
五層からなる仏塔。五層の屋根は地・水・火・風・空を表す。⬇寺（てら）［四季］
§
浅草の五重の塔に暮れそめて三日月低し駒形《こまがた》の上に
正岡子規・子規歌集
赤く小さき五重の塔を眼下《がんが》に見てこころ宗教荘厳《しやうごん》の形式《けいしき》に及ぶ
斎藤茂吉・たかはら
五重の塔の雪うつくしく段々につもりけるかなと眺めてぞゐし
北原白秋・白秋全集

こだま【谺・木霊・木魂】
山や谷で声が反響すること。［同義］谷響（たにひびき）。⬇山彦（やまびこ）［四季］
§
かうかうと谺も冴えてひびくなりこよひあたりや来るらしも雪
吉井勇・風雪
こだまする谷に向ひて吾《われ》は居り青葉になりしみ吉野《よしの》の山
土屋文明・ゆづる葉の下
呼べば谺《こだま》まだ残りゐる冬木々の明りにさへもすがらんとする
木俣修・呼べば谺

こはん【湖畔】
湖のほとり。⬇湖（みずうみ）［四季］
§
うつくしき柳の指を見てあればやがて湖畔の月夜となりぬ
与謝野晶子・心の遠景

こぶね【小舟】
⬇小舟（おぶね）［四季］
§
四方山に雪ハ積めとも諏訪の海まだこほらねば小舟かよへり
伊藤左千夫・伊藤左千夫全短歌
まかぢぬき鳴門を行けば青浪のしぶきの風に小船かたむく
太田水穂・つゆ艸
ゆく雲や帰る小舟や松原や仄かに消えて我は霞に
北原白秋・白秋全集

こもれび【木洩れ日】
木の間を通って漏れさす日の光、日の影。⬇木下闇（このしたやみ）［夏］、洩れ日（もれび）［四季］
§
上り来し真野御陵《まののみささぎ》の山郭《やまくるわ》白く澄みつつ木洩日は差す
宮柊二・独石馬
木洩れ日のつめたきにたまる落花あり
種田山頭火・層雲

「さ」

さきゅう【砂丘・沙丘】

風で吹き寄せられてできた砂の小丘。「しゃきゅう」ともいう。⬇岡（おか）［四季］、砂浜（すなはま）［四季］、砂山（すなやま）［四季］

§

海は濃く沙丘は白しおぼつかな蜃気楼をば踏むここちする　与謝野晶子・心の遠景

沙丘《さきう》あり幾重《いくへ》かの古き堤防をよこぎりて行く黄河渡るべく　土屋文明・山の間の霧

ささがき【笹垣】

笹竹を結んでつくられた垣根。⬇籬（まがき）［四季］

§

ひま寒《さむ》き庵《いほ》の笹垣《さゝがき》うづもれて一夜の程に雪ぞつもれる　宗尊親王・文応三百首

さざなみ【細波・小波・漣】

細かに立つ小さな波の意。古歌では、波が寄るの意より「寄る」「夜」に掛かる例が多い。「細波の」で、大津・志賀・比良・長柄の山など琵琶湖に関係した地名、また近江の国に掛かる枕詞ともなる。古歌では「ささなみ」「さされなみ」と詠まれることが多い。［同義］さざれなみ。⬇波（なみ）［四季］、細波（さざれなみ）［四季］

§

月かげは消《き》えぬこほりと見《み》えながらさゞなみよする志賀《しが》の唐崎《からさき》　藤原顕家・千載和歌集四（秋上）

さゞ浪《なみ》や志賀《しが》の浜松《はまゝつ》ふりにけりたが世《よ》にひける子の日《ね(ひ)》なるらん　藤原俊成・新古今和歌集一（春上）

さゞなみの比良《ひら》山風のうみ吹《ふ》けばつりする海人《あま》の袖かへる見《み》ゆ　よみ人しらず・新古今和歌集一八（雑下）

影映《かげうつ》すみぎはの桜散《ち》らぬまも花をぞ寄《よ》する池《いけ》のさゞ波《なみ》　宗尊親王・文応三百首

さゞ浪やしがつの浦《うら》は荒《あ》れはてて、ひとりや月の宮木もるらん　宗尊親王・文応三百首

さゞ波やくもらぬ時を鏡山みがく氷にうつしてぞみる　藤原為家・中院詠草

鳰《にほ》の海《うみ》やくにつ三上のさゞ波にうちいでて見《み》れば月ぞ涼《すゞ》しき　正徹・永享九年正徹詠草

てれる日もすゞしきいその水をあさみそこにもかげのよするさゝなみ　大隈言道・草径集

ふなばたに魚やよりこん高麗楽《こまがく》の声つたはりてさざ浪《なみ》ふる　森鷗外・うた日記

さざ波のよする荒磯のつぶら巌世のあざけりも知らず顔なる　服部躬治・迦具土

さゞ波や海の宮より現れてわれに乗れよとささやぎ照れど
窪田空穂・まひる野
白雲のうつるところに小波《さざなみ》の動き初めたる朝のみづうみ
与謝野晶子・瑠璃光
フリードリヒ・ニイチエがまだ穉《いとけな》く遊びてゐたる池のさざなみ
斎藤茂吉・遍歴
波つづき銀《ぎん》のさゞなみはてしなくかゞやく海を日もすがら見る
北原白秋・白秋全集
朝凪ぎの磯の日おもて巌が根によれるさゞ波きらゝかに見ゆ
木下利玄・紅玉
うちならび植うる人らのうしろよりさざなみよする小田のさざ波
古泉千樫・青牛集
道なかに、瀬《せ》をなし流れ行く水の　さゝ波清き　砂のうへかも
釈迢空・春のことぶれ
ちよいと渡してもらふ早春のさざなみ　種田山頭火・草木塔
軽いたもとが嬉しい池のさざなみ　尾崎放哉・須磨寺にて

ささはら【笹原】
笹の生い茂った原。「ささわら」ともいう。
§
笹原の曇りにつづく大海を遠しとも思ふ近しとも思ふ
島木赤彦・氷魚
はろばろに来つるものかも笹原の高みの上ゆ見ゆる青海
島木赤彦・氷魚

ささやま【笹山】
笹の生い茂った山。
§
のぼり立ち見る笹山は小さくて海はてしなしおくつきどころ
島木赤彦・氷魚
北蝦夷の地《つち》のはてしと思ひ立つ笹山の風は騒ぎつつあり
島木赤彦・氷魚

さざれなみ【細波・小波・漣】
➡細波（さざなみ）［四季］
§
ささなみの志賀《しが》さざれ波しくしくに常にと君が思ほせりける
置始東人・万葉集二
さざれ波浮きて流るる泊瀬川《はつせがは》寄るべき磯の無きがさぶしさ
作者不詳・万葉集一三
阿胡《あご》の海の荒磯《ありそ》の上のさざれ波わが恋ふらくは止《や》む時もなし
作者不詳・万葉集一三
田の畦《あぜ》の草にふれゐるさゞれ波をとめのごとし若狭の海は
太田水穂・冬菜

さと【里】
①人家のあるところ。人里。②都に対する田舎。➡山里（やまざと）［四季］
§
久方のなかに生《お》ひたる里《さと》なれば光《ひかり》をのみぞ頼《たの》むべらなる
伊勢・古今和歌集一八（雑下）
今ぞ知《し》るくるしき物と人またむ里《さと》をば離《か》れず訪《と》ふべかりけり

在原業平・古今和歌集一八（雑下）

ひかずふる雪げにまさる炭竈《すみがま》のけぶりもさむし大原の里《さと》

式子内親王・新古今和歌集六（冬）

目にあまる菜の葉の露のひるさびし機《はた》おる音も里にと絶《だえ》て

橘曙覧・松藾艸

水音といつしよに里へ下りて来た

種田山頭火・草木塔

さやぐ

草木が風に吹かれてさやさやと音を立てること。古歌では霜の降りた寒々しい風情で詠まれることが多い。

§

小竹《ささ》が葉のさやぐ霜夜に七重《ななへ》かる衣《ころも》に益《ま》せる子ろが膚はも

作者不詳・万葉集二〇

さかしらに夏は人《ひと》まね笹《さゝ》の葉《は》さやぐ霜夜《しもよ》をわがひとり寝《ぬ》る

よみ人しらず・古今和歌集一九（雑体）

霜さやぐ野辺の草葉《くさば》にあらねどもなどか人目《め》のかれまさるらん

醍醐天皇・新古今和歌集一四（恋四）

「し」

しおかぜ【潮風】

①海から吹く潮気を含んだ風。②潮時に吹く風。⬇海風（うみかぜ）［四季］、浜風（はまかぜ）［四季］

§

潮風《しほかぜ》に伊勢《いせ》の浜荻《はまをぎ》ふせばまづ穂《ほ》ずゑを浪のあらたむる哉

山家心中集（西行の私家集）

薩摩《さつま》潟《がた（お）》をきの小島《こじま》に我《（われ）》はありと親《をや》には告《つ》げよ八重《やへ》の潮《しほ》風

平康頼・千載和歌集八（羇旅）

ゆふされば潮《しほ》風越《こ》してみちのくの野田《のだ》の玉河ちどりなくなり

能因・新古今和歌集六（冬）

かぢをたえ由良《ゆら》のみなとによる舟のたよりもしらぬ沖《おき》つ潮《しほ》風

藤原良経・新古今和歌集一一（恋）

しるべせよ跡《あと》なき浪《なみ》にこぐ舟のゆくゑ《（へ）》もしらぬ八重《やへ》の潮《しほ》風

式子内親王・新古今和歌集一一（恋）

須磨《すま》の海人の袖に吹《（ふき）》こす塩風のなるとはすれど手にもたまらず

藤原定家・定家卿百番自歌合

塩風に心もいとゞ乱《みだ》れ芦のほに出《い》でて泣《な》けどとふ人もなし

後鳥羽院・遠島御百首

見渡《みわた》せば潮風《しほかぜ》荒《あら》し姫《ひめ》島の小松がうれにかゝる白《しら》浪

宗尊親王・文応三百首

しほ風の吹《（ふき）》こすを《（お）》ともたかし山《やま》入《（いり）》海《うみ》くらき夕立の空

慶運・慶運百首

須磨《すま》の浦やしほ風《かぜ》さえて春とだに思《おも》はぬかたに立《た》つ霞《かすみ》かな

二条良基・後普光園院殿御百首

時じくの沖つ潮風しぬぎつゝ岩秀の上を這へる松かも

伊藤左千夫・伊藤左千夫全短歌

湯気こもる湯のまど明けてなやましき我が息つきぬ寒き潮風

島木赤彦・氷魚

入日さす永代丸《えいたいまる》の船腹《ふなばら》にかなしきばかり鹹《しほ》かぜのふく
北原白秋・白秋全集
潮風《しほかぜ》のいく日を海に起臥《おきふ》して酢《す》に餓《ゑ》し網子《あこ》に夏蜜柑やる
中村憲吉・軽雷集

しおけむり【潮煙】
風で海水が飛び散る飛沫。⇩潮泡（しおなわ）［四季］
§
春の磯こひしき人の網もれし小鯛《こだひ》かくれて潮けぶりしぬ
与謝野晶子・夢之華
ひとところ立騰《たちあが》りをる潮《しほ》けぶり曇につづく雨晴れしかば
斎藤茂吉・のぼり路

しおさい【潮騒】
潮が満ちるときに波が立ちさわぐこと。また、その波の音をいう。⇩波（なみ）［四季］、海（うみ）［四季］
§
潮騒《しほさゐ》に伊良虞《いらご》の島辺《しまべ》漕《こ》ぐ船に妹《いも》乗るらむか荒き島廻《しまみ》を
柿本人麻呂・万葉集一
潮干なばまたもわれ来《こ》むいざ行かむ沖つ潮騒《しほさゐ》高く立ち来《き》ぬ
作者不詳・万葉集一五
波の丈《たけ》遂にくつがへり弾《はず》みあがりひしめき寄する荒き潮騒《しほさゐ》
木下利玄・紅玉

しおなわ【潮泡・潮沫】
海水の泡。「しおあわ」ともいう。⇩泡（あわ）［四季］、潮煙（しおけむり）［四季］
§
潮沫《しほなわ》のはかなくあらばもろ共《とも》にいづべの方《かた》にほろびてゆかむ
斎藤茂吉・赤光
潮泡《しほなわ》に足をぬらして我等あそぶ七日《なぬか》の月の傾くまでに
土屋文明・自流泉

しきなみ【頻波】
頻りに打ち寄せる波をいう。⇩波（なみ）［四季］
§
しき浪《なみ》も心知《し》りきやこゆるぎのいそがはしかる海人《あま》のしわざを
正徹・永享五年正徹詠草

しけ【時化】
海が荒れること。暴風雨の降り続くこと。また、海が荒れ、不漁であること。⇩嵐（あらし）［四季］、荒波（あらなみ）［四季］
§
秋時化《しけ》の長雨《ながめ》ののちをふうち草《さう》うすゞみ色の疎葉《そえふ》となれり
宇都野研・宇都野研全集
大時化《おほしけ》の潮《しほ》の重吹《しぶき》に戸《と》をたててやりどころ無《な》きわがこころかな
岡稲理・早春
なごりなく吹き荒らされし暴風雨後《しけあと》の庭は土さへ新しく見ゆ
若山牧水・渓谷集
家出でて角をまがれば墓原に人らたつ見ゆこのしけのなかに
古泉千樫・青牛集
山畑の大楠《おほくす》のもとをとほりしが暴風雨《しけ》にこもりし鳶《とび》さやぎけり
中村憲吉・軽雷集

しずく【雫・滴】
水などの液体のしたたり。⬇滴り（したたり）［夏］
§
あしひきの山のしづくに妹《いも》待つとわれ立ち濡れぬ山のしづくに
大津皇子・万葉集二
あしひきの山の黄葉《もみち》に雫《しづく》合《あ》ひて散らむ山道《やまぢ》を君が越えまく
大伴家持・万葉集一九
山科《しな》の宮の草木と君ならば我は雫《しづく》に濡《ぬ》る 許《(ばかり)》也
藤原兼輔・後撰和歌集二〇（哀傷）
よそ人に問《と》はれぬるかな君《きみ》にこそ見《み》せばやと思ふ袖《そで》の雫《しづく》を
実快・千載和歌集一一（恋二）
緑立つ小松が枝にふる雨の雫《しづく》こぼれて下草に落つ
正岡子規・子規歌集
よく見れば細かき松の一葉ごと雪の雫のつたひつつあり
太田水穂・冬菜
ほの紅き楓の若芽春雨の雫やどしてうつくしきかも
窪田空穂・土を眺めて
おろそかに蚊帳を透してみえねどもしづく懶《ものう》く外は雨なりき
長塚節・鍼の如く
くらきより歩《あゆ》み来《きた》りて三井寺《みゐでら》のいさごのうへの杉しづくのおと
斎藤茂吉・白桃
果物のしとどの雫唇《しづくくち》ふれてあどか我がせむかわきはやまず
新井洸・微明以後
時をおき老樹《おいき》の雫おつるごと静けき酒は朝にこそあれ
若山牧水・砂丘
雨《あめ》つよく降《ふ》る夜《よ》の汽車《きしや》の　たえまなく雫流《しづくなが》るる　窓硝子《まどガラス》かな
石川啄木・忘れがたき人人
山のきり次第におもくなりまさりやうやくしげき木原の雫
木下利玄・紅玉
この橋の古きらんかん雨にぬれて雫ながるるを見て居りわれは
古泉千樫・青牛集
夜のひまに　花粉が溶けて　わが百合は　黄いろに染みてそのしづく光れり
宮沢賢治・校本宮沢賢治全集
手のくぼに月を請《うけ》たる雫《しづく》哉
智月・堅田集
手に移ス蓼《たで》すりこ木の雫《しづく》哉
其角・松かさ
桃の実のねぶりもたらぬ雫《しづく》かな
支考・支考句集
風炉《ふろ》かけて淋《さび》しき松の雫《しづく》かな
支考・支考句集

したかぜ【下風】
木などの下を吹きぬける風。⬇風（かぜ）［四季］
§
つつみある身のさかしらに遠く来てそぞろに寒き藤の下風《したかぜ》
正岡子規・子規歌集

しののめ【東雲】
曙光で明るくなった東の空。また、そこにたなびく雲をいう。古歌では相愛の男女が早朝ひそかに別れる頃の情景として多く詠まれる。万葉集に詠まれる「しののめ」の中には「小竹の芽（しののめ）」と比定されるうたもある。［語源］一説に、古代の住居にあった網の目状の明り取りを「め」といい、篠竹で編んだ明り取りが「篠の目」とよばれ、転じて夜明の薄明り、夜明とさすものになったものといわれる。⬇暁（あかつき）［四季］、曙（あけぼの）［四季］、初東雲（はつしののめ）［新年］

§

夏の夜のふすかとすればほと、ぎすなくひとこゑに明《あ》くるしの、め
紀貫之・古今和歌集三（夏）

しののめを我が出で来れば庭の土湿《うるほ》ひ渡りくきやかに見ゆ
窪田空穂・土を眺めて

しののめは翡翠色《かはせみいろ》の大島を焼かんと火をばはなちけるかな
与謝野晶子・草の夢

ふと彼方連山のうへ黎明《しののめ》の青さに似たる空をみいでぬ
前田夕暮・陰影

東明《しののめ》のあをきひかりのさすごとくながくねむりて眼ざめ来らむ
若山牧水・秋風の歌

東雲を清きにほひの閃めきにしら蓮二千さとうちひらく
北原白秋・白秋全集

桐の花露のおりくる黎明《しのゝめ》にうす紫のしとやかさかな
木下利玄・銀

しののめの浪《なみ》の穂がしらほの見せて燈台の灯《ひ》はやをら旋《めぐ》るも
岩谷莫哀・仰望

しののめに山ふかき鳥を聞くものか比叡寺《ひえでら》にゐるを寝て忘れたる
中村憲吉・しがらみ

しののめの煤ふる中《なか》や下の関
芥川龍之介・発句

しばぶね【柴舟】
柴を積んだ舟。⬇舟（ふね）［四季］

§

くれてゆく春のみなとはしらねども霞《かすみ》におつる宇治《うぢ》の柴舟《しばぶね》
寂蓮・新古今和歌集二（春下）

しぶき【飛沫】
細かく飛び散る水。⬇波（なみ）［四季］、雨（あめ）［四季］、川（かわ）［四季］

§

船下り岩殿の山ちかづきぬ少し烈しきしぶきの中に
与謝野晶子・瑠璃光

飛沫《しぶき》ちりわが帆のなかばぬれたるに雲を漏れつつ日の射しにけり
若山牧水・秋風の歌

門燈のあかりの幅にふる雨のかく飛沫《しぶ》きつつ暁《あけ》に及ばむ
宮柊二・群鶏

しま【島・嶋】
①海や湖など周囲を水によって囲まれた小さな陸地。②泉水や築山などつくられた庭園。③ある限られた地域。⬇小島（こじま）［四季］、海（うみ）［四季］

§

百《もも》づたふ八十《やそ》の島廻《しまみ》を漕《こ》ぎ来れど粟《あは》の小島《こしま》し見れど飽かぬかも
作者不詳・万葉集九

箱根路《はこねぢ》をわが越《こ》え来《く》れば伊豆《いづ》の海《うみ》や沖《おき》の小島《こじま》に波《なみ》の寄《よ》る見《み》ゆ
金槐和歌集（源実朝の私家集）

ロゼストをそこに捕へし鬱陵の島。うらくはし夕波青葉の鬱

陵のしま　（施頭歌）

伊藤左千夫・伊藤左千夫全短歌

わが船にうねり近づく大き波眼《まなこ》のまへの島は隠りぬ

島木赤彦・太虚集

おぼろ夜に橘の実を盛れるごと灯の美くしき島を見るかな

与謝野晶子・深林《いだ》の香

この洋《うみ》にかなしきかなやあさみどりしづかなる水を抱く島あり

斎藤茂吉・遍歴

かの海には、ふたつの島の浮びをり、それを眺めて、泣きてあるらむ。

土岐善麿・不平なく

この島に、われを見知れる人はあらず。やすしと思ふあゆみの　さびしさ

釈迢空・海やまのあひだ

島のわき漕ぎ過ぐるとき海面《かいめん》に大濤《おほなみ》黒くうねり立つ見ゆ

宮柊二・独石馬

じゅかい【樹海】

広大な森林を海にたとえたことば。➡海（うみ）［四季］、森（もり）［四季］

§

ほととぎす樹海《じゆかい》の波につつまれてうらやはらかく鳴ける黄昏

与謝野晶子・瑠璃光

世に知らぬ寂しき風の音立つる樹海をなかば雲おほひけり

与謝野晶子・瑠璃光

金華山［日本名山図会］

しらくも【白雲】

白い雲。「はくうん」ともいう。⬇雲（くも）［四季］

§

大海に島もあらなくに海原《うなはら》のたゆたふ波に立てる白雲《しらくも》
作者不詳・万葉集七

梯立《はしたて》の倉椅山《くらはしやま》に立てる白雲見まく欲《ほ》りわがするなべに立てる白雲　（旋頭歌）
万葉集七（柿本人麻呂歌集）

あをによし奈良の都にたなびける天《あま》の白雲見れど飽かぬかも
作者不詳・万葉集一五

桜花さきにけらしもあしひきの山の峡《かひ》よりみゆる白雲《しらくも》
紀貫之・古今和歌集一（春上）

白雲《しらくも》のたなびきにけるみ山《やま》には照《て》る月影もよそにこそきけ
伊勢集（伊勢の私家集）

吉野《よしの》やま人に心をつけがほに花よりさきにかゝる白雲
山家心中集（西行の私家集）

アトヲクラシイリニシ山《ヤマ》ノミネナレドキミニハ見《ミ》セヨ峰《ミネ》ノ白雲
明恵・明恵上人歌集

岫を出てたかねうつめるしら雲のあやしあとなくゆふはるゝ空
上田秋成・探題于朗詠集中歌

おほぞらのみどりに靡く白雲のまがはぬ夏に成《なり》にけるかな
香川景樹・桂園一枝

白雲の夕居る山のその巌の苔むすしたに我は棲まむそ
天田愚庵・愚庵和歌

しら雲のはてなくきつるたひ《(び)》にして　ふる郷人にあはんものとは
樋口一葉・詠草

白雲のすゞしく立てる言問橋《ことといばし》一杯一銭のレモン水に賑《にぎは》ふ
宇都野研・宇都野研全集

否といふこころのやうにわが山の上をななめに走《わし》るしら雲
与謝野晶子・草の夢

山裏《やまうら》は白雲《しらくも》の凝《こ》り見えそめてみづのみなかみ寂《さび》しくもあるか
斎藤茂吉・たかはら

しらなみ【白波】

崩れて白く見える波。古歌では「沖つ白波」と詠まれることも多い。すぐ消えるところから、はかないものの譬えとして詠まれる。また、「白波」から「寄る」「立つ」とつなげて詠まれることも多く、「立つ」から「竜田山」につながることもある。⬇波（なみ）［四季］、波の花（なみのはな）［四季］

§

白波《しらなみ》の浜松が枝《え》の手向草《たむけくさ》幾代《いくよ》までにか年の経《へ》ぬらむ
川島皇子・万葉集一

磯の浦に来寄る白波還《かへ》りつつ過ぎかてなくは誰にたゆたへ
作者不詳・万葉集七

み吉野の瀧《たぎ》もとどろに落つる白波留《とま》りにし妹《いも》に見せまく欲《ほ》しき白波　（旋頭歌）
作者不詳・万葉集一三

白波の寄せくる玉藻世の間《あひだ》も続《つ》ぎて見に来《こ》む清き浜傍《はまび》を
大伴池主・万葉集一七

白浪に秋の木《こ》のはのうかべるを海人《あま》のながせる舟かとぞ見る
藤原興風・古今和歌集五（秋下）

白浪の跡《あと》なき方に行《(ゆく)》舟も風ぞたよりのしるべなりける
藤原勝臣・古今和歌集一一（恋一）

白波《しらなみ》のうちおどろかす浮島《うきしま》に立《た》てる松だにねこそわぶなれ
伊勢集（伊勢の私家集）

世中《(よのなか)》を何《なに》にたとへむ朝《あさ》ぼらけ漕《こ》ぎ行《ゆ》く舟の跡《あと》の白《しら》浪
満誓・拾遺和歌集二〇（哀傷）

月さゆる明石《あかし》の瀬戸《せと》に風《かぜ》吹《(ふけ)》ばこほりのうへにたゝむ白浪
山家心中集（西行の私家集）

霞しく春のしほぢを見わたせばみどりをわくる沖《おき》つしら浪
藤原兼実・千載和歌集一（春上）

夕月夜《ゆふづくよ》しほみちくらし難波江《なにはえ》の蘆《あし》の若《わか》葉にこゆる白浪《しらなみ》
藤原秀能・新古今和歌集一（春上）

なごの海《うみ》の霞《かすみ》のまよりながむれば入《い》る日をあらふ沖《おき》つ白浪《しらなみ》
藤原実定・新古今和歌集一（春上）

磯《いそ》なれで心もとけぬこもまくらあらくなかけそ水の白《しら》浪
藤原定頼・新古今和歌集一〇（羇旅）

磯《いそ》なれぬ心ぞたへぬ旅寝《たびね》する蘆《あし》のまろ屋《や》にかゝる白浪
源師賢・新古今和歌集一〇（羇旅）

大ゐ川わか葉すゞしき山陰のみどりを分《わく》る水のしらなみ
賀茂真淵・賀茂翁家集

船ゆるらに夜《よ》の大海の風きよし月に横ぎるせとの白波
佐佐木信綱・豊旗雲

海宮《ワタツミ》のかくろひ事をもたらして沖つ白波われを訪はなむ
服部躬治・迦具土

富戸の崎沙の都も船の津もつゞきて共にしら波ぞ立つ
与謝野晶子・草と月光

ほこりかも吹きあげたると見るまでに沖辺は闇し磯は白波
長塚節・乱礁飛沫

ひむがしの涯《はたて》の浜はいつしかもひくき曇《くもり》につゞく白波《しらなみ》
斎藤茂吉・のぼり路

しらなみの寄《よ》せて騒《さわ》げる函館《はこだて》の大森浜《おほもりはま》に思《おも》ひしことども
石川啄木・啄木歌集

阿波の海に潮立ちそめぬ打ちいでて淡路《あは》島《ぢ》を見れば磯もしら波
中村憲吉・軽雷集

夕渚人こそ見えね間遠くの岩にほのかに寄する白波
土田耕平・青杉

しらはま【白浜】
白砂の浜辺。⬇浜（はま）［四季］、砂浜（すなはま）［四季］

§

みわたせばかげかすかなるをちなれどむれたるあごのしるき白浜
大隈言道・草径集

じんじゃ【神社】
神道で神霊を祀り、礼拝をする施設。［同義］社（やしろ）。⬇寺（てら）［四季］、社（やしろ）［四季］、神名備（かんなび）［四季］

§

かくてのみやむべき物かちはやぶる賀茂《かも》の社の万世《よろづ》を見む

藤原定方・後撰和歌集一六（雑二）

「す〜そ」

す【洲】

土砂が堆積して、河川や海湖で水面上にあらわれたところ。

§

汐みてばたゞ一重よるうは波に今かくれたるいそのはなれ洲

大隈言道・草径集

すいしゃ【水車】

水力で羽車を回転させて、機械エネルギーを得る装置。「みずぐるま」ともいう。農村では製粉、精米などに利用された。

⇩水車（みずぐるま）［四季］

§

谷あひの水車の小屋にかぶされる八百枝の桜花さかりなり

伊藤左千夫・伊藤左千夫全短歌

枯葦にみなぎりてゆく雪どけの水をかぶりて水車《すゐしや》めぐれる

太田水穂・冬菜

枌落《そぎおと》す工場《こうば》やすめり冬あけの谷の水車はみな乾きをり

中村憲吉・しがらみ

すいへいせん【水平線】

海と空が接して見える水平の線。⇩地平線（ちへいせん）［四季］

§

海よかげれ水平線の黝《くろ》みより雲よ出で来て海わたれかし

若山牧水・みなかみ

水平線が鋸《のこぎり》の刃《は》のごとく見ゆ、太陽の真下の浪のいたましさよ

若山牧水・みなかみ

すぎがき【杉垣】

杉で造った生垣。⇩籬（まがき）［四季］

§

杉垣を右に曲りて左せよ桃さくところ先生の家

正岡子規・子規歌集

杉垣をあさり青菜の花をふみ松へ飛びたる四十雀《しじふから》一羽

正岡子規・子規歌集

すその【裾野】

山の麓のゆるやかに傾斜した原野。⇩山（やま）［四季］

§

夕日《ゆふひ》さす裾野《その》のすゝき片《かた》よりに招《まね》くや秋《あき》を送《おく》るなるらん

源頼綱・後拾遺和歌集五（秋下）

裾野原若葉となりてはろばろし青雲垂りぬその遠きへに

島木赤彦・太虚集

山風も降り積りゆくものに似ぬ裾野の草の鳴る音聞けば

与謝野晶子・草と月光

妙高の裾野のなだり音ぞして木枯《こがらし》のかぜひくく過ぎつも
斎藤茂吉・ともしび

なだらかにのびすましたる富士が嶺の裾野にも今朝しら雪の見ゆ
若山牧水・渓谷集

雲垂れし裾野のよるはたいまつに　人をしたひて　野馬馳せくる
宮沢賢治・校本宮沢賢治全集

すなはま【砂浜】

砂の堆積した浜。⬇浜（はま）［四季］、熱砂（ねっさ）［四季］、白浜（しらはま）［四季］、砂山（すなやま）［四季］

§

わが立つは夕ぐれのごと朝のごと昼と云へどもしろき沙浜
与謝野晶子・草の夢

砂浜《すなはま》にしづまり居《を》れば海を吹く風ひむがしになりにけるかも
斎藤茂吉・つゆじも

砂はまは朝しづかなり昨夜《よべ》つきてここを歩みし足あとのなし
中村憲吉・軽雷集

網《あみ》の目《め》に息《いき》をさむる魚《いを》も見つ美奈《みな》の瀬川《せがは》の沙浜《すなはま》の上
土屋文明・自流泉

すなやま【砂山】

砂の山。砂遊びでつくった小さな山も、砂丘も、ともに砂山といえる。⬇砂丘（さきゅう）［四季］、砂浜（すなやま）［四季］

§

砂山のかげの入江の花はちすしづけき蔭に鯔《いな》の子のとぶ
若山牧水・くろ土

ひと夜《よ》さに嵐来《あらしきた》りて築《きづ》きたる　この砂山《すなやま》は　何《なに》の墓《はか》ぞも
石川啄木・我を愛する歌

砂山の　背面《をち》のなぎさも、昏《く》れにけむ。　夕とゞろきは、音つのりつゝ、
釈迢空・春のことぶれ

砂山に夕日かげればしみじみと潮風吹き来海の方より
土田耕平・青杉

せいうん【青雲】

①青みのある雲。または青空。②高く越えたさま。⬇雲（くも）［四季］

§

伊夜彦《いやひこ》おのれ神《かむ》さび青雲の棚引く日すら小雨《こさめ》そほ降る
作者不詳・万葉集一六

せきてい【石庭】

石を配置して造った庭。⬇庭（にわ）［四季］

§

石庭に冬の日のさしあらはなりまだ凍みきらぬ青苔《あをごけ》のいろ
北原白秋・白秋全集

せせらぎ

浅い瀬を水が流れる音。「せせらき」ともいう。流れることを「せせらぐ」という。⬇小川（おがわ）［四季］

§

せゝらぎのさゞれにさへて行水の波だゝしげに見ゆるをさなさ
大隈言道・草径集

夏の夜の暗きに起るせせらぎの音聞き居《を》れば涼しくなりぬ
窪田空穂・土を眺めて

此処にして聞けば麓のせせらぎのなかなか高し黄葉《もみぢ》照り籠る
若山牧水・朝の歌

暁の木原の下はしめらへりはるか奥よりせゝらぎきこゆ
木下利玄・紅玉

径《みち》をきる山のせゝらぎすみとほりくらき木原にながれ入りたり
木下利玄・紅玉

焼け原の町のもなかを行く水の　せゝらぎ澄みて、秋近づけり
釈迢空・海やまのあひだ

夕かげの小藤《こふぢ》がもとの屋敷川せせらぎ澄みて秋づきにけり
中村憲吉・しがらみ

せんろ【線路】
列車や電車などの通路。⇩汽車（きしゃ）［四季］

§

いつしかに夏はすぎけりただひとり野中の線路われの横ぎる
若山牧水・秋風の歌

そうげん【草原】
草の生い茂る原。「くさはら」ともいう。

§

はらみたる黒き子犬の媚びもつれ歩みもかねつ青き草原
若山牧水・路上

そばみち【岨道】
険しい道。「そわみち」ともいう。⇩山路（やまじ）［四季］

§

そは道を出たちみれば谷あひのそぐへのきはみ花さきなたる
伊藤左千夫・伊藤左千夫全短歌

峯こえて樛《つが》多きがけの岨道《そはみち》に山別れする鷹を見るかな
正岡子規・子規歌集

山岨道《やまそばみち》尽くれば橋あり山人の谷の入り深く帰り行く見ゆ
島木赤彦・柿蔭集

霧すぐる山岨道《やまそばみち》の岩角にうちひゞきくる巡礼の鉦
太田水穂・冬菜

岨路《そばみち》のきはまりぬれば赤ら松峰越《をご》しの風にうちなびきつつ
若山牧水・砂丘

岨《そば》みちの左右《さう》よりすぐに殖林《しよくりん》の杉みつしり立てりこの厚《あつ》みはや
木下利玄・一路

そまがわ【杣川】
杣木を流して下す川。⇩川（かわ）［四季］

§

杣川《そまがは》のいかだの床《とこ》のうきまくら夏《なつ》はすゞしきふしどなりけり
曾祢好忠・詞花和歌集二（夏）

そよかぜ【微風】
おだやかにそよそよと吹く風。⇩風（かぜ）［四季］

§

大き御息《みいき》わがためにしも洩らさすと遠くあふぎぬそよ風の夜《よる》
窪田空穂・まひる野

ひんがしは鮮かに晴れわが上のほのかに曇るそよかぜの朝
与謝野晶子・草の夢

かなしみは出窓のごとし連理草《れんりさう》夜にとりあつめ微《そよ》かぜぞ吹く
北原白秋・桐の花

草わかば黄なる小犬の跳び跳《は》ねて走り去りけり微風《そよかぜ》の中
北原白秋・桐の花

「た」

たいかい【大海】
大きな海。［同義］大洋（たいよう）。⬇海（うみ）［四季］

§

大海に縹《はなだ》のいろの風の満ち佐渡ながながと横たはるかな
与謝野晶子・心の遠景

大海《たいかい》にむかひて一人《ひとり》　七八日《ななやうか》　泣《な》きなむとすと家《いへ》を出《い》でにき
石川啄木・我を愛する歌

だいち【大地】
天に対することばで地を広く表現したもの。「おおつち」ともいう。広い土地をもいう。

§

人の住む国辺を出て、白波が大地両分けしはてに来にけり
伊藤左千夫・伊藤左千夫全短歌

たいよう【太陽】
太陽系の中心をなす恒星。⬇旭（あさひ）［四季］、月（つき）［秋］、日輪（にちりん）［四季］

§

太陽ぞ炎の上に堪へにける炎の上に揺《ゆす》る太陽
島木赤彦・切火

地の上の落葉ゆたかになりぬなど見てあり老いし太陽なれば
与謝野晶子・流星の道

太陽はまばゆきひかり放射《はうしや》してチロールの野に草青く萌《も》ゆ
斎藤茂吉・遠遊

われらいま涙の渓をさまよふにつかれはてたり太陽《さん》をあたへよ
田波御白・御白遺稿

太陽をたのしめとふと心に言ひておどろきて涙ながれぬ
若山牧水・みなかみ

太陽は真上《まうへ》に来《きた》り眼の前に富士の頂上を明《あきら》かに照らす
木下利玄・一路

やちまたの焦土《せうど》のほこりおぼほしく空をおほひて太陽は落つ
古泉千樫・青牛集

春はうし曇れる空に滲《にじ》みたるかの太陽のいろもものうし
中村三郎・中村三郎歌集

葉の落ちて落ちる葉はない太陽
種田山頭火・草木塔

たかせぶね【高瀬舟】
浅瀬用の川舟。古代・中世では小型で船底が深く、近世では大型となり船底が浅くつくられた。⬇舟（ふね）［四季］

§

みなれざをとらでぞくだす高瀬舟《たかせぶね》月のひかりのさすにまかせて

源師賢・後拾遺和歌集一五（雑二）

高瀬《たかせ》舟しぶくばかりにもみぢ葉《ば》の流《なが》れてくだる大井河かな

藤原家経・新古今和歌集六（冬）

たかね【高嶺・高根】

高い嶺、高い山。⬇山（やま）［四季］

§

ひとしきり高根のあらし吹き落ちて谷の真菰にたちさわぐ見ゆ

太田水穂・つゆ艸

たきのいと【滝の糸】

滝の水が落ちるさまを白い糸にたとえたもの。和歌では「滝の白糸」と詠まれることが多い。⬇滝（たき）［夏］

§

水底《みなそこ》のわく許《(ばかり)》にやくゞるらんよる人もなき滝《たき》の白糸《しらいと》

よみ人しらず・拾遺和歌集九（雑下）

春くれば滝の白糸《しらいと》いかなれやむすべども猶《(なほ)》泡《あわ》に見ゆらん

紀貫之・拾遺和歌集一六（雑春）

唐錦もみちの山の木のまより千ひろにかゝるたきの白糸

伊藤左千夫・伊藤左千夫全短歌

たそがれ【黄昏】

夕方の薄暗い様子。［語源］「誰（タ）そ彼（カレ）」で、人が見分け難い意。⬇夕闇（ゆうやみ）［四季］、西明り（にしあかり）［四季］

§

たそがれのうすらあかりが夜《よる》になる大河《おほかは》の辺《べ》の遠《をち》の燈火《ともしび》

佐佐木信綱・新月

黄昏《たそがれ》や鳥は花間《はなま》にわが魂は天のにほひにあくがれ往にし

窪田空穂・まひる野

黄昏《たそがれ》の雲のあひだに山の居ぬもの云ひたらぬ心の如く

与謝野晶子・心の遠景

たそがれと暮れゆく時を背のびして釘かしましく打つがわびしも

新井洸・微明

落葉樹《らくえふじゅ》、わが苑《には》にある、さびしさよ。たそがれの風《かぜ》の、来《き》て、たたずめる。

土岐善麿・黄昏に

親しさや日ごと疲れてわが通る貧民窟の夏のたそがれ

若山牧水・さびしき樹木

薄暮《たそがれ》の水路《すゐろ》に似たる心ありやはらかき夢《ゆめ》のひとりながるる

北原白秋・白秋全集

たそがれの縁の端居し酒を酌み蜥蜴あそぶを見つつ飽かなく

吉井勇・天彦

たつまき【竜巻・龍巻】

空気の猛烈な渦巻。積乱雲の底から漏斗状の雲が垂下り、海面や地表の事物を空に吸い上げ、しばしば甚大な被害をもたらす。⬇旋風（つむじかぜ）［四季］

§

大土佐の室戸の沖に立つといふその龍巻《たつまき》の潮ばしらかも

吉井勇・人間経

竜巻［以呂波引月耕漫画］

たなだ【棚田】
山の斜面に階段状に造られた田。遠くから見ると棚のように見える田。⇩田植（たうえ）［夏］、段々畑（だんだんばたけ）［四季］
§
この峡の上につぎつぎに棚田なす高畦《たかあぜ》明かし夕焼の雲　島木赤彦・氷魚

たななしおぶね【棚無し小舟】
船棚のない小さな舟。⇩小舟（おぶね）［四季］
§
何処《いづく》にか船泊《ふなは》てすらむ安礼《あれ》の崎《さき》漕《こ》ぎ廻《た》み行きし棚無《たなな》し小舟《をぶね》　高市黒人・万葉集一
四極山《しはつやま》うち越え見れば笠縫《かさぬひ》の島漕《こ》ぎかくる棚無《たなな》し小舟《をぶね》　高市黒人・万葉集三
海少女《あまをとめ》棚無《たなな》し小舟《をぶね》漕《こ》ぎ出《づ》らし旅のやどりに楫《かぢ》の音《と》聞ゆ　笠金村・万葉集六
秋の色《いろ》にさてもかれなで蘆辺《あしべ》こぐ棚《たな》なし小舟《（をぶね）》我ぞつれなき　藤原定家・定家卿百番自歌合
藤の花ささげもちたるみやつこをのせて漕《こ》ぎ来る棚《たな》なし小舟《をぶね》　正岡子規・子規歌集
行きあひぬこれも二三の旅人の身を托したるたなし小舟《をぶね》　与謝野晶子・心の遠景

たなはし【棚橋】
棚状にして掛けた板製の仮橋。⇩橋（はし）［四季］
§
天《あめ》にある一つ棚橋《たなはし》いかにか行かむ若草の妻がりといへば足荘厳《よそひ》せむ（旋頭歌）　万葉集一一（柿本人麻呂歌集）
待《ま》てといはゞ寝《ね》てもゆかなむ強《し》ひてゆく駒《こま》の足《あし》おれ《(を)》前《まへ》の棚橋《たなはし》　よみ人しらず・古今和歌集一四（恋四）

たに【谷・溪・谿】
山と山にはさまれた凹状の地形。⇩谷川（たにがわ）［四季］、峡（かい）［四季］、谷風（たにかぜ）［四季］
§
光《ひかり》なき谷には春もよそなれば咲《さ》きてとく散《ち》る物思《（おもひ）》もなし　清原深養父・古今和歌集一八（雑下）

谷ふかみたか庵ならむ松の戸をさゝて出にしぬしのゆかしさ
上田秋成・藻屑

谿の村にひびきて栗をおとす声子どもの声の満つ心地すれ
島木赤彦・氷魚

しづかなる峠《たうげ》をのぼり来《こ》しときに月のひかりは八谷《やたに》をてらす
斎藤茂吉・ともしび

こころおきわづらひがちに紅葉する北の箱根の仙石の渓《たに》
与謝野晶子・流星の道

やはらかに　眠《ねむ》りもよほす　こよひかも。谷のまがりの　音ふけにけり
釈迢空・春のことぶれ

いづくにか 鶯《うぐひす》啼くとたちとまり聞けばかすかに谿《たに》のおときこゆ
石井直三郎・青樹以後

たにかぜ【谷風】
谷間から吹き上げる風。昼間に暖められた平地の大気が、山頂に吹き上げて起きる風。⇩山風（やまかぜ）［四季］、谷（たに）［四季］

§

谷風にとくる氷のひまごとに打《うち》いづる波や春のはつ花《はな》
源当純・古今和歌集一（春上）

谷風になれずといかゞ思ふらん心ははやくすみにし物を
公任集（藤原公任の私家集）

谷《たに》風の身にしむごとにふる里の木《こ》の下《もと》をこそ思《おも》ひやりつれ
藤原公任・千載和歌集一七（雑中）

信濃木曽嶮路［山水奇観］

たにがわ【谷川】
谷間を流れる川。〔同義〕渓流（けいりゅう）。⬇川（かわ）〔四季〕、細谷川（ほそたにがわ）〔四季〕

§

谷川《たにがは》の氷《こほり》もいまだ消《き》えあへぬに峰《みね》の霞《かすみ》はたなびきにけり
藤原長能・後拾遺和歌集一（春上）

しのばじよ石間《いしま》づたひの谷河《たにがは》も瀬《せ》を堰《せ》くにこそ水まさりけれ
藤原公継・新古今和歌集一二（恋）

渓川《たにがは》も朝のゆめより覚めて鳴る山荘の客窓を開くれば
与謝野晶子・深林の香

たたかひを終りたる身を遊ばせて石群《いはむらが》れる谷川を越ゆ
宮柊二・小紺珠

たむけ【手向】
峠で山の神（道祖神）に手向けの幣を奉ることから、越えて行く山の登りつめた所をさした。⬇峠（とうげ）〔四季〕

§

畏《かしこ》みと告《の》らずありしをみ越路の手向《たむけ》に立ちて妹が名告《の》りつ
中臣宅守・万葉集一五

たるひ【足日】
物事が十分に満ち足りた良き日。

§

国原を花の八重雲たちなびく天の足日にまつりおこなふ
伊藤左千夫・伊藤左千夫全短歌

たるみ【垂水】
垂れ落ちる水。滝。⬇滝（たき）〔夏〕

§

命《いのち》をし幸《さき》くよけむと石走《いはばし》る垂水《たるみ》の水をむすびて飲みつ
作者不詳・万葉集七

年《とし》を経《へ》て垂水《たるみ》の水のうれしくや同《おな》じ流《なが》れの影《かげ》を見《み》るらむ
四条宮下野集（四条宮下野の私家集）

しどけなく山をつたへる水により山のくづるる大垂水これ
与謝野晶子・心の遠景

だんだんばたけ【段々畑】
山の斜面に階段状に造られた畑。⬇棚田（たなだ）〔四季〕、畑（はたけ）〔四季〕

§

国土《くにづち》もはてしとぞ思ふ入海の向うに低き段々畠《だんだんばたけ》
島木赤彦・太虚集

武蔵野《むさしの》のだんだん畑《ばた》の唐辛子いまあかあかと刈り干しにけれ
北原白秋・白秋全集

くが山の段々畑《だんだんばた》の除虫菊《ぢよちゆうぎく》しろく咲きそめて春ふけにけり
中村憲吉・軽雷集

「ち」

ちいほあき【千五百秋】
千五百（ちいほ）は物の数の多いことをいい、秋を一年の

代表として、限りなく続く年月を形容したことば。➡秋（あき）［秋］

§

千五百秋の八千五百秋のとことはに末とほりたる清き心や
伊藤左千夫・伊藤左千夫全短歌

千五百秋の秋の千種の咲き返り遠く遥けく猶や咲くらむ
伊藤左千夫・伊藤左千夫全短歌

ちくりん【竹林】

竹の林。竹藪。➡林（はやし）［四季］

§

竹林の台をくだりてゆふ月に僧の訪ひこし松原湯かな
与謝野晶子・深林の香

はるかなる山べのかすみ真《ま》ぢかくに竹の林の黄《き》なるしづかさ
斎藤茂吉・ともしび

竹林《ちくりん》の中《なか》に池あり雨ふれば亀の子幽かにひれふれり見ゆ
北原白秋・白秋全集

五月《さつき》の雨竹林《ちくりん》のなかに男ゐて竹を伐《き》るこそさびしかりけれ
石井直三郎・青樹

ちへいせん【地平線】

平原など大地が空や海と接する一線。➡水平線（すいへいせん）［四季］

§

暗黒の宇宙を負へり灰色のクレーターのさき月の地平線
宮柊二・独石馬

ちり【塵】

①砂や土などが細かい粉末状になって飛び散ったもの。②水の飛沫。③けがれ、よごれ。仏教で俗世間を卑しめていうことば。④わずかであること。➡春塵（しゅんじん）［春］

§

吹《（ふく）》風の下《した》の塵《ちり》にもあらなくにさも立《た》ちやすき我《わ》が無《な》き名《な》哉《（かな）》
伊勢・後撰和歌集一六（雑二）

人なげにめのまへをしもゆきかひてちりさへわれをかろめつる哉
大隈言道・草径集

書《ふみ》のうへ畳《たたみ》のすみにかくのごと積《つも》れる塵《ちり》をわれは悪《にく》まむ
斎藤茂吉・のぼり路

うら若き日の悲しみに別れ来て塵《ちり》とおなじき身となりにけり
前田夕暮・収穫

夕されば机《つくゑ》の前に物思ふ硯《すずり》の蓋《ふた》の塵《ちり》の寂しさ
中村三郎・中村三郎歌集

「つ〜と」

つぎはし【継橋】

適当な間隔に柱を立て、板を継ぎ足した橋で、いくつもの

橋を連結したように見える橋。⬇橋（はし）［四季］

§

足《あ》の音《おと》せず行かむ駒もが葛飾の真間の継橋《つぎはし》やまず通はむ

作者不詳・万葉集一四

つつみ【堤】

湖池や川などの岸に高くめぐらした堤防。［語源］湖池や川などを「ツツム」の意。

§

故郷の池の堤《つつみ》の柳原さすがに春は忘《わす》れざりけり

宗尊親王・文応三百首

きの川の堤はながしやすらはむ水おもしろき所えらびて

大隈言道・草径集

隅田川堤《すみだがはつつみ》の桜さくころよ花のにしきをきて帰るらん

正岡子規・子規歌集

堤の下若草に日は洽《あまね》くして母子《おやこ》四五人物食ふところ

土屋文明・青南後集

つづらおり【葛折・九十九折り】

葛の蔓のように、はなはだしく折曲がった坂道。⬇山路（やまじ）［四季］

§

巌高き山のほそ路つづら折わが松の戸を覓《と》めくるや誰

与謝野礼厳・礼厳法師歌集

あひおもはぬ 中(仲) はくらまのつゝ(ゞ)らおり 近くてとほき物にそ(ぞ)有ける

樋口一葉・詠草

つづらをり嶮しき坂をくだり来れば橋ありてかかる峡の深みに

若山牧水・山桜の歌

つむじかぜ【旋風】

渦のように巻いて吹き上げる小さく強い風。「せんぷう」ともいう。［同義］辻風（つじかぜ）。⬇風（かぜ）［四季］、竜巻（たつまき）［四季］

§

…み雪降る　冬の林に　飄風《つむじ》かも　い巻き渡ると　思ふまで　聞《き》きの恐《かしこ》く…（長歌）

柿本人麻呂・万葉集二

昼明かき街のもなかに雪を捲くつむじの風は立ち行きにけり

島木赤彦・氷魚

かうかうと仕事場は灯《ひ》の明くして夜深き街を旋風《つむじ》過ぎたり

宮柊二・群鶏

つりばし【吊橋・釣橋】

①岸から岸などロープを張り渡し、路床を敷いた橋。②城郭の橋など、防御上、また不要な時に上げておくことができる橋。⬇橋（はし）［四季］

§

秋かぜの吹けばわが身もあはれなり十橋荘のつり橋の上

与謝野晶子・太陽と薔薇

吊橋を二つ渡ればこと移り世古《せこ》の温泉《いでゆ》の黄のもみぢ散る

与謝野晶子・草と月光

祖谷蘿橋［阿波名所図会］

目の下《した》に釣橋《つりばし》ひとつ見え居りてただ世の中につながりをもつ
土屋文明・山の間の霧

つりぶね【釣舟・釣船】

魚釣に用いる舟。➡舟（ふね）［四季］、夜釣（よづり）［夏］

§

風を疾《はや》み沖つ白波高からし海人《あま》の釣船浜に帰りぬ
角麿・万葉集三

志賀《しか》の白水郎《あま》の釣船の網堪《あ》へなくに情《こころ》に思《も》ひて出でて来にけり
作者不詳・万葉集七

武庫《むこ》の海のにはよくあらし漁《いざり》する海人《あま》の釣船《つりぶね》波の上《うへ》ゆ見ゆ
作者不詳・万葉集一五

磯《いそ》ごとに海人《あま》の釣船泊《は》てにけりわが船泊《は》てむ磯の知らなく
作者不詳・万葉集一七

浜辺よりわがうち行かば海辺より迎へも来ぬか海人《あま》の釣舟
大伴家持・万葉集一八

わたの原八十島《やそしま》かけてこぎいでぬと人にはつげよ海人《あま》のつり舟
小野篁・古今和歌集九（羇旅）

いく雲井こぎいでてつらんわたつ海のあまの釣舟《つりぶね》としを運《はこ》びて
安法法師集（安法の私家集）

伊勢《いせ》の海《うみ》のかひなき浦《うら》に寄《よ》せてけりさだめなかりし海人《あま》の釣舟《つりぶね》
四条宮下野集（四条宮下野の私家集）

糸《いと(お)》をろす方《かた》こそなけれ伊勢の海の潮瀬《しほせ》にかゝる海人《あま》の釣舟《つりぶね》
藤原俊忠・千載和歌集一六（雑上）

秋の夜《よ》の月や雄島《をじま》のあまのはらあけがたちかき沖《おき》のつり舟
藤原家隆・新古今和歌集四（秋上）

みるめ刈《か》るかたやいづくぞさほ《(を)》さしてわれに教《をし》へよ海人《あま》の釣《つり》舟
　在原業平・新古今和歌集一一（恋）
わたの原八十島白《しろ》くふる雪のあまぎる浪《なみ》にまがふ釣舟
　藤原家隆・家隆卿百番自歌合
とにかくにこがれて物を思《おも》ふ 哉《(かな)》塩焼《しほや》く浦《うら》の海人《あま》の釣《つり》舟
　宗尊親王・文応三百首
こぎ出《(いで)》ぬと見《み》しやそらめの朝霧にやがてまぎるゝ海士《(あま)》の釣舟
　三条西実隆・内裏着到百首
心あるあまのしわざに釣舟をよせてはつなぐ松がうら島
　幽斎・玄旨百首
風早《かぜはや》の浦のゆふだち足早み釣舟さわぐ浪立つらしも
　与謝野礼厳・礼厳法師歌集
釣《つり》ぶねへ舟こぎよせて魚買ひぬ海に遊びて昼のちかけれ
　中村憲吉・軽雷集

ていしゃば【停車場】
汽車や電車などの発着所。「ていしゃじょう」ともいう。
➡汽車（きしゃ）［四季］
§
停車場に銭をかぞふる老人《らうじん》の手の灯明《ほあか》りに笛きこゆなり
　島木赤彦・切火
夏草のいきるゝなかに汽鑵《かま》一つうごきてゐたり小《ち》さき停車場
　太田水穂・冬菜
停車場の赤き灯かげに別れ来て濠端《ほりばた》に立ち人をおもへる
　前田夕暮・収穫
ただひとり知らぬ市街《しがい》に降り立ちぬ停車場前に海あり浪寄る
　若山牧水・死か芸術か
停車場より家路を辿る、四五町の、冬の月夜の、なつかしさかな。
　土岐善麿・不平なく
ふるさとの訛《なまり》なつかし　停車場《ていしゃば》の人《ひと》ごみの中《なか》に　そを聴《き》きにゆく
　石川啄木・煙
草堤《くさどて》の茅《かや》が根もとに野いばらの白く泣き居る夏の停車場
　木下利玄・銀
秋の日の寂しき時はただひとり停車場《ていしゃば》に往き人をながむる
　吉井勇・昨日まで
停車場の人ごみを来て、なつかしさ。ひそかに　茶など飲みて　戻《もど》らむ。
　釈迢空・春のことぶれ
停車場の　するどき笛にとび立ちて　青き夕陽にちらばれる鳥
　宮沢賢治・校本宮沢賢治全集

てら【寺】
仏教の道場。仏像を安置し、僧や尼が修業し、教法を説く澱舎。➡神社（じんじゃ）［四季］、古寺（ふるでら）［四季］、山寺（やまでら）［四季］、五重塔（ごじゅうのとう）［四季］
§
雲かすみ寺をつゝめる山たかみいかにもれきて鐘ひゞくらん
　三条西実隆・内裏着到百首
只二人法師と吾と居る寺を雲はつゝめり心あるらし
　伊藤左千夫・伊藤左千夫全短歌

老ゆるもの子に従ひて尊《たふと》けれ信濃の寺に遠く来ませり
島木赤彦・柿蔭集
けふ秋のくまぐま晴れて澄む草に鉦を鳴らせる武蔵野の寺
太田水穂・冬菜
春の夜に小雨そぼ降る大原や花に狐《きつね》の出でてなく寺
与謝野晶子・小扇
うつしみは死《し》にするゆゑにこの島に幽《かす》かなる仏《ほとけ》の寺《てら》ひとつあり
斎藤茂吉・石泉
冷《ひや》やなる一縷《いちる》の香《かう》に夕日さしあかあかとしも暮れてゆく寺
北原白秋・白秋全集
人里はちかくにあれど谷の戸を杉のとざして寂《しづ》かなる寺
中村憲吉・軽雷集
日《ひ》の暮《く》れの雨《あめ》ふかくなりし比叡寺《ひえいでら》四方結界《よもけつかい》に鐘《かね》を鳴《な》らさぬ
中村憲吉・しがらみ
障子戸のなべてあかるしまさしくも山のみ寺に月押し照れり
宮柊二・群鶏

てりかげり【照り翳り】
日が照ったり翳ったりすること。
§
横さまに若葉にあたる雨疎《あら》し照りかげり疾《はや》くなりまさりつつ
島木赤彦・柿蔭集

てりさかる【照り盛る】
日差しが盛んに照ること。
§
道あらぬ草しげり山の急斜面《きふしやめん》てりさかる西日にきらめけるかも
木下利玄・紅玉

てりしらむ【照り白む】
日差しが照りつけて明るく白むこと。
§
張り来たるたたら足踏む七面鳥いや照りしらむ陽の直射《ひたさし》を
北原白秋・白秋全集

とうげ【峠】
山道の上りつめた所で、下りにさしかかる所。「峠」は国字。
[語源] タムケ（手向）の意で、通行する人が山の神（道祖神）に手向けをして通る習俗から。また、「タヲ（鞍部）ケ（処）」の転ともいわれる。↓手向（たむけ）[四季]
§
ま向《むか》ひの峠の上《うへ》も萌《も》えいでて雪のこる際《きは》まで青くなりたり
土屋文明・ゆづる葉の下
しづかなる峠《たうげ》をのぼり来《こ》しときに月のひかりは八谷《やたに》をてらす
斎藤茂吉・ともしび
のぼりきて峠のうへに汗をふけり手ぬぐひに残るいで湯の匂ひ
古泉千樫・青牛集

とうだい【灯台・燈台】
沿岸を航行中の船舶に、主として、夜間、特定の灯火によって位置や航路を知らせる標識。
§
海峡の燈台の灯は明滅すわがおちつかぬ旅のこころに
与謝野晶子・夏より秋へ

外海の透徹《すきとほ》りたる一色《いろ》のみどりににほひ燈台の立つ
前田夕暮・陰影

岬より入日にむかひうすうすと青色の灯をあぐる燈台
若山牧水・死か芸術か

暮れかかる崎の湯にゐて見てをれば土佐の伊島《いじま》にともる燈台
中村憲吉・軽雷集

目にとめて安房はるかなる燈台のありか知られつ夕となれば
土田耕平・青杉

とおりあめ【通り雨】
ひとしきり降って通り過ぎていく雨。⇩雨（あめ）［四季］
§
通り雨すぎて明るし赫土《はに》道《みち》の矮松《こまつ》の花のしめりたる見ゆ
島木赤彦・氷魚

通り雨水の面にやみて湖の上に夕明り空の蒼くすみたる
木下利玄・紅玉

とおりかぜ【通り風】
一時的に吹いて来て、通り過ぎていく風。⇩風（かぜ）［四季］
§
通り風すぎて木擦《きず》れの音すなり枝々ふかく交《か》はせる赤松
島木赤彦・氷魚

ときかぜ【疾風】
激しく吹く風。「しっぷう」ともいう。⇩風（かぜ）［四季］、疾風（はやて）［四季］
§
六月《ろくぐわつ》の疾風《ときかぜ》は潮《しほ》を吹き上げてはや黄《き》に枯るる蒲《がま》なびくかも
土屋文明・ゆづる葉の下

ときやみあめ【時止み雨】
降っては一時止む雨。⇩雨（あめ）［四季］
§
ぬれしとる山樹《やまぎ》木伝《こづた》ふ靄くらく時やみ雨のただちに至る
木下利玄・紅玉

とまぶね【苫舟】
苫を屋根にふいた舟。⇩舟（ふね）［四季］
§
とま舟《ふね》のとまはねのけて北斎《ほくさい》の爺《おぢ》が顔出《かほだ》す秋《あき》の夕《ゆふ》ぐれ
北原白秋・白秋全集

とよはたぐも【豊旗雲】
豊は美称。美しい旗がなびいているような雲。⇩旗雲（はたぐも）［四季］
§
わたつみの豊旗雲《とよはたくも》に入日《いりひ》見し今夜《こよひ》の月夜《つくよ》さやに照りこそ
天智天皇・万葉集一

どんてん【曇天】
曇った空。曇った天候。⇩雲（くも）［四季］
§
あきらめの黄いろき頬をながれたる涙ぬぐはず曇天をみる
前田夕暮・陰影

曇天のもとにしづかにくろずめる陰影《いんえい》くらき並木の一列《れつ》
前田夕暮・陰影

「な」

ない

地震をしめす古語。地震で揺れることを「ないふる」という。

§

篁《たかむら》に牝牛《めうし》草食《は》む音きけばさだかに地震ははてにけらしも

北原白秋・白秋全集

なかがき【中垣】

空間の中間にある仕切りの垣根。⇩籬（まがき）［四季］

§

冬ながら春のとなりの近《ちか》ければ中垣《なかゞき》よりぞ花はちりける

清原深養父・古今和歌集一九（雑体）

なぎ【凪・和】

風がやんで波がおだやかになること。⇩土用凪（どようなぎ）［夏］、朝凪（あさなぎ）［夏］、夕凪（ゆうなぎ）［夏］、寒凪（かんなぎ）［冬］、冬凪（ふゆなぎ）［冬］、初凪（はつなぎ）［新年］、御講凪（おこうなぎ）［冬］

§

泣き泣きてつかれはてたる人に似る海は夕日に凪ぎぬしづかに

前田夕暮・収穫

忍びかに白鳥啼けりあまりにも凪ぎはてし海を怨ずるがごと

若山牧水・海の声

大海《おほうみ》に生《あ》るる帆ながめわが心ひねもす凪ぎぬおほらなるかな

北原白秋・白秋全集

白き猫《ねこ》船より船に飛びてをり一夜《ひとよ》荒れたる海凪《な》ぎぬらし

大熊長次郎・真木

島山の鐘《かね》の撞木《しゆもく》の丈《たけ》ながの綱手の垂れに朝は凪《な》ぎつつ

明石海人・白描

島山がいだく入江の凪《な》ぎ潮《しほ》に沖がかりしてわが船とまる

宮柊二・藤棚の下の小室

なぎさ【渚・汀】

川・湖・海などの波の打ち寄せる砂地の所。古歌では、「波（無み）」が「寄る」「返る」として、また「あふことの無き」に掛けることばとして、恋の歌に詠み込まれることが多い。⇩水際（みぎわ）［四季］

§

玉敷ける清き渚《なぎさ》を潮満てば飽かずわれ行く還《かへ》るさに見む

阿倍継麿・万葉集一五

逢《あふ》事のなぎさにし寄《よ》る浪なればうらみてのみぞ立《た》ちかへりける

在原元方・古今和歌集一三（恋三）

見るめ刈《か》る渚《なぎさ》やいづこあふごなみ立寄《よ》る方《かた》も知《し》らぬ我《わ》が身は

在原元方・後撰和歌集一〇（恋二）

岩青し月の国なる渚《なぎさ》ぞと船寄せたらばをかしからまし

与謝野晶子・心の遠景

遠々《とほどほ》し白きなぎさに潮気《しほけ》だちそがひの山は雲かたよりぬ
斎藤茂吉・白桃

海とろに濁りて赤しわれひとり親も思はず渚に立てる
前田夕暮・収穫

うす墨になぎさの砂のうるほへる冬のゆふべを千鳥なくなり
若山牧水・黒松

遠浅の浜に寄り来て波ひくし渚《なぎさ》の砂に這《は》ひひろがれる
木下利玄・紅玉

内海の潮《しほ》退《ひ》きたれば渚《なぎさ》とほく馬うちわたす人ひとり見ゆ
半田良平・野づかさ

渚べに火をかこむ海女《あま》がうつし身の乳房は垂れてかなしきろかも
半田良平・野づかさ

寄る波はなほくらけれど子どもらよ渚《なぎさ》づたひに浜の湯へ行かむ
中村憲吉・軽雷集

砂曇《すなぐもり》沖とほくいでて吹かれ居り吾《わ》が立つなぎさただに澄みつつ
土屋文明・ゆづる葉の下

渚原ひととき波のしづまれば遠き渚の波音きこゆ
土田耕平・青杉

明日《あす》の日をこひ祈《の》むわれが心とも渚《なぎさ》にひかるさざれ石ひとつ
前川佐美雄・天平雲

なぎさふりかへる我が足跡も無く　尾崎放哉・須磨寺にて

渚白い足出し　尾崎放哉・小豆島にて

なみ【波・浪】

波浪、潮流など水面の高低の動き。周囲を海に囲まれたわが国では、波は「立つ」「寄せる」「返す」「越す」ものとして、「波の花」のように波を花にたとえたものなど、古来よりさまざまに形容されて詠まれている。⬇荒波（あらなみ）【四季】、荒磯波（ありそなみ）【四季】、うねり【四季】、浦波（うらなみ）【四季】、卯波（うなみ）【夏】、五月波（さつきなみ）【夏】、土用波（どようなみ）【夏】、稲の波（いねのなみ）【秋】、秋の波（あきのなみ）【秋】、細波（さざなみ）【四季】、波の花（なみのはな）【四季】、潮騒（しおさい）【四季】、頻波（しきなみ）【四季】、飛沫（しぶき）【四季】、白波（しらなみ）【四季】、辺波（へなみ）【四季】

§

夕凪《ゆふなぎ》に漁《あさり》する鶴《たづ》潮満てば沖波高み己《おの》が妻呼ぶ
作者不詳・万葉集七

大伴《おほとも》の三津《みつ》の浜辺をうち曝《さら》し寄せ来《く》る波の行方《ゆくへ》知らずも
作者不詳・万葉集七

もみぢ葉《ば》のながれてとまるみなとには紅深き浪やたつらむ
素性・古今和歌集五（秋下）

楫《かぢ》にあたる浪のしづくを春なればいかゞさきちる花と見ざらむ
兼覧王・古今和歌集一〇（物名）

おきつ浪たかしの浜《はま》の浜《はま》松の名《な》にこそ君を待《ま》ちわたりつれ
紀貫之・古今和歌集一七（雑上）

松見《み》れば立《た》ちうきものを住《すみ》の江《え》のいかなる波《なみ》かしづ心なき
藤原為長・後拾遺和歌集一八（雑四）

こゆるぎの磯こす浪も音高《をとたか》き浦《うら》風ながら霞《かす》む春かな
正徹・永亨九年正徹詠草

こゝまでも夜はには波のうちよせて松にかけたるちりあくた哉
大隈言道・草径集

藤さけるしきなが浜に風ふけば御船によする紫の浪
正岡子規・子規歌集

日の光明《あか》らさまなる岩の上《うへ》ゆ見入らざらめや波の青みを
島木赤彦・切火

金色《こんじき》の波もも色の波の山うちかさなりてみづうみ氷る
与謝野晶子・夏より秋へ

海のおもてくろ波あがり　ひた寄せに　この砂浜をまさにふたげり。
石原純・靉日

浪、浪、浪、沖に居る浪、岸の浪、やよ待てわれも山降りて行かむ
若山牧水・死か芸術か

打ちあがる浪のしぶきにさとばかりうつらふ虹の寒けくもあるか
若山牧水・渓谷集

昨日見て今日また来たる九十九里折り畳む波かはることなく
土屋文明・続青南集

雨ながら九十九里浜《くじふくりはま》によする波とりとめもなき音を寂しむ
佐藤佐太郎・歩道

波のさゝやき白みゆく空の雲ふかし
種田山頭火・層雲

なみのはな【波の花】
波の白く立つさまを白い花に見立てた表現。⇩波（なみ）[四季]、白波（しらなみ）[四季]
§

浪《なみ》の花沖《はなおき》からさきに見《み》えつるは水《みづ》の春《はる》とも風《かぜ》ぞなりける
伊勢集（伊勢の私家集）

浪の花沖《おき》からさきてちり来《く》めり水の春《はる》とは風やなる覧
伊勢・古今和歌集一〇（物名）

咲《さ》きて散《ち》るつらさも知《し》らぬわたつ海の浪の花吹《ふ》く春の浦《うら》風
宗尊親王・文応三百首

「に〜の」

にごりえ【濁江】
水の濁った入江。⇩入江（いりえ）[四季]
§

ちひさなる舟にわが乗りふらふらと漕ぎいでてゆく春の濁り江
若山牧水・路上

濁り江はかすみて空もかき垂れぬわが居る舟に啼き寄る鷗
若山牧水・路上

にし【西風】
西から吹く風。「にしかぜ」。「し」は風をいう。⇩風（かぜ）[四季]
§

西吹くや富士の高根にゐる雲の片寄《かたよ》りにつつ一日《ひとひ》たゆたふ
島木赤彦・柿蔭集

西風《にし》ふけば木の葉の降りのはらはらとこぼれて枝の寒き星屑
太田水穂・冬菜

にしあかり【西明り】

日没後の西の空の明るさをいう。⬇黄昏（たそがれ）［四季］、西日（にしび）［夏］

§

高草原あゆみかへせば西あかりまなこに沁みていよよ暗しも
古泉千樫・青牛集

にちりん【日輪】

太陽、天日をいう。⬇太陽（たいよう）［四季］

§

煙突の口ゆもり上《あが》る黒けむり日輪の前をよこぎれるかも
木下利玄・紅玉

雲たてる　蔵王の上につくねんと　白き日輪か丶る朝かな
宮沢賢治・校本宮沢賢治全集

にわ【庭】

一般には、門内の空き地。そこに植物を植え、築山・池などを設けて観賞する空間。古くは農家の土間や家庭などをもさした。⬇石庭（せきてい）［四季］、庭石（にわいし）［四季］、庭苔（にわごけ）［四季］

§

秋風の吹き扱《こ》き敷ける花の庭清き月夜《つくよ》に見れど飽かぬかも
大伴家持・万葉集二〇

花の蔭《かげ》た丶まく惜《を》しき今宵《こよひ》かな錦《にしき》をさらす庭《には》と見《み》えつ丶
清原元輔・後拾遺和歌集二（春下）

南禅寺方丈［都林泉名勝図会］

たづぬべき人は軒端《のきば》のふるさとにそれかとかほ《(を)》る庭《には》のたちばな
よみ人しらず・新古今和歌集三（夏）

かたみとてほの踏《ふ》みわけし跡《あと》もなし来《こ》し昔《むかし》の庭のお《(を)》ぎはら
藤原保季・新古今和歌集一四（恋四）

山ざとの冬の庭こそ淋しけれ木葉みだれてしぐれ降《ふり》つ、
香川景樹・桂園一枝

蓮は実《み》をむすぶも清きやり水に月ひとり澄む山寺の庭
与謝野礼厳・礼厳法師歌集

吾庭の、秋の草花、花よそひ、蕾は立ちぬ、いつ咲くらむか、
伊藤左千夫・伊藤左千夫全短歌

林泉のさびしき庭をながめつついにしへびとの華奢を憐れむ
吉井勇・天彦

紋章のごとく銭苔《ぜにごけ》生ひ殖《ふ》ゆる雨多きまま冬に入る庭
宮柊二・純黄

にわいし【庭石】

庭の風趣を演出するために置いた石。⬇庭（にわ）［四季］

§

庭石一つすゑられて夕暮が来る　尾崎放哉・須磨寺にて

朝朝を掃く庭石のありどころ　尾崎放哉・須磨寺にて

にわかあめ【俄雨】

俄に降ってきてすぐにやむ雨。⬇雨（あめ）［四季］、村雨（むらさめ）［四季］

§

山かひを木高みしげみにはか雨梢《うれ》にさやげど未《ま》だ地を打たず
木下利玄・紅玉

にはか雨おとろへきたり山にたつ靄《もや》こそ見ゆれ小屋の戸いでむ
木下利玄・紅玉

にわごけ【庭苔】

庭に生えている苔。また庭の風趣を演出するために植えた苔。⬇庭（にわ）［四季］

§

庭苔に木の根影ひく朝の間は冬もかすかに美しくして
北原白秋・白秋全集

ぬかぼし【糠星】

晴天の夜空に糠のように細かく見える星々。⬇星屑（ほしくず）［四季］、星（ほし）［四季］

§

糠星《ぬかぼし》と云へど恥なき身をもてるもののみありぬ天上の国
与謝野晶子・深林の香

ぬま【沼】

湖よりも小さく、通常水深五メートル以下で、泥深く、周辺に水草の生い茂った状態のものをいう。⬇池（いけ）［四季］

§

稲の色に雨ふる昼の静けさに沼の肌《はだ》へに舟うかぶなり
島木赤彦・馬鈴薯の花

沼の縁《へり》におほよそ葦《あし》の生《お》ふるごと此処に茂れり石楠木《しゃくなぎ》の木は
若山牧水・山桜の歌

沼尻《ぬまじり》の蘆の茂みによする波だぷりだぷりと音のよろしき
古泉千樫・青牛集
草笛を吹きつつおもふこの沼のにごれる波はいたくさぶしも
橋田東声・地懐以後
秋空の蒼《あを》さながらに映《うつ》すゆゑ泥沼の魚もこのごろ冴ゆる
前川佐美雄・天平雲

ぬれいろ【濡色】
雨など水に濡れた色合。清明で生気のある色の表情をあらわすことが多い。
§
雨ふれり丹《に》のぬれいろの草花にむかひて端居《はしゐ》を久しくするも
木下利玄・紅玉

ぬれしとる【濡れ湿とる】
濡れて湿気をおび、しっとりとすること。
§
ぬれしとる山樹木伝《やまぎこづた》ふ靄くらく時やみ雨のただちに至る
木下利玄・紅玉

ぬれそぼる【濡れそぼる】
雨などで、したたかに濡れてびしょびしょになること。
§
幹くろくぬれそぼつ木を雨靄の伝はりゆくも峡《かひ》のをぐらさ
木下利玄・紅玉

のてん【野天】
屋根のない屋外。露天。
§
草にゐてわりごひらけば真上《まうへ》より野天《のてん》の春日《はるび》握飯《むすび》を照らす
木下利玄・一路

「は」

はげやま【禿山】
草木の生えていない地面がむきだしの山。⇩青葉山（あおばやま）［夏］
§
禿山に生ふる馬酔木はたけひくくとををに花をつけて茂れり
若山牧水・くろ土
禿山のトンガリ山によぢのぼる己《うら》が心もひもじかりけり
北原白秋・白秋全集
禿山《はげやま》の赤はだかなる山肌にうすれかたむく西日のひかり
橋田東声・地懐

はし【橋】
水辺や谷など歩行に困難なところに掛け渡した通行用の構造物。⇩掛橋（かけはし）［四季］、棚橋（たなはし）［四季］、継橋（つぎはし）［四季］、吊橋（つりばし）［四季］、丸木橋（まるきばし）［四季］
§

梯立の倉椅川《くらはしがは》の石《いは》の橋はも壮子時《をざかり》にわが渡りてし石《いは》の橋はも（旋頭歌）

万葉集七（柿本人麻呂歌集）

信濃なるきそ路の橋も何ならずあやふき中にかくるおもひは

小沢蘆庵・六帖詠草

如何《いか》なりし事にてありけむ忘られぬ事のありしが此橋にして

窪田空穂・土を眺めて

わが取るは鞭とも云はん細き杖黒部の橋はわく組める橋

与謝野晶子・深林の香

下総の国に入日し榛《はり》はらのなかの古橋わが渡るかな

若山牧水・路上

濁り江の古き木の橋きしきしとさみしがらせてわたる子もなし

北原白秋・白秋全集

木場の水　わたればきしむ　橋いくつ。こえて　来にしを
いづこか　行かむ

釈迢空・春のことぶれ

今日の足音のいちはやく橋をわたりくる

種田山頭火・草木塔

はたぐも【旗雲】

旗のようになびいている雲をいう。⬇雲（くも）［四季］、豊旗雲（とよはたぐも）［四季］

§

かぎろひの夕べの空に八重《やへ》なびく朱《あけ》の旗《はた》ぐも遠《とほ》にいざよふ

斉藤茂吉・赤光

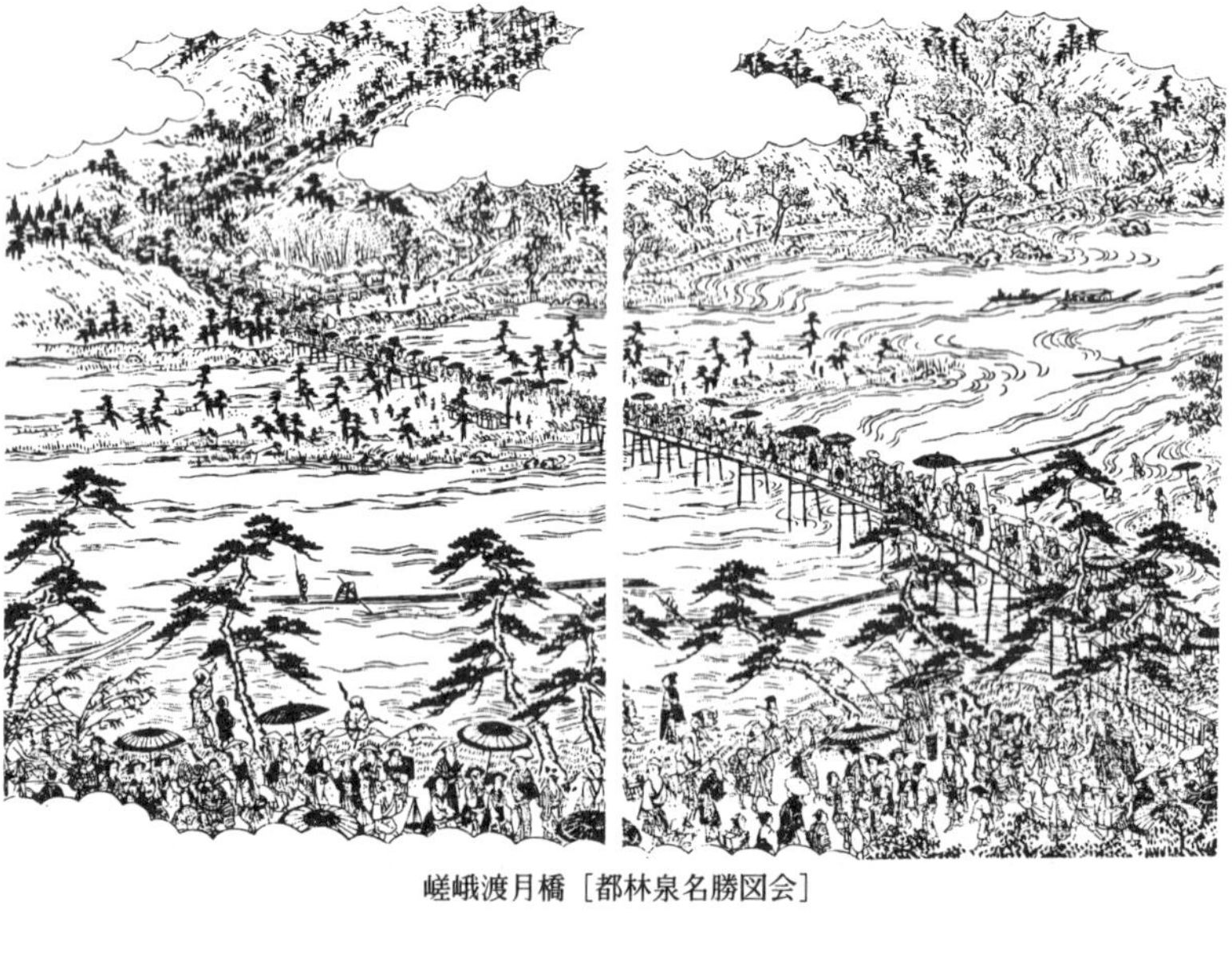

嵯峨渡月橋［都林泉名勝図会］

旗雲のながれたなびき朝ぞらの藍のふかきに燕啼くなり
若山牧水・くろ土
旗雲と匂だちたる月の出はたぐふすべなしあかき旗雲
北原白秋・桐の花

はたけ【畑・畠】
水田ではなく、蔬菜や穀類を栽培する農耕地。⬇段々畑（だんだんばたけ）［四季］、お花畠（おはなばたけ）［夏］、夏畑（なつばたけ）［夏］、花畑（はなばたけ）［秋］

§

あかときの畑《はたけ》の土のうるほひに散れる桐《きり》の花ふみて来にけり
斉藤茂吉・赤光
大きなる閻魔《えんま》の朱面《しゅめん》くわつと照りかゞやく、寂《さび》しき寂《さび》しき畑
北原白秋・白秋全集
虹たちてしづまりかへる畑原の青葱のほに露は光れり
古泉千樫・青牛集

はとば【波止場】
波除けや船舶の繋留・荷卸しなどのために港につくられた突堤。⬇渡場（わたしば）［四季］、舟（ふね）［四季］、港（みなと）［四季］

§

潮深《ふか》き波止場の波にたのもしき揺《ゆる》ぎを見せて船出でにけり
太田水穂・冬菜
横浜の波止場の端に烏居り我居り烏われを逃《のが》れず
若山牧水・死か芸術か

はま【浜】
海や湖の水際に沿った平坦な場所。⬇砂浜（すなはま）［四季］、白浜（しらはま）［四季］、浜風（はまかぜ）［四季］

§

浜清く浦うるはしみ神代より千船《ちふね》の泊《は》つる大和田《おほわだ》の浜
万葉集六（田辺福麿歌集）
松蔭の清き浜辺に玉敷かば君来まさむか清き浜辺に
藤原八束・万葉集一九
なびきあひくだけてひろき夕凪の九十九里《くじふくり》が浜の浪のましろさ
若山牧水・くろ土

はまかぜ【浜風】
浜に吹く風。浜から吹き寄せる風。⬇潮風（しおかぜ）［四季］

§

物おもふに見れば忘るゝ浜風にすむあまいかに塩をたる覧《らん》
公任集（藤原公任の私家集）

はやし【林】
森より小規模で樹木の群生したところ。⬇森（もり）［四季］、竹林（ちくりん）［四季］、夏木立（なつこだち）［夏］、冬木立（ふゆこだち）［冬］

§

朝霜に風も動かねば日は出れ林の木魂未た睡れり
伊藤左千夫・伊藤左千夫全短歌
惶しき旅人《りよじん》のこころ去りあへず秋の林に来て坐れども
若山牧水・路上

おほきなる犬《いぬ》を飼《か》はむとおもひけり。落葉《おちば》の林《はやし》を、ひとり歩《ある》きつ。
土岐善麿・黄昏に
汾河《ふんが》の源《みなもと》をさらに十里遡《のぼ》り蕭々たる林に戦ひ死ねり
宮柊二・山西省

はやて【疾風・早手】
突然に吹き起こる激しい風。「はやち」ともいう。「て」は風の古語。⬇風（かぜ）［四季］、疾風（ときかぜ）［四季］

§

冬の日の疾風《はやち》するにも似て赤きさみだれ晴の海の夕雲
与謝野晶子・舞姫
噛《か》みさ噛《か》み疾風《はやち》は潮をいぶく処《と》に衣《きぬ》も畳もぬれにけるかも
長塚節・鍼の如く
空ひくく疾風《はやち》ふきすぎしあかときに寂《さび》しくもわが心ひらくる
斎藤茂吉・小園
白刃なし岬並みゐる疾風《はやち》の海にわれの小船は矢の如くなり
若山牧水・秋風の歌
背戸の空地の疾風《はやて》の音におしだまり母と二人居りさ夜ふけにつつ
松倉米吉・松倉米吉歌集
大川にわきて轟きし疾風《はやかぜ》の海にすぎゆく音をこそ聞け
佐藤佐太郎・歩道
疾風《はやてかぜ》揉み揉む梢の花白く傷《いた》めらるるものの美しさにあり
宮柊二・群鶏

はやましげやま【端山茂山】
端山は連山の端にある山、麓の山をいい、茂山は草木が茂る山をいう。⬇青葉山（あおばやま）［夏］、山（やま）［四季］、山の端（やまのは）［四季］

§

筑波《つくば》山は山しげ山しげゝれど思《おも》ひ入《い》るにはさはらざりけり
源重之・新古今和歌集一一（恋）
見上ぐれば端山繁山《はやましげやま》の上の空たゞにをぐらみ雨は降るなり
木下利玄・紅玉

はりはら【榛原】
榛の木の群生した野原。

§

引馬野《ひくまの》ににほふ榛原《はりはら》入り乱り衣《ころも》にほはせ旅のしるしに
長奥麿・万葉集一
白菅の真野の榛原往《ゆ》くさ来《く》さ君こそ見らめ真野の榛原
高市黒人・万葉集三
思ふ子が衣《ころも》摺《す》らむにほひこそ島の榛原《はりはら》秋立たずとも
作者不詳・万葉集一〇

「ひ」

ひこうき【飛行機】
プロペラ、ジェットを推進力として空中を飛ぶ航空機。

§

けさ春の空の曇りをゆらがして通りてゆきし飛行機の音
　　太田水穂・冬菜
きりもみに墜《お》ちて来《きた》りし飛行機のときのまのさまも吾等《われら》聴きたり
　　斎藤茂吉・たかはら
春の雲空かきうづめ光れる日飛行機ひとつかけりゆく見ゆ
　　若山牧水・砂丘
いとかすけく春の青樹のこずゑ揺れ飛行機は雲に消えゆきにけり
　　若山牧水・砂丘

ひでりあめ【日照り雨】
　日が射しているのに降っている雨。⬇雨（あめ）［四季］
§
ひでり雨《あめ》さらさら落《お》ちて　前栽《せんざい》の　萩《はぎ》のすこしく乱《みだ》れたるかな
　　石川啄木・秋風のこころよさに

ひとつぼし【一つ星】
　夕方、最初にただ一つ見える星。宵の明星。金星。⬇星（ほし）［四季］、明星（みょうじょう）［四季］
§
手をとりて妹とながめしうぶすなの森のこぬれのその一つ星
　　太田水穂・つゆ艸
夕さればかの一つ星われを見て驚く如し今日もありきやと
　　土岐善麿・はつ恋

ひのやま【火の山】
　火を吹く山、火山。⬇山（やま）［四季］、噴煙（ふんえん）［四季］
§

阿蘇山［日本名山図会］

遠どほに冬枯の道のぼり来て火の山の下の駅《うまや》なりけり
島木赤彦・切火
秋の日の空をながるる火の山のけむりのすゑにいのちかけけれ
若山牧水・路上
火の山のふもとに住みてやま桃の青き実おとす子等にまじりき
土岐善麿・はつ恋

ひばら【檜原】
檜（ひのき）の生い茂った原。
§
往《ゆ》く川の過ぎにし人の手折《たを》らねばうらぶれ立てり三輪の檜原は
万葉集七（柿本人麻呂歌集）
たれぞこのみわの檜原《ひばら》もしらなくに心の杉《すぎ》のわれをたづぬる
藤原実方・新古今和歌集一一（恋）
あまぎらひみゆきふれ、ばまきむくの檜原《ひばら》もわかず今は成《なり》ぬる
田安宗武・悠然院様御詠草
谷いくつ遠き檜原に山住のあはれを見せて立つけむりかな
太田水穂・冬菜
雲うごく檜原《ひばら》の山をくだり来て繭《まゆ》煮《に》るにほひ身にもこそ染《し》め
斎藤茂吉・ともしび
午後三時山のかげりの早くして檜原《ひはら》の道はこほりけるかも
土屋文明・ゆづる葉の下

ひょうが【氷河】
高山の万年雪が氷塊となって低地に流れ下ったもの。⬇雪（ゆき）［冬］、氷江（ひょうこう）［冬］
§
ゆふべ寒き空を　ひかりのうすれゆけば、氷《ひょう》河《が》あざやかに白くのこれる。
石原純・靉日
山の脈《みゃく》　あらはにひかりきらきらし。白き氷《ひょう》河《が》のましずかになだる。
石原純・靉日
巨き氷河下りくる雲の中に消ゆ
山口青邨・雪国
氷河今は遠し天に日は煦々と
山口青邨・雪国
疲れたれば眠りぬ氷河見たるあと
山口青邨・雪国

ひょうみゃく【氷脈】
氷の連なり。
§
あるぷすの山に雪降り、さむざむと　氷脈《ひょうみゃく》は峯を埋みけるかも。
石原純・靉日

「ふ」

ふじ【富士】
富士山。富士は日本を代表する名山であり、古来、さまざまに詠まれている。古歌では、富士の風景を叙景的にとらえて詠むだけでなく、恋の「思ひ」と噴火の「火」を掛けて詠

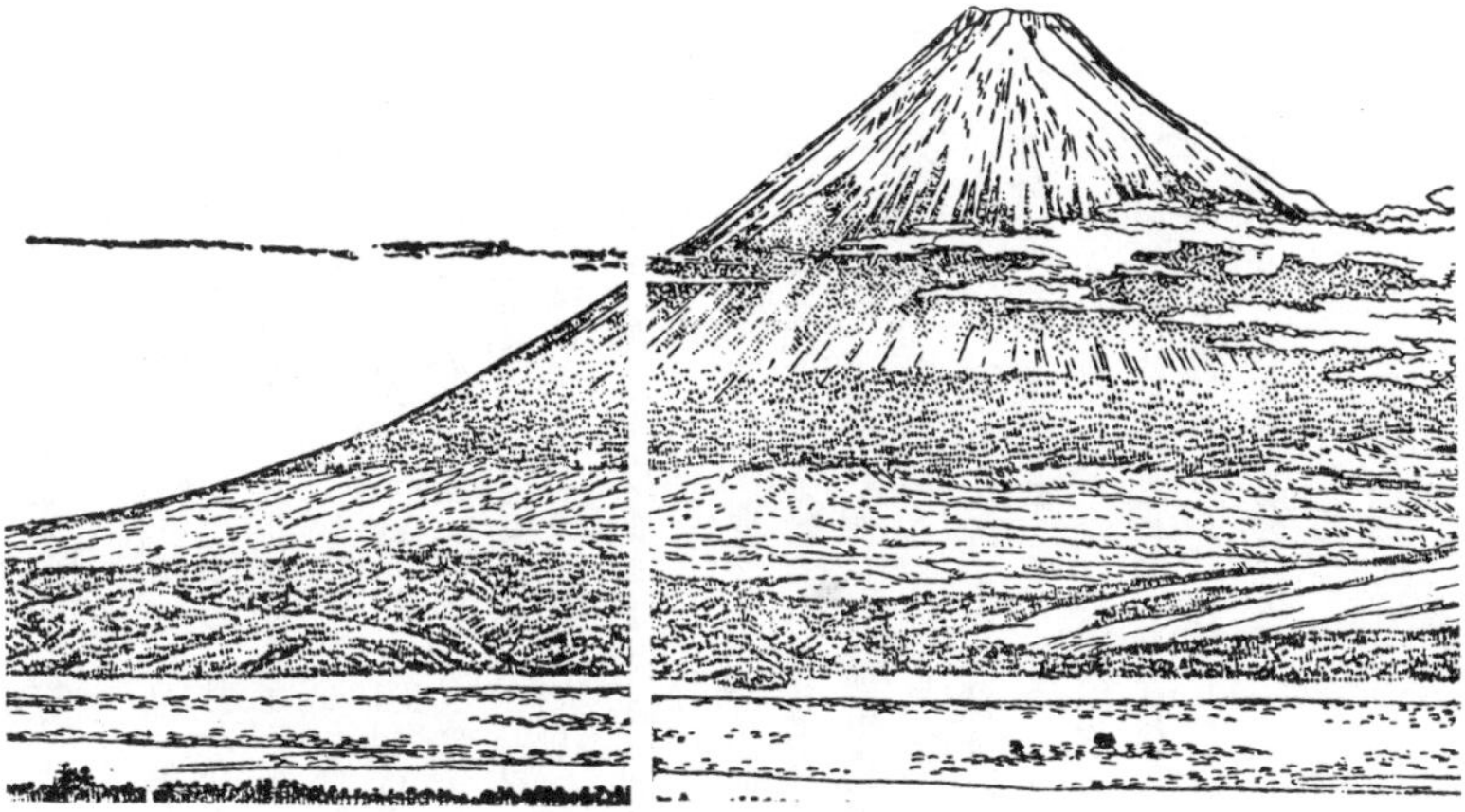

富士山［東海道名所図会］

むことも多かった。また、通年見られる富士の冠雪を詠んでいるものも多い。俳句ではさまざまな富士の姿が季語となっている。［同義］不二・不尽（ふじ）。⬇五月富士（さつきふじ）［夏］、富士の雪解（ふじのゆきげ）［夏］、富士の初雪（ふじのはつゆき）［秋］、赤富士（あかふじ）［夏］、夏富士（なつふじ）［夏］、秋の富士（あきのふじ）［秋］、御山洗（おやまあらい）［秋］、初富士（はつふじ）［新年］

§

田兒《たご》の浦ゆうち出《い》でて見れば真白《ましろ》にそ不尽の高嶺に雪は降りける

山部赤人・万葉集三

不尽《ふじ》の嶺《ね》に降り置く雪は六月《みなづき》の十五日《もち》に消《け》ぬればその夜《よ》降りけり

作者不詳・万葉集三

不尽の嶺を高み恐《かしこ》み天雲もい行きはばかりたなびくものを

高橋虫麿・万葉集三

吾妹子《わぎもこ》に逢ふ縁《よし》を無み駿河《するが》なる不尽《ふじ》の高嶺《たかね》の燃えつつかあらむ

作者不詳・万葉集一一

富士の嶺《ね》のいや遠長き山路《やまぢ》をも妹がりとへば日《け》に及《よ》ばず来《き》ぬ

作者不詳・万葉集一四

霞ゐる富士の山傍《やまび》にわが来《き》なば何方《いづち》向きてか妹が嘆かむ

作者不詳・万葉集一四

人《ひと》しれぬ思《おも》ひをつねにするがなる富士《ふじ》の山こそわが身なりけれ

よみ人しらず・古今和歌集一一（恋一）

きみといへば見まれ見ずまれ富士《ふじ》の嶺《ね》の珍《めづら》しげなくもゆるわがこひ

藤原忠行・古今和歌集一四（恋四）

富士《ふじ》の嶺《ね》のならぬおもひに燃《も》えばもえ神だに消《け》たぬ空《むな》しけぶりを（旋頭歌）
紀乳母・古今和歌集一九（雑体）

よもすがら富士《ふじ》の高嶺《たかね》に雲きえて清見《きよみ》が関《せき》にすめる月かな
藤原顕輔・詞花和歌集九（雑上）

さ夜ふけて富士《ふじ》のたかねにすむ月はけぶりばかりやくもりなるらん
藤原公能・千載和歌集四（秋上）

しるしなき煙《けぶり》を雲にまがへつゝ夜《（よ）》をへて富士《ふじ》の山ともえなん
紀貫之・新古今和歌集一一（恋一）

富士《ふじ》のねの煙《けぶり》もなを《（ほ）》ぞ立《た》ちのぼる上《うへ》なきものは思《おも》ひなりけり
藤原家隆・新古今和歌集一二（恋二）

駿河《するが》なる富士《ふじ》の白雪消《き》ゆる日はあれども煙《けぶり》立《た》たぬ日はなし
宗尊親王・文応三百首

するがなる富士の高ねはいかづちのおとする雲の上にこそみれ
賀茂真淵・賀茂翁家集拾遺

深川を漕出《こぎいで》て見れば入日さし富士の高根のさやけく見ゆかも
田安宗武・悠然院様御詠草

箱根路の雪ふみわけて真白根の不二の高ねを空に見るかな
上田秋成・藻屑

青雲のそぐへが下にほの白くさやにみゆるし富士がみねかも
伊藤左千夫・伊藤左千夫全短歌

紅葉《もみぢ》せし山又山を見渡せば雲井に寒きふじの白雪
正岡子規・子規歌集

二十年《はたとせ》の夢よりさめて見あぐれば富士の根高し青雲の上に
佐佐木信綱・思草

富士の根の、神代の雪に、臥《ふ》すと見て、さむれば富士の、麓なりけり。
与謝野寛・東西南北

凝り成せる豊旗雲の凝りあへぬすこしの間に富士の遠山
服部躬治・迦具土

天の原富士の高根の頂に在り立たすらむ皇子し思ほゆ
島木赤彦・太虚集

富士が根に夕日残りて風疾《はや》し靡きに靡く竹《たか》むらの原
島木赤彦・柿蔭集

富士の山初めて見ては驚ける我が子が心羨《とも》しきろかも
窪田空穂・土を眺めて

東京の廃墟を裾に引きたればうれひに氷る富士の山かな
与謝野晶子・瑠璃光

信濃のふじみが原にとほく見るふじのたかねはあをいろをせり。
石原純・靉日

すでに雪ふりて驚くべし富士の山腹《さんぷく》に隆起を見よ
斎藤茂吉・たかはら

富士よゆるせ今宵《こよひ》は何の故もなう涙はてなし汝を仰ぎて
若山牧水・海の声

不尽《ふじ》の山れいろうとしてひさかたの天《てん》の一方におはしけるかも
北原白秋・白秋全集

目の前にて大霧俄《には》かにとぎれたるにま近《ぢか》くなりゐつ富士の頂《いただ》き
木下利玄・一路

富士白くけさは晴れたりふる里へ下《お》りゆく碕の杉の木ぬれに
古泉千樫・青牛集

富士なれば岩室守のかぞへたる一夜《ひとよ》旅籠《はたご》の銭《ぜに》もかしこし　吉井勇・風雪

山の夜《よ》のしらじら明けに見えながら富士はまぢかし峡《かひ》の門《と》の空に　半田良平・幸木

すでに聞けば富士山帯《さんたい》に地震《なゐ》おこり土裂《さ》けて湯気《ゆげ》を噴《ふ》きてありちふ　中村憲吉・軽雷集

耳無しのわが夜の夢に音もなくしのび立ちたり大不二《おほふじ》が嶺《みね》　岡本かの子・浴身

朝戸出のわが眼に見えて富士の山白雲照れり海のかなたに　土田耕平・青杉

白き富士ああ美しと飛行機の窓に見てゆく春蘭抱きて　宮柊二・藤棚の下の小室

富士の烟《けぶり》あらしの雪や煤払《すすはらひ》　杉風・誹枕

面白く富士にすじ(ぢ)かふ花の哉　嵐雪・風の末

帰る鴈《かり》富士を蹴《け》て行恨《ゆくうらみ》かな　万子・孤松

田子《たご》の浦《うら》に富士の高根《たかね》や御代《みよ》の春　許六・笈の若葉

ものゝふに川越《かはごえ》問ふや富士まうで　望翠・続猿蓑

いたどりや春萌《もえ》のぼる不二《ふじ》の山　土芳・蓑虫庵集

唐鳥《からどり》の渡る日当《めあて》や富士の山　魯町・渡鳥集

さても富士尾張《をはり》に見たる柳かな　野水・みつのかほ

風呂敷《ふろしき》を蚤《のみ》が茶磨《ちやうす》や不二の山　涼菟・東華集

富士うつす麦《むぎ》田は雪の早苗《さなへ》かな　其角・五元集拾遺

五月雨《さみだれ》や富士の煙《けぶり》の其後《そのあと》ハ　其角・五元集

風に靡《なび》く霧《きり》を煙《けむり》や里の富士　露川・西国曲

しら糸に霜《しも》かく杖や橋の不二《ふじ》　園女・千鳥掛

不二見えてさるほどに寒き木間《このま》哉　園女・菊の塵

裾野《すその》青し粽《ちまき》を解ケば不二の山　杜国・鵲尾冠

降雪になを(ほ)おほきかろふじの山　智月・千鳥掛

富士の野や鹿臥《ふす》とこのかたさがり　凡兆・柞原

ふりもどり富士見る富士の下向《げかう》哉　桃隣・陸奥鵆

西行も笠ぬいで見る富士の山　夏目漱石・漱石全集

西方に浄土の富士や秋の暮　渡辺水巴・白日

雲海の夕富士あかし帆の上に　杉田久女・杉田久女句集

屋上の冬凪にあり富士まとも　杉田久女・杉田久女句集

ふせいお【伏せ庵】　みすぼらしい庵。⇩伏せ屋（ふせや）［四季］

§

伏庵に住まひ居れとも心やすく槐若葉の月をたのしむ　伊藤左千夫・伊藤左千夫全短歌

ふせや【伏せ屋】　地に屋根を伏せたようなみずぼらしい家。⇩伏せ庵（ふせいお）［四季］

§

侘《わ》びて住む根岸の伏屋野を近み蛍飛ぶなり庭のくれ竹　正岡子規・子規歌集

ふちせ【淵瀬】　淵と瀬。川の流れの深い所と浅い所。⇩川（かわ）［四季］

§

三川《みつかは》の淵瀬もおちず小網《さで》さすに衣手濡れぬ干《ほ》す兒は無しに
春日・万葉集九

たぎつ瀬《せ》の中《なか》にも淀《よど》はありてふをなどわが恋《こひ》の淵瀬《ふちせ》ともなき
よみ人しらず・古今和歌集一一（恋一）

あすか河淵《ゞはふち》は瀬《せ》になる世なりとも 思《おもひ》そめてむ人はわすれじ
よみ人しらず・古今和歌集一四（恋四）

世中《よのなか》はなにか常《つね》なるあすか河《ゞは》きのふの淵《ふち》ぞけふは瀬《せ》になる
よみ人しらず・古今和歌集一八（雑下）

淵瀬《ふちせ》とも心も知《し》らず涙河おりやたつべき袖《そで》の濡《ぬ》るゝに
大輔・後撰和歌集一〇（恋二）

明日香《あすか》河淵瀬《せ》に変《かは》る心とはみな上下《かみしも》の人も言《い》ふめり
伊勢・後撰和歌集一八（雑四）

君《きみ》をだに浮《うか》べてしがな涙川《ゝみだがは》沈《しづ》むなかにも淵瀬《ふちせ》ありやと
藤原元真・後拾遺和歌集一七（雑三）

故郷に帰《かへ》らむことはあすか川わたらぬさきに淵瀬たがふな
素覚・新古今和歌集一（羇旅）

淵瀬《せ》にはかはるとすれど飛鳥《あすか》河河淀《かはよど》さらず澄《す》める月影《かげ》
二条良基・後普光園院殿御百首

飛鳥川《あすかゞは》かはる淵瀬《ふちせ》にゆく水のつねなきこともたえずぞ有ける
頓阿・頓阿法師詠

ふね【舟・船】　人や物を乗せて水上を渡行する構造物。⇩船遊（ふなあそび）［夏］、花火舟（はなびぶね）［夏］、藻苅舟（もかりぶね）［夏］、釣舟（つりぶね）［四季］、苫舟（とまぶね）［四季］、波止場（はとば）［四季］、港（みなと）［四季］、篝舟（かがりぶね）［四季］、月見舟（つきみぶね）［四季］、漁舟（いさりぶね）［四季］、筏（いかだ）［四季］、小舟（おぶね）［四季］、川舟（かわぶね）［四季］、渡船（わたしぶね）［四季］、柴舟（しばぶね）［四季］、ヨット［夏］、高瀬舟（たかせぶね）［四季］

§

大葉山《おほばやま》霞たなびきさ夜ふけてわが船泊《は》てむ泊《とまり》知らずも
碁師・万葉集九

夏麻《なつそ》引《び》く海上潟《うなかみがた》の沖つ渚《す》に船はとどめむさ夜更《ふ》けにけり
作者不詳・万葉集一四

葛飾《かつしか》の真間《まま》の浦廻《うらみ》を漕ぐ船の船人騒《ふなびとさわ》ぐ波立つらしも
作者不詳・万葉集一四

香島《かしま》より熊来《くまき》を指して漕ぐ船の楫《かぢ》取る間《ま》なく都《みやこ》し思ほゆ
大伴家持・万葉集一七

舟《ふね》ながらこよひばかりは旅寝《たびね》せむ敷津《しきつ》の波《なみ》に夢《ゆめ》はさむとも
実方朝臣集（藤原実方の私家集）

夏ふかみ玉江《たまえ》にしげるあしの葉《は》のそよぐや舟《ふね》のかよふなるらん
藤原忠通・千載和歌集三（夏）

かきくもり夕《ゆふ》だつ浪のあらければうきたる舟ぞしづ心なき
紫式部・新古今和歌集一〇（羇旅）

わたのべや大江の松《まつ》は雪ながら月すむ楼《ろう》の岸《きし》による舟
正徹・永享五年正徹詠草

かへりみる都の山もかすむまでとほざかりぬる淀の川ふね
小沢蘆庵・六帖詠草

ところせきわがのりあひの舟づかれみな人毎にぬるぞわざなる
大隈言道・草径集
駿河の海江尻の浦の大船のたゆたふこゝろ今もつへしや
伊藤左千夫・伊藤左千夫全短歌
波きるやおとのさやさや月白き津軽《つがる》の迫門《せと》をわが船わたる
佐佐木信綱・豊旗雲
孤《ひと》つにて浮ぶ丹《に》の船この春も山の湖水にひとつ丹《に》の船
島木赤彦・馬鈴薯の花
わが旅の越の外海《とうみ》の浪しぶき沖にしぐれて一つゐる舟
太田水穂・冬菜
いそ松の幹のあひだに大うみのいさり船見ゆ下総《しもふさ》の浦
与謝野晶子・舞姫
夕潮《ゆふしほ》に乗り来《く》る船の舳《へ》目くるめく我が鳩尾《みづおち》にあへて迫るも
新井洸・微明
帆をかけて心ぼそげにゆく舟の一路《いちろ》かなしも麗かなれば
北原白秋・白秋全集
雪はれて午たけにけりこの浦に真向きに船の入り来たる見ゆ
古泉千樫・青牛集
舳《へ》を並《な》めて木の江の沖に夜を待ちぬ筑紫路の船熊野路の船
吉井勇・天彦
ただ一つ見えて悲しき朝船は野増《のまし》の磯に寄らで過ぎゆく
土田耕平・青杉
船一つ　真下の波にたゆたひて、浦ごもり　居り。日なか明るく
折口春洋・鵠が音

ふるでら【古寺】
古びれて荒れた寺院。［同義］古刹（こさつ）。⬇寺（てら）［四季］
§
つのくにのたかの、おくのふるでらにすぎのしづくをき、あかしつ、
大愚良寛・布留散東
古寺のみ堂の裏の墓原のつゝきの畑に青菜植ゑにけり
伊藤左千夫・伊藤左千夫全短歌
霜晴れの光りに照らふ紅葉さへ心尊しあはれ古寺
島木赤彦・太虚集
古寺の杉の梢ゆおほひくる闇の夜の手にわれえたえんや
太田水穂・つゆ艸
春の日をこもりて居れば古寺《ふるでら》の乾漆仏《かんしつぶつ》もなつかしきかな
吉井勇・玄冬
共に出でて遊びしことも少《すくな》ければこの古寺も忘れがたくする
土屋文明・青南後集

ふんえん【噴煙】
火山のだす煙。⬇煙（けむり）［四季］、火の山（ひのやま）［四季］
§
新しく地《つち》より起《おこ》りし昭和山《せうわやま》風ありて噴煙《ふんえん》は山にまつはる
土屋文明・自流泉

ぶんすいれい【分水嶺】
二つ以上の川の流れの分水界となっている山嶺。

笹谷《ささや》のたむけを分水嶺《ぶんすゐれい》としたる水たちまちにして音たぎつかも
斎藤茂吉・霜

§

「へ～ほ」

へなみ【辺波・辺浪】

海辺に打ち寄せる波。「へつなみ」ともいう。⬇波（なみ）
［四季］

§

沖つ波辺波《へなみ》立つともわが背子が御船の泊《とま》り波立ためやも
作者不詳・万葉集三

満潮《みちしほ》の辺波《へなみ》真白く沖津辺はいよいよ青み足りどよもせり
若山牧水・朝の歌

ほし【星】

一般に、太陽・地球・月などを除いた天体をいう。⬇夏の星（なつのほし）［夏］、天の川（あまのがわ）［秋］、秋の星（あきのほし）［秋］、星月夜（ほしづくよ）［秋］、流れ星（ながれぼし）［秋］、星屑（ほしくず）［四季］、天つ星（あまつほし）［四季］、糠星（ぬかぼし）［四季］、夕庚（ゆうずつ）［四季］、一つ星（ひとつぼし）［四季］、星影（ほしかげ）［四季］、明星（みょうじょう）［四季］、群星（むらぼし）［四季］

§

かぞふれば空《そら》なる星《ほし》も知《し》るものをなにをつらさの数《かず》にとらまし
藤原長能・後拾遺和歌集一四（恋四）

名もしれぬちひさき星をたづねゆきて住まばやと思ふ夜半もありけり
落合直文・明星

空はかる台《うてな》の上に登り立つ我をめぐりて星かがやけり
正岡子規・子規歌集

かたすみに光うすくてまたゝける小さき星をあはれとぞ思ふ
佐佐木信綱・思草

雪の上を流るる霧や低《ひく》からし天《あめ》には満ちて光る星見ゆ
島木赤彦・氷魚

幅ひろく大河淀む水の闇に秋うつくしく星のふりたる
太田水穂・冬菜

天の星よろこびありて揺《ゆら》ぐとも怖《お》ぢて悸《をの》く夜とも仰ぎし
窪田空穂・まひる野

山風の浴室に入るところより少し覗かる大ぞらの星
与謝野晶子・心の遠景

なげかへばものみな暗《くら》しひんがしに出づる星さへあかからなくに
斎藤茂吉・赤光

かあてんをなひきそ、いまだ春の日はくれやらず星さへも輝きそめたり
田波御白・御白遺稿

昼見えぬ星のこころよなつかしく刈りし穂に凭《よ》り人もねむりぬ
北原白秋・白秋全集

そそり立つ大樹の木ずゑふかぶかとゆるるが上に星光り見ゆ
古泉千樫・青牛集
悲しければ星に向ひて走りたりわれ死なむとす走らざらめや
吉井勇・毒うつぎ
月ケ瀬はそこにくだらむ野のすゑの尾山《をやま》がうへにとほき星ひとつ
中村憲吉・軽雷集
星空は澄みてつめたし人をおくる夜ふかくして露にぬれたり
石井直三郎・青樹
星あまり　むらがれるゆゑ　みつみねの　そらはあやしくおもほゆるかも
宮沢賢治・校本宮沢賢治全集
むかひ来《こ》し東のそらは雲のまに見えがくれする星ぞかなしき
佐藤佐太郎・歩道
漆黒界《しっこくかい》越えきて金の星ひとつ空のまほらの遥けきに現《い》づ
宮柊二・多く夜の歌
名はいはじ今宵《こよひ》数多《あまた》の星の中　尚白・忘梅
けさもよい日の星一つ　種田山頭火・草木塔
一つの星のほのかなるや星のつらなり
中塚一碧楼・一碧楼一千句
となり住むひとびとや夕べの星ひかり
中塚一碧楼・一碧楼一千句

ほしかげ【星影】
星の光。⇩星（ほし）［四季］

夜くれば我がことを一人わが思ひ星影の澄む空にしたしむ
中村憲吉・しがらみ

§

ほしくず【星屑】
無数に見える小さな星をいう。⇩星（ほし）［四季］、糠星（ぬかぼし）［四季］

§

星屑の光激ちて落ち注ぐ真空の瑠璃に波たゞよへり
伊藤左千夫・伊藤左千夫全短歌
うつくしく消えてかへらぬ星屑のとはの光を知りそめにけり
島木赤彦・馬鈴薯の花
星くづのみだれしなかにおほどかにわが帆柱のうち揺《ゆら》ぐ見ゆ
若山牧水・独り歌へる

ほそたにがわ【細谷川】
細い流れの谷川。⇩谷川（たにがわ）［四季］

§

大君《おほきみ》の三笠の山の帯にせる細谷川《ほそたにがは》の音《おと》の清《さや》けさ
作者不詳・万葉集七

ほりえ【堀江】
人工的に地を掘って水を通した川。堀割りの川。［同義］掘割（ほりわり）。

§

堀江には玉敷かましを大君《おほきみ》を御船漕がむとかねて知りせば
橘諸兄・万葉集一八

「ま」

まがき【籬】

竹や柴などを荒く編んだ垣根。➡忌垣（いがき）［四季］、中垣（なかがき）［四季］、杉垣（すぎがき）［四季］、笹垣（ささがき）［四季］、霧の籬（きりのまがき）［秋］、葦垣（あしがき）［四季］

§

吾妹子《わぎもこ》が屋戸《やど》の籬《まがき》を見に行かばけだし門《かど》より返しなむかも
大伴家持・万葉集四

ゆふぐれの籬《まがき》は山と見えななむ夜《よる》は越《こ》えじと宿《やど》りとるべく
遍昭・古今和歌集八（離別）

ぬば玉の夜の起居の春ごころおのづからおもふ梅のまかきを
伊藤左千夫・伊藤左千夫全短歌

めぐらせる籬《まがき》の楓もみぢして桐のはたけはさびにけるかも
若山牧水・渓谷集

山里のあれしまか《（が）》きもかくれなん　今を盛りと咲けるさくらに
樋口一葉・詠草

まつかぜ【松風】

松に吹く風。➡初松籟（はつしょうらい）［新年］

§

天降《あも》りつく　天《あま》の芳来山《かぐやま》　霞立つ　春に至《いた》れば　松風に　池
波立ちて…（長歌）
鴨足人・万葉集三

片敷《かたしき》の衣《ころも》手寒《でさむ》き松風《まつかぜ》に秋《あき》のゆふべと知《し》らせずもがな
伊勢集（伊勢の私家集）

笛竹のよぶかき声ぞ聞ゆなる峰の松風　吹《（ふき）》やそふらん
公任集（藤原公任の私家集）

松風《かぜ》も岸《きし》うつ波《なみ》ももろともにむかしにあらぬ音《おと》のするかな
恵慶・後拾遺和歌集一七（雑三）

松風《まつかぜ》の雄琴《をごと》のさとにかよふにぞ　お《（を）》さまれる代《よ》の声《こゑ》は聞《きこ》ゆる
藤原敦光・金葉和歌集五（賀）

つねよりも秋になるをの松風《まつかぜ》はわきて身にしむものにぞ有《（あり）》ける
山家心中集（西行の私家集）

松《まつ》風の音《をと》だに秋はさびしきに衣うつなり玉川の里《さと》
源俊頼・千載和歌集五（秋下）

千世《ちよ》とのみ同《おな》じことをぞしらぶなる長田《ながた》の山の峰の松《まつ》風
善滋為政・千載和歌集一〇（賀）

梢まで　砧《（きぬた）》のを《（お）》とをさそひきて衣うつなり庭のまつ風
慈円・南海漁父北山樵客百番歌合

秋くれば常磐《ときは》の山の松風もうつるばかりに身にぞしみける
和泉式部・新古今和歌集四（秋上）

ながむればちゞにものおもふ月に又わが身ひとつの峰の松風
鴨長明・新古今和歌集四（秋上）

まれにくる夜《（よ）》はもかなしき松風をたえずや苔《こけ》の下《した》にきくらん
藤原俊成・新古今和歌集八（哀傷）

いかゞふく身にしむ色のかはるかなたのむる暮《くれ》の松風の声
八条院高倉・新古今和歌集一三（恋）

ほどもなく時雨《しぐ》るゝ雲の立《た》ち別《わか》れ因幡《いなば》の山《やま》は松風《まつかぜ》ぞ吹《ふ》く
二条良基・後普光園院殿御百首

まつかぜの声をし聞《きけ》ば先《さい》つ月にい行《ゆき》遊びし洲崎辺《べ》おもほゆ
田安宗武・悠然院様御詠草

松風よいたくとよみそ玉琴の音《ね》に通ふとも耳にたがへり
田安宗武・悠然院様御詠草

松風のおと羽の山をこえくれは夏ならぬ夜の月澄わたる
上田秋成・餘斎翁四時雑歌巻

今年よりあらたまるべき声すなり大内山のみねの松かぜ
香川景樹・桂園一枝

松風の音たにうしと和田津海の沖にのみやも鴨のすむらむ
天田愚庵・愚庵和歌

天人の雲まちかねつ白波や浦松風や春さきくとも
伊藤左千夫・伊藤左千夫全短歌

松かせ（ぜ）にさそはれてくるものゝねに　そのことゝなく人そ（ぞ）恋しき
樋口一葉・詠草

試みに問はむ昨日の春の夢今はたさびし松風の声
服部躬治・迦具土

松風の音はたえまもあらなくに霧こそわたれその山松に
島木赤彦・氷魚

松かぜのおともこそすれ松かぜは遠くかすかになりにけるかも
斎藤茂吉・つゆじも

西行松［西国三十三所名所図会］

耐へがたくまなこ閉づればわが暗きこころ梢に松風となる
若山牧水・路上

夕月夜袂は寒き松風の堤長うして呼ぶ人もなし
北原白秋・白秋全集

この海の夕日にむかひ休みけりあたまの上の松かぜのこゑ
古泉千樫・青牛集

爐のほとり半跏《はんか》を組みてもの思《も》へば胸にも起る松風のおと
吉井勇・遠天

山をふかみおのづからなる松風のなかにきこゆる馬の鈴の音
石井直三郎・青樹

松風に明け暮れの鐘撞いて　種田山頭火・草木塔

まつばら【松原】

松の多く生えた原。

§

風吹けば黄葉《もみち》散りつつすくなくも吾《あが》の松原清からなくに　作者不詳・万葉集一〇

わが背子《せこ》を吾《あ》が松原よ見渡せば海人少女《あまをとめ》ども玉藻刈る見ゆ　三野石守・万葉集一七

むかしみし心ばかりをしるべにて思《おも》ひぞを《(お)》くるいきの松原《ばら》　実方朝臣集（藤原実方の私家集）

世と共《とも》に明石《あかし》の浦の松原は浪をのみこそよると知《し》るらめ　源為憲・拾遺和歌集八（雑上）

よしや言《い》はじあり経《へ》て見《み》てむ筑紫《つくし》なる生《いき》の松原《まつばら》いきしめぐらば　四条宮下野集（四条宮下野の私家集）

いもにこひわかの松原《ばら》みわたせば潮干《しほひ》の潟《かた》にたづなきわたる　聖武天皇・新古今和歌集一〇（羈旅）

冬たちて風寒からしなだのいそのあしたかげなる浜の松原　大隈言道・草径集

うつくしき砂をたたきて打けぶりむら雨すぐる浜の松原　与謝野礼厳・礼厳法師歌集

松原のつくるところに海見えて島ひとつあり舟ふたつあり　落合直文・明星

静浦を夕日かぎろひ春宮の御所の松原霞こめたり　伊藤左千夫・伊藤左千夫全短歌

昔見し須磨の松原思へども夢にも見えず須磨の松原　正岡子規・子規歌集

いくとせの昔の夢のかげ追ひて一人さまよふ磯の松原　佐佐木信綱・思草

松原に秋の日和のあたゝかき粟稗のわがはたけ村かな　太田水穂・冬菜

小雨降る馬蹄のかたの青海のかなたは天城ここは松原　与謝野晶子・流星の道

海は松ばらのかなたに、と、さびしげな　手がみも、いつか、六月となる。　土岐善麿・不平なく

靄立ちてしづけき池か岸のうへに朝かげをなすふかき松原　中村憲吉・軽雷集

うちしづみ虫啼《な》くあさの松原にひびきかそけく潮《しほ》は満ち来る　石井直三郎・青樹

松原の中の静かさ眠らむに吾《われ》はおどろく何《なに》のやさしきこゑ　土屋文明・ゆづる葉の下

まるきばし【丸木橋】

一本の丸木を渡してできている橋。［同義］丸橋（まるばし）。

➡橋（はし）［四季］

§

を《(お)》そろしや木曾《きそ》の懸路《かけぢ》の丸木橋《まろばし》ふみ見るたびにを《(お)》ちぬべきかな　空人・千載和歌集一八（雑下）

丸木橋の上と下とを真白きもの煌々として通りけるかも　北原白秋・白秋全集

「み」

みお【水脈・澪】
川や海で船舶が航行しやすい底深い水路。「みよ」ともいう。
⬇澪標（みおつくし）［四季］
§
泊瀬川ながるる水脈《みを》の瀬を早み井堤《ゐで》越す波の音の清《きよ》けく　作者不詳・万葉集七
さ夜深《ふ》けて堀江漕《こ》ぐなる松浦船《まつらぶね》楫《かぢ》の音《と》高し水脈《みを》早みかも　作者不詳・万葉集七
松浦舟《まつらぶね》さわく堀江の水脈《みを》早み楫《かぢ》取る間なく思ほゆるかも　作者不詳・万葉集一二
堀江より水脈引《みをび》きしつつ御船《みふね》さす賤男《しつを》の徒《とも》は川の瀬申《まう》せ　田辺福麿・万葉集一八
堀江漕ぐ伊豆手《いづて》の船の楫《かぢ》つくめ音しば立ちぬ水脈《みを》早みかも　大伴家持・万葉集二〇
堀江より水脈《みを》さかのぼる楫の音《と》の間《ま》なくそ奈良は恋しかりける　大伴家持・万葉集二〇
濡《ぬ》れかへりせかれぬ水脈《みを》にひかれてや我《われ》さへ浮《う》きてながれよりけむ　伊勢集（伊勢の私家集）

君が恋は地層に深い水脈《みづすぢ》や吾手にほられて泉と湧いた　青山霞村・池塘集
大河の水脈《みを》のながれのひと筋の光りの末を魂はゆくらし　太田水穂・冬菜
大河のみなぎる水脈に光りさし常世《とこよ》の岸も見ゆばかりなり　太田水穂・冬菜
昆明《こんめい》の池海《ちかい》の上に風のむた寒き浪《なみ》よる水脈《みを》のひかる間《ま》　斎藤茂吉・連山
われと櫓《ろ》をわれと礼拝《おろが》む心なりひとすぢに水脈《みを》を光らしてゆけば　北原白秋・白秋全集
水脈《みを》ほそる　山川《やまがは》の洲《す》の斑《はだ》ら雪。かそかに　うごく　ものこそはあれ　釈迢空・春のことぶれ

みおつくし【澪標】
船に通行しやすい水脈や水深をしめす杭。古歌では「身を尽くし」の意を掛けたり、また「難波」と呼応して詠まれたりすることが多い。［語源］「水脈つ串（みおつくし）」の意。［同義］みおぎ、みおぐい、みおじるし。⬇水脈（みお）［四季］
§
遠江《とほつあふみ》引佐細江《いなさほそえ》の澪標《みをつくし》吾《あれ》を頼《たの》めてあさましものを　作者不詳・万葉集一四
住吉《すみよし》の細江《ほそえ》にさせるみをつくし深《ふか》きにまけぬ人はあらじな　相模・詞花和歌集九（雑上）

さみだれに水《みづ》の水かさまさるらし澪《みを》のしるしも見《み》えずなり行《ゆく》

藤原親隆・千載和歌集三（夏）

和歌の浦やなぎたる朝《あさ》のみをつくし朽《く》ちねかひなき名だに残《のこ》らで

藤原定家・定家卿百番自歌合

星合《ほしあひ》と見るやからすの澪漂《みをつくし》

涼菟・柿表紙

みぎわ【水際・汀】

水が陸地に接する所。［同義］渚（なぎさ）。➡渚（なぎさ）［四季］

§

朝川にうがひに立ちて水際なる秋海棠をうつくしと見し

伊藤左千夫・伊藤左千夫全短歌

大船も寄らんばかりのみづうみの汀《みぎは》さびしき冬の夕ぐれ

与謝野晶子・心の遠景

みさき【岬・崎】

海や湖に突き出た陸地の先端部。

§

むら鳥の大海原《おほうなばら》にさわぐなり伊豆《いづ》の岬《みさき》や近くなるらん

正岡子規・子規歌集

くろみたぎつ荒磯《ありそ》くろしほ直下《ちよくか》に見、潮《しほ》の岬《みさき》の秋風に立つ

佐佐木信綱・山と水と

黒潮《くろしほ》の流れはやかる外海の岬に来たりふゆの花摘む

前田夕暮・陰影

あをあをと雲にかげれる彼の岬このみさきいざとびて渡らむ

若山牧水・死か芸術か

頭上《づじやう》の日かゞやける海草短《くさみじ》かき岬《みさき》の端《はし》にわれ一人なる

木下利玄・一路

のぼりゆく岬の神の石段の楠の落葉に露かすかなり

古泉千樫・青牛集

三方《さんばう》に海たたへゐる岬のみちわがひとり行くこのあさあけを

古泉千樫・青牛集

友ありて遠きなぎさを伊勢《いせ》の国の見ゆる岬《みさき》にめぐり来《き》にけり

土屋文明・放水路

みずうみ【湖】

周囲が陸地で囲まれた凹地に多量の水をたたえた所。水海の意。淡水のものが多い。［同義］淡海（おうみ）。➡秋の湖（あきのみずうみ）［秋］、池（いけ）［四季］、湖畔（こはん）［四季］、夏の湖（なつのうみ）［夏］、冬の湖（ふゆのみずうみ）［冬］

§

霜ふかき朝の日光《ひかり》に染まりたる紅《くれなゐ》の湖しづまりかへる

島木赤彦・氷魚

そことなく筆触りほど盛り上りかつ動かざる青きみづうみ

与謝野晶子・瑠璃光

山上《さんじやう》の孤独のごとくたたへたるみづうみを一瞬《いちじゆん》に見おろせり

斎藤茂吉・たかはら

みづとりの加茂のみづうみ風寒くますらをわれも酒欲りにけり

吉井勇・人間経

みずぐるま【水車】

➡水車（すいしゃ）［四季］、風車（かざぐるま）［春］

§

はやき瀬《せ》にた、ぬばかりぞ水車《みづぐるま》われも憂《う》き世にめぐるとを知《し》れ

行尊・金葉和歌集九（雑上）

秋もはやめぐりてこゝに水車たてるほとりに月はさやけき

田安宗武・悠然院様御詠草

みちしお【満潮】

海水の水位が最も高くなる現象。また、その時。「まんちょう」ともいう。⬇潮干（しおひ）［春］ §

満《み》つ潮《しほ》の流《なが》れひるまを逢《あ》ひがたみ見るめの浦《うら》によるをこそ待《ま》て

清原深養父・古今和歌集一三（恋三）

満潮《みちしほ》のいまか極みに来にけらし千鳥とび去りて浪ただに立つ

若山牧水・朝の歌

みち潮のしきり岸打つ舌音《したおと》は昼ふかくして聞こえつつあり

宮柊二・小紺珠

みなと【港】

湾や入江を利用したり、防波堤を築いたりして、船が停泊できるようにしてある所。 §

近江《あふみ》の海《うみ》八十《やそ》の湊《みなと》に泛《う》く船の移りも行かず漕ぐとは思へど

長塚節・まつかさ集

みなわ【水泡・水沫】

水の泡。「みなあわ」の約。⬇泡（あわ）［四季］ §

世とゝもに流《ながれ》てぞ行《ゆく》涙河冬もこほらぬ水泡《みなわ》なりけり

紀貫之・古今和歌集一二（恋二）

み吉野《よしの》の滝《たぎ》つ河内に散る花や落《お》ちても消《き》えぬ水泡《みなは》なるらん

二条良基・後普光園院殿御百首

瀧なして水沫《みなわ》さかまく宇治川に鮎釣りがてら聞くほととぎす

与謝野礼厳・礼厳法師歌集

奥山の谷間の栂の木《こ》がくりに水沫《みなわ》飛ばして行く水の音

島木赤彦・柿蔭集

昆明《こんめい》の湖《うみ》のみぎはに日はさせど水泡《みなわ》かたより氷《こほ》りつつゐる

斎藤茂吉・連山

流れ寄る水泡《みなわ》うづまき過ぎゆけど静かなるかも岩蔭の魚は

若山牧水・くろ土

朝川のたぎちの水泡《みなわ》あをじろみ巌《いは》かげさむくとよみたるかも

木下利玄・紅玉

みなみ風水泡《みなわ》吹きよする川隈の楊が陰は鯉の巣どころ

古泉千樫・青牛集

水泡《みなわ》なすもろき命を惜しみつつ幾年まかぬ妻に寄るべき

岩谷莫哀・仰望以後

乳色《ちちいろ》の硫黄《いわう》の湖《うみ》は沸きたぎりよりあへる水泡《みなわ》とどまらなくに

土屋文明・放水路

みね【峰・嶺】

山の頂。また、その先端のとがったところ。⬇山（やま）［四季］ §

峰たかきかすがの山にいづる日はくもる時なく照《て》らすべらなり

藤原因香・古今和歌集七（賀）

立《たち》わかれいなばの山の峰に生《お》ふる松としきかば今かへりこむ

在原行平・古今和歌集八（離別）

白雲の絶《た》えずたなびく峰にだに住《す》めば住《す》みぬる世にこそありけれ

惟喬親王・古今和歌集一八（雑下）

峰高み行《ゆき》ても見べきもみぢ葉《ば》を我がゐながらもかざしつる哉《かな》

坂上是則・後撰和歌集一八（雑四）

もろともに西《にし》へや行《ゆ》くと月影《かげ》の隈《くま》なき峰《みね》をたづねてぞ来《こ》し

頼基・金葉和歌集九（雑上）

白雲《しらくも》の春はかさねて立田《たつた》山をぐらの峰《みね》に花にほふらし

藤原定家・新古今和歌集一（春上）

初瀬《はつせ》山うつろふ花に春くれてまがひし雲ぞ峰《みね》にのこれる

藤原良経・新古今和歌集二（春下）

あけば又こゆべき山の峰《みね》なれや空《そら》ゆく月のすゑの白雲

藤原家隆・新古今和歌集一〇（羇旅）

沈《しづ》みはつる入《い》り日《ひ》のきはにあらはれぬ霞《かす》める山のなほ奥《おく》の峰《みね》

藤原為兼・風雅和歌集一（春上）

をしめどもけふと暮ぬる空見れば春のへたてに八重かすむ峰

上田秋成・毎月集

大比叡《おほひえ》の峰《みね》に夕《ゆふ》ゐる白雲《しらくも》のさびしき秋《あき》になりにけるかな

八田知紀・しのぶぐさ

久方の青雲高く八ケ岳峰八つ並ふ雪のいかしさ

伊藤左千夫・伊藤左千夫全短歌

遠嶺には雪こそ見ゆれ澄みに澄む信濃の空はかぎりなきかな

島木赤彦・太虚集

山裾の日和住みて家さびし峯には雪の白くふりつつ

太田水穂・冬菜

乗鞍《のりくら》岳の峰の白雪いちじろく照る日に光り在り難《が》てにすも

窪田空穂・土を眺めて

乗鞍をまことにいへばただ白く山の間《ま》に見し峰をそを我れは

長塚節・秋雑詠

憂ひごころ我れに昂《たか》まり夜となりぬ。うらるの峰は空に幽《かそ》けく。

石原純・靉日

冬がれにいたれる色はあらあらしき峰を境《さかひ》して変《かは》りけるかも

斎藤茂吉・たかはら

おほよそにながめ来にしか名を問へば浅間とぞいふかのとほき嶺《みね》を

若山牧水・くろ土

峯峯に秋の雲あり桔梗《きちかう》の花おほしここ安曇野《あづみの》といふ

土岐善麿・はつ恋

杉立つ峰俄《には》かにくもり雨きたり繭《まゆ》煮る村の屋根雫《しづく》すも

木下利玄・紅玉

大き雲日をめがけつゝうごくなり目《ま》かげをしつゝ峰に立てれば

木下利玄・紅玉

朝影のうごきゆきつつ幾百《いくひやく》幾千《いくせん》の峰《みね》あからひくなり

土屋文明・ゆづる葉の下

雲晴れて見れば寂しき山の峯ほのぼのとして雪降りにけり
土田耕平・青杉

みやま【深山】
①山の美称。②奥深い山。⬇山（やま）［四季］

§

吹《ふく》風と谷の水としなかりせば深《み》山がくれの花を見ましや
紀貫之・古今和歌集二（春下）

深山《みやま》よりおちくる水の色見てぞ秋はかぎりと思《おもひ》しりぬる
藤原興風・古今和歌集五（秋下）

深山《みやま》にはあらしやいたく吹《ふ》きぬらん網代《あじろ》もたわにもみぢつもれり
平兼盛・詞花和歌集四（冬）

水の音《ね》に似て啼く鳥よ山ざくら松にまじれる深山《みやま》の昼を
若山牧水・海の声

しづかなる深山《みやま》を行けば都会《みやこ》に生きてつかれたる我れをおぼえ来《く》
中村憲吉・軽雷集

みょうじょう【明星】
金星。夜明に東の空に見える金星を「明けの明星」、夕方の西の空に見える金星を「宵の明星」という。⬇星（ほし）［四季］、一つ星（ひとつぼし）［四季］、夕庚（ゆうずつ）［四季］

§

明星を目ざして青き一すぢの煙ののぼる夏の夕ぐれ
与謝野晶子・深林の香

「む～も」

むかいかぜ【向い風】
進行する前の方向から吹いてくる風。

§

ひたむきに雀羽ばたく向ひ風いまや田圃は晩稲《おくて》のみのり
北原白秋・白秋全集

むらさきの【紫野】
古代、染料として用いられた紫草を栽培していた野原のこと。

§

あかねさす紫野《むらさきの》行き標野《しめの》行き野守《のもり》は見ずや君が袖振る
額田王・万葉集一

萌野《もえの》ゆきむらさき野ゆく行人《かうじん》に霰《あられ》ふるなりきさらぎの春
与謝野晶子・舞姫

むらさめ【村雨・群雨】
ひとしきり強く降る雨。⬇雨（あめ）［四季］、俄雨（にわかあめ）［四季］

§

庭草に村雨《むらさめ》ふりて蟋蟀の鳴く声聞けば秋づきにけり
作者不詳・万葉集一〇

夏の日の降《(ふり)》しも遂《と》げぬ村雨に草のみどりを深くそむらん
公任集（藤原公任の私家集）

心をぞつくしはてつるほと、ぎすほのめく宵《よひ》のむら雨《さめ》の空《そら》
藤原長方・千載和歌集三（夏）

いかにせんこぬ夜《よ》あまたの郭公《ほと、ぎす》またじとおもへば村雨《むらさめ》の空《そら》
藤原家隆・新古今和歌集三（夏）

声《こゑ》はして雲路《くもぢ》にむせぶほと、ぎす涙やそ、くよゐ《(ひ)》の村雨《むらさめ》
式子内親王・新古今和歌集三（夏）

われからの袖とやあまもしぼるらん玉藻《たまも》刈《か》る浦の秋の村雨
宗尊親王・文応三百首

むらさめの降《ふ》るほどよりもすゞしきは端《は》山の露《つゆ》にいづる月かげ
頓阿・頓阿法師詠

急《いそ》がずは濡《ぬ》れざらましを旅人《たびびと》のあとよりはるる野路《のぢ》のむら雨《さめ》
太田道灌・慕景集

住人《すむ》のまれなる野辺のものうきにあはれをそふる夜半の村雨
田安宗武・悠然院様御詠草

むらさめのなこりは草にうつもれて野末の小川おとまさるらし
上田秋成・藻屑

わが宿の薄《すすき》ほにいで、むらさめの降日《ふる》さむくもなれる秋かな
香川景樹・桂園一枝

むらさめのこ、ろかろくもふりてきてぬる、さくらになづむなる哉
大隈言道・草径集

時鳥《ほととぎす》鳴きて谷中《やなか》や過ぎぬらし根岸の里にむら雨《さめ》ぞふる
正岡子規・子規歌集

村雨のさしたる窓を又あけて月を待べくなりにける哉
樋口一葉・詠草

むら雨の、露ちる椰子《やし》の、下かげに、鎧ほす夜や、涼しかるらむ。
与謝野寛・東西南北

村雨《むらさめ》の雫《しづく》や木々に飛《とぶ》ほたる
支考・東西夜話

むらぼし【群星】
群がっているように見える星。⇩星（ほし）［四季］

§

天《そら》に群星草生《むらぼしくさふ》に虫のこゑみつる夜のいのり八万の霊《たま》にささげて
木俣修・天に群星

除夜の鐘鳴り初《そ》むるころ瑞々《みづみづ》と光を加ふ天《あま》つ群星《むらぼし》
宮柊二・藤棚の下の小室

もや【靄】
細霧や煙霧が大気中に立ち込めたもの。霞。⇩霞（かすみ）［春］、朝曇（あさぐもり）［春］、雪ねぶり（ゆきねぶり）［春］、霧（きり）［秋］、朝靄（あさもや）［四季］、夕靄（ゆうもや）［四季］、寒靄（かんあい）［冬］

§

靄《もや》深くこめたる庭に下《お》り立ちて朝の手すさびに杜若《かきつばた》剪る
正岡子規・子規歌集

春雨の柳はなれて河岸伝ふ君が車の靄ごもりゆく
服部躬治・迦具土

雨あがり揺《ゆす》るる靄の一《ひと》ところ白き帆しるく光りて動く
島木赤彦・切火

目に見ゆる山の表とことなれるところに湧きて清き靄かな
与謝野晶子・草の夢

ゆふべ靄しろさはてなし。枯原をひとりあゆめればともし。我が生《よ》は。
石原純・靉日

きさらぎの日いづるときに紅色《こうしょく》の靄《もや》こそうごけ最上川《もがみがは》より
斎藤茂吉・白き山

手袋《てぶくろ》に、月夜《つきよ》の靄《もや》の沁《し》むことか。どこまでも、どこまでも、あゆみ行《ゆ》かまし。
土岐善麿・黄昏に

夕方に子供の遊ぶころとなり町にも下《くだ》る青きうす靄
木下利玄・銀

なつかしき人形町の夜の靄はなほやはらかく君をつつむや
吉井勇・昨日まで

この庭の雨に靄立《もやた》つ雪のなかふるき植竹《うゑたけ》のうもれてあはれ
中村憲吉・しがらみ

みぞれ吹く夜《よる》の宿りを過《すご》し来てなつかしきかな靄《もや》ごもる君が村
土屋文明・山の間の霧

山高原　夜の色となる靄《モヤ》の底に、まだ鳴きてゐて鳥の　しづけさ
折口春洋・鵠が音

古木《ふるき》なる椎めぐり立つマンションに紫の靄流れ入り来る
宮柊二・純黄

もやの中水音逢ひに行くなり
尾崎放哉・須磨寺にて

もり【森・杜】

林より規模が大きく、樹木が群生して茂り立った所。⇩林（はやし）［四季］、樹海（じゅかい）［四季］

§

昨日《きのふ》だにとはんとおもひし津《つ》の国《くに》の生田《いく》の森《もり》に秋はきにけり
藤原家隆・新古今和歌集四（秋上）

神の森心深けむいにしへの人しおもほゆ櫨の林に
伊藤左千夫・伊藤左千夫全短歌

森は花うすむらさきにあをになり七十二の峯日が薄う照る
青山霞村・池塘集

二年を物思ふとき安らかに我を置きたるかなし森はも
島木赤彦・馬鈴薯の花

この森の夕日のなかに大屋根の静けさありて木がらしの音
太田水穂・冬菜

厚やかに若葉したれば君と居て雲にかくれしここちする森
与謝野晶子・火の鳥

なほほそきドナウの川のみなもとは暗黒《あんこく》の森《もり》にかくろひにけり
斎藤茂吉・遍歴

木に倚れどその木のこころと我がこころと合ふこともなしさびしき森かな
若山牧水・死か芸術か

わが心森の緑に浸《ひた》りつゝその言ふことに酔へるさみしさ
木下利玄・銀

たぶの木のふる木の　杜に　入りかねて、木の間あかるき　かそけさを見つ
釈迢空・春のことぶれ

囀《さへづ》りの声々すでに刺すごとく森には森のゐたたまれなさ
明石海人・白描以後
森に来て落葉踏みゐるやさしさもわが身のほかにたとへがたくて
前川佐美雄・天平雲

もれび【洩れ日】
隙間に洩れさす日差し。➡木洩れ日（こもれび）［四季］
§
ゆきめぐる楢《なら》若葉山下草《したくさ》に洩《も》れ日《び》ちらちら揺れさだまらぬ
木下利玄・一路

「や」

やしろ【社】
神社。神を祀る斎場。➡神社（じんじゃ）［四季］
§
三人《みたり》して阿紀《あき》の社《やしろ》のいさご地《ぢ》に坐りて居れば啼《な》く蟬《せみ》のこゑ
土屋文明・ゆづる葉の下
川上《かはかみ》の中《なか》の社《やしろ》ををろがみて飽《あ》き足《た》る今日《けふ》にまたもあはめやも
土屋文明・ゆづる葉の下

やま【山】
①平地より著しく隆起した土地。②比叡山、延暦寺の称。➡山笑う（やまわらう）［春］、五月山（さつきやま）［夏］、梅雨の山（つゆのやま）［夏］、登山（とざん）［夏］、秋の山（あきのやま）［秋］、山粧う（やまよそおう）［秋］、紅葉山（もみじやま）［秋］、落葉山（おちばやま）［冬］、冬の山（ふゆのやま）［冬］、雪山（ゆきやま）［冬］、山眠る（やまねむる）［冬］、天聳る（あまそそる）［四季］、岩山（いわやま）［四季］、高嶺（たかね）［四季］、峡（かい）［四季］、裾野（すその）［四季］、端山茂山（はやましげやま）［四季］、禿山（はげやま）［四季］、火の山（ひのやま）［四季］、富士（ふじ）［四季］、峰（みね）［四季］、深山（みやま）［四季］、山の端（やまのは）［四季］、初浅間（はつあさま）［新年］、初筑波（はつつくば）［新年］
§
我が衣《ころも》色どり染《そ》めむ味酒《うまさけ》三室《みむろ》の山は黄葉《もみち》しにけり
万葉集七（柿本人麻呂歌集）
岩が根の凝《こご》しき山に入り初《そ》めて山なつかしみ出でかてぬかも
作者不詳・万葉集七
三諸《みもろ》は　人の守《も》る山　本辺《もとべ》は　馬酔木《あしび》花咲き　末辺《すゑべ》は　椿花咲く　うらぐはし　山ぞ　泣く兒守《も》る山
作者不詳・万葉集一三
いづくにかこよひの月のくもるべき小倉《をぐら》の山も名《な》をやかふらん
大江千里・新古今和歌集四（秋上）
山深《ふか》くさこそ心はかよふとも住《す》までぁはれを知《し》らんものかは
西行・新古今和歌集一七（雑中）

金峰山［日本名山図会］

すがたさへ所かはればかはりきてしりたる山の名をとはれけり
大隈言道・草径集

花のため分け入る時は吉野山さかしき山と我思はなくに
天田愚庵・愚庵和歌

霜枯野のうすくらがりに大けき悲しき山が煙立て居り
伊藤左千夫・伊藤左千夫全短歌

山にありて山の心となりけらしあしたの雲に心はまじる
佐佐木信綱・椎の木

信濃路《しなのぢ》とおもふかなたに日は入りて雪ふるまへの山のしづかさ
斎藤茂吉・石泉

一面に塗りつぶされしたそがれの暗緑色の山のはかなさ
前田夕暮・陰影

かにかくに渋民村《しぶたにむら》は恋《こひ》しかり　おもひでの山《やま》　おもひでの川《かは》
石川啄木・煙

ふるさとの山《やま》に向《むか》ひて　言《い》ふことなし　ふるさとの山《やま》はありがたきかな
石川啄木・煙

歳《とし》深き山の　かそけさ。人をりて、まれにもの言ふ　声きこえつ、
釈迢空・春のことぶれ

山ひとつ淋しく立てりその山のあなたの海も淋しからまし
岡本かの子・わが最終歌集

明時《あかとき》に二度《ふたたび》なけるほととぎす故里《ふるさと》の山に吾は目ざめゐる
土屋文明・ゆづる葉の下

北空に緑《あを》明りつつ起き伏して尾根わかれ行く山のさびしさ
宮柊二・群鶏

分け入つても分け入つても青い山　種田山頭火・草木塔
また見ることもない山が遠ざかる　種田山頭火・草木塔

やまおろしのかぜ【山おろしの風】
山から吹き下ろしてくる風。⇩山風（やまかぜ）[四季]

§

恋《こひ》しくは見《み》てもしのばむもみぢばを吹《(ふき)》なちらしそ山おろしの風
よみ人しらず・古今和歌集五（秋下）

岡《をか》の辺の里《さと》のあるじをたづぬれば人はこたへず山をろし《(お)》の風
慈円・新古今和歌集一七（雑中）

夕付日《(ゆふづくひ)》さすがにうつる柴の戸《と》にあられ吹《(ふき)》とく山おろしの風
藤原家隆・家隆卿百番自歌合

せきいる、水なき庭にもみぢ葉をながす　音羽《(おとは)》の山おろしの風《かぜ》
心敬・寛正百首

君が着る羅紗《らしや》の衣手《ころもで》をさをあらみな吹きすさみそから山颪《やまおろし》
正岡子規・子規歌集

八つが嶽山おろしの風寒けれどゐろりのほとりとはに春なり
佐佐木信綱・思草

わが駒も、一こゑなきぬ。高嶺より、桜ふき捲く、山おろしの風。
与謝野寛・東西南北

やみてこやす母ありとおもふ故郷に雪なさそひそ山おろしの風
太田水穂・つゆ艸

やまかい【山峡】
山と山の間。⇩峡（かい）[四季]、山の峡（やまのはざま）[四季]

§

山の峡其処《かひそこ》とも見えず一昨日《をとつひ》も昨日も今日も雪の降れれば
紀男梶・万葉集一七

山峡《やまがひ》に咲ける桜をただひと目君に見せてば何をか思はむ
大伴池主・万葉集一七

心して風《かぜ》の残《こ》せるもみぢ葉《ば》をたづぬる山《やま》の峡《かひ》に見《み》るかな
四条宮下野集（四条宮下野の私家集）

この道は山峡《やまがひ》ふかく入りゆけど吾《われ》はここにて歩《あゆ》みとどめつ
斎藤茂吉・つゆじも

庵《いほり》ひとつ棄てられしごと置かれたりこの秋いかに土佐の山峡
吉井勇・風雪

山峡《やまかひ》の残雪《はだれ》の道を　踏《ふ》み来つる　あゆみ久し　と　思ふ　しづけさ
釈迢空・春のことぶれ

山峡《やまかひ》に吹きこもりたる秋風に悲しみありとおもほゆる音
宮柊二・晩夏

やまかぜ【山風】
夜間に山の斜面の空気が放射冷却で冷え、山頂から麓に向かって吹きおろす風。⇩谷風（たにかぜ）[四季]、山おろしの風（やまおろしのかぜ）[四季]

§

香をとめて行《ゆ》かば消《け》ぬべし山風の吹《(ふく)》ま、にちる陰見れば憂《う》し
公任集（藤原公任の私家集）

たまぼこのみちの山風寒《さむ》からばかたみがてらに着《き》なんとぞ思《おも》ふ
紀貫之・新古今和歌集九（離別）

たちのぼる月はくもらで富士《ふじ》のねのなびく煙に山風《かぜ》ぞ吹《ふ》く
頓阿・頓阿法師詠

山風のふく夜の月におとはしてくもるともなくちる木のは哉《かな》
賀茂真淵・賀茂翁家集
人間を心におかず山風の騒ぐところに入りぞはてぬる
与謝野晶子・瑠璃光

やまがわ【山川】
「やまかわ」ともいう。①山を流れる川。②山と川。
§
今造《つく》る久邇《くに》の都は山川の清《さや》けき見ればうべ知らすらし
大伴家持・万葉集六
山川《やまがは》の清き川瀬に遊べども奈良の都は忘れかねつも
作者不詳・万葉集一五
うつせみは数なき身なり山川の清《さや》けき見つつ道を尋ねな
大伴家持・万葉集二〇
もみぢばのちりうくなべに扇さへながしそへても見つる山川
大隈言道・草径集
山川《やまがは》のたぎちのどよみ耳底《みみぞこ》にかそけくなりて峰を越えつも
斎藤茂吉・赤光
幾山河《いくやまかは》越えさり行かば寂しさのはてなむ国ぞ今日も旅ゆく
若山牧水・海の声
山川の激《たぎ》つ急湍《はやせ》に　妻をやりて　家ごもりつ、　思ふそらなき
釈迢空・春のことぶれ
この夕べ山川《やまがは》の音にしたしみて腹足《た》る飯《いひ》をやや為《し》たりけり
中村憲吉・しがらみ
山川の鳴瀬《なるせ》に対《む》かひ遊びつつ涙にじみ来ありがてぬかも
宮柊二・小紺珠

山と川［西国三十三所名所図会］

やまぎし【山岸】
山間の川に面した崖状になっている切岸。⬇切岸（きりぎし）［四季］
§
子らが名に懸けの宜《よろ》しき朝妻の片山岸《かたやまきし》に霞たなびく
万葉集一〇（柿本人麻呂歌集）

やまざと【山里】
山の中にある人の住む里。またそこにある家。古歌では、中国六朝の隠遁思想の影響から山里が多く詠み込まれている。⬇里（さと）［四季］
§
見《み》る人もなき山里《ざと》のさくらばなほかのちりなんのちぞさかまし
伊勢・古今和歌集一（春上）

山里は秋こそことにわびしけれしかのなく音《ね》に目《め》をさましつゝ
壬生忠岑・古今和歌集四（秋上）

山里《ざと》は冬ぞさびしさまさりける人目《め》も草もかれぬとおもへば
源宗于・古今和歌集六（冬）

住《す》みわびぬ今は　限(かぎり)　と山里《ざと》につま木こるべき宿求《やどもと》めてん
在原業平・後撰和歌集一五（雑一）

この春《はる》はいざ山里《ざと》にすぐしてむ花《はな》の都(みやこ)(を)はおるにつゆけし
実方朝臣集（藤原実方の私家集）

雨をのみふりはへ思ふ山里につらくも雲のへだてけるかな
公任集（藤原公任の私家集）

春来《き》てぞ人も訪《と》ひける山里《ざと》は花こそ宿《やど》の主《あるじ》なりけれ
藤原公任・拾遺和歌集一六（雑春）

常《つね》よりも咲《さ》き乱《みだ》れたる山里《ざと》の花《はな》の上《うへ》をばいかゞ語《かた》らむ
四条宮下野集（四条宮下野の私家集）

雪降《ゆきふ》りて道《みち》ふみまどふ山里《ざと》にいかにしてかは春の来《き》つらん
平兼盛・後拾遺和歌集一（春上）

なにしかは人も来《き》てみんいとゞしくもの思《おも》ひまさる秋《あき》の山里《やまざと》
和泉式部・後拾遺和歌集四（秋上）

山里《やまざと》はゆきゝの道《みち》のみえぬまで秋《あき》の木の葉にうづもれにけり
曾祢好忠・詞花和歌集三（秋）

鹿《しか》の音《ね》を垣根《かきね》にこめて聞《き》くのみか月もすみけり秋の山里《ざと》
山家心中集（西行の私家集）

さらぬだに心ぼそきを山里《やまざと》の鐘《かね》さへ秋《あき》のくれをつぐなる
覚忠・千載和歌集五（秋下）

なさけありて花のゆかりにとふ人は風にぞかゝる春の山里
慈円・南海漁父北山樵客百番歌合

山里《やまざと》の春の夕暮《ゆふぐれ》きてみればいりあひの鐘《かね》に花ぞちりける
能因・新古今和歌集二（春下）

山ざとの稲《いな》葉の風にねざめして夜《よ》ぶかく鹿の声《こゑ》をきくかな
源師忠・新古今和歌集五（秋下）

山里《ざと》の風すさまじき夕暮《ゆふぐれ》に木(こ)の葉みだれて物ぞかなしき
藤原秀能・新古今和歌集六（冬）

さびさしにたへたる人の又もあれな庵《いほり》ならべん冬の山里《ざと》
西行・新古今和歌集六（冬）

たれもみな花の　宮(みや)　こに散《ち》りはててひとりしぐるゝ秋の山里《ざと》
藤原顕輔・新古今和歌集八（哀傷）

山里《ざと》に葛《くず》はひかゝる松垣《がき》のひまなく物は秋ぞかなしき
曾祢好忠・新古今和歌集一六（雑上）

都(みやこびと)　人待つとせしまに山里《やまざと》の道《みち》もなきまで花ぞ降《ふ》りしく
頓阿・頓阿法師詠

山ざとは夏のはじめぞたゞならぬ花の人めもすぎぬと思へば
賀茂真淵・賀茂翁家集

春されど雪きえやらぬ山里はなほふるとしのこゝちするかも
田安宗武・悠然院様御詠草

かきおこしほたきりくべよ埋《うづみ》火《び》のあたりもさむき冬の山里
小沢蘆庵・六帖詠草

かせのとのさやかぬけさもねさめうく隣きかるゝ冬の山さと
上田秋成・寛政九年詠歌集等

やまざとはうらさびしくなりにけるきゞのこずへのちりゆく

見れば
白雪の積るにつけて山ざとはふかくなりゆく年をしるかな
大愚良寛・布留散東
やまざとのきよき川せを結《むす》びあげて世のちりなきを水に見る哉
香川景樹・桂園一枝
来てみれハあなかしましや山里八峯の嵐に谷川のおと
大隈言道・草径集
山里に蚕《かひこ》飼ふなる五畝《ごせ》の宅《たく》麦はつくらず桑を多く植《う》う
伊藤左千夫・伊藤左千夫全短歌
牛かひて庭鳥かひて諸共にわれも住まばや君が山里
正岡子規・子規歌集
麓来て大和も近し朝月の桃の山里かけの声する
佐佐木信綱・思草
北原白秋・白秋全集
山里は秋めくはやしこの宿に蚊帳《かや》せぬ夜《よ》寝《い》をすがしみにけり
中村憲吉・軽雷集

やまじ【山路】
山の道。➡岨道（そばみち）［四季］、葛折（つづらおり）［四季］

§

秋山の黄葉《もみち》を茂み迷《まと》ひぬる妹を求めむ山道《やまぢ》知らずも
柿本人麻呂・万葉集二
妹がため菅《すが》の実《み》採《と》りに行くわれは山路にまとひこの日暮しつ
万葉集七（柿本人麻呂歌集）

朝霧に濡れにし衣干《ほ》さずして独りか君が山道《やまぢ》越ゆらむ
作者不詳・万葉集九
あしひきの山路越えむとする君を心に持ちて安けくもなし
狭野弟上娘子・万葉集一五
ぬれて干《ほ》す山路《ぢ》のきくのつゆのまに早晩《いつか》ちとせを我は経《へ》にけむ
素性・古今和歌集五（秋下）
神な月時雨許（ばかり）を身にそへて知《し》らぬ山地（ぢ）に入（いる）ぞかなしき
増基・後撰和歌集八（冬）
ともに行（ゆく）月なかりせば朝朗（あさぼらけ）春の山路を誰にとはまし
公任集（藤原公任の私家集）
年《とし》をへてかよふ山路《やまぢ》はかはらねど今日《けふ》はさかゆく心地《こゝち》こそすれ
良暹・金葉和歌集九（雑上）
今《いま》はとて入《い》りなむのちぞ思《おも》ほゆる山路《ぢ》を深《ふか》み訪《と》ふ人もなし
藤原公任・千載和歌集一七（雑中）
み山路《ぢ》やいつより秋の色ならん見ざりし雲の夕暮《ゆふぐれ》のそら
慈円・新古今和歌集四（秋上）
うちむれて散《ち》るもみぢ葉《ば》を尋《たづ》ぬれば山路《ぢ》よりこそ秋はゆきけれ
藤原公任・新古今和歌集五（秋下）
後一条院中宮かくれ給てのち、人の夢に
古里《ふるさと》に行《ゆ》く人もがなつげやらんしらぬ山路《ぢ》にひとりまどふと
新古今和歌集八（哀傷）
さりともとなを逢《（ほ）あ》ふことをたのむかな死出《しで》の山路《ぢ》をこえぬ別《わか》れは
西行・新古今和歌集九（離別）

ことの葉の跡《あと》みざりせば雪ふかき山路《ぢ》はなを《（ほ）》やさびしからまし

頓阿・頓阿法師詠

さくら咲《さく》ふはの山路は関守のすまずなりても人をとめけり

賀茂真淵・賀茂翁家集

水谷のやさかの山路越《こえ》かねてまづこゝまでときぬる一家《ひとつや》

大隈言道・草径集

月代に虫がねしぬび山路ゆく衣はぬれぬ山のさきりに。

伊藤左千夫・伊藤左千夫全短歌

夕されば 狼《おほかみ》吠ゆる深山路《みやまぢ》に手のひら程の楓《かへで》散るなり

正岡子規・子規歌集

雪のこる狭《せま》き山路《やまぢ》に床《とこ》なめになめ石古《いしふ》りてむかしおもほゆ

斎藤茂吉・霜

あとさきや足袋のうへにも来て落つるけふの山路の諸木の落葉

若山牧水・くろ土

雪ふかき山路をひとりうちきほひひたに歩みて汗ばみにけり

古泉千樫・青牛集

やましたみず【山下水】

山のふもとや深い谷間の木の茂みの下など、人目には見えない所を流れる水。古歌では、表には出せない忍ぶ恋の思いなどのたとえとして詠まれている。

§

いはせ山谷《やまたに》の下水《したみづ》うち忍《しの》び人のみぬまはながれてぞふる

伊勢集（伊勢の私家集）

木《こ》の葉《は》散《ち》る山のした水《みづ》うづもれて流《なが》れもやらぬものをこそ思《おも》へ

叡覚・後拾遺和歌集一二（恋一）

せきとむる山した水《みづ》にみがくれてすみけるものを秋のけしきは

実快・千載和歌集三（夏）

葦引の山した水にかげ見《み》ればまゆしろたへにわれ老《おい》にけり

能因・新古今和歌集一八（雑下）

くのぎ若葉穿つて池にながれいりまた流れ出る山の下水

青山霞村・池塘集

やまでら【山寺】

山間にある寺。⬇寺（てら）［四季］

§

山寺の入相《あひ》の鐘《かね》の声《こゑ》ごとに今日《けふ》も暮《く》れぬと聞《き》くぞ悲《かな》しき

よみ人しらず・拾遺和歌集二〇（哀傷）

山寺《でら》のはゝその紅葉《もみぢ》ちりにけりこのもといかに寂《さび》しかるらん

よみ人しらず・後拾遺和歌集一〇（哀傷）

山寺の暁がたの鐘の音にながきねぶりをさましてし哉《かな》

藤原良経・南海漁父北山樵客百番歌合

山《ヤマ》デラニ秋《アキ》ノアカツキネザメシテ虫《ムシ》トトモニゾナキアカシツル

明恵・明恵上人歌集

よそに聞《きき》ておもひ入《いる》こそあはれなれみ山の寺の夕ぐれのかね

賀茂真淵・賀茂翁家集

けふの日もはかなくくれて山寺の法《のり》のむしろにかねひゞくなり

小沢蘆庵・六帖詠草

山寺のあきさびしらに仏達たゞならびてもおはすばかりぞ

大隈言道・草径集

所がら入相のかねも浦風にうちさらされてひゞく山寺

橘曙覧・春明艸

なまぐさき里わけきつる袖の臭《か》に叩きはゞかる山寺のかど
橘曙覧・春明艸

山寺の茅葺ごしに雪折の梅も咲きけり春や来ぬらん
与謝野礼厳・礼厳法師歌集

山寺の石のきたはしおりくれば椿こぼれぬみぎにひだりに
落合直文・国文学

心あへる友もあらぬか山寺の青葉にこもり茶を楽まむ
伊藤左千夫・伊藤左千夫全短歌

おのが子の戒名もちて雪ふかき信濃の山の寺に来にけり
島木赤彦・氷魚

人来り花の外には松ばかり立つとおもひし山寺に舞ふ
与謝野晶子・深林の香

そこはかとなく日くれかかれる山寺《やまでら》に胡桃《くるみ》もちひを呑《の》みくだしけり
斎藤茂吉・石泉

山寺《やまでら》の縁の明るみになほゐれば紅葉《もみぢ》もかぐろみ暮れてゆくめり
木下利玄・一路

山寺に来てゐる今日は香華《かうげ》して思ひを致すはるけき人に
中村憲吉・軽雷集

やまのは【山の端】

山の稜線をいう。古歌では、山の端での月の出・月の入りの光景が多く詠まれている。⬇月（つき）［秋］、端山茂山（はやましげやま）［四季］

§

山の端《は》にあぢ群《むら》騒き行くなれどわれはさぶしゑ君にしあらねば
岡本天皇・万葉集四

山の端《は》にいさよふ月の出でむかとわが待つ君が夜は降《くた》ちつつ
忌部黒麿・万葉集六

山の端《は》に月かたぶけば漁《いざり》する海人《あま》の燈火《ともしび》沖になづさふ
作者不詳・万葉集一五

ふたつなき物と思《おもひ》しを水底《みなそこ》に山の端《は》ならでいづる月かげ
紀貫之・古今和歌集一七（雑上）

飽《あ》かなくにまだきも月の隠《かく》るゝか山の端《は》にげて入《い》れずもあらなむ
在原業平・古今和歌集一七（雑上）

きのふまで白く見えつる山の端《は》の今朝は見えぬも霞立《たつ》らし
田安宗武・悠然院様御詠草

月影もいづべくなれば山のはもいときはことにさやかなるかな
大隈言道・草径集

紅葉てる色にしはしは夕月も光ゆつりてみゆる山の端
伊藤左千夫・伊藤左千夫全短歌

蜘蛛の糸　ながれて　きらとひかるかな　源太ケ森の　碧き山のは
宮沢賢治・校本宮沢賢治全集

やまのはざま【山の峡】

山と山の間。山間。⬇山峡（やまかい）［四季］

§

あしびきの山のはざまの西開き遠《とほ》くれなゐに夕焼くる見ゆ
斎藤茂吉・赤光

あしびきの山のはざまに自《みづか》らはあかつき起《おき》の痰《たん》をさびしむ
斎藤茂吉・石泉

やまびこ【山彦】

山などで音声が反響する現象をいう。古来、神霊が真似る

ものとされた。「山彦」とはその神の名前でもある。⇩谺（こだま）［四季］

§

明日《あす》の宵《よひ》逢はざらめやもあしひきの山彦とよめ呼び立て鳴くも
作者不詳・万葉集九

夜を長み眠《い》の寝らえぬにあしひきの山彦響《やまびことよ》めさ男鹿鳴くも
作者不詳・万葉集一五

山彦《やまびこ》のきかくにもののもいはなくにあやしくそらにまどふなるかな
一条摂政御集（藤原伊尹の私家集）

時鳥《ほとゝぎす》まれになく夜《よ》は山彦《やまびこ》のこたふるさへぞうれしかりける
源雅定・金葉和歌集二（夏）

わがごとくさけに酔らしおとたて、うてば打手《うつ》をまぬる山びこ
大隈言道・草径集

やみ【闇】

光のない状態。［同義］暗闇（くらやみ）。⇩宵闇（よいやみ）［秋］、木下闇（このしたやみ）［夏］、五月闇（さつきやみ）［夏］、夕闇（ゆうやみ）［四季］、暗黒（あんこく）［四季］

§

闇《やみ》の夜に鳴くなる鶴《たづ》の外《よそ》のみに聞きつつかあらむ逢ふとはなしに
笠女郎・万葉集四

旅にあれど夜《よる》は火《ひ》ともし居《を》るわれを闇《やみ》にや妹《いも》が恋ひつつあるらむ
壬生宇太麿・万葉集一五

闇の夜の行く先知らず行くわれを何時来《いつき》まさむと問ひし児らはも
作者不詳・万葉集二〇

むばたまの闇《やみ》の現《うつゝ》はさだかなる夢《ゆめ》にいくかもまさらざりけり
よみ人しらず・古今和歌集一三（恋三）

春《はる》の夜《よ》の闇《やみ》に心のまどへども残《のこ》れる花《はな》をいかゞおもはぬ
実方朝臣集（藤原実方の私家集）

ほと、ぎすなきつるかたの空《そら》だにも五月の闇《やみ》は見えぬ成《なり》けり
能因集（能因の私家集）

梅《むめ》の花《はな》かばかりにほふ春《はる》の夜《よ》の闇《やみ》は風《かぜ》こそうれしかりけれ
藤原顕綱・後拾遺和歌集一（春上）

君《きみ》すらもまことの道《みち》に入《い》りぬなりひとりやながき闇《やみ》にまどはん
選子内親王・後拾遺和歌集一七（雑三）

いかで我《われ》こゝろの月をあらはして闇《やみ》にまどへる人を照《て》らさむ
藤原顕輔・詞花和歌集一〇（雑下）

もろともに有明の月を見し物《もの》をいかなる闇《やみ》に君《きみ》まどふらん
藤原有信・千載和歌集九（哀傷）

月かげの入《い》りぬる跡《あと》に思ふかなまよはむ闇《やみ》の行末《ゆくすゑ》の空
慈円・千載和歌集一六（雑上）

秋を経《へ》て月をながむる身となれりいそぢの闇《やみ》をなに歎《なげ》くらん
慈円・新古今和歌集一六（雑上）

しるべせし紅葉の洞《ほら》の月もありと頼む光や闇《やみ》を照《てら》さん
三条西実隆・再昌草

闇ながらはれたる空のむら時雨ほしの降《ふる》かとうたがはれつゝ
香川景樹・桂園一枝

遠富士は闇のあなたに月かげは闇のこなたにわれは殿戸に
服部躬治・迦具土

快楽の子はやもかけり来世の中のひとやの闇にわれえたえんや
太田水穂・つゆ艸

黄の蕊《しべ》を真白につゝむ水仙のふとあらはれて闇に消えぬる
窪田空穂・まひる野

病みてより夜とひるとの連続の煩《わづら》はしけれ常闇《とこやみ》となれ
与謝野晶子・瑠璃光

いわし曳く網のこぼれはひりはむと渚の闇に群れにけるかも
長塚節・羇旅雑詠

めざめつつ眼《まなこ》あきゐる暗闇《くらやみ》にはや何物《なにもの》も浮ぶことなし
斎藤茂吉・暁光

たたなはる暗《やみ》のおくかに目ひらけばとらへかねたる声音《こわね》なりけり
新井洸・微明

闇か、われか、眼ざめたる夜半の寝床をめぐれるもの、すべて空し
若山牧水・みなかみ

闇のうちにあまた帆ぞ鳴る帆ぞ動く、わが汽船《きせん》の漸く動き出でむとする港に
若山牧水・みなかみ

浅間野の闇の夜ごろは薄雲にそれかの山の寂しき煙
土岐善麿・はつ恋

夜の講義ぬけだして来しいくたりの木立《こだち》の闇《やみ》をうたひつつゆく
木俣修・去年今年

梅雨闇《つゆやみ》に梟《ふくろふ》なけばながく病む高見順を思ふこころ萎《な》ゆるまで
木俣修・去年今年

この機みな　全《マタ》くかへれよ。蛍火《ホタルビ》の遠ぞく闇《ヤミ》を　うちまもり居《ヲ》り
折口春洋・鵠が音

対岸《たいがん》の屈折したるところに倉庫ならび遠くの空は闇《やみ》になりをり
佐藤佐太郎・歩道

硝子戸に額《ぬか》押しあてて心遣る深きこの闇東京が持つ
宮柊二・日本挽歌

つと立ちて火蛾捨つる小雨深き闇
種田山頭火・層雲

闇路戻れば藪しゞま啼ける何鳥か
種田山頭火・層雲

「ゆ」

ゆうかげ【夕影】

夕方の日の光、夕日のつくる影。夕日にうつる姿。⬇夕日（ゆうひ）［四季］

§

風立ちて夕かげ明し刈り棄てにそこばくねかす夏そばの花
北原白秋・白秋全集

縁側に亡《な》くなりし子の汚《よご》れものこの夕かげをしろくうかべり
木下利玄・紅玉

ゆうけむり【夕煙】

夕暮れの空にたなびく煙。古歌では物さびしい風情として詠まれることが多い。⬇煙（けむり）［四季］

§

思《おも》ひいづるおりた《(を)》く柴《しば》の夕煙《ゆふけぶり》むせぶもうれし 忘《わすれ》がたみに
後鳥羽院・新古今和歌集八（哀傷）
思《おも》ひいづるおりた《(を)》く柴《しば》ときくからにたぐひしられぬ夕煙《ゆふけぶり》かな
慈円・新古今和歌集八（哀傷）
あさま山神《やまかみ》のいぶきの霧《きり》はれて雲居《くもゐ》にたてる夕《ゆふ》けぶりかな
村田春海・琴後集
家ごとにふすぶる蚊遣《かやり》なびきあひ墨田《すみだ》の川に夕けぶりたつ
正岡子規・子規歌集
夕けむりなひ《(び)》くさとわの小は《(ば)》やしに　かへるか鳥のこゑいそく《(ぐ)》なり
樋口一葉・詠草

ゆうさめ【夕雨】
夕方ふる雨。§ ➡夕立（ゆうだち）[夏]
ゆふさめの寒からぬほどは石にふり濡《ぬ》れそぼちゆく鶏頭《けいとう》のはな
中村憲吉・しがらみ
夕雨にしみじみ見れば崖《がけ》したの塀のそとには刈小田《かりをだ》も見ゆ
中村憲吉・しがらみ

ゆうずつ【夕庚・夕星】
夕方に西の空に見える金星。「ゆうつづ」「ちょうこう」ともいう。[同義] 宵の明星（よいのみょうじょう）。➡明星（みょうじょう）[四季]
§
夕星《ゆふつづ》も通ふ天道《あまぢ》を何時《いつ》までか仰ぎて待たむ月人《つきひと》壮子《をとこ》
作者不詳・万葉集一〇

ゆうばえ【夕映】
夕日で景色が美しく映えて見える風情をいう。➡夕焼け（ゆうやけ）[夏]
§
夕映空《ゆふはえぞら》まっ平《たひ》らなる海のいろに我も染りて物をこそ思へ
島木赤彦・切火
全《また》けき鳥海山はかくのごとからくれなゐの夕ばえのなか
斎藤茂吉・白き山
水引の根をあらひ行く野の水の淀《よど》みにうつる秋の夕映《ゆふばえ》
木下利玄・銀
石狩《いしかり》の国の夕映《ゆふばえ》はてしなく天塩《てしほ》の国をこころざしゆく
土屋文明・放水路
牛《うし》が淵《ふち》にたたふる水は夕映《ゆふばえ》のいまだ残れる波頭《なみがしら》見ゆ
佐藤佐太郎・歩道
かすかなる歓びにしも譬ふべく運河の面《おも》の夕映えの黄ぞ
宮柊二・日本挽歌
葉屑寒き溜り水今日も夕映えぬ
種田山頭火・層雲

ゆうばれ【夕晴】
夕方の空が晴れること。➡夕立晴（ゆうだちばれ）[夏]
§
夕晴れの空に風あれや著《いちじ》るく浅間の山の烟はくだる
島木赤彦・氷魚

ゆうひ【夕日】
夕方の太陽。夕方の太陽の日差し。➡夕影（ゆうかげ）[四季]、夕焼け（ゆうやけ）[夏]

§
夕日《ゆふ》さす浅芽《あさぢ》が原《はら》の旅人《たび》はあはれいづくに宿《やど》をとるらん
源経信・新古今和歌集一〇（羇旅）
旅人《たび》の袖ふきかへす秋風に夕日《ゆふひ》さびしき山のかけはし
藤原定家・新古今和歌集一〇（羇旅）
渓中《たになか》の大岩にゐて時ひさしむかつ尾上《をのへ》にしみ入る夕日
佐佐木信綱・鶯
ゆふ日とほく金《きん》にひかれば群童《ぐんどう》は眼《め》つむりて斜面《しゃめん》をころがりにけり
斎藤茂吉・赤光
男体《なんたい》の山のくづれのあらはなる土に夕日のさせるあはれさ
木下利玄・銀

ゆうびえ【夕冷】
夕方に気温が下がり、冷え込むこと。⬇冷やか（ひややか）［秋］
§
落葉掃《は》く箒《はうき》の音は何辺《いづべ》かも築山紅葉《つきやまもみぢ》の夕冷《ゆふひ》えの光沢《つや》
木下利玄・一路

ゆうまぐれ【夕間暮れ】
夕方の日の暮れる頃。⬇秋の夕（あきのゆうべ）［秋］、春の夕（はるのゆうべ）［春］
§
月細き隅田《すみだ》の川の夕間暮待乳《まつち》を見れば昔偲《しぬ》ばゆ
正岡子規・子規歌集

ゆうもや【夕靄】
夕方に立つ靄。⬇靄（もや）［四季］
§
島《しま》の家《いへ》に燈《ひ》はともりけり夕靄《ゆふもや》の磯《いそ》に立《た》つ我《わ》が影見《かげみ》ゆらむか
佐佐木信綱・新月
別れ来てかへりみすれば夕靄《ゆふもや》のなびくとはすれ妹《いも》が家《いへ》のあたり
橋田東声・地懐
鳴きゐたる鳥は静まり、夕靄《ユフモヤ》の下べに冴《サ》ゆる　青草のいろ
折口春洋・鵠が音
夕靄たまらせて塩浜人居る　尾崎放哉・小豆島にて
春の夕靄立つ二つの橋を二つ渡つた
中塚一碧楼・一碧楼一千句

ゆうやみ【夕闇】
日が落ちて月が出るまでの夕方の暗闇。⬇闇（やみ）［四季］、黄昏（たそがれ）［四季］
§
花匂ふ君か心に夕暗のほのかに触れて身をあやまてり
伊藤左千夫・伊藤左千夫全短歌

ゆけむり【湯煙・湯烟】
温泉や風呂からたちのぼる湯気。「ゆけぶり」ともいう。⬇出湯（いでゆ）［四季］、水煙る（みずけむる）［冬］
§
馬の湯の外の湯の煙朝日受け雪の谷間は見るにのどけし
伊藤左千夫・伊藤左千夫全短歌
底倉の谷間をぐらくふる雨に立ちなづみつつ迷ふ湯げむり
太田水穂・冬菜

庭先に積みわたす雪のうへにまよふいで湯の煙匂ひたるかも
若山牧水・黒松
山国《やまぐに》の秋早《はや》みかも此の朝《あさ》け立つ湯煙《ゆけむり》のあたたかにみゆ
土屋文明・放水路

ゆだま【湯玉】
湯が湧き立つ時に表面に浮かび上がる泡。熱湯から飛び散る湯の玉。⬇出湯（いでゆ）［四季］
§
岩はしる水の流のただ中に湯玉わきたついで湯くすしも
正岡子規・子規歌集

「よ」

よいのくち【宵の口】
日が暮れて間もない頃。［同義］宵の間（よいのま）。
§
宵の口ただひとときの逢瀬だにうれしきものか京に来ぬれば
吉井勇・祇園双紙

よこぐものそら【横雲の空】
山や峰から離れてゆく横雲の見える空。古歌では明け方に見る横雲・横雲の空として詠まれることが多い。
§
はつせ山お《(を)》のへのかねの明《(あけ)》がたに花よりしらむよこ雲の空
藤原良経・南海漁父北山樵客百番歌合
春の夜《よ》の夢のうき橋《はし》とだえして峰《みね》にわかるゝ横雲《よこ》の空《そら》
藤原定家・新古今和歌集一（春上）
ありあけは思《おも》ひ出《い》であれや横雲《よこ》のたゞよはれつるしのゝめの空《そら》
西行・新古今和歌集一三（恋）
我もまたともに立《た》ち出《い》でて別《わか》るゝは旅寝《ね》の山の横雲《よこ》の空《そら》
一条良基・後普光園院殿御百首
有明の月は霞て嵐山　はなの香高し横雲の空
樋口一葉・詠草

「り」

りく【陸】
陸地。「くが」「おか」ともいう。⬇陸（くが）［四季］
§
海ゆかば海に神あり陸ゆかば陸に神あり君を護らむ
伊藤左千夫・伊藤左千夫全短歌
あふりかの陸《りく》のかなたに暮れはてぬ光《ひかり》のなごり寂《さび》しくもあるか
斎藤茂吉・遍歴

「わ」

わたぐも【綿雲】
綿のような雲。⬇雲（くも）［四季］
§
屯《たむ》ろする緬羊《めんやう》の一つ丘《をか》の上の地平を移り綿雲に入る
宇都野研・木群

わたしば【渡場】
船で人や物を対岸に渡すところ。⬇渡船（わたしぶね）［四季］、波止場（はとば）［四季］
§
武蔵野に春風吹けば荒川の戸田《とだ》の渡《わたし》に人ぞ群れける
正岡子規・子規歌集
この沼にとりたる雑魚《ざこ》の味よろし渡しの小屋に茶をのみて居り
古泉千樫・青牛集
おもひでは汐みちてくるふるさとのわたし場
種田山頭火・草木塔

わたしぶね【渡船・渡舟】
渡場で、人や物を対岸に運搬する船。⬇渡場（わたしば）［四季］、舟（ふね）［四季］
§

万場川船渡［尾張名所図会］

今までに人をのせこし駒さへものりたる古賀のわたし舟哉
大隈言道・草径集

共に聞友あれかしと思ふ哉　わたしの舟になく郭公
樋口一葉・詠草

わたつうみ【綿津海】

⬇海神（わたつみ）［四季］

§

草も木も色かはれどもわたつ海《うみ》の浪の花にぞ秋なかりける
文屋康秀・古今和歌集五（秋下）

わたつ海《うみ》の浜《はま》の真砂《まさご》をかぞへつゝ、君が千年《ちとせ》のあり数《かず》にせむ
よみ人しらず・古今和歌集七（賀）

わたつ海の沖《おき》つ潮合《しほあひ》にうかぶ泡《あわ》のきえぬ物からよる方もなし
よみ人しらず・古今和歌集一七（雑上）

わたつ海《うみ》のかざしにさせる白妙の浪もてゆへる淡路島《あはぢしま》山
よみ人しらず・古今和歌集一七（雑上）

わたつみ【海神・綿津海】

海を司る海の神。海。「わだつみ」ともいう。「わた」は海、「つ」は助詞、「み」は精霊の意で、海の神をいい、転じて海をいう。古歌では「わたつみの」「わたつうみ」と詠まれることが多い。海の神として詠まれる場合は「わたつみ」と詠まれている。⬇海（うみ）［四季］、綿津海（わたつうみ）［四季］

§

海神《わたつみ》の手に纏《ま》き持てる玉ゆゑに磯の浦廻《うらみ》に潜《かづき》するかも
万葉集七（柿本人麻呂歌集）

海神の持《も》てる白玉見まく欲《ほ》り千遍《ちたび》ぞ告《の》りし潜する海人《あま》
万葉集七（柿本人麻呂歌集）

世の中のけがれあらはむ大波のちなみ捲おこせわだつみの神
伊藤左千夫・伊藤左千夫全短歌

年は今立ちかへるらんわだつみの波のほの上に日はいでにけり
太田水穂・つゆ艸

わたつみの海に近づく石狩川《いしかりがは》かずかぎり無《な》き浪《なみ》たちわたる
斎藤茂吉・石泉

青わだつみ遠くうしほのひびくより深しするどし男のうれへる
若山牧水・独り歌へる

わだつみにむかへる心へりくだり沖つ潮騒《しほさゐ》に眼をみひらけり
木下利玄・紅玉

わたつみの響《ひび》きの　よさや。松焚《た》きて、棲初《ゐそ》めし夜らに、言ひにけらしも
釈迢空・春のことぶれ

「短歌俳句自然表現辞典」本編（終）

短歌俳句 自然表現辞典

2002年5月29日　第1刷発行

監修者　大岡　信

編集著作権者　瓜坊進

発行者　遠藤　茂

発行所　株式会社 遊子館

107-0062　東京都港区南青山1-4-2八並ビル4F

電話 03-3408-2286 FAX.03-3408-2180

印　刷　株式会社 平河工業社

製　本　協栄製本株式会社

装　幀　中村豪志

定　価　外箱表示

ISBN4-946525-40-8 C3592

監修者　大岡 信（おおおか　まこと）

1931年　静岡県三島市に生まれる
1953年　東京大学文学部卒業
詩人、日本芸術院会員
【詩集】－「記憶と現在」「悲歌と祝禱」「水府」「草府にて」「詩とはなにか」「ぬばたまの夜、天の掃除器せまつてくる」「火の遺言」「オペラ 火の遺言」「光のとりで」「捧げるうた　50篇」など
【著書】－「折々のうた」（正・続・第3～第10・総索引・新１～6）「連詩の愉しみ」「現代詩試論」「岡倉天心」「日本詩歌紀行」「うたげと孤心」「詩の日本語」「表現における近代」「万葉集」「窪田空穂論」「詩をよむ鍵」「一九〇〇年前夜後朝譚」「あなたに語る日本文学史」（上・下）「日本の詩歌－その骨組みと素肌」「光の受胎」「ことのは草」「ぐびじん草」「しのび草」「みち草」「しおり草」「おもい草」「ことばが映す人生」「私の万葉集」（全５巻）「拝啓漱石先生」「日本の古典詩歌（全6巻）」など
【受賞】－「紀貫之」で読売文学賞、「春　少女に」で無限賞、「折々のうた」で菊池寛賞、「故郷の水へのメッセージ」で現代詩花椿賞、「詩人・菅原道真」で芸術選奨文部大臣賞、「地上楽園の午後」で詩歌文学館賞
恩賜賞・日本芸術院賞（1995年）、ストルーガ詩祭（マケドニア）金冠賞（1996年）、朝日賞（1996年度）、文化功労者顕彰（1997年）

総50音順索引

凡　例

1、本書「春」「夏」「秋」「冬」「新年」「四季」の各章に収録した見出し語を50音順に配列し、その掲載頁を示した。
2、見出し語の収録季節は（　）内にその季節名を入れて明示した。

あ

あいのかぜ【あいの風】（夏）…88
あおあらし【青嵐】（夏）…88
あおうなばら【青海原】（四季）…390
あおごち【青東風】（夏）…89
あおしぐれ【青時雨】（夏）…89
あおた【青田】（夏）…89
あおばじお【青葉潮】（夏）…90
あおばやま【青葉山】（夏）…90
あかしお【赤潮】（春）…2
あかつき【暁】（四季）…390
あかふじ【赤富士】（夏）…90
あかゆき【赤雪】（夏）…90
あき【秋】（秋）…174
あきあさし【秋浅し】（秋）…176
あきあつし【秋暑し】（秋）…176
あきうらら【秋麗】（秋）…177
あきおしむ【秋惜む】（秋）…177
あきがすみ【秋霞】（秋）…177
あきかぜ【秋風】（秋）…177
あきかぜちかし【秋風近し】（夏）…90
あきかわき【秋乾き】（秋）…180
あきぐもり【秋曇】（秋）…180
あきくる【秋来る】（秋）…181
あきくるる【秋暮るる】（秋）…181
あきさむ【秋寒】（秋）…181
あきさめ【秋雨】（秋）…182
あきしぐれ【秋時雨】（秋）…183
あきじめり【秋湿】（秋）…183
あきすずし【秋涼し】（秋）…184
あきすむ【秋澄む】（秋）…184
あきたかし【秋高し】（秋）…184
あきたつ【秋立つ】（秋）…184
あきちかし【秋近し】（夏）…90
あきでみず【秋出水】（秋）…185
あきどなり【秋隣】（夏）…91
あきのあさ【秋の朝】（秋）…185
あきのあつさ【秋の暑さ】（秋）…185
あきのあめ【秋の雨】（秋）…186
あきのあらし【秋の嵐】（秋）…186
あきのいけ【秋の池】（秋）…186
あきのいりひ【秋の入日】（秋）…186
あきのいろ【秋の色】（秋）…187
あきのうみ【秋の海】（秋）…188
あきのかげ【秋の翳・秋の影】（秋）…188
あきのかぜ【秋の風】（秋）…188
あきのかりば【秋の狩場】（秋）…189
あきのかわ【秋の川】（秋）…189
あきのくも【秋の雲】（秋）…189
あきのくれ【秋の暮】（秋）…190
あきのけむり【秋の煙】（秋）…191
あきのこえ【秋の声】（秋）…191
あきのしお【秋の潮】（秋）…192
あきのしも【秋の霜】（秋）…192
あきのすえ【秋の末】（秋）…192
あきのその【秋の園】（秋）…192
あきのそら【秋の空】（秋）…192
あきのた【秋の田】（秋）…193
あきのつき【秋の月】（秋）…193
あきのなごり【秋の名残】（秋）…194
あきのなみ【秋の波】（秋）…194
あきのの【秋の野】（秋）…194
あきのはつかぜ【秋の初風】（秋）…195
あきのはて【秋の果】（秋）…196
あきのひ【秋の灯】（秋）…196
あきのひ【秋の日】（秋）…196
あきのひる【秋の昼】（秋）…197
あきのふじ【秋の富士】（秋）…197
あきのほし【秋の星】（秋）…197
あきのみず【秋の水】（秋）…197
あきのみずうみ【秋の湖】（秋）…198
あきのみね【秋の峰】（秋）…198
あきのむらさめ【秋の村雨】（秋）…198
あきのやど【秋の宿】（秋）…198
あきのやま【秋の山】（秋）…198
あきのやみ【秋の闇】（秋）…199
あきのゆうぐれ【秋の夕暮】（秋）…199
あきのゆうべ【秋の夕】（秋）…200
あきのゆくえ【秋の行方】（秋）…200
あきのよ【秋の夜】（秋）…200
あきのよい【秋の宵】（秋）…201
あきのらい【秋の雷】（秋）…202
あきのわかれ【秋の別れ】（秋）…202
あきばれ【秋晴】（秋）…202
あきひかげ【秋日影】（秋）…203
あきひがん【秋彼岸】（秋）…203
あきひでり【秋旱】（秋）…203

あきびより【秋日和】（秋）…203
あきふかし【秋深し】（秋）…203
あきめく【秋めく】（秋）…204
あきやま【秋山】（秋）…205
あきをまつ【秋を待つ】（夏）…91
あけいそぐ【明急ぐ】（夏）…91
あけのつき【明の月】（秋）…205
あけのはる【明の春】（新年）…366
あけぼの【曙】（四季）…390
あけやすし【明易し】（夏）…91
あさあけ【朝明け】（四季）…391
あさがすみ【朝霞】（春）…2
あさぎり【朝霧】（秋）…205
あさぐもり【朝曇】（夏）…92
あさざむ【朝寒】（秋）…206
あさしぐれ【朝時雨】（冬）…280
あさしも【朝霜】（冬）…280
あさすず【朝涼】（夏）…92
あさせ【浅瀬】（四季）…391
あさづくひ【朝づく日】（四季）…391
あさづくよ【朝月夜】（秋）…207
あさつゆ【朝露】（秋）…207
あさなぎ【朝凪】（夏）…92
あさひ【旭・朝日】（四季）…391
あさぼらけ【朝朗】（四季）…391
あさもや【朝靄】（四季）…392
あさやけ【朝焼】（夏）…92
あしがき【葦垣・葦垣・芦垣】（四季）…392
あしび【葦火・蘆火・芦火】（秋）…207
あじろ【網代】（冬）…280
あぜみち【畦道】（四季）…392
あたたか【暖か】（春）…2
あつきひ【暑き日】（夏）…92
あつきよ【暑き夜】（夏）…93
あつごおり【厚氷】（冬）…281
あつし【暑し】（夏）…93
あなじ【乾風】（冬）…282
あぶらでり【油照・脂照】（夏）…94
あぶらまじ【油南風】（春）…3
あまぎり【雨霧】（四季）…393
あまぎる【天霧る】（四季）…393
あまそそぎ【雨注】（四季）…393
あまそそる【天聳る】（四季）…393
あまつかぜ【天つ風】（四季）…393
あまつひかり【天つ光】（四季）…394
あまつほし【天つ星】（四季）…394
あまのがわ【天の川・天の河】（秋）…207
あまのはら【天の原】（四季）…394
あめ【雨】（四季）…394
あめつち【天地】（四季）…395
あめのつき【雨の月】（秋）…209
あらいそ【荒磯】（四季）…396
あらうみ【荒海】（四季）…396
あらし【嵐・荒風】（四季）…397
あらたまのとし【新玉の年】（新年）…366
あらなみ【荒波・荒浪】（四季）…398
あられ【霰】（冬）…282
ありあけ【有明】（秋）…209
ありあけづき【有明月】（秋）…210
ありそ【荒磯】（四季）…398
ありそいわ【荒磯岩】（四季）…398
ありそうみ【荒磯海】（四季）…399
ありそなみ【荒磯波・荒磯浪】（四季）…398
あれ【荒れ・暴風】（四季）…399
あわ【泡・沫】（四季）…399
あわゆき【淡雪】（春）…3
あんこく【暗黒・闇黒】（四季）…399

い

いがき【忌垣・斎垣】（四季）…400
いかだ【筏】（四季）…400
いかづち（夏）…94
いきしろし【息白し】（冬）…284
いけ【池】（四季）…400
いけみず【池水】（四季）…401
いざよい【十六夜】（秋）…210
いさりび【漁り火】（四季）…402
いさりぶね【漁舟】（四季）…402
いしばしる【石走る】（四季）…402
いずみ【泉】（夏）…95
いそ【磯】（四季）…402
いちがつ【一月】（冬）…284
いちげ【一夏】（夏）…95
いつか【五日】（新年）…366
いてたき【凍滝】（冬）…284

いてづき【凍月】（冬）…284
いてつち【凍土】（冬）…284
いてどけ【凍解】（春）…5
いでゆ【出湯】（四季）…403
いてる【凍てる・冱てる】（冬）…284
いとゆう【糸遊】（春）…5
いなさ【東南風】（夏）…95
いなずま【稲妻】（秋）…211
いなびかり【稲光】（秋）…213
いねかりどき【稲刈時】（秋）…213
いねのなみ【稲の波】（秋）…213
いまちづき【居待月】（秋）…213
いみずます【井水増す】（夏）…96
いらか【甍】（四季）…403
いりえ【入江】（四季）…404
いろなきかぜ【色無風】（秋）…213
いわがき【岩垣】（四季）…404
いわしぐも【鰯雲】（秋）…214
いわしみず【岩清水】（夏）…96
いわね【岩根】（四季）…404
いわばしる【岩走る】（四季）…405
いわやま【岩山】（四季）…405

う

うえた【植田】（夏）…96
うおひにのぼる【魚氷に上る】（春）…5
うかい【鵜飼】（夏）…96
うきぐも【浮雲】（四季）…405
うすい【雨水】（春）…5
うすぎり【薄霧】（秋）…214
うすごおり【薄氷】（春）…5
うずしお【渦潮】（四季）…406
うすづきよ【薄月夜】（秋）…214
うずまき【渦巻】（四季）…406
うすらい【薄氷】（春）…6
うそさむ【うそ寒】（秋）…215
うたかた【泡沫】（四季）…407
うちひさす（四季）…407
うづき【卯月・四月】（夏）…98
うづきぐもり【卯月曇】（夏）…98
うづきの【卯月野】（夏）…98
うなばら【海原】（四季）…407
うなみ【卯波・卯浪】（夏）…99
うねり（四季）…408
うのはなくたし【卯の花降し・卯の花腐し】（夏）…99
うひょう【雨氷】（冬）…285
うみ【湖・海】（四季）…408
うみかぜ【海風】（四季）…409
うめみ【梅見】（春）…6
うら【浦】（四季）…409
うらかぜ【浦風】（四季）…410
うらなみ【浦波】（四季）…410
うららか【麗か】（春）…7
うろこぐも【鱗雲】（秋）…215
うんかい【雲海】（夏）…99

え

えんしょ【炎暑】（夏）…99
えんちゅう【炎昼】（夏）…99
えんてん【炎天】（夏）…99
えんらい【遠雷】（夏）…100

お

おいのはる【老の春】（新年）…366
おおとし【大年】（冬）…285
おおにし【大西風】（秋）…215
おおみそか【大晦日】（冬）…286
おおゆき【大雪】（冬）…286
おか【岡・丘】（四季）…410
おがわ【小川】（四季）…411
おくりづゆ【送り梅雨】（夏）…101
おくりまぜ【送南風】（秋）…215
おこうなぎ【御講凪】（冬）…286
おさがり【御降】（新年）…367
おそきひ【遅き日】（春）…7
おちばやま【落葉山】（冬）…287
おとしみず【落し水】（秋）…215
おはなばたけ【お花畠・お花畑】（夏）…101
おぶね【小舟】（四季）…411
おぼろ【朧】（春）…8
おぼろづき【朧月】（春）…9
おぼろづきよ【朧月夜】（春）…9
おぼろよ【朧夜】（春）…10
おみわたり【御神渡り】（冬）…287
おやまあらい【御山洗】（秋）…216

おりひめ【織姫】（秋）…216
おんなしょうがつ【女正月】（新年）…367
おんぷう【温風】（夏）…101

か

かい【峡】（四季）…411
かいきょう【海峡】（四季）…412
かいやぐら（春）…11
かいよせ【貝寄風】（春）…11
かがし【案山子】（秋）…216
かがりび【篝火】（四季）…412
かがりぶね【篝舟】（四季）…412
かけはし【掛橋・懸橋・梯】（四季）…412
かげろう【陽炎】（春）…11
かざぐるま【風車】（春）…13
かざはな【風花】（冬）…287
かし【河岸】（四季）…413
かすみ【霞】（春）…13
かぜ【風】（四季）…413
かぜかおる【風薫る】（夏）…101
かぜしす【風死す】（夏）…102
かぜひかる【風光る】（春）…15
かたかげ【片陰】（夏）…102
かどすずみ【門涼み】（夏）…102
かねかすむ【鐘霞む】（春）…15
かまいたち【鎌鼬】（冬）…288
かみかぜ【神風】（四季）…414
かみなり【雷】（夏）…102
かみのはる【神の春】（新年）…367
かみわたし【神渡】（冬）…288
かやりび【蚊遣火】（夏）…103
からかぜ【空風】（冬）…288
からつゆ【空梅雨】（夏）…104
かりた【刈田】（秋）…217
かりわたし【雁渡し】（秋）…217
かれくさのつゆ【枯草の露】（秋）…218
かれその【枯園】（冬）…288
かれの【枯野】（冬）…288
かれやま【枯山】（冬）…289
かわ【川・河】（四季）…414
かわうそうをまつる【獺魚を祭る】（春）…15
かわがり【川狩】（夏）…104
かわぎり【川霧】（秋）…218
かわどめ【川止】（夏）…104
かわびらき【川開】（夏）…104
かわぶね【川舟・川船】（四季）…415
かわら【河原・川原】（四季）…415
かわらのすずみ【河原の納涼】（夏）…105
かんあい【寒靄】（冬）…289
かんあけ【寒明】（春）…16
かんえん【寒煙】（冬）…289
かんげつ【寒月】（冬）…289
がんじつ【元日】（新年）…367
がんじつりっしゅん【元日立春】（新年）…369
かんすばる【寒昴】（冬）…289
がんたん【元旦】（新年）…369
かんちょう【寒潮】（冬）…290
かんちょう【観潮】（春）…16
がんちょう【元朝】（新年）…369
かんとう【寒灯・寒燈】（冬）…290
かんどよう【寒土用】（冬）…290
かんなぎ【寒凪】（冬）…290
かんなづき【神無月・十月】（冬）…290
かんなび【神名備・神南備・神名火】（四季）…415
かんのあめ【寒の雨】（冬）…292
かんのいり【寒の入】（冬）…292
かんのうち【寒の内】（冬）…292
かんのみず【寒の水】（冬）…293
かんぱ【寒波】（冬）…293
かんぷう【寒風】（冬）…293
かんや【寒夜】（冬）…293
かんらい【寒雷】（冬）…293
かんりん【寒林】（冬）…293
かんろ【寒露】（秋）…218

き

きう【喜雨】（夏）…105
きくづき【菊月】（秋）…218
きさらぎ【如月・二月】（春）…16
きしゃ【汽車】（四季）…416
きたおろし【北颪】（冬）…294
きたかぜ【北風】（冬）…294

きたしぐれ【北時雨】(冬)…294
きたしぶき【北しぶき】(冬)…294
きつねび【狐火】(冬)…295
きてき【汽笛】(四季)…416
きながし【木流し】(春)…17
きのめおこし【木の芽起し】(春)…17
きのめながし【木の芽ながし】(夏)…105
きみがはる【君が春】(新年)…370
きゅうしょうがつ【旧正月】(春)…17
きゅうねん【旧年】(新年)…370
きょうかう【杏花雨】(春)…17
きょうのあき【今日の秋】(秋)…218
きょうのつき【今日の月】(秋)…218
きょうのはる【今日の春】(新年)…370
きり【霧】(秋)…219
きりぎし【切岸・切崖】(四季)…416
きりさめ【霧雨】(秋)…221
きりのうみ【霧の海】(秋)…222
きりのか【霧の香】(秋)…222
きりのたに【霧の谷】(秋)…222
きりのまがき【霧の籬】(秋)…222
ぎんが【銀河】(秋)…222

く

くが【陸】(四季)…417
くがつ【九月】(秋)…222
くがつじん【九月尽】(秋)…223
くすりふる【薬降る】(夏)…105
くだらの【朽野】(冬)…295
くだり(夏)…105
くだりづき【下り月・降り月】(秋)…223
くにのはる【国の春】(新年)…370
くも【雲】(四季)…417
くものはたて【雲のはたて】(四季)…418
くものみね【雲の峰】(夏)…105
くるあき【来る秋】(秋)…223
くるとし【来る年】(新年)…370
くれのあき【暮の秋】(秋)…223
くれのなつ【暮の夏】(夏)…107
くれのはる【暮の春】(春)…18
くろぎた【黒北風】(春)…18
くろはえ【黒南風】(夏)…107
くんぷう【薫風】(夏)…107

け

けいたん【鶏旦】(新年)…370
けいちつ【啓蟄】(春)…18
けさのあき【今朝の秋】(秋)…223
けさのしも【今朝の霜】(冬)…296
けさのはる【今朝の春】(新年)…370
けさのふゆ【今朝の冬】(冬)…296
けさのゆき【今朝の雪】(冬)…296
げし【夏至】(夏)…107
げっしょく【月食】(四季)…418
けむり【煙】(四季)…418
げんかん【厳寒】(冬)…296

こ

こいのぼり【鯉幟】(夏)…108
こうげん【高原】(四季)…419
こうじゃくふう【黄雀風】(夏)…108
こおり【氷】(冬)…296
こおりとく【氷解く】(春)…18
こおりばし【氷橋】(冬)…297
こおる【凍る・氷る】(冬)…297
ごがつ【五月】(夏)…108
ごがつじん【五月尽】(夏)…108
こがらし【凩】(冬)…298
こくう【穀雨】(春)…19
ごくげつ【極月】(冬)…300
ごくしょ【極暑】(夏)…109
こけしみず【苔清水】(夏)…109
ごさい【御祭風】(夏)…109
こじま【小島】(四季)…420
ごじゅうのとう【五重の塔】(四季)…420
こしょうがつ【小正月】(新年)…371
こぞ【去年】(新年)…371
こぞことし【去年今年】(新年)…371
こだま【谺・木霊・木魂】(四季)…420
こち【東風】(春)…19
こつごもり【小晦日】(冬)…300
ことし【今年】(新年)…371
こどし【小年】(新年)…371

こなゆき【粉雪】（冬）…300
こぬあき【来ぬ秋】（夏）…110
このしたやみ【木下闇】（夏）…109
このめどき【木の芽時】（春）…20
こはる【小春】（冬）…301
こはん【湖畔】（四季）…420
こぶね【小舟】（四季）…420
こもちづき【小望月】（秋）…224
こもれび【木洩れ日】（四季）…420
こよいのつき【今宵の月】（秋）…224
ごらいごう【御来迎】（夏）…110
ころくがつ【小六月】（冬）…301

さ

さいたん【歳旦】（新年）…372
さいばん【歳晩】（冬）…302
さえかえる【冴返る】（春）…20
さおひめ【佐保姫】（春）…21
さきゅう【砂丘・沙丘】（四季）…421
さぎり【狭霧】（秋）…224
さくらまじ【桜南風】（春）…21
さけおろし【鮭颪】（秋）…225
ささがき【笹垣】（四季）…421
さざなみ【細波・小波・漣】（四季）…421
ささはら【笹原】（四季）…422
ささやま【笹山】（四季）…422
さざれなみ【細波・小波・漣】（四季）…422
さつき【皐月・五月】（夏）…110
さつきあめ【五月雨】（夏）…111
さつきがわ【五月川】（夏）…111
さつきぐも【五月雲】（夏）…112
さつきぞら【五月空】（夏）…112
さつきなみ【五月波・五月浪】（夏）…112
さつきばれ【五月晴】（夏）…112
さつきふじ【五月富士】（夏）…112
さつきやま【五月山】（夏）…112
さつきやみ【五月闇】（夏）…113
さと【里】（四季）…422
さなえづき【早苗月】（夏）…113
さみだれ【五月雨】（夏）…114
さみだれがみ【五月雨髪】（夏）…116
さむきよ【寒き夜】（冬）…302
さむし【寒し】（冬）…302
さむぞら【寒空】（冬）…304
さやぐ（四季）…423
さゆる【冴ゆる】（冬）…304
さよしぐれ【小夜時雨】（冬）…305
さわやか【爽やか】（秋）…225
さんがつ【三月】（春）…22
さんがつじん【三月尽】（春）…22
さんがにち【三箇日・三が日】（新年）…372
さんかんしおん【三寒四温】（冬）…305
ざんしょ【残暑】（秋）…225
ざんせつ【残雪】（春）…22
さんぷく【三伏】（夏）…116

し

しおかぜ【潮風】（四季）…423
しおけむり【潮煙】（四季）…424
しおさい【潮騒】（四季）…424
しおなわ【潮泡・潮沫】（四季）…424
しおひ【潮干・汐干】（春）…23
しがつ【四月】（春）…24
しがつじん【四月尽】（春）…24
しきなみ【頻波】（四季）…424
しぐる【時雨る】（冬）…305
しぐれ【時雨】（冬）…306
しけ【時化】（四季）…424
しげり【茂り・繁り】（夏）…116
しずく【雫・滴】（四季）…425
しずりゆき【しずり雪】（冬）…309
したかぜ【下風】（四季）…425
したすずみ【下涼み】（夏）…117
したたり【滴り】（夏）…117
したつゆ【下露】（秋）…226
したやみ【下闇】（夏）…117
しちがつ【七月】（夏）…117
しののめ【東雲】（四季）…425
しばぶね【柴舟】（四季）…426
しばれ（冬）…309
しぶき【飛沫】（四季）…426
しま【島・嶋】（四季）…426
しまき（冬）…309
しみず【清水】（夏）…118

しむ【凍む】（冬）…309
しも【霜】（冬）…309
しもがれ【霜枯れ】（冬）…311
しもくずれ【霜崩】（冬）…312
しもつき【霜月】（冬）…312
しもどけ【霜解】（冬）…312
しもばしら【霜柱】（冬）…312
しもよ【霜夜】（冬）…313
じゅういちがつ【十一月】（冬）…314
じゅうがつ【十月】（秋）…226
しゅうき【秋気】（秋）…226
しゅうぎょう【秋暁】（秋）…226
じゅうごや【十五夜】（秋）…226
じゅうさんや【十三夜】（秋）…227
じゅうしやづき【十四夜月】（秋）…227
しゅうすい【秋水】（秋）…227
しゅうとう【秋灯・秋燈】（秋）…227
じゅうにがつ【十二月】（冬）…315
しゅうぶん【秋分】（秋）…227
じゅうよっかとしこし【十四日年越】（新年）…372
じゅかい【樹海】（四季）…427
しゅくき【淑気】（新年）…372
じゅひょう【樹氷】（冬）…315
しゅんいん【春陰】（春）…24
しゅんえん【春園】（春）…24
しゅんぎょう【春暁】（春）…24
しゅんこう【春光】（春）…25
しゅんしょう【春宵】（春）…25
しゅんじん【春塵】（春）…25
しゅんすい【春水】（春）…25
しゅんせつ【春雪】（春）…26
しゅんちょう【春潮】（春）…26
しゅんでい【春泥】（春）…26
しゅんとう【春灯・春燈】（春）…26
しゅんぶん【春分】（春）…27
しゅんらい【春雷】（春）…27
しゅんりん【春霖】（春）…27
しょ【暑】（夏）…119
しょうがつ【正月】（新年）…372
しょうかん【小寒】（冬）…315
しょうしょ【小暑】（夏）…119
しょうせつ【小雪】（冬）…315
しょうまん【小満】（夏）…119
しょか【初夏】（夏）…119
しょき【暑気】（夏）…119
じょくしょ【溽暑】（夏）…119
しょしゅう【初秋】（秋）…227
しょしゅん【初春】（春）…27
しょしょ【処暑】（秋）…228
しょとう【初冬】（冬）…315
じょや【除夜】（冬）…315
じょやのかね【除夜の鐘】（冬）…316
しらくも【白雲】（四季）…428
しらつゆ【白露】（秋）…228
しらなみ【白波】（四季）…428
しらぬい【不知火】（秋）…229
しらはえ【白南風】（夏）…120
しらはま【白浜】（四季）…429
じり【海霧】（夏）…120
しわす【師走】（冬）…316
しんきろう【蜃気楼】（春）…28
しんげつ【新月】（秋）…229
じんじつ【人日】（新年）…374
じんじゃ【神社】（四季）…429
しんじゅ【新樹】（夏）…120
しんだん【新暖】（夏）…120
しんねん【新年】（新年）…374
じんらい【迅雷】（夏）…120
しんりょう【新涼】（秋）…229
しんりょく【新緑】（夏）…120

す

す【洲】（四季）…430
すいしゃ【水車】（四季）…430
すいへいせん【水平線】（四季）…430
すぎがき【杉垣】（四季）…430
すきまかぜ【隙間風】（冬）…317
すさまじ【冷まじ】（秋）…230
すずかぜ【涼風】（夏）…121
すずし【涼し】（夏）…121
すずみ【涼み・納涼】（夏）…123
すずみぶね【涼み舟・納涼舟】（夏）…124
すその【裾野】（四季）…430
すなはま【砂浜】（四季）…431
すなやま【砂山】（四季）…431
すみれの【菫野】（春）…28

せ

せいうん【青雲】（四季）…431
せいか【盛夏】（夏）…125
せいぼ【歳暮】（冬）…318
せいめい【清明】（春）…28
せいわ【清和】（夏）…125
せきしゅん【惜春】（春）…28
せきてい【石庭】（四季）…431
せせらぎ（四季）…431
せちごち【節東風】（冬）…318
せっき【節季】（冬）…318
せっけい【雪渓】（夏）…125
せつのにしかぜ【節の西風】（夏）…125
せつぶん【節分】（冬）…318
せみしぐれ【蝉時雨】（夏）…125
せんろ【線路】（四季）…432

そ

そうげん【草原】（四季）…432
そうこう【霜降】（秋）…230
そうしゅん【早春】（春）…29
そうらい【爽籟】（秋）…230
そこびえ【底冷】（冬）…318
そぞろさむ【そぞろ寒】（秋）…230
そでのつゆ【袖の露】（秋）…231
そばみち【岨道】（四季）…432
そまがわ【杣川】（四季）…432
そよかぜ【微風】（四季）…432

た

たいかい【大海】（四季）…433
だいかん【大寒】（冬）…319
たいしょ【大暑】（夏）…125
たいせつ【大雪】（冬）…319
だいたん【大旦】（新年）…375
だいち【大地】（四季）…433
たいふう【台風・颱風】（秋）…231
だいもんじ【大文字】（秋）…231
たいよう【太陽】（四季）…433
たうえ【田植】（夏）…126
たうえどき【田植時】（夏）…127
たかかしてはととなる【鷹化して鳩と為る】（春）…29
たかしお【高潮】（秋）…232
たかせぶね【高瀬舟】（四季）…433
たかにし【高西風】（秋）…232
たかね【高嶺・高根】（四季）…434
たき【滝・瀧】（夏）…127
たきぎのう【薪能】（春）…29
たきしぶき【滝しぶき】（夏）…128
たきつぼ【滝壺】（夏）…128
たきのいと【滝の糸】（四季）…434
たきのおと【滝の音】（夏）…129
たきび【焚火】（冬）…319
たくしう【濯枝雨】（夏）…129
たけのこづゆ【筍梅雨】（夏）…129
たけのはる【竹の春】（秋）…232
だし（夏）…129
たそがれ【黄昏】（四季）…434
たちまちづき【立待月】（秋）…233
たつたひめ【龍田姫・立田姫】（秋）…233
たつまき【竜巻・龍巻】（四季）…434
たなだ【棚田】（四季）…435
たななしおぶね【棚無し小舟】（四季）…435
たなはし【棚橋】（四季）…435
たなばた【七夕】（秋）…234
たに【谷・渓・谿】（四季）…435
たにかぜ【谷風】（四季）…436
たにがわ【谷川】（四季）…437
たまあられ【玉霰】（冬）…320
たまかぜ【たま風】（冬）…320
たみずわく【田水湧く】（夏）…130
たむけ【手向】（四季）…437
たるひ【垂氷】（冬）…320
たるひ【足日】（四季）…437
たるみ【垂水】（四季）…437
たろうづき【太郎月】（春）…29
たんご【端午・端五】（夏）…130
たんじつ【短日】（冬）…320
だんだんばたけ【段々畑】（四季）…437

ち

ちいほあき【千五百秋】（四季）…437

ちくしゅう【竹秋】（春）…29
ちくりん【竹林】（四季）…438
ちじつ【遅日】（春）…30
ちへいせん【地平線】（四季）…438
ちゅうか【仲夏】（夏）…130
ちゅうしゅう【仲秋】（秋）…235
ちゅうしゅん【仲春】（春）…30
ちゅうとう【仲冬】（冬）…321
ちよのはる【千代の春】（新年）…375
ちり【塵】（四季）…438

つ

ついりあな【梅雨穴】（夏）…130
つき【月】（秋）…235
つきかげ【月影】（秋）…239
つきしろ【月代・月白】（秋）…241
つきすずし【月涼し】（夏）…130
つきのあめ【月の雨】（秋）…241
つきのいり【月の入】（秋）…241
つきのくも【月の雲】（秋）…241
つきので【月の出】（秋）…241
つきのとも【月の友】（秋）…241
つきのやど【月の宿】（秋）…241
つぎはし【継橋】（四季）…438
つきみ【月見】（秋）…242
つきみぶね【月見舟】（秋）…243
つきよ【月夜】（秋）…243
つちふる【霾】（春）…30
つつみ【堤】（四季）…439
つづらおり【葛折・九十九折り】（四季）…439
つばなながし【茅花流し】（夏）…131
つむじかぜ【旋風】（四季）…439
つめたし【冷たし】（冬）…321
つゆ【梅雨】（夏）…131
つゆ【露】（秋）…244
つゆあけ【梅雨明】（夏）…132
つゆおく【露置く】（秋）…246
つゆかみなり【梅雨雷】（夏）…132
つゆぐも【梅雨雲】（夏）…132
つゆぐもり【梅雨曇】（夏）…132
つゆけし【露けし】（秋）…246
つゆざむ【梅雨寒】（夏）…132
つゆざむ【露寒】（秋）…247
つゆしぐれ【露時雨】（秋）…247
つゆじも【露霜】（秋）…247
つゆすずし【露涼し】（夏）…133
つゆぞら【梅雨空】（夏）…133
つゆちる【露散る】（秋）…248
つゆでみず【梅雨出水】（夏）…133
つゆのあき【露の秋】（秋）…248
つゆのいのち【露の命】（秋）…248
つゆのたま【露の玉】（秋）…248
つゆのつき【梅雨の月】（夏）…133
つゆのみ【露の身】（秋）…249
つゆのやど【露の宿】（秋）…249
つゆのやま【梅雨の山】（夏）…133
つゆのよ【露の世】（秋）…249
つゆばれ【梅雨晴】（夏）…133
つらら【氷柱】（冬）…321
つりばし【吊橋・釣橋】（四季）…439
つりぶね【釣舟・釣船】（四季）…440
つるべおとし【釣瓶落し】（秋）…249

て

ていしゃば【停車場】（四季）…441
でみず【出水】（秋）…249
てら【寺】（四季）…441
てりかげり【照り翳り】（四季）…442
てりさかる【照り盛る】（四季）…442
てりしらむ【照り白む】（四季）…442
でんそかしてうずらとなる【田鼠化して鴽と為る】（春）…30

と

とうげ【峠】（四季）…442
とうこう【凍港】（冬）…322
とうじ【冬至】（冬）…322
とうじょう【凍上】（冬）…323
とうだい【灯台・燈台】（四季）…442
とおいかづち【遠雷】（夏）…134
とおりあめ【通り雨】（四季）…443
とおりかぜ【通り風】（四季）…443
ときかぜ【疾風】（四季）…443
ときやみあめ【時止み雨】（四季）…443
とざん【登山】（夏）…134
としおしむ【年惜む】（冬）…323

としこし【年越し】（冬）…324
としたつ【年立つ】（新年）…375
としのあした【年の朝】（新年）…375
としのうち【年の内】（冬）…324
としのくれ【年の暮】（冬）…324
としのとうげ【年の峠】（冬）…326
としのはじめ【年の始】（新年）…375
としのはな【年の花】（新年）…376
としのよ【年の夜】（冬）…326
とまぶね【苫舟】（四季）…443
どよう【土用】（夏）…134
どようあい【土用あい】（夏）…135
どようあけ【土用明】（夏）…135
どよういり【土用入】（夏）…135
どようごち【土用東風】（夏）…135
どようなぎ【土用凪】（夏）…135
どようなみ【土用波・土用浪】（夏）…135
とよはたぐも【豊旗雲】（四季）…443
とらがあめ【虎が雨】（夏）…136
とりぐも【鳥雲】（秋）…250
とりぐもり【鳥曇】（春）…30
どんてん【曇天】（四季）…443

な

ない（四季）…444
なかがき【中垣】（四季）…444
ながきひ【永き日・長き日】（春）…30
ながきよ【永き夜・長き夜】（秋）…250
ながし（夏）…136
ながつき【長月】（秋）…251
ながれぼし【流れ星】（秋）…251
なぎ【凪・和】（四季）…444
なぎさ【渚・汀】（四季）…444
なごりのそら【名残の空】（冬）…327
なごりのつき【名残の月】（秋）…251
なたねづゆ【菜種梅雨】（春）…31
なだれ【雪崩】（春）…31
なつ【夏】（夏）…136
なつあさし【夏浅し】（夏）…137
なつあらし【夏嵐】（夏）…137
なつかげ【夏陰】（夏）…138
なつがすみ【夏霞】（夏）…138
なつかわら【夏河原】（夏）…138
なつきたる【夏来る】（夏）…138
なつぐれ【夏ぐれ】（夏）…138
なつごおり【夏氷】（夏）…138
なつこだち【夏木立】（夏）…138
なつたつ【夏立つ】（夏）…139
なつちかし【夏近し】（春）…32
なつの【夏野】（夏）…139
なつのあかつき【夏の暁】（夏）…140
なつのあさ【夏の朝】（夏）…140
なつのあめ【夏の雨】（夏）…140
なつのいろ【夏の色】（夏）…141
なつのうみ【夏の海】（夏）…141
なつのうみ【夏の湖】（夏）…141
なつのかぜ【夏の風】（夏）…141
なつのかわ【夏の川・夏の河】（夏）…142
なつのきり【夏の霧】（夏）…142
なつのくも【夏の雲】（夏）…142
なつのしも【夏の霜】（夏）…143
なつのそら【夏の空】（夏）…143
なつのつき【夏の月】（夏）…143
なつのつゆ【夏の露】（夏）…144
なつのにわ【夏の庭】（夏）…144
なつのはて【夏の果】（夏）…144
なつのひ【夏の日】（夏）…144
なつのほし【夏の星】（夏）…145
なつのみず【夏の水】（夏）…145
なつのやま【夏の山】（夏）…145
なつのゆうべ【夏の夕】（夏）…145
なつのよ【夏の夜】（夏）…146
なつのよあけ【夏の夜明】（夏）…147
なつのよい【夏の宵】（夏）…147
なつのわかれ【夏の別れ】（夏）…147
なつばたけ【夏畑】（夏）…147
なつひかげ【夏日影】（夏）…147
なつふかし【夏深し】（夏）…147
なつふじ【夏富士】（夏）…148
なつめく【夏めく】（夏）…148
なつやま【夏山】（夏）…148
なぬか【七日】（新年）…376
なぬかしょうがつ【七日正月】（新年）…376
なみ【波・浪】（四季）…445
なみのはな【波の花】（四季）…446
ならい（冬）…327

なるかみ【鳴神】(夏)…149
なるこ【鳴子】(秋)…252
なわしろ【苗代】(春)…32
なわしろさむ【苗代寒】(夏)…149
なわしろどき【苗代時】(春)…33

に

にがしお【苦潮】(夏)…149
にがつ【二月】(春)…33
にがつじん【二月尽】(春)…33
にげみず【逃水】(春)…34
にごりえ【濁江】(四季)…446
にし【西風】(四季)…446
にじ【虹】(夏)…150
にしあかり【西明り】(四季)…447
にしび【西日】(夏)…151
にしんぐもり【鰊曇】(春)…34
にちりん【日輪】(四季)…447
にひゃくとおか【二百十日】(秋)…252
にひゃくはつか【二百二十日】(秋)…253
にゅうばい【入梅】(夏)…151
にわ【庭】(四季)…447
にわいし【庭石】(四季)…448
にわかあめ【俄雨】(四季)…448
にわごけ【庭苔】(四季)…448

ぬ

ぬかぼし【糠星】(四季)…448
ぬま【沼】(四季)…448
ぬれいろ【濡色】(四季)…449
ぬれしとる【濡れ湿とる】(四季)…449
ぬれそぼる【濡れそぼる】(四季)…449

ね

ねっさ【熱砂】(夏)…151
ねっぷう【熱風】(夏)…151
ねはんにし【涅槃西風】(春)…34
ねんないりっしゅん【年内立春】(冬)…327

の

のこるこおり【残る氷】(春)…34
のこるさむさ【残る寒さ】(春)…34
のこるゆき【残る雪】(春)…34
のじのあき【野路の秋】(秋)…253
のちのつき【後の月】(秋)…253
のてん【野天】(四季)…449
のどか【長閑】(春)…35
のび【野火】(春)…36
のぼり【幟】(夏)…152
のぼりづき【上り月】(秋)…254
のやく【野焼く】(春)…36
のやまのにしき【野山の錦】(秋)…254
のわき【野分】(秋)…254

は

ばいてん【梅天】(夏)…152
はえ(夏)…152
はぎはら【萩原】(秋)…256
はくしょ【薄暑】(夏)…153
はくや【白夜】(夏)…153
はくろ【白露】(秋)…256
はげやま【禿山】(四季)…449
はし【橋】(四季)…449
はしすずみ【橋涼み】(夏)…153
はしりづゆ【走梅雨】(夏)…153
はたぐも【旗雲】(四季)…450
はたけ【畑・畠】(四季)…451
はださむ【肌寒】(秋)…256
はたたがみ【はたた神】(夏)…153
はだれ【斑雪】(春)…37
はちがつ【八月】(秋)…256
はちがつじん【八月尽】(秋)…257
はちじゅうはちや【八十八夜】(春)…37
はつあかね【初茜】(新年)…376
はつあかり【初明り】(新年)…376
はつあき【初秋】(秋)…257
はつあけぼの【初曙】(新年)…377
はつあさま【初浅間】(新年)…377
はつあらし【初嵐】(秋)…257
はつあられ【初霰】(冬)…328

はつかしょうがつ【二十日正月】（新年）…377
はつがすみ【初霞】（新年）…377
はつかぜ【初風】（新年）…377
はづき【葉月】（秋）…258
はつげしき【初景色】（新年）…378
はつごおり【初氷】（冬）…328
はつごち【初東風】（新年）…378
はっさく【八朔】（秋）…258
はつしお【初潮】（秋）…259
はつしぐれ【初時雨】（冬）…328
はつしののめ【初東雲】（新年）…378
はつしも【初霜】（冬）…329
はつしょうらい【初松籟】（新年）…378
はつぞら【初空】（新年）…378
はつついたち【初朔日】（春）…37
はつづき【初月】（秋）…259
はつづきよ【初月夜】（秋）…259
はつつくば【初筑波】（新年）…378
はつつゆ【初露】（秋）…259
はつとし【初年】（新年）…378
はつなぎ【初凪】（新年）…379
はつにじ【初虹】（春）…37
はつはる【初春】（新年）…379
はつばれ【初晴】（新年）…380
はつひ【初日】（新年）…381
はつひえい【初比叡】（新年）…382
はつひかげ【初日影】（新年）…382
はつひので【初日の出】（新年）…382
はつひやま【初日山】（新年）…382
はつふじ【初富士】（新年）…382
はつふゆ【初冬】（冬）…330
はつみそか【初三十日】（新年）…383
はつみそら【初御空】（新年）…383
はつゆき【初雪】（冬）…330
はつらい【初雷】（春）…38
はとば【波止場】（四季）…451
はなかがり【花篝】（春）…38
はなぐもり【花曇】（春）…38
はなどき【花時】（春）…39
はなの【花野】（秋）…259
はなのはる【花の春】（新年）…383
はなばたけ【花畑・花畠】（秋）…260
はなび【花火・煙火】（夏）…153
はなびえ【花冷】（春）…39
はなびぶね【花火舟】（夏）…154
はなみ【花見】（春）…39
はま【浜】（四季）…451
はまかぜ【浜風】（四季）…451
はやし【林】（四季）…451
はやて【疾風・早手】（四季）…452
はやましげやま【端山茂山】（四季）…452
はりはら【榛原】（四季）…452
はる【春】（春）…40
はるあさし【春浅し】（春）…42
はるあつし【春暑し】（春）…42
はるあらし【春嵐】（春）…42
はるあれ【春荒】（春）…43
はるいちばん【春一番】（春）…43
はるおしむ【春惜む】（春）…43
はるおそし【春遅し】（春）…44
はるがすみ【春霞】（春）…44
はるかぜ【春風】（春）…45
はるくる【春来る】（春）…47
はるさむし【春寒し】（春）…48
はるさめ【春雨】（春）…49
はるざれ【春ざれ】（春）…51
はるしぐれ【春時雨】（春）…51
はるた【春田】（春）…52
はるたつ【春立つ】（春）…52
はるちかし【春近し】（冬）…331
はるでみず【春出水】（春）…53
はるとなり【春隣】（冬）…332
はるなが【春永】（新年）…383
はるならい【春北風】（春）…53
はるのあけぼの【春の曙】（春）…53
はるのあさ【春の朝】（春）…54
はるのあめ【春の雨】（春）…54
はるのあられ【春の霰】（春）…55
はるのいけ【春の池】（春）…55
はるのうみ【春の海】（春）…55
はるのかわ【春の川】（春）…56
はるのくも【春の雲】（春）…57
はるのくれ【春の暮】（春）…57
はるのこおり【春の氷】（春）…58
はるのしも【春の霜】（春）…58
はるのそら【春の空】（春）…58
はるのつき【春の月】（春）…58
はるのつち【春の土】（春）…60

はるのつつみ【春の堤】(春)…60
はるのつゆ【春の露】(春)…60
はるのどろ【春の泥】(春)…60
はるのなごり【春の名残】(春)…60
はるのなみ【春の波】(春)…60
はるのの【春の野】(春)…61
はるのひ【春の灯・春の燈】(春)…63
はるのひ【春の日】(春)…62
はるのひる【春の昼】(春)…64
はるのほし【春の星】(春)…64
はるのみず【春の水】(春)…64
はるのみずうみ【春の湖】(春)…65
はるのみぞれ【春の霙】(春)…66
はるのやま【春の山】(春)…66
はるのやみ【春の闇】(春)…67
はるのゆうぐれ【春の夕暮】(春)…67
はるのゆうべ【春の夕】(春)…67
はるのゆき【春の雪】(春)…68
はるのよ【春の夜】(春)…69
はるのよい【春の宵】(春)…70
はるのらい【春の雷】(春)…71
はるはやて【春疾風】(春)…71
はるふかし【春深し】(春)…71
はるまけて【春まけて】(春)…71
はるめく【春めく】(春)…72
はるをまつ【春を待つ】(冬)…332
ばんか【晩夏】(夏)…154
はんげしょう【半夏生】(夏)…155
ばんしゅう【晩秋】(秋)…260
ばんしゅん【晩春】(春)…72
ばんとう【晩冬】(冬)…332
ばんりょう【晩涼】(夏)…156
ばんりょく【万緑】(夏)…156

ひ

ひあしのぶ【日脚伸ぶ】(冬)…332
ひかげ【日陰】(夏)…156
ひかた(夏)…156
ひがた【干潟】(春)…73
ひがん【彼岸】(春)…73
ひこうき【飛行機】(四季)…452
ひこぼし【彦星】(秋)…260
ひざかり【日盛】(夏)…157
ひさめ【氷雨】(夏)…157
ひさめ【氷雨】(冬)…333
ひしょ【避暑】(夏)…157
ひつじだ【穭田】(秋)…261
ひでり【旱】(夏)…157
ひでりあめ【日照り雨】(四季)…453
ひでりぼし【旱星】(夏)…158
ひとつぼし【一つ星】(四季)…453
ひなが【日永】(春)…74
ひのはじめ【日の始】(新年)…383
ひのやま【火の山】(四季)…453
ひばら【檜原】(四季)…454
ひみじか【日短か】(冬)…333
ひやけだ【日焼田】(夏)…158
ひややか【冷やか】(秋)…261
ひょう【雹】(夏)…158
ひょうが【氷河】(四季)…454
ひょうかい【氷海】(冬)…333
ひょうこ【氷湖】(冬)…333
ひょうこう【氷江】(冬)…333
ひょうしょう【氷晶】(冬)…334
ひょうへき【氷壁】(冬)…334
ひょうみゃく【氷脈】(四季)…454
ひるのつき【昼の月】(秋)…262

ふ

ふきだまり【吹溜り】(冬)…334
ふけい【噴井】(夏)…158
ふけまちづき【更待月】(秋)…262
ふじ【富士】(四季)…454
ふじのはつゆき【富士の初雪】(秋)…262
ふじのゆきげ【富士の雪解】(夏)…158
ふしまちづき【臥待月】(秋)…262
ふせいお【伏せ庵】(四季)…457
ふせや【伏せ屋】(四季)…457
ふたよのつき【二夜の月】(秋)…262
ふちせ【淵瀬】(四季)…457
ふつか【二日】(新年)…383
ふつかづき【二日月】(秋)…262
ふなあそび【船遊】(夏)…159
ふね【舟・船】(四季)…458
ふぶき【吹雪】(冬)…334
ふみづき【文月】(秋)…263
ふゆ【冬】(冬)…335

ふゆあさし【冬浅し】(冬)…337
ふゆあたたか【冬暖か】(冬)…337
ふゆがすみ【冬霞】(冬)…337
ふゆがれ【冬枯】(冬)…337
ふゆき【冬木】(冬)…338
ふゆくる【冬来る】(冬)…338
ふゆげしき【冬景色】(冬)…338
ふゆこだち【冬木立】(冬)…339
ふゆさぶ【冬さぶ】(冬)…339
ふゆざれ【冬ざれ】(冬)…339
ふゆた【冬田】(冬)…340
ふゆたつ【冬立つ】(冬)…340
ふゆちかし【冬近し】(秋)…263
ふゆつく【冬尽く】(冬)…340
ふゆどなり【冬隣】(秋)…263
ふゆなぎ【冬凪】(冬)…340
ふゆのあさ【冬の朝】(冬)…341
ふゆのあめ【冬の雨】(冬)…341
ふゆのうみ【冬の海】(冬)…341
ふゆのかぜ【冬の風】(冬)…342
ふゆのかわ【冬の川】(冬)…342
ふゆのきり【冬の霧】(冬)…343
ふゆのくも【冬の雲】(冬)…343
ふゆのそら【冬の空】(冬)…344
ふゆのつき【冬の月】(冬)…344
ふゆのなみ【冬の波・冬の浪】(冬)…345
ふゆのにじ【冬の虹】(冬)…345
ふゆのの【冬の野】(冬)…345
ふゆのひ【冬の灯・冬の燈】(冬)…347
ふゆのひ【冬の日】(冬)…345
ふゆのみず【冬の水】(冬)…347
ふゆのみずうみ【冬の湖】(冬)…347
ふゆのやま【冬の山】(冬)…347
ふゆのよ【冬の夜】(冬)…348
ふゆばれ【冬晴】(冬)…349
ふゆひかげ【冬日影】(冬)…349
ふゆびより【冬日和】(冬)…349
ふゆふかし【冬深し】(冬)…349
ふゆめく【冬めく】(冬)…349
ぶりおこし【鰤起し】(冬)…349
ふるでら【古寺】(四季)…459
ふんえん【噴煙】(四季)…459
ふんすい【噴水】(夏)…159
ぶんすいれい【分水嶺】(四季)…459

へ～ほ

べっとうかぜ【べっとう風】(冬)…349
へなみ【辺波・辺浪】(四季)…460
ぼうしゅ【芒種】(夏)…160
ほし【星】(四季)…460
ほしかげ【星影】(四季)…461
ほしくず【星屑】(四季)…461
ほしづきよ【星月夜】(秋)…263
ほしのあき【星の秋】(秋)…264
ほしのいりごち【星の入東風】(冬)…349
ほしのこい【星の恋】(秋)…264
ほしまつり【星祭】(秋)…264
ほしむかえ【星迎え】(秋)…264
ぼしゅん【暮春】(春)…74
ほそたにがわ【細谷川】(四季)…461
ほたるがり【蛍狩】(夏)…160
ぼたんゆき【牡丹雪】(春)…74
ほりえ【堀江】(四季)…461
ぼんごち【盆東風】(秋)…264
ぼんのつき【盆の月】(秋)…264

ま

まがき【籬】(四季)…462
まじ(夏)…160
まつかぜ【松風】(四季)…462
まつすぎ【松過】(新年)…384
まつのうち【松の内】(新年)…384
まつばら【松原】(四季)…464
まつよい【待宵】(秋)…265
まなつ【真夏】(夏)…160
まよなかのつき【真夜中の月】(秋)…265
まるきばし【丸木橋】(四季)…464
まんげつ【満月】(秋)…265

み

みお【水脈・澪】(四季)…465
みおつくし【澪標】(四季)…465
みかづき【三日月】(秋)…266
みかのつき【三日の月】(秋)…267

みぎわ【水際・汀】（四季）…466
みさき【岬・崎】（四季）…466
みじかよ【短夜】（夏）…160
みずうみ【湖】（四季）…466
みずかる【水涸る】（冬）…350
みずぐるま【水車】（四季）…466
みずけむる【水烟る・水煙る】（冬）…350
みずすむ【水澄む】（秋）…267
みずぬるむ【水温む】（春）…75
みずはじめてかる【水初めて涸る】（秋）…267
みずみまい【水見舞】（秋）…267
みぞれ【霙】（冬）…350
みちしお【満潮】（四季）…467
みっか【三日】（新年）…385
みつのあさ【三の朝】（新年）…385
みなづき【水無月・六月】（夏）…162
みなづきじん【水無月尽・六月尽】（夏）…162
みなと【港】（四季）…467
みなみ【南風】（夏）…163
みなわ【水泡・水沫】（四季）…467
みにしむ【身に入む・身に沁む】（秋）…267
みね【峰・嶺】（四季）…467
みふゆつく【三冬尽く】（冬）…351
みやま【深山】（四季）…469
みゆき【深雪】（冬）…351
みょうじょう【明星】（四季）…469

む～も

むいか【六日】（新年）…385
むいかとしこし【六日年越】（新年）…385
むかいかぜ【向い風】（四季）…469
むかうるとし【迎うる年】（新年）…385
むぎのあき【麦の秋】（夏）…163
むぎのあきかぜ【麦の秋風】（夏）…164
むぎのかぜ【麦の風】（夏）…164
むげつ【無月】（秋）…268
むつき【睦月】（春）…75
むひょう【霧氷】（冬）…351
むらさきの【紫野】（四季）…469
むらさめ【村雨・群雨】（四季）…469
むらしぐれ【村時雨・群時雨】（冬）…351
むらぼし【群星】（四季）…470
めいげつ【名月】（秋）…268
もがりぶえ【虎落笛】（冬）…352
もかりぶね【藻刈舟】（夏）…164
もちづき【望月】（秋）…270
もちづきよ【望月夜】（秋）…270
もみじやま【紅葉山】（秋）…270
もや【靄】（四季）…470
もゆる【炎ゆる】（夏）…164
もり【森・杜】（四季）…471
もれび【洩れ日】（四季）…472

や

やえがすみ【八重霞】（春）…75
やくる【灼くる】（夏）…164
やけの【焼野】（春）…76
やしろ【社】（四季）…472
やま【山】（四季）…472
やまおろしのかぜ【山おろしの風】（四季）…474
やまかい【山峡】（四季）…474
やまかぜ【山風】（四季）…474
やまがわ【山川】（四季）…475
やまぎし【山岸】（四季）…475
やまぎり【山霧】（夏）…164
やまざと【山里】（四季）…475
やまじ【山路】（四季）…477
やましたみず【山下水】（四季）…478
やましみず【山清水】（夏）…165
やませ【山瀬】（夏）…165
やまでら【山寺】（四季）…478
やまねむる【山眠る】（冬）…352
やまのは【山の端】（四季）…479
やまのはざま【山の峡】（四季）…479
やまびこ【山彦】（四季）…479
やまやき【山焼】（春）…76
やまよそおう【山粧う】（秋）…270
やまわらう【山笑う】（春）…76
やみ【闇】（四季）…480
ややさむ【漸寒】（秋）…271
やよい【弥生】（春）…76

やよいじん【弥生尽】(春) …77

ゆ

ゆうかげ【夕影】(四季) …481
ゆうがすみ【夕霞】(春) …77
ゆうぎり【夕霧】(秋) …271
ゆうけむり【夕煙】(四季) …481
ゆうさめ【夕雨】(四季) …482
ゆうしぐれ【夕時雨】(冬) …353
ゆうすず【夕涼】(夏) …165
ゆうすずみ【夕涼み】(夏) …165
ゆうずつ【夕庚・夕星】(四季) …482
ゆうだち【夕立・白雨】(夏) …166
ゆうだちかぜ【夕立風】(夏) …168
ゆうだちぐも【夕立雲】(夏) …168
ゆうだちばれ【夕立晴】(夏) …168
ゆうづき【夕月】(秋) …271
ゆうづきよ【夕月夜】(秋) …271
ゆうつゆ【夕露】(秋) …272
ゆうなぎ【夕凪】(夏) …169
ゆうばえ【夕映】(四季) …482
ゆうばれ【夕晴】(四季) …482
ゆうひ【夕日】(四季) …482
ゆうびえ【夕冷】(四季) …483
ゆうまぐれ【夕間暮れ】(四季) …483
ゆうもや【夕靄】(四季) …483
ゆうやけ【夕焼】(夏) …169
ゆうやみ【夕闇】(四季) …483
ゆかすずみ【床涼み】(夏) …169
ゆき【雪】(冬) …353
ゆきあかり【雪明り】(冬) …358
ゆきおこし【雪起し】(冬) …358
ゆきおんな【雪女】(冬) …358
ゆきぐに【雪国】(冬) …359
ゆきげ【雪解】(春) …78
ゆきげかぜ【雪解風】(春) …78
ゆきげしずく【雪解雫】(春) …79
ゆきげみず【雪解水】(春) …79
ゆきしぐれ【雪しぐれ】(冬) …359
ゆきしまき【雪しまき】(冬) …359
ゆきしろ【雪しろ】(春) …79
ゆきぞら【雪空】(冬) …359
ゆきだるま【雪達磨】(冬) …359
ゆきつぶて【雪礫】(冬) …359
ゆきどけ【雪解】(春) …79
ゆきなだれ【雪傾れ・雪雪崩】(春) …80
ゆきねぶり【雪ねぶり】(春) …80
ゆきのあさ【雪の朝】(冬) …360
ゆきのくれ【雪の暮】(冬) …360
ゆきのこる【雪残る】(春) …80
ゆきのはて【雪の果】(春) …80
ゆきのはな【雪の花】(冬) …360
ゆきばれ【雪晴】(冬) …360
ゆきぼとけ【雪仏】(冬) …360
ゆきま【雪間】(春) …81
ゆきまちづき【雪待月】(冬) …360
ゆきまろげ【雪まろげ】(冬) …360
ゆきみ【雪見】(冬) …360
ゆきやま【雪山】(冬) …361
ゆくあき【行く秋】(秋) …272
ゆくとし【行く年】(冬) …361
ゆくなつ【行く夏】(夏) …169
ゆくはる【行く春】(春) …81
ゆけむり【湯煙・湯烟】(四季) …483
ゆだま【湯玉】(四季) …484

よ

よいのあき【宵の秋】(秋) …273
よいのくち【宵の口】(四季) …484
よいのとし【宵の年】(新年) …385
よいのはる【宵の春】(春) …83
よいやみ【宵闇】(秋) …273
ようずかぜ【ようず風】(春) …83
よかん【余寒】(春) …83
よぎり【夜霧】(秋) …274
よこぐものそら【横雲の空】(四季) …484
よさむ【夜寒】(秋) …274
よしゅん【余春】(夏) …170
よたき【夜焚】(夏) …170
よっか【四日】(新年) …385
ヨット【yacht】(夏) …170
よつゆ【夜露】(秋) …275
よづり【夜釣】(夏) …170
よなが【夜長】(秋) …275
よのつまる【夜のつまる】(夏) …170
よぶり【夜振】(夏) …170

よるのあき【夜の秋】（夏）…170
よわのあき【夜半の秋】（秋）…276
よわのふゆ【夜半の冬】（冬）…362

ら〜ろ

らい【雷】（夏）…171
らいう【雷雨】（夏）…171
らいうん【雷雲】（夏）…171
りく【陸】（四季）…484
りっか【立夏】（夏）…171
りっしゅう【立秋】（秋）…276
りっしゅん【立春】（春）…84
りっとう【立冬】（冬）…362
りゅうせい【流星】（秋）…277
りゅうひょう【流氷】（春）…85
りょう【涼】（夏）…172
りょうや【良夜】（秋）…277
りょくいん【緑陰】（夏）…172
れいか【冷夏】（夏）…172
ろくがつ【六月】（夏）…172

わ

わかなつみ【若菜摘】（新年）…386
わかなの【若菜野】（新年）…387
わかひ【若日】（新年）…387
わすれじも【忘れ霜】（春）…85
わたくしだい【私大】（冬）…363
わたぐも【綿雲】（四季）…485
わたしば【渡場】（四季）…485
わたしぶね【渡船・渡舟】（四季）…485
わたつうみ【綿津海】（四季）…486
わたつみ【海神・綿津海】（四季）…486